古代中世詩歌論考

佐藤恒雄

笠間書院

天治本萬葉集巻十五残巻（重要文化財）　冠纓神社蔵（全文）

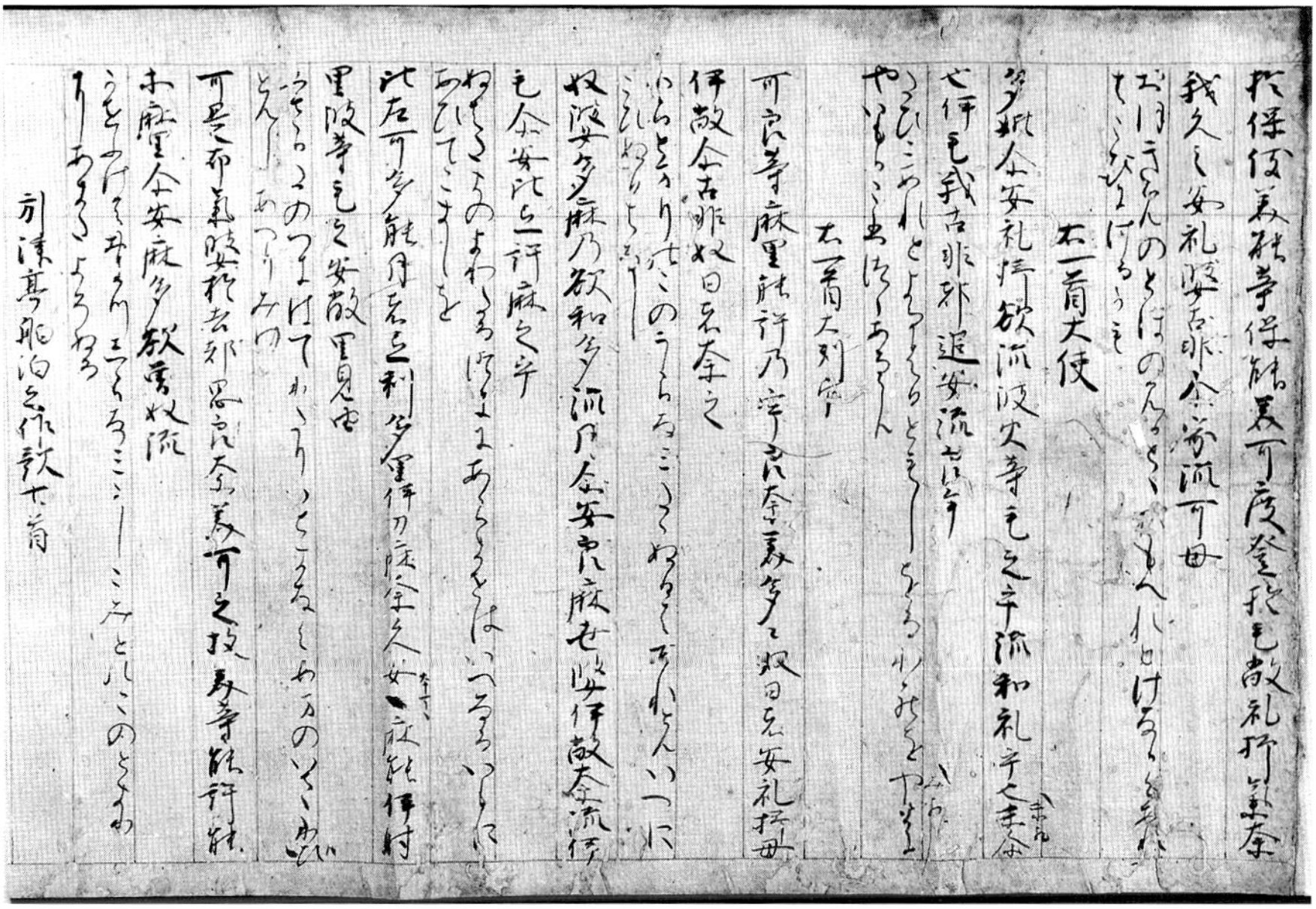

（1）

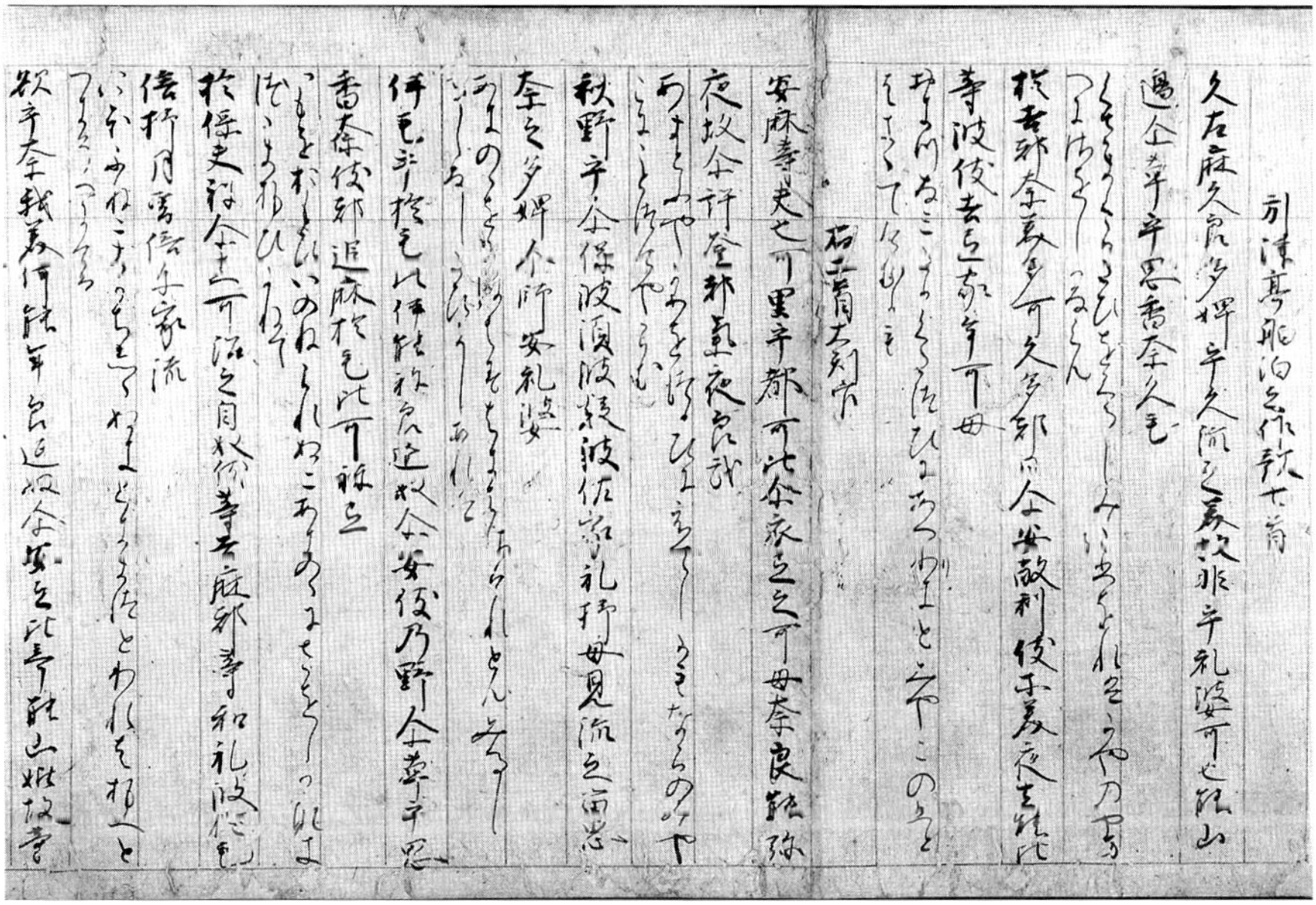

（2）

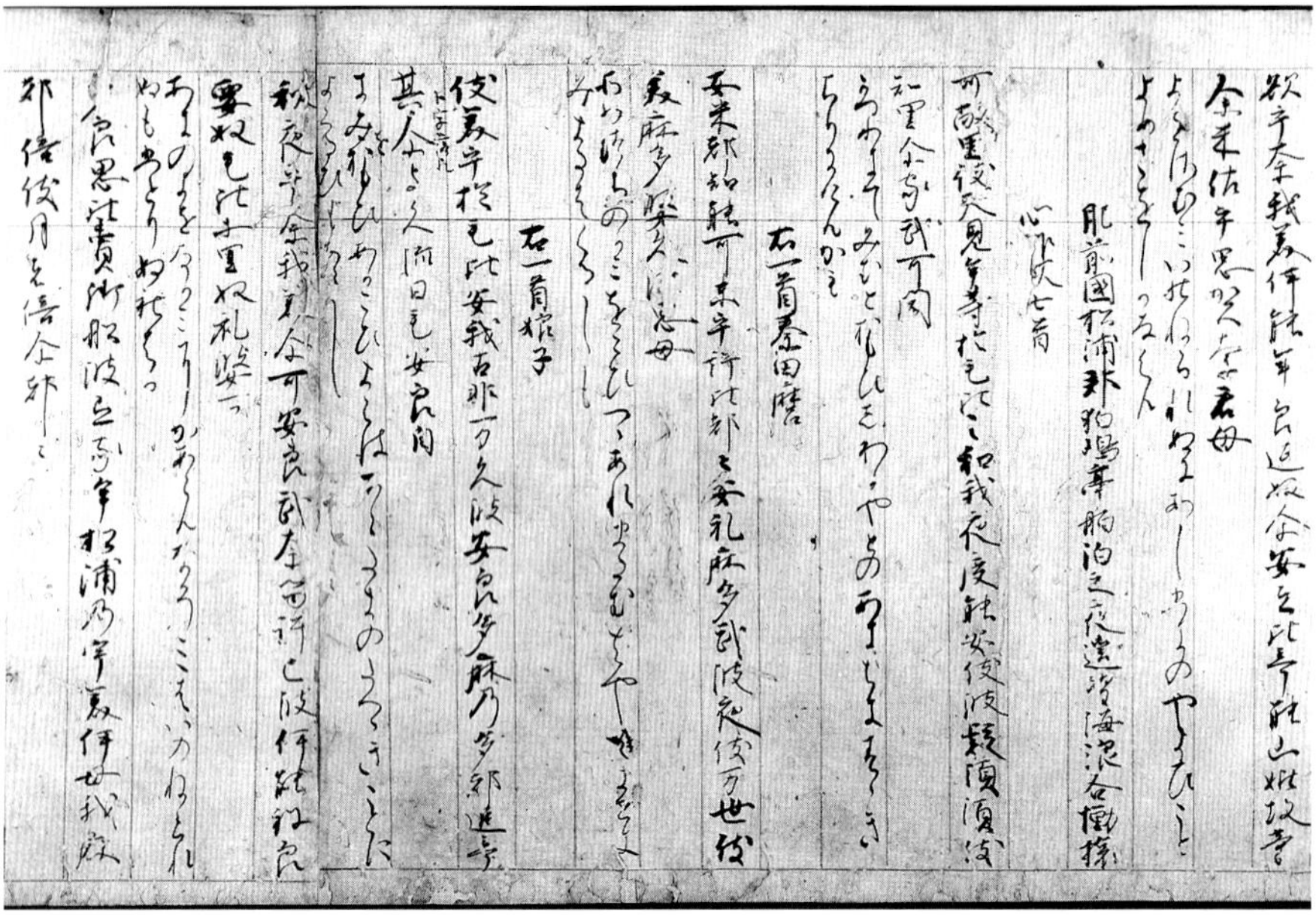

（3）

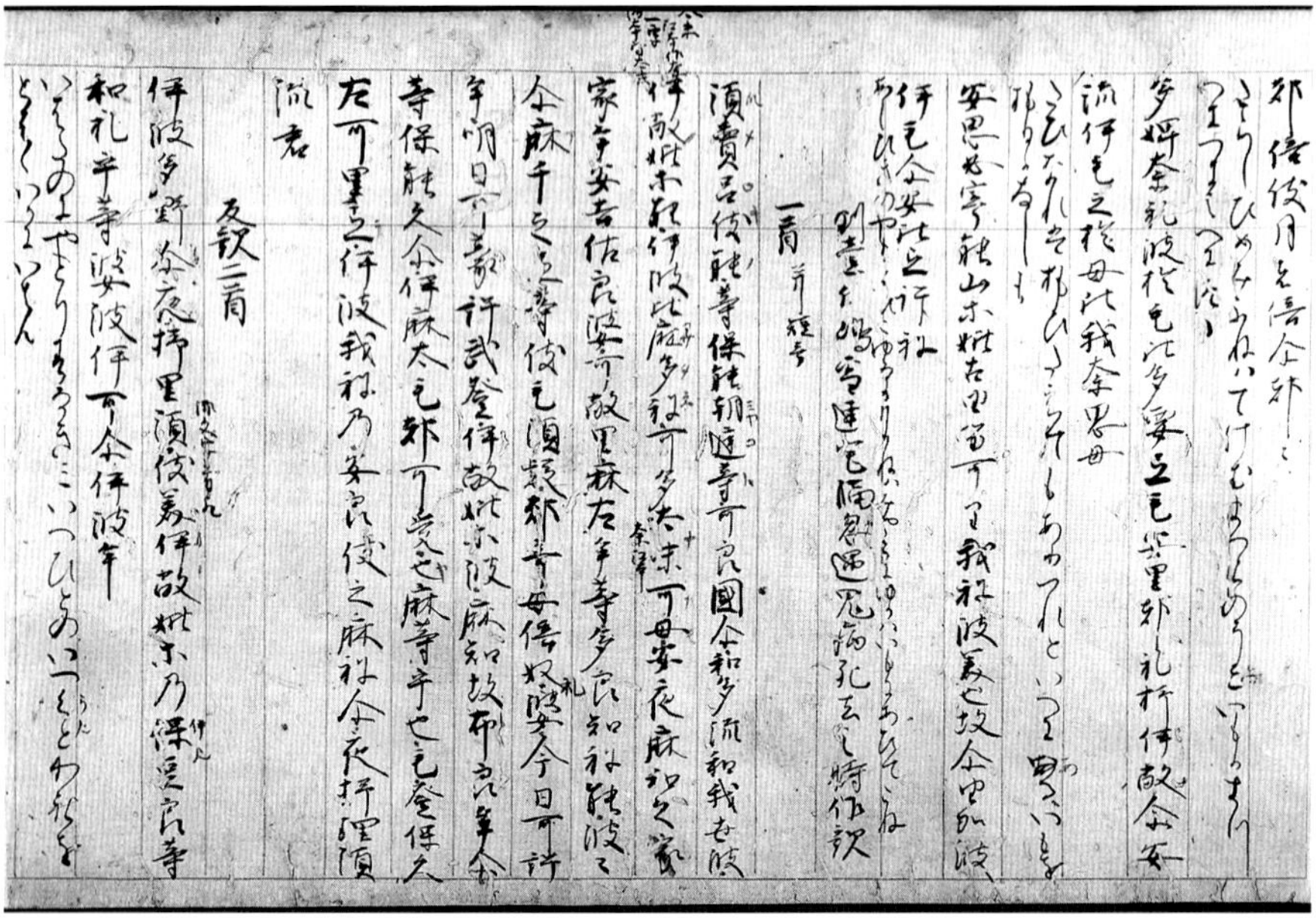

（4）

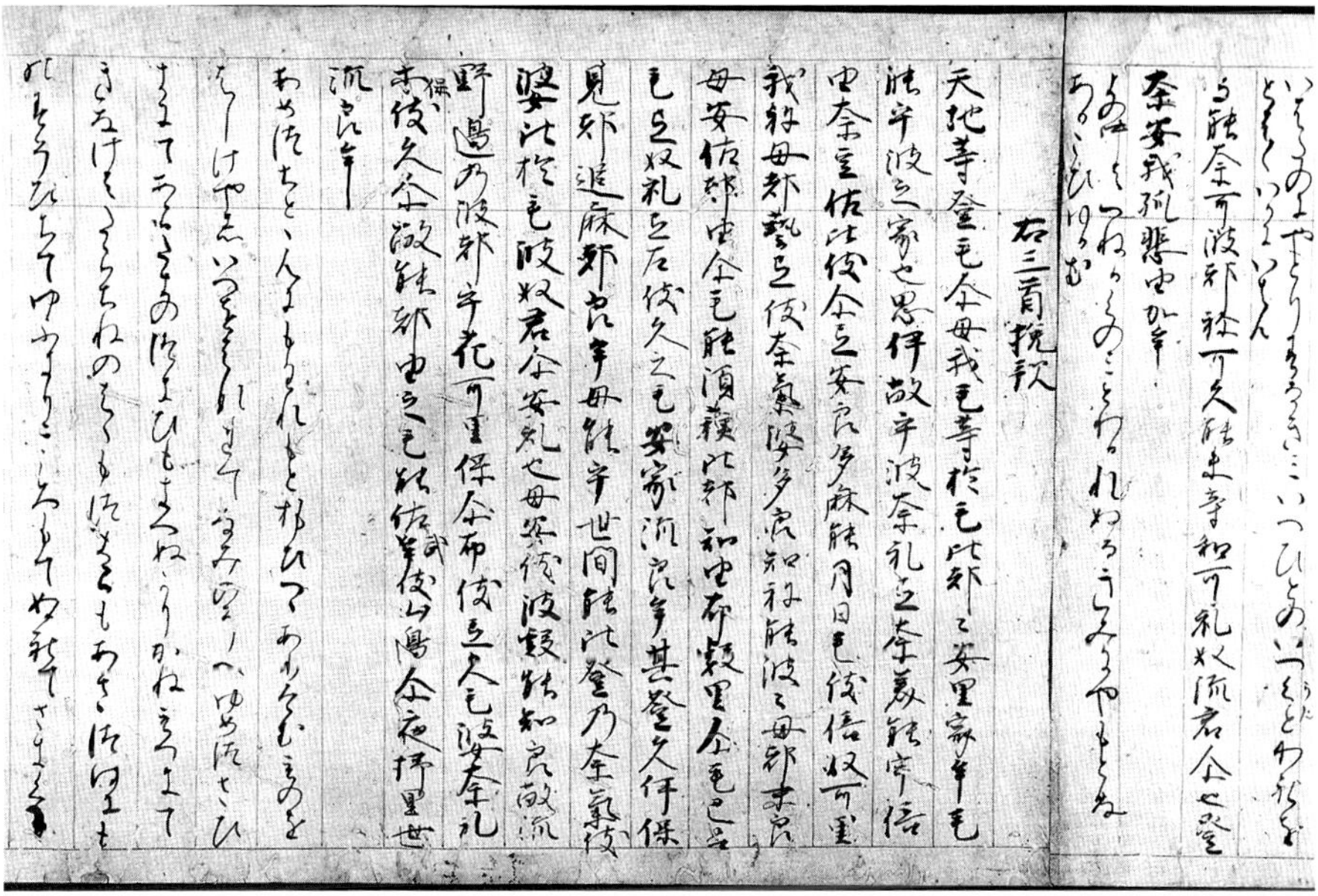

（5）

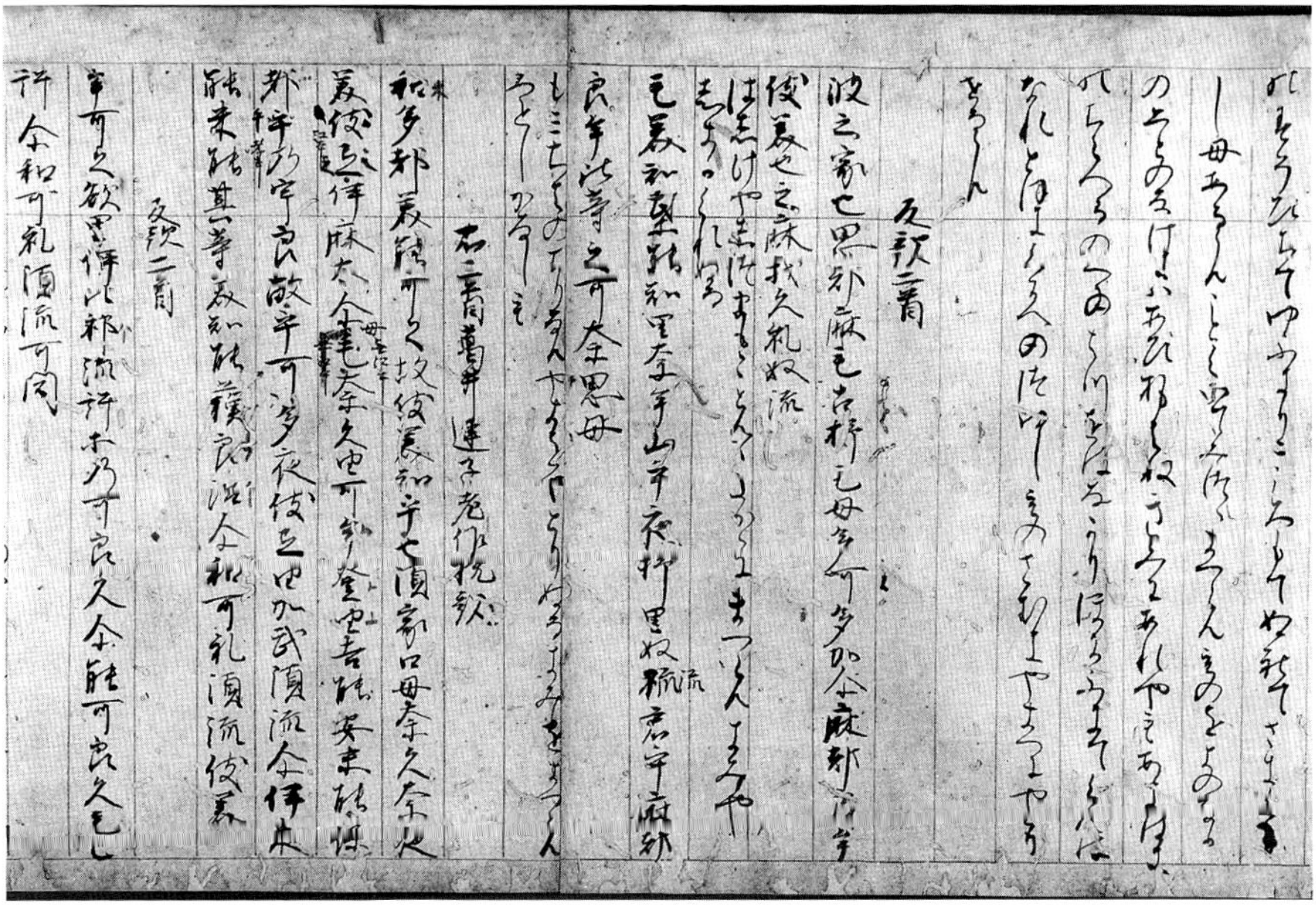

（6）

許尓和可礼須流可聞
むかしよりいひけることのからくにのからくもここにわかれするかも
新羅奇敝可伊敝尓可反流由吉能之麻由加牟多登
伎毛於毛比可祢都母
しらきへかいへにかへるゆきのしまゆかむたときも
おもひかねつも
右三首六鯖作挽歌
到對馬嶋淺茅浦舶泊之時不得順風経停五日
於是瞻望物華各陳慟心作歌三首
毛母布祢乃波都流對馬能安佐治山志具礼能安米尓
毛美多比尓家里
ももふねのはつるつしまのあさちやましくれのあめにもみたひにけり
安麻射可流比奈尓毛月波弖礼々杼母伊毛曽等保久
波和可礼伎尓家流
あまさかるひなにもつきはてれれともいもそとほくはわかれきにける
安伎左礼婆於久都由之毛尓安倍受之弖京師乃山波
伊呂豆伎奴良牟
あきされはおくつゆしもにあへすしてみやこのやまはいろつきぬらん
到對馬嶋竹敷浦舶泊之時各陳心緒作歌十八首
安之比奇能山下比可流毛美知葉能知里能麻河比波
計布仁聞安流香母
あしひきのやましたひかるもみちはのちりのまかひはけふにもあるかも
右一首大使

あしひきのやましたひかるもみちはのちりのまかひはけふにもあるかも
右一首大使
多可之伎能毛美知乎見礼婆和藝毛故我麻多牟等伊
比之等伎曽伎尓家流
たかしきのもみちをみれはわきもこかまたむといひしときそきにける
右一首副使
多可思吉能宇良末能毛美知和礼由伎弖可敝里久流麻弖
知里許須奈由米
たかしきのうらまのもみちわれゆきてかへりくるまてちりこすなゆめ
右一首大判官
多可思吉能宇敝可多山者久礼奈為能也之保能伊呂尓
奈里尓家流香聞
たかしきのうへかたやまはくれなゐのやしほのいろになりにけるかも
右一首少判官
毛美知婆能知良布山邊由許具布祢能尓保比尓米弖弖伊弖
弖伎尓家里
もみちはのちらふやまへゆこくふねのにほひにめててゆきにけり
多可思吉能多麻毛奈妣可之己藝弖奈牟君我美布祢乎
伊都等可麻多牟
たかしきのたまもなひかしこきてなむきみかみふねをいつとかまたむ
右一首對馬娘子名玉槻

右二首對馬娘子名玉槻
多麻之家流伎欲吉奈藝佐乎之保美弖婆安可受和
礼由久可反流左尓見牟
たましけるきよきなきさをしほみてはあかすわれ
ゆくかへるさにみむ
右一首大使
安伎也麻能毛美知乎可射之和我乎礼婆宇良之保美
知久伊麻太安可奈久尓
あきやまのもみちをかさしわかをれはうらしほみ
ちくいまたあかなくに
右一首副使
毛能毛布等比等尓波美要緇之多婢毛能思多由故
布流尓都伎曽倍尓家流
ものもふとひとにはみえししたひものしたゆこふるに
つきそへにける
右一首大使
伊敝豆刀尓可比乎比里布等於伎敝欲里与世久流奈美
尓許呂毛弖奴礼奴
いへつとにかひをひりふとおきへよりよせくるなみ
にころもてぬれぬ
之保非奈婆麻多母和礼許牟伊射遊賀武於伎都志保佐
為多可久多知伎奴
しほひなはまたもわれこむいさゆかむおきつしほさゐ
たかくたちきぬ
和我袖波多毛登等保里弖奴礼奴等母故非和須礼我比
等良受波由可自
わかそてはたもとゝほりてぬれぬともこひわすれかひ
とらすはゆかし

(9)

わかそてはたもとゝほりてぬれぬともこひわすれかひ
とらすはゆかし
奴婆多麻能伊毛我保須倍久安良奈久尓和我許呂母
弖乎奴礼弖伊可尓勢牟
ぬはたまのいもかほすへくあらなくにわかころもて
をぬれていかにせむ
毛美知婆波伊麻波宇都呂布和伎毛故我麻多牟等伊
比之等伎能倍由氣婆
もみちははいまはうつろふわきもこかまたむといひし
ときのへゆけは
安伎佐礼婆故非之美伊母乎伊米尓太尓比左之久見
牟乎安氣尓家流香聞
あきされはこひしみいもをいめにたにひさしくみむを
あけにけるかも
比等里能未伎奴流許呂毛能比毛等加婆多礼可毛由
波牟伊敝杼保久之弖
ひとりのみきぬるころものひもとかはたれかもゆ
はむいへとほくして
安麻久毛能多由多比久礼婆九月能毛美知能山毛宇
都呂比尓家里
あまくものたゆたひくれはなかつきのもみちのやまもう
つろひにけり
多婢尓弖毛母奈久波也伎登和伎毛故我牟須妣思比毛
波奈礼尓家流香母
たひにてももなくはやきとわきもこかむすひしひも
はなれにけるかも
回来筑紫海路入京到播磨國家嶋之時作歌五首
伊敝之麻波奈尓許曽安里家礼宇奈波良乎安我古

(10)

伊敬之麻波奈余許曽安里計礼宇奈波良乎
波伎流伊毛双安良奈余余
於志弖流奈尓波乎須支弖多知
久左麻久良多比乎宇流志久安良美尓等伊毛乎伊
之弖木乃乃麻都久
麻比己之弖思等之毛与比登
和奴伊奈弖乎波等思奈波之乃麻久乃余受
近奴伊波多余比己之毛
等与加久之毛与加乎之弖毛
奴婆多麻能餘波安家奴許毛中町余美郡乃波
麻生郡麻知波尓伎式
耶可放近伊奴武
大伴美津能等麻里余布波泥之尓多郡余比山弖仟
郡可弖近伊奴武
中尓湖尓竜あるま野井上旅子艫春訳
安之比等脉衣麻活吉近等乎漬流君平許之呂余
知之定須家久母定之
乎和以なうのやまにてとるあれやほふあるきん
君我由久道乃奈我手乎多り民陛里漏多倍乃榎狙手布
安米能大尹我母

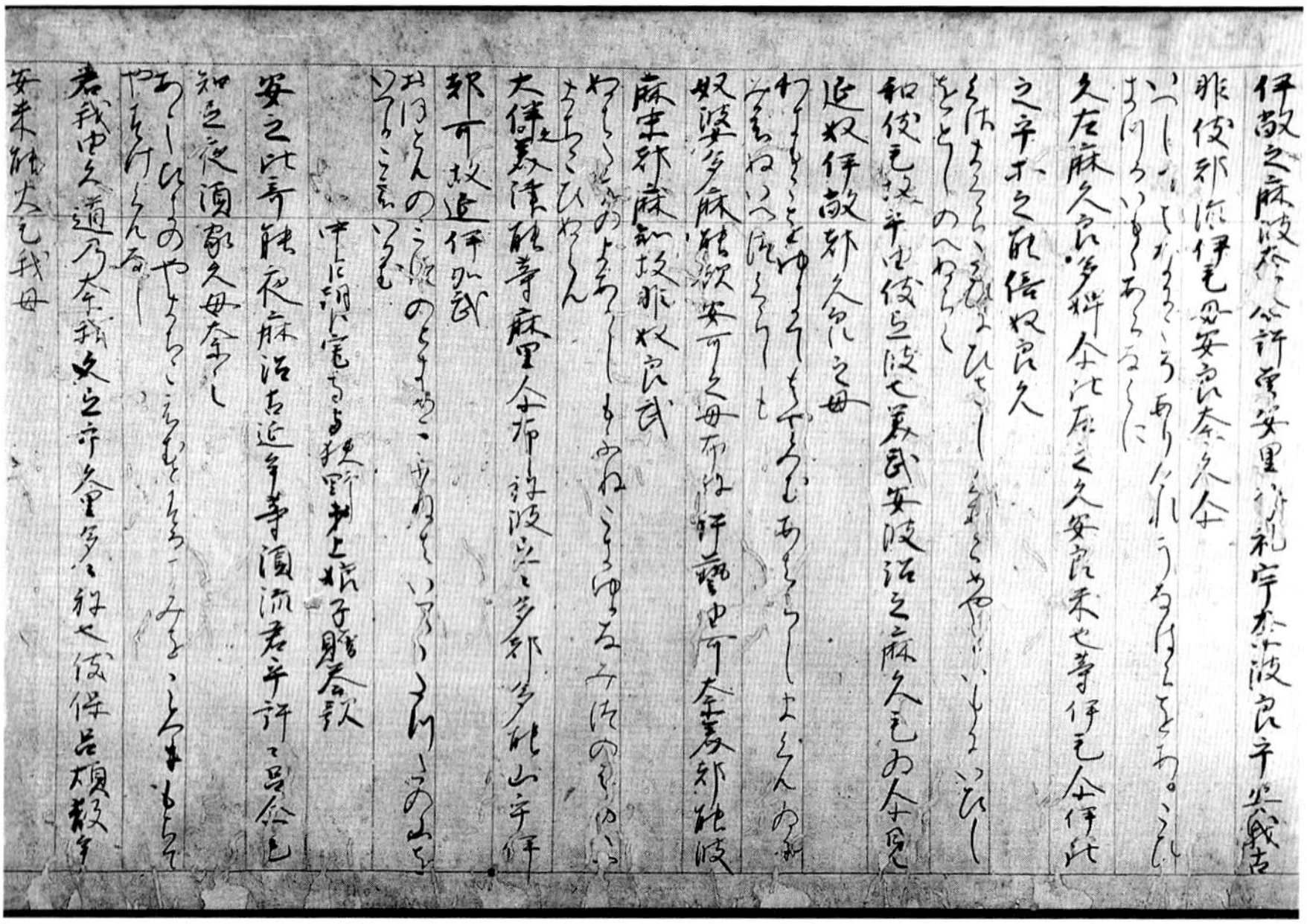

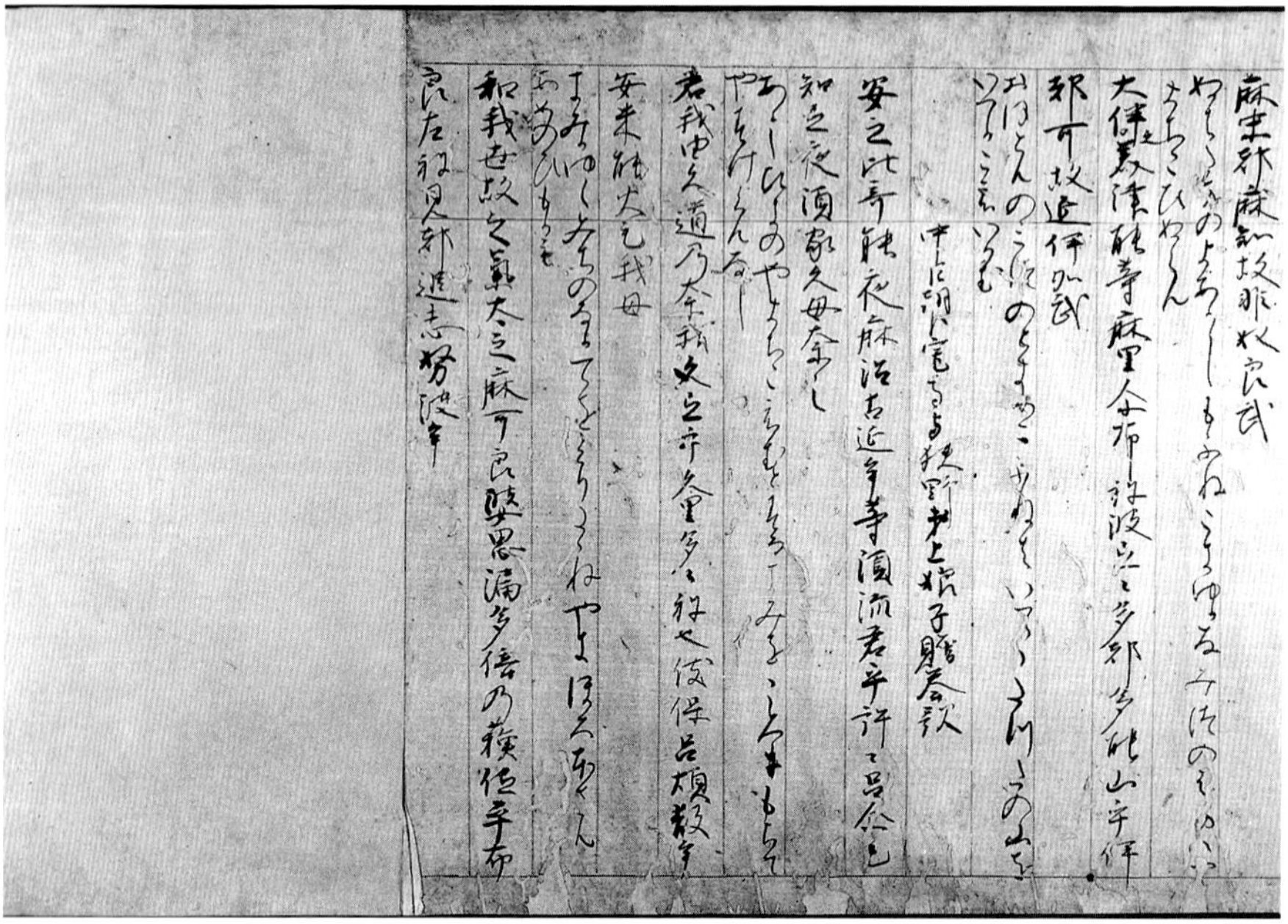

序言

本書は、『藤原定家研究』（二〇〇一）『藤原為家全歌集』（二〇〇二）『藤原為家研究』（二〇〇八）に続く、私の第四冊目の著作である。前の三著には収載しきれなかった論考を主として、全体を構成した。

私は、昭和四十六年（一九七一）四月に赴任して以来、香川大学に三十三年間在職し、平成十六年（二〇〇四）三月に定年退職したのであるが、その間徐々に、「讃岐の国（府）と文学」という、専門からは少しはずれた課題に関心を持ちはじめ、菅原道真、崇徳院、西行などの事跡に興味を抱きつつ、考えをめぐらすようになった。もとより専門を少しはなれた領域のことゆえ十全ではなかったけれども、地方に在住する研究者の使命とも考えて、講演などの機会あるごとに、『菅家文草』や『菅家後集』、『保元物語』また『山家集』などの諸作品を取りあげて講説し、啓蒙に努めてきた。そのような問題意識と関心のもとに執筆してきた何編かの論考を何とか形あらしめたいと考え、第一章にまとめて収載したのであるが、なお「解題」と銘打ったものは、第四章にも配したので、分割され整然としない憾みを残しながらも、著作全体の意図は理解していただけるであろう。

第一章では、ふり返って冠纓神社蔵天治本萬葉集の「発見」が、際立って大きな出来事であったと回顧される。私は主として伝来を中心に追究してきたのであったが、何よりも長歌三首を含む総計五十八首分という、その量の浩瀚さにおいて圧倒的であった。そのことに鑑み、本書ではせめて「口絵」としてそのすべてを収め、秘やかな記念とすることをお許しいただきたい。第五節「西行の四国への旅」も、紆余曲折の末ようやく今、その全体像を摑むことができたと思っている。

第二章は、様々なことがらを集合して構成したが、愛着のある論考は少くない。第三節、第四節、第七節などであるが、とりわけ第十一節「飛鳥井雅有『無名の記』私注」は、今も色あせていないと思っている。

第三章も、特に第一節「増鏡の和歌」、第四節「心敬和歌自注断章」などは、いささか自負するところのある成果である。

第四章は、解題稿の集成である。第一節「現存和歌六帖解題（改稿）」は、『新編国歌大観』の解題を全面改稿して提示したもの。第四節「崇徳院法楽和歌連歌巻解題」は、『新編香川叢書』の白峯寺頓証寺崇徳院法楽関係書解題の抜粋集成である。第七節「小林一茶連句帖解題」は、小豆島関係の近世期誹諧資料の考証であるが、これは思いのほか詳細にわたってしまった。以上の二節は、とりわけ讃岐の国との関わりにおいて密である。

長い年月にわたり書き貯めてきた各章節は、それぞれに時々の思考と関心のあり処を示していて一様ではないが、内容や方法においてまだ生きていると思われる論考群である。一読してご批正いただければ幸いである。

平成二十四年（二〇一二）十月

佐藤恒雄

古代中世詩歌論考　目次

古代中世詩歌論考

第一章　讃岐の国と文学

第一節　冠纓神社蔵天治本萬葉集（Ⅰ）

一　はじめに

冠纓神社（友安盛敬宮司。香川県高松市香南町由佐）所蔵の天治本萬葉集巻十五断簡について、香川県県史編さん室の依頼により、発見の当事者としていささか紹介しておきたい。

この天治本萬葉集断簡は、香川県史資料編の一冊「芸文編」に収載される資料ではない。しかし、その発見が、「芸文編」編纂のための調査の副産物としてもたらされたという経緯に鑑み、本誌（『香川の歴史』）との関係も浅からざるものがあるし、かつまた、学術研究の資料としてのみならず、それ以上に、香川県下に遺存する貴重な文化財として、一般の興味と関心を呼んだという現実もあるので、特に「香川県史」との関わりという点に配慮し、主として伝来に関することがらを中心に報告することとする。

なお、稿者はすでに、筑波大学伊藤博教授の指導下にある岡内弘子氏との共同研究として、昭和五十七年九月二十五日に開催された「筑波大学国語国文学会大会」（於筑波大学大学会館特別会議室）において、「新資料『萬葉集古写本の断簡』について」と題する口頭発表を行い、さらに、萬葉学会の機関誌『萬葉』百十一号（昭和五十七年九月二十五日刊）誌上に、忠実な翻刻ならびに全巻の写真図版を添えて、「冠纓神社友安家蔵『萬葉集巻十五断簡』―新発見天治本の紹介―」と題する共著論文を公表している。ことの性質上、本稿に述べるところは、前稿と重複する部分も少なくないことをあらかじめお断りしておくが、さらにその後に判明した新たな事実などを加えて、必ずしも専門家でない方々の理解をも得られるよう意を用いながら、紹介してゆきたい。

二　書誌・意義

冠櫻神社蔵萬葉集巻十五断簡は、一巻の巻子本として伝わっている。近年のものと思われる桐箱に入り、箱の表に「旅泊詠　藤原基俊筆」と墨書されている。

紙高（料紙の上下幅）は、二七・四糎。表紙は、二四・五糎、四弁花龍紋を織り出した金襴であるが、損傷が著しく、後続の本文料紙から剝離している。外題は、金紙題簽に藤原基俊筆と記され、見返しは金布目箔。紫の巻緒がついている。

料紙は、いわゆる仙花紙（横に簀の漉き目が見える楮系の紙。古製檀紙かとみられるが、しばらく、従来の呼称による）。全部で八紙からなり、厚手の雲母引き鳥の子紙で裏打ち装丁されている。長さは、一紙平均五五糎（第一紙五五・二糎、第二紙五五・二糎、第三紙五五・一糎、第四紙五四・八糎、第五紙五五・〇糎、第六紙五五・二糎、第七紙五五・一糎、第八紙五四・八糎）、前後の遊紙（巻首に五・〇糎、巻尾に三七・五糎。裏打ちの雲母引き鳥の子紙）を加えて、全長四八二・九糎（裏紙を含めると五〇七・四糎）に及ぶ。巻軸に象牙の丸軸頭を用いる。以上の表紙・題簽・裏打ち等を含む巻子本としての装丁は、江戸初期のものと見られる。

古筆鑑定家六代「了音」（延宝二年〜享保十年）の極札があり、表に、

藤原基俊　［於保伎美能／外題曼殊院良尚親王］一巻［琴山（角印）］

裏に「己亥九　呂音（丸印）」とある。己亥は享保四年（一七一九）である。極札の包紙に「基俊　極札」とある

（図版）良尚親王筆跡

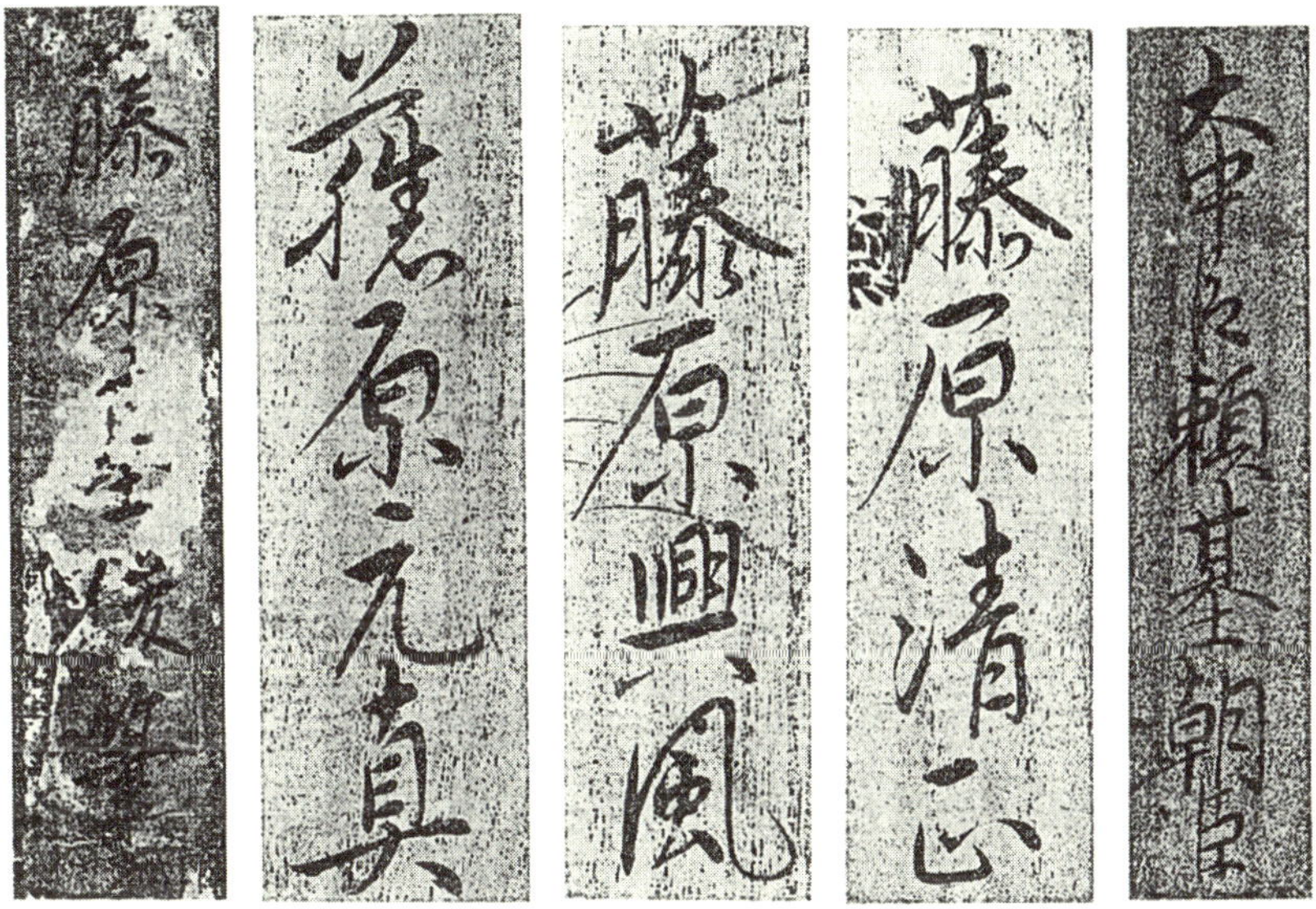

（本巻外題）　（寛文年間）　（慶安元年）

筆跡も了音のものと認められる。さらにそれを薄く小さな桐の箱に納め、表に「旅泊詠歌　基俊筆　古筆了音極」と別筆で記される。箱の傷み具合や古色などから、了音とほぼ同時代のものとみられる。

本文の筆跡は、現存する基俊の真跡「多賀切」「山名切」などに照らして、明らかに別筆であるが、外題は了音の極めのとおり、良尚親王の真跡と認められる。それは、金刀比羅宮、白鳥神社に所蔵される「三十六歌仙扁額」（高松藩主松平頼重寄進）の染筆者の中に良尚親王が含まれていて、和歌と歌仙名を書いた真跡数点が残っており、その「藤原」「基」と比較して、同筆と認定されるからである（注1）（図版）。

料紙には黒格（鈍色界線。罫線）が引かれている。罫は一紙当たり二十八行、一行の幅は二・〇糎。上下の界線は二四・六糎を隔て、上部の界線から四・七糎下ったところに横線を引き、題詞・左注の書写位置の目安としている。

この巻子本の内容は、萬葉集巻十五のうち、三六六八番歌本文「於保伎美能」から、三七二五番歌本文末尾「見都追志努波牟」まで、長歌三首を含む五十八首分。題詞を低く、歌を高く書き、訓は本文のあとに別提（別行書き）している。一行に漢字本文は一行、仮名の訓は原則として二行書きとする（口絵）。

濃淡二種の墨ならびに朱で、他本（江本、孝本等）との校異を記し、誤字や脱字を正し、長歌には朱の片仮名で、漢字の右に訓を付している個所がある。

以上の書誌に関する特徴（料紙の質と法量、界線の様相と寸法、書写様式、書入れ・付訓等）は、従来知られていた天治本萬葉集のそれと完全に合致している。

また、本巻の巻末にすぐ続く、三七二五番歌の訓以降の写真が、『校本萬葉集　諸本輯影』第五十七に「天治本萬葉集」として掲載され、昭和十五年の『三楽庵所蔵品入札』目録にも、同じ三七二五番歌の訓から三七四三番歌本文の途中まで、五十六行分の写真図版が掲載されている。五十六行は二紙分に相当し、黒格があること、添書に「竪九寸」（約二七・三糎）「長三尺六寸」（約一〇九・一糎）との記載があり、本巻の料紙の法量とほぼ一致すること、文字の特徴から本断簡の筆跡と同筆と認められることなどから、本巻と諸本輯影第五十七所掲の資料（＝三楽庵所蔵品入札目録所掲本）とは、本来同一の連続した古写本であったと知られる。

以上によって、冠纓神社蔵の古写本八紙分は、いわゆる天治本萬葉集の一部であると断定される。

天治本萬葉集とは、主として天治年間（元年、一一二四）に書写された古写本であるところから名づけられた呼称であるが、鎌倉時代仙覚の校訂を経る以前の数少い次点本の一本として、[注3]萬葉集古写本中書写年代の明なもの丶最古のものであって、桂本、金沢本、藍紙本及び元暦本と共に、平安朝に於ける萬葉集の状態を見、字体及び体裁の変遷と、訓点研究の発達とを知るに欠くべからざる貴重な資料である。[注2]

と意義づけられてきた。[注4]

その天治本は、巻十三が全巻完存するほかは、限られた巻のわずかな断片しか伝わらない。『校本萬葉集十一新増補』『同十七［諸本輯影増補］』によると、巻二が五首分、巻十が四十五首分、巻十四が八首分、巻十五は二十五首分が確認されているだけである。(注5) 今回発見された冠纓神社蔵の天治本は、その上に、巻十五の約四分の一に相当する五十八首分を一挙に追加することになる。また、岡内氏によれば、現存する次点本のうち巻十五を伝えるのは、わずかに『類聚古集』と『古葉略類聚抄』という、類聚形態に改編しなおした本のみであり、本巻のような通常の形態の本は極めて稀少な存在である。いずれの面からみても、この古写本断簡は、すこぶる貴重な資料であるといわねばならない。

三　伝　来

冠纓神社蔵の天治本萬葉集は、これまで全く未知の存在だったわけではない。『讃岐香川郡誌』(注6)第五編二章「神社誌」のうち、「由佐村、県社冠纓神社」の項に、

宝物　細川晴元の献上の冠八幡御奉加帳とか、金幣とかがあり、藤原基俊の作の旅泊詠一巻がある。

と紹介されているし、また、現在も神社正面入り口に建つ「神門」のガラスケース内に掲示されている、神社の由緒書（先代宮司友安盛員氏製作）の中にも、

冠櫻神社の御宝物

細川晴元公献上冠纓神社御奉加帳及び金幣、藤原基俊の旅泊詠一巻等

と明記されており、神社の宝物として、大切に伝えられてきたものであることを知るからである。従ってこれまでに多数の人々の目に触れてきたはずであるが、ただその「もの」が何であり、いかなる価値と意義をもつものであるかについては、正しく認識されないまま、手あつく保管されて現在に至ったのであった。

では、この天治本萬葉集断簡は、いつから冠纓神社に伝えられたのか。『冠纓神社誌』[注7]によると、基づくところは不明だが、当「旅泊詠」の写真に添えて、「延宝三年友安盛房寄附」と伝えている。

友安家には、現在、『藤原姓友安氏系図』[注8]と『友安氏系図』[注9]と題する二種類の系図が伝わっており、それらに基づいて友安氏歴代の略系図を作成してみると、次のとおりである。

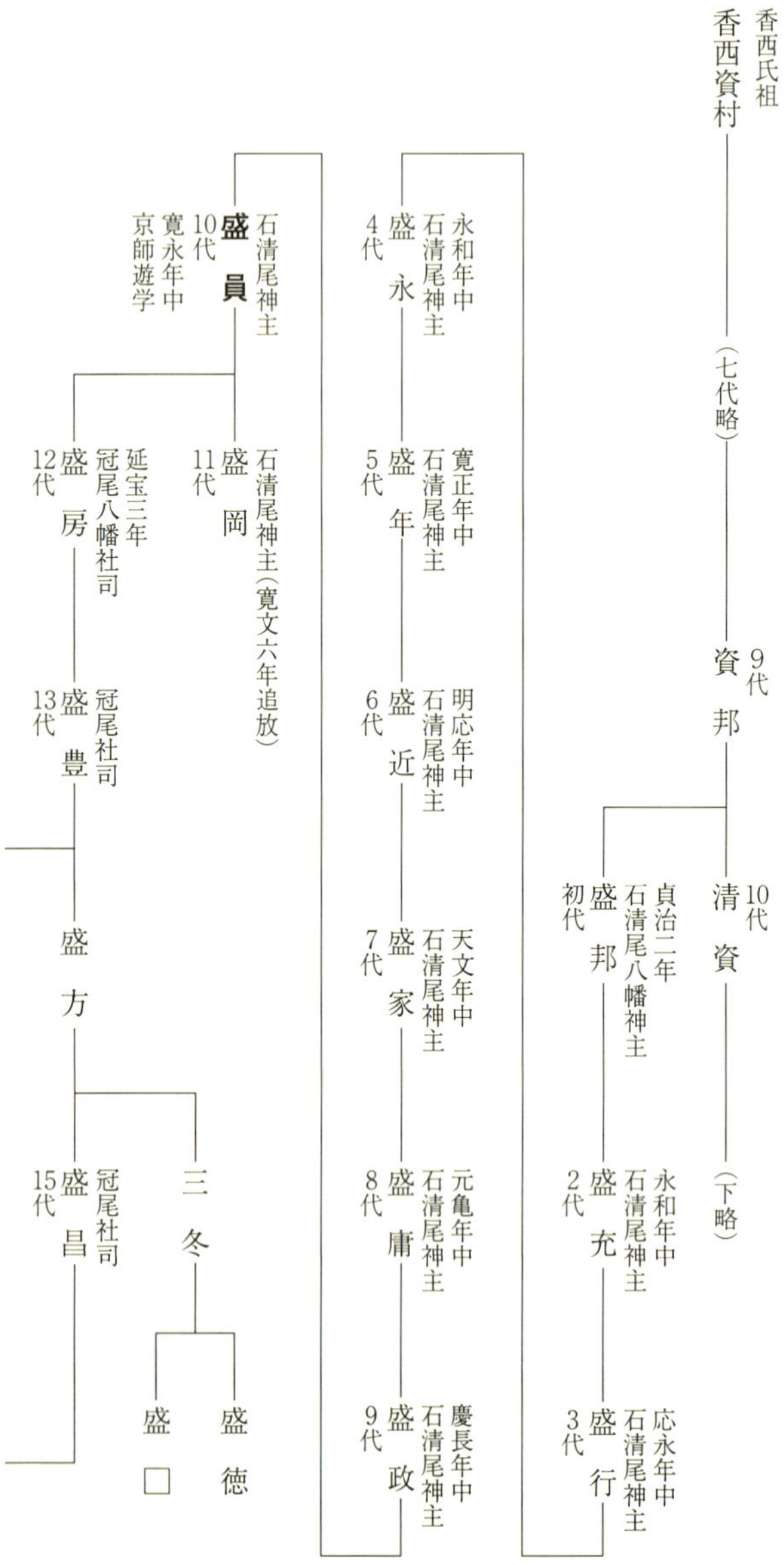

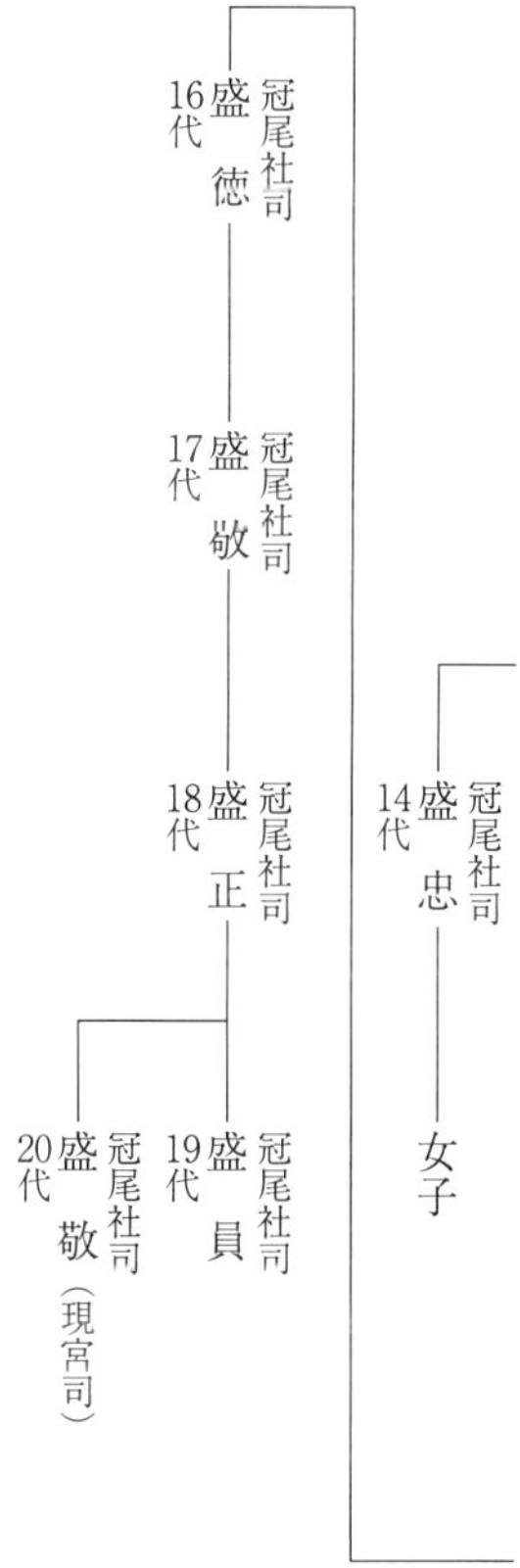

すなわち友安氏は、佐料城主香西氏十代清資の弟盛邦が、友安姓を名乗って家を興し、貞治二年（一三六三）、石清尾八幡宮の社司となって以来、代々同宮の神職として奉仕してきた家柄であった。その友安氏が冠纓神社と関係をもつようになったのは、十二代盛房の代以降である。その間の経緯は、前記系図の記載によって解明することができる。

『友安氏系図』(注10)によって、十一代「盛岡」、十二代「盛房」兄弟の事跡を、抜粋して示すと次のとおりである。

【盛岡】寛永十四年生。叙正六位下。任治郎少輔。寛文六年十二月二十六日［傍記。五年或曰三年九月］。坐事。官没収其神職及家財。放之（於）他邦。盛岡遂往京師。八年六月二日卒。年三十二。（下略）

【盛房】寛永十八年生。及寛文六（五）年。兄盛岡放於他邦。官以其資財尽賜盛房。々々退居宮脇七年。寓居上野（古高松）氏四年。於会（是）冠尾八幡宮神廟無社司。其郷民招之。延宝三年。盛房始遷居香川郡吉光村堀内宅。以掌其祭祀。元禄三年［或曰二年］。復遷居於綾郡畑田村茶園原。宝永三年十月十二日没。年六十六。（下略）

これによると、盛岡は、寛文六年十二月二十六日(注11)、事に坐して(注12)、神職ならびに家財一切を没収され、国外追放となる。没収された家伝の資財は悉く弟の盛房に付与されたが、家職としての石清尾祠官職は剥奪されたまま、盛房は謹慎退居すること十一年（宮脇の地に七年、古高松上野氏の許に四年）、延宝三年（一六七五）に至り、郷民に招かれてはじめて冠纓神社の社司となったのであった。

延宝三年に、この「旅泊詠」一巻を、盛房が寄付奉納したという社伝は、その初参の時を指しているに相違なく、社伝の信憑度は極めて高い。その後、代々の宮司友安氏が、社宝として斎き、大切に守り伝えて現在に至ったものと思われる。

では、延宝三年以前において、この歌巻は、いつ、いかなる経路で友安氏の所有するところとなったのか。そのことについては、前記系図十代「盛員」の項の記載が示唆的である。

友安刑部少輔。従五位下。石清尾八幡宮祠官。母宮武氏。文禄三年生。寛永初年。遊学於京師。謁搢紳諸家。於是清閑寺頭弁共綱卿。坊城宰相俊完卿執奏。叙従五位下。大覚寺門主二品尊性法親王賜令旨。任刑部少輔。十五年正月。著神道一滴書。（中略）慶安四年。往東都。著行記一巻。承応元年。著讃岐国大日記。万治三年八月十七日卒。年六十八。（下略）

また、右の記事の解説（明治初年系図編者の加えたものであろう）に「寛永年中数年在京。神学和歌之鍛錬仕」とも見える。

盛員は、寛永年中の数年間を京都に遊学、清閑寺共綱、坊城俊完、大覚寺門主尊性法親王らの上流貴顕と交流し、後年『神道一滴書』や紀行、また『讃岐国大日記』などの著述を残した友安氏「中古のかいき（開基）」（『友安氏系図』付箋、盛敏記）であった。友安氏歴代の中で、京都遊学の経歴をもつ人物は、この盛員以外にはいない。

清閑寺共綱が「頭弁」（弁官出身の蔵人頭）であったのは、寛永九年（一六三二）五月二日から、十六年九月十五日まで、坊城俊完が「宰相」（参議）であった期間は、同じく寛永九年五月二日から十六年二月二十三日までであった（公卿補任）。この二人の官記によって、盛員の京都遊学は、寛永九年五月以降、十六年二月の間に行われたと限定することができる。

盛員が京都を離れて帰讃した確かな年月は不明であるが、前記系図の編年事跡中に、

同年（寛永十五年）行中村天満宮遷宮式［社記云、（中略）寛永十五年戊寅。因国君生駒壱岐守高俊臣。氏家源左衛門。藤原盛政。移今地造宮。遷宮行者石清尾社司従五位下藤原盛員所書棟札今存焉。（下略）］

と見える。これによると、寛永十五年の中村天満宮遷宮式を盛員が執り行い、棟札を書き残したというから、帰讃はそれ以前であったことになる。また、同じ寛永十五年正月に著した『神道一滴書』（万治二年一月刊）の序末には、(注13)

于時寛永十五年初春日讃州亀山廟神主従五位下藤原盛員書

と記している。この「讃州亀山廟神主」という書きぶりは、江湖への出版を意識してのもの（あるいは出版に際しての付加）であった可能性もなくはないが、まだ帰讃する以前、京都での著作であったことを思わせる。もしその解してよければ、十五年正月の著述のあと、月日はわからないが、中村天満宮の遷宮式までの間に帰讃したということになろう。

盛員が京都にあった間に関係をもった、いま一人の尊性法親王は、大覚寺第三十七世門跡で、後陽成天皇の御子。この法親王に関しては、奇しくも同じ寛永十五年の八月または九月、四国遍路の事蹟が残っている。すなわち、『大覚寺年譜』(注14)「尊性親王」の「（寛永）十五戊寅」の項下に「八月尊性四国御巡覧」とみえ、『大覚寺門跡略記』(注15)「二品親王尊性」の項中には「同（寛永）十五年九月四国遍路」とある。そのことを加えて臆測すれば、あるいは盛員は、法親王の四国遍路と何らかの関わりをもち、寛永十五年仲秋から暮秋のころ扈従して帰讃したのかもしれない。(注16)

冠纓神社蔵当歌巻の外題が良尚親王の染筆であることは、この断簡と親王ゆかりの曼殊院との密接なつながりを予想させる。実は曼殊院には、かつて天治本萬葉集が伝存していた。弘化二年（一八四五）伴信友は、その時曼殊

院に所蔵されていた、巻二、巻十、巻十四、巻十五、巻十七の零本を披見し、抄写して『検天治萬葉集』を残した。巻十五についてみると、三六〇五番歌の本文第二行目「許曽安我故非夜麻米」から三六一二番歌題詞まで、三六二七番歌から三六二九番歌まで（以上いずれも冠纓神社蔵当歌巻所載歌よりも前の部分）、そして尾題と奥書のみを伝えており、当歌巻に相当する部分は全く含まれない（天治本のうち完存する唯一の巻である巻十三も含まれない）。そのことは、信友が披見した弘化二年現在、この歌巻はすでに曼殊院には存在しなかったことを意味しており、それよりもはるか以前、寛永年間に盛員の所有するところとなったことを、間接的に証している。

さて、その曼殊院二十九世門主良尚法親王は、後陽成天皇の御弟八条宮智仁親王の御子であったから、従って、先の大覚寺門主尊性法親王とは従兄弟同士という縁戚関係にあった。

以上のことを総合して判断すると、この歌巻は、他の巻々とともに、もと曼殊院に所蔵されていた天治本巻十五が、寛永のころ分割装丁され、良尚親王が外題をしたため、その良尚親王と大覚寺尊性親王との縁を通じて、さらに、おそらくは清閑寺共綱、坊城俊完らを介して、友安盛員の有に帰したものと推測される。盛員がいつそれを入手したかを証する資料はないが、外題の筆跡とそれを染筆した良尚法親王の年齢（寛永元年、三歳）に鑑み、寛永十五年の離京帰讃に際してか、それに近い時期であった可能性が最も高いと思われる。

伝来に関し、解明し得るところは、以上のとおりであるが、なお、古筆了音が当歌巻を鑑定した「己亥九」、すなわち享保四年九月には、当の盛員も、また盛岡、盛房もすでに世になく、おそらく第十三代盛豊が、鑑定を依頼して、了音の極札を得たものと推定される。そして、了音の極めとほぼ同じころのものと見られる極札を納めた桐箱の表に「旅泊詠」と記されていること（当歌巻そのものを納める箱と箱外題は明らかにそれよりも新しい）は、古筆家に鑑定を依頼したということとともども、甚だ示唆深い。盛房からこの社宝を受けついだ盛豊の代には、すでにこれが萬葉集の古写本であることも、ましてや天治本であることなどはすっかり判らなくなっていたにちがいなく、それ故にこそ鑑定を求めたのであろうが、極札の通例として、本文を書いた筆者と冒頭本文、ならびに外題筆者を記すのみで、「もの」が何であるかには触れない。結局作品が何であるかは判らぬまま、やむなく歌巻の内容によって「旅泊詠」と命名したにちがいないのである。(注17)

以後、この巻名が、「藤原基俊筆」という伝承筆者名といっしょになって、「藤原基俊の作の旅泊詠一巻」(讃岐香川郡誌)とか「藤原基俊の旅泊詠一巻」(神門、由緒書)とか、あたかも基俊の歌を収めた歌巻であるかのごとくに誤解され、萬葉集の古写本であり、天治本の一部であることは、いわば隠蔽された状態で現在に至ったのであった。

四　おわりに

冠纓神社蔵の天治本萬葉集にはじめてめぐりあったのは、昭和五十六年十一日二十日、香川県史資料編の「芸文編」編纂のための調査の一環として、三名の調査員とともに冠纓神社を訪れた時であった。稿者の主たる任務は、江戸後期の国学者友安三冬(天明八年〜文久二年)の和歌詠草類を調査することにあった。目的の調査を終了し、写真収集すべき資料を選り分けて後日の収集に備えたあと、なお若干の典籍類があることを知り、披見したものの中に、「旅泊詠　藤原基俊筆」と箱書のあるこの巻子一巻はあった。一見して鎌倉期かそれ以前の萬葉集らしいと直感したが、いかなる価値と意義をもつ資料であるかは、即座には見当をつけがたかった。ただ、少くとも、これは明らかに該当せず、また関連して収集参考すべき書目でもないと判断されたので、その時は私的にごく簡単なメモをとって帰ったにすぎない。そのメモにより確かめたところ、果たしてその内容は、萬葉集巻十五の三六六八番歌本文から三七二五番歌の本文に至る、五十八首分を含む歌巻であることが知られ、書写年代の古さともども、さらに考究すべき価値あるものと判断された。

一週間ほどして、前回の調査に基づく資料の収集作業に同行した際、友安宮司にことの次第を話して許可を得、写真撮影を行った。その後、写真によって調査を進めたところ、書写の時期は、藤原基俊筆と伝承されるとおり、平安末期を下らないであろうこと、しかし基俊の筆跡ではないこと、たまたま古書展で入手した『三楽庵所蔵品入札』目録（前引）に掲載されていた「重要美術品　俊忠卿萬葉集巻」が、この歌巻の末尾に直接する二紙分で（それが『校本萬葉集　諸本輯影』に「天治本萬葉集」として掲載されている断簡と同一のものであること、また『校本萬葉集十一　新増補』にも採りあげられていること等を知ったのは、翌年三月末になってからであったが）、戦前の重要美術品に指定されている(注18)ことから、八紙、五十八首分を有する本巻は、美術品・文化財としてすこぶる貴重であること、などを知りえた。

一方、稿者の専攻が中世和歌にあることを知った友安宮司から、藤原俊成筆の四幅対があるので鑑定してほしい(注19)という私的な依頼を受けて、十二月十七日に神社を訪れた際、この歌巻の貴重である所以と、今後はさらに萬葉集の諸本研究の立場から、学術的に精査する必要がある旨を報告説明した。対して友安宮司は、この歌巻がいかなる「もの」であるかの鑑定と、正当な価値の解明を強く希望され、調査研究についての一切を稿者に委任された。

年末年始の怱忙の期間をおき、五十七年一月中旬以降本格的な調査を開始したが、神社や伝来に関することがらについては、比較的容易に解明が進んだものの、ものが萬葉集であるだけに、内容面からする十全な意義の解明のためには、萬葉研究の専門家の手に委ねた方が、より的確、より速かに学界に貢献できると判断された。そこで二月二日、高松市出身の後輩である、筑波大学大学院文芸・言語研究科院生岡内弘子氏に、写真と『三楽庵所蔵品入札』目録所掲図版のコピーを送り、調査を勧奨依頼した。氏は伊藤博教授に報告、その指導下に調査を進め、稿者も独自の追求を続けたが、その後の双方における研究の進展と、天治本であることとの見極めの経過については、大略、前記岡内氏との共論中、伊藤教授の「まえがき」（本書収載なし）に記されるとおりである。その後、伊藤教授の配慮により、稿者と岡内氏との共著として紹介論文を草することとなり、書誌と伝来については主として佐藤の調査をもとに、内容・意義に関しては工として岡内氏の調査考究を基礎として、さらに翻刻も含め両者の合意したところに基づいて岡内氏が素稿を書き、佐藤が改稿補筆して成稿し、公表した。もとより、その背後に、伊藤博教授の、適切な助言と指導、発表誌の選定ならびに斡旋、その他万般にわたる高配と力添えのあったことを、特に明記しておきたい。

なお、その共論においては、本稿では省略してとりあげなかった内容的な特質と意義についても、主として岡内氏の労により詳細に追求してあるので、あわせ参照されたい。

【注】

（1）扁額については、佐藤恒雄「三十六歌仙扁額管見―香川県下の遺品八点を中心に―」（香川大学教育学部研究報告第一部第三十六号、昭和四十九年二月）。→本書第一章第六節。

（2）完存する巻十三は、奥書から天治元年（一一二四）六月二十五日、『検天治萬葉集』に写し留められた奥書によって、巻十四は天治元年八月一日、巻十五が八月八日、巻二は大治四年（一一二九）二月二十六日に書写されたことがわかる。

（3）「訓読の歴史を辿れば、加点の時代の先後から、古点・次点・新点の三種に分けられる。天暦年間（九四七〜九五七）、『後撰和歌集』の撰者でもあった源順らの五人が宮中の梨壺ではじめて『万葉集』に訓をつけた。これを古点という。このとき読まれた歌は約四千首であったというが、その古点と見るべき本は現存しない。この古点に次いで鎌倉の仙覚が出るまでに幾人かの人が、何代にもわたって訓をつけたのが次点であり、その歌は約二、三百首という。この時期の写本を次点本といい、これには桂本をはじめ約十種の写本が残っている。仙覚は残った読みにくい百ないし百五十首の歌に訓をつけ終えた。これが新点である」（小学館・日本古典文学全集『萬葉集（1）』解説）。

（4）『校本萬葉集　一』（岩波書店、昭和六年六月）「萬葉集諸本系統の研究」。

（5）『検天治萬葉集』（京都大学附属図書館蔵）（直接調査した岡内氏所持の写真からコピーした資料による。以下同じ）には、現在確認されている歌とは全く別に、巻二に九首、巻十に四首、巻十四に十首、巻十五に五首、巻十七に四首の歌が写し留められている。

（6）『讃岐香川郡誌』（香川県教育会香川郡部会編。昭和十九年十二月）。

（7）『冠纓神社誌』は、先代宮司、友安盛員氏稿本（昭和五十二年八月稿）。

（8）『藤原姓友安氏系図』（一巻）。記載内容の下限から、天保二年友安三冬の編になると見られる。

（9）『友安氏系図』（一冊）。記載内容の下限から、明治初年の編に成ると見られる。

（10）『友安氏系図』（一冊）。三冬編天保系図の記事をすべて含み、かつ編年事跡を付すなど詳細であり、また正確でもあるので、これによる。引用にあたっては、句点を付し、天保系図の異文を右に傍記する。

（11）天保系図は、追放を五年または三年とするが、当系図の編年事跡中、六年十一月十一日にはまだ石清尾祠官として奉仕しているから、六年が正しいであろう。

（12）『讃岐人名辞書』（梶原猪之松著。高松製版印刷所、昭和三年八月）によれば、僧事を兼務すべしとの藩主松平頼重の命に対し、僧道奉祀は古来よりの制式にあらざるを論じ、固辞したため、忌諱に触れたという。

（13）『香川県神社誌』（香川県神職会、昭和十三年十二月）によれば、現在の中野天満宮（高松市天神前）の前身で、社名は寛文十二年（一六七二）に改称されたという。

（14）『大覚寺年譜』は、書陵部蔵（陵・七八）写本、一冊による。

（15）『大覚寺門跡略記』は、『続群書類従』（第四輯下）による。

（16）『国文東方仏教叢書』（第七巻、紀行）に、「空性法親王四国霊場御巡行記」なる紀行が収載され、伊予史談会編刊『四国遍路記集』（昭和五十六年八月）に再録されている（ただし原本の所在は示されておらず、不明）。紀行そのものは、四十四番菅生山大宝寺に始まり一巡してここで終わる、美文調の札所案内で、法親王の影もうかがえないが、その奥書に、

抑此一巻者、洛西嵯峨御所大覚寺宮二品空性法親王殿下、寛永十五年秋起八月同終十一月、予土阿讃四国霊場御巡

行之途、路名区旧跡扈従之節、依台命聊執筆畢
予州菅生山大宝寺　権少僧正　賢明（花押）

とある。管見にふれた門跡記の類には空性四国遍路の記事はみえず、紀行の内容ともども不審は残るが、この奥書によると、尊性法親王と全く時期を同じくし、八月から十一月にかけて、一代前の門跡空性法親王も四国を巡歴し、巡行記の著者賢明が扈従したという。両者の関係ならびに時期の一致からみて、叔父甥二代の大覚寺門跡うち揃っての四国遍路であった可能性が大きい。

(17) 『萬葉集』の巻第十五は、天平八年、阿部朝臣継麻呂を遣新羅大使とする使人らの一行が、別れを悲しんで詠んだ贈答歌や、海路において心を傷め思いを述べ、またその所々で詠んだ歌群百四十五首と、中臣宅守と狭野弟上娘子との贈答歌群六十三首の、二つの大歌群からなっている。そして、当歌巻の五十八首は、終わりの三首が第二の歌群冒頭の娘子から宅守に贈られた歌であるのを除き、大部分が、使人らの海路新羅国往還途上における旅中の歌で占められており、そのような歌の内容による呼称であることは疑いない。

(18) 『重要美術品等認定物件目録』（思文閣、昭和四十七年十二月）に収められている、文部省教化局編纂「重要美術品等認定物件目録」（昭和十七年三月二十一日現在）によると、昭和九年五月十八日認定の「紙本墨書万葉集巻第十五断簡（天治本）一巻兵庫県山口吉郎兵衛」、上部欄外に「岡山県大原孫三郎旧蔵」とあるのが、これにあたると思われる。なお『三楽庵所蔵品入札』目録の書入れによって、大阪美術倶楽部における、昭和十五年二月十六日の、落札価格は三二九〇〇円であったことがわかる。

(19) 残念ながら俊成筆でなく、近衛家平の右大臣時代（嘉元三年十二月二十一日〜延慶二年十月十五日）の和歌懐紙四幅であったが、これもおそらく盛員が京都から将来したものではなかろうか。

【附記】『萬葉』第百十一号の紹介稿においては、所蔵者名を「冠纓神社友安家蔵」としたが、上来述べきたった伝来の様相に鑑み、本稿では「冠纓神社蔵」と改めた。

第二節　冠纓神社蔵天治本萬葉集（II）

一　はじめに

冠纓神社蔵『天治本萬葉集』は、巻第十五の残巻一巻。内容は、巻第十五のうち、三六六八番歌本文「於保伎美能」から三七二五番歌本文末尾「見都追志努波牟」まで、長歌三首を含む五十八首分。昭和十五年三月大阪美術倶楽部における『三楽庵所蔵品入札』目録に写真図版が掲載されている「重要美術品　俊忠卿萬葉集巻」（竪九寸、長三尺六寸）(注1) 二紙五十六行分（三七二五番歌訓以下三七四三番歌本文第四句「伊母」まで）に直接する、一連の断簡である。

二　書　誌

当歌巻は、発見されるまで、蓋中央に、

旅泊詠　　藤原基俊筆

と墨書された、比較的新しい桐箱に入れて保管されていたが、現在は新しい二重箱（茶漆塗外箱、桐内箱）に納められている。

紙高は、二七・四糎。表紙は、長さ二四・五糎の二重菱繫ぎに龍窠文を織り出した金欄。傷みと疲れが甚だしく、破損して二分し、かつ後続の本紙からも剝離している。発装の竹に平打の紫巻緒を付す。見返しは金布目箔。

題簽は、縦一六・三糎、横二・九糎の金紙に、

藤原基俊筆

と記される。これまた疲れ傷んで磨耗し、表面の金がかなり剝落している。

料紙は、楮質の素紙。従来「仙花紙」と称されてきた、横に簀の漉き目が見える比較的薄手の紙である。和紙研究家久米康生氏の高教によれば、「檀紙（古製）」と称するのが正しいという。（注2）

料紙は全部で八紙をつなぎ、雲母引きの厚様鳥の子紙で裏打ち装幀されている。料紙の紙幅は、第一紙五五・二糎、第二紙五五・二糎、第三紙五五・一糎、第四紙五四・八糎、第五紙五五・〇糎、第六紙五五・二糎、第七紙五五・一糎、第八紙五四・八糎、遊紙（裏打ちの雲母引き鳥の子紙）は、巻首に五・〇糎、巻軸に三七・五糎。巻首の遊紙表には、紙質・色ともに本文料紙に近い楮質の素紙を貼付している。以上合計の全長は四八二・九糎。表紙を含めると五〇七・四糎に及ぶ長巻。巻軸には象牙の丸軸頭を用いる。

なお、元来の装幀の裏打ち紙か、本巻装幀の際に加えられた紙であるかは不明であるが、料紙と裏打ちの雲母引き鳥の子紙との間に、さらに薄い素紙一枚がある模様で、それらの厚みと硬さのため、巻軸に近づくにつれて縦の巻き折れが目立つ。

以上、表紙や題簽を含む現存残巻としての装幀は、江戸初期を下らない。

料紙には黒格（鈍色の罫界）が引かれている。縦の罫界は、一紙二十八行分。一行の幅は二・〇糎。天地の罫線の距離は二四・六糎を隔て、欄外の余白は僅少であるが、上部の方がやや広い。さらに天の罫線から四・七糎下った位置に、横に一本の罫線を引き、題詞ならびに左注の書写位置の目安としている。

書写の様式は、題詞を低く、歌を高く（題詞は中間の横罫上一字の位置より、左注は横罫以下に）書記し、訓は、本文の

あとに平仮名で別提している。罫界一行に、漢字本文は一行に一行（一行二十字前後）、仮名訓は原則として二行（一行二十四字前後）書きとする。三六九一番の長歌は例外で、別提の仮名訓も罫界一行に一行をあてて書写している。また、行間に書き入れられた訓も、三六八七番歌、三七〇〇番歌の二箇所に見られるが、これらは書き落しに気づき、直後か書写後の校合の際に、同筆で後補したものであろう。

濃淡二種類の墨、ならびに朱で、他本（江本・孝本・その他諸本）との校異や校合注記、誤字や脱字の訂正補入等を記し、長歌には朱の片仮名で右に傍訓を施したところがある。

なお、おそらく元来の巻第十五の装幀が破損し、約四分の一に相当する本巻の部分のみを新たに現存の形に装幀した際に、料紙の天地および継ぎ目の部分若干を裁断して揃えたらしく、欄外に書き込まれた文字の頭部が切り落され（第三紙上部欄外注記。口絵(4)）、継ぎ目の糊代に文字が隠れて判読し難くなった箇所もある（第七紙一行目。口絵(7)(8)）。

以上、料紙の質と法量、罫界の様相、題詞と本文の高低関係、漢字本文と仮名訓を別提する書写様式、校合注記や訂正・付訓のありようなど、当歌巻の書誌に関する特徴は、従来知られていた天治本萬葉集の特徴（『校本萬葉集一［首巻附巻］』『古筆大辞典』等参照）と、完全に合致している。

三　筆　者

冠纓神社の天治本萬葉集には、古筆了音の極札が添えられている。了音は古筆鑑定家の六代目で、延宝二年（一六七四）生、享保十年（一七三二）六月没、五十二歳。極札は、縦一四・四糎、横二・二糎大の、銀で青海波紋を摺った金紙で、表に、

藤原基俊　［於保伎美能／外題曼殊院良尚親王］　一巻（「琴山」角印）

裏に、「己亥九（「呂音」の楕円印）」とある。了音存生中の「己亥」は、享保四年（一七一九）である。極札の包み紙

（楮紙）表に、「基俊　極札」とある筆跡も、極め札の字と同筆で、了音のものと認められる。さらにそれを薄く小さな桐箱に納め、表に、

基俊筆
旅泊詠歌　　　古筆了音
極

と、これは別筆で記される。しかし、箱の傷み具合や古色から、了音とほぼ同時代のものと見てよいであろう。

題簽の外題が曼殊院良尚親王の筆跡だという了音の極めは、時代が近接しているという点でも信頼に値するが、残存する真跡と比較してさらに確実なものとなる。例えば、香川県下の金刀比羅宮ならびに白鳥神社所蔵三十六歌仙扁額（前者は慶安元年、後者は寛文年間、ともに高松松平藩初代藩主頼重寄進）の、和歌染筆者中に良尚親王が含まれていて、その筆跡、特に「藤原」「基」と比較して、確かに同筆だと認定することができる（十一頁図版参照）。

良尚法親王は、曼殊院の第二十九世門跡。後陽成天皇の御弟八条宮智仁親王の御子として、元和元年（一六二二）誕生、寛永九年（一六三二）後水尾院の猶子となり、同十一年曼殊院に入室得度、十六年受法灌頂、元禄六年（一六九三）に七十三歳で入寂した。現在の曼殊院は、この良尚親王によって、明暦二年（一六五六）、東山御所東北隅石薬師門西の旧地から、現在の地一乗寺に移室されたという（新井栄蔵「曼殊院資料の背景」『国語国文』第五十一巻第二号、昭和五十七年二月）。

装幀が江戸初期を下らないと見られることとあわせて、本残巻は、良尚親王の時代に、現存のかたちに装幀された歌巻であるにちがいない。

その良尚親王の外題に「藤原基俊筆」とあることは、その当時の曼殊院において、少くとも巻第十五については、筆者を基俊と伝承していたことを意味している。また、享保四年の了音の極めも、それを追認するように、本文筆者は藤原基俊であるという。基俊は、康平三年（一〇六〇）に生れ、康治元年（一一四二）没、八十三歳。俊頼とと

もに平安末期の歌人・歌学者として高名で、俊成の師でもあった。従って、時代はまさしく合致するが、しかし、現存する基俊の真跡「多賀切」（和漢朗詠集切。永久四年奥書と自署がある）「山名切」（新撰朗詠集切）に照らして、これは明らかに別筆である。

『校本萬葉集 十一』（昭和五十五年）「萬葉集諸本並びに断簡類の解説」、『校本萬葉集 十七』（昭和五十七年）「補遺」によると、天治本萬葉集は、巻第二が五首分、巻第十が四十五首分、巻第十三が全巻、巻第十四が十首分、巻第十五が二十五首分（それに、本残巻の五十八首分が加わり、八十三首分となる）、残存または写真図版として存在すること、それとは全く重ならず、『検天治萬葉集』に抄写される、巻第二の九首分、巻第十の四首分、巻第十四の十首分、巻第十五の五首分、巻第十七の五首分の存在することが確認されている。

それらのうち特に巻第十の断簡については、「仁和寺切」と称し、筆者を御子左忠家と伝承している。かつて仁和寺に存したところからの呼称かといわれているが、文化元年の『古筆名葉集』には、まだこの称も、またこれに相当する切れも存在せず、安政五年の『新撰古筆名葉集』に至ってはじめて登場する。一方、天治本の巻第十は、弘化二年伴信友が披見した時、少し欠けてはいたがほぼ完全な姿で曼殊院に存したことが知られる（後述）から、弘化二年以後安政五年以前の十年余りの間に、曼殊院から流出して仁和寺に帰属、そこで切断されてこの称が用いられるようになったのであろうか。仁和寺における天治本巻第十の伝来をもっと古くからとみる見解（『古筆大辞典』）は、いかがなものか。

ちなみに、巻第十の現存確認分四十九首について、その巻中における分布をみると、一点二首分（一八三四・一八三五）の例外を除き、その他は、巻十のほぼ中間以前四分の一ほどの間に集中している（一九四四〜二〇〇四）。

これを御子左忠家の筆跡とする伝承については、既に誰もが指摘するとおり、忠家は天治より約三十年前の寛治五年（一〇九一）に没しているから、天治・大治の頃書写の天治本萬葉集巻第十の筆者ではありえない。

また、本残巻と同筆で、後続する二紙分（『三楽庵所蔵品入札』目録所掲）の筆者も、御子左俊忠と伝承されてきた。しかし、俊忠は、巻第十五が書写された天治元年の前年に没していて、やはり巻第十五の筆者たりえない。

天治本の巻第十三・第十四・第十五の三巻は同筆であるとする通説に対し、『萬葉』百十一号掲載の岡内弘子氏との共著紹介稿においてそれを否定し、巻第十三は異筆であるとする見解を述べたが、それは撤回しなければならない。巻第十四については残存するところ極めて少く、『百代草』（大正十五年、竹柏会）所収の断簡と『検天治萬葉集』の影写本文を材料にして三者を比較検討すると、確かに巻第十三は、仮名訓をも罫界二行に書き、題詞は中間の横罫以下に、左注は一字分の空白をおいて書記するなど、罫界の用法において巻第十四・巻第十五とは明らかに異る（ただし、巻第十四の末尾三五七七歌は、仮名訓をも罫界二行に書き、途中も片仮名一行の行間書入訓があるなど、一様ではない）。平仮名の使用字母についても、例えば「そ」は、巻第十四・巻第十五が「曽」のみであるのに対し「所」を最も多用し、なお「楚」も用いていたり、「り」「る」は「利」「留」の他に「里」「流」を多用、逆に「ひ」「ゐ」は「比」「日」「末」のみで、巻第十五に多用される「悲」「万」の使用は見られない、などの相違があり、全体的な印象も別筆であるらしく見える。しかし、それらは書本を承けている可能性もあり、決定的な異筆の証拠とはなしがたく、判定に当っては当然筆跡そのものの同否を優先しなければならない。そこで三つの巻の漢字をまず検すると、「心」「思」「恵」などの「心」の最終画を右に長く延ばす癖、「家」「蒙」などの「家」の書き癖、その他「集」「歌」「等」などなど多くの字が、一見した時の印象とは異り極めて近似した様相を呈していることに気づく。また平仮名の書体に関して、「おも」の二字の一部ずつを組み合せた二合体で書く点においても三者は共通しているのであって、三巻はやはり同筆と認めてよいであろう。巻第十三のみが異質であるとの印象を受けるのは、全体に字が大きく、楷書・行書で丁寧にゆっくり書していること、対して巻第十四・巻第十五はかなりの速筆で、行草連綿が多いからに相違なく、そうなった一半の理由は、巻第十三が、巻第十四（八月一日）・巻第十五（八月八日）より一箇月以上前の六月二十五日に書写されたという、時間的な隔りに基因するに相違ない。

小松茂美「平安朝書写の万葉集諸本」（『萬葉集の古筆』昭和四十六年）は、元来の天治本萬葉集二十巻を、その書風から、三人が分担書写したと説く。すなわち、巻第一・第二・第三・第四・第五・第二十が一筆、巻第六・第七・第八・第九・第十・第十一・第十二が一筆、巻第十三・第十四・第十五・第十六・第十七・第十八・第十九が一筆であったという。しかし、『検天治萬葉集』にのみ留められて残る巻第十七の筆跡は、遺存する他のどの巻とも明らかに異筆であるから、少くとも四人、おそらくはもっと多数の人たちによる寄合書であったと思量される。

四　伝来（1）

外題を揮毫した良尚法親王ゆかりの曼殊院には、時代は下り幕末のころ、天治本萬葉集の零本や残欠が伝存していた。周知のとおり、弘化二年（一八四五）、国学者伴信友がはじめて研究者としてそれらを調査し、部分的に影写して『検天治萬葉集』を残すとともに、巻第二については、校合のかたちでそれを後世に留めた。

信友が披見に至るまでの執心、披見した時の天治本の様相等は、直後に黒川春村に書き送った書簡（木村正辞『萬葉集書目提要』明治二十一年に所引）に明らかである。


弘化二年四月八日の状ニ云。兼而粗御咄申候萬葉。昨日或所之古辛櫃中より出現。別紙写参り候。片紙二枚別ニ大ハンニヤ一枚即入貴覧候。五箇年已前在都之他国人ちらと聞附候とて申越。其後色々手を尽し候へ共実ニ其在所詳ならず。されど元来浮たる人之咄にてはあらざりしと申事故。不測ニ上京仕色々心懸候処。或たのもし人出来候間。猶又頼試ミ候処。とかくニ無之と申事故。今ハト思ひ止リ可申処。例のしぶねき心より。猶再三心を尽し見くれ候様頼候ニ付。又手をかへ候て穿鑿いたし。からくして相わかり昨日と約し候テ一覧いたし。（ママ）候事ニ相成候。小子老眼堪かね候へ共。可成たけハ模写いたすつもりに候。是迄数百年日光を不受品に相違無之候。巻物にて糊はなれ又虫損にて全備ハ不仕。漸二巻ばかり全く候。併ながら全部の三が二計も可有之哉と見受候。何分数巻の品故巨細ニハ追々相分り可申候。其筆の古雅いふばかり無之候。事成就已前小子他界いたし候とも。終には御厚志の衆へハ御伝可申候心懸ニ候間。御休意御待可被下候。差支も測かたく候間。かろ〳〵敷衆へハ御噂被下ましく候、已上。
又六月廿八日ノ状ニ云。扨かの萬葉ハ大治天治の奥書有之候残本にて。二。十五。十。十四。十七。此五巻之内。二巻大体全部。三巻ハ余ほど欠有之候。巻ものはなれ〳〵なるを辛くして取集候。略解と校候処。得益と申ほどの事ハ無之候。いさゝかハ取べき事あり。行草まじり写誤あまた有之候。早くよりかゝる本にてありし事被察候。されば誤字を考候て読候証とすべき也。歌の左ニ草仮名附たるも有之候。十四の奥書ノ白川房御考可被下候。其外ノ人名も御しらべ可被下候云々。

また、東京大学国文研究室所蔵の信友書入『萬葉集略解』（五冊）巻二の奥には、朱で、

右第二巻以曼殊院宮御本比校了
（大治四年云々の本奥書略す）
弘化二乙巳年四月於京伴信友書
御本五巻現存但在闕逸抄出之慕本後勘等別冊具

とあり、見返しにも、小付箋を押し、朱で次のとおり記されている。

・二巻 大治四年 全少欠　・十巻 全少欠　・十四巻 天治元年 残欠　・十五巻 天治元年 残欠
・十七巻 残欠
合五巻 ［就年序今概称天治本或略云／天本　弘化二年四月校之伴信友］

此二巻中十五丁。ヨリ。長短十四首缺見校語
別在検（歎管云々）天治本万葉集一冊可合考

これらによって、「天治本」の称は伴信友のこの時に始まるものであることを知るとともに、弘化二年当時、巻二と巻十の二巻は少し缺佚がありはしたものの大部分を存し、巻第十四・巻第十五・巻第十七の三巻は大きく欠脱ある残欠で、糊も離ればらばらになっていたことが明らかとなる。

さらに、「見ヨ二校語ヲ一」との信友の指示に従って、巻二の校合注記を検すると、一一八番歌欄外に「天本歎管以下至石見乃海云々和多豆乃十四首長短歌端詞共缺逸」、一三二番歌欄外に「天本和多豆乃句以上長短十四首端詞缺逸」と明示される。この間の行数計算は正確を期しがたいが、おそらく二紙分（五六行）を欠いていたとみて誤らない。

また目録中「○幸吉野宮時弓削皇子贈額田王歌一首」の右行間に、「以前天治本缺」とある。天治本にはこの部分以下があり「日並皇子尊賜石川女郎歌一首」の行以前が欠けていたとの注記であり、首題を二行どりと計算して二十八行分、ちょうど巻頭一紙を欠いていたことを知る。右以外の部分については、末尾に至るまで全体に校合注記があるので、巻二は従って、三紙を欠きその他を存していたことになる。それを信友は「大体全部」「全少欠」と言ったのであって、してみれば巻第十もほぼ同じ程度に残っていたと見なしてよいであろう。

ちなみに、右の「以前天治本缺」なる目録途中の注記は、天治本（巻第二）が確かに寛永版本などと同じ目録を具有し、巻首に歌数の記載がない写本であったことを何よりも明確に証言しているという点で、まことに貴重な記録であるといわねばならない。『校本萬葉集　一』以来不確かなままに残されていた懸案は、一挙に解決に近づく。

さて四月八日の書状に、五年前に所在を仄聞して以来苦心の末捜し当てたと見えること、曼殊院の古い唐櫃の中

から出現し、信友には「是迄数百年日光を不受品に相違無之候」と見えたことなどから見て、曼殊院にあっても、天治本は随分古くから櫃底深く蔵されてきたものであったと推察される。そのことと、信友が披見したものの中に当歌巻に相当する部分は既になかったこと、外題が良尚親王の染筆であるという事実等を考え合わせる時、本巻もやはり曼殊院に伝来した天治本の一部であり、良尚親王の時代に、何らかの事情で改装・流出した可能性が甚だ大きいと考えざるをえない。

そのことは、冠纓神社における伝来を跡づけ、遡源することによって、さらに確実度を増す。

古筆了音の極めが本残巻を「旅泊詠」と称してこのかた、神社では専らこの称を歌巻の名として伝襲してきた。例えば、近時にあっても、『讃岐香川郡誌』（昭和十九年。香川県教育会香川郡部会編）に、神社の宝物として「藤原基俊の作の旅泊詠一巻」と紹介され、神社正門に掲げる由緒書にも「藤原基俊の旅泊詠一巻」と明記されているがごとくである。「旅泊詠」とは、もとより当歌巻の歌の内容に基く命名であるが、この呼称が、歌巻の存在自体は知られていながら、萬葉集の古写本であり、天治本であることを、人々の目から大きく遮ってきたのであった。

五　伝　来（2）

さて、神社に残る『冠纓神社宝物什物祭具及附属物取調書』（明治二十五年六月）は、宮司と氏子間で社有財産を確認しあった調書であるが、その中に、

旅泊詠　　藤原基俊自筆　　壱巻
延宝三年友安八郎大夫盛房寄附

とある。近年の『冠纓神社誌』（先代宮司友安盛員氏稿本。昭和五十二年）も、それを承けて同旨を伝える。延宝三年（一六七五）に友安盛房が寄付して社宝となり、現在まで伝襲してきたとの社伝である。

友安家の蔵する二種類数本の系図と付載の編年事蹟を勘考すると、現宮司友安氏の祖は、讃岐佐料城主であった香西氏十代清資の弟盛邦。分家して、はじめ上野、のち友安姓を名乗り、貞治二年（一三六三）石清尾八幡宮（現在、香川県高松市宮脇町。旧県社）の社司となって以来、友安氏は代々同宮の神職として奉仕してきた。その友安氏が冠纓神社と関係を持った最初が、十二代盛房の延宝三年であった。（なお、系譜ならびに伝来の詳細については、拙稿「冠纓神社蔵天治本萬葉集巻十五断簡について―伝来を主として―」『香川の歴史』第三号、昭和五十八年三月。↓本書第一章第一節を参照されたい）。

すなわち、盛房の兄盛岡（第十一代）は、藩主松平頼重の命に背いてその忌諱にふれ、寛文六年（一六六六）十二月、石清尾祠官職ならびに資財一切を没収されて国外に追放された。その時没収された家伝の資財は、悉く弟の盛房に付与されたが、家職としての石清尾祠官職は剝奪されたまま、盛房は謹慎退居すること七年、一旦許されたが石清尾社司に復帰することを潔しとせず、さらに四年蟄居、延宝三年に至り、郷民の招請を受けてはじめて、当時無住であった冠纓神社の社司となった。社伝にいう延宝三年は、その初参の時を指しているに相違なく、盛房はおそらく、兄から受けついだ家伝の資財の中から、尤物たる当歌巻を選んで寄附奉納したと見て誤らない。

それ以前、友安氏は、いつ、いかにしてこの歌巻を入手したのか。盛岡も盛房も、その事蹟から推して彼らの代にこれを入手した可能性はまずない。さらに系図の記載を勘考してみると、九代盛政以前の歴代も、記載が疎でほとんど不明ではあるものの、一社司以上の存在ではなかったらしく、当歌巻とは結びつかない。その中にあって、盛岡・盛房の父、第十代盛員の事蹟が甚だ注目される。すなわち、『友安氏系図』「盛員」の項に、

友安刑部少輔。従五位下。石清尾八幡宮祠官。母宮武氏。
文禄三年生。寛永初年遊学於京師。謁搢紳諸家。於是清閑寺頭弁共綱卿。坊城宰相俊完卿。執　奏。叙従五位下。大覚寺門主二品尊性法親王賜　令旨。任刑部少輔。十五年正月。著神道一滴書。（中略）慶安四年。往東都。

著行記一巻。承応元年。著讃岐国大日記。万治三年八月十七日卒。年六十八。（下略）

と見え、また、その解説は次のとおり。

刑部少輔義。有故家富。猶生駒家之寵恩を以。寛永年中数年在京。神学和歌之鍛錬仕。官位之義。清閑寺亜弁殿。坊城宰相殿。両卿之執　奏ニ而。従五位下ニ叙シ。御綸旨頂戴仕。并ニ大覚寺御門主より。刑部少輔補任有之令旨頂戴。且神道管領吉田兼英殿より。神道裁許状給被下。

盛員は、やはり石清尾祠官職にあったが、時の藩主生駒正俊の後援を得て、寛永年中数年間を京都に遊学、神道と和歌を学ぶ一方、清閑寺共綱・坊城俊完・大覚寺門主尊性法親王らの上流貴紳と交流を持ち、そのとりなしで、従五位下、刑部少輔の位官を得、神道管領吉田兼英より神道裁許状を給されたという。詳しい考証は省くが、共綱・俊完らの官記載その他から、盛員の京都遊学は寛永十年前後から十五年に至る数年間であったと推定される。そして、十五年に帰国した後、神官として社地・社屋の大改修を行って神威を増し、後年「中古のかいき」（冠纓神社蔵盛員製作『石清尾神苗寛永古地図』裏書）と仰がれる一方、『神道一滴書』（寛永十五年著。万治二年刊）や東国への紀行『辛卯紀行』（慶安四年著）、また『讃岐国大日記』（承応元年）などの著述を残して、万治三年六十八歳で没した、当時における讃岐有数の知識人であった。右のような顕著な事蹟をもつ盛員こそ、当歌巻の将来者として最もふさわしいと思量する。

盛員が京都にあった間に交流を持った人物の一人、大覚寺門主尊性法親王は、大覚寺の三十七世門跡で、後陽成天皇の御子。従って、曼殊院良尚親王とは、従兄弟同士という近親関係にあったし、そもそも大覚寺と曼殊院の関係も相近かった。この尊性法親王については、盛員が帰国したのと同じ寛永十五年の八月または九月から十一月にかけて、四国遍路の事跡が残っている（宮内庁書陵部蔵『大覚寺年譜』に「八月尊性四国御巡覧」、『大覚寺門跡略記』に「十五年九月四国遍路」）。盛員の京都遊学を支援した藩主生駒正俊は、この時四国を訪れた法親王を崇敬したとも伝えられる（小西可春著『玉藻集』。延宝五年成立）。おそらく盛員は、法親王の四国遍路と何らかの関わりを持ち、あるいは誘勧・扈従するなどしたようなことがあったかもしれない。

ともあれ、大覚寺尊性法親王と親密な交渉のあった盛員は、間接的に曼殊院と関係をもったことになり、両親王の縁を通じて、あるいはさらに清閑寺共綱や坊城俊完を介してであったかもしれないが、この歌巻を入手したのではなかったか。戦国末期から江戸初期にかけての、激動の余燼さめやらぬ時代背景や、曼殊院と盛員に直接の関係はなかったらしいことなどから推せば、盛員はこの歌巻を購い求めたものと思われる。

盛員は、いつこの歌巻を入手したか。それを証する確かな資料はもちろんない。ただ、外題が、良尚親王の慶安の筆跡よりも寛文期の筆跡により近似していることと、良尚親王の年齢に鑑みて、寛永十五年の帰国に際してか、むしろそれ以後、万治三年の死没以前の間であった可能性が大きいように思われる。

主として情況証拠に基く以上の推断に大きな誤りがなければ、曼殊院における天治本の伝来は、信友の時代を遡ること約二百年、少くとも良尚親王の寛永期までは遡ってその存在を確認できることになる。

六　伝　来（3）

その当時、曼殊院には、どの程度の巻々や量が存したものか。これも窺い知る手がかりをほとんど持たない。しかし、少くとも信友の見たものは全てあり、その上におそらく巻第十三やその他今日遺存するものはほとんどみな存したと推察され、巻第十五についても、二十五紙分以上、おそらくはほぼ全巻を存したであろう。

当歌巻ならびに『三楽庵所蔵品入札』目録所掲「俊忠卿萬葉集巻」の書式や字詰、また信友による巻第二の校合注記から窺える同巻における目録の存在（前記）などから類推して割り出すと、巻第十五は全部で二十九紙から成っていたはずである（詳細省略）。

さて、『検天治萬葉集』に留められる三六〇五歌本文二行目から三六一二歌題詞まで三十三行分は、明らかに二紙にまたがる分量（本文途中から始っているところから推して、第六紙冒頭から第七紙途中までか）、また三六二七歌本文から三六二九歌訓まで二十八行は、ちょうど一紙分（第九紙）、さらに尾題と奥書を含む一紙も存していた（第二十九紙）。信友の時代、この四紙は確実に存したのである。

さらに、『検天治萬葉集』は影抄本だから、そこに留められた以上に存したことも確かである。残された右の三部分の様態から臆測すれば、信友の当時、三〇六五歌本文二行目に始まる第六紙から第八紙に至る三紙分、三六二七長歌本文に始まる第九紙以下第十四紙（当歌巻の前に直接する一紙）に至る六紙分、「俊忠卿萬葉集巻」に後続する第二十五紙（三七四三歌本文二行目に始まる）以下巻軸の第二十九紙までの五紙分が、それぞれ一連のものとして、すなわち巻第十五については三つの断簡となって、合計十四紙が遺存していたのではなかったか。信友は、前二者についてはそれぞれの冒頭部を、そして第三の断簡については、最も目をひく最末の尾題と奥書の部分のみを写し留めたと推断されるのである。あれば必ず写したであろう巻頭部、少くとも首題・目録・本文冒頭にあたる第一紙第二紙あたりは、失われて存在しなかったにちがいない。

一方、今日、分断されて遺存する断簡は、三五九七、三五九八、三六〇〇本文、三六〇一、三六〇二、三六〇三の六首で、途中三五九九歌、三六〇〇歌訓を、あるべきものとして含めると二十四行分。これに先の『検天治萬葉集』に留められる二紙にまたがる部分最初の三六〇五歌本文二行までの間にあるはずの、三六〇四歌と三六〇五歌本文一行の四行分を加えると、ちょうど二十八行分。これもおそらくもとの一紙分（第五紙）で、それが比較的新しく分断された結果の集中的遺存であると見られよう。

信友の時代に十四紙を存したとすれば、二百年前の良尚親王の時代には、その上に、本残巻の八紙、「俊忠卿萬葉集巻」の二紙、細かく分断されて残る一紙分、計十一紙を加えて（後二者については、良尚親王以前に流出した可能性も皆無とは言いがたいが、遺存のありようからそうは思われない)、合計二十五紙以上は残存していたことになる。巻首部は既に失われていたかと思われるが、それにしても量的にはほぼ全巻が存していたといっても大過ないであろう。ただ、書写されて既に五百年以上の歳月を経ていた歌巻は、当然もとの装幀のままでありえたはずはなく、糊による紙継が離れ分断した状態は、信友の時代とさして大きな違いはなかったと推察される。臆測を重ねていえば、良尚親王は、それらばらばらになった巻第十五の六つの断簡中、たまたま量的に最も大きかったこの部分を装幀して外部に出したのであろう。その際『萬葉集』であることをどの程度に認知していたものか、外題から見て疑わしいのではあるまいか。

七　おわりに

良尚親王の江戸初期以前、『天治本萬葉集』は、何時、如何にして曼殊院に帰属することになったのか。六条家に近い人々によって書写された天治・大治年間に近い時代から、曼殊院に蔵され、徐々に失われていったのか。あるいは、それ以後いずれかの時代に、限られた巻々を所蔵することになったものか。それらのことについては、いま追究する手立てを持たず、何も判らない。

【注】

(1) 同じ断簡は、『校本萬葉集 十七』(岩波書店、昭和七年五月)「諸本輯影」第五十七に、角田敬三郎氏蔵として、冒頭三七二八番歌訓までの図版が収載される。なお、『重要美術品認定物件目録』(思文閣、昭和四十七年十二月)によると、昭和九年五月十八日認定の「紙本墨書万葉集巻十五断簡(天治本)一巻」(兵庫県山口吉郎兵衛氏所蔵、岡山県大原孫三郎氏旧蔵)とあるのが、これに相当すると思われる。『校本萬葉集 十七』(岩波書店、昭和五十七年八月)

「萬葉集諸本輯影新増補」解説によると、この断簡は戦後に至り四分割されたという。

（2）『新撰古筆名葉集』（安政五年、古筆了仲編）は、天治本萬葉集巻十の断簡である御子左忠家の「仁和寺切」について、「万葉仙花紙真名一行カナ一行半」と注している。それを承けて、古筆の分野でも、また佐佐木信綱による『天治本萬葉集巻十三』の複製本解説（大正十五年）以降の萬葉書誌学の分野でも、専ら「仙花紙」と称されてきた。「仙花紙」の称は、同じ『新撰古筆名葉集』中、御子左忠家の「柏木切」、同俊忠の「二条殿切」（ともに『類聚歌合』の断簡）、宗尊親王の万葉集「巻物切」の料紙の呼称としても見え、古筆の世界では現在もこの称が用いられることが多い。しかし、『古筆名葉集』（文化元年、陶々居編）段階では、同じ『類聚歌合』切れに相当する「巻物切」はあるのに、仙花紙の称は用いられていない。天正年間に伊予で創製され、近世を通じて生産された「泉貨紙」とは別種の紙であるとはいえ、安政以前の文献に見えない呼称である点、確かに問題はあるが、今はそのことに深入りしない。

第三節　菅原道真「松山館」とその周辺

一　はじめに

讃岐の国府は、阿野郡甲智郷（現在の坂出市府中町）にあった。仁和二年（八八六）春、守として赴任した菅原道真は国衙の中の官舎に四年間を過ごし、多くの詩作と文章を残した。その中の一篇『菅家文草』222番詩「晩春松山館に遊ぶ」にその名が見える「松山館」は、讃岐国阿野郡のどこに所在し、どのような施設だったのか。本稿は、道真詩の叙述と表現を最大限活用しながら、その在処と実態を追究し、讃州時代の道真詩解明の一助たらしめんと企図するものである。本文と訓読は、川口久雄校注『菅家文草　菅家後集』（『日本古典文学大系第七十二巻』岩波書店、一九六六年十月）を基本とし、私に変更を加える。

二　近世讃岐における諸説

近世讃岐における最初の地誌『全讃史』（中山城山、文政十一年〈一八二八〉）の、巻六に「牛子山天神祠」の項があり、項下に「同（賀茂）北山に在り」とし、「此は則ち菅相公松山館の墟にして、後人祠を立てて之を祠れるなり。公晩春松山館に遊べる詩あり。曰く、（詩略ス）」と説明する。さらに巻十二にも「松山館」の項があり、その項下に「今の牛児山の天神其蹟なり」とし、「菅相公の別荘也。公の集に、晩春遊松山館作。（詩略ス）。昔ハ此辺迄潮来りし也」と解説している。中山城山は、基づいた資料や根拠とした伝承などは一切示すことなく、極めて明快に牛子山天神の社地が、かつて松山館のあった場所であると断定しているのである。

それから約二十年後に成った『金毘羅参詣名所図会』（暁鐘成編著、弘化四年〈一八四七〉）には、「松山館の古址」の項下に、「遍照院より五丁ばかり南の田の中にあり。囲に小川あり。俗にこれを田井の堂といひ、堂のあとと字す」と割注してその場所を示し、「この地は菅公、当国の守護に任ぜられ下りたまひし時、在留したまふ所の館なり」と説明して、「晩春、松山館に遊ぶ」の詩を掲げている。「田井の堂跡」説である。一方、城山のいう牛子山天神祠の方は、「菅公祈雨の古蹟」の標題で、「神谷村にあり。犢山といふ。この山上より城山の神をいのりたまふとぞ。山上に天満天神社あり。俗に松山の天神といふ。遍照院より十丁ばかり正南にあたれる山なり」と割注される。道真が雨を祈ったのは、525「祭城山神文」に徴し城山神社（延喜式内大社。当時は城山山上に鎮座していた）においてであったから、牛子山天神を祈雨の古蹟とするのは妄説であるが、「讃岐国菅廟考」（松岡調著、明治初年）などにもこの説は見え（「犢山祈雨祭文」その他の記述がある）、広く流布した説であったらしい。

『讃岐国名勝図会』（梶原藍渠・藍水編著、嘉永七年〈一八五四〉）は、「松山館址」を「同所（青海村）にあり」として「晩春遊松山館」詩を掲げるが、青海村は北の高屋村よりもさらに北東にあたり、現在の坂出市青海町にその遺跡とされるものは確認できない。「牛子天神社」の項には「同所（鴨村）、犢山に在り。社人松本氏。祭礼八月二十五日、末社二座」として、「当社は菅神当国御任国の時、牛の子に乗りこの山に遊びたまひし処なれば、後社を建て勧請す。念仏踊この所にて初めてつとむると云ふ」と解説する。「念仏踊」は「菅公祈雨の古蹟」からさらに派生した説と見える。『今古讃岐名勝図絵』（梶原藍渠・藍水編著、安政四年〈一八五七〉）も、「松山館址」を「在青海村」とする説はそのまま継承しつつ、いま一つ「松山館址」の項を立てて、「同（賀茂）村字下所にあり。俗に田井の堂と云。菅公国守たりし時、香川郡中間村、綾の滝宮村に止住し、後此地の風景を愛し暫く止住せられし地なりと云ふ」として「晩春遊松山館」詩を掲げ、さらに連続して「牛子山天神祠」の項を設け、「同上館の墟に、後人祠を立て之を祀る。菅公此所に御坐を止め玉ふ時に、天牛此山の東の巌上に来て卿を守護せしに依て、牛の子山と号く。此岩に牛の足形ありと云ふ」とある。それとされる岩はあるが、「天牛」以下は事実とは考えがたい。

『讃岐国官社考証』（附録／追録）（松岡調著、明治十一年〈一八七八〉）は、「追録」において、「阿野郡三十五座」の内に、「菅原（スガハラノ）神松山（マツヤマノ）社」の説明割注に「同（鴨）村にあり、土人牛ノ子山ノ天神と云フ、松山館の墟なり」とある。

『香川県神社誌』（香川県神職会、昭和十三年〈一九三八〉）は、「（八九）菅原神社　賀茂村大字鴨字牛ノ子」の「由緒」として、「賀茂村字井手東村社鴨神社境外末社。牛子山天神、犢山天満宮と称せらる。菅公国司たりし時此の地の風光を賞せられ館を置かる。松山館址これにして、後人祠を営みて公を祀れるなり。（全讃史。今古名勝図絵。官社考証追録）」とある。三著を根拠として挙げながら、『全讃史』と『官社考証追録』の説のみを採っている。

『坂出市史』（坂出市、昭和二十七年〈一九五二〉）は、「松山館址」を「賀茂町字下所に在り。俗に田井の堂という。菅原道真国司たりし時遊憩せし別館の遺跡。館墟に後人牛子天神祠を建てて之を祀る」とする。田井の堂説と牛子天神祠説の両説を併合していると見える。

以上、近世末期以降の文献に現れた「松山館」の位置は、牛子山天神社地説と田井の堂跡説の二つに限定され、それ以外には出ないことが確認できる。それ以前九百年余にわたる間の文献は存在せず、考証比定にも自ずから限界があることを自覚しつつ、残された二つの伝承を中心に検討してみたい。口承による伝承が、意外に正確であることもありうる。

なお、近世地誌の多くは「松山館」を「まつやまのやかた」「まつやまのたち」と訓んでいるが、道真であることに鑑みて「ショウザンカン」と訓むことにしたい。

三　牛の子山北麓の小岬

中山城山のいう「牛子山天神祠」は、現在の坂出市加茂町一二二四番地の犢山天満宮の社地がその場所であり、昭和三十年代にその一郭が牛の子団地になるなどの変化はあったが、社殿のある場所は城山の時代のままと見てよい。神谷神社第十八代宮司松本勝見による安政三年（一八五六）九月の調査報告書（神谷神社文書）によれば、「犢山天満宮」は松本宮司の兼務ではあるが神谷神社とは別の神社で、「阿野郡北鴨村」にあり、「右者勧請年暦相知不申候。菅丞相当国御受領之時、此山ニ而牛之子ニ被為乗御遊覧有之候。其砌春山遊松山館と申題ニ而御詩作被遊候。依而此所ニ宮社建立仕、犢山天満宮と奉称候。又は松山天満宮とも奉唱候。右御自筆之御詩中古迄宮口御座候由申伝在之候処、如何仕候哉紛失仕、只今ハ相見不申候」（文久二年八月又は明治二年四月の報告書では「社伝云、勧請年暦不詳。菅丞相当時の国守たりし時、此山にて牛の子に乗給ひて御遊覧有之也とぞ。是によりて後世宮社建立仕奉て、犢山天満宮又は松山天満宮とも唱し奉る云々」と正確なことのみに整理される）と説明される。同じ調査報告書で、「田井の堂」は神谷神社の「境外末社」の一つで「神谷下所」にあり、「田井之堂荒神、祭神保食神、神体石。一境内、御除地六間四方。勧請年暦相知不申候」（文久二年八月又は明治二年四月の報告書では「社地坪四拾弐坪」）とある。犢山天満宮の社地をそれとする社伝が考慮されたのか、ここに松山館があったとする記事は見えない。その「田井の堂跡」は、末包良寿氏（坂出市加茂町松尾神社）の聞き取りと地積図調査によると、現在の坂出市神谷町一九二番地二がその該当地で、今は田となっているが、建物は大正九年に大屋冨町の厳島神社に移築、神体は神谷神社の荒神に合祀され、境内にあった大きな松数本は大正の末年ころ伐採されて建築用材にされたという。

さて、犢山天満宮の社地と田井の堂跡とは、古くから村地名を異にしていて（道一本を隔てて行政区画を異にしてきた故である）別の場所であるかのような印象を与えるが、実は犢山天満宮の社地の真北百メートル以内の場所に、

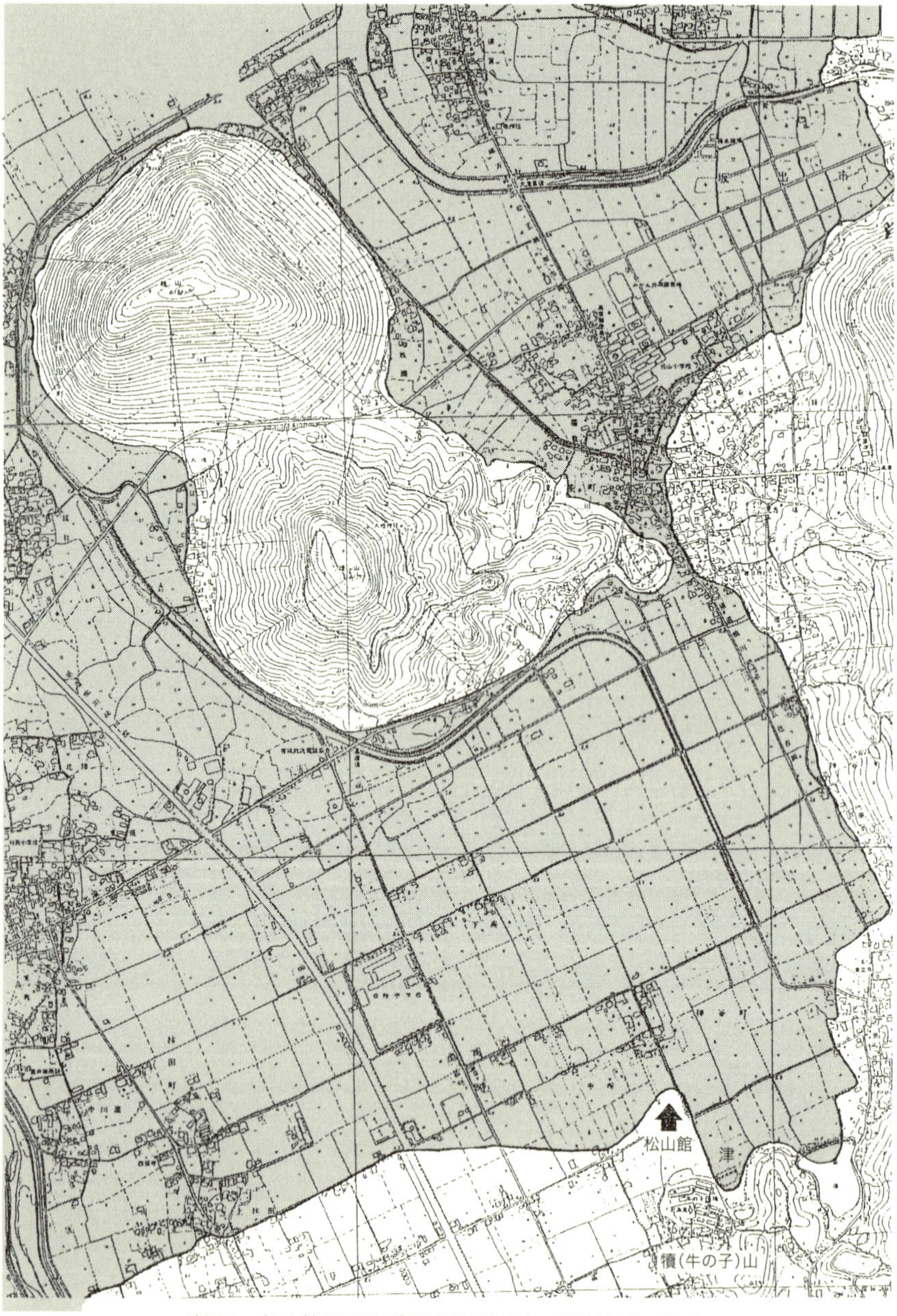

地図１　松山館周辺図（『菅原道真論集』の図版を元に修正）

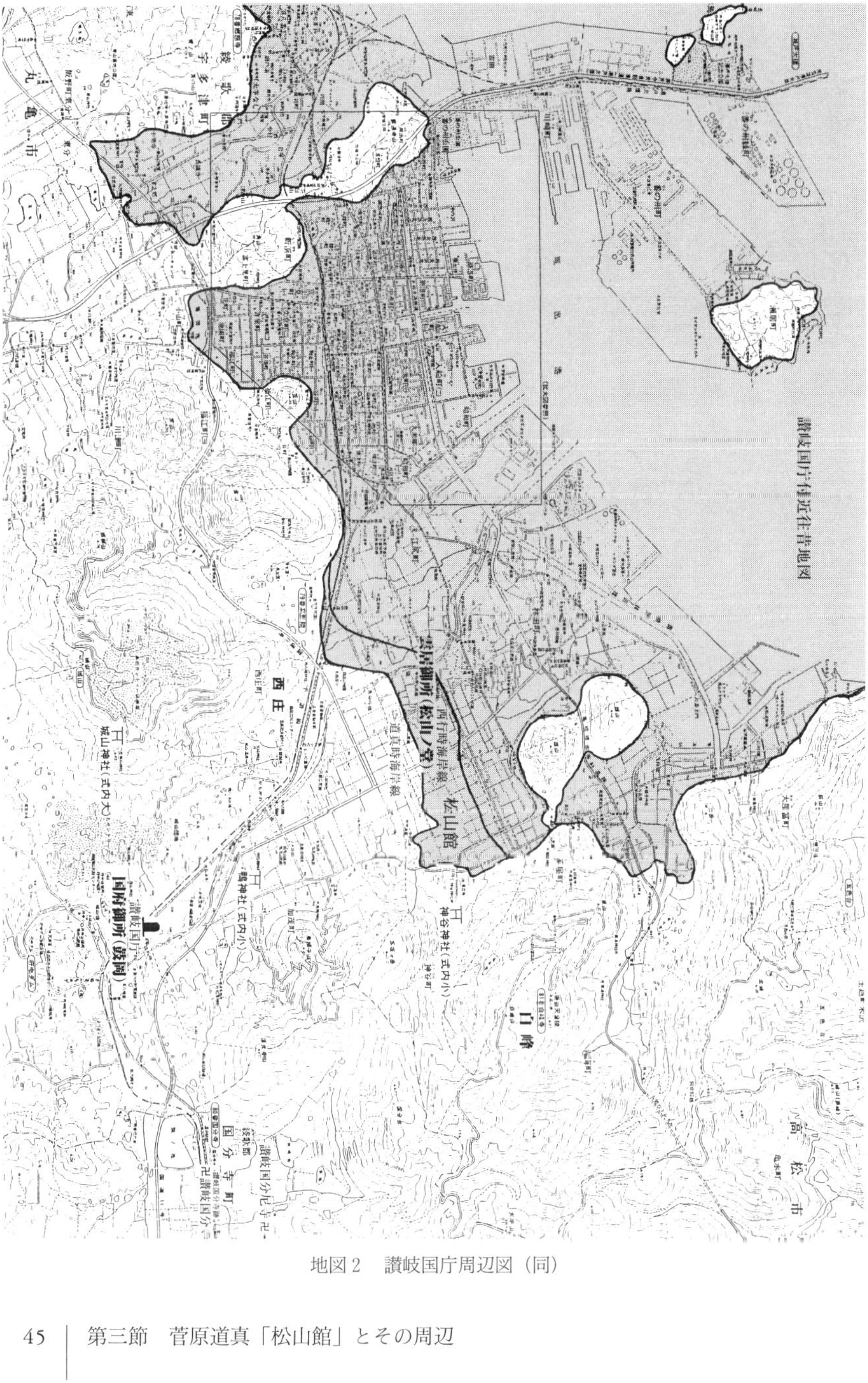

地図2　讃岐国庁周辺図（同）

田井の堂跡は位置している。現在の地形を検分してみると、社地の北に広がる団地の北側は、掘削して切り取り土砂を運び移したと見られる景観を呈していて、人工の手が加わっていることは疑いない。いつ人工を加えたかは分からないが、それ以前の牛の子山は、なだらかにずっと北の方角に突出して小さな岬となっていたに相違なく、その先端は田井の堂跡よりもやや北にまで張り出していたらしいと容易に推察できる。道真詩に「官舎簷を交へて海の唇（漘）に枕す」と描写された景観を併せ根拠とすれば、標高約二十メートルの現在の社殿がある位置にではなく、北に突き出た牛の子山の先端の海辺に「松山館」はあったに相違ない。犢山天満宮の現在の社地と限定して考える狭さを排し、今は失われた「牛の子山」の先端に道真の「松山館」はあったと考えて然るべきであろう。

田井の堂は荒神であったから、道真の遺跡と直接の関係はなく、後に田井の堂が祀られた場所がかつて「松山館」のあった位置だと伝承してきたものと思われる。それに対して天満宮は道真とその遺跡を顕彰するために祀られたことは疑いようがなく、もとの地形の時であったか、掘削して現在の地形になって以後であったかは不明ながら、最もふさわしい場所として「牛の子山」の山頂が選ばれたものと思量される。かくすれば、従来の二説は一つの説に融合させて考えることが可能となる。

現在の標高を基準に約五メートルの線を辿り、道真当時の松山館近辺の海岸線を復元してみると、地図1・地図2のようになる。川口氏校注『菅家文草 菅家後集』の解説の末尾に「讃岐国府附近図」が付されるが、「松山館」の位置と海岸線は正確でない。標高差がほとんどない現在の平地が海だったのだから、「松山館」から望む瀬戸の海は、右は入り海となって湾入し、左を見ても右を見ても一望遥かな浅海が広がり、引き潮になれば遥か遠くまで干潟が現れる茫々とした砂がちの海浜であったと推察される。国庁の建物と道真の官舎もその一郭にあった讃岐国府からは、綾河を渡り国分台山地の西山麓の往還を北北西に約一・五キロの地に、その「松山館」はあった。(注1)

館名の由来は、松山郷にあった故の呼称であろう。松山郷は、『和名抄』にいう阿野郡九郷（新居・山田・羽床・甲知・鴨部・氏部・山本・林田・松山）の一つ。甲知郷にあった讃岐国庁の北に接して鴨部郷があり、松山郷はその北に広がる阿野郡最北の地で、現在の坂出市神谷町・高屋町・青海町・大屋冨町・大越町あたり一帯に比定される。従って「松山館」は、鴨部郷と境を接する松山郷の最も南に位置していたことになる。

四　晩春遊松山館詩解読

改めて222番詩を掲げ、読み下しと試みの口語訳を記す。

222　晩春遊松山館　　晩春松山館に遊ぶ

官舎交簷枕海唇　　官舎簷を交へて　海の唇に枕す　　※唇、一本漘字ニ作ル
去来風浪不生塵　　去来する風浪　塵を生さず
転移危石開中道　　危石を転ばし移して　中道を開く
分種小松属後人　　小松を分かち種えて　後人に属く
低翅沙鷗潮落暮　　翅を低るる沙鷗は　潮の落つる暮べ
乱糸野馬草深春　　糸を乱る野馬は　草の深き春
釣歌漁火非交友　　釣の歌漁りの火は　交はりの友に非ず
抱膝閑吟涙湿巾　　膝を抱きて閑吟すれば　涙巾を湿す

幾棟かの官の建物が軒を交えて向き向きに海辺に枕するように建っている。
風に吹かれ押し寄せては返ってゆく浪は塵ひとつなく清らかである。

先人たちは大きな石を転がし移動させてここに至る道をつけてくれた。

私は小松を掘り分けてこの庭に移植し後々の人たちが楽しめるようにした。

前を向いて海の方をみると潮が引いた夕暮れの干潟に鷗が翅をたれて休んでいる。

振り返り牛の子山をみると青々と茂った草の上に陽炎が糸を乱すように立ち上っている。

海辺からは釣の歌が聞こえ漁火が点々と見えるけれども親しい友とする気にはなれない。

膝を抱き独り閑かに詩を吟じていると故知れぬ涙があふれつい手巾を湿らせてしまう。


第一句。川口氏注は、「唇は、ふち」とし、王維詩「澗唇時に外に拓く」を引く。より近いのは、白詩「蒼茫海北漘」（十七・一〇一六「送客春遊嶺南二十韻」）、「城楼枕水溜」（十三・〇六〇八「代書詩一百韻。寄微子」第一詩）で、その影響があろう。第八句。白詩に、「抱膝」（五例）、「閑吟」（二二例）と多くの用例を見、「燈前抱膝吟」（六十四・三〇九〇「把酒思閑事二首」）と相似ている。二句「生塵」四句「分種」「属後人」七句「釣歌」などは、白詩に見えず漢語としても存しないのは、何がしか和習であろう。

第五句と第六句は『和漢朗詠集』「暮春」四十六所収。但し「暮」を「暁」とする。この両句、『江談抄』に菅家の作品が元稹集に類することが多い例とし、「擺塵野馬春無暖　拍水沙鷗湿翅低」の形で引かれる。すでに明らかにされているとおり、この句は『白氏文集』「答微之見寄」（五十三・二三二七）中の第五句で「擺塵野鶴春毛暖」が正しく、元稹の詩に対する答詩であるところから誤られたか（後藤昭雄氏(注2)）、記憶違いであろう（菅野禮行氏(注3)）とされる。白詩に「野馬」の用例は見えない。川口氏は、「「野馬」は遊糸。観智院本名義抄に「野馬、カケロフ」とある。即ち子蜘蛛が自ら吐いた糸に乗って風とともに散るゴサマアの現象」と注している。『大漢和辞典』や『字通』などの漢和字書や『和漢朗詠集』の注釈類は、『荘子』（逍遙遊）と「郭象注」によって、「野馬」は光学現象の「陽炎」とする。新間一美氏は道真のこの用例を、「遊糸」を「野馬」と同一視している例とし、やはり「陽炎」だとされる（新間氏は、「司馬彪注」と「成玄英注」を援用している[注4]）。従うべきであろう。なお「翅を低るる沙鷗」には、叙景の裏に、都にあって才幹をふるいえない落魄の道真自身を寓しているのではあるまいか。『菅家文草』285「聞群臣侍内宴賦花鳥共逢春、聊製一篇寄上前濃州田別駕」詩の第七八句に、「香を裛み翅を低る風莎の地　争でか時来りて禁園に入ることを得む」とある。

頷聯、特に第三句は、何を詠じたものであろうか。「危石」は「高い石」（『大漢和辞典』『字通』）。この辺りの山の頂には土砂が洗い流されて露出した巨石があちこちに見られ、城山（きやま）山頂の明神原遺跡などのように、神の依代とされ祭祀に用いられたものも多い。牛の子山の中にも二箇所、往還から松山館に至る間を南北に伸びた山並みの二つの低い山頂に、それが残っている。山頂と山頂の間の鞍部を掘削して道は通じているのであるが、位置からみてその石が「転移」した石そのものとも思えないけれども、掘れば出てくる大石を少しく動かして、先人たちが通いやすい道を開き通してくれている事実を叙したものと思われる。今は私有地となって廃れているが、ほんの少し前までは実際に使われていた、国府を出て北行してきた往還から、左折して犢山天満宮に通じる細道があった。その道を辿り現在の神社の手前で右折して、尾根筋の右側の斜面を岬の先端までつながる道が、道真の時代にはあったと推察されるのである。第四句は、そのような先人の恩恵を受けて松山館を十分すぎるほどに活用することになった道真が、後世の人々への遺産として、小松を移植した事実を叙したものと思われる。それは同時に道真自身の遊覧の楽しみのためでもあった（後述）。

五　得倉主簿写情書詩解読

「松山館」のことを追究するにあたっては、右の詩とともに逸することのできない作品がもう一篇ある。『菅家文草』234番詩である。

234　得倉主簿写情書、報以長句、兼謝州民不帰之疑。［以下乞暇入京之作］

停棹中洲得一封　　棹を停めて中洲に一封を得たり
看知到底写心胸　　看て知りぬ底に到るまでに心胸を写せることを
無情今日湿襟別　　情無きかなや今日襟を湿ほして別れしこと
有分去年傾蓋逢　　分ふこと有り去年　蓋を傾けて逢ひにしこと
期我帰帆唯六日　　我が帰帆を期すれば唯六日なるのみ
恨君罷秩在三冬　　恨むらくは君が秩を罷むることの三冬に在ることを
当州若不重来見　　当州に若し重ねて来り見ざらませば
客館何因種小松　　客館に何に因りてか小松を種ゑなまし

予近曽津頭客館、移種小松、以備遊覧、故云。　予れ近曽、津の頭なる客館に、小松を移し種ゑて、以て遊覧に備へたり。故に云ふ。

倉主簿の心の内が披瀝された書状を受け取り、返事として七言の詩を以てし、併せて私がもう讃岐に帰任しないのではないかと国の民たちも心配してくれていることに報謝した詩

途中棹を停めて洲の中に停泊した時追送してきた一通の封書を受け取った。一見して倉主簿の心の内が底の底まで披瀝してあることがわかった。

情無くも君とは今日の朝涙で襟を濡らしながら別れてきたばかりだ。
君とは宿分があって去年の春津のほとりで初めて逢って親しく語り合える仲となった。
私が讃岐に帰ろうと決めたらたった六日で帰ってゆけるのだよ。
それよりも君が秩満ちて官を退く日がすぐこの冬に迫っていることを私は残念に思う。
もし私が讃岐の国に再び帰ってきて見ないつもりだつたら、
客館の庭にどうして小松を植えたりしようか。

私は近ごろ、湊のすぐそばにある客館の庭に小松を移植して、今後の遊覧に備えた。
それでこのように表現したのだ。

「主簿」は諸国国庁の目（さかん）の唐名。文書帳簿の管理を任務とする。「倉」は「倉田」か、もしくは「倉本」か。今も讃岐に多く残る姓の一字を略したもの。「目は、文案を勘署し、公文を読申する官だから、漢文学の才にもある程度達していたのであろう」（川口氏注）というとおりで、この主簿は、とりわけ道真に心を寄せて仕える篤実な下僚であったらしい。上官である讃岐守道真は今回任なかばに暇を請うて上京していった、その舟を見送った倉主簿は、このまま再び讃岐に帰任しないのではないかとの不安がつのり、州民たちも同に案じている旨を書き添え、心胸を底まで披瀝した手紙を舟の後を追って逓送してきた、それに対する返事の詩である。

第一句。「中洲」は「河の洲の中。又河海中の洲」（『大漢和辞典』）、「川中のす」（『字通』）。第二句。「到底」は白詩に用例なし。「心胸」は白詩に四例。「棟得浪玕截作筒　緘題章句写心胸」（五十二・二三四〇「与微之唱和来去。常以竹筒貯詩。陳協律恙而成篇。因以此答」）など。頷聯の「無情」と「有分」は、「栄枯各有分　天地本無情」（十・〇五一三「邵庁有樹。晩栄早凋。人不識名。因題其上」）とあること、川口氏注に花房氏説を引くとおりであるが、またその「無情」は、

「日本語のナサケナキカナヤということば通りに和習化した用法」と入矢氏説を引いて注するとおり。「湿襟」も白詩になく、漢語としてもないのは、和習と見てよいであろう。「傾蓋」は、「偶々途で出逢ひ、互に車蓋を接近させて相語る。一見して相親しむこと。孔子と程子の故事」（『大漢和辞典』）。

第五句の「帰帆」を、川口氏は「帰京の船旅」とし、「私が讃岐から京へ帰る船旅は六日に過ぎない。（手紙に海上の旅を憂えてあったのであろう。）おそらくこの時は讃岐の津から直接難波の津を指して帆走したのであろう」と解しているが、これは逆で京から讃岐への船旅と解すべきである。道真の他の作品に「帰帆」の用例はないが、讃州時代の作品中に「帰」の用例は本作を含めて十三例。大半の九例は「帰依」などの仏教語や、役所から帰る、あるいは逢った老人が帰ってゆく、季節が帰るなど、普通の意味である中にあって、「帰京」「帰洛」の意味で使われているのは、「官満ちて帰らむ時自らに春に遇はむ」（317「酬藤六司馬幽閑之作、次本韻」詩）一例のみ。その他は、本作と同じ一時帰京中の作品数首の中に、「讃岐に帰る」意で使われている。「徘徊すれども未だ早く南に帰らむことを得ず」（238「残菊下自詠〔以下五首到京之作〕」詩）、「帰らむことを告げて刺史は暫く閑人なり」（240「三年歳暮、欲更帰州、聊述所懐、寄尚書平右丞」詩）がそれである。さらにこれらの詩題と自注に注意してみると、「京に到る」に対し、「州に帰る」とあるところに、この時の道真の意識は明白である。「帰州」はまた巻四の冒頭にも見える。243「題駅楼壁〔帰州之次、到播州明石駅。自此以下八十首、自京更向州作〕」詩である。240詩の第八句「飛帆豈に敢へて明春を得むや」の「飛帆」も讃岐に向かっての帆走である。以上によって、「帰帆」は讃岐に向かう帆走と確定される。「六日」としたのは、『延喜式』巻第二十四「主計上」に諸国からの往復の行程を記した規定中に見える、「讃岐国〔行程上十二日。下六日。〕海路十二日」の「下り六日」とある律令の公式規定に基づいている（海路は陸路の含み行程であろう）。

六　松山館は讃岐国の迎賓施設

いまひとつ234番のこの詩が注目される所以は、尾聯とその自注にある。川口氏は第七句について、「お手紙に私が再び讃岐に来ぬのではないかと心配しておられるが」と口訳し、第八句については、「(もしそうなら)府衙の官舎の庭に、小松を植えたのは何故であろうか」と解しているが、この「客館」は、国衙の官舎ではなく「松山館」を指していると見なければならない。222詩の「小松を分かち種ゑて後人に属く」と、この詩に「客館に何に因りてか小松を種ゑなまし」と表現し、さらに自注を加えた「種小松」は、同じ事実を述べているに相違ないからである。

では、「松山館」はどのような施設であったのか。「漢書」公孫弘伝に「(公孫弘)是に於いて客館を起こし、東閣を開きて以て賢人を延き、与に謀議に参ぜしむ」とあるのを引いて、『字通』は「賓客を招くところ」としている。『大漢和辞典』はさらに「西京雑記」等の用例を挙げ、「賓客を招待するところ。客をおく家。又、宿屋」の訳語をあてるが、基本的に同じで、他の意味はない。

道真詩における「客館」の用例は、これを含めて四例ある。一つは「客館に争でか容さむ数日の局」(111「夏夜於鴻臚館、餞北客帰郷」詩)で、元慶七年(八八三)勧海使送別詩。これが鴻臚の迎賓館をさすことは明白。二つは294番詩のこの用例。三つは「情を含みて客館を排き　影を抱きて荒村に立つ」(260「寄白菊四十韻」詩)で、同じ讃州時代の作品。川口氏は、「無限の情懐をいだいて、私は旅舎の戸をひらいて戸外を歩く」「飄然と孤影を抱いて、私は荒れた村はずれに立つ」と解している。間違いとは言えないけれども、この場合も一般的な意味での「客居の官舎」ではなく、海辺にあった松山館における風光と行為が背景となった叙述で、この「客館」も「松山館」を指している。四句を隔てた前に「水国新賓絶え　魚津商賈喧し」とあることも援用できる。「水」は綾河の流れとそれ以上に茫漠たる海の潮であろう。いま一つは「村翁の往事を語れば　客館に留連することを忘る」(484「叙意一百韻」で、太宰府時代の作品。この用例のみ、「客居の官舎」を意味している。以上、讃州時代までの道真自身の用例に徴しても、「客館」は本来の意味「迎賓のための官舎」であり、讃岐国府の別館である「松山館」は、そのための施設であったと思量される。もちろん京や大宰府の鴻臚館のような外国使節を接待する国家的規模の大施設ではなく、一地方の賓客をもてなすことを主目的とした施設であった。

道真は自注において、松山館を「津の頭なる客館」と言っている。松山の地にある館舎である故に「松山館」と名づけられたとすれば、すぐそばにあった津は「松山の津」であった可能性がきわめて大きい。222番詩第一句によれば複数の建物が簷を交えていたらしく、だとすれば客館の他にあるいは港湾用施設も含まれていたかもしれない。その松山の津は現在別の場所に比定されているけれども、(注5) 蓋然性のみによる立論で確証があるわけではない。道真詩の自注という確実な証言を加えて、再考すべき課題であるが、煩瑣にわたるので、今は後考を期すにとどめたい。

七 おわりに——松山館における嘱目の風景

松山館は、讃岐国の迎賓用施設として津のすぐ側に設けられた別館であった。常時使用されるものでもなかったはずのその「松山館」は、道真の遊覧と詩作の格好の場所であったにちがいない。「晩春松山館に遊ぶ」詩はその典型であるが、しかし、どれだけの詩がここで制作されたかを特定することは困難である。ただ、松山館における嘱目の風景が詩作に反映した叙述はかなりの数にのぼる。

1 頭を廻らすに外の物無し　漁りの叟沙の村に立てるのみ（215「早春閑望」詩第七八句）

2 頭を廻らせば左も右も皆潮戸にして　耳に入るは高きも低きも只棹歌なるのみ（216「正月二十日有感禁中内宴之日也」詩第三四句）

3 水闊く雲深く春の日長し　情を含みて覚えず風光の有ることを（244「書懐寄文才子」詩第一二句）

4 憂へを銷さむには自らに平沙の歩びあり　王粲何ぞ煩ひて独り楼に上りけむ（266「江上晩秋」詩第七八句）

5 沙と浪とゆくりなくも旧知に遇ふ　今朝目に撃めて涙先づ垂る（281「寄紙墨以謝藤才子見過」詩第一二句）

6 香を裛み翅を低る風莎の地　争でか時来りて禁園に入ることを得む（285「聞群臣侍内宴賦花鳥共逢春、聊製一篇寄上前濃州田別駕」詩第七八句）

7 青衫の刺史意慇懃なり　棹を湖頭に停めて故人を問ふ（290「訓備州刺史便過旅館告別」詩第一二句）

8 如何にぞ露溢れて親を思ふ処　況や復た潮寒くして闕を望む時（298「八月十五日夜、思旧有感」詩第六七句）

9 林巒織り著はす黄糸纈　沙渚瑩き添ふ白水精（304「早霜」詩第三四句）

10 客有りて湖の頭に在り。（中略）是に於いて商の颸瑟瑟として、沙渚悠悠たり。波浪を掬びて以て心を清まし、斗藪を求めず。郵亭を望みて、以て宿を問ふ。（中略）我が感の秋を悲しむべきことあり、我が興の能く水を楽しぶこと无し。況や復た霽れて雲断え、天と水と倶なはるや。潜める魚を窺ひて以て漁り火畳なはり、帰る鳥を逐ひて以て釣りふねの帆孤りなり。（中略）旅の思ひの辺涯とする所を叙べて、湖水の涯岸无きに喩ふ。（515「秋湖賦」）

詩を鑑賞するにあたり、制作された場所はさして重要ではないが、特定できればなおいっそう鑑賞を深めることはできる。表現の臨地性という点において、1と2などは松山館にあって作られたものであるかに思える。川口氏注はやや内陸に入った綾河河畔の府衙の官舎と混同しがちであるが、たとえそこで制作されたのではない場合であっても、海辺風光の叙述は多く松山館における嘱目に基づいており、そのことを踏まえれば讃州時代の詩の鑑賞はより深くなるであろう。

5と7は、旧知の刺史たちの表敬訪問に対する応接の詩である。彼ら一行への応対と接遇にも、当然松山館は使われたはずである。5について、川口氏は「「藤才子」は190詩に見える「藤秀才」と同人か。文章得業生藤原某が、菅家廊下に学んで、仁和二年（八八六）五月、策試をうけたことがみえる。対策及第して、今や地方官に任命されて西海道あたりに赴任の途、海路讃州の府に立ち寄ったとき、紙墨を贈ったのであろうか」と推測し、「讃州の府に近い津のほとり、沙原は平らかに浪は白くあがる。その風景の土地で、ゆくりなく旧知の君に逢うことになった」と口訳する。明らかに松山館の地に立った視点から叙述されている。7についても川口氏は、「「備州刺史」は備前・備中・備後の何れかの国守。誰とも不詳。道真とは旧知で、対岸の讃岐の守に敬意を表するため立ち寄ったのである。あるいは秩満ちて交替事務を終り解由をえて海路帰京する中途、船を讃州に停めて別れを告げたのであろうか」と解説する。そして「湖」とあることについて、「秋湖賦」（五一五）を参照せよとある。10はその「秋湖賦」（『本朝文粋』巻第一「水石」にも所収）の抜粋である。解説には、「秋湖はおそらく秋の入江のことで、南海道、讃州の坂出のあたりより瀬戸の海が大きく湾入して国府の付近まで湖のように入江をなしていた所をいうのであろう」とし、冒頭の「有客」の客は、仁和四年の秋に文章得業生に及第した文室時実を指すと見ている。時実は師道真を訪ねて一箇月滞在、その間に道真は、264「謝文進士新及第、拝辞老母、尋訪旧師」、265「聞早雁寄文進士」、266「江上晩秋」、267「九日偶吟」、268「別文進士」などの詩篇をものした。「江上晩秋」詩に松山館における嘱目の景観の反映が見られること（前記4）、「波浪を掬びて以て心を清まし、斗藪を求めず、郵亭を望みて、以て宿を問ふ」と国府の官舎を訪ねたらしい叙述があることを思えば、確かに「秋湖賦」もその滞在中の一篇であった蓋然性は大きい。

しかし、「秋湖」「湖水」は、川口氏の解では不十分である。「秋湖賦」の題下の割書に「秋水岸無し」とあり、末尾に「湖水の涯岸无し」とあることに注目すれば、この「湖水」も松山館からの眺望を反映していると思量される。松山館から北を眺めた時、右手は大きく湾入し、今も右山麓の方が海抜は低い。満潮時は茫々たる海の景観であるが、潮が引いた時には、ほぼまっすぐ北の雄山にかけて現れる洲が一方の岸となって、さながら湖水が出現し、また満潮になればその岸は水の底に消えて見えなくなってしまう。干潮時に浅い海となった湖水では、漁労が行われ、湖面には北と東の山並みが美しく映り、夜は月影を映して、勝趣と風流に富んだ絶景が出現する。そのような景観を、喩として歌い込めた賦だと考える。

【注】

(1) 木下良『国府―その変遷を主にして』(教育社歴史新書44、一九八八年六月)は、歴史地理学からする国府研究の成果で、「2国府の立地と形態」の「一 讃岐国府とその周辺」において追究していて、従うべき見解が多い。「松山館」と「松山津」については、高屋の丘陵上にある慈氏山松浦寺遍照院のある場所を臆測として想定している。私の想定する場所の海を隔てた真向かい北一キロほどの位置である。

一方、松山館からの観望が一面の海であったとする私の考えは、この地域に古代条里制の遺構があるとする説、出石一雄「讃岐の古代中心地域における条里と国府」(「五色台の自然―1―」、一九七四年三月)と抵触する。木下説も条里制に関しては理解が十分でない。出石説は、現在の地形と聞き取りに基づくもので、文献の裏付けを持たぬ点に難点があり、従いがたい。海抜の高い賀茂地区の条里は古代からの遺構であるが、松山・林田地区のそれは大部分が平安中期以降のものとすべきである。なおまた、高屋製塩遺跡が標高二ないし三メートルに位置していることとも抵触するが、こちらは波打ち際の遺跡だったとすれば、齟齬は小さい。

(2) 『江談抄 中外抄 富家語』(新日本古典文学大系第三十二巻、岩波書店、一九九七年六月)の後藤昭雄『江談抄』注。

(3) 菅野禮行『和漢朗詠集』(新編日本古典文学全集第十九巻、小学館、一九九九年十月)注。

(4) 新間一美「平安朝文学における『かげろふ』について―その仏教的背景―」(古代文学論叢第十二輯『源氏物語と日記文学 研究と資料』武蔵野書院、一九九二年二月)。

（5）『綾・松山史』（綾・松山史編纂委員会、一九八六年六月）は、青海川河口に位置した雄山の麓、川西の地を考証想定している。

【附記】【注】（1）に、木下良氏が、高屋の丘陵上にある慈氏山松浦寺遍照院のある場所を臆説として想定していることを紹介したが、その後、『地図でみる西日本の古代―律令制下の陸海交通・条里・史跡―』（平凡社、二〇〇九年五月）（島方洸一・金田章裕・木下良・立石友男・井村博宣編）も、「松山津」を国府津とし、「松山館」は「津頭客館」として、同じく高屋の丘陵上に想定して地図の上に表示している。発掘の証拠があるわけではないが、冬期の季節風や波浪などの条件を勘案すれば、最もありうべき場所ではあり、小論は何もない文献を求めすぎたことへの反省もあって、再考すべき余地は十分にあると考え直している。

第四節　南海の崇徳院

一　はじめに

崇徳院は、保元元年（一一五六）七月二十三日未明、仁和寺殿を出発、鳥羽・草津を経て、八月三日讃岐国松山津に御下着（請取は八月十日都に到着）、在庁の官人綾高遠の御堂に収容されて、三箇年を送り、その後国府の一郭鼓が丘の御堂に移し奉って六年後、讃岐の配所に在ること足かけ九年に及んだ長寛二年（一一六四）八月二十六日、四十六歳で崩御されたとするのが、半井本『保元物語』（二年の誤認を補正）や『白峯寺縁起』などが伝える最も信頼すべき崇徳院の事蹟である。崇徳院の配所における生活は、その前半三年は、五部の大乗経書写の大業に心血を注いだと推察される。「五部の大乗経」とは、究竟の大乗仏教の教えを説いた五部の経典のこと。すなわち、華厳経（六十巻）・大集経（六十巻）・大品般若経（二十七巻）・法華経（八巻）・涅槃経（四十巻）という厖大な量の経巻で、その書写に費やした善根と、一転しての呪詛のことが、『保元物語』の話柄の中心をなしている。そして、呪詛の誓言を血書した五部の大乗経が確かに存在し、崇徳院の没後都にもたらされ、第一皇子元性法印の許にあったことが、『吉記』（寿永二年七月十六日条）の記事から判明する。

崇徳院讃岐ニオイテ、御自筆ニ血ヲ以テ五部ノ大乗経ヲ書カシメ給ヒ、件ノ経ノ奥ニ埋世後世ノ料ニ非ズ、天下ヲ滅亡スベキノ趣ヲ注シ置カル。件ノ経伝ヘテ元性法印ノ許ニ在リト云々。此旨ヲ申サルルニ依リテ、成勝寺ニ於テ供養セラルベキノ由、右大弁ヲ以テ左少弁光長ニ仰セラル。彼ノ怨霊ヲ得道セシメンガタメ歟。但、尤モ予議セラルベキ歟。未ダ供養セザル以前ニ猶其ノ願ヲ果タス。況ンヤ開題ノ後ニ於テヲ哉。能々沙汰有ルベキ事也。恐ルベシ恐ルベシ。

寿永二年は崇徳院没後二十年目にあたる。配所にあって、とりわけ五部の大乗経を完成するまでの最初三年間の崇徳院の日常は、悟りきってはいなかったにしても、仏道専心といってもよい生活だったと思われ、そうあることを促したのは、寂然ならびに西行との交流であったと思われる（後述）。

本稿は、崇徳院が讃岐の地に流されて、どのような日々を送られたのか、表向きは西行と女房との間に交わされた歌の贈答を主として、その交流の跡を追尋することを目的とする。

二　崇徳院兵衛佐

崇徳院と配所での生活を共にし、甲斐甲斐しく傅づいたのは、崇徳院に愛されて一の宮重仁親王を生み奉った兵衛佐という女房であった。(注1)『保元物語』のどのテキストにも、院が仁和寺殿を出発されたとき、「御供ニハ女房三人ゾ参リ給ヒケル」とあって、崇徳院には三人の女性が同行していた。三人のうちの一人が兵衛佐で、『今鏡』（「すべらぎの中」第二「八重の潮路」）に、

新院（崇徳）御髪おろさせ給ひて、御弟（覚性）の仁和寺の宮におはしましければ、しばしはさやうに聞えしほどに、八重の潮路をわけて遠くおはしまして、上達部・殿上人の、一人参るもなく、一宮（重仁）の御母の兵衛佐と聞え給ひし、さらぬ女房一人二人ばかりにて、男もなき御旅住みも、いかに心細く朝夕に思し召しけむ。親しく召し使ひし人ども、みな浦々に都を別れて、おのづから留まれるも、世の恐ろしさに、あからさまにも

参ることだにもなかるべし。皇嘉門院（摂関忠通女。崇徳帝后宮）よりも、仁和寺の宮（覚性法親王）よりも忍びたる御とぶらひなどばかりやありけむ。たとふる方なき御住居なり。

とある。さらに同じ『今鏡』（「御子たち」第八「腹々の御子」）には、崇徳院の在位中、兵衛佐は天皇付きの女房として仕えていて、ことのほかの寵愛を受け一宮重仁親王を儲けたこと、実の親は歌人でもあった法勝寺執行法印信縁で、養親は崇徳院に仕えた老歌人大蔵卿行宗であったこと、新院となってからはしかとした後見のない兵衛佐への愛情がいよいよ深まっていったことその他が、『源氏物語』桐壺の更衣に重ね合わせて物語られている。二人の親が歌詠みであった上、崇徳院に近仕していたので、彼女も「歌などこそいと労ありて詠み給ふなれ」ということになった、一廉の歌人で、後に勅撰歌人となったのであった。（注2）

三　寂然（藤原為業）の讃岐行

角田文衛氏（注3）は、「讃岐に坐す崇徳天皇と都人との間には、時折交渉があった。中でも歌人寂然、すなわち藤原為業は、歌道の上で、また待賢門院別当であった関係からも上皇に親侍していたらしく、保元二・三年頃、讃岐国に赴き、雲居の御所の上皇の許に参上している。それは、

崇徳院さぬきの国におはしましける時、修行のついでに参りて、
月のあかく侍りける夜、よみて奉りて侍りける　寂蓮（然）
・むかしみし月は雲ゐの影ながら庭はよもぎの露ぞこぼるる（『玄玉集』巻三・一五二）
崇徳院松山におはしましけるに、まゐりて日数へて、みやこへ
かへりなんとしけるあかつきよめる　寂然法師
・かへるとも後には又とたのむべきこの身のうたてあだにも有かな（『風雅集』巻九・九五〇）

とある詞書から知ることが出来る」と、寂然讃岐行の事蹟が紹介されている。

寂然と西行は、同じ崇徳院歌壇に集った、親しい歌仲間であった。『山家集』には、

讃岐におはしまして後、歌といふことのいと聞えざりければ、

寂然がもとへ言い遣はしける　（西行）

言の葉のなさけ絶えにしをりふしにありあふ身こそ悲しかりけれ　（一二二八）

（歌の道がすっかり絶えてしまった時節に、生きて巡り会うことになったわが身が悲しい）

かへし　寂然

しきしまや絶えぬる道に泣く泣くも君とのみこそ跡をしのばめ　（一二二九）

（和歌の道が絶えてしまった今、泣く泣くも、あなたとだけ、新院の御跡、在りし日の和歌が盛んであった世を忍びましょう）

という贈答の歌が留められている。上皇の配流後、歌の世界の火が消えたようになってしまったことを、互いに嘆きあっていたのである。

角田文衛氏は、前引の文章に続けて、「親友の寂然が讃岐へ向かう際に、西行は彼に託して歌を上皇の女房に送った。「山家集」には、（一一三六〜一一四一番歌。歌の引用は省略）といった西行と崇徳院女房との往来歌が収められている。この女房が勅撰歌人たる兵衛佐を指すことは、余りにも明白であろう。彼女は、配所における上皇の歌の御相手でもあり、一心同体となって西行らに歌を贈っていたのである」と論断している。そのとおりだと首肯できる。

四　崇徳院説得の贈歌（西行）

角田氏が指摘された贈答歌のほかに、『山家集』にはもう一群讃岐の女房との贈答歌があり（一一三〇〜一一三七、

これも同じ兵衛佐との贈答であることは疑いない。しかもこの一群の歌の方が先行する贈答であるにちがいない。

讃岐にて、御心ひきかへて、後の世の御つとめ隙なくせさせおはしますと聞きて、女房のもとへ申しける。この文を書き具して、「若シ人嗔リテ打タズンバ、何ヲ以テカ忍辱ヲ修センヤ」（もし人が怒って私を打ち懲らしめることがなかったら、何を以て、仏の忍辱の教え、辱めを堪え忍ぶ心を、修することができようか）

世の中をそむくたよりやなからまし憂きをりふしに君あはずして　（一二三〇）

（今回のようなつらい経験をされなかったら、仏道に入る機縁はなかったでありましょう）

これもついでに具して参らせける　（西行）

あさましやいかなるゆゑのむくひにてかかることしもある世なるらん　（一二三一）

（いたましく悲しいことです。どういう前世の報いがあって、院の配流という過酷な現実が生起した世なのでしょうか）

ながらへてつひに住むべき都かはこの世はよしやとてもかくても　（一二三二）

（生きながらえていつまでも住むことのできる都でしょうか。現世はたとえどのようであろうと、所詮はかないものです。後世安楽を願ってお過ごしください）

まぼろしの夢をうつつに見る人は目もあわせでやよをあかすらん　（一二三三）

（幻の夢ともいうべき悲しみを現実に経験している人は、夜も眠れずに明かしておられるでしょうか）

西行の方から先に、仏教者として崇徳院を説得する歌を贈り（一二三〇）、併せて三首の歌を贈って院を慰さめかつ励まし（一二三一〜一二三三）、また道理を説いて諭さんとしている（一二三二）のである。とりわけ最初の歌は、崇徳院その人に直接贈り説得しようとした、激しい歌であると思われる。この一連の四首を託し讃岐まで持参したのは、確かに寂然であったにちがいないと確信される。

その後しばらくして、西行はまた幸便をえて、兵衛佐に歌を贈った。

かくて後、人の参りけるにつけて、参らせける　（西行）

その日よりおつる涙をかたみにて思ひ忘るる時のまもなし　（一二三四）

（上皇様が讃岐に移られたその日から、こぼれる落ちる涙を形見として、一刻もお忘れ申し上げる時とてありません）

かへし　女房

目の前にかはりはてにし世の憂さに涙を君にながしけるかな　（一二三五）

（目の前に変わりはててしまった現世の憂さ辛さに、上皇様のために涙を流したことでした）

松山の涙はうみに深くなりて蓮の池に入れよとぞおもふ　（一二三六）

（ここ松山で流す涙によって海が深くなり、その水がそのまま極楽の蓮の池に流れ入ったらいいのにと思います）

波のたつ心の水をしづめつつ咲かん蓮を今はまつかな　（一二三七）

（ともすれば怒りと悲しみに波立つ心を静めながら、極楽往生できる日を今は待っています）

これらは、表向きは兵衛佐との贈答であり、歌は彼女の歌であるが、その後ろに一心同体となった崇徳院がいることは明らかである。兵衛佐の答歌が三首あるのは、最初の西行からの「ついでに」の贈歌三首に対する答えと意識していたからであろう。一二三五歌は兵衛佐の視点から我が君を労り涙した歌で、これは西行の一二三四歌への返歌として詠まれていると見える。一二三六歌と一二三七歌は、先の西行の一二三二歌に対する答歌の位置にあると思われる。ともすれば怒りと悲しみに波立つ心を静め鎮めしながら、極楽浄土への往生を願っていると歌う、それは崇徳院の御心そのものに他ならなかったはずである。

五　贈歌と答歌（兵衛佐）

そして、角田文衛氏が挙げられた、兵衛佐と西行の歌の往返。

新院讃岐におはしましけるに、便りにつけて女房のもとより

みづぐきの書きながすべきかたぞなき心のうちは汲みてしらなん　（一一一六）

（手紙をどのように書けばいいのか判りません。私の心の中をどうか汲み取ってください）

かへし　（西行）

ほど遠みかよふ心のゆくばかりなほ書きながせみづぐきの跡　（一一一七）

（遠く隔たっていますから、通わせるあなたの心の気がすむまで、ご心中を手紙に認めてください）

また、女房つかはしける

いとどしく憂きにつけてもたのむかな契りし道のしるべたがふな　（一一一八）

（ひどくつらいと思われるにつけ、あなたを頼みにすることです。お約束した死後の道しるべをどうか違えないでください）

かかりける涙にしづむ身の憂さを君ならでまた誰かうかべん　（一一一九）

（このように涙に伏し沈んでいる身の憂さを、あなた以外の誰がまた浮かべ救ってくださるでしょうか）

かへし　（西行）

たのむらんしるべもいさやひとつ世の別れにだにもまどふ心は　（一一四〇）

（私を頼みとしておられる死後の道しるべも、さあどうでしょうか。現世の別れにさえも惑ってしまっている私の心ですから）

ながれ出づる涙に今日はしづむともうかばん末をなほ思はなん　（一一四一）

（流れあふれる涙に今日は伏し沈むとしても、来世には極楽浄土に生まれることを、なおも願って仏道に励んでください）

この一群の歌々には、兵衛佐のなまの感情がより色濃く出ているが、それでもやはり背後に崇徳院がいることは確かであろう。最後の一一四一歌には、西方極楽浄土への往生を願求しての、仏道修行に精励すべき諭しをもって締め括られているのである。

西行は崇徳院の生前に讃岐を訪ねることはなかったが、これだけの数の歌の贈答をもって、配所にある崇徳院・兵衛佐と交流し、仏道に励むことを勧め、慰撫することを絶やさなかった。贈答の仲立ちとなって歌を届け、返信をもたらした最初の一回目は、確かに寂然であったにちがいない。生前の崇徳院を松山の雲井の御所に訪ねたその寂然は、配所の院を慰め、仏道への導べともなれかしと、「法門百首」という作品を企画した。経典から百の要文を選んで題とし、まず周りの限られた数人に勧進したようで、寂然以下数編の百首が残っている。それらの百首をまとめ贈られた崇徳院も、同じ題の百首を詠んで答えたのだった。

なおまた、讃岐滞在中に崇徳院は、俊成に訴えかけた長歌と反歌を詠み、（注3）それが没後に俊成に伝えられ、俊成はその歌に返歌もしている。寂然の「法門百首」の勧めにも応じて詠作を残している上、五部の大乗経書写の大業完成と合わせ考えると、少くともその前半三年にあっては、「讃岐にて御心引き替えて、後の世の御つとめ隙なくせさせおはしますと聞きて」と西行が詞書に記した（一二三〇歌）とおりの、仏道専心の生活を送っておられたことの跡は歴然である。ただ、後生菩提のために心血を注いで完成させた大部の経巻を、貝鐘の音もしない僻遠の片田舎に朽ちさせるのは不憫だから、せめて都の周辺へなりと納めて供養したいとの切なる願い出が、信西によって拒否されたことへの怨念のみは深く、呪詛の血書とともに残されたのであった。しかし、俊成にあてた長歌を見れば、その瞋恚も時とともに徐々に薄らぎ、最後はやはり後世を願求していたと思われる。

六　おわりに

角田氏はさらに、『玉葉和歌集』巻十七・雑歌四・二四二二の歌、

崇徳院につきたてまつりて讃岐国に侍りけるを、かくれさせ給ひにければ都にかへりのぼりける後、

人のとぶらひて侍りける返事に申しつかはしける　　兵衛佐

君なくてかへる波ぢにしほれこし袖のしづくを思ひやらなむ

を引いて、（注4）

配所での生活は、いかほど淋しく不自由であっても、そこには上皇に密着して暮らすという女の欣びがあった。応保二年（一一六二）正月、鍾愛する重仁親王が脚病のため薨じた時でも、上皇と兵衛佐は、癒し難い悲傷を頒ち合い、互いに慰めることもできた。しかしその上皇も、白峰の煙と消え、彼女は全く生きる目標を失った。人生における彼女の役割は、終わったのである。

と締め括っていて、深い共感をもって読むことができる。角田氏の論考「崇徳院兵衛佐」は、日本文学研究者・西行研究者にも、必ずしも周知の文献にはなっていないようなので、いまここに高く評価し顕彰しておきたいと思う。

【注】

（1）角田文衛「崇徳院兵衛佐」（『古代文化』昭和四十九年九月→『王朝の明暗』東京堂出版、昭和五十二年三月）。

（2）兵衛佐の出自については、『本朝皇胤紹運録』の「重仁親王」の項下に「……母兵衛佐局。大蔵卿行宗ノ女ト云々。実ハ僧ノ女歟。法印信縁ノ女」とあり、また『台記』天養元年十月二十八日条に「……重仁親王［上皇第一親王］着袴、年五歳、……今日着袴ノ親王ハ、故法勝寺執行法印信縁ノ外孫ナリ。其母兵衛佐ト号ス。上皇ノ愛今ニ衰エズト云々」ともある。

（3）『長秋詠藻』に掲載されている崇徳院の長歌（五八一）と反歌（五八二）、ならびに俊成の返歌（五八三・五八四）は、以下のとおりである。

崇徳院讃州にしてかくれさせ給ひてのち、御ともなりける人のへんよりつたへて、かかることなんありしと

て、折紙に御宸筆なりける物をつたへおくられたりしなり

五八一　いにしへの　すまのうらわに　もしほたれ　あまのなはたぎ　いさりせし　そのことのはは　ききしかど　身のたぐひには　なぎさなる　いはうつなみの　かけてだに　おもはぬほかの　名をとめて　しづみはてぬる　われぶねの　われにもあらず　とし月も　むなしくすぎの　いたぶきの　ならはぬとこに　めもあはで　おもひしとけばさきのよに　つくれる罪の　たねならで　かかるなげきと　なることは　あらしの風の　はげしさに　みだれしのべの　いとすすき　はずゑにかかる　露の身の　おきとめがたく　見えしかば　その呉竹の　よをこめて　おもひ立ちにし　あさごろも　袖もわが身も　くちぬれど　さすがにむかし　わすれねば　雲井の月を　もてあそび　山ぢのきくを　たをるとて　時につけつつ　まとゐして　春秋おほく　すぎにしを　いまはちさとを　へだてきてはつかりがねも　ことづてず　なれにしかたは　おとたえぬ　もとの心し　かはらずは　ことにつけつつ　君はなほ　ことばのいづみ　わくらめど　見しばかりだに　くみてしる　人もまれにや　なりぬらむ　さらにもいはずかなしきは　ことのをたちし　からくにの　むかしの跡に　ならひにき　ふかきうきぬに　ねもたえぬ　かつみのほどを　いとへども　心のみづし　あさければ　むねのはちすも　いつしかに　ひらけんことは　かたけれど　たどるたどるも　くらき世を　いづべき道に　いりぬれば　ひとたびなもと　いふ人を　すてぬ光に　さそはれて玉をつらぬる　このしたに　花ふみしかん　時にあはば　契おなじき　身となりて　むなしき色に　そめおきしことのはごとに　ひるがへし　まことの法と　なさむまで　あひかたらはむ　ことをのみ　おもふこころを　しるやしらずや

五八二　夢の世になれこし契りくちずしてさめむ朝にあふこともがな

みやこにおはしましし時、かやうの道にもつかへまつりし人はおほかりしを、とりわきおぼしめし出でけむこともいとかなしくて、人しれず御返しをかきて、おたぎのへんになんやらせける

五八三　すまのうらや　藻しほたれけむ　人もなほ　今をみるには　うきなみの　うきためしには　なほあさし　あはれうき身の　そのかみを　おもふにつけて　かなしきは　あれにし宿の　かべにおふる　みなしごぐさと　なりしより　ふるすにのこる　あしたづの　さはべにのみぞ　としへしを　はじめて君が　御代にこそ　雲のかけはし　ふ

みまよひ　たつの御かほに　ちかづきて　時につりつつ　むなしくは　すぐさず見えし　あづさゆみ　まとゐの末に　つらなりて　花のはるより　ほととぎす　まつあかつきも　秋のよの　月をみるにも　ここのへに　降りつむ雪の　あしたまで　物おもふことも　なぐさめし　ここのかさねを　いでしだに　そでのこほりは　いかがありしあまのはごろも　ぬぎかへて　はこやの山に　うつりても　山ぢのきくを　たをりつつ　過ぐるよはひも　わすれしを　いかにふきにし　はつ秋の　あらしなりけん　やましろの　とばの田のもに　ひかげくれ　もりの松風　かなしみて　夕の雲と　なりしとき　人のこころも　おしなべて　のべのかやはら　みだれつつ　まよひしほどは　うばたまの　夢うつつとも　わかざりき　さらにもいはず　わたのはら　むなしき舟を　こぎはなれ　浪ぢはるかに　へだてつと　ききし別の　かなしさは　たとへんかたも　なぎさにて　あまのかるてふ　もしほぐさ　かさてもやらん　かたもなく　むなしき空を　あふげども　こころばかりや　まつやまの　嶺の雲にも　まじりけん　たださかたみとは　とどめおきし　やまとみことの　ことのはを　見ればなみだも　もろともに　玉のこゑごゑ　つらなりて　にしきいろいろ　たちなせり　かかるたぐひは　いにしへも　いまゆくすゑも　いかがあらむ　さてもとし月　うつりゆき　しきしまの道　たちかへり　雲井の月に　さそはるる　よなよなまれに　ありしかど　月のまへには　むかしおぼえ　花のもとにも　君をおもふ　ただとことはに　なげきつつ　いつもかはらぬ　むもれ木のしづめることは　ことのねを　むかしたちけん　をによせて　たちてし道と　のがれつつ　こころひとつの　かなしさは　あゆくくさばに　袖ぬれて　ことばの露は　おのづから　玉ににせよる　時もあれど　あさぢがしたにかつきえて　あはれしるべき　人もなし　さりともまれに　たちかへる　なみもやあると　おもひしを　つひに千里の　ほかにして　秋の御空に　月かくれ　たびのみそらに　露けぬと　しほぢへだてて　ふくかぜの　つてにきこえし　ゆふべより　いまははかなき　夢の中に　あひ見んことは　なくなくも　のちの世にだに　ちぎりありてはちすの池に　むまれあはば　むかしもいまも　この道に　こころをひかん　もろ人は　このことのはを　えにとして　おなじ御国に　さそはざらめや

五八四　さきだたむ人はたがひに尋ね見よ蓮のうへにさとりひらけて

（4）この歌は『今鏡』（「御子たち」第八「腹々の御子」）にも、次のとおり引かれる。

讃岐（崇徳）にも、御嘆きのあまりにや、御悩みつもりて、かれにて隠れさせ給ひにしかば、宮（重仁）の御母（兵衛佐）ものぼり給ひて、頭剃して、醍醐の帝の御母方の御寺（勧修寺）のわたりにぞ住み給ふなる。かの院（崇徳）の御にほひなれば、ことわりと申しながら、歌などこそいと労ありて詠み給ふなれ。のぼり給ひたりけるに、ある人のとぶらひ申したりければ、／君なくてかへる波路にしをれこし袂を人の思ひやらなむ／と侍りけるなむ、「さこそは」と、いと哀しく推し量られ侍りし。

【附記】『風雅和歌集』巻第九・旅歌に、次の歌が収められているのを見落としていた。

　さぬきより宮こへのぼるとて、道より崇徳院にたてまつりける　寂然法師

九二六　なぐさめにみつつもゆかむ君がすむそなたの山を雲なへだてそ

　松山におはしまして後、みやこなる人のもとに、つかはさせ給ひける　崇徳院御歌

九二七　おもひやれみやこはるかにおきつなみたちへだてたるこころぼそさを（『閑月和歌集』巻第八・羇旅歌にも）

第五節　西行の四国への旅

一　はじめに

西行四国行脚の旅程については、随分以前に私見を公にしたが、[注1] それに対する批正や反論[注2]に応えないまま現在に至っている。批正は錯綜していて単純ではないが、旧稿に述べたところを基本として、改めるべきところを正し、新たな視点や論点を加えて、児島経由讃岐行について再考したところを論述するのが、本稿の目的である。

二　旅立ちから児島北岸八幡社へ

仁安二年の四国への旅は、十月十日夜の賀茂神社への参拝に始まった。そのことは、『山家集』の詞書に明瞭に記されるところである（引用は陽明文庫本に拠り、私意により若干改めたところがある）。

そのかみまいりつかうまつりけるならひに、世をのがれてのちも、かもにまいりけり。としたかくなりて、四国のかたへ修行しけるに、またかへりまいらぬこともやとて、仁安二年十月十日の夜まいり、幣まいらせけり。うちへもいらぬ事なれば、たなうのやしろにとりつきて、まいらせ給へとて、心ざしけるに、このまの月ほのぼのに、つねよりも神さび、あはれにおぼえてよみける

かしこまるしでになみだのかかるかな又いつかはとおもふあわれに　（一〇九五）

すぐに出発して都を離れ、山城・播磨路を経て（一〇九六・一〇九七・一〇九八・一一〇三・一一三五）児島に至ったと見られるが、その経路や旅程の詮索は、当面不要なので立ち入らない。ともあれこの年初冬の中旬に都を出発、「四国の方」を目指した旅路であった。

西国へ修行してまかりけるをり、こじまと申す所に八幡のいははれたまひたりけるにこもりたりけり。としへて又そのやしろを見けるに、松どものふるきになりたりけるをみて

むかし見し松はおい木になりにけり我がとしへたるほどもしられて　（一一四五）

児島におけるこの歌は、二度の旅行が重ね合わせられている。安芸一宮（厳島）を心ざして、「たかとみのうら」に風待ちし（四一四）、月明の厳島に参拝した折の歌（四一五）が残っていることから、第一回目の旅は通説によってもその時（季節は秋季）を指し、故に「四国へ」ではなく「西国へ」「修行してまかりけるをり」と記されているのである。二度目の旅が今回の四国を目指した旅の途次のものであるか否かは、この歌が一首だけ孤立していて、そのうえ歌の中に季節感もなく確実な決め手に欠けるところから、簡単に断定はできないのであるが、少し前の一一三六から四一の六首は、崇徳院の生前、西行と院付き女房（崇徳院兵衛佐）[注3]との間の贈答歌であり、『山家集』の内部において、四国（崇徳院）との関連が確かに認められるし、老来児島くんだりまでやって来るような遠行の旅が、生涯にそう度々あったとは考えがたいから、この度の歌であった可能性がきわめて大であると考える。この歌の位置づけとしては、仁安の四国旅行の時の歌であると見る、従前からの大方の解釈に落ち着くことになる。

この八幡社は、近世初期までは大きな島であった「児島」の、北岸にあったと推定される。『高倉院厳島御幸記』に、行在所が設けられ、上皇が宿泊されたという「児島の泊」は、児島郡の中心であった「郡（こおり）」か、「八浜」の港であったと見られ（「潮すこし干て御船着き給ふ。汀遠ければ御輿にてそのぼらせ給ふ」とある景観は八浜であろうか）、

「この国に八幡の若宮おはしますときこしめして幣たてまつらせ給ふ」とある「八幡の若宮」は、現在の八浜八幡宮か大崎八幡宮だったかと推察される。前者は、南北朝ころに陸続きになったという両児山（ふたごやま）の南峯に鎮座する神社で、それまでは少し内陸に入った元川沿いの出雲谷にあったのを、応永三一四年（一四二七）に現在の山上に移転したという。(注4)しかし二百六十年前の西行の時代のあり方は不明で、有無も含めてその実態は判らない。いま一つの大崎八幡は、八浜八幡宮の西南二キロほどに位置し、もとは宮山全体が小さな島であったと見える海際の神社で、昭和三十二年の干拓工事中に、その正面の海中から、厳島の鳥居と同じ構造の両部鳥居の根の部分が発掘されて、備前守を長く勤めた平正盛・忠盛との関わりも想定されて話題を呼んだ神社である。(注5)場所は、後に見る児島南岸の「日々」「渋川」に通じる「宇野」へと抜ける低い尾坂峠（現在JR宇野線唯一の短いトンネルのある場所）への登り口の位置にある。高倉院が奉幣された八幡若宮も、西行が拝殿に宿った八幡社も、ともに特定することは難しいけれども、二つの何れかではあるに相違なく、根拠のない臆測であるが、西行が泊まった八幡社は後者だった可能性が大なのではあるまいか。

いずれにしても西行が、牛窓の瀬戸を通って児島に至り、第一歩を印したのは、すぐ次に連続する「あみ漁海岸」との関わりから、児島北岸の「阿津」か「郡」か「八浜」のいずれかの港であったにちがいない。岡山側との内海に面する北岸は島々も多く、児島付近を航行する船にとって危険の少ない安全な内海航路で、四国へ渡るには、やや危険の度合いが大きくなる南沿岸の「宇野」「日々」「下津井」などを通過する船に頼らねばならなかったであろう。

三　あみ漁海岸から日比・渋川へ

児島における西行の次なる足跡は、以下の二首の詞書に窺える。

備前国に小嶋と申す嶋にわたりたりけるに、あみと申す物とる所は、をのをのわれわれしめて、ながきさほにふくろをつけてたてわたすなり。そのさほのたてはじめをば、一のさほとぞなづけたる。なかにとしたかきあま人のたてそむるなり。たつるとて申すなることばきき侍りしこそ、なみだこぼれて、申すばかりなくおぼえてよみける

たてそむるあみとるうらのはつさほはつみのなかにもすぐれたるかな　（一三七二）

ひび、しぶかはと申す方にまはりて、四国のかたへわたらんとしけるに、風あしくてほどへけり。しぶかはのうらと申す所に、おさなきものどものあまたものをひろひけるを、とひければ、つみと申す物ひろふなりと申しけるをききて

をりたちてうらたにひろふあまのこはつみよりつみをならふなりけり　（一三七三）

「あみ」漁をしている海岸に行き合わせたということであるから、それは冬期であったことを明証している。すなわち、「あみ」漁の漁期は十一月から十二月で、児島北岸（旧児島湾）がその漁場であった。すでに山本章博氏が引用している資料であるが、『児島湾の漁民文化』の「四手網漁」の項に、(注6)(注7)

児島郡灘崎町彦崎：漁場は八浜沖で、捕獲する魚種によって一〇種類の四手網を使用する。網目がそれぞれに異なる。雑魚四手網は長さ三尺四方である。アミ四手網を使うのは、アミが児島湾に入ってくる漁期の最盛期の一一〜一二月で、この頃には四手網にアミが一晩で四〇貫もとれることがある。アミは牛窓沖から児島湾に入ってくるともいわれ、牛窓沖でアミがとれだしてから一週間から一〇日後に児島湾に現れる。

と報告されているのである。西行がこの歌を詠んだのは、仁安二年冬四国を目指した旅の途次において、今回宿泊した可能性の高い八幡社にほど近い児島北岸、八浜から灘崎近辺の海岸でのことで、そこが「あみ漁海岸」であったと推察される。漁師たちが竿の先につけていた袋が、「アミ四手網」に進化してゆく原初の漁具で、おそらくは

海岸から、竿の先のその袋を駆使して「あみ」を掬い取る、その珍しい光景に西行は目を見けりつつ、「つみ」を意識にのぼせたのだと思われる。

西行はそこから、児島南岸へと通じる最も低い尾坂峠を越え、宇野港を経由して日比港に至り、「四国の方へ渡らんと」したが、順風がえられず足止めされた、その風待ちの間に渋川海岸に出て、子供たちがツブ貝を拾っている場面に遭遇する。日比は古くから児島南岸にある海上交通の要港、渋川はいま海水浴場がある海岸で、その日比・渋川からは、「四国の方」は、崇徳院の白峯陵を擁する讃岐台地の山並みが、海を挟んで指呼の間に見える。

四国への旅は二回あり、これは仁安二年よりも十年ほど前の未遂に終わった旅での詠作だと見る、西沢美仁氏の説があり(注8)、それを発展させた木内郁子氏の説もあるが(注9)、私は、ここまで来て目的地を眼前にしているのに、数日間待たされただけで渡れなかったからと諦めて都に引き返したとは、何としても考えがたく、その説には到底与しえない。西行の四国旅行は生涯に一度だけ、この前後の歌はすべて同時一連のものと考えて何ら矛盾をきたさない。

四　真鍋島経由三野津へ

日比・渋川での歌にすぐ連続して『山家集』が収載するのは、次の詞書と歌である。

まなべと申す嶋に、京よりあき人どものくだりて、やうやうのつみのものどもあきなひて、又、しはくの嶋にわたり、あきなはんずるよし申しけるをききて

まなべよりしはくへかよふあき人はつみをかひにて渡るなりけり　(一三七四)

くしにさしたる物をあきなひけるを、なにぞととひければ、はまぐりをほして侍るなりと申しけるをききて

おなじくはかきをぞさしてほしもすべきはまぐりよりはなもたよりあり　(一三七五)

うしまどのせとに、あまのいでいりて、さだえと申すものをとりて、ふねにいれいれしけるをみて

さだえすむせとの岩つぼもとめいでていそぎしあまのけしきなるかな　（一三七六）

おきなるいはにつきて、あまどものあはびとりけるところにて

いはのねにかたおもむきになみうきてあはびをかづくあまのむらぎみ　（一三七七）

旧稿では、これらはすべて帰路の作として扱っていたのであったが、同じく「つみ」をモチーフとする歌であるのに、間に線を引いて、こちらだけを帰りの歌とするのは不自然だとの批判が多かった。何となく明るい雰囲気が、春の陽光を感じさせるようなことを、一つの判断材料とし、また目的地を指呼の間に望んでいたのだから、最短距離を直行して白峰に近い海岸に上陸したはずだと、根拠のない思いこみを結論に結びつけてしまったのであったが、全面的に修訂しなければならない。確かにやや軽くはなっていても、「つみ」が意識の底にある点で、「あみ」漁海岸の詠歌と一連のものであるし、季節も同じ冬期の、小春日和の昼下がりと見れば、この明るさも異とするにあたらない。

ただし、その次に連続する牛窓の瀬戸における潜水漁の歌は、もはやその「つみ」も消え失せているし、経路を考えてもこれは帰路の作品として読まねばならない。

そして『山家集』の少し離れた後に、賀茂・熊野の月の歌に続けて、

さぬきのくにへまかりて、みのつと申すにつきて、月あかくて、ひびのてもかよはぬほどにとをく見えわたりたりけるに、みづとりのひびのてにつきてとびわたりけるを

しきわたす月のこほりをうたがひてひびのてまはるあぢのむらどり　（一四〇四）

の歌が収められている。この詞書は、冬、月明の夜、讃岐の国に第一歩を印したという書きようであり、それ以外の読解はできそうにない。崇徳院の旧跡や弘法大師の聖地と直接しない辺鄙の場所だったから、「まかりて」とし

たのである。旧稿では、日比から直行して白峰近くに一旦上陸、松山の御所跡を訪ね、墓参した後、再び乗船して沿岸を航行、三野津に至ったかと、これまた根拠のない空想を記したのであったが、撤回しなければならない。十月十日すぎに都を出発した旅として、冬鳥である䳑（あじ）鴨（＝トモエガモ）が飛来して飛び回っている、冬十一月十二月ころの三野津湾に到着したとすれば、何の違和感もなく極めて自然である（詞書の「ひび」は篊で、遠浅の海中に枝付きの竹や粗朶を並べ立て、満潮時に入った魚を干潮時に捕る、漁撈用の仕掛け。江戸初期から登場してくる養殖用の「海苔篊」ではない。魚が海中にいるからあじ鴨が飛び回っているのである）。

かくのごとく『山家集』の歌の配列と詞書を素直に読む限り、西行は、日比・渋川から真鍋島を経由して三野津に上陸した、という経路がたどれるのである。

五　西行が乗った船

それにしても、真鍋島（岡山県笠岡市）は、日比港からは西方に三十キロ以上も離れた、塩飽諸島の西端に位置する小さな島で、西行はなぜこんな遠くの島に次の一歩を印したのであろうか。その問題を考えるためには、西行はどんな船に乗ったのか、船の問題が重要な視点になる。旧稿では、船のことなどほとんど念頭にないまま、地理的な位置関係のみを優先して、根拠もなく思いこみで直行説を展開したのであったが、それは大きな錯誤であった。しかし大方の論者もまた大同小異で、わずかに稲田利徳氏が「島の多い瀬戸内海航路は、少し迂遠してでも島々に寄港しながら対岸に渡ることが多く、それは今に生きている。船も別段、帆船だけでなく漕ぎ船に依拠することもあったろう」[注10]と言及しているにすぎない。すぐ目の前に見えていても、海はそう簡単に渡れるものではない。

端的に結論をいえば、西行は、官公物資あるいは私物資を積載して瀬戸内海を上り下りしていた大小の船の、その下りの船に便乗したにちがいないと思量する。

日本歴史の分野ではよく知られた史料に『兵庫北関入船納帳』[注11]がある。文安二年（一四四五）正月から十二月に至る一年間の、兵庫津（旧大輪田泊）における、上下通行船からの関税徴収控え帳である。そこには、瀬戸内各地に点在する船籍地と船主、積荷などの内容が、こと細かに記録されていて、児島近辺に限っても、「牛窓」「犬嶋」の次には、「阿津」「郡」「八浜」「西宛」「連島」（以上北岸）、「番田」「宇野」「日々（日比）」「下津井」（以上南岸）、「塩飽」「手嶋（豊島）」「さなぎ」（以上島嶼）、「庵治」「方本」「野原」「香西」「宇多津」「多々津」「丹穂（仁尾）」（「丹穂」は最初は安芸の地名と比定されていたが、[注12]後に讃岐の仁尾と確定した）[注13]（以上讃岐）など、多数の船籍地が見える。

「三野津」は船籍地としては見えないが、積荷としての「詫間塩」は三十六件登場、詫間と三野津は場所としてはほとんど同一である（三野津湾の近傍に詫間があり塩田があった）。つまり詫間塩を積載するために三野津湾を目指す船に西行は便乗したものと見える。その船は何らかの目的で真鍋島を経由した。当史料の解説研究において、最初「平山」の船籍地が真鍋島に比定されたが、[注12]後に宇多津の平山とする修正説が出て[注13]船籍地としても積み荷の産地としても、真鍋島の明徴はなくなった。が、「塩飽」（本島）や「さなぎ」「手島（豊島）」と同様に、「真鍋島」を船籍地とする船だったため、一旦母港に帰った可能性が大きいであろう。日比から松山・白峯を目指すのなら、至近の塩飽経由宇多津や平山あるいは松山津に向かう船に乗ればよかったはずだが、そのような船はなかなか通行せず、西行はやむなく遠回りになってもとにかく讃岐に渡れる船に乗ったのであろう。三野津で詫間塩を積み込んで輸送した「真鍋」船籍の上り船が、下り便として「日比」に寄港した後、母港に帰港し（すなわち「真鍋」嶋を経由して）、また詫間塩を積みこむために三野津に向かうことは、十分にありえた航程だったと考えられる。真鍋嶋での一連二首の歌（一三七四・七五）は、小春日和の陽光の下、西行が乗り合わせた比較的大きな船の舷側に、小舟で近づき商いをする商人たちと、船上にいる西行のやりとりと雰囲気を彷彿とさせる。

この史料は、西行の時代から二百七八十年を隔てた後のものではあるが、船の航行と積荷の種類に、それほど大

往昔瀬戸内海地図（衛星写真を加工）

きな変化はなかったであろう。また何もこれに限らず平安初期「延喜式」の時代にも、同じように地方各地と中央（京）を結ぶ航路があり、租や庸や調などの地方からの官公物資を積んだ大小の船団が上り下りしていて、公式の所用日数もきちんと規定されていた。(注14)

「真鍋島」について、いまひとつ注意されるのは「潮待ち」との関係である。前引『玉野市史』（四七五頁）に次のような記述がある。

> 瀬戸内海の潮流は、東は鳴門、淡路の海峡から、西は関門と豊予海峡の両方から流入し、約六時間程を周期として東西へそれぞれ流出する運動をくり返しているのである。その東西へみちひきする潮のわかれ目が、笠岡市の沖合である。そこで「ひと潮」といわれる周期の約六時間を、日比港を起点として潮流にのって航海すると、東は姫路市の飾磨あたりでみち潮にかわる。そこでつぎのひき潮の訪れるまで待つのであるが、これを西に向け、みち潮にのって走ると笠岡の沖合でひき潮にかわるが、こんどはそのままひき潮にのって、広島県大崎上島の木の江港、大崎下島の御手洗港や鞆の浦あたりまで一気に走るのである。

「真鍋島」は、東西への潮の分かれ目だという「笠岡市の沖合」にある島である。近世期船人たちのこの常識的知見は、古代にまで遡る知見であったという。『地図でみる 西日本の古代』の「瀬戸内海解説」に次の記述を見る。(注15)

> 古代に使用されていた船は、刳船（くるぶね）に波除けの舷側板をつけた準構造船や後期遣唐使船等のジャンク船に似た箱形構造船であった。これらの船は、帆走能力が低いため、潮待ちを繰り返しながら、海潮流を上手く利用した漕走を中心とし、帆走を補助としていた。また航海術は、山や島・岬などを目視しながら船の現在位置と方向を把握しながら航行する見立て航法であり、瀬戸内海の東西基幹航路では、山陽沿岸に沿って目視可能な昼間のみ航行するいわゆる地乗り航法を行っていた。
>
> 瀬戸内海には、鞆の浦付近を境として、紀伊水道側と豊後水道側とで正反対の向きを示す二つの干満の流れが

みられる。そこで当時の船は、例えば難波津から博多津へ向かう場合、紀伊水道からの満ち潮に乗り西進し、鞆の浦で潮待ち後、豊後水道へ流れる引き潮に乗り航行していた。

平安末期、西行の時代にも、潮流による航法は生きていた。ただそのまま西航するのではなく四国へ渡るのだから条件は異なるが、真鍋島での逗留は、「潮待ち」も何らか関係していたにちがいない。

ともあれ、西行の場合、「日々」（日比）を通過してゆく船が、たまたま真鍋島を経由して三野津へ向かう予定の下り船だった、それでもとにかく讃岐へは渡れる、その船に西行は便乗して、三野津に上陸したのだと思量する。日比・渋川での逗留は、「風待ち」であるとともに「潮待ち」「便船待ち」のためでもあったにちがいない。

三野津には、旧吉津小学校校庭の一郭に、西行上陸地を示す「西行上人歌碑」がある（川田順揮毫「しきわたす」歌が刻まれている）。旧稿に述べたとおり、三野津湾は、慶安から元禄のころに大規模な干拓事業がはじまり（注16）、それ以後現代に至るまで何次にもわたって埋め立てが継続され、今では湾外にまで及んでいるが、西行の昔は、大きく湾入した浅い入り海であった。

六　三野津から松山・白峰へ

三野津上陸後の西行の足跡は、先ず松山と白峰での最も著名な三首、

さぬきにまうでて、まつやまのつと申す所に、院おはしましけん御あとたづねけれど、かたもなかりければ

まつやまのなみにながれてこしふねのやがてむなしくなりにけるかな　（一三五三）

まつ山のなみのけしきはかはらじをかたなく君はなりましにけり　（一三五四）

しろみねと申しける所に、御はかの侍りけるにまいりて

よしやきみむかしのたまのゆかとてもかからん後は何にかはせん　（一三五五）

を並べて録したあと、すぐ連続して、

おなじくにに、大師のをはしましける御あたりの山に、いほりむすびてすみけるに、月いとあかくて、うみのかたくもりなく見えければ

くもりなき山にてうみの月みればしまぞこほりのたえまなりける　（一三五六）

以下、一三七一番歌に至るまで、「雪」の連作を含む十四首が一連の歌として並べられ、「又ある本に」として長文の詞書を持つ歌二首が付加されていて、「善通寺歌群」ともいうべきこの十六首が、讃岐行の中心をなす歌群と認められる。

すみけるままに、いほりいとあはれにおぼえて

いまよりはいとはじ命あればこそかかるすまひのあはれをもしれ　（一三五七）

いほりのまへに、まつのたてりけるをみて

ひさにへてわが後のよをとへよまつ跡しのぶべき人もなきみぞ　（一三五八）

ここをまたわれすみうくてうかれなばまつはひとりにならんとすらん　（一三五九）

ゆきのふりけるに

まつのしたはゆきふるをりの色なれや皆白妙にみゆる山ぢに　（一三六〇）

雪つみて木もわかずさく花なれやときはの松もみえぬ成りけり　（一三六一）

はなと見るこずゑの雪に月さえてたとへんかたもなきここちする　（一三六二）

まがふいろはむめとのみみてすぎゆくに雪のはなにはかぞなかりける　（一三六三）

をりしもあれうれしく雪のうづむかなかきこもりなんとおもふ山ぢを　（一三六四）

なかなかにたにのほそみちうづめゆきありとて人のかよふべきかは　（一三六五）

谷の庵にたまのすだれをかけましやすがるたるひののきをとぢずは　（一三六六）

　はなまいらせけるをりしも、をしきにあられのちりけるを

しきみをくあかのをしきのふちなくは何にあられの玉とちらまし　（一三六七）

いはにせくあか井の水のわりなきに心すめともやどる月かな　（一三六八）

　大師のむまれさせ給ひたる所とて、めぐりのしまはして、そのしるしにまつのたてりけるをみて

あはれなりおなじの山にたてる木のかかるしるしの契りありける　（一三六九）

　又ある本に

まんだらじの行だうどころへのぼるはよの大事にて、手をたてたるやうなり、大師の、御経かきてうづませをりましたるやまのみねなり、はうのそとば一丈ばかりなる、だんつきてたてられたり、それへ日ごとにのぼらせおはしまして、行道しをりましけると申しつたへたり、めぐり行道すべきやうに、だんも二重につきまはされたり、のぼるほどのあやうさ、ことに大事なり、かまへてはひまいりつきて

めぐりあはんことのちぎりぞ有がたききびしき山のちかひみるにも　（一三七〇）

やがてそれが上は、大師の御師にあひまひらせさせをりましたるみねなり、わがはいしさとその山をば申すなり、その辺の人は、わがはいしとぞ申しならひたる、山もじをばすてて申さず、又、ふでの山ともなづけたり、とをくてみれば、ふでににてまろまろと山のみねのさきのとがりたるやうなるを申しならはしたるなめり、行道どころより、かまへてかきつきのぼりて、みねにまいりたれば、師にあはせをはしましたる所のしるしに、たうをたておはしましたりけり、たうのいしずゑ、はかりなくおはきなり、高野の大たうなどばかりなりける、たうのあととみゆ、こけはふかくうづみたれども、いしおはきにして、あらは

に見ゆ、ふでのやまと申すなにつきて
ふでの山にかきのぼりてもみつるかなこけのしたなる岩のけしきを（一三七一）
善通寺の大師の御影には、そばにさしあげて、大師の御師かきぐせられたりき、大師の御てなどもをはしましき、四の門のがく少々われて、おほかたはたがはずして侍りき、するにこそいかがなりなんずらんと、おぼつかなくおぼえ侍りしか

長い引用になったが、全部を掲示した。

さて、一連の歌の配列に徴して、三野津に上陸した西行は、その足ですぐ松山・白峯を目指したと見てよいであろう。三野津湾から直線距離にして東に三キロほどのところに曼荼羅寺、四キロほどの場所に善通寺があり、後に庵居することになる五岳山は南に連なっているけれども、松山・白峯の歌三首が最初に配されていること、また次の善通寺歌群が「おなじ国に、大師のをはしましける御あたりの山に」の詞書で連続していることから判断して、そこには目もくれず、まず松山へと赴いたと見られる。官道である南海道は、善通寺五岳山の南側を通って西に延び、三野郡から刈田郡を通過、土佐への分岐点である伊予の大岡駅（四国中央市妻鳥町松木）に連なっていた。[注18]西行は、おそらくその南海道のルートを逆行し、松山に急行したと思われ、距離にして三十キロ余り、約八里の道のりである。寛元のころ讃岐に流された高野山の高僧道範阿闍梨は、善通寺・白峯間を五里と記している。[注19]これは善通寺から東方にある額坂（がくさか）を越えて讃岐国府に通じる南海道を通っての最短距離であり、西行もおそらく、三野津湾から高瀬川を少し遡って南海道の官道に乗り、最短距離をとって松山・白峯に急行した可能性が大きいであろう。三十数キロを仮に時速六キロで歩けば、五時間から六時間を要する計算になる。西行の健脚をもってすれば、難なく可能な陸路であったにちがいない。[注20]

七　真言の始祖弘法大師とともに

一三五三番歌と一三五四番歌は、半井本『保元物語』には、「国府ノ御前へ参テ」と脚色されているけれども、『山家集』は「松山の津と申す所に」とあるので、西行は崇徳院が最初の三年間を住まわれた、在庁の官人綾高遠の松山の御堂のあたり（雲井御所）を訪ねたのであろう。そこは崇徳院の生前に傷みがひどくなってすでに国府の御所に転居され、没後の時間の累積もあるのだから、跡形もなくなっていたのは当然であるが、西行はしかし、生前に讃岐を訪れた寂然(注21)から聞いていたにちがいない松山の津のあたり、最初に上陸して住まわれた場所への思い入れが深かったのだと思われる。そして白峯の墓前に詣でて鎮魂した（一三五五）あと、すぐまた額坂越えの南海道の五里あまりの道のりを善通寺へととって返し、善通寺ではなく、弘法大師が修行された近傍五岳山の何れかの山の中腹に庵を結んで住む。現在の西行庵は、江戸時代に松岡筆海が自分の別業の邸内に引き下ろしてきたとの伝承もあり、歌の内容からももっと高い位置に庵はあったと思しく、一三五六番歌は、その高い山か尾根の上から三野津湾の方角の海を眺望しての作品であろうか（北の方角の瀬戸内海は遠く、しかも天霧山が手前を遮って「島ぞ氷の絶え間なりけり」とは見えない）。そして庵そのものへの愛着を歌い（一三五七）、前に立つ松に友のごとくに語りかける（五八・五九）。「雪のふりけるに」の連作九首（六〇～六八）もこの冬のことであるにちがいなく、仁安二年歳末から翌春にかけて雪に降りこめられての一冬の修行の山ごもりであったと思われる。そして、善通寺の寺を訪れた歌は一首のみ（一三六九）、弘法大師誕生場所のしるしの松として植えられている、その契りの奇特さに対する感動を歌いこめている。

そして、「又ある本に」として見える二首（一三七〇・七一）は、少し趣きを異にして、行道所跡（七〇）と我拝師山（七一）に登攀した経験を長い文章で綴っている。現在では、出釈迦寺の奥の院「禅定寺」が建てられ、そこへ登るためのつづら折りの道がつけられて、三十分ほど歩けば登り着くことはできるが、行道所跡に至る手前のあたりは、岩に岩が積み重なった急な断崖で、「手を立てたるやうなり」と記されるとおりの景観が展開する。西行の筆づかいは、かつて弘法大師が毎日登攀して行道修行を積まれた同じ場所に自分も立つことができた、その契りを喜び、躍るような気分の高揚を伝えている。そこからさらに我拝師山々頂を目指した七一番歌では、修行中の弘法大師が、中岳の青巌緑松上に、紫雲に乗って影現された釈迦如来にめぐり逢ったという奇瑞の場所を、同じ真言の修行僧である自分も登攀して眼前にすることができた、その契りの深切さが叙されている。

左注にも、「善通寺の大師の御影には、そばにさしあげて、大師の御師書き具せられたりき」と、「善通寺御影」の図柄に、西行は特に関心を示している。

八　おわりに

一冬を五岳山内に庵居して修行に過ごした西行は、仁安三年春、帰途についたであろう。讃岐に第一歩を印した同じ三野津から乗船、児島から牛窓を経由して、帰帆していったと考える。先述した牛窓の瀬戸における二首（一三七六・七七）は、その帰路の作品であるにちがいなく、来るときの重苦しい「つみ」へのこだわりは、払拭されてもはや見えない。

【注】

（1）佐藤恒雄「西行四国行脚の旅程について」（『香川大学一般教育研究』第三十一号、一九八七年三月）。

（2）①臼田昭吾「西行の四国行脚―景観発見としての―」（平成五年度弘前大学教育研究学内特別経費事務局『通路的景観と交流の文化論』、一九九五年三月）。②稲田利徳「南海道の西行―海浜の人々への視線―」（『国文学解釈と教材の研究』、第三十九巻第八号、一九九四年七月）など。
（3）角田文衛「崇徳院兵衛佐」（『古代文化』昭和四十九年九月）。→『王朝の明暗』（東京堂出版、昭和五十二年三月）。
（4）玉野市史編纂委員会編『玉野市史』（臨川書店、昭和四十五年八月。昭和六十二年五月復刻版）一四七頁。
（5）注（4）所引『玉野市史』一〇九頁。
（6）山本章博「西行『糠蝦』の歌をめぐって」（『国語と国文学』第八十三巻第八号、平成十八年八月）。
（7）湯浅照弘『児島湾の漁民文化―岡山漁撈習俗誌―』（常民叢書12）（日本経済評論社、一九八三年八月）。
（8）西沢美仁「山家集の成立」（明治書院『論集中世の文学　韻文篇』、平成六年七月）。
（9）木内郁子「西行の四国行脚についての再検討」（おうふう『中世文学の展開と仏教』、二〇〇〇年十月）。
（10）注（2）所引②論文。
（11）『兵庫北関入船納帳』（中央公論美術出版、昭和五十六年七月）。影印・翻刻。①林屋辰三郎「兵庫北関入船納帳について」。②武藤直「中世の兵庫津と瀬戸内海水運―入船納帳の船籍地比定に関連して」。③今谷明「瀬戸内海制海権の推移と入船納帳」。④小林保夫「入船納帳にみる国料と過書」。
（12）注（11）所引②武藤論文。
（13）橋詰茂「兵庫北関入船納帳に見る讃岐船の動向」（『香川史学』第十三号、一九八四年六月）。
（14）『延喜式』巻二十四（主計上）に、「讃岐国〔行程　上十二日。下六日。〕海路十二日」とある。
（15）島方洸一企画編集統括・金田章裕・木下良・立石友男・井村博宣編『地図で見る　西日本の古代―律令制下の陸海交通・条里・史跡―』（平凡社、二〇〇九年五月）「瀬戸内海解説」（井村博宣）。
（16）高桑糺「三豊地域の地形と災害」（『香川大学教育学部研究報告』第Ⅰ部第四十三号、昭和五十二年十月）に、「三野町の浅津・砂押・出井・下原・西浜・津の前・田中・汐木を結ぶ線から海岸よりは三野津新出の干拓地で、一六五〇（慶安三）年から一六八九（元禄二）年に造成され、新田地割が卓越している低湿地なのである」とあり、地図も添えられている。
（17）崇徳院は生前『久安百首』の一首（九七）として、「松がねの枕もなにかあだならむ玉のゆかとてつねの床かは」

（千載集五一〇）と詠んでおられた。西行はその表現を裁ち入れて歌った。

(18) 金田章裕「南海道―直線道と海路・山道―」（『古代を考える　古代道路』吉川弘文館、平成八年四月）。

(19) 道範『南海流浪記』（『群書類従』巻第三百三十。第十八輯）。

(20) 四国遍路の一日行程の目安は、「ツアーで歩いていた頃は一日二十キロくらい。一時間四キロのペースで歩いていた。一人歩きを始めてからは一日三十キロくらい、一時間四・五キロから五キロくらいで歩くことになった。一般の歩き遍路の目安はこんなところである」という（玉井清弘『時計回りの遊行』本阿弥書店、平成十九年六月）。私の経験からも、起伏の大きい山地の舗装道路十キロを一〇〇分で歩くこと（時速六キロ）は、十分に可能である。

(21) 『玄玉和歌集』巻三・一五二「崇徳院さぬきの国におはしましける時、修行のついでに参りて、月のあかく侍りける夜、よみて奉りて侍りける／寂蓮（「然」の誤り）／むかしみし月は雲ゐの影ながら庭はよもぎの露ぞこぼるる」。『風雅和歌集』巻九・九五〇「崇徳院松山におはしましけるに、まゐりて日数へて、みやこへかへりなんとしけるあかつきよめる／寂然法師／かへるとも後には又とたのむべきこの身のうたてあだにもあるかな」。同・九三六「さぬきより宮こへのぼるとて、道より崇徳院にたてまつりける／寂然法師／なぐさめにみつつもゆかむ君がすむそなたの山を雲なへだてそ」。同・九三七「松山におはしまして後、みやこなる人のもとに、つかはさせ給ひける／崇徳院御歌／おもひやれみやこはるかにおきつなみたちへだてたるこころぼそさを」。

第六節　香川県下の三十六歌仙扁額

一　はじめに

三条西実隆は、明応五年（一四九六）七月十八日、細川家の被官某が讃州滝宮社に奉納しようと用意した三十六歌仙扁額に歌を染筆している。(注1) 実隆が揮毫したのは、源公忠・忠岑・兼盛・中務の四人が一枚に描かれた板額であったから、この時某が奉納しようとしたのは、九面三十六人の板額だったであろう。そしてこの額はまもなく奉納されたはずであるが、惜しむらくはその後の社殿焼亡(注2)とともに悉くが失われたらしく、いま一面も滝宮神社に伝わってはいない。しかしながら、香川県下には、他にも新旧とりまぜいくつかの三十六歌仙扁額が現存している。本稿はそれらの遺品を紹介し、あわせてその意義について若干臆見を加えようとするものである。一地方文化史の研究に資するであろうと考えてのことであるが、さらにこれらの遺品は必ずしも一地方文化史の問題にとどまらぬ、もっと大きな意義を持っているとも考えるからである。

歌仙絵の歴史は、古く平安時代に遡り、時代とともに種類と範囲を広げながら、絵と歌と書の三分野にまたがる芸術として、今日まで多くの遺品を伝えている。美術史の方面では、この種歌仙絵に関する研究ないし言及は決して少くはないようだが、歌仙絵と汎称されるものの全体に目を配りながら、体系的に考察した業績としては、森暢氏の『歌合絵の研究　歌仙絵』（角川書店、昭和四十五年）がほとんど唯一のものだといってよい。本稿はもちろんこの著書から多大の学恩を蒙っているが、本稿で扱うところはその第三章「扁額歌仙絵について」に関わっている。

およそ、この種の研究が少いのは、絵画を主とするとはいえ、歌と書とをあわせる特殊な領域を対象とする困難さの故であり、いわゆる学際的研究に属するからにほかならないが、三つのうちどの分野を主眼とするにせよ、何よりもまず具体的事象の調査と検討が前提になる。森氏は博捜よく多数の資料をとりあげて論述しているが、しかしなお完全ではないし、省略されたものも少くない。

本稿でとりあげようとする扁額の一つは、室町期の遺品をすべてとりあげて考察しようとされた氏の遺漏を補うものであり、その他は、氏が省略された安土桃山時代以降江戸中期までの遺品である。安土桃山時代以降の歌仙絵扁額が固定化してしまい、絵としての史的展開を跡づける興味を抱かせないのは事実だとしても、かような歌仙絵扁額が盛行したということの具体相を跡づける一助にはなるであろう。そのことはまた近世における和歌史にも当然関わってくるはずであり、もっと広範な文化史の一環としての意味をも持つにちがいない。

二　和爾賀波神社蔵扁額

木田郡三木町井戸の和爾賀波神社（通称「井戸八幡」）に蔵される板額六面。たて二九・〇糎、よこ一八〇・五糎大の、横長の扁額で、厚さ一・五糎の檜の一枚板を用いて四周に幅約三糎の枠を付し、各面とも六人の歌仙を描いている。上部枠の左右に当初からのものと思しい鉄環がついていて、実際に掲額されていたことを物語っている。天保六年以後は、木箱に納めて保存されるようになったが、それまで長く拝殿に掲げられていたので、損傷が甚だしく、絵はほとんど消滅し、和歌も満足に読みえないほど磨滅している。

しかし、子細に検すると板の地に胡粉を塗った跡が見え、画像はその上に描かれていた模様で、また今は剝落してしまっているが、着色も施されていたらしい。歌や作者名もほとんど消え失せているが、板の表面が風化して沈み、墨の部分がわずかに高いまま残っているので、ある程度までは判読できる。各板額に描かれた歌人は次のとおりである（かっこ内は判読不可能であるが、歌の断片から推知される歌人名である）。

（1）柿本人丸、凡河内躬恒、中納言家持、在原業平、素性法師、猿丸大夫
（2）（紀貫之）、伊勢、山辺赤人、僧正遍昭、紀友則、小野小町
（3）中納言兼輔、権中納言敦忠、源公忠、斎宮女御、藤原高光、源宗于
（4）（中納言朝忠）、（藤原高光）、（壬生忠岑）、大中臣頼基、源重之、源信明
（5）藤原清正、藤原興風、坂上是則、三条院女蔵人左近、大中臣能宣、平兼盛
（6）（源順）、藤原元輔、藤原元真、藤原仲文、壬生忠見、中務

すなわち、左右それぞれ各六人を一組として一枚に描いているのであるが、さらに、左方の三面（1）（3）（5）においては、板額の向って左から右へ、作者名・歌・絵像の順序に（歌も左から右へと）ならべ、右方の三面（2）（4）（6）にあっては、逆にすべて右から左へと書き進められている。

この形式は、明らかに奉納当初における掲額様式に相応じているはずである。本扁額奉納のころの拝殿のあり様について徴すべき資料はないが、文化八年建造という現在の拝殿は、左図のように三つに仕切られ（各々方二間、床面に仕切りはなく、長押天井間が区切られるのみ）、絵馬の類は中央一間の三面に掲げられている。このような現状から類推すれば、六面の額は図中番号のごとく、本殿を中心にしてそれぞれの左右が相対するように掲げられていたにちがいない。[注3]

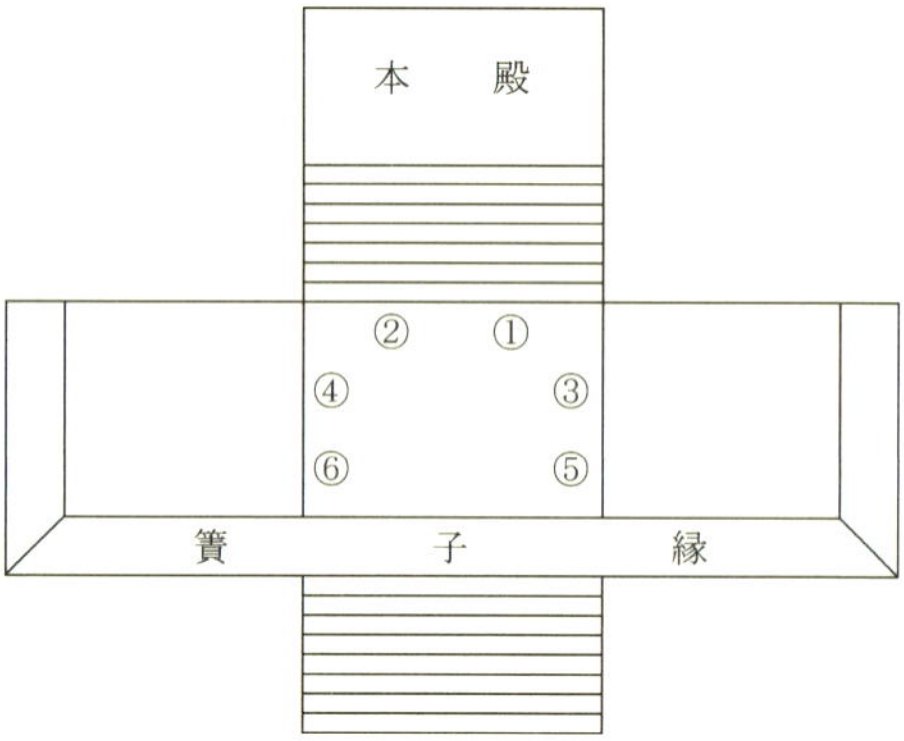

ところで、天保六年、高松藩執政寛政典がこの扁額を調査した記録が、箱書（蓋裏）として残っている。

和爾賀波神社　在三木郡井戸郷　其所蔵六六歌仙斲板為扁　扁都六枚　毎版各六首　不磨礱不彫琢　書也画也遒美　雅古太可愛也　恨其年久而磨滅　過半唯窺其彷彿而已　予一見意其不凡　召社司問之　祗言　相伝大炊御門所書而　亦不知其何人也　偶視其背有数十字　曰願主、曰安富左京亮紀盛保　于時曰御宮　曰御筆　曰亨徳曰年潤曰月日　絵師曰法眼弟忠光　雖然残欠不可読而其歴年因可概推矣　所謂亨徳則　後花園天皇年号　其元年四年皆有閏　是必居其一焉　而今不妄定之　安富盛保則当時仕細川勝元　為社家奉行者　一宮田村神社有壁書　可以徴矣　因考大炊御門即為藤原信宗公　断然不復容疑　按諸家伝　公以明徳二年生　歴応永正長永享嘉吉文安　自正四位下兼陸奥権守　転任納言大将　終為内大臣昇従一位　至亨徳二年出家　拠是観之　社司所伝盍不誣也　如画手亦必当時之選　此不復論　夫亨徳距今殆四百年　其間経治乱無慮幾回　而故物居然尚存将安得不珍之　於是命工為造匱韞而蔵之　庶其伝万世無窮不朽　亦自喜聊有所鑑識　云爾

天保六年歳次乙未秋九月　　寛政典識

右の鑑識にいう裏書とは、（1）と（2）の板額裏面に残っている同文らしい書きつけを指しているが、寛政典の読むところ、ならびに松浦正一氏の判読（注4）を参照しながら辿って見ると、次のとおりである。

願主
安富左京亮紀盛保
于時　御字
御筆
享徳四年潤卯月日
絵師
法眼弟忠光

この裏書から、以下のことがらが明らかとなる。まず第一に、この扁額が享徳四年（一四五五）閏四月に奉納されたこと。それは、現存するこの種扁額のうち年代のはっきりした遺品として最古の白山神社蔵扁額(注5)が奉納された永享八年（一四三六）を下ることわずか二十年足らずの時点であり、室町期遺品のうちでも最も早い時期に属するものの一つだということになる。

第二に、安富左京亮盛保が奉納したということ。盛保の伝記について詳しいことはほとんど判らないが、安富氏はもと東国の出身で、本姓は紀氏、三代将軍義満の時細川頼之に従って讃岐に移り、はじめ三木郡を領し、のち雨滝山に築城して居城とし、寒川郡大川郡をあわせ讃岐の東部三郡にまたがる地域を支配したという。(注6)盛保は細川勝元の臣で、やはり雨滝城に住んだが、長禄四年（一四六〇）制定の讃岐一宮田村神社壁書(注7)の末尾に、社家奉行の一人としてその名を誌している。和爾賀波神社は既に『延喜式』にその名が見える、盛保の領内きっての由緒ある神社で、盛保としては八幡大神を祭祀する故もあって、尊崇措く能わざる信仰を傾けたにちがいない。かくのごとき関係にある当社に、盛保はこの扁額を寄進したのである。

第三に、絵ならびに歌の筆者もほぼ明らかになること。すなわち絵は法眼忠光が描いたという。管見の限りでは、忠光なる絵師を絵画史関係の書物の中に見出すことはできないが、『増訂古画備考』十七「名画」の中に、藤原光忠の名が見え、「按文安御即位調度図跋云、文安元年正月令書写了　藤原光忠云々　是恐同人乎」と記す。文安は享徳四年に先だつこと約十年だから、即位調度図を描いたという光忠とこの扁額の絵師忠光は同一人なのかもしれない。もしそうであるならば、本扁額の絵は中央の名ある人物の描くところであったことになるし、同一人でないとしても、歌の染筆者がそうであるように忠光もやはり中央の画人だったにちがいない。一方、和歌の筆者についても、流麗な書様とあいまって、裏書に「御筆」と記されていることに鑑み、中央貴紳の筆であるに相違なく、社伝を承けて寛政典が推定した大炊御門前内大臣藤原信宗を擬すべきであろう。信宗の閲歴については寛の鑑識で大体を窺いうるが、享徳四年は六十五歳であった（公卿補任）。

以上紹介してきたように、この扁額は損傷がひどく、往古の面影を著しく損っているが、それにも拘らず、享徳四年という製作奉納年次の古さにおいて、その意義は甚だ大きい。先に述べたような整然たる歌仙の配列ならびに奉納掲額の様式には、これより少し前の白山神社蔵扁額にみられるようなある種の混乱[注5]は全くなく、三十六歌仙（歌合）絵本来の意義を正しく継承している。最初期の三十六歌仙扁額にあっては、「歌合」本来の左右の意味がそのまま息づいていたのであって、白山神社のものに比べて時代はやや下るけれども、むしろ本扁額こそ室町初期における扁額歌仙絵の正統的なあり方を示していると見るべきであろう。そして、たとえば、文亀二年（一五〇二）の常陸総社蔵扁額に見られる様式[注5]（順序に甚しい混乱はあるが根本にある左右対立の思想に関して）や、また一歌仙一額形式が定着して以降の掲額様式の、まぎれもない先行・正統の様式だったと認められねばならない。

本稿末に【別表Ⅱ】和爾賀波神社蔵扁額ならびに生駒正俊寄進扁額歌一覧表を添えた。

三　金刀比羅宮蔵生駒正俊寄進扁額

金刀比羅宮に蔵される一歌仙一額の歌仙絵三十六面。縦五〇・三糎、横三八・五糎（枠内四三・七糎×三一・〇糎）の比較的小ぶりの扁額で、外枠に白木の欅材を用い、装飾金具もなく、江戸時代のものに比べて質実であるが、桐板上に描かれた著彩の上畳絵像、ならびに同じ絵具で微細な文様まで描いた色紙形など、剝落損傷の甚しさにもかかわらず、往時の華麗さを偲ばせる。どこにどのように奉掲されたかは判らないが、画面の剝落がひどいのは、実際に掲額された期間が長かったからにちがいない。

歌は、左右の別を添えて書かれているが、作者名は、画面の左に書くもの、右に書くものと区々で、そこに規準のごときものは窺えない。

本扁額の寄進状は残っておらず、また裏書もないが、右十八番中務の画面余白に、

□□□□□寄進歌仙
元和四年戊午閏三月十日
生駒讃岐守
藤原正俊朝臣

と墨書が見え、元和四年（一六一八）、当時の讃岐藩主生駒正俊の寄進した扁額であることが判明する。この識語はやっと判読できる程度に消えかかっていて、正俊の自署と比較することはできないが、画中の余白に小さくメて風に書きこまれている点よりみて、正俊自身の記すところであるかもしれない。いずれにせよ、質実な額と色彩華麗な絵、ならびに古拙な画様のとりあわせは、まさしく元和当時の遺品であることを肯わせる。

絵ならびに歌の筆者については、拠るべき資料も伝承もなく、全く不明であるが、和歌の筆跡は一筆、絵もまた全て一画家の手になるものと思われる。後に述べる松平頼重寄進の諸扁額にみる江戸初期狩野派全盛期の絵に比べ、人物の風貌や風俗において、室町期の遺品（たとえば陸奥総社蔵扁額など）(注5)の古様を承けつぎながら、桃山時代臭を強く感じさせる。そうした点においてこの絵は、松平公益会蔵伝狩野光信筆画冊(注8)の絵と甚だよく似ており、あるいは同一画人の筆かと思われるほどであるが、光信（永徳の嫡男）は、慶長十三年（一六〇八）六月四日四十四歳で病没し

ている（増訂古画備考）ので、時代があわない。狩野派の絵であることは確かであろうから、元和当時の画人を求めるとすると、孝信（永徳二男）か貞信（光信息）あたりを擬すべきであろうか。

生駒正俊は、親王にはじまる讃岐藩主生駒家の三代目。元和元年大阪夏之陣に参戦し、同七年六月五日、三十六歳の若さで薨じた（生駒記）。没前三年の時点におけるこの扁額寄進が、いかなる動機により、何を意図してなされたのか、正俊に関する伝記資料が乏しくて判然としないが、扁額を寄進するちょうど一月前の三月十日、正俊は同じ金毘羅宮金光院に、以前からの神領に加えて、二箇村七十三石五斗を寄進しており、[注9]これも同じ理由からだったのではあるまいか。臆測にすぎるかもしれないが、あるいはこれら一連の寄進は、嫡子誕生を祈願してのものだったかもしれない。正俊の嫡子高俊は、元和七年、わずか三歳で父の封を継いだという。[注10]もしそうなら高俊の誕生は元和五年となり、三十二歳にして未だ嫡男を儲けえなかった正俊が、四年、夫人の懐妊などを契機に、正嫡誕生を祈願した可能性は十分にありうる。しかし、別の史料[注11]によれば、高俊は慶長十六年の生れで、元和七年家督を相続した時、十一歳であったとする。史料の信憑性において『寛政重修諸家譜』がすぐれているとすれば、別の契機・意図を考えねばならなくなり、結局いずれと断定することはできないが、右の臆説にはなかなか捨てがたいものがある。本稿末に【別表Ⅱ】和爾賀波神社蔵扁額ならびに生駒正俊寄進扁額歌一覧表を添えた。

四　金刀比羅宮蔵松華堂昭乗筆六歌仙扁額

六人の歌仙絵を一額に仕立てた扁額。縦六〇・八糎、横二〇七・五糎大の黒漆塗枠横長の扁額に、右から紀貫之、藤原仲文、小野小町、山辺赤人、僧正遍昭、壬生忠岑の紙本淡彩絵が押されている。各紙は、縦三六・〇糎、横二五・二糎大の鳥の子紙で、料紙の上半分に作者名と歌を散し書きにする。以上の歌仙はいずれも右方であるが、六面とも作者の上に「右」と認めてあること、普通の右方歌仙の順序に並んでいないし、また配列に法則性も見えないことなどの点から考えて、この扁額は当初の姿を留めるものとは思われない。元来左右三十六枚揃っていたもののうち、たまたまこの六枚が一まとめにされたものであろう。

『金刀比羅宮記』によると、この扁額は（「六歌仙扁額」とする）松華堂昭乗の筆だという。絵について見れば、独得の癖のある風貌の歌仙像と、画面左下に押してある「惺々翁」の落款によって疑いないところであり、和歌の筆跡も、三十六歌仙色紙[注12]（東京国立博物館蔵）や他の昭乗の真跡[注12]に比べて、たしかに同筆で、村田春海が「今めきて艶になまめいたるかたをむねとたてたれば、今一きわつよき所をくはへましかばと思ふふし無きにしもあらねど、又さるかたに筆すみて見ゆるは、さすがに上手のわざとこそおぼゆれ[注13]」と評した、その筆跡にちがいない。

昭乗は、いうまでもなく寛永三筆の一人であるが、惺々を号したのは、滝本坊を弟子乗淳に譲って隠退した晩年数年間のことであるらしく[注14]、従ってこの歌仙絵も、寛永十六年（一六三九）九月十八日の入寂前数年間の製作にかかるものであろう。当初三十六枚揃っていたはずの歌仙のうち六人だけが現存扁額のかたちにまとめられたと思われるが、それは何時のことか、またそれが金刀比羅宮に入った経路など、いずれも不明である。

五　金刀比羅宮蔵松平頼重寄進扁額

金刀比羅宮に蔵されるもう一揃いの扁額三十六面。各扁額は、縦六八・〇糎、横四六・四糎（枠内、六三・二糎×四一・八糎）、細い黒漆塗り外枠の四角ならびに各辺中央に、唐草紋彫刻真鍮金具をうってある。木地着色の桐板に着彩上畳歌仙像を描き、上部の色紙形（縦二三・五糎×横四一・五糎）も刻明に描いたものである。社伝では、高松藩主代々の参詣（もしくは代参）の時にだけ、拝殿に掲額される習わしだったといい、そのためであろう、すこぶる保存がよく、色彩などまことに鮮やかである。

画面左上隅に小さな極め札を貼り、歌の染筆者を記した扁額が若干ある。すなわち、「滋野井大納言季吉卿」が、遍昭、能宣、兼盛の三面に、「円満院大僧正常尊」が、信明、敦忠の二面に残っているが、ないものも極札の剝落した跡が残っているから、元来すべてに極札を貼って歌の筆者を明示していたことが判る。『金刀比羅宮記』(注15)には、右の五面を含め三十六面全部の歌筆者が記されている。いま筆者別にまとめて記すと次のとおりである。

日光宮尊敬親王　人丸
青蓮院宮尊純親王　躬恒、家持、業平、素性、貫之、伊勢、友則、順
妙法院宮堯然親王　猿丸、清正、興風
円満院門跡大僧正常尊　兼輔、敦忠、重之、信明
竹内宮良尚親王　公忠、斎宮女御、忠岑、頼基
高倉大納言永慶　敏行、宗于、朝忠、高光
竹屋参議光長　是則、小大君
滋野井大納言季吉　小町(注16)、能宣、兼盛、遍昭
梶井宮盛胤親王　赤人
実相院門跡大僧正義尊　元輔、
梶井宮慈胤親王　元真、仲文
小川坊城中納言俊完　忠見、中務

以上十二名が分担揮毫するところであり、そのため歌の書式は筆者によって区々である。たとえば、左右を記すのは季吉、常尊、良尚、永慶、光長、義尊の六人、十九面で、他の染筆者は左右を書かない。また大部分は上部色紙形の右に作者名を記しているが、猿丸、清正、興風(以上堯然筆)、順(尊純筆)、中務(俊完筆)の五面は、左側に書く、といった具合で、これを見ると、書式については染筆者の自由裁量にゆだねられていたことが判るし、歌の

選択についてもおそらくそうだったのであろう。

絵の筆者は扁額そのものの上に明示されてはいない。しかし、やはり『金刀比羅宮記』に歌の筆者とともに記されていて、狩野孝信の息守信・尚信・安信三兄弟によって描かれたことを知る。(注17)三人の担当は次のとおりである。

狩野探幽斎守信――人丸、躬恒、家持、業平、素性、猿丸、貫之、伊勢、赤人、遍昭、友則、小町

狩野自適斎尚信――兼輔、敦忠、公忠、斎宮女御、敏行、宗于、清正、興風、是則、小大君、能宣、兼盛

狩野牧心斎安信――朝忠、高光、忠岑、頼基、重之、信明、順、元輔、元真、仲文、忠見、中務

すなわち左右とも六番までを長兄守信が、左七番以下を次兄尚信が、右七番以下を末弟安信が描いたと伝えているのであるが、しかし不思議なほどによく似た絵様を呈していて、三人の絵を区別することは困難である。

本扁額の奉納については、人丸ならびに貫之の扁額裏黒漆上に朱で記される、次の裏書によって明らかである。

左(右)
奉寄進　　　三十六人歌仙
象頭山
慶安元戊子年　八月吉日
　　　　　　　松平右京大夫頼重

頼重は家康の孫、光圀の実兄で、寛永十九年(一六四二)二十一歳の時高松に入封、高松藩十二万石の初代藩主となった。(注18)この種三十六歌仙扁額の奉納は、『讃岐国大日記』(友安盛員編。承応元年〈一六五二〉成立)によれば、この時同時に「綾松山」(白峯寺)に奉納寄進した一具二点の扁額を最初として、全部で五箇度の奉納が確認できる。(注19)

慶安元年(一六四八)は頼重二十七歳。『英公実録』(注20)この年八月の条に「廿五日、詣金毘羅[寄附歌仙]」「廿六日、拝礼金毘羅権現[納太刀]」と見え、またこの社参の折、頼重が金光院宥典法印に与えた廿六日付の文書(注21)が残って

いる。曰く「就祈願成就致当山社参投一宿余歓罔極仍染一翰与院主者也」。これによって扁額は八月二十五日に寄進されたことがわかる。

また、右の一翰は、この扁額の奉納が「祈願成就」報謝のためであったことを伝えている。「祈願」の内容が何であったかは、願文その他が現存しないので確言することはできないが、しかしそれは、この前後の頼重の事蹟をたどることによって、自ずと浮び上ってくる。前年正保四年五月二十一日、参勤交代で江戸に到着、慶安元年三月二十二日、江戸藩邸において長子誕生、七月十九日高松帰着、そして八月金毘羅参詣と続くのであって、この間「成就」したことの最たるものは、嫡子誕生であり、これ以外にさして重大な事件は見あたらない。「祈願」の内容は従って、夫人の安産と男子誕生であったにちがいない。(注22)

この時、頼重が太刀と歌仙扁額を寄進したのは、意味ある取り合わせであった。太刀は武の象徴、歌仙扁額は文の象徴にほかならぬからで、祈願した嫡子誕生の成就に報謝し、さらに我が子の行く末の恙なからんことを祈念するには、まことにふさわしい品物だったというべきであろう。

六　白峯寺蔵松平頼重寄進扁額

『讃岐国大日記』は、「○慶安元年、大守、以二テ名筆ノ三十六人ノ歌仙一ヲ、寄二進ス金毘羅・綾松山ノ二箇所一ニ。可シレ謂ツ二末代ノ至宝一ト也」と伝えている。前項「五」で扱った「金刀比羅宮蔵松平頼重寄進扁額」と同時に、綾松山頓證寺にも奉納された扁額で、現在も拝殿内部に「左」「右」を分かって三十六面全部が掲額されている。(注23)扁額の法量は、外寸で、六七・六糎×四六・三糎（人麿扁額。枠内寸は、六三・二糎×四一・九糎）。細い黒漆塗り外枠の四角ならびに各辺中央に、唐草紋彫刻真鍮金具が打たれている。この法量と扁額の形態や金具の状況など、総てが前項で見た金比羅宮蔵松平頼重寄進扁額と瓜二つで、酷似した造りになっている。木地着色の桐板に着彩上畳歌仙像を描き、上部の色紙形（縦二三・八糎×横四一・九糎）までも刻明に描かれていて、その描かれた色紙形の上に歌は染筆されている。

「人麿」並びに「貫之」の額の背面に、全面黒漆塗の上に朱で、

左（右）
奉寄進　　　三十六人歌仙
綾松山
慶安元戊子年　八月吉日
　　　　　　　松平右京大夫頼重

と大書されている。この「八月吉日」は、八月二十五日であったこと、前項で見たとおりである。金刀比羅宮と白峯寺は、近隣の場所ではあり、吉日が選ばれたはずだから、同じ日に奉納された可能性が大きいであろう。

この扁額には今は所在不明になっているが、かつて平成の初めころまでは「添状」が付随していて、田中敏雄氏の報告によると和歌筆者名と絵画筆者名が記されていたという（注24）（和歌筆者については、描かれた色紙形の左端上部の小紙片にも書記されていた。磨滅・剥落して判読不可となっている文字も多いが、残存部分がある紙片には、＊印を付して示した）。

【和歌筆者】

人丸	青蓮院門跡法親王尊純	紀貫之	妙法院門跡法親王堯然
凡河内躬恒	滋野井大納言季吉卿	伊勢	＊妙法院門跡法親王堯然
中納言家持	梶井門跡法親王慈胤	赤人	＊青蓮院門跡法親王尊純
在原業平朝臣	＊梶井門跡法親王慈胤	遍昭	梶井門跡法親王慈胤
素性法師	妙法院門跡法親王堯然	紀友則	＊妙法院門跡法親王堯然

猿丸太夫　実相院門跡大僧正義尊
中納言兼輔　高倉大納言永慶卿
権中納言敦忠　*高倉大納言永慶卿
源公忠朝臣　*竹内門跡法親王良尚
斎宮女御　竹内門跡法親王良尚
藤原敏行朝臣　円満院門跡大僧正常尊
源宗于朝臣　円満院門跡大僧正常尊
藤原清正　*姉小路中納言公景卿
藤原興風　*姉小路中納言公景卿
坂上是則　*梶井門跡法親王慈胤
小大君　*梶井門跡法親王慈胤
大中臣能宣朝臣　小川坊城中納言俊完卿
平兼盛　*小川坊城中納言俊完卿

【絵画筆者】

一、人丸座　六枚
　　貫之座　六枚　狩野探幽斎守信
一、人丸座末　十二枚　狩野牧心斎安信
　　貫之座末　十二枚　狩野自適斎尚信

小野小町　妙法院門跡法親王堯然
中納言朝忠朝臣　*高倉大納言永慶卿
藤原高光　高倉大納言永慶卿
壬生忠岑　*姉小路中納言公景卿
大中臣頼基朝臣　姉小路中納言公景卿
源重之　平松参議時庸卿
源信明朝臣　平松参議時庸卿
清原元輔　*竹内門跡法親王良尚
源順　*竹内門跡法親王良尚
藤原元真　滋野井大納言季吉卿
仲文　日光門跡法親王尊敬
壬生忠見　竹屋参議光長卿
中務　竹屋参議光長卿

絵の筆者は、金刀比羅宮奉納の扁額と同じく、狩野三兄弟であったが、守信の担当は同じでも、人丸座十二枚と貫之座十二枚の、安信と尚信が入れ替わっている。

和歌の書式は、筆者によって区々で、全体の右側に「左」又は「右」「作者名」と書いて「歌」を書く場合が最も多くて、二十面、その他は「左」「右」を書かないで「作者名」「歌」と続けて書く場合が九面、左末尾に「作者名」を書くもの六面、といった状況である。書式同様に、「歌」の選択についてもまた、各筆者の自由裁量に委ねられていたと思われる。前記したとおり、外形的に金比羅宮蔵の扁額と酷似してはいても、書式・歌の選択については、相違するところも少なくない。

七　白鳥神社蔵松平頼重寄進扁額

大川郡白鳥神社に蔵される扁額三十六面。現在も拝殿に奉掲されている。縦五八・五糎、横四〇・五糎（枠内、五四・二糎×三六・二糎）、木地着色の桐板に描いた一歌仙一額の歌仙絵で、黒漆塗の外枠をつけ、装飾金具をうってある。やはり桐板に描いた上部の色紙形は、縦一八・二糎、よこ三六・二糎。以上の形態は、次に述べる石清尾八幡宮の扁額と全く同じであり、やや小ぶりである点を除いて、金刀比羅宮のものともよく似ている。左右の別を添えた作者名が、色紙形の右側に書かれているが、中務のみ左側に記されている。

三十六面全部に裏書があり、和歌の筆者と絵師が記されている。たとえば人麿の裏には、「和歌者鷹司関白左大臣房輔公筆」と右よりに記し、別筆で左下方に「法眼永真筆（印）」とある。この形式と左下の絵師永真の名はすべてに共通しており、印記から左下のは永真の自署とみてよい。金刀比羅宮扁額の三分の一を描いた永真（狩野探幽斎安信）が、三十六人全部を描き、自署押印したのである。

一方右よりの歌の筆者を拾うと、次のとおりである。

鷹司関白左大臣房輔公　　人麿、躬恒、家持、貫之、伊勢、赤人
聖護院二品道寛法親王　　業平、素性、猿丸、遍昭、友則、小町
妙法院二品堯恕法親王　　兼輔、敦忠、公忠、朝忠、高光、忠岑
青蓮院尊澄法親王　　斎宮女御、敏行、宗于、頼基、重之、信明
曼殊院二品良尚法親王　　清正、興風、是則、順、元輔、元真
近衛内大臣基熙　　三条院女蔵人左近、能宣、兼盛、仲文、忠見、中務

以上の六人が、通例の歌仙順序に従い、左と右各三歌仙ずつ六歌仙を担当しているわけで、甚だ規則的である。『白鳥神社宝物并什器台帳』によると、この扁額は、「各桐木地着色三十六歌仙。画、狩野永真筆。和歌、妙法院宮、聖護院宮、青蓮院宮御染筆、并ニ、近衛基熙、鷹司房輔筆。寛文四年源頼重朝臣寄附」と記されている。また、基づくところ不明であるが『松平頼重伝』にも、寛文四年九月四日、糸巻太刀一口、甲冑一領、道晃法親王筆「白鳥宮」社額とともに、本扁額を寄進したと記している。絵と歌の筆者については裏書によって明白だから問題はなく、また頼重の寄進であることも、歌や絵の筆者、白鳥神社との関係などから、寸毫の疑いもない。しかし、什器台帳ならびに『松平頼重伝』にいう、寛文四年（一六六四）寄進の記載は、疑いなしとしない。

寛文四年の頼重の事跡をたどってゆくと、たしかに十一月二十四日、白鳥大神宮に参詣拝礼して、太刀折紙及び鎧を奉納している（英公実録）。頼重は領内の神社仏閣再興に力を注ぎ、その一つとして僅々二十石の社領をもつ小社に過ぎなかった当宮に百八十石を加増して二百石の神領をあて、社殿全部を新造、京より神官猪熊千倉を招いて、十六日に遷宮の儀を行った。十一月二十四日の参詣は、遷宮後はじめてのものであった。しかし、この社参の折、三十六歌仙扁額を奉納したという記録は『英公実録』その他にも見えない。もちろん、頼重薨後七十年を隔てて編

纂された該録に記載のないことが、即ちこの時点で奉納の事実がなかったということにはならない。もし『什器台帳』ならびに『松平頼重伝』の記載が、寄進状を拠りどころにしたのなら、もちろんそれに従わざるをえない。しかし、両記載の根拠が不明であり、寄進状も残っていないこと、さらに次の点において、寛文四年寄進は甚だ疑わしいと考える。

和歌筆者のうち、堯恕、道寛、尊澄、良尚の四法親王について、それぞれが「二品」に叙せられたのは、堯恕と道寛が寛文五年（一六六五）七月十二日、良尚はずっと早く正保四年（一六四七）九月十日、尊澄はずっと遅れて延宝元年（一六七三）三月十八日である（『系図纂要』第一冊）。従って、この扁額は寛文五年七月以降、延宝元年三月までの間に成立したとみなければならない。さらに、房輔と基熈について、それぞれが関白右大臣、内大臣であった期間を求めると、房輔は、寛文三年正月十二日任左大臣、四年九月二十七日任摂政、八年三月十六日摂政を改め関白の詔を受けており、基熈の内大臣在任は寛文五年六月一日から十一年五月二十五日の間であった（公卿補任）。従って裏書の記載が妥当するのは、寛文八年（一六六八）三月十六日から寛文十一年（一六七一）五月二十五日の間ということになる。法親王の叙二品年月から割り出せる結果とあわせてもやはり同じであり、かくて本扁額は寛文八年三月から十一年五月の三年ほどの間に製作されたと考えざるをえない。なおそのことは以上六人の年齢に徴してもはるかに妥当である。寛文四年なら良尚四十三、堯恕三十五、房輔二十八、道寛十八、基熈十七、尊澄十四歳で、尊澄のごときは染筆者としていかにも若すぎる。右の範囲ならば十八歳から二十二歳となるからである。(注25)

ただし、厳密にいえば、右の推定期間は扁額の裏書が記された時点であって、必ずしもそれは製作時と重ならないかもしれない。しかし、いま見るところ、奉納後何年かたって、神社においてなされた裏書であるとは到底考えられない。同じ筆跡を石清尾八幡宮の扁額裏書に見ることができるからであって、裏書はともに奉納直前に加えられたのではあるまいか。

八　石清尾八幡宮蔵松平頼重寄進扁額

高松市宮脇町の石清尾八幡宮にある三十六面の扁額で、現在も上拝殿に掲額されている。すべてに同じ裏書があり、右側に「倭歌者　照光院二品道晃法親王筆」、別筆で左下に「法眼永真筆（印）」と墨書される。印記から左下のは永真の自署に相違なく、製作時に記したものと思われる。扁額の大きさや形態（黒漆外枠、木地着色桐板、唐草紋彫刻金具、色紙形の位置や大きさ等）は、すべて白鳥神社のものと同じで、相違するのは、作者名（左右も記す）をすべて右側に書いて乱れがないこと、和歌の筆者が彼は数人の分担であるのに、これは道晃法親王一人の筆であること、貫之、忠岑、斎宮女御、清正、興風、元輔、小大君の七歌仙の絵様が異ることなどである。当宮との関係、道晃法親王や永真との関係、白鳥神社扁額との類似などから、伝承のとおり、この扁額も松平頼重の寄進したものであるにちがいない。

神社には現在この扁額に関する記録は何一つ残っていないし、その他の資料にも所見はない。しかし、右の裏書から成立と奉納年月のおおよそは推定できる。すなわち、まず「法眼永真」とあることから、狩野安信が法眼に叙せられた寛文二年（一六六二）五月二十九日以降、薨去した貞享二年（一六八五）九月四日（増訂古画備考・扶桑画人伝）までの間で、しかも道晃法親王が二品に叙せられた寛文七年（一六六七）四月六日から延宝七年（一六七九）六月十八日の薨去（系図纂要・第一冊）までの間、結局寛文七年四月六日から延宝七年六月十八日までの間ということになる。ただし、この場合も厳密には裏書を加えた時期であるわけで、白鳥神社扁額の場合と同じ理由により、この間に製作され、そして奉納されたと見てよいであろう。この推定成立時期が、白鳥神社扁額の裏書から推定される年次と重なっていること、両者がすべてにわたって酷似し、絵も同じ永真の筆であること等を考えあわせると、二つの扁額は、ほぼ同じ時期に製作奉納されたのではあるまいか。

石清尾八幡宮は、生駒家がこの地を支配した時代から崇敬されたが、僅か十六石余の社領と八石の寺領を与えられる小社寺にすぎなかった。これを承けて頼重は、寛文六年、大規模な改修工事を行い、山麓にあった本社を山の中腹に引き上げるとともに社屋ことごとくを再興し、同年十一月十一日の遷宮には、自ら束帯で参拝した上、社領を二百二石六斗五升に加増して朱印地とした。社領の石高や相前後する再興の時期からみて、頼重には東の白鳥神社と城下の石清尾八幡宮とを同格の神社として遇しようとする意図があったに相違なく、だからこそ均衡をはかりながら、ほとんど同じ扁額を相前後して両社に寄進したものと思量される。

これら扁額奉納の契機ないし意図について、頼重の事蹟を辿ってゆくと、それらしい時はいくつか拾い出せる。たとえば寛文十一年（一六七一）七月十九日に長子頼母の、同八月二十八日に次子図書の鎧の着初め式を石清尾宮の社前で行った時。また、寛文九年ころから病気（瘧）平癒を祈って頻々と社参（または代参）が行われ、特に寛文十一年夏は頻繁で、八月二十一日、長子頼母を金毘羅宮へ、次子図書を白鳥宮へ、三子亀十代を石清尾八幡宮へそれぞれ代参させて、病気平癒を祈った時点、などであるが、しかし、もしそうした明確な契機による寄進であったなら、金刀比羅宮や後述善通寺蔵の扁額のように、裏書として日付けと寄進の趣きを明記しなかったはずはない。そのような裏書がないのは、これら扁額の寄進がもっと一般的な契機――思うにそれは新造社殿の壮厳のためにほかなるまいが――からなされたことを物語っているであろう。

九　善通寺蔵松平頼重寄進扁額

総本山善通寺所蔵の扁額三十四面。朝忠と興風の二面は逸失して所在不明である。縦六二・八糎、横三七・四糎（枠内、五九・六糎×三四・四糎）。茶色漆塗外枠の四角と角辺中央に金具をうち、裏は黒漆塗り。絹本着色画像で、上部に縦二〇・〇糎、横五九・六糎の色紙形を押し、左右の別と作者名はみな仏側に書く。

この扁額の寄進年月は、人麿と貫之の扁額裏書によって明らかである。

令寄進
弘法大師影前三十六人歌仙
為現当二世也
天和三癸亥年　　前讃岐守入道
十月八日　　源　英

源英は松平頼重の隠居名、この号を名のることを許されたのは、寛文十三年（一六七五）二月二十八日のこと、剃髪入道したのは延宝三年（一六七五）八月二十九日、五十四歳の時である。原因はうち続く病悩のためであったが、それから八年後の天和三年（一六八三）六十二歳の十月八日に寄進したのがこの扁額である。

絵の筆者は、『善通寺霊宝什物録』（文久三年三月板行）によると、「土佐家筆」だという。確証はないが、他の狩野派の絵に比べて明らかに異質であり、北野神社蔵扁額（土佐派画人の筆であろうという）（注5）の絵様に近いから、この伝承は信ずべきであろう。天和三年当時の土佐派の絵師だとすれば、光起（元和三年生、六十八歳）かその子光成（正保三年生、三十八歳）のいずれかであろう。『扶桑画人伝』光起の記事の終りに「遺蹟著名ノ品」として第一に「三十六歌仙額」を挙げているが、それはこの扁額のことであるかもしれない。

歌の筆者は、各面の左上部に小紙片を貼って記されている。次のとおり。

人丸　　一条関白冬経公　　貫之　　近衛左大臣基熙公
躬恒　　有栖川親王幸仁　　伊勢　　妙法院法親王尭恕

家持	一条院法親王真敬
業平	大乗院大僧正信雅
素性	清閑寺大納言熙房卿
猿丸	勧修寺大納言経慶卿
兼輔	烏丸大納言光雄卿
敦忠	柳原大納言資廉卿
公忠	園前大納言基福卿
斎宮女御	高辻前中納言豊長卿
宗于	醍醐中納言冬基卿
敏行	今出川中納言伊季卿
清正	万里小路中納言淳房卿
興風	不明
是則	持明院前宰相基時卿
左近	東園宰相基量卿
能宣	堀川前宰相則康卿
兼盛	川鰭前宰相実陳卿
赤人	三宝院前大僧正高賢
遍昭	大炊御門前内府経光卿
友則	葉室大納言頼孝卿
小町	転法輪大納言実通卿
朝忠	不明
高光	中院前大納言通茂卿
忠岑	千種前大納言有能卿
頼基	鷲尾中納言隆尹卿
重之	久我中納言通規卿
信明	西園□実敦卿
順	正親町中納言公通卿
元輔	七条宰相隆豊卿
元真	愛宕前宰相通福卿
仲文	裏松三位意光卿
忠見	風早前宰相実種卿
中務	鷹司右大臣兼熙卿

以上筆者の官位記載は、いずれも元和三年（一六一七）当時のものとして矛盾はないが、兼熙の任右大臣が同年正月十三日であり、熙房が大納言を辞したのが九月二日、隆尹の任権大納言が九月八日である（公卿補任）から、

本扁額は正月中旬から八月末までの間に製作されたことになる。染筆の人物をみると、関白冬経に左一番人丸を担当させ、以下位階順に割りあて、卓尾の中務に右大臣兼熙（頼重の娘長姫の夫）を配するという、細かい配慮がうかがえる。

さて、本扁額の寄進をめぐって、二つの点に注目しなければならない。一つは、これが寺院への奉納であること。歌仙絵扁額は神社に奉納されるのが本来のあり方で、寺院の場合には鎮守社に納められるのが一般だという。(注26) 室町期以後江戸初期に至る間の遺品ならびに文献の示すところは、まさにそのとおりであるが、これは弘法大師の影前に寄進されたものである点において、大げさにいえば、歌仙絵扁額の歴史の上に一つの時期を画するものだといってよい。第二は、寺院への寄進であったことの必然として、その目的が、裏書に明らかなごとく、「為現当二世」であったということである。当来世とともに現世をも祈るところに、なお武人としての面目を躍如たらしめながら、しかし明らかに歌仙絵扁額の用途を純然たる寺院にまで拡大した点において、注目されねばならない。

十　法然寺蔵（松平頼重寄進）扁額

高松市仏生山町法然寺所蔵の扁額三十四面。もと般若台にある鎮守社の拝殿に掲げられていたが、源順、壬生忠見の二面が盗難に逢って紛失し、以後宝物庫に収蔵されたという。縦四六・二糎、横三二・七糎の、比較的小さな扁額で、細い黒漆塗りの外枠に金具を付す。形態その他金具など、金刀比羅宮、白鳥宮、石清尾八幡宮の扁額と同じであり、松平頼重の寄進だという伝承は信じてよい。ただし、色紙形は縦一四・四糎×横一三・〇糎の色紙二枚を上部に押している（絵は桐板の上に描かれる）ことと、小ぶりの額である点で前三者と異っている。大きさのちがいは拝殿の規模にあわせたからであろう。

色紙形には左右は記さず、作者と歌だけを書くが、作者名を右に書くもの、左に書くものと区々で、統一的な基準にもとづいて書き分けられたものではない。

歌の染筆は二品道晃法親王、絵は狩野永真と伝えられる。石清尾八幡宮扁額の筆跡と比べてみると、筆勢が強く雄大な趣きがあって若干異るようではあるが、それは既にできあがった扁額の絵具の上に書いたものと、色紙に書いた場合との筆勢のちがいに基づくもので、一字一字の特徴は明らかに同一筆跡と見てよく（志度寺蔵の「和歌色紙」[注27]の字と比較すると明らかに同筆である）、これもまた道晃法親王の染筆としてまちがいない。しかし、永真の絵だという伝承は疑わしく、到底、白鳥神社や石清尾八幡宮の扁額の絵と同じ絵師の筆とは考えられない。上畳下部の波形の描法などを見ると必ずしも一人の筆でなく、二三人が分担して描いたのかもしれない。いずれにせよ狩野派の絵であることに疑いはなく、もし求めるとすれば、永真の次の世代の人物（たとえば息男時信など）を擬すべきではあるまいか。

法然寺には現在、この扁額に関する記録は一切残っていないし、頼重関係の資料にも、これに関する記載は見えない。また裏書もなく、従ってこれがいつ製作奉納されたか明確ではない。しかし、頼重が法然寺を現在の地に再興し、落慶供養を行ったのが、寛文十年（一六七〇）正月二十五日であったから、この扁額は、その時か、もしくはそれ以後、歌の筆者道晃法親王がなくなった延宝七年（一六七九）六月十八日までの間に作成奉納されたはずである。具体的にいつの時点で奉納されたにせよ、廃寺に等しかった小松寺を移して三百石の朱印地を与え、宏壮な伽藍を造営して松平家の菩提寺と定めた寺であったし、具体的な裏書のない点からいっても、これまた白鳥神社や石清尾八幡宮の場合同様、新造鎮守社を飾る壮厳のための寄進だったと見なしてよいであろう。

十一　おわりに――扁額歌仙絵史への展望

以上、香川県下に残る三十六歌仙扁額九点を紹介してきた。もちろん、一般的に一地方という枠組みを設けることは、学問上の視野を狭くする弊こそあれ、積極的にプラスの結果をもたらすことはないであろう。しかし、限られた地域にもせよ、時代相を異にする遺品を通時的に俯瞰することによって、たとえば森氏による扁額歌仙絵史の記述に、なにがしかをつけ加えることはできる。以下四つの点に言及してまとめにかえたい。

まず第一に、享徳四年（一四五五）寄進の和爾賀波神社の扁額を加えることによって、室町期におけるこの種扁額流行の様相が、より鮮明になる。讃岐という狭い範囲に限ってみても、この扁額と『実隆公記』所載明応五年（一四九六）滝宮社奉納扁額の二つをもつことになるからである。

後者について、実隆は「細川被官人」の懇望によって染筆したという。細川頼之の時代以後政元に至るまで、約百五十年間、讃岐は細川氏の守護領国であった。そして、直臣である安富・香川両氏が被官として、讃岐を東西に二分して治めていた。(注6) 東部の和爾賀波神社に、その地方を支配した安富盛保が奉納したのに対し、中央やや西よりの瀧宮社に扁額を寄進した「細川被宮人」とは、おそらく香川氏の誰か（元景か）だったのではあるまいか。

さて、和爾賀波神社の扁額も、瀧宮神社に奉納されたであろう扁額も、ともに中央で製作されたものであったらしい。『実隆公記』は絵師に触れていないが、当時第一級の文化人三条西実隆が和歌を染筆し、しかもそれは四歌仙、全体の九分の一にすぎなかった。実隆の染筆分担が、後述するとおり九番と十八番の四歌仙であったことに鑑みるならば、残る八面の染筆は、実隆よりもさらに高位にある人物に依頼したものと思われる。細川氏の後楯をもってすればそれも難しいことではなかったにちがいなく、同じことは和爾賀波神社の扁額にもあてはまる。伝承の和歌筆者は前内大臣大炊御門信宗であり、絵師もおそらくは中央の画人であった。

二つの扁額は、現実に地方の神社に奉納されたとはいえ、かくのごとくそれらは中央文化そのものであった。その点で、歌仙絵扁額の流行も、やはり中央文化の地方的発展の潮流の中に現出したものだとする森氏の見解を補強する、確実な例証となるであろう。

第二に、初期における扁額歌仙絵史の欠落部分を埋め、一額複数歌仙形式から一歌仙一額形式に移行してゆく内的な必然性を抽出することができる。既述のごとく、和爾賀波神社の扁額は、「歌合」本来の左右の意義を強く残している点において、室町初期における歌仙絵扁額のありかたを髣髴とさせる。そのようなあり方は、当然予測されることでありながら、現実に遺品や文献によって確認することはできなかった。そういう間隙を埋める遺品として好個の資料となるはずである。

ところで、初期に多い一額複数歌仙形式は、必然的に一額内部における歌仙の組みあわせを重んずる方向へと、左右の意味がシフトしてゆくような現象を起す。掲額の場全体の中での番いの意味が軽くなり、一額という単位が優位を占めるようになるのである。白山神社蔵扁額のような左右の新様式が、奉納形式との関連から生じてきたのは、けだし当然といわねばならない。

しかしながら、白山神社蔵扁額の様式が固定的なものとして、当時一般的だったわけではない。『実隆公記』所載の滝宮社奉納扁額もまた、同類でしかも少しく異った独自の様式をとっていたと推考されるからである。実隆が染筆した額には公忠、忠岑、兼盛、中務の四人が描かれていたという。これは『三十六人歌合』の通例の順序によれば、九番の左右と十八番の左右とであって、このことから類推するならば、一番と十番、二番と十一番、……九番と十八番という整然たる組み合わせで、九面はなりたっていたにちがいない。すなわち、次のごとき組み合わせである。

(1) 人磨、貫之、斎宮女御、頼基
(2) 躬恒、伊勢、敏行、重之
(3) 家持、赤人、宗于、信明
(4) 業平、遍昭、清正、順

（5）素性、友則、興風、元輔
（6）猿丸、小町、是則、元真
（7）兼輔、朝忠、三条院女蔵人左近、仲文
（8）敦忠、高光、能宣、忠見
（9）公忠、忠岑、兼盛、中務

この九面が実際どのように掲額されたのか確実には判らない（おそらく三方に各三額か）が、この形式もまた、奉納形式と関連して考案された、初期における一つの方式であったことは疑いない。形式はゆれ動いていたのである。

このような形式のゆれは、内面的に意味するところ深長である。一額に複数歌仙を描く様式による限り、一額内における歌仙の組み合わせと、奉掲の場における全体的な視野からする歌仙の組み合わせの、何れを重視するかが、たえず問題にされたであろう。そして、両者は相対立する志向として、終に融合の妙案を得られなかったところに、一歌仙一額形式が要請される必然性があった、といってよい。

第三に、扁額奉納の意義の変遷について、森氏は、「武人の場合、その奉納に文武両道の願をかけた」が、「室町後期においてはその願望はともあれ、社殿の壮厳として定型化するに至っている」と説かれるのであるが、おおむねそれは首肯されるにしても、「定型化」の時点はもう少し下るとみるべきではあるまいか。右にとりあげた扁額は、たまたまであろうが、安富盛保、香川氏、生駒正俊、松平頼重と、すべて武人による奉納であった。そして前三者は戦歴のある武人であり、彼等の奉納にはなお実際的な、たとえば武運長久のごとき、祈願が伴っていたように思われる。それに比べ、頼重は一人実戦の経験をもたない武人であって、扁額奉納の意義の変化がその頼重の生涯の中に顕著に認められる点に注目したいと思う。

頼重が最初に寄進した金刀比羅宮の扁額は、祈願成就の報謝と長子将来の文武両道を祈る意味をこめていた。し

かし、それ以後奉納の扁額は、具体的な祈願よりも、新造社殿の壮厳が専らその目的とされるようになってゆく。また、歌仙絵扁額は神社か、寺院の場合には鎮守社に奉納されるのが普通であったという点についても、頼重の時代にその枠がとり払われてしまった。法然寺への奉納はやはり鎮守社に対するものであり、慶安元年（一六四八）に白峯寺に寄進された扁額も、頓証寺殿を荘厳する目的で掲げられたはずで、弘法大師影前に、現当二世の為に寄進された善通寺の扁額は、歌仙絵扁額の性格が、この時点でかなり変質してしまったことを物語っている。(注19)

もとより、祈願と壮厳は対立する概念ではない。祈願のしるしとしての奉納が壮厳を結果するという意味において、問題は重点の移行にほかならず、どこに一線を引くかは視点によって異ってくる。その意味で、室町後期に祈願の空洞化現象の端緒を認めることは正しいであろうが、壮厳のみを目的とする扁額の奉納は、武人が実戦を経験しなくなった江戸初期に現われる、と見るべきではあるまいか。わずかな数の遺品を根拠にした管見にすぎないが、この時期は、政治・経済・社会あらゆる面で大きな変革期であり、その波はこうした小さな文化事象の上にも明確に顕われている。

第四として最後に、扁額の和歌について一瞥しておく。森氏は、室町期の扁額を考察した結果、その和歌について、次のように述べている。

題歌の撰出は、扁額歌仙絵の場合、多くは筆者の意志によるところであろうが、しかしその典拠となるものは、歌仙の家集（多くはその抄本であろう）や、『三十六人撰』の類であるにちがいない。後掲の歌表によるも、歌仙によってそれぞれ歌の異なりがあるのは、このような撰出事情を明らかにするものであり、また撰歌の内容にも、自ら鎌倉時代の三十六歌仙絵とは異なる好尚が見られよう。

また既述の如く常陸総社本において、とくに他本と異る歌の多いことは、その原典たる歌集（抄本など）に粗雑なものの行われていたことを示すものであって、当代では（特に地方にあって）異本の歌仙家集、抄本などの類が少なからず流布していたと見られる。また書式における北野神社本とボストン美術館本との類似は、中央歌壇の好尚を示すものであり、その画体と共に扁額歌仙絵の定型ともなって行われていたものであろう。歌の撰出が、染筆者の意志にゆだねられていたであろうことは疑いを容れない。一つ一つの扁額それぞれに歌は区々で、三十六人全部について歌の一致する扁額が見出せないこと一事によっても、そのことは明らかである。

しかし、右の記述の根幹をなす「典拠」の問題について、氏の理解が十全であるとは思えない。森氏は、撰歌の典拠として「歌仙家集（多くはその抄本）」『三十六人撰』を挙げ、なかんづく歌仙家集やその抄本に拠った部分が多いと考えておられるようだが、しかし、撰ばれた歌はそれほど無際限に拡散しているわけではなく、その撰歌はそんなに数多くの資料の中から行われたとは考えがたい。

もちろん、この種の「三十六歌仙」とか「三十六人歌合」とか名づけられる伝本はおびただしい数にのぼるから、それらを同時に比較検討しなければ、扁額における典拠の問題も十分に究明することはできないであろう。その意味で不十分のそしりを免れないが、いま管見の及ぶ範囲で一応の結論をいえば、室町期から江戸期にかけて製作された三十六歌仙扁額における和歌の典拠は、若干の例外を除いて、公任の『三十六人撰』(注28)、ならびに俊成撰・近衛尚通追加『古卅六人歌合』(注29)の二著に限定される。そして、公任本を基本にしながら、時代が下るにつれて後者の使用が増加してくる傾向を見せているが、両著を大きく逸脱することはない。

【別表Ⅰ】は、本稿でとりあげた九種、ならびに森氏の示された室町期の扁額六種の和歌を併せて一覧し、「典拠」を示したものであるが、この表に右に示した見解の大概は示されている。

まず、室町期扁額のうち、白山神社蔵扁額の和歌は、公任本所収歌にすべて含まれており、常陸総社、厳島神社、多賀神社蔵扁額の歌も、それぞれ一つの例外を除いて同じである。例外は、伊勢「さくらがり」（厳島）、業平「月やあらぬ」（常陸）、公忠「とのもりの」（多賀）の三首で、これらはいずれも俊成本所収歌である。そして、以上四種の扁額はいずれも地方で製作された点において共通している。

同じく室町期の扁額のうち、和爾賀波神社・北野神社・ボストン美術館蔵の三者の場合、やはり同じ傾向を示しながらも、例外の数が多い。すなわち三つの扁額は共通して、躬恒「いづくとも」、忠岑「有明の」、元真「夏草は」、忠見「恋すてふ」、中務「秋風の」の五首が、公任本になく、俊成本『三十六人歌合』にしか見えない歌なのである。そして、以上三つの扁額は、いずれも中央で製作されたと目される点でも共通している。

右の二つの事実は、次のようなことを意味しているであろう。第一に、成立の時代が遡れば遡るほど公任の『三十六人撰』への依存度が強く、専らそれを典拠としたであろうこと。逆に時代の下降につれて、俊成本への依存度が大きくなるのであるが、しかしその時間的な変遷には、地域差が甚だしかった。中央では早くから、しかもかなり多くの歌を俊成本によって撰んでいるにも拘らず、地方においては、相変らず公任の『三十六人撰』の占める位置が高かった。そのことは地方における保守性とそれにも増して俊成本『古卅六人歌合』の地方への流布が不十分であったことに起因するであろう。

ところで、俊成本はいつも公任の『三十六人撰』に従属していたのではない。元和四年（一六一八）生駒正俊が寄進した扁額（本節第三項）の歌は、たった一首の例外を除いて、すべて尚通追加俊成本に拠って撰歌し、公任の『三十六人撰』とは没交渉であったらしい（例外は小町の「わびぬれば」の一首であるが、これは公任本にもなく、古今集歌の混入として別の問題に属する）。

しかし、それはやはり例外的存在であったようで、安土桃山時代を経て江戸時代に入ってからも、撰歌は依然として右の二著から行われている。一人が全体にわたって撰歌する場合も、何人かで分担して撰歌する場合にも、それは同じであって、決して二著を出ることはない、といってよい。白鳥神社、石清尾八幡宮扁額における友則の「久方の」の一首は、公任本にも俊成本にも収められないたった一つの例外であるが、この歌は『古今和歌集』や

『百人一首』を通して最も人口に膾炙した一首であって、この歌の混入は、そうした典拠の江戸期における流布を物語るものではあっても、それはごく限られた例外中の例外であって、撰歌の基本は、あくまでも公任の『三十六人撰』ならびに俊成撰尚通追加『古卅六人歌合』の二つにあったのである。歌仙家集やその抄本は、決して直接の典拠とされることはなかったと断じてよい。

そのことが明らかになれば、常陸総社扁額の歌に他本と異るものが多いことから、室町期（特に地方では）異本の歌仙家集や抄本の類が少なからず流布していた、との推論も、当然ながらその根拠を失うことになる。扁額における撰歌は、意外に限定された典拠によっていたのである。

【注】

（1）十八日。癸亥。晴。行水。讃州瀧宮卅六人歌仙［源公忠朝臣・忠峯・平兼盛・中務］四人［板也］。歌依細川被官人所望染筆了（『実隆公記』明応五年七月）。「細川」は管領細川政元であろう。

（2）『香川県神社誌』下（香川県神職会、昭和十三年十二月）によると、康暦年間細川頼之の建造した社殿が、天正年間、兵火に罹って灰燼に帰したという。

（3）『香川県神社誌』上（香川県神職会、昭和十三年十二月）、二一七頁。

（4）『香川県文化会館郷土資料室列品目録』（第十期展示）解説（昭和四十六年）。

（5）森暢『歌合絵の研究　歌仙絵』（角川書店、昭和四十五年三月）「第三章扁額歌仙絵について」。

（6）福家惣衛『香川県通史　古代中世近世編』（上田書店、昭和四十年九月）。

（7）『香川叢書』第二冊（香川県、昭和十八年）（名著出版、昭和四十七年）。

（8）『歌仙書画鑑』。絵の料紙は四七・〇糎×三五・二糎の鳥の子紙。一葉に一歌仙の着彩像を描く。『松平家什器台帳』に狩野光信筆と伝え、これを疑うべき根拠はない。かりに光信筆でないとしても、安土桃山時代の遺品であることはまちがいない。
(9) 金光院権少僧都宥睨宛「生駒讃岐守正俊寄進状、元和四年三月十日」一通(金刀比羅宮蔵、宝文三四)。
(10) 『生駒記』(文政十三年七月)。なお高俊については、「生質柔弱也」(『生駒記』)、「生得愚て愚人なり」(『生駒家廃乱記』享保七年)などと伝えられる。
(11) 『寛政重修諸家譜』巻第一四二九、第二十一巻二六九頁。
(12) 春名好重『寛永の三筆』(淡交社、昭和四十六年十一月)所収図版。
(13) 『琴後集』「滝本坊昭乗法師三十六人歌合墨帖跋」。
(14) (注12)所引春名好重著書一八〇頁。
(15) 明治四十年初版。宮記の記載はおそらく奉納の際の寄進状のごとき直接的な資料に基づいているであろう。
(16) 『金刀比羅宮記』は、小町の歌の筆者を青蓮院宮尊純親王とするが、筆癖から季吉の筆跡と認定される。このことは佐々木真弓氏が『扁額歌仙絵の研究』(昭和四十七年度香川大学教育学部卒業論文)で指摘している。
(17) 三人の伝については、『増訂古画備考』『扶桑画人伝』等参照。この時、探幽・尚信・安信はそれぞれ四十七歳・四十二歳・三十六歳という壮年期にあった。頼重と狩野三兄弟との関係はかなり深かったらしい。後年、探幽が柿本人磨、尚信が小野小町、安信が喜撰法師の立像を描いたものに、頼重自ら和歌を添えた三幅対が現存する(松平公益会)ところをみると、以後もしばしば画事を依頼したものと思われる。
(18) 松平頼重については、松浦正一氏『松平頼重伝』(松平公益会、昭和三十九年五月)に詳しい。以下の頼重に関する記述もほとんどこの著書に負っている。
(19) 『讃岐国大日記』(承応元年〈一六五二〉成立)に、「慶安元年、大守、以名筆ノ三十六人ノ歌仙、寄進金毘羅・綾松山二箇所、可謂末代ノ至宝也」(慶安元年は一六四八)と伝える。但し、『英公外記』(明治十四年十五年編、四冊)は、寛文二年(一六六二)十二月廿二日条に、「白峯寺へ寺領高五十石、山林御制札二枚、歌仙三十六枚、琵琶一面御寄附、彦坂織部三幅一対掛物[狩野右京画]奉納」と伝えていて、大きな齟齬がある。成立年次から判断して、『讃岐国大日記』の所伝を是とすべきであろう。

(20)『英公実録』は三十六巻十二冊。松平公益会蔵。明和元年(一七六四)、五代藩主頼恭の命により藩儒七人が編纂にあたった。
(21)『郷土博物館第十三回陳列解説』(鎌田共済会、昭和十四年)に図版を収める。
(22) このこと、前掲佐々木氏論文に指摘がある。頼重は後年、寛文五年九月二十八日にも、養女大姫の安産を祈願した願文を当宮に奉っている(金刀比羅宮蔵、宝文四八)。
(23) 拝殿北面中央右側を左方として、「人丸」以下右廻りに北六歌仙、東六歌仙、南六歌仙、中央左側を右方として、「貫之」以下左廻りに北六歌仙、西六歌仙、南六歌仙と掲額されるが、左右とも三番目「家持」「赤人」以下が左右逆に掲額されている。
(24) 田中敏雄「讃岐の三十六歌仙扁額」(『日本美術工芸』平成元年十二月)に引用されているので、それによって染筆者を列記した。
(25) 尊澄の年齢のことは、前掲佐々木氏論文に指摘がある。
(26) 前掲森氏著書二二二頁。
(27)『諸卿色紙帖』所収。
(28)『群書類従』巻第一五九所収。重之歌の欠脱は書陵部蔵本によって補える。古典文庫『公任歌論集』参照。
(29) 書陵部蔵『歌書集成』(一五五・一〇六)一冊、ならびに『歌仙類聚』(五〇一・五三〇)一冊所収『古卌六人歌合』には、「右歌仙之歌、尤号秀逸之歌、三首筒、俊成卿被註置了。奥一首者、近衛殿尚通公被書加訖」との奥書がある(『日本歌学大系』別巻六所収)。内容は、奥書にいうとおり、各歌仙三首ないし四首(二三行間書入れがあって五首のところもあるが)から成っている。俊成撰の当否については不明であるが、同じものは『待需抄』四にもみえる(「卌六人歌合」)。伝本調査も不十分ではあるが、少くとも尚通(文明四年〜天文十三年)追加後はかなり流布したものと思われる。なお本書については、松野陽一氏『藤原俊成の研究』(笠間書院、昭和四十八年三月)に、解説と俊成撰の三首のみを収める書陵部蔵『卌六人歌合』(一五〇・三一七)の翻刻があり、島津忠夫氏も『百人一首(改版)』(角川書店、昭和四十八年十月)解題において言及している。

【附記】本文ならびに【注】の中で「松平公益会蔵」とした資料は、移管されてすべて「香川県立ミュージアム」の所蔵典籍となっている。

【別表Ⅰ】三十六歌仙扁額歌一覧

凡例（典拠欄）○　公任撰『三十六人撰』所載歌
△　俊成撰『古卅六人歌合』所載歌
▲　同右書近衛尚通追加歌
（諸本欄）
白　白山神社蔵扁額
和　和爾賀波神社蔵扁額
北　北野神社蔵扁額
ボ　ボストン美術館蔵扁額
常　常陸総社蔵扁額
厳　厳島神社蔵扁額
多　多賀神社蔵扁額
生　金刀比羅宮蔵生駒正俊寄進扁額
昭　金刀比羅宮蔵松華堂昭乗筆扁額
金　金刀比羅宮蔵松平頼重寄進扁額
峰　白峰寺蔵松平頼重寄進扁額
鳥　白鳥神社蔵扁額

石　石清尾八幡宮蔵扁額
善　善通寺蔵扁額
法　法然寺蔵扁額

歌仙	（第一句）	典拠	白	和	北	ボ	常	厳	多	生	松	金	峰	鳥	石	善	法
柿本人麿	ほのぼのと	○▲	○	○	○	○	○		○			○				○	○
	たつた河	△								○			○	○	○		
紀貫之	さくらちる	○▲	○	○	○	○		○	○		○		○	○	○	○	○
	とふ人も	○					○										
	むすぶての	△								○		○					
凡河内躬恒	わがやどの	○▲	○						○					○			
	山たかみ	○							○								
	いづくとも	△		○	○	○								○	○	○	○
	すみよしの	△								○		○					
伊　勢	としをへて	○					○										
	みわの山	○△	○	○	○	○			○	○	○	○	○	○	○	○	○
	さくらがり							○									
中納言家持	春の野に	○△		○	○	○										○	○
	さをしかの	○▲	○				○		○								
	まきもくの	△								○		○	○	○	○		
山辺赤人	わかのうらに	○△	○	○	○	○		○	○	○	○		○	○	○	○	○

	わがせこに	○					○										
	あすからは	○△										○					
在原業平	世の中に	○▲	○	○	○	○		○	○			○		○	○	○	○
	月やあらぬ	△					○			○							
	花にあかぬ	△											○				
僧正遍昭	末のつゆ	○▲	○				○	○				○					
	たらちねは	○▲		○	○	○								○	○	○	○
	わがやどは	○							○		○						
	いそのかみ	△								○			○				
素性法師	みわたせば	○	○	○	○	○		○				○	○			○	○
	いまこむと	○△					○		○						○	○	
	をとにのみ	△								○							
紀友則	夕されば	○▲	○				○		○	○		○					
	秋かぜに	○		○	○	○							○			○	○
	ひさかたの													○	○		
猿丸大夫	おく山に	○△		○	○	○		○		○		○	○	○	○	○	○
	をちこちの	○△	○				○		○								
小野小町	色みえで	○△		○	○	○			○		○	○	○	○	○	○	○
	思ひつつ	○	○				○										
	わびぬれば									○							
中納言兼輔	人の親の	○	○	○	○	○		○	○			○	○	○		○	○

	青柳の	○					○										
	みじか夜の	△								○					○		
中納言朝忠	よろづよの	○△					○			○							
	あふことの	○△	○	○	○	○		○	○			○	○	○	○		○
権中納言敦忠	あひみての	○▲	○	○	○	○		○	○			○	○	○	○	○	○
	けふそへに	○					○										
	伊勢の海の	△								○							
藤原高光	春すぎて	○△	○	○						○							
	かくばかり	○△			○	○			○			○	○	○	○	○	○
	みてもまた	○△					○										
源公忠	ゆきやらで	○△	○	○	○	○		○				○	○	○	○	○	○
	よろづよも	○					○										
	とのもりの	△							○	○							
壬生忠岑	春たつと	○△	○						○	○	○	○	○		○		
	春はなほ	○					○										
	有明の	△		○	○	○								○		○	○
斎宮女御	琴の音に	○▲	○	○	○	○	○		○			○	○		○	○	○
	袖にさへ	△								○				○			
大中臣頼基	一ふしに	○△	○	○	○	○		○	○			○	○			○	○
	わかこまと	○					○										
	つくば山	○													○		

	ねのびする									○				○			
藤原敏行	秋きぬと	○△	○	○	○	○		○	○			○	○		○	○	○
	秋はぎの	○△								○				○			
	久方の	○△					○										
源重之	風をいたみ	○△	○	○	○	○						○				○	○
	秋くれば	○					○										
	吉野山	○▲							○				○				
	夏かりの	△								○				○	○		
源宗于	ときはなる	○△		○	○	○		○	○			○	○		○	○	○
	つれもなき	○△					○										
	山ざとは	○△	○							○				○			
源信明	あたらよの	○△		○	○	○		○				○		○		○	○
	こひしさは	○▲	○				○		○				○		○		
	ほのぼのと	△								○							
藤原清正	あまつ風	○△	○	○	○	○		○		○		○				○	○
	ねのびして	○△					○		○				○	○	○		
源順	水のおもに	○△	○	○	○	○		○	○	○		○	○	○	○	○	
	わがやどの	○					○										
藤原興風	契りけん	○△	○	○	○	○				○		○	○	○			○
	たれをかも	○△					○		○						○		
清原元輔	秋の野の	○▲	○					○	○				○		○		

			坂上是則		藤原元真				三条院女蔵人左近	（小大君）		藤原仲文		大中臣能宣		壬生忠見				平兼盛
音なしの	うきながら	契りきな	みよし野の	山がつと	としごとの	人ならば	夏草は	咲きにけり	いはばしの	たなばたに	大井川	有明の	思ひしる	ちとせまで	みかきもり	やかずとも	さよふけて	恋すてふ	いづかたに	くれてゆく
○	○		○	○	○	○			○	○		○	○	○		○	○			○
		△	△					△	△		△	△	△		△	△		△	△	△
					▲									▲						
				○	○				○			○								
○			○				○		○			○		○				○		○
○			○				○		○			○		○				○		○
○			○	○			○		○			○		○				○		○
	○				○					○			○				○			
					○				○					○						
			○			○			○			○		○			○			
		○	○					○			○		○		○				○	
												○								
○			○					○	○			○		○				○		
			○		○				○			○		○		○				○
			○			○			○			○		○				○		○
		○	○		○				○			○		○		○				
○			○				○		○			○		○				○		○
○			○				○		○			○		○						○

中務	かぞふれば	○▲	○○	○○
	しのぶれと	△		○
	うぐひすの	○▲	○○○	○○○○○○○
	わすられて	○△	○	
	秋かぜの	△	○○○	

【別表II】和爾賀波神社蔵扁額ならびに生駒正俊寄進扁額歌一覧表

和　柿本人丸　ほの〴〵と明石の浦の朝ぎりにしまがくれゆく船をしぞ思

生　左　柿本人麿　たつた河もみぢ葉ながる神なびのみむろのやまにしぐれふるら□

和　□□□　□□□□□□□□□□□□□□□□□□□□□□□ふりける

生　右　紀貫之　むすぶてのしづくににごる山の井のあかでもひとにわかれぬる哉

和　凡河内躬恒　いづく□□□□□□□□□□□□□□しのゝ山は□□□

生　左　凡河内躬恒　すみよしの松をあき風吹からにこゑうちそふるおきつしら浪

和　伊勢　みわの山いかに待□□□□□□たづぬる人もあらじとおもへば

生　右　伊勢　みわのやまいかにまちみむとしふともたづぬるひともあらじとおもへば

和　中納言家持　春の野□□□□□□□□つま□□□□□□□□人□□□□□

生　左　中納言家持

和　山辺赤人

生　右　山辺赤人

和　在原業平

生　左　在原業平朝臣

和　僧正遍昭

生　右　遍昭僧正

和　素性法師

生　左　素性法師

和　紀友則

生　右　紀友則

和　猿丸大夫

生　左　猿丸大夫

和　小野小町

生　右　小野小町

まきもくのひばらもいまだくもらねばこまつが原にあは雪ぞふる

わかの浦に□□□□□□かたをなみ□□□□□□□□□□□□

わかの浦に塩みちくればかたを浪あしべをさしてたづなきわたる

世の中□□□桜の□□□□春の心はのどけから□□

月やあらぬはるやむかしのはるならぬわか身ひとつはもとの身にして

□□□□□□□□□□むは玉のわが□□みを□□□□□□

いそのかみふるのやまべのさくらばなうへなむときをしる人ぞなき

見渡□□柳□□□を□□□□□□□□□□□□□

をとにのみ菊のしら露よるはをきてひるはおもひにあへずけぬべし

秋風にはつ雁□□ぞき□□□□たが□□□かけてきつらん

ゆふぐれはほたるよりけにもゆれどもひかりみねばやひとのつれなき

おく山の□□□ふみ分□□□□声きくときぞ秋は□□□□

おくや□□□□□□□□□□き□□□□かな□き

色み□□□うつろふ物は世の中の人の心の花にぞありける

わびぬれば身をうきくさのねをたゑてさそふ水あらばいなんとぞおもふ

和　中納言兼輔　人のおやの□□□□暗にあらねども子を思みち□迷ぬる哉

生　左　中納言兼輔　みじか夜のふけゆくまゝにたかさごのみねの松風ふく□とぞきく

和　□□□□□　□□□□□□□□□□□□□□□□□□□身をも□□□□

生　右　中納言朝忠　よろづよのはじめとけふをいのりをきていまゆくするをかみぞかぞへむ

和　中納言敦忠　相見ての後の心にくらぶればむかしは物をおもはざりけり

生　左　中納言敦忠　伊勢□□□千尋のはまにひろふとも□□□□かひ□あるべき

和　□□□□　□□□□□□□□□□□□□□□□□□かりぞ□□□□□

生　右　藤原高光　はるすぎてちりはてにけるむめのはなたゞ香ばかりぞえだにのこれる

和　源公忠朝臣　ゆきやらでやまぢくらしつ□□□□□□□□□□□□□しさ

生　左　□□□□□　とのもりのとものみやつこゝろあらばこの春ばかりあさぎよめすな

和　□□□□　あり明のつれなくみえし別より□□□□□□□□□□□□

生　□　□□□□　□□□□いふばかりにやみよし野のやまも霞てけさは□□□□

和　斎宮女御　□□□□の松風□□□□□□□□□□□□□□□□□□□□

生　左　斎宮女御　袖にさへあきのゆふべはしられけりさえしあさぢが露をかけつゝ

和　大中臣頼基朝臣　一ふしに千代□□□めたる杖なればつくともつきじ君がよはひは
生　右　大中臣頼基朝臣　ねのびする野べのこまつをひきつれてかへるやまぢにうぐひすぞなく
和　藤原敏行朝臣　□きぬとめには□□□にみ□□□□□の□□□□□□□□ぬる
生　左　藤原敏行朝臣　秋はぎのはなさきにけりたかさごのおのへの鹿はいまやな□□□
和　源重之　風をいたみ岩□□□□のおのれのみくだけて物をおもふ比かな
生　□　□□□　□かりのたまえのあ□□□□□たきむれゐる鳥の□□空そ□□
和　源宗干朝臣　ときは□□松の緑□□□□□□□□□□□□□□□□□□□
生　左　源宗干朝臣　山□□□□□□□□まさりける人めも草もかれぬと□□□□
和　源信明朝臣　あたら夜の月と花とをおなじくは心し□□□□□□□□
生　右　信明朝臣　ほの〴〵とありあけの月の月かげにもみぢふきおろす山おろしの風
和　藤原清正　□津風□□□□□□□□□□□□□□□□居に□□□□□べき
生　左　藤原清正　あまつかぜふけゐのうらにゐるたづのなどか雲ゐにかへらざるべき
和　□□　水の□□□□月な□□□□□□□□□□□□□□□□□□
生　右　源順　水のおもにてる月なみをかぞふればこよひぞ秋のもなかなりける
和　藤原輿風　契剣心ぞつらきたなばたの□□□□□□□□□□□□

生　左　藤原興風　ちぎりけむこゝろぞつらきたなばたのとしにひとたびあふは逢かは

和　清原元輔　□□□河と□終になかれ□□□□□□思ひとの□□□

生　右　清原元輔　契きなかたみに袖をしほりつゝすゑのまつ山浪こさじとは

和　坂上是則　みよしのゝ山のしら雪□□□□古郷さむく□□□□□

生　左　坂上是則　みよし野の山の□□□□□ふるさとさむくなりまさる也

和　藤原元真　夏草はしげりにけりな玉ぼこの□□□□□□□□ばかりに

生　右　藤原元真　さきにけりわがやまざとの卯のはなはかきねにきえぬゆきと見るまで

和　□□院女蔵人左近　石橋□□□□契□□□□□明るわびしき□□□□□

生　左　小大君　おほゐ川そまやま風のさむければたつしらなみを雪かとぞ見る

和　藤原仲文　晨明の月のひかりを□□□□□□□□□□□ふけにける哉

生　右　藤原仲文　思ひしるひとにみせばや夜もすがらわが□□なつにをきゐたるつゆ

和　大中臣能宣朝臣　千年まで限れる松も今日よりは君に引かれて万代や経ん

生　左　大中臣能宣朝臣　みかきもり衛士のたく火のよるはもえひるはきえつゝ物をこそ思へ

和　壬生忠見　恋すてふ□□□はまだ□□□けりひとしれずこそ思そめし□

生　右　壬生忠見　いづかたになきてゆくらむほとゝぎすよどのわたりのまだ夜ぶかきに

和　平兼盛

生左　平兼盛

和　中務

生右　中務

□□□□□□□□□□をくもの□□□□□□□□□□

しのぶれど□□□□□□□□□はものやおもふとひとの問まで

秋風のふ□□　つけても□□□かな萩の葉□□□音はして□□

秋かせ□ふく□つけて□とはぬ哉おぎの葉ならばをとはしてまし

第二章　鎌倉時代和歌と日記文学

第一節　本文・本歌（取）・本説――用語の履歴

一　はじめに

新古今時代和歌における最も顕著な詠歌技法であった広義の「本歌取り」については、俊成・定家を中心とするその自覚的方法と具体の追究がさまざまに進められてきた。(注1)与えられた題は「本歌取・本説・本文」で、それら先行論の驥尾に付すことが求められているのかもしれないが、本稿ではあえて、最も基本に立ち返り、題を少しく変えて、用語という観点から、それぞれの履歴をたどってみることを課題としたい。

二　「本文」の諸相

中国における「本文」の意味は、「文書中の主たる文。注解の文などに対してそのもとの文。又増減変化等のないもとの文。正文」（大漢和辞典）であり、「陸、悉ク父ノ業ヲ伝へ、弱冠ニシテ能ク左氏伝及ビ五経ノ本文ヲ誦ン」（後漢書・賈陸伝）のごとく使われている。我が国における「本文」（ほんもん）は、その意味を捨て去ったわけではないが、それ以上に、学問の規範としてきた「漢籍中にあって典拠となる確かな文句。出典」を意味する用語として出発し、その範囲を日本の古典にも拡げていった。

『菅家文草』巻五に見える道真の「本文」が、最も早い用例であろう。寛平七年（八九五）春の大納言源能有五十賀のために息男当時が準備した屛風は、紀長谷雄が抄出した「本文」に拠って、五人の「霊寿」（仙人）の姿を巨勢金岡が描き、それを賦した四韻の詩五編（三八六〜三九〇）は道真の製作、書は藤原敏行に誂えて成ったものであった。ことの次第を述べた前文中に「本文ハ紀侍郎ガ抄出スル所」「題脚ニ且ツ本文ヲ注セリ」とあるとおり、道真の詩には題下にその「本文」が脚注されていて、言うところの「本文」とは、『列仙伝』『幽明録』『異苑』『述異紀』（脚注を欠く第一詩は『神仙伝』か）中の一故事であったという関係が明白である。寛平三年（八九一）ころの成立かとされる『寛平御時菊合』（道真も歌作者として関わっている）にも、右方前文の最後に「占手のうた、本文にあることどもとや」（「占手」は相撲用語で一番の取組をいう）とあって「山深く入りにし身をぞいたづらに菊のにほひに憩へきにけり」の一番右歌以下が列記される。この歌に合致する漢籍の典拠を探りえていないが、同じ右方七番に素性の「ぬれてほす山路の菊の露のまにいつかちとせを我はへにけむ」（古今集二七三。詞「仙宮に菊を分けて人の至れる形をよめる」）の歌があり、この絵柄と歌に相当する何らかの典拠（たとえば南陽酈県甘谷の故事の類）を指しているものと思われる。

道真から一世紀あまり後、公任の『新撰髄脳』（長保三年〈一〇〇一〉ころ）に、「古歌を本文にして詠めることあり。それはいふべからず」とある。古歌に規範性を持たせて尊重し、漢籍の典拠に準じて詠歌の拠り所とする方法が当時すでにあったことが判り、これは院政期以降の「本歌（取）」につながってゆく。

「本文」が詩文を指すこともあった。長久元年（一〇四〇）五月庚申「斎宮良子内親王貝合」の前文に、「右櫛の箱とおぼしき一領（よろひ）に絵かきて、懸籠（かけご）の上に金の海して、蓬萊の山をつくりて、童男丱女の船を浮けたり。そばのかたに長浜をつくりて、懸籠のかたには本文・歌を彫りて、のがひを入れたり」とある。州浜に『白氏文集』「海漫々」（巻三・〇一二八）の「海ハ漫々タリ、風ハ浩々タリ、眼穿タルルモ蓬萊島ヲ見ズ、蓬萊ヲ見ズンバ敢ヘテ帰ラズ、童男丱女（かんじょ）舟中ニ老ユ」を踏まえた「海」と「蓬萊山」と「舟」と、また「長浜」の景を象り、懸籠にはての詩句と長浜の歌が彫ってあったという。同じく詩文の句を指して「本文」という例は、文治二年（一一八六）「大宰権帥経房歌合」（月三番。衆議判季経書付）に「右歌、またこれも本文にて侍るとかや沙汰しあはれて侍り。文集に、月明星稀、烏鵲南飛、繞樹三匝、何枝可依、といふことなり」（「文集」は誤認。曹操「短歌行」）、承安元年（一一七一）「全玄法印歌合」に「若朗詠集に侍る、織錦機中、已弁相思之字、といふ文の心にや。凡は本文を詠歌事は古人誡之むれば、昔歌にはいともみえず、就中に歌合にはよしなき事なり」、また「千五百番歌合」（一三三八番、顕昭判）に、「右は遊仙窟云、可憎病鵲半夜驚人、薄媚狂鶏三更唱暁、この文の心か」（新撰朗詠集七三二）、文永二年（一二六五）「亀山殿五首歌合」（二一番、真観判）に「右歌、子細ありげなり。本文か何事哉之由有勅問。明王好伶不能禁、紅紫蘭将錦繡林、この詩の心の由関白被申。先々も被仰事になん侍れど、本文・古集などを歌に詠むことは、不明不暗朧々月などを千里が詠じたることは作例なきにあらざれど、これは非歌之本意か」などと見える。これらは基本的に、詩文の背後にある漢籍の故事を含意しての「本文」なのであろう。

『俊頼髄脳』（天永二年〈一一一一〉～永久二年〈一一一四〉の間）の用例も、本来の「漢籍中の典拠」の系列にある。「これは、文書に献芹と申す本文なりとぞ疑へども、おぼつかなし」（「芹摘みし昔の人も」歌）、「本文なり。漢武帝の時に、張騫といへる人を召して云々」（「天の河うき木にのれる」歌）とあり、前者は『呂氏春秋』「野人美芹、願献之至尊」など、後者は『漢書』や『蒙求』の張騫説話が増幅混成された『蒙求和歌』（博望尋河）『今昔物語集』巻十ほかにみえる故事。「本文」の基本の意味はこの種のもので、『百詠和歌』第一「分暉度鵲鏡」（長承三年〈一一三四〉「中宮亮顕輔家歌合」月七番）、同第四「仙人葉作船」（安元二年〈一一七七〉以前「三井寺新羅社歌合」清輔判）、『左伝』宣公三年「鄭文公妾燕姫」の故事（長寛二年〈一一六四〉「俊恵歌林苑歌合」俊成判）などが「本文」とされている。「瑶池玉砌などは詩にもつねのことなり。汀はやまと詞にて水のきわといふことなれば、本文に及ぶべからず」（嘉応二年

（一一七〇）「建春門院北面歌合」俊成判）以下新古今時代の歌合にも多くの用例があり、散文の『平家物語』にも、『史記』（淮陰侯列伝）に拠る「天のあたふるを取らざれば反って其の咎を受く、時至って行なはざれば反って其の殃を受く、といふ本文あり」と見える。

十二世紀になると『古事記』『日本書紀』の神話を指して「本文」と称する用法が見えはじめる。元永元年（一一一八）「内大臣家歌合」（恋二番）の「ゆつのつまぐし」について判者俊頼は、素戔嗚尊が稲田姫に逢った最初に、御みづらに刺された櫛であるのに、此歌は「本文にたがひたるやうに見ゆる」という。また仁安二年（一一六七）「太皇太后宮亮平経盛朝臣家歌合」（清輔判）の「くさかや姫」（八番右）も、日本紀には「草祖草野姫（くさのおやかやのひめ）」であるのに「くさかや姫」と縮約したことを問題とし、「かかることは本文をたがへでこそ詠むべけれ」という。『古事記』『日本書紀』も漢籍に準じる典拠とされ、その本文は正確に詠むべしとされたのである。新古今時代、顕昭が『伊勢物語』『大和物語』の説話を指して「本文」と言った例も見える（「千五百番歌合」一三三八番）。

さらに後代の散文作品には、かならずしも漢土に由来しない俗諺や格言の類をも「本文」と称する例が散見する。「乱世には武をもってしづむべし、といふ本文あり」（保元物語）、「高きに臨みのぼらざれ、賤しきを誇り笑はざれ、といふ本文を捨て」（曽我物語）、「是は、大象兎渓に遊ばず、といふ本文のごとし」（九位）などの類である。

「本文」はまた、「証歌」と同じく「和歌表現の根拠となる文」の意味で使われる場合があった。「このまより月の出づといふことはいかに。本文おぼつかなし」（保安二年〈一一二一〉「関白内大臣家歌合」一番、基俊判）、「人の草ぶしといふ本文ありや」（「同」二番）、「手にもたまらぬ秋の雪とよめる、若し本文あるか、はたまた証歌あるか」（長承三年〈一一三四〉「中宮亮顕輔家歌合」月六番、基俊判）、「更科の山路にさける白菊はとよめる、未だ本文・証歌を聞かず」（「同」月八番）、「松浦河七瀬の淀とよめるは、させる本文侍るか」（「同」恋七番）など、主として基俊に多用されているが、顕昭も「大和歌のならひは、させる日本紀などに見えぬことも、古歌ひとつついできぬれば、それを本文にてやがて詠みつたふること多かり」(「千五百番歌合」一二九三番)と、証歌と同じ意味で使っている。

三　「本歌」の諸相

「本歌」は、『袋草子』所引承暦二年(一〇七八)「内裏歌合」の師賢の言に「霞を薄に喩ふべきならず。本歌あらむ」と見え、嘉保元年(一〇九五)「前関白師実歌合」の判詞に「上の句も下の句も、本の歌どもはべらむかし」(判者経信)とある。ともに「証歌」の意味で、「もとのうた」と訓まれたことが判る。また、『経信集』『重家集』に「本歌」とあるのは、「返歌」に対する「贈歌」の意味で、これもおそらく「もとのうた」と訓まれたのであろう。いわゆる「本歌」は、長承三年(一一三四)「中宮亮顕輔家歌合」(基俊判)に「心にも見れば入りぬる月影を山のはのみと思ひけるかな」について、「此の歌は、後冷泉院御時の歌合に、大弐三位所詠の秀歌也。于今多在人口。文字頗雖相違、大意無違。本歌云、山のはも名のみなりけり月影はながむる人の心にぞいる。誠与故心相通事者、甚興あることに侍れど、歌合之所頗可避事歟」が初見である。表現の類似する七八十年前の人口に膾炙した歌を「本歌」と称したものであった(あるいはこれも「もとのうた」と訓んだのかもしれない)。

公任の「古歌を本文にして詠める」歌の系列にある「本歌」は、承安三年(一一七三)「三井寺新羅社歌合」の俊成判詞が最初である。「声ばかり昔といひし言の葉に露もたがはぬ旅の空かな」(三番左)について、「左の歌がら、声ばかりこそ昔なりけれといへる歌を本歌とせるなるべし」といい、「里はあれて人はふりにし哀れをも知り顔に鳴く郭公かな」(五番左)について、「左歌、かの庭も籬もといへる歌を本歌とせる心はをかしくは見ゆ。但し、古今の本歌の五七の句をそのままに置かむことや、歌合の時はなほ思惟あるべく侍らむ」という。俊成の用語は「(古歌を)本歌とす」であり、もちろん踏まえて詠む古歌が「本歌」である。治承二年(一一七八)「別雷社歌合」、「六百番歌合」、「千五百番歌合」などの用例を見ても、後者の意味の「本歌」がほとんどであるが、「左の歌、かの小町が、足も休めず通へどもといへる歌の心を取りて、……右の歌、夜半にや君がといへる歌を本（歌）として」（六百番歌合・恋四・二九番）、「ともに古今の歌を本歌とせる、をかしく見え侍り」（千五百番歌合・一五三番、俊成判）などとあって、俊成の場合いずれも「（古歌を）本歌とす」が定型である。

それを承けて定家の場合も、「三代集にいらぬ歌は本歌ともせずなど、たて申す人も侍れど」（千五百番歌合・七九二番）、「右、古き歌を本歌としてよむ時」（同・八一四番）のごとく、「（古歌を）本歌とす」の定型を踏襲しており、『近代秀歌』では、定家の詠歌原理の一環をなす主要な方法として「旧きをこひねがふにとりて、昔の歌の詞をあらためず詠みすへたるを、すなはち本歌とすと申すなり」と明確に規定される。『詠歌大概』になると、「古歌を取りて新歌を詠ずること、五句の中三句に及ぶは頗る過分珍しげなし。（中略）かくの如きの時、古歌を取るの難なきか」と、「古歌を取る」の形で現れ、「本歌」の語は見えない。同時代の鴨長明『無名抄』にも、「古歌を取ること、又やうあり。古き歌の中に、おかしき詞のたちいりて飾りとなりぬべきを取りて、わりなく続くべきなり」とあり、順徳院の『八雲御抄』にも、「第四に古歌をとる事。（中略）凡そ古歌の詞いたく取るをば先達難ずることなり」「凡そ古き歌を取ること、歌にまめなる人の所為、誠に一のことなれど」（「万葉集の歌などをば、本歌取るやうとしもなくて、少し変へて詠めるも多し」は「本歌として取る」意）と、何れも「古歌を取る」の形を基本としていると見える。

定家の庭訓を受けた為家の場合、『詠歌一体』に、「一、古歌を取ること。五句の物を三句取らんことあるべからずと申すめり。（中略）古歌取りたる歌。（中略）常に古歌を取らんとたしなむは悪しきなり」と、やはり同じ形で見える（源承和歌口伝も「三、古歌を取り過ぐせる歌」「八、万葉集歌とる歌」である）。「本歌」については「難題をばいかやうにも詠み続けむために、本歌にすがりて詠むこともあり。風情のめぐりかたからむことは証歌をもとめて案ずべし」、「宗尊親王三百首付載為家書状」には、「本歌取りなされて候ふ、面白くも巧みにも候ふ」とあり、「本歌にすがりて詠む」「本歌を取りなす」の形である。以上の流れを要するに、為家までは「古歌を取りて本歌とす」というのが基本の形であったと思われる。

その形を変形縮約した「本歌を（に）取る」の形は、『六百番歌合』（恋二・二〇番）右方申し条中に一例、「右申云、左歌、取本歌之外無差事」と初めて見え、『毎月抄』には「また、本歌取り侍るやうは、さきにも記し申し候ひし花の歌をやがて花によみ、月の歌をやがて月にて詠むことは、達者のわざなるべし」とあり、真観『簸河上』（「この頃の歌は、本歌を取ると思ひては、本歌を取りたる後歌を取る」）、阿仏『夜の鶴』（「また本歌取るやうこそ、上手と下手のけぢめ殊に見え候へ」）、『野守鏡』（「為家卿は、かの集（万葉）の歌を本歌にとることをだにも戒め侍りき」）、『竹園抄』（「本歌取様の事。本歌をとるに四のやうあり」）、『井蛙抄』（「巻第二、取本歌事」）以下、この形が優勢となり一般化してゆく。言うまでもなくこの「本歌を（に）取る」の名詞形が「本歌取り」で、いまその始源を確かめえていないけれども、おそらくは近代以降に始まる用語ではあるまいか。

四　「本説」の諸相

「本説」については、「根拠となる確かな説」という一般的な意味での用法は、平安末期の『山槐記』（治承三年〈一一七九〉六月二十二日）や『吾妻鏡』（嘉禄元年〈一二二五〉六月二十一日）などの日記類、『沙石集』『曽我物語』などの散文作品中に見えはじめる（日本国語大辞典第二版）。文芸用語としての初見は文暦三年（一二三四）～仁治三年（一二四二）の『八雲御抄』であるが、これについては後述する。歌合判詞としては、建長八年（一二五六）「百首歌合」の用例が最も早い。すなわち、①「右の歌、鏡をかけし舟と侍る、これは日本紀に侍る事とかや。本説たしかにて是非に及ばず侍るうへに」（二一一番、知家判）、②「右歌、（中略）冬の来る方とて落葉北につもるらんこと、若無本説者、猶いかがとぞおぼえ侍る。玄冬已迎節者青嵐定報北歟」（三九一番、行家判）、③「また旅のみしめひくことも、無本説はおぼつかなくぞ侍る」（三九七番、行家判）、④「あまり事こえたるかたもやとみゆるは、又さる本説もや侍らん」（四九三番、行家判）、⑤「右、月の桂の冬枯、無本説は猶いかなるべきにか」（五六六番、真観判）の諸例があり、あるいは「本文」を言い換えた六条藤家の新しい家説であったかもしれない。『中務内侍日記』（弘安十一年〈一二八八〉三月十五日）「日の中に三足の鳥あり、月の中には六足の兎ありと聞きしも、本説あることなりけりと信起りて覚えて」（下略）、また『徒然草』（二〇二段）「十月を神無月と言ひて神事に憚るべきよしは、記したるものなし。本文も見えず。（中略）この月、万の神達大神宮に集まり給ふなどいふ説あれども、その本説なし」の場合もあわせて、これらは何れも先に見た「本文」の本義また派生的意味と重なり合う。

「本説」の批評用語としての意味を確定したのは、二条良基・救済の『連理秘抄』（貞和五年〈一三四九〉）であった。すなわち「寄合」について説く文脈の中で、まず「本歌」について「一首三句に渡るべからず。（中略）又新古今以来の作者、本歌に堪えず。堀河院百首の作者まで取るなり。証歌には近代の歌も子細なし。古き作者は近代の勅撰の歌をも取るべし」と述べた後に並べて、

本説、大略本歌におなじ。三句に及ぶべからず。詩の心・物語・又俗に言ひつけたることも、寄合にはなるなり。

と規定し、歌作・句作のときに拠り所とした、「本歌」以外の「詩文・物語・故事俗諺」がすなわち「本説」だとする。『愚問賢注』（貞治二年〈一三六三〉）になると、

一、本説を取ること。詩の心をも詠めり。又漢家の本文勿論か。源氏・狭衣の詞、又子細なきをや。六百番判詞に俊成卿の「源氏見ざらん歌よみは口惜しき事」と申されき。しからば源氏の詞など、幽玄ならんをも本歌（典拠と同義であろう）には取るべきをや。（下略）

とあり、「俗にいひつけたること」が「漢家の本文」（詩文以外の漢籍中の典拠、多くは漢故事）に変化して、良基の規定はより適切となる。良基は、俊成・定家以来実態として広く行われてきた、「本歌（取）」以外の類同する方法を一

括して「本説」と規定したのであった。良基の質問に対し頓阿は、

> 本説、本文、詩の心、物語の心、さのみ不可詠之由申して侍れども、つねに見え侍るにや。蓬生の「本の心」、狭衣の「草の原」、目なれて侍るか。「源氏は歌よりは詞を取る」など申して侍るか。須磨に「暁かけて月いづるころなれば」といへるを取りて、「春の色は霞ばかりの山のはに暁かけて月いづるころ」、宇治に「御むよにめすほど、ひきかへす心ちしてあさまし」といへるを、「面かげのひかふるかたにかへりみる宮この山は月ほそくして」と侍る、艶に面白く侍るにや。共に京極入道中納言の歌なり。

と答えている。良基ほどに分類意識は明確でないが、源氏の詞を取った定家の「本説」を十分に説明しえている。嘉吉三年（一四四五）「前摂政家歌合」（衆議判兼良書付）も、『源氏物語』（紅葉賀）の青海波の場面（一二二八番）（一二三五番）と『古今集』仮名序の「薪負へる山人」のくだり（一二三五番）を、「本説」として説き、『正徹物語』（宝徳一年〈一四五〇〉頃）も、定家の「物語」（松浦宮）取りを「かやうに定家の歌は、本説をふまへて詠み侍るなり」と言い、『源氏物語』須磨の「思ふかたより風や吹くらん」の歌を取りなした作例の説明を続けている。

先に留保した『八雲御抄』（巻第六「第五に心えさせぬこと」）には、

> 万葉・古今よりこのかた、深き心の歌の心えがたきは多かれど、それはなぞなぞなど体に詠めるもあり、わざと又心を深く詠めるもあり。本説などあることは心深きやうなれどその体にはあらず。ただ物を言ひさしかけり、巧みすぎて心えぬなり。さなめりとは見ゆれど、言ひおほせぬこと多し。

とあり、この部分は建武五年（一三三八）以前『詠歌一体』乙本に引用されて、「一、本説などあること、心深きやうなれど、好み詠むべからず」と規制されるのであるが、この「本説」はいかなる意味であろうか。知家・行家よりも早い用例であることからすれば、これも「本文」と同じ意味であった可能性が大きく、ただ順徳院が、

> 凡そ歌の子細を深く知らんには万葉集に過ぎたる物あるべからず。歌のやうを広く心えんには古今第一なり。

詞につきて不審をひらくかたは源氏物語に過ぎたるはなし。

とも述べていることを考慮すれば、物語取りまでを含めた意味で、正徹の認識に近いものだったかもしれない。

五　おわりに

良基の明快な定義のうち、詩文や漢故事を指して「本説」とした用例は見つけにくい。しかし、俊成が「白氏文集・古万葉集などは、いささか取り過ぐせるに咎なきにやあらむ」（永万二年〈一一六六〉「中宮亮重家朝臣家歌合」）、「源氏見ざる歌詠みは遺恨のことなり」（六百番歌合・冬三〇番）と断言して以来、『白氏文集』『和漢朗詠集』ほかの詩文類、また源氏・狭衣・伊勢などの物語の心ことばを摂取した多くの歌が詠まれた、その実態を加え、良基の認識に従って「本説」を把握し、「本歌」とともに用いてゆきたいと思う。

【注】

（1）藤平春男「本歌取りについて」（『香椎潟』昭和五十六年五月）。→『新古今とその前後』（笠間書院、昭和五十八年一月）。赤瀬信吾「本歌取り・本説・本文」（『国文学』昭和六十年九月）。松村雄二「本歌取り考―成立に関するノート―」（笠間書院『論集和歌とレトリック』〈和歌文学の世界第十集〉、昭和六十一年九月）。久保田淳「本歌取りの意味と機能」（『日本の美学』第十二号、昭和六十三年五月）。川平ひとし「本歌取と本説取―〈もと〉の構造―」（和歌文学論集8『新古今集とその時代』風間書房、一九九一年五月）。→『中世和歌論』（笠間書院、二〇〇三年三月）。錦仁「古歌を本歌とする詠法―〈本歌取り〉再考・序論―」（『日本文学の潮流』、一九九四年一月）。渡部泰明「藤原清輔の『本歌取り』意識―『奥義抄』「盗古歌証歌」をめぐって―」（『国語と国文学』平成七年五月）など。

第二節　結題「披書知昔」をめぐって

一　はじめに

題詠の盛行はさまざまな歌題をもたらし、時代が降るにつれて題構成における複雑化の度合は大きくなり、数もまた増大していった。そうした歌題の一つに結題「披書知昔」がある。この歌題の初出は、管見の限りでは、文永二年『禅林寺殿七百首』の催しであって、おそらくこれが、歌壇に登場した最初でもあったろう。『明題部類抄』によれば、九年後の文永十一年『善峯寺殿三百三十首』の歌題の一つにもなっている。しかし、それ以後しばらくは歌書類に当題を見出すことはできず、忘れ去られたかのごとくであるが、正徹に至って再び、「披書知昔」題詠二首、「披書逢昔」題詠一首の三例を拾い出すことができる。うち一首（私家集大成五三一三）は詠作年次を詳かにしないが、一首（七〇五九）は宝徳三年八月四日「右京大大家月次」会での詠、もう一首（一〇〇九六）は長禄元年一二月十日「高松神前歌合」での詠であるから、それぞれの会で何人かが同題によって詠歌したにちがいない。

正徹の時代以後、この題は急速に普及したらしく、たとえば『類題和歌集』『新類題和歌集』などによってみると、(注1)「披書逢昔」「披書知昔」「静読古人書」の題下にかなり多くの歌が列挙されているし、詠者には、後柏原院・雅親・実隆・済継・後花園院・尭胤・永宣・俊量・政為・元長・為孝・公条・後土御門院・為和らが見え、出典としても、『三玉集』や『亜槐集』などのほかに、『御著到』が挙げられていたりするから、世上にかなり流布し、ポピュラーな歌題になっていたと考えて誤りない。遅くとも室町中期には、「書ヲ披キテ昔ヲ知ル」あるいは「イニシヘニ逢フ」という内容が、題詠世界の一類型として固定していたのである。これ以後、近世初期の『類題寄書』（後水尾院撰。『類題目録』とも）にも、「披書逢昔」「披書知昔」の二つが収載されているし、また江戸時代を通じて編纂された多数の類題集のどの一つを取りあげて見ても、難なくそこに「披書知昔」「披書逢昔」「披書知古」「披書思昔」「披書友古人」「静読古人書」「披書視古」などの題とそれを詠んだ作品を見出すことができる。

かくのごとく、管見の及ぶところ、十三世紀半ば過ぎにはじめて題詠の世界に登場した結題「披書知昔」が、十五世紀半ば、正徹およびその周辺で再び取りあげられて以降、江戸期を通じてごく普通の雑歌題の一つになるという、大まかではあるが本歌題の消長の経緯を跡づけることができるのである。しかし、ある歌題が一つの題としての小世界を獲得し定着するに至るその背後には、なにがしかのいわば埋もれた前史や背景があったはずであり、当歌題に即していえば、「書」「ふみ」に対する見方、考え方、またその推移や変化が、自らにしてこの題を生む素因となり、またその中味を規制していったにちがいないと考える。そうした見通しのもとに、以下、「披書知昔」がいかなる基盤、底流の上に出現し、定着するに至ったか、その経緯を跡づけ、そしてこの問題が内包している意味について、若干の考察を加えてみたいと思う。

二　清少納言の「ふみ」

「ふみ」についてはじめて意識的な目を向け、まとまった記述を残したのは、清少納言であった。能因本『枕草子』（二一二段）に、次の記事がある。

めづらしといふべきことにはあらねど、文こそなほめでたきものには。①はるかなる世界にある人の、いみじくおぼつかなく、いかならむと思ふに、文を見れば、ただいまさし向かひたるやうにおぼゆる、いみじきことなりかし。②わが思ふことを書きやりつれば、あしこまでも行き着かざるらめど、心ゆくここちこそすれ。文といふことなからましかば、いかにいぶせく、暮れふたがるここちせまし。③よろづのこと思ひ思ひて、その人のもとへこまごまと書きておきつれば、おぼつかなさをもなぐさむここちするに、まして返事見つれば、命を延ぶべかンめる、げにことわりにや。

清少納言はここで消息を話題にしているのであるが、その「めでたき」理由として三つの効用を説いている。つまり、①場所を隔てていても、それを読むことによって面談しているように思えること、②自分の思うことを書いてしまうと、まだ先方に到着していなくても、気がかりであった心も晴れること、③その上に返事を見れば、まして命も延びるかと思われること、の三条であるが、この記述を通して窺える清少納言の「ふみ」観の特徴は、たとえば②文に述べられることとや、③文の前半にそれをくり返しているところに顕現している。すなわち、余人の気づかぬようなこと、また気づいていても特に注意を向けたり問題にしたりする気を起さぬようなことで、しかもその実、人の心の機微にふれたり、一面の真理をついて思わず読者をして同感せしめるような観察眼の鋭さ、特異さにあるといってよく、そのような意味で『枕草子』全体を彩る彼女の繊細な感覚や感性による事象の把握と軌を一にしていることも疑いない。

しかし、そうした物の見方、感じ方の特異さとは別に、この場合の清少納言の「ふみ」観の構造は、いわば平面的でありかつ乾いている。平面的とは、①文で「文をみること」と「さし向うこと」とを対比し、また「文ことなめき人こそいとほしけれ」(能因本二七、三巻本二六二)の段でも同じ方法をとっていることから、「ふみ」を相手との空間的隔りを埋める媒体としているのみで、時間的なものに関心を示さないという意味においてであり、乾いているとは、そのようにして人間関係における「ふみ」の機能を主として考察する姿勢をとるものだから、いきおい、潤いのある個人的情感的な感懐の流露が少いという意味においてである。

しかしながら、清少納言の「ふみ」観の構造を右のように断定するにはいささか不都合な反証となる例もないではない。それは、

すぎにしかた恋しきもの。枯れたる葵。ひひなあそびの調度。二藍・葡萄染などのさいでの、おしへされて草子の中などにありける見つけたる。また、をりからあはれなりし人の文、雨などふりつれづれなる日、さがし出でたる。こぞのかはほり。（三巻本三十段）

であって、ここには「ふみ」を媒介にして過去に思いを馳せるという思考の型が見出せる。が、「こひし」とは、時間的空間的に隔ったものごとに惹かれる気特を表わす語であるから、それはやはり現在に中心があり、今の時点に立脚して過去を思うという、一方方向的な心情の照射だといってよい。そう見てくると、清少納言の「ふみ」観の構造は、やはり現在中心型であり、相手との空間的偏りを埋める媒体として、平面的に見るところに、その基本的特徴があると理解して誤りないであろう。「ふみ」本来の機能が人間関係のなかだちにあったのだから、これはもちろん当然のことではあった。

三　平安朝和歌における「ふみ」

平安朝和歌における「ふみ」の扱い方も、清少納言の場合とおおむね同じである。
第一に、たとえば『古今和歌六帖』の「ふみ」題の歌、

世の中にたえていつはりなかりせばたのみぬべくもみゆる玉づさ（八四七）
たまづさももてこぬものを秋風のふきくるごとに人ぞこひしき（八四八）

のように、いわゆる恋文をうたう場合が多く、その必然として、空間の隔てはあるが時間的にはほぼ同じ時点にた

って、人間関係を媒介するものとして扱われる。時代は下り、また恋の消息でもないが、

藤原貞顕朝臣出家の後、高野にこもり侍りける時、大原の坊にまかれりけるに、

哀なること障子にかきて侍りけるを見て、そのかたはしに書きつけ侍りける

法橋顕昭

思ひける心のみゆる玉づさはぬしに語らふここちこそすれ（玉葉集二二六二）

も、明らかに能因本『枕草子』における扱いと同断である。

第二に、また『枕草子』（三十段）の場合と同じように、過去を偲ばせるものとして扱われることも少くない。たとえば、

斎宮女御の許にて、先帝のかかせ給へりけるさうしを見侍りて

馬内侍

尋ねても跡はかくてもみづぐきの行方もしらぬ昔なりけり（新古今集八〇六）

かへし

女御徽子女王

古のなきにながるるみづぐきはあとこそ袖のうらによりけれ（新古今集八〇七）

故貫之がよみあつめたる歌を　巻かりてかへすとて

ひとまきにちぢのこがねをこめたれば人こそなけれこゑはのこれり（恵慶集一四九）

内蔵助時文が返し

いにしへのちぢのこがねはかぎりあるをあふはかりなききみがたまづさ（恵慶集一五〇）

周防守元輔

かへしけむむかしの人のたまづさにききてぞそそぐおいのなみだを（恵慶集一五一）

能宣朝臣

水ぐきのあとにのこれるたまづさにいとどもさむきあきのそらかな（恵慶集一五二）

ここに詠まれる「みづぐき」や「たまづさ」は、もちろん消息ではなく、書き記されたもの、遺文などを指しているが、いずれも「ふみ」を見て、今の時点から過ぎ去った過去や人物を懐古し、壊旧の涙を流すという構造でとらえられる。このような構造ないし発想は漢詩の世界にも見られるところで、たとえば白楽天の「題故元少尹集後」詩、(注2)

黄壌誰知我　白頭徒憶君　唯将老年涙　一灑故人文
遺文三十軸　軸々金玉声　龍門原上土　埋骨不埋名

においても同様である。故人の遺文を見て懐古の涙を流すという扱いは、従って、あるいは漢詩のそれを承けているといえなくはないが、しかし両者の間にこのような類同性が生じたのは、影響というよりも、そのことが彼我に共通する人情の必然であったからだと考えるべきであろうか。ともあれ、「ふみ」が現在にいて過去をしのぶよすがとなるものだとする認識は、明らかに平安朝期に一般的だったのである。

第三に、これは『枕草子』からは窺えないが、今の時点から将来を望見する機縁として歌に詠まれる場合もある。

かひなしと思ひなけちそみづぐきのあとぞちとせのかたみともなる（古今六帖八五四）
わすられんときしのべとぞはま千鳥ゆくゑもしらぬあとをとどむる（古今六帖八五六）

過去をしのぶ第二の型で、自分を過去に位置させて発想する時、必然的にこのバターンは成立する。

平安朝和歌における「ふみ」の扱いはおおむねかくのごとくであるが、第二第三の場合、現在時から向うべき意識の方向は正反対であっても、その方向性は常に一方方向的であって、行きて帰るような現在と過去、現在と将来間の交流ないしは同一化を図るものとしての認識はまだ生じていない。

四　無名草子の「ふみ」

『無名草子』は十二世紀最末期に成立した作品であるが、(注3) この作品に開陳される「ふみ」に関する所説を、右のような流れのあとに位置させて見ると、はなはだ興味深い。当作品の筆者は（誰であるか定説をみないが）、前記『枕草子』の所説をふまえ、かつそれを包摂しながら、平安朝期には見られなかった新しい関心と認識を示しているからである。

また、この世にいかでかかることありけむとめでたくおぼゆることは、文こそはべれな。枕草子にかへすがへす申してはべるめれば、ことあたらしく申すにおよばねど、なほいとめでたきものなり。一①はるかなる世界にかき離れて、幾年あひ見ぬ人なれど、文といふものだに見つれば、ただ今さし向かひたるここちして、②なかなかうち向かひては、思ふほどもつづけやらぬ心の色もあらはし、いはまほしきことをもこまごまと書きつくしたるを見るここちは、めづらしく、うれしく、あひ向かひたるにおとりてやはある。二つれづれなるをり、昔の人の文見出でたるは、ただそのをりのここちして、いみじくうれしくこそおぼゆれ。三ましてなき人などの書きたるものなど見るは、いみじくあはれに、年月の多くつもりたるも、ただ今筆うちぬらして書きたるやうなるこそ、かへすがへすめでたけれ。四何事もただざし向かひたるほどの情ばかりにてこそはべるに、これはただ昔ながらつゆ変はることなきも、いとめでたきことなり。五いみじかりける延喜天暦の御時の古事も、唐天竺の知らぬ世のことも、この文字といふものなからましかば、今の世のわれらがかたはしもいかでか書きつたへましなど思ふにも、なほかばかりめでたきことはよもはべらじ。

作者が述べる「ふみ」のめでたきゆえんは、次のようにまとめることができる。一①、相手に面と向っているような気がすること。②面と向ってはいえないような心の機微をも書くことができるし、言いたいことをこまごまと書いた「ふみ」を見るのもうれしいこと。二、昔の人の「ふみ」を発見した時は、ただその時のような気がすること。三、亡き人の書いた「ふみ」はなおさらで、たった今筆をぬらして書いたように思えること。四、万事がその場で消滅してゆく世の中に、「ふみ」だけは昔のまま不変であること。五、文字がなければ何事も書き伝えられないと思うと、なお「ふみ」がすばらしく思えること。

はじめ『枕草子』を承けて消息について起筆した話が、先へ進むにつれて文字で書き記したもの一般へと内容を拡大させてゆくという構成的意図が明瞭に見てとれるのであるが、同時にその推論もまことに論理的であることに気づく。すなわち、一の①は『枕草子』の①と全く同じことを述べ、②ではそれを敷衍していささか発展させており、結局一は『枕草子』を承けた記述になっている。そうした前提、古来の認識の上に、二、では「ふみ」が昔と今の間に横たわる時間の隔たりをゼロにし、過去のある時点に人を移動させるに等しい効力をもつものであることを述べ、三、は逆に昔の一時点が現在にそのまま再現したかのごとき錯覚を起こさせる媒体にもなることをいう。そして、四、では二、と三、で述べたことを綜合して、普遍化一般化した命題として、「ふみ」が時間に左右されたり拘束されたりしない不変性をもっていることに言い及ぶ。そして五、はさらに発展して「ふみ」のそういう性質を成りたたせる「文字」のすぼらしい効能をいうことによって、「ふみ」がいっそうすばらしく思えることに言及するのである。

『無名草子』作者はまた、紫式部を話題にしたところで次のようにもいっている。

男も女も、管絃の方などは、そのをりにとりてすぐれたるためし多かれど、いづらは末の世にその音の残りてやははべる。歌をもよみ、詩をもつくりて、名をも書きおきたるこそ、百年千年を経ても、ただ今その主にさし向かひたるここちして、いみじくあはれなるものはあれ。さればただひとことばにても、末の世にとどまるばかりのふしを書きとどむべきとはおぼゆる。

一瞬のうちに消滅してしまう音の芸術と、文字に留めて後世に残すことの可能な和歌や詩などの文学とを比較し、書き残された遺文を目にする時、いままさに故人と面談しているような気持になりうることを述べている。「ふみ」ということばは使われていないけれども、これも先の一項などと同じ考え方に基く所説だと認められよう。

要するに『無名草子』における当該所説の特徴は、次の二点に要約することができるはずである。一つは、現在が過去の側において同時化し、逆に過去が現在の側において同時化するというように、時間空間を隔てていながら、いずれへなりと一瞬のうちに合体させうるような効力を「ふみ」は持っていること（二三四項）であり、二つには、そのような「ふみ」の性質を成りたたせる「文字」への注目が見られることとである。だとすれは、これは『枕草子』型の平面的認識ではもちろんないし、また遺文によって懐旧の涙を流すといったように、現在の時を動くことなく一方的に過去をしのぶというあり方とも異なり、それを一歩超えたところに到達しているといわねばならない。鎌倉時代の極初期、いわゆる中古から中世へのまさに過渡期の作品であった『無名草子』の中に、かかる認識の変化が認められることははなはだ興味深い。

五　中世和歌における「ふみ」

その後の中世和歌における「ふみ」の扱いは、たとえば、

文を越にてよませ給うける　　院御製
なさけみせて残せる文の玉の声主を止むるものにぞありける（玉葉集二三六一）

のごとく、『無名草子』の三と同じ種類の扱いも認められなくはないが、しかしこれはむしろ例外的で、おおかたは、

する墨の色しみえずは水くきの流れての世の跡をとめめや（玉葉集二二六一）

かずかずにしるせるふみのあとなくはその世をなににつたへてかみむ（伏見院御集一六四三「雑書」）

のごとく、平安朝期以来のありふれた扱いで詠まれたものばかりだといってよい。（注4）

そのような状況の中で、文永二年、後嵯峨院がはじめて「披書知昔」題で詠歌する。

むかしべやいかなる縄を結びをきて今にその世の事をしるらん

『禅林寺殿七百首』の出題は、為家（春・恋）、行家（夏・冬）、真観（秋・雑）の三人分担であったから、「披書知昔」は真観の出した題であった。彼はまた文永十一年『善峯寺三百三十首』の出題に際しても、同じく「披書知昔」を加えている（明題部類抄）から、余人はしらず少くとも真観にあっては、『無名草子』流の「ふみ」観がその基盤にあったものと思われる。『禅林寺殿七百首』の雑歌題はそれほど特異な題に満ち満ちてはいないけれど、この題の直前だけはやや異質で、「拝趨積年」「餞別欲夜」「眺望日暮」などかなりめずらしい結題がならんでいるし、『三百三十首』の方は全体にめずらしく複雑な題がさらに多い。もちろん初出の題はそんなに多いとは考えがたいけれども、このような傾向の中に、やはり真観独自の、新たなるものへの意欲を看取することはできる。おそらく真観の意図した「披書知昔」の題意は、『無名草子』の「ふみ」観にそったものだったと思われるのであるが、この題を詠むことになった後嵯峨院は、いにしへの聖代を理想とした院の好みを反映して「縄文」を詠んだわけで、これは『無名草子』の五に示された「ふみ」のすばらしい性質をなりたたせる「文字」そのものへの注目の姿勢を継承したものというべく、はなはだ観念的で平凡な歌ではあるが、たしかに中古的な「ふみ」観の埒の内にはなかった新たな視座と発想にもとづく歌であったと認められる。

六　正徹における「披書知昔」

真観や後嵯峨院の時代から二百年に近い空白があったあとに、正徹による当題採択と詠歌とが見出せる。その間に「披書知昔」題による詠歌がなかったと断言することはできないが、正徹が直接には文永年間真観出題の二つの歌会における題を襲用した可能性ははなはだ大きいであろう。三首は次のとおりである。

紙の香のふるきばかりぞつく墨は筆もまだひぬ水茎の跡（五三一三「披書知昔」）

よむ文のふるきことの葉末の世にあはぬを見ても涙おちける（七〇五九「披書知昔」）

水ぐきの跡とはしるき墨つきに筆もかわかぬ昔をぞみる（一〇〇九六「披書逢昔」）

「ふみ」に用いられる「ふるきことのは」によっていにしえを感知すると題意を把握して詠んだ「よむ文の」の一首は、古語への注目という点で、明らかに『無名草子』五項や後嵯峨院の一首における発想と視座を継承している。また「紙の香の」「水くきの」の二首で、「ふみ」の墨跡や墨つきがまさに現在ただ今のものに異ならないと把握し、「筆もまだひぬ」「筆もかわかぬ」と表現した扱い方は、これも『無名草子』の所説三項「ただ今筆うちぬらして書きたるやうなるこそ、かへすがへすめでたけれ」とぴたり符合している。以上二点が『無名草子』の所説中最も特徴的な点であり、また『無名草子』にはじめて示された関係認識であり、特に第二の点についていえば、それ以後も同様の所説や詠みぶりを見出しがたいことに思いをいたすなら、正徹における「披書知昔」「披書逢昔」の題意把握とその詠みぶりには、『無名草子』のそれがたしかに踏まえられていることを認めざるをえない。その踏まえ方が直接的であったか否かはにわかに断定しがたいけれども、右のような観点から見る限り、正徹は明らかに『無名草子』の影響下にあるとはいってよいし、さらに、『無名草子』の所説を最も忠実に祖述した稀なる一人であったといえなくもない。

しかし、そうはいっても、正徹が『無名草子』のみから影響を受けたと考えてよいということではない。文永二年『禅林寺殿七百首』における後嵯峨院の詠歌を別にしても、『無名草子』と正徹との中間に、いま一つ『徒然草』二十九段の所説が介在していることを否定しがたいからである。

①しづかに思へば、よろづに過ぎにしかたの恋しさのみぞせんかたなき。②人静まりて後、長き夜のすさびに、なにとなき具足とりしたため、残しおかじと思ふ反古など破りすつる中に、亡き人の手ならひ、絵かきすさびたる見出でたるこそ、ただその折のここちすれ。③このごろある人の文だに、久しくなりて、いかなる折いつの年なりけんと思ふは、あはれなるぞかし。④手なれし具足なども、心もなくて変らず久しき、いとかなし。

この段はいうまでもなく、①に主題の提示があり、②③④がその具体的事例になっている。従って、「ふみ」も「具足」もみな、「過ぎにしかたの恋しさ」を誘うものとして登場し、すべてが①に収斂する文章構造になっているし、全体の所説や表現の類似からも、『枕草子』(三〇段)からの影響は歴然であるといわねばならない。ただ一つ、「ただその折のここちこそすれ」なる表現が、『枕草子』にはなく、『無名草子』の二項と重なるものであることを指摘できるが、それとても、『枕草子』の行文の紙背に無表記の表現として存在していたものの顕在化であるといえなくはない。また『無名草子』の三四五項に相当する、最もそれらしい「ふみ」の関係認識は、『徒然草』にはないわけで、かくのごとく所説の内容を比較する限り、『徒然草』は『枕草子』に近く、『無名草子』のそれとはかなりの距離があることを認めねばならない。

しかし、『枕草子』と『徒然草』の所説の最も大きな違いは、実は説示のトーンの相違にあり、それは清少納言と兼好の資性のちがいに由来していると思われる。すなわち、清少納言のそれが、「過ぎにしかた恋しきもの」と一度断止して、以下はその具体例を列挙するという、軽快で明朗なトーンであるのに対し、兼好の方は、「過ぎにしかたの恋しきのみぞせんかたなき」とか、「あはれなるぞかし」「いとかなし」といった表現に端的に窺えるとおり、しめやかな詠嘆的感傷的トーンが支配的である。(注5) 同じく現在から過去に向う一方方向的な意識を扱っていながら、このトーンの違いは両説の性格を随分毛色の異なったものにしているといってよい。そしてその相違は、清少納言における「過ぎにしかた」と兼好における「過ぎにしかた」のありようが、根底的に違っていたところに起因しているわけで、前者が、列挙されるような具体的なことがらによって触発される瞬間的な連想としての過去であったのに対し、後者の場合、過去は絶大な価値であり、そうである故に現在を過去に重ねあわせ、「ただその折のここちする」状態にはできても、逆に過去を何事にも劣る現在に重ねあわせることはできない、そのような価値そのものとしての過去であったのだと思う。そのような意味において、兼好の「ふみ」観は、中古的なものの埒外にはみ出しているといえるのであるが、のみならず、『無名草子』のそれよりも過去への傾斜の度合においてさらに著しくなっていると認められる。『徒然草』二十九段の所説は、『枕草子』のそれに一見酷似していながら、その実、たしかに『無名草子』流の見方、考え方をひとたびは通過したあとにもたらされたものであったに違いない。(注6)

もとより兼好が『無名草子』を披見し、それによって直接的な影響を受けたか否かは、正確にはわからない。けれども、『徒然草』が『無名草子』的な心的感度を確かに承けついでいることの指摘は、ある程度可能である。たとえば、『徒然草』三十二段「九月二十日のころ」は、男を送り出したあとの女あるじの優なるふるまいを叙して、あるべき心用意の必要を説く周知の章段であるが、『寿命院抄』以来『枕草子』の「ある所に何の君とかや」(三巻本一八〇段)の章段との類似または相違点が指摘されている。しかし、場面状況ではなくそれを扱う筆者の心的態度に留意するなら、『徒然草』との間にははなはだ大きな径庭があるといわざるをえない。(注7)むしろ『徒然草』における兼好の心的態度は、大斎院や小野皇太后宮のふるまいを配し、「女性のおくゆかしい生活ぶりへの嘆賞」(注8)を示した『無名草子』筆者のそれと、著しく近似したものだと認められねばならない。「九月十日よひの月明かかりけるに」(九月廿日の比、ある人にさそはれたてまつりて、明くるまで月見ありくこと侍りしに)とか、「御前の前栽心にまかせて高く生ひしげるを、露は月の光に照らされてきらめきわたり」「薫物の香いとかうばしくにほひ出でたり」(荒れたる庭の露しげきに、わざとならぬ匂ひしめやかにうち薫りて)などの表現や、また場面全体の状況設定が著しく近似しているることはもちろん、さらに、「時の所などは明けくれ人多く、殿ばら宮みやも常に立ち変り給へれば、たゆみなからむもことわりなりや」とか、「今の世には何事もといふなかに、かやうのことこそむげにありがたかんめれ」とか、それら女性たちの行為を今の世にありがたきものとして捉え、讃仰嘆賞する心的態度は、『徒然草』に遍満する兼好のそれに、きわめて近い性質のものだと認めないわけにはゆかない。

かく見てくれば、『徒然草』は『無名草子』と相近い精神風土の中に出現した作品であり、直接であれ間接であれ、広い意味における影響を大きく蒙っているといって決して誤りにはならないであろう。

『徒然草』は、しかし、周知のとおり、そう早くから流布した形跡はなく、文献上に姿を現わすのは約一世紀も後、その最も早い例が『正徹物語』であった。(注9)従って、正徹は確実に『徒然草』を読み親炙していたわけで、してみれば、その正徹に至って「披書知昔」「披書逢昔」なる結題が復活するのは、『無名草子』や真観、後嵯峨院からの影響もさることながら、いま一つの直接的な契機として『徒然草』二十九段の所説に触発されたことを考慮せざるをえない。正徹は、故人の遺品としての「ふみ」に対する関心を、それもまた「ふみ」の一つであるところの、このような先行古典のうちに発見したのであって、かかる構図の中に、ほとんど忘れ去られていたらしい歌題「披書知昔」への注目と採択は行われたにちがいないと思量する。

七　おわりに

『無名草子』に見られる「ふみ」に対する見方、考え方の特徴は、すでに屢述したとおりであり、それはたしかにそれ自体一つの新しい認識として現象的に時代を画する一基準となしうるのであるが、加えてまた、その基底にある時代意識の方にもより大きな注意を払わねばならない。なぜなら、過去に遡って、また過去を現時に重ねあわせて事象を感得したり、古語に注目したりする姿勢の底には、潜在的に過去の世界に絶大な価値があると考える思想的前提が用意されていなかったはずはないからである。

いわゆる中世における一つの特徴的な思想的基盤として、既に存在する完成されたものへの志向と、それに絶対的に随順しようとする態度をあげることができる。先に見たように、『無名草子』の大斎院や小野皇太后宮について述べた件りなどに看取できる基底的心情も明らかにそうであるし、それが『徒然草』のいたるところに満ちあふれている、古代貴族文化に対する熱狂的思慕憧憬の情に通じ、発展してゆくものであることも、いままた贅言の要はあるまい。時間のフィルターに濾過された過去の世界は純化された尊崇の対象であり、絶対的な価値そのものである、と感じる思想的根底があってはじめて、「過去」に対する右のような視座や姿勢は生まれてくる。『無名草子』にはじめて明示され、『徒然草』で内面的に深められた「ふみ」に対する新しい認識は、そのような意味においてまさしく中世的なものであったというべきであり、それを四字からなる観念の世界に封じ込めた結題「披書知昔」は、これまた典型的な中世の歌題だったのである。

【注】

（1）参考のため、『類題和歌集』と『新類題和歌集』の所収歌を列挙して掲示する。

披書逢昔

見るたびに老の泪をそそくかなむかしの人の筆のすさびに（新続古今、読人不知）

忍ぶらん昔の文よ何事のありきあらずもめの前にして（後柏―）

流れての世にもかはらじ古しへの道はさだかに水ぐきのあと（亜槐集、雅親）

しるしをく筆には何か十寸鏡手にとりてみぬ古しへもなし（逍遙）

心にぞとどめんよよの鳥の跡をあとなしごとにいかがみるべき（済継）

披書知昔

むかしべやいかなるなはを結び置きて今も其世のことをしるらん（禅林寺殿七百首、御製）
明らけき昔の御世のあとみせてかきをく文や鏡成らん（相国入道）

以上『類題和歌集』（板本）

披書逢昔

むかふよりみぬよさだかにみる文はかがみにあらぬかがみなりけり（御家集、後花園院）
しみのすもうちはらふほどのかべのうちにやがて昔のしるしやはなき（御百首、柏玉）
朝夕にたれもこそみようつしをく筆の跡こそよよのかたみを（雪玉）
見るたびに袖こそぬるれ水ぐきの跡にはちかきよよの昔を（文明十三六十八公宴　堯胤）
しるしをく文をしみればくりかへし昔を今になすばかりなる（御着到、俊量）
みる文に昔の跡は残れども言ばの道は行かたもなし（御着到、永宣）
ふかくみて猶ふるきよの俤は心とうかぶ水ぐきのあと（御着到、政為）
天地のひらけしことを今しるもかしこかりける筆の跡哉（御着到、元長）
身は何のなにかのこらんよよをへてたえぬはそれと水ぐきのあと（御着到、為孝）
いにしへを忍ぶもぢずりみだれてもおさまれる世を水ぐきの跡（称名院）
ふるき文を石のふばこにおさめずは今みることやかたかりなまし（後土御門院）
あきらけきむかしのみ世に跡見せてかきをく文やかたみ成らん（相国入道）

静読古人書

さりともとたのめ日のもと神代よりただしき道を文にみるにも（百首、雪玉）
ふみのうへもうつるははやき春秋を心のみちにのどめてやみむ（永正二二廿二水無瀬御法楽、為和）

以上『新類題和歌集』（内閣文庫）

なお、両集以前の類題集についてみると、『明題和歌全集』には後嵯峨院の一首を、『続五明題集』には『新続古今和歌集』の一首を収める。

（2）『白氏長慶集』巻五十一所収。前半四句は『和漢朗詠集』「懐旧」に、後半四句は同「文詞付讃文」に収められる。

（3）山岸徳平『無名草子』（角川文庫）解説は、建久七年（一一九六）から建仁元年（一二〇一）の間の成立とされる。新潮日本古典集成『無名草子』（桑原博史校注）解説は、俊成卿女作者説を明快に唱えている。最近になって、ほとんど定説化しているかに見えた俊成卿女作者説は、否定され、しかしやはり、隆信・定家周辺の女性の誰かであろう、として具体的な作者像を列挙する田渕句美子説（「『無名草子』の作者像」『国語と国文学』八十九巻第五号、平成二十四年五月）が脚光をあびている。

（4）『新撰六帖題和歌』（寛元二年）の「ふみ」題歌は異質であるが、唐文、氏文、昔文、国文（解文）などの珍しい素材に専ら関心がよせられるばかりで、認識の深まりは見られない。

（5）安良岡康作『徒然草全注釈』（角川書店）は、この段に影響した兼好以前の文学伝統として『枕草子』三十段と『無名草子』をあげ、兼好の「内向性・自己観照性」や「しっとりとした態度」に注目している。

（6）「ふみ」は、①消息、②漢詩文、③典籍・書物、④学問などの意味で使われるが、大体の傾向を見るために、若干の作品における用例の数を表示したのが次表である。

意味	源氏物語	夜の寝覚	枕草子	無名草子	徒然草
①	79	62	40	14	7
②	19	5	6	1	0
③	14	2	3	2	15
④	1	0	0	0	1

『枕草子』は『源氏』や『寝覚』と同じ傾向で、ほとんど「消息」ならびに「漢詩文」の意味で用いられ、『無名草子』もほぼそれらに準じるが、過渡期の様相がほの見える。それに対し『徒然草』の場合、「典籍・書物」の意味で用いられることが最も多く、逆に「消息」の意は激減している。ジャンルの違いを考慮にいれても、これはやはり兼

好の資質や姿勢に基因する変化であるにちがいない。

（7）たとえば安良岡康作氏は、前掲『注釈』で、「感覚的、情感的な、清少納言の世界と、心情的、情操的な、兼好の世界とでは、類似した題材に対し、これほどの異質的表現が成立っているのである」と、その異質性を強調される。

（8）冨倉徳次郎『無名草子評釈』（有精堂）。

（9）岩波日本古典文学大系『歌論集能楽論集』一八八頁、二〇八頁参照。

＊なお、引用した主な作品の典拠は次のとおりである（表記の統一をはかるため若干校訂したところがある）。

能因本枕草子　小学館日本古典文学全集『枕草子』

三巻本枕草子　小学館新編日本古典文学全集『枕草子』

無名草子　小学館新編日本古典文学全集『無名草子』

徒然草　岩波文庫『徒然草』

【附記】初出稿の後、白居易「閑座看書 貽諸少年」詩（白氏文集・六九・三五三八）に、「窓間有閑叟　尽日看書座　書中見往事　歴歴知福禍」の詩句があり、慶滋保胤『池亭記』（天元五年〈九八二〉）にも、「入東閣、披書巻、逢古賢」との本文が、為長の『文鳳抄』には、「閑披書巻」「披書遇故人」の史記・芒雎の故事が引かれていることなどを知った。本文に反映させて修訂すべきであるが、煩雑になるので、しばらくは初出稿のままとした。

第三節 「番にを（お）りて」考

一 建礼門院右京大夫集の用例

『建礼門院右京大夫集』の中で、中宮徳子を中心に、そこに候う女房たちと平家の公達が、花のもとで終夜の歓を尽くす、西八条の遊びの場面は、『平家公達草子』の東北院の遊びなどと同趣旨の、華麗で明るい場面の一つであるが、その条は次のように書き起こされる（引用は岩波文庫本を基本として、私に若干の校訂を加える）。

春ごろ、宮の、西八条にいでさせ給へりしほど、大方にまゐる人はさる事にて、御はらから、御甥たちなど、みな番におりて、二三人はたえずさぶらはれしに、花のさかりに、月あかかりし夜を、ただにや明かさんとて、権亮朗詠し、笛ふき、経正琵琶ひき、みすのうちにも琴かきあはせなど、おもしろくあそびしほどに、（下略）

この前後、文章は平易で、ほぼ明瞭に意味をとることができるのであるが、一箇所だけ「番におりて」の件りが、どうも釈然としない。

諸注を見ても、このところはさまざまに理解され、現代語訳されている。

① 『[評註] 建礼門院右京大夫集全釈』（武蔵野書院）（本位田重美） 一九五〇年

【語釈】当番を決めて。【口語訳】一般普通に参上する人はいふまでもないとして、その外に御兄弟、御甥達など
が皆当番を決めて、二三人はいつもお側に侍してをられたのであるが、

②『中古三女歌人集』（朝日新聞社日本古典全書）（佐佐木信綱）　一九四八年
【語釈】当番を定めて侍すること。

③『建礼門院右京大夫集』（桜楓社）（久徳高文）　一九六八年
【語釈】みな特別の当番をして。

④『平安鎌倉私家集』（岩波日本古典文学大系）（久松潜一）　一九六四年
【語釈】当番を決めて居て。

⑤『建礼門院右京大夫集評釈』（学燈社『国文学』誌連載評釈）（久保田淳）
【語釈】或いは、当番を勤める、の意で「番に下る」という言い方があるのではないか。後考を俟つ。【口語訳】
一般に参上する人は勿論のこととして、御兄弟や甥に当る方々など、皆当番としてつとめて、二三人はいつも
伺候しておられたが、

⑥『建礼門院右京大夫集・とはずがたり』（新編日本古典文学全集）（久保田淳）　一九九九年
「番に下りて」の本文で。【語釈】当番を勤める、の意で「番に下りる」という言い方があったか。【口語訳】「皆
当番として詰めて」（他は右に同じ）。

⑦『建礼門院右京大夫集評解』（有精堂）（村井順）　一九七一年
【語釈】「番」は勤めにあたること。当直。「おりて」は、中宮に仕えるため、内裏をさがり、西八条へ来たこと。
「当番を決めて」、「当番を決めて居て」というのは誤訳である。【口語訳】一般の勤めで来る人は、それは当然
のことだが、中宮の御兄弟・御甥たちなどが、みな勤番のため、内裏をさがって、二・三人はいつもひかえて

おられたが、

⑧『世尊寺伊行女』右京大夫家集』（笠間書院）（草部了円）　一九七八年

【口語訳】一般に参上する普通の人は勿論の事、御兄弟や御甥達など、皆当番をきめて、二・三人はいつもお側に居られたが、

⑨『建礼門院右京大夫集』（新潮日本古典集成）（糸賀きみ江）　一九七九年

【傍注】当番に詰め、

⑩『現代語で読む」建礼門院右京大夫集』（武蔵野書院）（糸賀きみ江）　二〇〇二年

【口語訳】当然そこに参上する人々は言うまでもなく、中宮さまのご兄弟、甥御たちなどが皆当番で詰めて、

⑪『更級日記 建礼門院右京大夫集』（ほるぷ出版）（三角洋一）　一九八六年

【口語訳】顔出しに参上する人はもちろん幾人もいて、中宮の御兄弟、甥の方たちなど、御縁者の誰もが当番についで、二人か三人は必ず詰めておられたが、

⑫『建礼門院右京大夫集』（和歌文学大系・明治書院）（谷知子）　二〇〇一年

【語釈】「番に居りて」か。当番になって。「番に下りて」とも。

⑬『建礼門院右京大夫集』（中世日記紀行文学全評釈集成・勉誠出版）（野沢拓夫）　二〇〇四年

【語釈】当番に詰めて。

「番におりて」の主語を「御はらから、御甥たちなど」とし、自動詞として理解する点では、どうやら一致していると見られるが、理解は微妙にくいちがっている。そして、どの解も一応もっともらしく聞こえるのであるが、またどの解も完全には納得しがたく、かすかな疑念を拭えない。そのような感じを抱かせる原因は、おそらく、い

ずれの場合にも用例と確証に乏しいからにちがいなく、この用例だけを注視し、前後の文脈の中であれこれ推考してみたところで完全な問題解決には結びつかないであろう。同じ語法を他の作品の中に求め、できるだけ豊富な用例や類例から帰納して語義を極めるという、最も基本的な方法こそ、この際有効であると思われる。

なお、井狩正司氏の『建礼門院右京大夫集〔校本及び総索引〕』によれば、書陵部蔵本、内閣文庫蔵本、寛永刊本が「をりて」、その他の諸本は「おりて」の本文を伝えているが、もちろん仮名遣いの不同から考えて、ともに検討してゆかねばならない。

二　日本国語大辞典他の用例の吟味

『日本国語大辞典』（初版一九七二年。第二版二〇〇一年）は、親見出し「番」の子見出しの一つとして「ばんに居（お）り」（第二版は「ばんに居（お）る」）を立て、「当番になる。当番を割り当てる」という語義を掲げている。この語義は、その次に引かれる『竹取物語』と『増鏡』の用例その他から帰納して得たものであろうが、それぞれの用例についていま少し検討してみよう。

『竹取物語』の場合は、例のかぐや姫昇天の場面に、このことばが使われている。

かの十五日、司々に仰せて、勅使、中将高野大国といふ人を指して、六衛の府あはせて二千人を、竹取が家に遣はす。家にまかりて、築地の上に千人、屋の上に千人、家の人々いと多かりけるに合せて、空ける隙もなく守らす。この守る人々も弓矢を帯してをり。屋の内には、女ども番に居りて守らす。（新潮日本古典集成『竹取物語』による）

このあたり、本文に若干ゆれがあり、「番にをきて」などの異文もあるようだが、大同は「番にを（お）りて」であるらしい。諸注をみると、日本古典文学大系本（阪倉篤義）は、「この守る人々も弓矢を帯して、母屋の内には、女どもを番にをりて守らす」の本文で、女どもを番にいさせて守らせる、と注する。日本古典文学全集本（片桐洋一）は、「この守る人々も、弓矢を帯して、母屋の内には、嫗どもを、番に、下りて守らす」の本文で、

番人として、屋根などからおりて守らせる。ただし、『宇津保物語』楼の上の下巻に、「番を下りてさぶらけせたまふ（近衛の勤番をおりてお仕えする）」とある。『竹取物語』の場合も「番に」は「番を」の誤写で、「築地や屋根の上の勤番をおりて」の意であるかもしれない。

と注し、

この竹取の翁の家の使用人で、守っている人々も、朝廷から遣わされた人々とおなじように弓矢を持ち、その一部を建物の上から下ろし、母屋の中にいる嫗たちを、当番として守らせる。

と口語訳している。屋内のかぐや姫とそのまわりにいる女たちの一団を、弓矢を帯した男たちに守らせるという新しい解釈だが、随分複雑に屈折した文章となる上、異文のない「内には」を「中にいる」ととるのは無理なのではないか。その点「をり屋」とする本が何本かあるところから「……帯してをり。屋の……」の誤りかもしれぬとする阪倉説を承けて、前掲のごとき本文を校訂した新潮日本古典集成本（野口元大）は、

女たちの住む屋内には男は立ち入れない習慣であった。そのために、屋内は、侍女たちに当番をあてて厳重に守らせるのである。「番に居り」は当番の勤務につく意に解したが、用例に乏しい。

と注して、まことに明快ではある。

かくのごとく、この場合大きく解釈を異にしているのであるが、ただ三者とも「番にを（お）りて」を他動詞として理解する点では一致している。「番にを（お）りて守らす」と続く文脈の中では、どう考えてもこれは自動詞とは解しえないのであろう。

ちなみに、片桐氏所引の『宇津保物語』の用例の前後は次のとおりである。

四日の夜、夜半ばかりに、宮かへり給フ。忍びやかにてさるべき四位六人ばかり、五位十人ばかりして出デ給フ。大将、いと覚束なくおぼえ給ヒければ、万に聞え慰め奉り給ヒテ、暁にかへり給ヒぬ。二ノ宮は「いとつれぐ〵に侍ルに」とて喜び聞え給フ。大将、召なくば参るまじとて、さるべき年老たる大舎人の頭の大ふるコフルナドイフモノども、五六人番ヲオリて候はせ給フ。御門守夜半だに、たしかに候はせ給フべき由確にの給フ。御門も異なる事なければ、開けず。（楼上上、岩波日本古典文学大系本による）。

異文は甚だしいが、河野多麻氏「さるべき」以下についての頭注は、こうである。

然るべき老年の大舎人の頭で、大ふる小ふるという名の者など五六人、宮中の勤番（「番」は順番に代り代り勤めること）を欠勤させて、京極の警護に当らせることになる。異文「ばんをくりて」ならば、舎人たちを順番に、の意であるが、公吏を公然と私用に使うことになるから、前者を採る。「大舎人」は、内舎人と並んで、中務省に属し、禁中に宿直して警衛、馳使の雑用に当り、行幸に供奉する。「かみ」（頭）はその四部官の長。

「番をおりて」の用例ではあるが、前後の文脈から判断して、「番におりて」とほぼ同じ意味の成句だと思われる。そして河野注はまことに合理的であるが、これ以外に解しようがないこともないのではないか。少くともこの「番をおりて」も、あとの「候はせ給ふ」が使役で、主語は大将（仲忠）であることから、『竹取物語』の場合と同じように、これも他動詞と解さねばならない（この点片桐頭注は不審）。

次に『増鏡』の用例は、延慶元年、後宇多院が最愛の遊義門院追善の如法経書写をされ、その間女色を断ったことを述べた件りに見出される。

六月には、亀山殿にて御如法経書かせ給ふ。御髪おろして後は、大かた、女房はつかうまつらず。男、番におりて、御台などもまいらせよろづにつかうまつる（岩波日本古典文学大系本による）。

朝日新聞社日本古典全書（岡一男）は「当番を決めて」、岩波日本古典文学大系（時枝誠記・木藤才蔵）は「侍臣たちが当番で」と注するのみだが、この文脈では「番におりて」は自動詞で主語は男と解するのが妥当であるかに見える。しかしまた他動詞として解せぬこともない、そんな用例だといえる。講談社学術文庫の注釈(井上宗雄)は、私佐藤の初出稿の結論によっている。

『日本国語大辞典』を案内役として、右のような諸例を得たのであるが、その他に『竹むきが記』にも同じ用例がある。

夜のおとどのそばなる一まに、典侍・内侍番におりて、剣璽の御とぎにふす事にてぞ侍し。

元弘元年、作者名子が光厳天皇の践祚の儀で、内侍たちと剣璽のとぎをしたことを語る場面であるが、これについて『竹むきが記全釈』(風間書房)(水川喜夫)は、

夜の御殿の傍にある一間で、典侍と内侍が宿直にあたって剣璽のおもりに泊まることでありました。

と口語訳している。『うたゝね・竹むきが記』(渡辺静子)の頭注でも、「御とぎ」について、

寝所の相手をすること、ここは神璽の番を徹宵でつとめる。

としており、いずれも主語は「典侍・内侍」であり、自動詞と解されていることになる。

『角川古語大辞典』(一九九四年)も、親見出し「番」の子見出しの一つとして「ばんに居る」を立て、「当番の順を編成する。組に分ける」の語義を掲げ、①「かやうの物ども五六人、はんをゝりてさぶらけせ給」(宇津保・楼上)、②「おもやのうちには、女どもをはんにをりて守らす」(竹取)、③「つねにありし者を番におりて、我はよるひる相具してうたひし時もあり」(梁塵秘抄口伝集)、④「諸勢を番に折てぞ攻にける」(応仁記)の用例を挙げる。

以上は、これまでに確認されている「番にを(お)りて」「番をを(お)りて」の用例と、それに関する解釈の大概であるが、従来、それぞれの作品をあまりはみ出さない範囲内で、つまり、その作品の文脈の中だけで考えられてきたきらいが大いにあり、今こうしてとりまとめ全体的に検討するという、量的な拡大によっても、この慣用句

の意味はかなりはっきりしてくるにちがいない。が、それでもなお不十分で、確実な結論は得られそうにない。

三　飛鳥井雅有日記の用例

ところが、ここに、この成句の意味の理解に大きく資すると思われる用例がある。それは、飛鳥井雅有の日記『春のみやまぢ』に二例見出せる「番にをられて」という、おそらくは受身の用法である。その一つは、弘安三年二月十五日の条で（引用は新典社影印校注古典叢書31平野神社蔵『春のみやまぢ』により、句読点と踊り字を校訂）、

すぎぬる十三日より、本院（後深草）さがの亀山殿へ御幸、十七日まで御るすなるべし。番にをられて坊にまゐるる。こよひは番なればしこうしたり。このあかつき、この御方の屏上に火をつけたり。一らうのはん官説長みてうちけちぬ。いよいよ番きびしうすべしとて、人々おほくまいりあつまる。

もう一つは、同じ年五月二十七日の条である。

昨日けふは内裏の御ものいみなれば、をととひより参こもりたるに、本院御如法経のために昨日かめ山どのへ御幸、御るすのあひだ、東宮の御方にしこうの人々番ををらるる。あすよりしこうすべきよしもよをさるるあひだ、いとまを申てけさより参ぬ。三番にをらるる。一番管絃の人数也。二番は風月しゆなり。三番は歌のしゆ也。番は五日いつよづつ也。

前者はなお判りにくいところがあるが、後者はまことに明白である。本院の留守中、その御所の番を東宮伺候の廷臣たちが代ってすることになり、管絃の衆・漢詩の衆・和歌の衆の三組に分けて、各々五昼夜ずつを担当することになったという。こうした前後関係から、「三番にをらる」とは、「三組に分けられた」の意であると理解するほかないであろう。そして、この場合の「番」は、直前の「番をまいる」の番（当番とか当直の意であろう）と同じではなく、むしろ「組」とか「班」に相当する意味であると思われる。このような「番」は、たとえば、

凡車駕行幸者、舎人四番〔以十二人為一番〕供奉（延喜式巻第十三、大舎人寮）

凡太政官召使者、省取散位年卅九已下有容儀者、毎月為二番、番別五人、計召正身、以令供承、其上日毎番外記送省、（延喜式巻第十八、式部上）

など、いくらでもその用例を拾い出すことができる。「番にを（お）る」の「番」はこの意味の番に他ならず、従って「組に分ける」「班に分ける」の意と理解しなければならない。もちろん、その番の人数がたった一人の場合とか、また一個人の立場から見るならば、それは「当番」の意となったり「当番をわりあてる」ということにもなるのであって、そのような関係で連続しながら、「番」の意味はかなりの広がりをもっているのだと思う。

いま、試みに右の部分を口語訳してみると、次のようになるであろう。

昨日と今日は内裏の物忌なので、昨日から内裏に参候していたのであるが、本院（後深草院）は、御如法経のために、昨二十六日亀山殿へ御幸された。その御留守の間、（我々）東宮方に伺候している人々が代って院の御所の番をしてさしあげることになった。（昨日の段階で）明二十七日から伺候するようにと連絡があったので、東宮にしばしの暇を申し上げて、今朝から院の御所に参上した。その勤番は三組に分けられた。第一の組は管絃の人々である。第二の組は漢詩の人々である。第三の組は和歌の人々である。それぞれの組は、五日五夜ずつの勤番である。

さて、一方の「番にをらる」が、かくのごとく「組に分けられる」の意であるとなると、もう一つの用例も、それで十分に理解できる。明示されてはいないが、この時もやはり本院御所の当番を東宮伺候の廷臣たちが代行することになり、やはり組に分けられたにちがいなく、雅有もその一つの組に割りあてられて、院の御所に参候したという事実関係だったであろう。どのように口語訳するにしても、雅有の用いている「番にをらる」の本義は、「番に分けられる」「組に分けられる」であり、これらが受身の用法であることから、問題の「番にを（お）る」は自動詞ではなく、他動詞と解されねばならない。

雅有の日記から得られた右のような知見を、前掲他作品の用例の上に及ぼすとどうであろうか。以下、諸説の批判や考証など細かいことはすべて割愛して、口語訳のかたちで列挙してみよう。

【竹むきが記】典侍たち（自分を含む複数）と内侍（掌侍）たちを組（剣の番にあたる組と神璽の番にあたる組）に分けて、各々剣と璽の御とぎをして横になったことでした。

【増鏡】男たちを何組かに分けて、（それぞれの番の者たちが）お食事などもさしあげたり、万事にお仕え申しあげる。

【宇津保物語】大舎人の頭の大ふる小ふるなどいう者ども五六人を、組に分けて、伺候させる。

【竹取物語】屋内では、女たちを組に分けて、（入口の内側を固める組、姫のすぐそばで守る組など）それぞれに守らせる。

『宇津保物語』の「番をおりて」についてては疑問を残すとしても、その他はいずれも全く不都合がないのみならず、はるかに合理的であるし、従前の理解における自他の不統一がなくなる点においても、甚だすっきりした解が得られるように思う。

そして、最初の『建礼門院右京大夫集』の用例に立ちかえると、これももちろん同断である。口語訳を試みると、普通に参候する人（中宮職の職員など）は当然のこととして、御兄弟や御甥たちなどまでも、みな組に分けて、いつも（そういう近親の者が）二三人はおそばに伺候されていましたが、

ということになるであろう。内裏その他における本務の非番の日や時を勘案して、中宮伺候の番を組んだのである。「当番を決めて」という訳はやや近いけれども、それでも隔たりは大きいし、「当番として勤める（番に居りて）」とか「勤番のため内裏をさがって（番に下りて）」、また「当番について」などは、誤解と言わねばなるまい。どうやら、他動詞を自動詞として理解しようとしたところに、正解を得られなかった、またはしっくりしなかった原因があったらしく思われる。

四　相当する漢字は何か

さて、それでは、この「をる」「おる」はいかなる言葉なのか。漢字をあてるとすればどの文字が相当するのか。このことについては確かな解答をもたないが、「番に作る」か「番に折る」が考えられるのではあるまいか。先に例を引いた『日本国語大辞典』『角川古語大辞典』の小見出し「番に居る」の当て漢字は、正解とは言えないであろう。

「作番」は、「凡諸司毎日作番宿直、名録名簿進弁官」（延喜式巻第十一、太政官）の用例があり、『観智院本類聚名義抄』の「作」には「ヲル」の訓があるので、「作番」を「バンニヲル」または「バンヲヲル」とよんだ可能性は十分にあるのではないかと考える。

「折る」の方は、「折半」「折衷」などの「折」で、分割する意味をもっており、紙などを折るようにしていくつかに分ける意味だと見られるからである。

しかし、「作番」も「折番」も、たとえば『文明本節用集』などにも用例はあがっていないし、『大漢和辞典』語彙索引の用例中にも見出せないので、漢語由来の語ではなさそうである。

いずれにせよ、漢文日記などに何らかの手がかりがありそうに思えるのであるが、調べが十分でないので、今後の課題としなければならない。

それにしても、注釈ということの難かしさをあらためて痛感させられる。

以上、やや性急な論となり、十分に意を尽していないが、大方のご批正、ならびに用例その他についてご教示をたまわれば幸いである。

【附記】初出稿とほぼ時期を同じくして、山内洋一郎氏「中世語雑記（続）―思ニハ死ヌ習・かこう・番ヲ折ル―」（『文教国文学』第八号、一九七九年三月）があり、本稿で取り上げた用例のほかに、私の目が及ばなかった抄物関係の用例を多数加え、それらを紹介しつつ考察している。以下の諸例（4以下は山内氏稿による）である。

1『法華百座聞書抄』
願主ヒシリノ思ヤウ、ヒトタヒニノ、シリアヒタルヨリハ、十二時ニ番ヲヲリテ不断ニヨマセムトオモヒテヨムホトニ、

2『言国卿記』（文明六年七月三十日）
暮程ヨリ、俄ニ御番ヲ、リナハサレ了、二日ツ、月ニ六ト、也、

3『言国卿記』（文明六年八月二日）
夜、按察・大蔵卿・予番ニヲリ、ネスヲシ了、トサマモ同之、　＊「ネス」は「寝ず」で、不寝番。

4『言泉集』三帖之二
瑞籬ホクラ无トモ守護神番ニヲテ遙ニ期ス龍花暁ヲ、　＊「ホクラ」は①宝倉②やしろ。

5『古文真宝後集』五下
徭―ハ公事科役トテ番ニヲツテ公方カラ民ヲ使ゾ、

6『長恨歌抄』（内閣文庫本）
阿監トテ宮女ノ奉行カ三千人ノ内ヲ番ニヲリテ今夜ハ誰〳〵御参リアレト十人ホトヱラミ出ス也、（本文異同あり）

7『中華若木詩抄』巻之二（古活字十八行本）
サルホトニ梅花ハ二十四番ノ花信ノ中ニテ第一番也、二十四番トハ天下ノ花ヲ二十四番ニヲリテ一年中サキツツク者也、梅花ヨリ始テ楝花ニ終ルソ、

8『四河入海』三ノ一
日本ニモ奉行カ番ニヲリテ一日ツ、公方ヘ物ヲ申スソ、是ト同ソ、

9『三体詩抄』上（京都大学本）

更長湯―補云、不審也、漢書ニカワル長ト云事アリ、更ハカワル也、長ハ吏也、言、番ニヲリテ、カワリニクル者
ノアフル湯カ十六所アル歟、

考察の詳細は省略するが、最後を次のようにまとめていて、私の結論とするところと近いけれども、完全には重なら
ない。

以上のように用例を分析してくると、「上司が下司の当番を定める」という他動詞用法が基本であろう。音便
形の存在という条件と合わせて、ラ行四段他動詞「折る」がこれに該当する。「番」はもとより漢語であるが、
「折番」なる漢語は中国になさそうであるから翻訳語ではないであろう。今までの挙例全て「ヲリテ」に漢字が
宛てられていない。物語はともかく、『言泉集』とか抄物とかにも漢字が宛てられていないのは興味深いことで、
漢文体になじまないだけでなく、恐らく「ヲリテ」の発音を持つどの語とも結びつき難い意味だったからであろ
う。「折る」の一般用法とも離れているが、もとは「くぎりをつける」といった意味で用いられたものであろう
か。時期を意味する「折り」と深く関係があるだろう。「番に」となった場合も、『竹取物語』などの他動詞用法
が先と思われるので、「番を」からの転用と認められる。「順番・当番に定めて」という結果としての「に」であ
ろう。そして、この用法を回転軸として、自動詞的用法を派生したのであろう。「順番・当番に従って」となっ
たのである。（下略）

そして、「折る」の漢字表記例を一例（『看聞御記』応永二十八年三月十五日条「晴。聞。内裏小番被折替。長資朝臣
五番云々。今日参。公卿分配同被改云々」（私に追加すれば、応永三十年六月二日条にも、「晴。聞。禁仙小番衆被折
替云々。長資朝臣禁裏番八番。行豊朝臣仙洞二番云々」とも）見出していると付加している。けれども、「複合の他
動詞で、しかも室町時代の例なので、これをふりかざして、平安前期からの全般を覆うわけにはいかない。しかし、
平安時代の公卿日記などに同様の漢字表記例を見出す可能性を示唆しているとはいえよう。その時に、この語句の正
解が得られるわけであるが、漢文になじまないらしい性質から、見出し難いかもしれない」と、慎重な扱いである。

第四節　鴨長明『無名抄』の形成

一　はじめに

『無名抄』各章段の構成を、内容ではなく、主として文体とその変化に注目して分析し、長明の述作としてのこの作品の形成過程を、長明の心意に添いつつ追尋しようとするのが、本稿の目的である。本文ならびに章段名は、原則として日本古典文学大系『歌論集能楽論集』（岩波書店、昭和三十六年九月）所収の『無名抄』に拠り、漢字と仮名は私意により適宜改めて使用する。

二　冒頭一段と二段

長明がこの作品を述作しようとした当初の目的は、誰を念頭に置いていたかは別にして、少なくとも読者は想定して、自分自身の理論を整然と叙述した、純然たる「歌論」を書き残そうとするところにあったのではなかったか。そう思わせるのは、冒頭二段の内容と叙述のスタイルにある。

第一段は、題の性格・本質をよく心得べきことを説く内容で、『俊頼髄脳』を明示して引き、説き始めているが、「……といふ物にぞ記して侍るめり」と朧化して言っていることに端的であるとおり、直接的な引用ではない。『俊

頼髄脳』には、

大方歌をよまむには題をよく心得べきなり。題の文字は三文字四文字五文字あるを限らず、よむべき文字、必ずしもよまざる文字、まはして心をよむべき文字、ささへてあらはによむべき文字あることを、よく心得べきなり。心をまはしてよむべき文字を、あらはによみたるもわろし。ただあらはによむべき文字を、まはしてよみたるもくだけてわろし。かやうの事は習ひ伝ふべきにもあらず。ただわが心を得てさとるべきなり。

とあり、それと直接関わる『無名抄』の行文は、

必ずまはしてよむべき文字、なかなかまはしてはわろくきこゆる文字あり。必ずしもよみすゑねども自ら知るる文字あり。（中略）是等は教へ習ふべき事にもあらず。よく心得つれば、その題をみるにあらはなり。

程度である。題詠技法に関する記述の始原となった『俊頼髄脳』の流れを承けてはいるが、その中間に、

いはゆる暁天ノ落花、雲間ノ郭公、海上ノ明月、これらのごとくは、第一の文字は必ずしもよまず。皆下の題をよむに、具して聞ゆるなり。又かすかにて優なる文字あり。

と具体例をあげて説示するのは、例えば、上覚の『和歌色葉』が、題詠に関し、「結びたる題」の詠み方を説く中で、「雨中落花」「庭前露滋」「暁天郭公」「山路鹿声」などと例示されている具体例と近似している。当時歌壇に流布していた一般的な通念を背景としているに違いなく、「いはゆる」の一語がその間の事情を雄弁に語っていよう。

又題の歌は、必ず心ざしを深くよむべし。たとへば祝には限りなく久しき心をいひ、恋にはわりなく浅からぬ由をよみ、もしは命にかへて花を惜しみ、家路を忘れ紅葉を尋ねむごとく、その物に心ざしを深くよむべきを、古集の歌どものさしも見えぬは、歌ざまのよろしきによりて、その難を許せるなり。……

と深切なる心をよむべきことを説く一節を、すぐに連続させているのも、『和歌色葉』が、前引「結びたる題」を説くすぐ前の部分に、

おほかた歌を読まんと思はば、心をまづとりふせてその趣をいはむ時より、このむ詞をかざるべし。五尺のかづらに水をいてゆうゆうとよみながし、五句のすがたすくやかに、こしをはなれずつづくべし。花は色かもやさしく、郭公はおどろきめづらしく、もみぢはこがれ色こく、鹿をばすごくあはれに、月をばくまなくさやかに、雪をばふかくおもしろく、恋は身にかへくづをれ、思はしづみつみふかく、恨みはつらく心うく、嘆きはいたみくるしみ、別はをしくかなしく、祝はめでたくさいはひよむべきなり。

と説いているのと、無関係ではありえない。結び題の詠法を説く場合、必ず心の深切さを付随して説くのが長明の当時の一般だったのであり、そのようないわば通念を根底に置きつつ、長明は自分の言葉で、自らの歌論としてそれを説示したのである。「古集の歌どものさしも見えぬは」以下に続く部分は、やはり当時の歌人たちが大きく不審とするところであり、長明の関心事でもあったので、かくのごとき展開となったのであろう。

深く切なる心を詠むべきことを説いたあと、「ただし、題をば必ずもてなすべきぞとて、古く詠まぬほどのことをば心得べし」以下は、しかし、題はやはり本意を最も重視すべく、古くから詠んできたところに従って詠まねばならぬことを説いている。これも、俊頼が、題詠論に続けて、伝統的な本意にしたがった詠み方の具体例を長々と説いているのを、いささか角度を変えて、本意を逸脱した具体例を列挙して戒めたものに他ならず、やはり当時の一般的な関心を背景として、長明が自分の歌論として、整理記述しているといってよい。

この第一段の叙述の文体に注目すると、「心得べきなり」に始まり、「あり」「なり」「あらず」「いはず」などの強い断定表現と、「詠むべし」「詠まず」「例とすべからず」「計らふべきなり」などの、当為の説示で終始している。そのことは、長明が、題詠論に関する先行文献を意識し引用はしながらも、俊頼以来培われてきた歌論における伝統を継承しつつ、自らの歌論として構築し、自らの文体をもって叙述する、純粋な「歌論」を目指していたことを明示しているにちがいない。

第二段もまた、文末表現の様式、文体の一致からして、第一段の連続として執筆されたとみて誤らない。そして、「歌はただ同じ詞なれども、続けがら、言ひがらにて、よくもあしくも聞ゆるなり」と、詞の続けがらについて説くこの段の内容も、明示はされていないけれども、また『俊頼髄脳』に端を発している。すなわち、「おほかた、歌のふしは、ともかくも言ひがらなめり」「これらにて心をうるに、よくつづけつればとがとも聞えず。あしうつづけつればとがともきこえ、あしうつづけつれば、花ざくらといふも、てる月といふも、聞きにくくこそはおぼゆれ。（中略）つづき聞きにくくとりなしつれば、げにあやしともや申すべからむ」と説かれているのであって、このこともまた、俊頼以来歌人たちの間に承け継がれ、通念となっていたことがらであったろう。しかし、『俊頼髄脳』に多数列挙されている例歌と、長明が以下に具体例として挙げる続けがらの勝れた古歌とは、一首も一致しない。典拠の核心・始源には『俊頼髄脳』があったとしても、それ以後の歌壇の中で、流動したり変化したりしながら、長明の時代に至った、ある種の共通理解のようなものを根底に持ちつつ、長明は自分の歌論として整理し、より適切な例歌をもって、このことを説述したのだと考える。

ともあれ、長明がこの作品を書き始めた当初の段階においては、かくのごとき純粋ないかにも歌論然とした歌論として、書き残そうと意図していたに違いないのである。

三　三段から十六段まで

第三段と第四段は、第一段の末尾を承けて、本意を主題としている。しかし、第三段では、理論として直接的に叙述提示する方法はとることなく、自らが経験し見聞した、ある所での歌合における、「海路を隔つる恋」題を、ある人が、筑紫にいる人を恋う結構の歌として詠んだ、ことの当否が問題となっている。そして、その歌会に参加した「心にくきほどの人」の多数は、否の方に傾いたことを述べる。ことは甚だしく具体的で、冒頭二段までとは、がらりと様相が変わっている。この変化は明かに意図的で、長明は少なくともここでは、前段の理論を補完する具体例を提示しようとしたのであったのかも知れない。しかし、後続の章段に徴すれば、変化は一方的で再帰することなく、ここからして早くも、理論のみによって叙述する方法を捨て、具体に即して事例を重ねてゆく方法へと転換したと考えざるをえない。しかし、この段ではまだ、「ある所」「ある人」「心にくき人」（第四段の記述から、俊恵を中心とすること明らかである）と、いずれも朧めかして表現されており、具体の話にしては、なお抽象化の志向は残存している。

第四段も、同じ歌合において、故因幡という名の女房が詠んだ「夏を契る恋」題歌の、広くは本意、直接的には表現の適切さが問題となっている。そして、故因幡歌の擁護に回った中心人物が、俊恵であったことを明示する。歌の作者を明示した上、俊恵の名もある権威として示し、朧化の度合いは極めて薄く、ほとんど事実そのままの形で事例は累加されている。

第五段は、「晴の歌は必ず人に見せ合はすべきなり。我が心一つにては誤りあるべし」と、まず主旨を提示して、高松女院北面菊合における自身の直接経験が語られる。自分の歌を、事前に勝命入道に見せたところ、歌語「くづる」が不適であると指摘され、差し替えてことなきをえたという。

第六段も、歌語に関する実定と俊成の失敗譚で、全体が「き」叙述になっていることから、治承二年右大臣家百首における、やはり自分自身の見聞に基づく話である。第七段は、安元元年の右大臣家百首での事例であるが、「同じ度の百首に」と混同して語られているが、仲綱が「ならはし顔」と詠んだのを、重家が伝え聞いて非難したという。「ならはし顔などよみたりしを」とあるので、仲綱がこの語を用いた時のことはやはり自分自身の直接見聞であり、「とこそ申されけれ」とあるので、重家の言葉は伝聞である。そして、最後が「是等は皆人に見せ合はせぬ誤りどもなり」で締め括られている。「是等」とは、第六段とこの段のともに失敗した話を総合しており、もともと二段は一つの話であったことを示している。

第八段も、同じ主題の連続ではあるが、これは成功した事例として語られる。建春門院殿上歌合における頼政歌「都にはまだ青葉にて見しかども」歌に関する、俊恵の事前の指導が話の中心であるが、「とよまれ侍りしを」とあるので、これも長明の直接見聞した話であって、頼政歌の事前の指導の件りは伝聞の「けり」叙述で終始し、「とぞ俊恵は語りて侍りし」で結ばれる。

第九段も、同じ度、同じ人の歌に関する話であるが、主題は歌語の実態と詠み方にシフトし、ここでは「鳰の浮巣」が話題となる。「とて勝ちにき」とあるのは、前段同様、長明の直接見聞であることを示し、「祐盛法師、是をみて大きに難じていはく、(中略)とぞ申し侍りし」と締め括られ、前段同様の構成になっている。

以上、二段から九段までは、いずれも長明自身の直接見聞経験を基本とし、更に直接の伝聞を加えた話であると概括することができる。

第十段は、「二条院和歌好ませおはしましける時」の、歌語「このもかのも」をめぐっての話であり、「けり」叙述に終始していて、これまでの流れとは異なる。『袋草子』などに同類の話があるが、細部で異なるところがあり、直接の書承ではあるまい。かといって、誰かからの伝聞をそのまま綴ったという趣きでもない。おそらくは、いくつかの話源を総合し、自ら面白い歌話として構成しなおしたものではあるまいか。最後に付加される「荒涼に物を難ずまじきなり」との教訓めいた一文に徴しても、説話そのものといってもよく、ここに至り、長明の内面において、説話への傾斜が増幅したとみてとれる。しかし、それもこの一段のみで途切れ、次はまた旧に復する。

第十一段は、光行勧進賀茂社歌合において、長明自身が詠んだ「石川やせみの小川」なる歌語に関する、最後はこの歌が新古今和歌集に入集したことに及んで、自讃に傾いてゆく話で、自分自身の経験と見聞に基づいている。

第十二段は、新古今和歌集入集からの連想で、千載和歌集に一首入集したことを喜んでいるのを、中原有安が聞き、歌人としての心用いを称讃し、励ましてくれたという話。

第十三段は、その有安が、常々教訓してくれた話を連続させており、いずれも、長明自身の経験と見聞に基づく身近な話である。冒頭に「同じ人常に教へていはく」と書き出すこの様式は、この段が初めてであり、十五段の「祐盛法師いはく」、十七段の「ある人いはく」につながって、それ以降は完全に定式化してゆくことに注目しなければならない。

しかし、ことは一挙にそうはならず、第十六段は、俊恵の歌林苑月次会において、祐盛法師が「千鳥も着けり鶴の毛衣」と詠んだことに関わる、「けり」叙述で語られる寸法談義と、「いみじき秀句なれど、かやうになりぬれば甲斐なきものなり、となん祐盛語り侍りし」の結び、そして、長々とした長明の不審談義が付随する。月次会での素覚の話も、祐盛その人から聞いたはずであるが、その部分は誰かから聞いた伝聞のごとくに「けり」で語り、最後だけを祐盛の言として、文体はまだ揺れている。

その祐盛の連関で、第十五段は「祐盛法師いはく」に始まる、仲胤の説法の話で、最後は「となん語り侍りし」で結ばれる。なお、序でにいえば、諸注「さのみ新しき色はいかがあり、あへてよまれん」と句読点を施し、「それほど新しい素材があって、それをよむということは、そんなにできるものではありません」と解するのが通説であるが、これは、「いかが、ありあへてよまれん」と切って、「在り合ふ」で解すべく、「ちょうどそこに居あわすように、いつも都合よく詠めるものではない」の意である。とまれ、ここで一応、「〇〇いはく」の定式は確定したかに見えるけれども、なおそうではない。

第十六段は、例の登蓮法師の「ますほのすすき」の話であるが、「雨の降りける日、ある人のもとに思ふどちさし集まりて、古きことなど語り出でたりけるが」に始まり、「さて、本意のごとく尋ねあひて問ひ聞きて、いみじう秘蔵しけり」までは、一貫して「けり」叙述で語られる。誰かからの伝聞であるにちがいないが、しかし、冒頭に「ある人いはく」とはなく、そうして単純化してしまうよりも、この方がより一層説話らしい面白い話になると考えてのことであろう。「このこと、第三代の弟子にて伝え習ひ侍るなり」は、登蓮を第一代とし、この話を伝え聞いた人物を二代、長明を三代とすると解されているが、渡辺の聖を第一代、登蓮を二代、そして長明が三代だと解すべきではあるまいか。しかし、登蓮から直接聞いた話でないことは明らかで、にも拘らず説の正当性を主張したいとする長明の気持ちが、かくいわしめたものと考えたい。「人あまねく知らず。みだりに説くべからず」の最後の一文に、そのような心の機微が窺える。ともあれ、ここにもまた、説話に傾斜してゆく長明の心性が露呈しているように見える。

四　十七段から六十一段まで

第十七段に至って、「ある人いはく」に始まる説話の定まった様式が確定する。「となん語り侍りし」と結ばれる場合もあれば、ある人の語りの終りのままに終結する場合もあるし、当然、「俊恵いはく」「勝命語りていはく」のような「(固有名詞) いはく」のヴァリエーションも多い。そして、第六十一段までが、この様式で統一されているのであって、具体的な話の例示を通してあることを語る様式を摸索しつつ、揺れながらここまできて、長明は最も安定した方法を獲得したのである。

第六十一段までといったが、すべての章段の書き出しが同じ様式であるわけではないので、少しく説明しておかねばならない。

第二十段・二十一段の「又」は、十九段の「ある人いはく」を承けていると見るのが普通であり、そう見なければならない。続く二十二段・二十三段は、「又」はなく、「神います」「神にてぞおはすなる」「神となれるとなんいひ伝へたる」「権者などにてやありけん」(二十二段)、「昔の蟬丸なり」「すみ給ふなるべし」「いみじくこそ侍れ」

（二十三段）と閉じられる文末表現は、二十段の「侍り」叙述とは異質である。また丹後の国与謝郡も逢坂の関の明神も近隣のことではあり、「今もうち過ぐる便りにみれば」など、長明自身の経験を自ら語っていると見なければならない。前段のある人の文学地理と数寄を主題とする話を受けて、同種の自分自身の直接経験した話を付加したのであるにちがいない。従って、内容として明らかに一まとまりをなしているこの五段は、若干変化しているものの、十九段の「ある人いはく」のもとに括って考えてよい。

第二十四段に対する二十五段・二十六段の関係は、もっと明白で、二十四段の「ある人いはく」を承けて、続く二段は全てがある人の語ったままだと見てよいであろう。

第二十八段と二十九段も、登場する人物たちの時代や中味が、「けり」叙述で統一されていることに鑑みても、二十七段の「俊恵法師語りていはく」を承けた、俊恵の語った話そのままだとみてよい。

第三十二段「又いはく」は、前段の「ある人いはく」を承けて話が展開する。そして、三十三段は、三十二段で話題になった琳賢が基俊を謀った話へと移ってゆくのであるが、「けり」叙述の等質性に鑑みて、これもまた、同じ人の話の連続として、本来一連の話であったと考えねばならない。

第三十五段は、長明自身の経験譚であって、前後に比して異質であるが、「いはく」とは続かなかったけれども、「ある人」と書き出した時、長明は同じ様式を意図していたと思われ、「ある人いはく」に準じる文体として扱っておきたい。

第三十八段・三十九段は、三十七段の「ある人いはく」を明らかに承けていて、三段一連である。三十九段末尾の「これら」とは、当然、猿丸大夫の墓、黒主明神、喜撰の旧跡の三つを指している。

第四十二段は、前段の俊恵が語った半臂の句の話と一連である。俊恵の話を承けて、長明自身の経験に基づく、楽における蘇合との類似・同定が行われる。最後の「この歌のさま」とは、前段の半臂の句を含む「たらちねはかかれとてしもむばたまの」の歌を指している。

第四十五段は、「覚盛法師いはく」として、歌は細工しすぎると、つまらぬ歌になることをいい、その例証として長明が季経の歌の場合をつけ加えている。そして四十六段と四十七段は、表現の過不足に関する例証の追加であって、四十六段は円玄阿闍梨の歌についての長明自身の見解を、四十七段は、長明の歌を俊恵が難じ、俊恵はさらに清輔歌の場合を持ち出して、案じ過ぐしを戒めたもの。「覚盛法師いはく」は、流動し変化しているが、三段は一連の話題に関するものとして、その下に括って考えてよい。

第五十二段は、「長守いはく」が、冒頭にこないで、「歌は、名に流れたる歌よみならねど、ことはりを先として耳近き道なれば、あやしの者の心にも、自から善悪はきこゆるなり」と、主題を提示する一文の後に置かれている点で、前後と若干異るけれども、基本は変わらない。兄長守の言葉を承けて、長明が「げにと、をかしく侍りしか」と感想を記し、それに続けて五十三段は、同じ種類の話柄を自分自身の見解として付加しているので、この二段落も元来一連のものであったはずである。

第五十四段・五十五段は、俊恵の言葉が連続していて、明らかに一連であること、通説のとおりで、一話として扱わなければならない。

第六十一段は、長明自身の歌合判に関する見解だと解されるのが普通であるが、前段の「顕昭いはく」に始まる顕昭の談話の連続と見るべきで、顕昭の言葉は最後にまで及ぶ。ここもまた一連の章段と見なければならない。

かくて第十七段以降第六十一段までの四十五の諸段は、まとまりとしては二十七項に整理でき、基本的に「〇〇いはく」で始まる一定様式のもとにある、と概括できる。

既に述べたとおり、そのうちの二十一段と二十三段、四十二段、四十五・四十六・四十七段、五十二・五十三段は、「ある人いはく」と語り出されたものと同種・同類の、長明自身の経験譚や見解を、多くは章段単位で付加しており、また、三十五段は自分自身の経験譚のみによって構成されていたが、一章段内で付加や付言の見られる場合も四例ある。すなわち、十七段は、ある人の語った井手の山吹とかはづの話を承けて、「このこと心にしみていみじく覚えしかど、かひなくて三年にはなりぬ。歳たけ、歩みかなはずして、思ひながらいまだかの声を聞かず。登蓮が雨もよに急ぎいでけむには、たとしへなくなん。これを思ふに、今より末ざまの人は、たとへおのづからこの便りありてかしこに臨みたりとも、心とどめて聞かんと思へる人も少なかるべし。人の数寄と情とは、年月にそへて衰へゆく故なり」と、著しく数寄に傾斜してゆく長明の心が熱っぽく説述される。四十段も数寄に関わることで、ある人の語った「豊等の寺の榎葉井」のことを承けて、催馬楽に見えるその言葉を、通親家影供歌合において長明が初めて詠んだのを、俊成に感嘆されたこと、その後定家も詠むことになったことを付加している。四十八段も、直接相対した静縁の、自分の歌表現に関する数寄に徹した、しかも素直な言動・態度を紹介したあと、「心の清さこそあり難く侍れ」との嘆称の一文を付加して終わる。四十九段は、俊恵から聞いた、代々の勅撰集恋歌中の「おもて歌一首」の話をうけて、「今これらに心付きて新古今を見れば、わが心に優れたる歌三首見ゆ。いづれとも分き難し。後人定むべし」と、三首を例示して、一首のみにしぼることはしないままに終る。

これらの例に就けば、ある人、あるいは特定の人物からの伝聞は、長明の関心と密着した所にあり、その話と近似したり、類似したことがらで、思い浮かぶことは、すぐに付加していったものと見える。しかし、強いてそうした付加や付言をことさらとしたのでないことは、二十七項のうちその他の十八項が、ある人の語った言葉の終結をもって、章段そのものも終結していることに鑑みて明白である。ことは一見安直であるが、それらは概ね、長明が共感もしくは容認しうる事柄であったはずである。結果的に、俊恵や俊成、その他「ある人」の言動や見解が、長明の文章による筆録というフィルターを通してではあるが、ほぼそのままに記録されることになったのである。

そして、またそのことを通して、長明の理解の程度を知ることもできる。例えば五十九段「俊成自讃歌のこと」

において、長明は俊成の自讃歌「夕されば野辺の秋風身にしみてうづらなくなり深草の里」についての俊恵の見解をそのまま引用して、「かの歌は、『身にしみて』といふ腰の句のいみじう無念に覚ゆるなり。これ程になりぬる歌は、景気を言い流して、ただそらに身にしみけんかしと思わせたるこそ、心にくくも優にも侍れ。いみじういひもてゆきて、歌の栓とすべきふしを、さはとといひ現はしたれば、むげにこと浅くなりぬる」と記す。これが『伊勢物語』の一話に取材した歌で、その物語取りとこの表現にこそ俊成の苦心と思い入れもあったことを、俊恵は知らなかったのであり、それをそのままに引き、また七十段で、この歌の物寂しい風姿と深草という名所がよく合っている点にのみ長所を認めている長明も、同断である。新風和歌の最も核心の部分の理解が、必ずしも十全でなかったといわねばならない。

五　六十二段から七十一段まで

さて、第六十二段からは、「ある人いはく」のこの様式を離れ、著しく長明自身に引き付けた話が展開する。もっとも六十二段は、「けり」叙述で統一された話になっているから、「ある人いはく」が省略され、ある人が無化されていると見ることもできなくはない。しかし、主題を提示する冒頭部「この道に心ざし深かりしことは、道因入道並びなき者なり。七八十になるまで、秀歌よませ給へと祈らんために、かちより住吉へ月詣でしたる、いと有り難きことなり」は、伝聞によって知ったにちがいないことを、自分自身のことばとし、確としたこととして提示する。そして、最後を「しかるべかりけることにこそ」とやはり長明自身の念押しの一文で締め括り、説得力をもった話として読者に印象づけるのである。

続く第六十三段も、例示される歌林苑十座百首、俊成家十首、右大臣家百首の場における話、及び後鳥羽院と隆信のことばは皆伝聞で、「けり」をもって叙述されているが、冒頭は「近頃隆信・定長と番ひて、若くより人の口に同じ様にいはれ侍りき」と、過去のある時から継続して並び称されてきたことを、長明自身の手許に手繰り寄せて、「き」をもって叙述される。そして、その締め括りも、右大臣家百首の時のこと故伝聞したことであるにも拘らず、「その時より、寂蓮左右なしといふことになりにき」と、やはり自分自身の位置に引き寄せて叙述するのである。人からの伝聞をそのままに引用する形で、投げ出すように終止していたこれまでの諸段とは、大きく変化しているといわねばならない。

第六十四段は、近き世から当代に及ぶ大輔と小侍従の話であるから、なおさらに長明に密着した位置から語られることになる。「近く女歌よみの上手にては、大輔・小侍従とてとりどりにいはれ侍りき」と語り始められ、「大輔はいま少し物など知りて、根強くよむ方は勝り、小侍従は花やかに、目驚くところよみ据うることの優れたりしなり」と、長明自身の見解が述べられる。そして、歌の返しに勝れていた点は、俊恵からの伝聞であったことがはっきりと示されている。

第六十五段は、当代の俊成女と宮内卿の話で、「この二人ぞ昔にも恥ぢぬ上手どもなり」（底本「なりける」、梅沢本などの本文をとる）と、長明自身の断定で始まり、歌の詠みようの際立って異なっていたことが、「人の語りしは」として「けり」叙述で展開する。そして最後に、寂蓮が、宮内卿と比較してその兄具親を口惜しきものと非難したことを、直接の伝聞として語って終る。以上は、数寄を主題とした歌人の逸話として一まとまりをなしているのであるが、伝聞を交えながらも、長明自身の視点から、自らの見解を主として語られているのである。

第六十六段になると、更に自分に密着した話として、三体和歌の会に出席して面目を施したことを語る。もとより「き」叙述で通されており、続けて、そのうちの春の歌を事前に寂蓮に見せたところ、自分の歌と類似の歌であったにも拘らず、合点を付けられた、その度量の大きさを、「さるは、真の心ざまなどをば、いたく神妙なる人ともいはれざりしが、我がえつる道になれれば心ばへもよくなるなんめり」と称讃する。そして逆に、宣陽門院供花会での別の先達の心ない改作の強要を批判的に語って、自讃に類する話になった言い訳を添えて締め括る。

第六十七段の、和泉式部と赤染衛門の勝劣の話に至って、一見「ある人いはく」の様式が復活したかに見える。ある人は、『俊頼髄脳』の定頼と公任の問答を引用して、二つの不審を提示する。一つは、式部を勝れたりと断定しているが、当時の評価は赤染の方がはるかに高く、式部は低いこと、二つには、式部の歌の中では、「はるかにてらせ」の歌の方が詞も姿も格段にたけ高く、景気もあっていいと思われるのに、公任が「ひまこそなけれあしのやへぶき」の歌の方を勝れたりと断定したのは何故か、という二点である。実際にある人が、かかる不審を長明に向かって漏らしたことが絶対になかったとは言えないが、その言葉をうけて「という」と締め括られる文体と、「予、試みにこれを会釈す」と長明の見解が対置される構造が、後続の「近代歌体のこと」の、「ある人いはく……といふ」「ある人答へていはく」の繰り返しによって構成される架空の問答体に極めて近いことから、そこに至る前段階として、ここも仮構された「ある人いはく」であると見てよいであろう。自分自身で疑問点を設定し、自らが答えるという構成なのである。そうすることによって問題の核心が明確になり、読者の興味と関心をくすぐることができることに、思い至ったのだと考える。

第一の不審については、「人がら」によってそうなったのだ、との結論を提示して明快である。第二の不審については、歌よみとしての程度を定めるときには「こやともひとを」の歌をとり、式部の秀歌はどれかと選ぶ時には「はるかにてらせ」歌をとるということになると述べ、譬えをもって補強しようとするのであるが、甚だ要領を得ない解答になっているといわざるをえない。最後は「しかれば大納言のその心を会釈せらるるにや。もし又、歌の善悪も世々に変るものなれば、その世に「こやともひとを」といふ歌の勝る方もありけるを、なべて人の心得ざりけるにや、後人定むべし」と、断定を放棄して終っているのである。

第六十八段の「近代歌体の事」になると、さらに繰り返しての問答体の採用によって、近代歌体―幽玄体―の解明が目指されている。

第一の問いは、近代の歌体が、「中頃様」に執する人と、「この頃様」を好む人と、二様に分かれて、宗論のように互いに嘲り誹りあっているが、これをどう心得ればよいのか。答えは、万葉のころまでは、懇ろなる心ざしを述べるばかりで、あながちに姿や言葉を選ぶことはなかった。中頃古今集の時代は、花実ともに備わって、そのさまは区々に分れ多様であった。拾遺集の頃からは、その風体がことの外に物近くなって、理がはっきり現れ姿のすなおな歌をよしとするようになった。後拾遺集ではさらに進行し、以後時代とともに衰えて、めずらしき風情は詠み尽くして少なくなり、ことばや表現もめずらしいものは少くなってしまった。かくのごとく、歌のさまが世々によみ古されたことを知り、古風に帰って、幽玄の体を学ぶようになった。これが今様姿の歌であると。

第二の問いは、今様姿の歌を新しく出てきたと考えるのは間違いか。

答えは、古今集の中に様々の風体が混在しており、中古のうたの体も古今集から出ているし、今様の幽玄の様もまた古今集から出ているのであって、突然に現れた風体ではないと断定する。

第三の問いは、二つの風体は何れが詠み易く、また秀歌を得易いか。

答えは、中古の体は学びやすいが、秀歌は得難い。今様の体は学び難くて、習熟すれば詠みやすいと。

第四の問いは、何れもよいものはよく、悪いものは悪いということのようだが、学者は我も我もと争っている。どう勝劣を定めればよいのか。

答えは、寂蓮がいうには、手習いをする時、自分より劣る人の字は学びやすく、自分より腕がいい人の字は習い似せることが難しいという。その伝でいけば、我らが今様姿の方が勝っていると。また長明自身の経験として、中頃の人の会に出ても、自分が思いよらぬような風情趣向は少なかった。しかるに、御所の会に連なってみると、全く思い寄らぬことばかりを人ごとに詠まれたので、恐ろしくさえ思った。だから、今様の幽玄風を心得るには、骨法ある人が円熟の境に入り、峠を越えてから後に習練すべきである。それでもちょっと踏み外せば、聞きにくい失敗作や無心所着の歌になってしまう。そのような歌を達磨宗というのであって、幽玄の境にある歌とは区別しなければならないと。

第五の問いは、その幽玄体とは、どのような姿なのか。

答えは、自分でも十分理解できていないので、明確にどういえばよいか分からないけれども、よく境に入れる人々の申されし趣きは、「詮はただ詞に現はれぬ余情、姿に見えぬ景気なるべし」といい、五つの譬えをもって補いとするのであるが、この答えだけは、明確さにおいて甚だ不十分で、前置きが謙辞でなかったことを窺わせる。しかし、そのような限界はそれとして、問いを設定することによって、論点を明確にしつつ、ことの核心に迫ろうとするこの方法は、具体的なもの、説話的なものに片寄りながら、歌論を構築しようとする長明が、最後に到達し獲得した方法であったといえよう。

かくして、内容的に最も歌論らしい歌論を陳述したその勢いが、次の六十九段の俊恵の権威を借りてする秀歌論へと繋がることになる。「世の常のよき歌は、堅紋の織物のごとし。よく艶優れぬる歌は、浮紋の織物を見るがごとし。空に景気の浮かべるなり」「大方、優なる心詞なれど、わざと求めたるやうにみゆるは、歌にとりて失とすべし。結ばぬ峰の梢、染めぬ野辺の草葉に、春秋につけて花の色々をあらはすがごとく、自ずから寄り来ることを安らかにいへるが、秀歌にては侍るなり」などの教えは、前段における「詮はただ詞に現はれぬ余情、姿に見えぬ景気なるべし」と同類の言であり、俊恵に多くを負っているにちがいなく、理解の程度は別にして、長明にとっての理想でもあったはずである。

第七十段の故実の体のことは、やはり俊恵の教えがかなり入っていると思われるが、ここでは長明は自らの歌論として語っている。五十九段の俊成自讃歌の段においては、俊恵の言をそのまま引用して、「身にしみて」の部分表現の直截性に否定的だった「夕されば野べの秋風」の歌について、一首の物寂しい風姿と名所との「かけあひ」に、この歌の最良のよさを認めていることに窺えるように、長明が自らの歌論として理論を構築しつつ語っていることは疑いない。

歌論らしい歌論への志向は、次の七十一段にも連続している。この段は、「古人いはく」と「勝命いはく」の二つの引用のみで全段が構成されていて、「又、詞の飾りを求めて対を好み書くべからず。わづかに寄り来るところばかりを書くなり。対をしげく書きつれば、真名に似て仮名の本意にはあらず。これは悪き時のことなり。彼の古今の序に、花に鳴く鶯、水にすむ蛙などやうに、え避らぬところばかりをおのづから色へたるがめでたきなり」などの見解は、長明の考えと完全に一致するとは思えないが、『方丈記』に窺えるような、長明の文章作法への興味と関心が、このような仮名文の故実や古くからの見解を書きとどめしめたものと思われる。

以上、第六十二段から七十一段までの十段においては、最初に志された歌の理論構築への志向が、長明の内部において再燃し、やや違った形で取り上げられることになったとみるべく、そして『無名抄』は、この質的高まりをもって実質ここに終結しているといってよい。

六　七十二段から七十八段まで

しかし、『無名抄』はそこで終結することなく、長明はさらにそのあとに、七十二段から七十八段までの七段を、何の区切りも置かずに連続させている。この七段は、七十五・七十六段が七十四段の「ある人いはく」を承けて一群をなしているから、五項目に纏められる。

第七十二段は、同じ波なのに様々なよび名があることを、「範綱入道がいひけるとて人の語りしは」「顕昭に問ひ侍りしかば」「筑紫のしまといふ所に通ふ者の、ことのついでに語り侍りしは」と、話者を明示しつつ、細かく説述し、「いと興あることなり」と締め括る。

第七十三段も、「あさり」と「いさり」の意味に違いがあるということを、『あづまの海人の口状なり』と、やはり話者を明示して説き、「まことに興あることなり」と、言葉への細やかな関心が示されている。内容の上からいえば、この二段は、仮名文のことを問題とする七十一段から明らかに繋がっている。

第七十四段は、橘為仲が陸奥国の守となって赴いた時の話で、五月五日、家ごとに菰を葺くようになったのは、実方の時、菖蒲がないなら安積の沼の花かつみを葺けと命じられてからのことだという、風流な習俗の起源を主題とするもの。『今鏡』を典拠とすると見てよいであろう。

第七十五段は、その為仲が、宮城野の萩を掘り取って都へ持ち帰ったという、これまた極めたる数寄に関わる逸話である。

第七十六段は、いみじき数寄者頼実が、住吉明神に祈り、命に替えて秀歌を願ったが、一度までは許されなかったという話で、これも『今鏡』に典拠をもつと考えられる。

第七十七段は、業平と二条の后の兄たちのこと、及び小野小町の髑髏の話。本文には「日本紀』とあるが、『大鏡』『古事談』『袖中抄』『袋草子』などに同種の話が見えるので、いずれにしても何らかの書承の話であるらしい。

第七十八段は、再び歌語のことに関心が向き、「夜とこね」「とこね」という歌語の好悪に関する内容で、長明の感覚に基づく明快な批判が中心をなしている。そして『無名抄』は、前後の脈絡はもとより、首尾の照応もないままに、この話をもって唐突に終結しているのである。

『無名抄』全体の編成の問題とこの末尾部分のことについて、簗瀬一雄氏『無名抄全講』（加藤中道館、昭和五十五年五月）は、次のように説いている。

『無名抄』の全編が、歌論書としても、歌話随筆集としても、完璧な編集形態をもっているとは、どうも考えにくい。配列の意図があらわに察し得るものも少なくないので、各章の評説で、その点にもかなり触れはしたけれども、すべてが、第一編成案のままであって、再考改定を経たものとは思われない。『無名抄』の終わりとして、最もふさわしい章段を求めれば、それはやはり第七十一章「仮名の事」あたりであろう。そして第七十二章以下は、第一編集を終わった段階での余材でもあったのであろう。そうした印象を私は消しがたいのであるが、それらの中では、本章（七十八段）はいささか異質のものである。雑談ではなくて、歌論の本筋にふれる内容を含んでいるからである。しかし、このことについて、久松・久保田『古典大系』が、

冒頭に題の意味をよく理解すべきことを説いたのに照応するように、終わりに証歌の意味を誤解している例をあげて結んだ。おそらく本書はこれで完結しているのであろう。

とし、これをうけて、高橋『評釈』が、

無名抄の冒頭においては「題の心を得べき事」として、歌を詠む場合に題の意味をよく理解すべき事を述べているのであり、本段における証歌の問題と呼応して、首尾をよく整えた長明の意図が見られるのである。

とするような解釈には賛成できない。私はやはり、編集後の素材の中で、骨っぽいものを後ろに置くというくらいの気持ちが、こうした形になったにすぎないであろうと思っている（七十八段評説）。

稿者は、この簗瀬説をほぼ妥当であると考える。ただ「編集後の余材」という考え方は、何にもせよ第一段階の編集があったことを認めることに他ならないから、この点のみには賛同できない。

たしかに五項目中の四項目は「ある人いはく」で始まっており、本来、その様式で統一されている中間部分のどこかに位置すべき内容だとはいえる。しかし、区切りもなく、内容的にも明らかに繫がっているし、また書承らしい話が多いなど、質的に完全に等質・同類とも言い切れないところもあって、このような編成連続が、層次を異に

する編集の結果であるとは考えにくいのである。むしろ、それほどの編集意図を持たず、僅かばかりの時間の休止などを挟んで、少しく変化した興味と関心の網にかかった事柄を、書き継いでいった結果であるとみた方が理解しやすいであろう。上来検し来った章段内容と長明内面の機微の推移とに鑑みて、稿者は、『無名抄』全体の編集・執筆は、冒頭から末尾に向かって一方方向にのみ推移しており、回帰したり行きつ戻りつしたり、編成しなおしたりといった、いわゆる編集作業や、まして何次かにわたる編纂のごときは、行われてはいないと思量する。

七　おわりに

最後に、『無名抄』の成立時期に関して一言すれば、『発心集』編纂の最初期に重なる時期に、末尾を擱筆したといえるのではあるまいか。七十四段と七十六段の典拠とされたかとみられる『今鏡』は、一方で『発心集』編纂に際してももっとも確実の度合の大きい典拠の一つであった。『無名抄』の末尾近くに至って、その『今鏡』を曲拠とする話が初めて登場していることは、両者の編纂の時間的な差異を暗示していると見られるからである。すなわち、『発心集』巻二のあたりで『今鏡』をひもとき、保胤や定基の発心と人となりにまつわる話（巻二の三話・四話）を記録したその時期が、『無名抄』末尾近くの編纂時期と重なっていて、『無名抄』は同じ『今鏡』から、歌人の風流・数寄に関する話を抜き出して記録した、と見てよいのではないかと考えるのである。

以上、いささか性急な論となったが、最後に「無名抄構成一覧」を添えて、叙上の論述の参考としたい。

無名抄構成一覧

	標目	主題	書き出し	種別
1	題心事	題詠法・本意	歌は題の心をよく心得べきなり。（俊頼髄脳）	自分の歌論として整理叙

				述
2	連がら善悪事	詞の続けがら	歌はただ同じ詞なれども、続けがら言ひがら	自分の歌論として整理叙述
3	隔海恋事	本意	或る所にて歌合し侍りし時、…心にくき人多くは	自分の見聞経験
4	我與人事	本意・表現	又同じ所にて、故因幡といひし女房、…俊恵聞きて、	自分の見聞経験
5	晴歌一見人事	晴歌は人に見すべし	晴の歌は必ず…予、そのかみ高松の女院の北面に菊合	自分の見聞経験
6	無名大将事	（歌語・表現）	九条殿未だ右大臣と申しし時、人々に百首の歌…（治承二）	自分の見聞経験
7	仲綱歌詞事	（歌語・表現）	同じ度の百首に、（安元元）	自身の見聞経験と伝聞
8	頼政并俊恵撰事	（歌語・表現）	建春門院の殿上の歌合に、…とぞ俊恵は語りて侍りし。	自身の見聞経験と俊恵よりの伝聞
9	鳰巣事	歌語の実体と詠み方	同じ度、…祐盛法師…とぞ申し侍りし。	自身の見聞経験と祐盛よりの伝聞
10	このもかのもの事	歌語の実体と詠み方	二条院和歌好ませおはしましける時、（袋草子）	何種かの総合伝承又は伝聞と付言
11	せみのを川事	歌語の実体と詠み方	光行、賀茂社の歌合とてはべりし時、予、月の歌に、	自身の参加見聞経験
12	千載集事	歌人のあり方	千載集に予が歌一首入れり。…故筑州聞きて、…となん申されし。	中原有安よりの教訓
13	不可立歌仙教訓事	管絃者のあり方	同じ人常に教へていはく、	中原有安よりの教訓
14	千鳥鶴毛衣事	歌語	俊恵法師が家を歌林苑と名づけて、…となん祐盛語り侍りし。	祐盛よりの伝聞に自身の不審を付加
15	歌似忠胤説法事	歌と説法	祐盛法師いはく、…となん語り侍りし。	祐盛よりの伝聞
16	ますほの薄事	歌語・数寄	雨の降りける日、ある人の許に思うどちさし集まり、	何人かからの伝聞に伝承譚を付加
17	井手款冬蛙事	文学地理・数寄	ある人いはく、…この事心にしみていみじく覚えしかど、	ある人よりの伝聞に感懐を付加
18	関清水事	文学地理・数寄	ある人いはく、逢坂の関の清水といふは、	ある人よりの伝聞
19	貫之家事	文学地理・数寄	ある人いはく、貫之が年ころ住みける家の跡は、	ある人よりの伝聞
20	業平家事	文学地理・数寄	＊又、業平中将の家は、	ある人よりの伝聞
21	周防内侍家事	文学地理・数寄	＊又、周防内侍…とよめる家は、	ある人よりの伝聞

22	あさも川の明神の事	文学地理・数寄	＊丹後国与謝の都に、	ある人よりの伝聞
23	関明神事	文学地理・数寄	＊逢坂の関の明神と申すは、	ある人よりの伝聞
24	和琴起事	起源・数寄	ある人いはく、和琴の起りは、	ある人よりの伝聞
25	中将垣内事	文学地理・数寄	＊河内国高安の郡に在中将の通ひ住みける由は、	ある人よりの伝聞
26	人丸墓事	文学地理・数寄	＊人丸の墓は大和国にあり。	ある人よりの伝聞
27	貫之躬恒勝劣事	俊頼逸話	俊恵法師語りて曰く、三条大相国非違の別当と聞えける時、	俊恵よりの伝聞
28	俊頼歌傀儡云事	俊頼逸話	＊富家の入道殿に俊頼朝臣候ひける日、かがみの傀儡ども参りて、	俊恵よりの伝聞
29	同人名字読事	俊頼逸話	＊法性寺殿に会ありける時、	俊恵よりの伝聞
30	三位入道基俊成弟子事	基俊入門・俊頼	五条三位入道語りていはく、	俊成との対話と伝聞
31	俊頼基俊いどむ事	基俊・俊頼	ある人いはく、基俊は俊頼をば蚊虻の人とて、	ある人よりの伝聞
32	腰句手文字事	基俊・俊頼	又いはく、…その座に伊勢の君琳賢が居たりけるが、…	ある人よりの伝聞
33	琳賢謀基俊事	基俊	＊いかなりけるにか、かの琳賢は、	ある人よりの伝聞
34	基俊避難事	基俊	俊恵いはく、法性寺殿にて歌合ありけるに、	俊恵よりの伝聞
35	艶書古歌事	艶書	ある人、女のもとより文を得たり。その文に歌二首あり。	ある人の誂えによる自身の経験譚
36	女歌読懸事	艶書	勝命語りていはく、	勝命よりの伝承
37	猿丸太夫墓事	文学地理・数寄	ある人いはく、田上の下に曽束といふ所あり、	ある人よりの伝聞
38	黒主成神事	文学地理・数寄	＊又、志賀の郡に大道より少し入りて、	ある人よりの伝聞
39	喜撰住事	文学地理・数寄	＊又、御室戸の奥に二十余町ばかり山中に入りて、	ある人よりの伝聞
40	榎葉井事	文学地理・数寄	ある人いはく、宮内卿有賢朝臣時の殿上人七八人相伴ひて、	ある人よりの伝聞に自身参加経験譚を付加
41	歌半臂句事	詠歌故実	俊恵物語の次に問ひていはく、	俊恵との対話と伝聞
42	蘇合姿事	舞楽故実	＊そもそも、楽の中に蘇合といふ曲あり。	前段に自身参加経験譚付加
43	上句劣秀歌事	表現の過不足	俊恵いはく、歌は秀句を思ひ得たれども、	俊恵よりの伝聞
44	歌詞糟糠事	表現の過不足	二条中将雅経語りていはく	雅経よりの伝聞
45	歌つくろへば悪事	表現の過不足	覚盛法師いはく、…季経卿歌に…	覚盛よりの伝聞と事例付加

46	依秀句心劣りする事	表現の過不足	*円玄阿闍梨といひし人の歌に、	前段に事例付加
47	案過して成失事	表現の過不足	*愚詠の中に、	前段に自身の事例付加
48	静縁こけ歌事	表現の過不足	静縁法師自らが歌を語りていはく、	静縁との対話伝聞と付言
49	代々恋歌秀歌事	顕輔自讃歌	俊恵語りていはく、…今これに心つきて新古今を見れば、	俊恵よりの伝聞に自身の見解を付加
50	俊頼顕輔の恋歌を讃むる事	顕輔秀歌	俊恵いはく、顕輔卿歌に…	俊恵よりの伝聞
51	歌人不可証得事	歌人としてのあり方	俊恵に和歌の師弟の契り結び侍りし始めの詞にいはく、	俊恵との対話と伝聞
52	非歌仙難歌事	歌は誰にも理解可能	歌は、名に流れたる歌よみならねど、…長守語りていはく	長守よりの伝聞と自身見解
53	思余自然歌読事	歌は誰にも詠作可能	又、心にいたく思ふ事になりぬれば、自ら歌はよまるなり。	自身の見解
54	範兼家会優事	和歌会の理想	俊恵いはく、和歌の会の有様…優に覚えし事は、	俊恵よりの伝聞
55	近年会狼藉事	和歌会の現実	*この頃の会に連なりて見れば、	俊恵よりの伝聞
56	俊成入道物語事	頼政賞賛	五條三位入道いはく、俊恵は当世の上手なり。	俊恵よりの伝聞
57	頼政歌数寄事	頼政賞賛	俊恵いはく、頼政卿はいみじかりし歌仙なり。	俊恵よりの伝聞
58	清輔宏才事	頼政賞賛	勝命いはく、清輔朝臣歌の方の弘才は肩を並ぶる人なし、	俊恵よりの伝聞
59	俊成自讃歌事	自讃歌	俊恵いはく、五條三位入道の許にまうでたりし次でに、	俊恵よりの伝聞
60	俊成清輔判偏頗事	歌の判	顕昭いはく、この頃和歌の判は、	顕昭よりの伝聞
61	隠作者事	歌の判	*大方、歌を判するに、	顕昭よりの伝聞
62	道因歌に志深事	歌人逸話・数寄	この道に心ざし深かりしことは、道因入道並びなき者なり。	自身の見聞と伝聞
63	隆信定長一双事	歌人逸話・数寄	近頃、隆信・定長と番ひて、	自身の見聞と伝聞
64	大輔小侍従一双事	歌人逸話・数寄	近く女歌よみの上手にては、	自身の見聞と伝聞
65	俊成卿女宮内卿両人歌読替事	歌人逸話・数寄	今の御代には、俊成卿女と聞ゆる人、宮内卿、この二人ぞ…	自身の見聞と伝聞
66	会歌姿分事	三体和歌・寂蓮賞賛	御所に朝夕候ひしころ、常にも似ずめづらしき御会ありき。	自身参加経験譚と見解付言
67	式部赤染勝劣事	歌人逸話・優劣	ある人いはく、…予試に是を会釈す。	ある人を仮構、公任判定に疑問を設定、自身の見解

				解を主に説述
68	近代歌体事	当代新風和歌	ある人問ひていはく、…ある人答へていはく、	問答体を仮構。自身の歌論として構築の上周到に説述
69	俊恵歌体定事	秀歌例示	俊恵いはく、世の常のよき歌は堅文の織物のごとし、	俊恵よりの伝聞
70	故実の体と云事	秀歌例示・故実	歌には故実の体といふ事あり。	俊恵よりの伝聞、自身の経験と見解を付加
71	仮名序事	仮名序・文体	古人いはく、仮名に物書くことは、…勝命いはく、	古書よりの知識と勝命よりの伝聞
72	諸浪名事	歌語	浪の名はあまたあり。範綱入道がいひけるとて人の語りし、	ある人よりの伝聞と付言
73	あさりいさり差別事	歌語	ある人いはく、あさりといひ、いさりといふは、	ある人よりの伝聞と付言
74	五月かつみ葺事	歌人逸話・数寄	ある人いはく、橘為仲朝臣陸奥国の守にて…（今鏡）	ある人よりの伝聞
75	為仲宮城野萩	歌人逸話・数寄	＊この為仲任果てて上りける時、	ある人よりの伝聞
76	頼実数寄	歌人逸話・数寄	＊左衛門尉蔵人頼実いみじき数寄者なり。（今鏡・袋草子）	ある人よりの伝聞
77	小野とはいはじの事	歌人逸話・数寄	ある人いはく、業平朝臣、二条后の未だただ人にておはしましける時、	ある人よりの伝聞と付言
78	とこねの事	歌語	ある人いはく、ある歌合に、五月雨の歌に、	ある人よりの伝聞に自身の見解を付加

第五節　後鳥羽院――文学・政治・出家

一　後鳥羽院の政治と文学

後鳥羽院時代の政治について、とりわけ承久の乱に至る動向については、上横手雅敬氏の諸論著に精細に論じられている。(注1) それらによれば、後鳥羽院は、建久九年の御子土御門天皇への譲位以後、諸所への頻々とした御幸、笠懸、狩猟、水練等々への熱中など、束縛を離れた自由奔放な振る舞いが目立ち、それとともに、建久七年の政変で天台座主を辞していた慈円を召し、官を解かれていた内大臣良経を左大臣として返り咲かせ、通親とともに重用し始めるなど、院の意向が確実に政治の表面に現れてくる。そして、初期後鳥羽院政の政治方針は、直情径行・非妥協的に自己の意志を貫徹し、一貫して院の強権を誇示する方向を志向し、理想主義を目指すものであったという。(注2)

そうした中、正治二年春から後鳥羽院は、和歌に開眼し、秋の初度百首を皮切りに集中的な歌壇活動が始まり、その熱気を背景として『新古今和歌集』の撰集は始まる。撰集は終始後鳥羽院の強い指導力のもとに進められ、親撰の集として完成したのであったが、慈円が「ツネニ院ノ御所ニハ和歌会・詩会ナドニ、通親モ良経モ、左大臣・内大臣トテ、水無瀬殿ナドニテ行アヒ行アヒシツツ、正治二年ノ程ハスギケル」(愚管抄) というとおり、歌壇の構成は、良経・通親の両大臣を車の両輪として、その均衡の上に進められており、それは当時の政治の忠実な反映であった。良経も通親も私的な行き掛かりを捨て、廷臣として奉公し治天の君たる上皇を補佐すべきであり、歌人たちもそれぞれの持場において撰集に協力すべしというのが、後鳥羽院の当然とする考えだった。(注3) 後鳥羽院の意識において、政治と歌壇は一繋がりのものであった。

かくして完成したこの集の中に、後鳥羽院の志向は露わである。先ず建仁元年七月に「撰和歌所」を設置して寄人を任命したのは、天暦の吉例を復活させたもので、上皇の和歌撰集が王権の復興を志向する政治の一環としての事業であったことを窺わせ、そのことは、「延喜・天暦二朝の遺美を訪ひ」(真名序)「古今・後撰のあとを改めず、五人のともがらを定めて、しるしたてまつらし」め、さらに「みづから定め、てづから磨」いた(仮名序)と、強調していることにも明白である。集名決定に当たっても、上皇は最初「続古今集」案を提示し、真名序の撰者親経が「続」字を不当として「新撰古今集」を提案、その後「新古今集」に治定したのであるが、上皇は一貫して「古今集」を規範としていたのであって、集名の中に、和歌復興の素志と延喜聖代再現の意図は籠められている。(注4) 元久二年三月、「日本紀竟宴」に範をとって、勅撰集には先例のない竟宴を催し、竟宴和歌を詠ましめたことの中にも、新しい和歌の撰集に『日本紀』と同じ高度の政治性を持たせ、『新古今集』を和歌の正史として『古今集』を嗣ぐ集たらしめんとする上皇の意図が窺える。

『新古今集』撰集の第二期、院自ら撰歌校閲中の建仁三年八月、鎌倉では頼家が廃されて弟の千幡が擁立されるという、将軍交代劇が起こる。後鳥羽院はすぐに千幡を征夷大将軍に任じ、院自らの命名によって実朝の名を与えた。実朝は翌元久元年、坊門信清女を妻として迎えたが、信清の姉七条院殖子は後鳥羽院の母であり、実朝室の姉坊門局は、院の乳母卿二位藤原兼子が養女として後鳥羽院の後宮に入れ、所生の皇子を養育するという入り組んだ関係にあった。この婚儀は公武融和のために打たれた布石で、これを推進したのは、上皇の意を受けた兼子であり、鎌倉方では、坊門家の二男忠清に娘を嫁がせていた時政妾牧の方であったという。(注5) 上皇は、朝権の回復、朝儀の復興という高遠な目的のために、現実の幕府体制を容認した上で、武士をも服従せしめ、新院政の藩屏たらしめようとしたのであった。(注6)後鳥羽院は実朝に好意的であり、実朝も勤王の志に富んでいたが、そのような個人的関係を超えて、御家人領保護の方針を貫徹しようとする幕府の方針と、臣従させようとする上皇の方針は相容れず、融和協調関係は悪化に向かってゆく。承久元年正月の実朝の死は、公武間の緩衝地帯を消滅させ、将軍後嗣決定をめぐっても、院は幕府の望む宮将軍の東下に反対、妥協の末道家の三男三寅を不承不承認めはしたが、実朝の死後、とりわけ三寅の東下後、後鳥羽院の討幕の決意は固まっていった。(注7)

二　敗戦と鎌倉方への条々申入れ

院は、承久三年五月十四日、鳥羽城南寺に東西十四箇国の兵千七百余騎ならびに京畿諸寺の僧兵を召し集め、翌十五日、義時追討の宣旨と全国の守護地頭を院庁の統制下におく旨の院宣を発し、召集に応じなかった京都守護伊賀光季を襲って戦闘の末自害せしめ、幕府と親しい西園寺公経・実氏父子を幽閉、ここに承久の乱は始まった。

それから僅か一箇月後、宇治・勢多に敷いた最後の防禦線における攻防は、六月十三日と十四日の二日間で終結し、院方の敗北は決定的となった。慈光寺本『承久記』は、十四日夜半のこととして次の話を伝える。

翔・山田二郎重貞ハ、六月十四日ノ夜半バカリニ、高陽院殿へ参リテ、胤義申シケルハ、「君ハ早軍ニ負ケサセオハシマシヌ。門ヲ開カセマシマセ。御所ニ伺候シテ、敵待チ請ケ、手際軍仕リテ、親(まのあた)リ君ノ御見参ニ入リテ、討死ヲ仕ラン」トゾ奏シタル。院宣ニハ「男共御所ニ籠ラバ、鎌倉ノ武者共打囲ミテ、我ヲ攻メン事ノ口惜シケレバ、只今ハトクトク何クヘモ引キ退ケ」ト心弱ク仰セ下サレケレバ、胤義是ヲ承リテ、翔・重貞等ニ向ヒテ申シケルハ、「口惜シクマシマシケル君ノ御心哉。カヽリケル君ニカタラハレマイラセテ、謀反ヲ起シケル胤義コソ哀ナレ。何クヘカ退クベキ。(下略)」

古活字本でも、若干のニュアンスの違いはあるがほぼ同旨で、いずれも敗軍の将を門内にも入れることなく見捨て、将士たちを慨嘆させたという。しかし、この話は少しく事実とは違うようで、『吾妻鏡』翌十五日の記事は、次のように伝える（原漢文を仮に訓読す。以下同じ）。

十五日、戊辰、陰。寅刻、秀康・胤義等四辻殿に参じ、宇治・勢多両所に於ける合戦に、官軍敗北し、道路を塞ぐの上、已に入洛せんと欲す。縦ひ萬萬の事有りと雖も、更に一死を免れ難きの由、同音に奏聞す。偽りて大夫史国宗宿称を以て勅使とし、武州の陣に遣はさる。（中略）辰刻、国宗院宣を捧じて樋口河原に於いて武州に相逢い、子細を述ぶ。（中略）藤田院宣を読む。其の趣、「今度の合戦は、叡慮より起こらず、謀臣等の申し行ふ所なり。今に於いては、申請に任せて、宣下せらる可し。洛中に於いて狼籍に及ぶべからざる由、東士に下知すべし」てへり。其の後又御随身頼武を以て、院中に於いて武士の参入を停められ畢んぬるの旨、重ねて仰せ下さると云々。盛綱・秀康は逃亡し、胤義は東寺の門内に引き籠もるの処、（下略）

すなわち、後鳥羽院は、帰参した武将たちの報告を聞いた上で、樋口河原に陣を敷く武蔵守泰時のもとに勅使を派遣して条々を申し入れ、しかる後、院御所への武士たちの参入を止めたというのであって、こちらの方が史実であったと思われる。勅使派遣のことは『百錬抄』十六日の条に、「今日大夫史国宗を以て御使と為し、狼籍を鎮むべきの由武士に仰せられ、六条河原に行き向かひて、義時朝臣已下を本官に還任し、追討の宣旨を召し返すべき由仰せ下さると云々」と見える。上横手氏によれば、この時の院宣は、

①今度の合戦は上皇の意志によるものでなく、謀臣たちが勝手にやったことである。
②義時追討の宣旨は撤回する。
③京都で狼籍を働いてはならない。
④今後万事は幕府側の要求に応ずる。

という四項目を内容とするものだった、と整理している。（注8）

上皇が門を閉ざして敗軍の将たちを御所に入れることなく追放したというのは『承久記』の虚構だとしても、「今度の合戦は、叡慮より起こらず、謀臣等の申し行ふ所なり」と、自らの責任を「君側の奸臣」に転嫁し、自身の安泰をはかったというのは、動かしがたい事実であるようで、後白河法皇も用いた常套手段であるとはいえ、英邁で果断な君主像は大きく減殺されてしまう。朝権の回復・朝儀の復興という抽象的な意志の大きさに比して、緻密な計画と見通しを欠いた、直情径行の理想主義者の脆さと卑小さが露呈する。

三　隠岐配流を予定した遷幸

六月十九日、後鳥羽院は、それまでの高陽院殿から一条万里小路の四辻殿へ遷幸された。『百錬抄』に、

十九日壬申、一院四辻殿に御幸、武士囲繞し奉る。新院大炊殿に還御、両宮本所に渡御、

とあるから、すでに捕らわれの身として、宮々たちと分かたれ、武士たちに護送されての御幸であったと思われる。そして、七月六日、さらに鳥羽殿へと護送される。義時の下知として既に決まっていた隠岐への配流を予定した、その第一歩としての遷幸であった。慈光寺本『承久記』は、

同六日、四辻殿ヨリシテ、千葉次郎御供ニテ、鳥羽殿へコソ御幸ナレ。昔ナガラノ御供ニハ、大宮中納言実氏、宰相中将信業、左衛門尉能茂許リナリ。

と簡潔に叙述し、『吾妻鏡』は、

六日、戊子、上皇四辻仙洞より、鳥羽殿に遷幸せらる。大宮中納言実氏、左宰相中将信成、左衛門少尉能茂、以上三人各騎馬にて御車の後に供奉す。洛中の蓬戸、主を失なひて扉を閉ざし、離宮の芝砌、兵を以て墻となす。君臣共に後悔の腸を断つ者か。

と伝え、『六代勝事記』も、ほぼ同旨を物語る。

それらに比べ、古活字本『承久記』の叙述は詳細である。

去程ニ、同七月六日、武蔵太郎、駿河次郎、武蔵前司、数万騎ノ勢ヲ相具シテ、院ノ御所四辻殿へ参リテ、鳥羽殿へ移シ奉ルベキ由奏聞シケレバ、一院兼テ思召儲サセ給ヒタル御事ナレ共、指当リテハ御心惑ハセヲハシマシテ、先女房達出サルベシトテ、出車ニ取乗テ遣出ス。謀反ノ者ヤ乗具タルラントテ、武蔵太郎近ク参リテ、弓ノハズニテ御車ノ簾カカゲテ見奉コソ、理ナガラ情無クゾ覚ヘシカ。聴テ一院御幸ナル。射山・仙宮ノ玉ノ床ヲサガリ、九重ノ内、今日ヲ限ト思召、叡慮ノ程コソヲソロシケレ。東洞院ヲ下リニ御幸ナル。朝夕ナリシ七条殿ノ軒端モ、今ハヨソニ御覧ゼラル。作道迄、武士共、老タルハ直垂、若ハ物具ニテ供奉ス。鳥羽殿ヘ入セ給ヘバ、武士共四方ヲカゴメテ守護シ奉ル。玉ノ砌ニ近ヅキ奉ル臣下一人モ見ヘ給ハズ。錦ノ帳ニ隔無リシ女御・更衣モマシマサズ、只御一所御座ス。御心ノ程ゾ哀ナル。

泰時の長男時氏や三浦康村ら三人が、数万の軍勢を率いて護送したというのは誇大で、慈光寺本『承久記』や『吾妻鏡』にいうところあたりが史実に近いと思われるが、院は確かに囚われ人として、極く限られた者たちだけに近侍され、幽閉されたにちがいない。

四　落飾・出家

後鳥羽院は、二日後の八日、この鳥羽殿において出家を遂げられる。『百錬抄』に「今日、一院並びに修明門院、鳥羽殿に於いて御出家と云々」とあり、『光台院御室伝』の「御戒師御参事」の条に、

承久三年七月八日［甲寅］、太上天皇御出家［御年四十二］。唄、御室御兼行也。剃手、寛済僧都参勤也。去る六日、御幸鳥羽殿。御車。信成卿並びに能茂、御共に候す。宰相中将同じく出家すと云々。今月十三日御遠行。

承久三年七月九日。修明門院御出家。戒師天台座主宮。

とあって、御室道助法親王が、唄と戒師を勤め、剃手は寛済僧都が勤めた出家であったことを知る。併せて、同じ日信成も出家したという。なお『百錬抄』は八日に、修明門院重子も一緒に出家したとするが、翌日、天台座主宮を戒師として行われたとする『光台院御室伝』の所伝に従われる。『一代要記』によれば、法名は、金剛理、また良然であった。正規の厳かな出家儀式であった。この出家を、『吾妻鏡』は、

今日、上皇御落飾。御戒師、御室道助。之より先、信実朝臣を召して、御影を模さる。七条院、警固勇士を誘ひて御幸、御面謁有りと雖も、只悲涙を抑へて還御さると云々。

と伝えて簡潔であるが、落飾前の姿を信実に写させたとする点で他の所伝と異なり、おそらくそれは誤りではなかろうか。古活字本『承久記』は、前引六日の記事に続けて、

同八日、六波羅ヨリ御出家有ルベキ由申入ケレバ、則御戒師ヲ召サレテ、御グシヲロサセ御座ス。忽ニ花ノ御姿ノ替ラセ給ヒタルヲ、信実ヲメシテ、似せ絵ニ写サセラレテ、七条院へ奉ラセ給ケレバ、御覧ジモ敢へズ、御目モ昏サセ給御心地シテ、修明門院サソイ進ラセラレテ、一御車ニ奉リ、鳥羽殿へ御幸ナル。御車ヲ指寄テ、事ノ由ヲ申サセ給ケレバ、御簾ヲ引ヤラセマシマシテ、龍顔ヲ指出サセ給テ見ヘヲハシマシ、トク御返アレト御手ニテ御サタ有ケレバ、両女院、御目モ暮、絶入セ給モ理也。

と叙し、六波羅にいる泰時の命による出家であったとし、落飾後、信実を召して似せ絵を描かせ七条院に贈ったこと、両女院の御幸と御面謁などを、臨場感あふれる筆致でリアルに物語っており、真実を伝えているかに思われる。

後鳥羽院出家の記事が最も詳細なのは、慈光寺本『承久記』である。

同十日ハ、武蔵太郎時氏、鳥羽殿へコソ参リ給へ。物具シナガラ南殿へ参り給ヒ、弓ノウラハズニテ御前御簾ヲカキ揚ゲテ、「君ハ流罪セサセオハシマス。トクトク出デサセオハシマセ」ト責メ申ス声気色、閻魔ノ使ニ

コトナラズ。院トモカクモ御返事ナカリケリ。武蔵太郎重ネテ申サレケルハ、「イカニ宣旨ハ下リ候ヌヤラン。猶謀反ノ衆ヲ引籠メテマシマスカ。トクトク出サセオハシマセ」ト責メ申シケレバ、今度ハ勅答アリ。「今、我ガ報ニテ、争デカ謀反者引籠ムベキ。但シ、麻呂ガ都ヲ出デナバ、宮々ニハナレマイラセン事コソ悲シケレ。就中、彼堂別当ガ子伊王左衛門能茂、幼キヨリ召シツケ、不便ニ思食サレツル者ナリ。今一度見セマイラセヨ」トゾ仰セ下サレケル。其時、武蔵太郎ハ流涙シテ、武蔵守殿ヘ申給ノ事、「伊王左衛門能茂、昔、十善君ニイカナル契ヲ結ビマイラセテ候ケルヤラン。「能茂、今一度見セマイラセヨ」ト院宣ナリテ候ニ、都ニテ宣旨ヲ下サレ候ハン事、今ハ此事計ナリ。トクトク伊王左衛門マイラサセ給フベシト覚候」ト御文奉リ給ヘバ、武蔵守ハ、「時氏ガ文御覧ゼヨ、殿原。今年十七ニコソ成候ヘ。是程ノ心アリケル、哀ニ候」トテ、「伊王左衛門、入道セヨ」トテ、出家シテコソ参リタレ。院ハ能茂ヲ御覧ジテ、「出家シテケルナ。我モ今ハサマカヘン」トテ、仁和寺ノ御室ヲ御戒師ニテ、院ハ御出家アリケルニ、御室ヲ始メマイラセテ、見奉ル人々聞ク人、高キモ賤シキモ、武キモノノフニ至ルマデ、涙ヲ流シ、袖ヲ絞ラヌハナカリケリ。サテ、御タゾサヲバ七条院ヘゾマイラセ給フ。女院ハ御グシヲ御覧ズルニ、夢ノ心地シテ、御声モ惜マセ給ハズ伏シ沈ミ、御涙ヲ流シテ悲シミ給フゾ哀レナル。替リハテヌル御姿、我床シトヤ思シ召サレケン、院ハ信実ヲ召サレテ、御形ヲ写サセラル。御覧ズルニ、影鏡ナラネドモ、口惜シク、衰ヘテ長キ命ナルベシ。

弱冠十七歳の時氏の分別称揚と、父泰時の我が子自慢を縦糸とする物語で、特に前半は四辻殿からの還幸と混乱しているると思われ、かなりの虚構が加えられているであろう。ただ後鳥羽院が能茂に一目逢いたいと望んだというのは十分にありうることで、その希望を利用して泰時は、まず能茂に山家を命じ、剃髪し入道した能茂を後鳥羽院に対面させることによって、間接的に院の出家を促したというのが、「六波羅殿ヨリ御出家有ル可キ由申入ケレバ」の内実であったかもしれないとは思われる。泰時は強硬すぎぬ穏やかな方法で院に出家を遂げさせた、というのが真相だったのではあるまいか。しかし、これも思慮深く情ある泰時像を描くべく仕組まれた、虚構である可能性の方が大きいであろう。

敗戦が決定的となった時、後鳥羽院は、崇徳院出家の先蹤を思い起こされたはずである。しかし、後鳥羽院は、武士に赦しを乞うが如く、自発的に剃髪するという方法を、敢えて取ることはなかった。

五　最晩年の無常講式

出家剃髪の後信実に描かせたという似せ絵は、社伝では隠岐在島中の宸筆御影とされているが、水無瀬神宮に現存する法体の座像がそれであるにちがいない。細い眉、細く小さやかな目と射るような眼光、ふくよかな頬と額が個性的で、温容のうちに王者の風格を湛えている。水無瀬神宮蔵や『大日本史料』第五編之十二所載原富太郎氏蔵の、やや若年時を描くと思われ高烏帽子俗体座像の面差しともよく似ており、出家時の真を写しえているであろう。
最晩年、「無常講式」を著わし、「詠五百首和歌」の終末部において、
諸神を頼みしかひぞなかりける井出のしがらみ手にはくまねど
いにしへのなげきの森の名もつらしわがねぎごとの神の瑞垣
神風やとよさかのぼる朝日かげくもりはてぬる身を嘆きつつ
あはれ知れ神の恵みは知らねども伊勢までなほもかくる頼みは
と、頼み甲斐なかった神々への不信と恨み嘆きを訴え、なお伊勢の神に頼みをつなぐ歌を配し、その末尾を法華経に最後の望みを託す、
我が頼むみのりの花のひかりあらばくらきに入らぬ道しるべせよ
の一首で閉じ、「我は法華経にみちびかれまいらせて、生死をばいかにもいでんずる也」に始まる置文を残された、

仏教への親炙と帰依は、隠岐へ渡ってからなされることになる。

【注】

（1）上横手雅敬①『日本中世政治史研究』（塙書房、昭和四十五年）第三章幕府政治の展開。②『鎌倉時代政治史研究』（吉川弘文館、平成三年）第一章鎌倉時代史の展望。③『鎌倉時代―その光と影』（吉川弘文館、平成六年）第三 承久の乱。④「後鳥羽上皇の政治と文学」（『古代・中世の政治と文化』思文閣出版、一九九四年）。

（2）注（1）の①。

（3）注（1）の④。

（4）田中喜美春「新古今集の命名」（『国語と国文学』第四十八巻一号・二号、昭和四十六年一月・二月）。

（5）注（1）の③。

（6）注（1）の①。

（7）注（1）の②。

（8）注（1）の②。

第六節　伝定家筆俊忠集切一葉

一　はじめに

金刀比羅宮に無名の手鑑一帖が蔵されている。「古今筆陳」の銘のあるものでもなく短冊手鑑でもない別の手鑑で、古くから伝襲されてきたという。法量は、たて三九・四糎、よこ二四・四糎。藍地に菱繋ぎ紋緞子覆いの表紙。四隅に雲型の真鍮金具を付す。見返しは金泥に銀砂子を撒く。厚手の台紙は、全二十三丁。表がいわゆる古筆手鑑で、最末は裏表紙の見返しにも短冊が貼付されている。裏面は小さな絵を集めた画図の手鑑になっている。

二　当該切とその素性

その手鑑の表五丁表に、この切れは押されている。切れの法量は、たて一九・三糎、よこ一六・〇糎の枡形、いわゆる四半切である。

極め札は、裏の実名印を確認できないが、表の印記から、神田道伴（初め小林良安、弘化四年神田家相続）のものかと思われる。

この切れを翻字して記すと、以下のとおりである。

みちのなかにしてあふこひと
いふことを
續 なこの海のとわたる舟のゆきすりに
ほの見し人のわすられぬ哉
故殿うせ給てのち五月五日
源中将くにさねのきみせう
そこして侍しかへりことの
ついてに

定家様であることは疑いなく、かなり若書きの真蹟とみるべきかと思うが、全体に線が細く、筆勢も弱いところからすると、模写したものである可能性もなしとしない。しかし、よし定家の真蹟でないとしても、同じ内容の定家筆の一葉がかつて確かに存在したことは疑いなく、真蹟と同等に扱ってよいと考える。

右の切れの歌は、『私家集大成』2（中古II）（明治書院、昭和五十年五月）並びに『新編国歌大

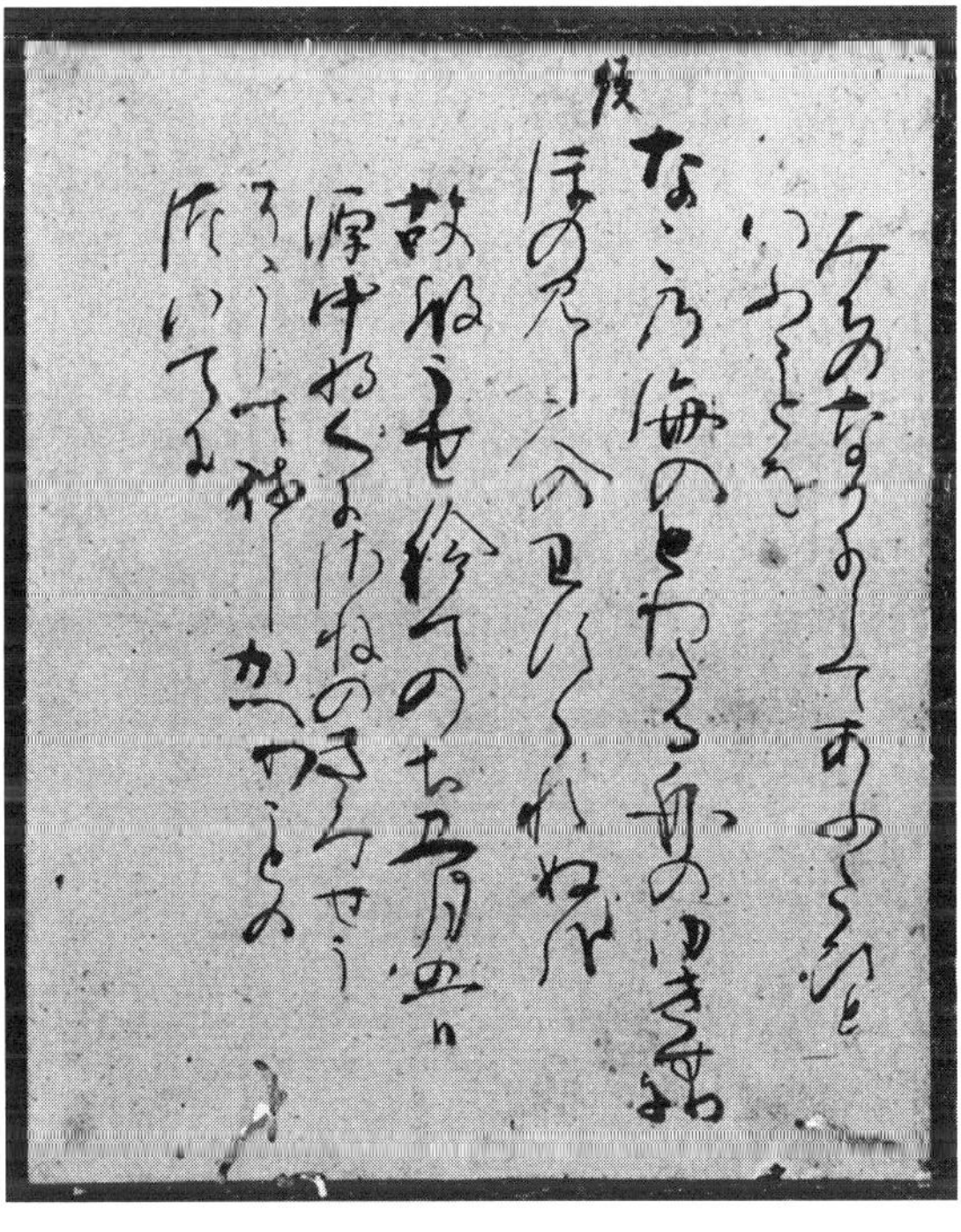
（金刀比羅宮蔵無銘手鑑伝定家筆切）

観』第三巻私家集編Ⅰ（角川書店、昭和六十年五月）所収「俊忠Ⅰ」（流布本系（1）類本。底本は書陵部蔵五〇一・三一八「帥中納言俊忠集」）の、17番の詞と歌ならびに18番の詞である。「俊忠Ⅱ」は、「途中逢恋」題の11番歌と「故殿うせ給て後五月五日、源中納言国信の君のせうそくつかはしたりしついてに」の詞と贈答歌（14・15）の間に、二首の詞と歌が介在しているので、合致しない。

書陵部本の本文と比較してみると、「俊忠Ⅰ」は、

① 集付「續」がない。

② 「給てのち」の部分「のち」がなく、「たまひて」とあるのみ。

③ 「くにさねのきみ」の部分が、「国信のきみ」とある。

僅かこれだけの中に、以上三箇所の異同がある。

一方集付が示しているとおり、この歌は『続後撰和歌集』恋一・七〇〇番に「恋歌の中に」の詞を付して採られており、初句は「なごのうみや」とやはり少異がある。

俊忠Ⅰの、書陵部本には、源家長が、前戸部（定家）の所持する本を申請して、寛喜二年六月十四日に書写した本を、さらに寛元四年十二月二十日に、桑門隠真観が写した旨の奥書がある。『私家集大成』の解題は、定家が祖父俊忠の家集を編成したものであろうと見ていて、確証はないがその可能性は大きい。一方、俊忠Ⅱは俊成筆本の系統で（奥書）、それと、俊成が外題と奥二枚を書写した「ことのゝしふ」（蒲郡市博物館特別展「藤原俊成の古典」出陳の、冷泉家時雨亭文庫蔵手鑑巻子所収、俊成筆外題表紙と藤谷殿の巻末識語「二条帥殿御集也、外題并奥二枚ハ五条殿御筆也」の書付による）とは同種のものであったろうか。ともあれ、定家所持の手沢本俊忠集があったことは確かであって、それには「万代」（6）「千」（9）「新古」（43・46）の三種類の集付がついていたのであった。「千」「新古」は定家所持本にあったもの（おそらくは定家の付したもの）、「万代」は真観が、書写の二年後に完成した『万代和歌集』への入集を

注付したものであろう。

以上の諸点を勘案すると、この切れは、同じく定家の関与したものではあっても、家長が書本とした定家手沢本とは別の、しかし同系統の本を、別時に定家が書写した一本の一部であると認定される。同じ集を定家は、何度も校訂を加えつつ書写して残していたのであった。

なお、この切れに見える集付「續」の字は、為家の筆跡の特徴をそなえており、するとこの俊忠集は、定家から為家に伝えられ、『続後撰和歌集』の撰集資料として使用された本であったことになる。

三　類同する切のあれこれ

伊井春樹編『古筆切資料集成　巻三』（思文閣出版、一九八九年十二月）には、伝定家筆俊忠集切として、次の五点が集成されている。(16)

（一）「書苑」第六巻四号（法書会、大正五年四月）

東山の花のもとにて人〳〵
うたよみしを山こえて
花を見るといふ心を
相坂のせきちにゝほふ山さくら
もるめに風もさはらましかは

（二）「高橋家御蔵品入札」（東京）昭和三年四月

源中将くにさねのきみせう
そこして侍しかへりことの

ついてにみちのなかにてあふこひと
いふことを
ほの見し人のわすられぬ哉
なこの海のとわたる舟のゆきすりに
（三）「当市玉水無事庵瑞雲軒氏所蔵品入札」（京都）昭和五年四月
おなし所にて又のとしの春
のこりのはなを〻しむ心を
世のうさをいとひなからもふるものを
しはしもめくる花もあれかし
八条の家にて歌合に草花
霞といふことを
夕霧の玉かつらして女郎花
野原のつゆにおれやふすらむ（頭部「金葉」）
（四）「藤田男爵家蔵品入札目録」（大阪同家）昭和四年五月ほか
鳥羽殿小弓合
花為春友　　　左中将
この春はかさねてにほへやへ桜
霞と〻もにたちもはなれし
（五）「当市福本家所蔵品入札」（大阪）昭和三年十一月八日　ほか

(40)

(41)

(49)

山もりよなけきといへは
ふしゝはもなかめかしはも
わきてやはこる

(二) は、この切れと同じ部分の、18の詞書を17の詞書の前につなげて合成しもので、明らかに偽物と知れる。(52)
(五) は、五寸三分、四寸四分の記載があり、換算すると、たて一六糎、よこ一二糎ほどになるから、六半切で、大きさが異なる上、右に寄せて三行書きに歌を書き、あとは余白とする書式においてもまた異り、全く別種の切れと見なければならない。
(一) は、この切れの直前、16番の詞と歌で、五行分。(17番の歌もこの詞書を承けている。)「書苑」に就くと、たて一六・三糎、よこ一五・八糎。筆跡は (三) に酷似し、(四) にも近い。しかして、右によせて五行が書記され、左三行分が余白となっているので、この切れには直接せず、明らかに別種の切れだということになる。「うたよみしを」の部分、書陵部本は「歌よみに」となっていて、やはり若干の異同がある。
(四) は、竪五寸三分、巾五寸一分とあるので、やはり六半切で、一面八行書きの書式は同じであるが、この切れとは別種。一葉を二分して初めの四行分 (49番の詞と歌) を残し、後続四行 (50番の詞と歌) を切断して、あとを別紙で補ってある。筆跡もこの切れとは異質で、(一) (三) に近い。なお、図版の添書きに「箱書付松花堂」とあり、切れとなった下限が示唆される。
(三) は、法量の記載を欠くがやはり枡型で、書陵部本と比較すると、
① 41歌の詞書末尾「といふことを」がない。
② 41歌第四句「野原のつゆに」は、「のはらのかせに」とある。
③ 集付「金葉」は、「金」とのみある。

の三点に異同があり、量的にはこの切れの場合と相似ている。筆跡のやや老熟した感じはこの切れとかなり異質で（一）（四）に近く、①詞書を一字下げて、歌を二行書きとすること、②「金葉」の集付をもつこと（新古今集定家進覧本草稿、渋柿庵蔵品中の「定家歌切」の雅兼歌に付された「金葉集」に照らし、明らかに定家の筆跡である）、③一面八行書の書式をとること、の諸点において、この切れと一致する。法量不明なので断定はできないが、（一）（四）と同種の切れである可能性が大きいであろう。

四　おわりに

かくすると、これがもし定家の真蹟、もしくは摸写だとしたら、この切れだけが孤立した存在となり、かなり若いころに書写した俊忠集の一葉となる。

手鑑類の中には、さらに多くの、伝定家筆の同類の切れが残存しているにちがいない。また、久保木哲夫氏によれば、歌を四行書きとする伝西行筆の俊忠集切れも、かなり伝存しているという。俊忠集の追究としてはもとより十全ではないが、右のような伝定家筆俊忠集切れのありようの中に、金刀比羅宮所蔵手鑑中の一葉を加えることができたことを喜びとしたい。

【附記】初出稿後、田中登氏から、伝定家筆俊忠集切の同類の断簡が、『思文閣墨跡資料目録』第一六六号（昭和六十一年五月）に掲載されていることを教えられた。すなわち、「77藤原定家　権中納言俊忠卿集断簡」がそれで、「古筆了任並大倉好斎極」「紙本、巾一四糎、竪二〇糎、総丈、巾四二糎、竪一三六糎、絹台貼絹装二重箱入」とある。本文は以下のとおり。

女房の歌をめしてたまはり

しに
つらさをは思いれしとしのへとも　（6）
身をしる雨のところせきかな
　返し
おもはすにふりそふ雨のなけきには　（7）
みかさの山をさしてちかはむ

　右端一行ほどが切り取られているかもしれない、という。そうだとすると、（5）歌（宮紀伊の君「おとにきくたかしのはまのあだなみは」歌の下句「かけじやそでのぬれもこそすれ」の一行が前にあったのを切断したか）。この断簡と同じ一面八行書写となり、やや不確かで写しかとも見える筆跡も類同していることになる。これを書陵部本（俊忠Ⅰ）の本文と比較してみると、以下の相違がある。

① 6歌の肩に、「万代」の集付けがある。
② 6歌初句、「つらさをも」。
③ 7歌三句、「なけきせは」。五句「かけてちかけん」。

異同の多さその他においても、当該断簡と類同した在り方を示している。

第七節　藤原為家の乳幼児期

一　はじめに

藤原為家の幼名は、「三名」である。漢字の表記に異同はなく、ただそれをどう呼称したかについては、「みな」か「みつな」かくらいが考え及ぶところで、何れと確定しがたいところはあった。ところが、『明月記』紙背文書の中に、「みみやう」と仮名書きにした用例が見つかって、(注1)実際には「みみょう」と呼ばれていたと判明した。本稿は、そのことに関連することがら若干について考察することを目的とする。

二　建仁元年三月二十二日記紙背

『明月記』建仁元年三月二十二日の記事の紙背に、以下のような消息（女房奉書）のあることが確認される。『翻刻　明月記紙背文書』(注2)の釈文（8―17建仁元年三月二十二日記紙背）を参考に、若干の異文を網かけで示し読み下してみる。

⑤大□□□□□□□（こせん十九日にカ）かもに

たて□もられて候　いつしか
二人にすてられまいらせて候
こゝろのうちは　をしはかり□□
⑥みなせ殿さまには
さふらひ□□一人
くして
ふなかくしニとかや
①御めのとゝりかへたく候さ□（まカ）
申はかりなく候て　ねたくこそ候へ
⑦大うちへたつね
られけるに
さも候つる
よにうらやましくて
②御をもきらひこそ　よにいとをし□
ミみやうの御心のうちおもひしらせ候はんな

⑧こそのくわんきくわうゐん
　こひしくて候つる
　③むま殿ゝめつらしからす　さこそ
　おかしく候へ　とく〳〵かへらせ給へかし
⑨さふらはせ給ハましかハと
　うちみてこそ候つれ
　④とふらひもまいらせ
　うれし□（かカ）りもまいらせ　めてたさも　申候はんな
⑩むま殿にむかはせ給
　たらんよりハ
　よく候な□□□（かしくカ）

この文書についての私の釈文と、現代語訳（前半）を記すと、以下のとおりである。

【釈文】①御めのとゝりかへたく候さ□（まカ）、申はかりなく候て、ねたくこそ候へ。②御をもきらひこそ、よにいとをし□、ミみやうの御心のうちおもひしらせ候はんな。⑶むま殿〻めづらしからず、さこそおかしく候へ、とく〳〵かへらせ給へかし。④とぶらひもまいらせ、うれし□（か）りもまいらせ、めでたさも申候はんな。⑤人□□□□□□（こせん十九日にカ）かもにたて□もられて候。いつしか二人にすてられまいらせて候、こゝろのうちは、をしはかり□□。⑥みなせ殿さまには、さふらひ□□一人くして、ふなかくしニとかや。⑦大うちへたつねられけるに、さも候つる、よにうらやましくて。⑧こそのくわんきくわうゐん、こひしくて候つる。⑨さぶらはせ給ハましかハと、うちみてこそ候いれ。⑩むま殿にむかはせ給たらんよりハ、よく候な。□□□（かしくカ）。

【現代語訳】（前半）御乳母を取り替えたく思いますのは、（今の乳母は）言いようもなく酷いお人で、憎たらしくさえございます。（三名が）人見知りして泣き出すところは、とても可愛らしく、（その）三名の御心の中を、どうか（私に）思い知らせて下さいな。（乳母の）馬殿には特にめずらしくなく（とも）、（私は）とにかく喜んで迎え入れたい気持ちでいっぱいです。（ですから）一刻も早く（私たちの日の届く定家の膝下へ）帰らせてほしいと願っているのです。（そうすれば、いつでも）訪ねて行って、うれしがっても見せ、可愛くてしょうがない気持ちも（私の口から）申し上げたいのです。

（以下、意味不明多く、省略に従う。）

【語釈】○御めのとゝりかへたく候さ□

底本「御めのとりかへたく」。冒頭の一句で文字も大きくきっぱりと書いているのに、踊り字を脱しているのであろうか。「御目の」「御女の」何れであれ、その場合格助詞の「の」は不要で、「御めの取り替へたく」では熟さない。「御乳母取り替えたく」であれば、以下の文章への接続関係も明瞭となる。

○むま殿はめづらしからず、さこそおかしく候へ、

底本「むま殿ゝめづらしからず、さこそおかしく候へ」。「むま殿ゝ」の踊り字は「は」と訓ますべき文字であろうか。「さこそおかしく候へ」の冒頭を「さ」と訓むのは苦しく、「とも」と訓めぬかと思い廻らしてみたが、「こそ」には続きゆかない。やはり「さ」と訓むしかないかと思う。「さこそおかしく候へ」の「をかし」は、本義の「喜んで迎えいれたい」意なので、馬殿ではなく、消息記主の思いとして解釈できる。

○こぞのくわんぎくわうゐん、こひしくて候つる。

「去年の歓喜光院、恋しくて候ひつる」。ほぼ一年前の、中将殿（良輔）主催の花見行のことと思われ、そのとき同行した女房の中に、消息記者もいたと思われる。『明月記』当日の条を引用して示す。

（正治二年閏二月二十二日）午時許参上、両三度昇降、明日、中将殿（良輔）相具女房、可歴覧歓喜光院、承之由、今日議定了、

（閏二月二十三日）午時許参上、小時相具女房、車二両出、中将殿、女房車二両〔已上皆垂下簾〕、次予与与州（能季）同車、知範、件車光輔車借寄、次国行車〔国照／清水坂〕、又乗、次御車〔頼康乗之〕、川原北行、自祇園西、入歓喜光院、如形有歌、次引入車法勝寺之間、丑寅方所衆等有之云々、仍即出了、昏黒帰参宮、退下、

○「おもひしらせ候はんな」の「な」は、終助詞。相手や他に対して、……してほしいと、願い望む意を表すのに用いられる語法。「思い知らせてくださいよ」の意。

「めでたさも申候はんな」の「な」も、終助詞。自分自身、……したいと願い望む意を表す。「可愛くてしょうがない私の気持ちも申し上げたいのです」。

○定家に対して、ここまでズケズケと物が言える女性は、その姉たちのうちの誰かであると推測される。同じ紙背文書の中に、一年余り前の類似の内容の文書もある。

（5—12正治二年〈一二〇〇〉正月九日紙背）

まいらせたまふことにて候はむすれは／□□□へ□さと□□（たにカ）しておはします事のうれしさよ／なに事もとくく身つからぞ申候へき。三名の／御事も行すゑとをく／（後欠）

（5—13正治二年〈一二〇〇〉正月十日紙背）

身つから申候はむとて、おもふはかりは／□□さふらひなむ、又ふかくのミ□□／一品の宮の御事も、かいあるやうにて見まいらせ、むかしにかはらすおはします事にて候うれしさの、わらはの心にハ、いたくとゝまりておほえ候□／

この二通一連の文書は同筆で、そうすると筆跡の異なる8—17の当消息は別筆だと見なければならない。内容から（5—12）（5—13）は、八条院に仕えて、一品宮昇子内親王の養育係として尽瘁した、定家姉健御前（法名「みあみ」）の筆跡である可能性が大きく、とすれば、この消息は誰か別人のものとなるであろう。

三　明月記記事に見る三名の動静（1）

三名誕生の年、建久九年（一一九八）の『明月記』は、二月末まで完存しているが、三月以降は残らず、この年についてはその動静を確認することはできない。ただ、葵祭のころに三名（為家）は誕生したかとする稲村栄一氏の説が、二月二十七日の記事「今日木工ノ頭兼定祭ノ使ヲ催サル、当月妊夫人之由ヲ申ス」を基に提示されている（注3）のみで、誕生して以降八箇月足らずの間の動静は把握できない。けれども常識的に考えて、定家邸において養育されていたことは、次年度記事への継続という観点からみても、妥当すると思われる。

さて、翌正治元年（一一九九）、三名（為家）二歳時の、年間の動静をたどってゆくと、以下のとおりである。基本的に、定家邸において養育されており、乳母宅はその痕跡すら窺うことはできない。（括弧内は推定による私の補い。）

正治元年正月七日（一一九九）（二歳）　異腹の兄小男定継、清家と改名（後さらに光家と改む）、定家相具して中宮任子に参り、兼実の御前に参ずるに、良経引導せしめ給い、過分の賞翫の仰せに預かる（明）。

正月十六日　定家、小男清家を相具して、大炊殿（式子）・三条殿（俊成）に参る（明）。

三月一日　定家、前日妻室を相具して嵯峨に行き向かい、この日高倉に行き両小児ら（清家・三名）を相具して九条に帰る。「即行高倉、相具両小児等帰九条」（明）。

三月十九日　両児（清家・三名）、定家室に伴われ日吉社に参詣、日入りて帰来す。「今暁女房［軽服之後］、両児乗車参詣日吉、日入帰来［参祇園］」（明）。

三月二十四日　定家、腰病治療に湯治を試みるべく、小児ら（清家・三名）を相具し乗車して嵯峨に行向かう。「巳時許被昇載車向嵯峨、湯治。小児等相具」（明）。

四月十八日　定家、嵯峨を出で昏黒九条に帰る。これ以前、妻室小児（三名）を相具して帰宅す。「先是、女房小児相具帰了」（明）。

七月十三日　十一日来小児（三名）病悩、小女の病悩二十日に余るもなお毎日発り、小男（清家）又両三日温気あり、三人の子共に瘧病（わらわやみ）に罹患す。天下の瘧病勝て計うべからず（明）。

八月三日　小児（三名）の所悩甚だ重く、腹取（如来房尼）を喚び寄せて之を取らしむ（明）。

十二月十一日　三名、魚食。乳母営む所の饗膳の後、定家相具して先ず中宮任子の台盤所に参り、乳人忠弘懐に抱きて殿下兼実に見参、手本と造物を賜り、種々の感言を蒙る。夜、三歳年長の女子（後の民部卿典侍）着袴。定家思う所ありて中宮の御衣を申請、着せしめてこれを行う。「此子於事物吉、自今所為悦也」「両人随分吉事無為遂了、為悦」（明）。
定家、三名を相具して（良経邸にか）参上、女房（妻室）の見参に入りて退下す（明）。

十二月十八日

清家への改名披露の挨拶まわりを、年初に行い、年末には三名の魚食と女子の着袴を行って、これも披露の挨拶回りをし、両にらみで嫡男を考えようとしているかに見える。事実そうではあるのだけれど、外戚に恵まれた出自のよい三名の誕生は、定家に俄然希望を与えたはずである。これ以後急速に三名に傾いてゆくことになるのは致し方ないところであろう。

さて正月七日に清家（さらに後光家と改む）と改名した異腹（先妻季能卿女腹）の兄は、「兄先ヅ父命ニ逆ラヒ、齢三十ニ及ビテ未ダ仮名ノ字ヲ書カズ」（建保元年五月二十二日）とあるのを、そのまま三十歳、元暦元年（一一八四）生まれとして、正治元年のこの年は十六歳である。その清家は「小男」と呼称されている。対してこの年二歳の三名は「小児」、三歳年長の姉は「小女」と呼ばれ、「両人」は女子と三名とである。その他この前後の呼称の内、「両小児ら」「小児ら」「小児二人」「両児」も、余りに年齢は離れているけれども、「予元来胤子少シ、僅カニ二人ノ男（光家と為家）已ニ仮名ノ字ヲ書カズ」云々と言っていることなどから判断して、これらも新しく生まれた三名の方に比重をかけつつ、しかし、あまり差のない言い方で、三名と清家を指していると見てよいと考える。二人の他に男子はいないからである。

さて三名養育の話に返って、基本的にこの年正治元年度は、定家邸において養育されており、乳母宅はその痕跡すら窺えないのである。

四　明月記記事に見る三名の動静（2）

ところが、その翌年の正治二年（一二〇〇）、三歳の年になると、事態は一変する。三月十日の「三名、乳母の子病患により、定家宅に将来さる」とか、七月六日「三名、乳母の許より帰来」、また八月四日の「三名、乳母の許に向かひ了んぬ」、八月十一日「三名、四条の乳母宅より帰来」などの言に明らかなように、養育の本拠は定家邸ではなく、乳母邸に移っているのである。その中間に位置する正月の紙背文書一具二通（九日前と十日前）は、どちらを指し示しているのであろうか？「三名の御事も行するとをく」「身づから申候はむとて」と、一品宮昌子内親王に近仕して、心ゆくまでの奉仕を引き合いに出しての物言いから判断すれば、昨年末からの短い期間に、四条の乳母邸に養育の本拠が移されたことを意味しているのではあるまいか。二月三日の記事には、三名が清家や小女と一緒に定家邸にいる気配は感じられない。

（一二〇〇）（三歳）
正治二年正月九日前　五―12　紙背文書（前記）
正治二年正月十日前　五―13　紙背文書（前記）

正治二年二月三日　定家、妻室と小男（清家）小女らを伴い、春日祭上卿（右大臣家実）の南都下向行列を見物す（即為見物出、［相具女房・小男・小女云々］）（明）。（三名の名見えず）

二月七日　三名乳母定家邸に来り、梶原滅亡のこと等を語る（三名乳母来語梶原滅亡事等、其余

党等追捕之間、京并辺土多以有事云々）（明）。

三月十日　三名、乳母の子病患により、定家宅に将来さる（三名来、乳母子有病、仍将来云々）（明）。

三月二十一日　三名、日来無為、この日小瘡多く出で、疑うらくはヘナモ（水疱瘡）か、二十三四日温気出で添い、月末に至り治癒、沐浴す。この病近日世間の小児に流行す（三名日来無為、仍夜前令小浴之処、今朝身聊治、未時許小瘡多出、疑ヘナモ歟、近日世間小児等有此事云々）（明）。

七月六日　三名、乳母の許より帰来、定家に伴われ中宮任子御所に参ず（三名、自乳母許帰来、午時許令参御所）。七日八日十一日十二日二十三日二十四日も（明）。

七月十五日　申時許雨止之後、女房相具小児二人（清家・三名）向三条坊門、秉燭程還来、（坊門局病気見舞）

八月四日　三名、向乳母許了、

八月十一日　三名、四条の乳母宅より帰来、昨日より痢気ある（申時許三名来、自昨日有痢気云々、殊以恐歎、酉時許参御所、入夜退下）も、中宮仕子御所に参ず（明）。

八月二十八日　定家、午時許に式子御所大炊殿に参じ、帰路四条の三名乳母宅に立ち寄りて、夜帰来す（午時許参大炊殿、帰路四条三名乳母宅、入夜帰、小阿射賀新地頭補改之由、有中将消息之問事也、）（明）。

九月十日　三名来、（欠文アリ）不用地頭奇怪之由、所知小阿射賀了、

九月二十日　定家、三名を相具して、法性寺殿（兼実）の例講に参ず（巳時許参南殿、御参御堂了、

追参上、……参東殿〔相具三名〕、退下）（明）。

十一月十六日　定家、朝三名乳母宅に行き、髪をそり、巳時許に還来す（朝行三名乳母宅、髪ヲソリ、巳時許還来）（明）。

十一月二十四日　定家、夜三名乳母宅に宿す（今夜宿三名乳母家、此事雖不可然、依有所便来宿也、人定処異恠歟、女房所相具也）（明）。

二月七日の記事に、乳母がやってきて梶原景時滅亡のことを語ったとある。梶原景時は、石橋山合戦で頼朝を救ったことから侍所所司兼厩別当となって権勢を振るい、頼朝没後も宿老十三名に加わっていたが、結城朝光を二代将軍頼家に讒言したことから、千葉・三浦・和田氏ら御家人たちの反発を招いて失脚、一族とともに相模一宮に逃れ、やがて甲斐の武田有義を擁立して対抗しようとしたが、正治二年正月二十日、駿河清見関付近の狐崎で討たれた、という。都にもその噂はすぐに伝えられ、『明月記』正月二十九日条には、「梶原景時、蒙頼家中将勘当、逐電之間、天下可警衛之由、沙汰之。又申院云々。依之世間頗物騒歟」とあり、また二月二日の条には、「人云、景時已被討了云々。未知其旨」とあった後、七日のこの記事となる。乳母は最新のニュースを携えて定家邸にやってきて、梶原が滅亡した時のいま少し詳しいこととか、その余党の者たちを追捕しているので、京でも地方でも物騒なことが多々生じていると語ったりしたのであろう。乳母の関心も旺盛であるところをみると、おそらくは関東育ちのかなり押しの強い、男勝りの女性だったのではあるまいか。

三名はこの年、「ヘナモ」（水疱瘡）に罹患して十日ほども苦しんだ（三月二十一日以下の条）。この病は近日世間の小児の間に流行していたという。三月十日に定家宅に呼び返されたのは、乳母子の一人（孝弘であろう）が同じ病に罹ったからだったと思われる。

八月二十八日の記事により、その乳母の住まいは、四条にあったと知れる。忠弘の住まいは「信乃小路高倉近辺」（『明月記』正治二年八月一日条「夜半過聞、青侍等云、忠弘宅群盗入、払底取雑物、僅存命云々、信乃小路高倉近辺、怖畏難堪」）（「信乃小路」は九条大路北、「高倉」は東洞院大路東）にもあったが、いくつかある屋敷の一つ、四条の家が三名養育の場所とされていたのであった。

三名を乳母の許から呼び返して、後鳥羽院后藤原任子御所に参上することも多かった。二年先の叙爵への前交である。また定家自身も乳母宅に赴いて、（三名のカ、自身のカ）髪をそって帰ったり（十一月十六日）、妻とともに宿泊したり（十一月二十四日）することもあったようであるが、世間ではあまり例のないことだったか、定家は恥ずべきこととして弁解につとめている。

五　明月記記事に見る三名の動静（3）

そして、乳母宅での養育が一年余りに及んだ、建仁元年三月二十二日の少し前のころ、かなり激しいことばを連ねた問題の紙背消息は認められたのであった。

（一二〇一）　（四歳）
建仁元年三月二十二日前　御乳母取りかへたく候ふさま云々…。三名、人見知りする幼児として可愛がらる。（八—17）
「御をもきらひこそよにいとをしく」
（『明月記』建仁元年三月二十二日紙背消息）

四月二十五日　三名、瘧病に罹患、伯父静快阿闍梨護身を加うるも、今日殊に重し（廿五日、天晴。

依三名発日、不他行。静闍梨加護身、巳時発了。今日殊重。貧家祈禱無力、旁無為方、歎而有余）(明)。

十一月十九日　三名、夕刻より温気あり、終夜病悩するも（自夕三名忽有温気、終夜悩）、二十日は別事なく、健御前に具せられて日吉参詣、通夜す（朝後三名無別事、未一点許出京、参詣日吉［健御前被具］、入夜宮廻、通夜）(明)。

この年の『明月記』は残るところ少なく、熊野御幸従駕の記事と冬記が比較的まとまっているが、三名の記事は乏しい。四月二十五日と十一月十九日の記事は、定家邸の女房・尼衆たちの強い要望が定家の聞き入れるところとなって、正治元年以前、また建仁二年以後のように、定家邸に養育の本拠が移されてからの記事と思われる。明確な判断はできないが、三名が乳母宅から帰来したり、呼び戻されたといった文言がないことに鑑みて、そう判断しておきたいと思う。そして、建仁二年（一二〇二）度（五歳）。

建仁二年二月十六日　定家妻、三名と共に日吉社に参籠す（今暁、女房・小児共参籠日吉）(明)。

三月十一日　定家、この日初めて妻を相具して冷泉高倉の家に入りて一寝、九条邸を残しながらこれ以後ここを本居とす（即被向三条坊門、相具女房、密々入冷泉高倉、小食了一寝［文義来、聊令修祭］）(明)。

四月十七日　為見稲荷祭、小児等（清家・三名）令向桟敷（明）、

四月二十三日　定家、両児（清家・三名）と妻室を相具し、一条東洞院辺の桟敷（源隆保妻に招請されて）において、賀茂祭の行列を見物す（巳時許、相具両児・女房、密行一条東洞院辺桟敷、

……）（明）。

五月二十一日　三名、定家に伴われ、兼実の向殿に参る（夜退下［三名参向殿］）（明）。

五月二十五日　三名、俄に温気、発心地の疑いあり（今日申時許、三名俄有温気、無程瘧了、有発心地疑）。二十七日（昏黒以後退下、騎馬向冷泉、三名、午時許重発之由聞之間、急馳、只今瘧云々）、二十九日にも重発（今日、三名、依冷泉近、於祇陀林地蔵、可試之由、昨日示了、定無其験歟、重発之間、心中更無為方）、六月一日蓮華王院において落得す（申始許、凌雨狂出帰京、依家不審也、初夜鐘之程、着冷泉、三名、今日於蓮華王院落得云々、喜悦無極、沐浴、偃臥、聊慰心）（明）。

六月二十一日　三名、定家に伴われ（乳人相具して輿に乗り）日吉社参、参籠通夜して二十八日に帰宅す（明）。

七月九日　三名、腹病痢気数日に及ぶ（三名腹病、痢気雖非指大事、漸経数日、尤驚思之也）（明）。

八月十七日　権中将高通朝臣より三名の料として贈られたる、夜前駒牽の駒を、三名母これを請取る（明）。

八月二十五日　三名、腹病六月より今に平減せず、今日赤痢の気あり（三名腹病、自六月于今不平減、今日有赤痢気、為歎無為方）（明）。

八月二十七日　三名、所悩なお軽減せず、定家資元朝臣をして痢病祭を修せしむ（三名猶所悩不軽、以資元朝臣、令修痢病祭）（明）。

十一月十九日　三名、叙爵。叙従五位下。一品昇子内親王御給、朔旦叙位（公補）。

水無瀬に祇候中の五月二十五日以下の「発心地」（瘧病）の記事では、五歳になった三名に対する定家の必死の思いが、文章から惻々と伝わってくる。蓮華王院において「落得」の報に、読者も一緒になって極まりない喜悦を味わい、「よかった」と胸をなでおろして、心から安堵することになるのである。

六月から始まった長引く「腹病」にも、定家は悩まされている。この年になると、三名を嫡男とする構想は確実に固まっていると見える。

最後の叙爵は、「一品昇子内親王御給」とある。昇子内親王（後の春華門院）は、後鳥羽天皇第一皇女、母は兼実女宜秋門院藤原任子。八条院の猶子となり、建暦元年十七歳の若さで崩御された。建仁二年のこの年、内親王は八歳。定家の姉には、八条院坊門局、八条院三条、八条院権中納言、八条院按察、八条院中納言（健御前）がおり、御子左家と八条院の関係は深いものがあったし、加えて主家九条家から立后した任子所生の内親王であるという、二重の関係から、当年度の年爵を買う権利が三名に与えられての叙爵であった。

六　おわりに

三名は、建久九年（一一九八）四月葵祭のころに誕生（一歳）して以来、正治元年（二歳）中は、十二月末に至るまで、基本的に定家邸において養育されている。乳母宅での養育に切り替わったのは、正治元年（一一九九）歳末から翌二年正月中の間と見られる。二月三日の条の記事に三名は含まれていないので、この時は既に乳母宅に移動していたものと思われる。そして正治二年（一二〇〇）の内は、基本的に四条にある乳母宅において養育されていて、何か事ある毎に定家邸に呼び戻され、長引く病気治療や公的な挨拶まわりに赴くといったありかたが、常態だったと見られるのである。

そこで、本消息に披瀝されているような不満や苦情が、三名を何時でも見て可愛がりたいと心底から思っている定家邸内の女房や尼衆たちからは、強い要望として、定家のもとに寄せられていたに違いない。何しろ最初の清家は才能も乏しい凡庸な子供であったところへ、二番目に誕生したのは出自もしっかりした嫡男候補の男児だったのだから、定家邸の女房・尼衆たちは、色めき立ったはずである。

かくてこの消息が内容とするような訴えが、定家の許に寄せられ、定家も容れるところとなって、事態は改善されたであろう。再度また定家の膝下において養育されることとなり、建仁元年（一二〇一）から二年のころには、旧に復し、定家邸において養育されている記事ばかりになるのである。

三名（為家）の乳母は、定家腹心の家司で乳人でもあった藤原忠弘（入道賢寂）の妻で、乳母子孝弘たちの母であった(注4)。本消息でその乳母は、「むま殿」と呼ばれている。女房名「むま殿」は、夫忠弘の官名「右馬允」（正治元年〈一一九九〉二月二十二日以前「右馬允」～元久二年〈一二〇五〉十一月三十日「転任右衛門尉」）に因むものであった。そしてこの乳母は孝弘たちの母で、伊勢国小阿射賀御厨の預所職と地頭代官職の一代の所有者（前記譲状）でもあり、関東の情勢に旺盛な関心を寄せる女性であった。おそらくは鎌倉育ちの、かなり押しの強い男勝りの性格の持ち主だったのではあるまいか。

本消息によって、為家の幼名「三名」の呼称が、仮名書きで「みみやう」と表記されているので、「ミミョウ」と呼ばれたことは確かである。どんな理由でかくも奇妙な名が付けられたのか。仏教関係の語彙にも、『大漢和辞典』にも見えないことばで、命名の由来も意味するところも不明のままである。博雅の諸氏の教示に俟ちたいと思う。

最後に、周辺の同音の語について、触れておきたい。「微妙」の字音は「みめう」〈呉音〉で、「微妙なその心中を」と解釈しうるかに見えるものの、「微妙の」であることと、「みめう」の表記の異なりは大きく、その解は否定されねばならないであろう。また「冥」は「みやう」と表記され「みょう」と発音されたが、「み冥」の語彙はない。かくて、「名」もまた「みやう」と表記され、「三名」は「みみょう」と発音されたのであった。

【注】

（1）田中倫子氏「『明月記』紙背文書の世界から」（京都冷泉家「国宝明月記」特別展図録、五島美術館、平成十六年十月）に、「定家の子息為家は、「御おもきらひこそよにいとをしく」（第八の17）と人見知りする幼児「三名」（第五の12）として登場する」と紹介されたのが、この紙背文書に注目する発端であった。

（2）『冷泉家時雨亭叢書　別巻一　翻刻　明月記紙背文書』（朝日新聞社、二〇一〇年二月）。

（3）稲村栄一氏は、『明月記』建久九年二月二十七日条の「今日木工頭兼定祭ノ使ヲ催スモ、当月姙夫人ノ由ヲ申ス。但、使明日モ来ルベキ由、之ヲ称シテ帰リ了ンヌト云々」とある記事について、「祭使は賀茂神社の祭の奉幣使。四月中酉日が祭日。その月にあたって出産予定の「夫人」があり、産穢に触れるため領状できないということであろう。因みにこの年、為家が出生しており、関係があるか」と注する（『訓注明月記』第一巻一五〇頁注三）。三月以降という条件にも合い、為家誕生時期の有力情報として、首肯されてよい。

（4）文永五年十二月十九日付阿仏御房宛融覚譲状（冷泉家譲状第一状）に「伊勢国小阿射賀御厨の預所職　并地頭代官御ばゝ孝弘母　存日のほどはさてをきて候　そのゝちは御ばゝが定に　その［（傍書）安嘉門院右衛門佐殿　阿仏房］御沙汰にて候べし」云々とある。

第八節　藤原定家の最晩年

現存する『明月記』自筆本は天福元年（一二三三）末まで、国書刊行会本は嘉禎元年（一二三五）末までの本文を伝えているが、かつては更に後続があり、定家は、没した最後の年仁治二年（一二四一）に至るまで（忌日は八月二十日）、日記を書き続けていたらしい。

文永十年（一二七三）七月二十四日付阿仏御房宛融覚譲状に、為家は「まこと〳〵故中納言入道殿日記［自治承至于仁治］」と自記し、阿仏を介してすべてを為相に譲った。為相は、応長二年（一三一二）三月十一日付右少将殿宛譲状（金沢市立中村記念館蔵重要文化財『古筆手鑑』所収切）に「抑中納言入道殿御記［自治承至于仁治］」と全く同じ注記を加えて、長男為成に譲与する。為成が早世したため、為相はその後改めて為秀に譲与したという。

定家自筆の『明月記』を相伝した為秀は、「四朝執柄」二条良基にその記の一見を許したことがあった。『広橋家記録』中の『守光公雑記』に、次の識語が留められている。

定家卿自筆記、自治承至此年［仁治二年］也、凡公事故実和歌奥旨明鏡也、住吉明神神託云、汝月明云々、仍号明月記也、此記為秀卿正本相伝之外、更無所持人也、不可有他見

四朝執柄　判

良基がこの識語を記したのは、応安四年（一三七一）三月二十三日以後、翌五年六月十一日の間であった。自らを「四朝執柄」と称している良基は、北朝の五代、光明・崇光・後光厳・後円融・後小松の各朝に仕えたので、

「四朝」は後円融朝までを意味する。後円融天皇は応安四年三月二十三日に即位しているからそれ以後、識語中の「為秀卿」は生存中と思しく、すると為秀が没した応安五年六月十一日以前と限定できるからである。

藤本孝一氏は、良基の識語を、歌論書「明月記」のこととされる（『明月記』巻子本の姿』、日本の美術454。至文堂、二〇〇四年三月）が、前後の文脈から判断して、辻彦三郎氏が『藤原定家明月記の研究』（吉川弘文館、昭和五十二年五月）に説かれるとおり、日記「明月記」のこととしか考えられない。良基は『毎月抄』にいう住吉明神神託の件を、日記「明月記」の名称の起源になったと見ているのである。

ともあれ、為家と為相の記には「至于仁治」とのみしかなく、仁治元年までか二年までかは不明であったが、為秀所持定家自筆本を一見した良基が「仁治二年」までと明記していることによって、定家が亡くなった同じ年の何月かまでの自筆記であったことが明らかとなる。「至此年」の「此年」が割注の「仁治二年」を指していることは疑いないから、この割注の証言は貴重この上ない。おそらく定家は、八月二十日に没したその最期まで、頭脳明晰で乱れなく、かつまた日記を書き続けようとする強い意志力、書く行為への頑なな執念を持続していたに相違ないのである。

書く行為への頑なな執念は、臨終に際しての自らの行儀に、最も典型的に見てとれる。

「藤原定家七七遠辰表白文」は、平岡定海『東大寺宗性上人の研究並史料上』（日本学術振興会、一九五八年）、前記辻彦三郎氏著書に、また『鎌倉遺文』（五九三五）にも載録されているが、内容の考察はほとんどないに等しい。この表白文は、父定家の四十九日法要にあたり、施主為家が東大寺の学僧宗性（歌人信実の兄隆兼の息男）に誂えて草した草稿で、仏前で読み上げられたその文章は、「大施主亜相殿下」などと為家を敬語で遇しているようなところから、宗性、あるいは法会の導師の立場において書かれている。為家の文章そのものでない点は、少しく残念なところではあるが、しかし、宗性に誂えるにあたり、追善供養される先考定家と、その法会を営む施主為家の、どのような事跡を盛り込み強調すべきか、して欲しいかにつき、詳しい要請があったはずで、また宗性からの質問には文書や使いの口上をもって答えたりして成ったはずの文章である。従って美文を志向する文章の背後にいくつかの真実が透けて見えることもまた疑いないところで、そのような枠組みを理解した上で、この文章を読み解いてゆかねばならない（詳しくは拙著『藤原為家研究』〈笠間書院、二〇〇八年九月〉第五章第一節「定家七七日表白文」参看）。

いま全体に及ぶ余裕はなく、定家の最期のことのみに注目してみると、定家生前の事跡を述べたあと、文章はその臨終に触れ、古の吉蔵法印と並べ比較しつつ、次のように続く。

然ル間仁治第二ノ天、秋霧寠シバ身ニ纏ハリ、金商中秋（南呂）ノ候、朝露漸ク消エナント欲ルノ期ニ当タリテ、心ヲ正念ニ住ドメ、口ニ佛号ヲ唱ヘテ、南浮ノ棘路ヲ辞シ、西刹ノ花臺ニ移リ御シマシキ。彼ノ吉蔵法印ハ、終焉ニ筆ヲ執リテ書見シ、其ノ初生即終死ナルヲ知レリ。此ノ先考聖霊ハ、最後ニ筆ヲ右リテ弥陀如来決定来迎ト書セリ。彼ハ只ダ生死必然ノ定理ヲ永クシ、此レハ懇ロニ往生浄刹ノ深キ志ヲ述ブ。昔ヲ以テ今ヲ思ヘバ、今ハ遍ヘニ昔ニ超ヘタリ。彼ハ猶ホ傳記ニ載セテ来葉ニ永クシ、此レハ豈ニ末代ニ於ケル勝事ニ非ズ哉。先考聖霊ノ、生死ヲ出離シ極楽ニ往生スルコト、更ニ其ノ疑ヒ無キ者歟（原漢文。仮に訓読す）。

定家は、臨終にあたり、心を正念に住し口に仏号を唱えつつ、自ら筆を右（と）り「弥陀如来決定来迎」の詞を書き付けたというのである。「心ヲ正念ニ」以下「移リ御シマシキ」までの部分は、最初「手ニ春木ヲ執リ、祈願ノ言ヲ書シ、口ニ仏号ヲ唱ヘ、忽チニ浮生ノ別レヲ告ゲ御シマシキ」と書いた文章を消して、内容を二つに分けこのように修訂してある。のみならずこの部分に関しては、直前の丁にも、次のように類似の文章を書き付け、何度も推敲を重ねた跡を示していて、為家から依頼された最も重要な内容だったことを想見させる。

仁治第二之天、秋霧久纏身、中秋南呂中旬之候、朝露漸欲消之朝ニ當テ、手執春木、書~~弥陀如来決定来迎之~~（祈願之言）詞、口唱佛号、遂往生之望御キ。

（一行余白）

彼吉蔵法印終焉撫筆未書

（一行余白）

此先考聖霊最後執筆忽書弥陀如来決定来迎之詞。上~~代~~（古）猶載傳記~~託来葉十~~（為後事）、末代非

「臨終正念、口唱佛号」は、当時一般の臨終行儀で、父俊成の場合もそうであった（『明月記』元久元年十一月三十日

条）。定家にあってはその上に、自ら筆を執り「弥陀如来決定来迎」の詞を書き付け、出離生死極楽往生を願求しつつ西刹におもむいたという。その意志の強さ、書き付けることへの飽くなき執念を最期の最期まで持して、実行したという点において、まさしく「末代ニ於ケル勝事」だったと言わねばならない。

第九節　正嘉三年北山行幸和歌の新資料

一　はじめに

正元元年三月五日、西園寺の花ざかりに、大宮院、一切経供養せさせ給。年比思しをきてけるをも、いたくしろしめさぬに、女の御願にて、いとかしこく、ありがたき御事なれば、院もおなじ御心にゐたち給ふ。楽屋の物ども、地下も殿上も、なべてならぬをえりととのへらる。その日になりて行幸あり。春宮もおなじく行啓なる。大臣・上達部、みなうへの衣にて、左右にわかれて、御階の間の匂欄に著き給ふ。法会の儀式、いみじさ(ママ)めでたき事ども、まねびがたし。

又の日、御前の御遊びはじまる。御門御琵琶なり。春宮御笛、まだいと小さき御ほどに、みづら結ひて、御かたちまほに美しげにて、吹きたて給へる音の、雲井を響かして、あまり恐ろしきほどなれば、天つ乙女もかくやとおぼえて、太政大臣実氏、事忌みもえし給はず、目をしのごひつつためらひかね給へるを、ことはりに、老しらへる大臣・上達部など、みな御袖どもうるひわたりぬ。女院の御心のうち、ましてをき所なく思さるらんかし。前の世も、いかばかり功徳の御身にて、かく思すさまにめでたき御栄へを見給らんと、思ひやりきこゆるも、ゆゆしきまでぞ侍りし。御遊びはててのち、文台めさる。院の御製、

色々に枝をつらねて咲きにけり花もわが世も今日さかりかも

あたりをはらひて、きはなくめでたく聞えけるに、あるじの大臣の歌さへぞ、かけあひて侍りしや。

いろいろにさかへて匂へ桜花我きみきみの千代のかざしに

末まで多かりしかど、例のさのみはにて、とどめつ。いかめしうひびきて帰らせ給へる又の朝、無量光院の花のもとにて、大臣、きのふの名残思し出づるにいみじうて、

この春ぞ心の色はひらけぬる六十あまりの花は見しかど

北山西園寺邸における一切経供養について、『増鏡』（第六「おりゐる雲」）は右のごとく叙していて、稀代の盛儀であった様が見てとれる。残存記録においても、宮内庁書陵部蔵伏見宮本中に『西園寺亭一切経供養並後宴等記』(注1)として整理されている五巻（伏・四九四）が、資季記、憲説記上、憲説記下、公種記、記者未詳記と、四種もの同一件に関する記録をまとめたものであって、そのこと自体がまずその異例さを証して余りある。これらの記によって、大宮院の発願により三月五日に行われた一切経供養会はもとより、その準備段階から、翌六日の管絃和歌会、八日の後宴等の具体的ありようを巨細に窺うことができる幸運に恵まれている。

もとより、記録者それぞれの立場や興味関心のあり様の違いから、右の諸記はそれぞれに特色を有している。例えば資季は、六日の管絃和歌会のみの記録を残し、肝心の仏事や後宴等には関心を示していないし、しかも当代の有職家らしく、随所に故実に照らしての批判的言辞が見られる。逆に記者未詳記は、五日の東宮行啓等を主とし、六日の管絃和歌会は簡略、とりわけ和歌会については、出席の公卿殿上人を列記するのみといったありさまである。四記のうち、前蔵人憲説記と侍従公種記は、職掌がらか、どの日の記録も平均的に詳密であるが、就中憲説記は、上下二巻に分巻されるだけの分量を備えており、極めて詳細である。他の記録にはない二月十五日の大宮院殿上に

おける一切経供養定の詳記、三月二日の中宮北山第行啓のこと、四日の上皇・大宮院うち揃っての北山第御幸や路次のことなどにまで遡って記し、八日の後宴、九日の還御に至るまで、一連の諸行事を詳密に記し留めて、まさしく一切経供養関係全行事の記録たりえている。各日の記録が詳細であるのみならず、二十五日の「定」の全文、五日の記付載の「御願文」ならびに「大宮院請諷誦事」の全文を収めていること(注2)などの点でも、単なる記録としてのみならず、願文等の文章研究にも資するなまの資料としての価値も低くない。

そうした貴重な資料の中に、六日の日に上皇が群臣に命じて御製に応ぜしめた翫花題和歌、いわゆる北山行幸和歌の未紹介の一本が含まれている。調査の結果、これは周知流布の「北山行幸和歌」とは別伝の、当日の懐紙類そのものから直接に記録された原本の姿を伝える新資料であるとの結論を得るに至ったので、本稿では、流布本との相違点とその意義を解明するとともに、「資料翻刻」として、当該和歌を含む憲説記三月六日の条以下各記当日の条を翻刻して参考に供したい。ただし、翻刻はA5判の紙焼写真により、その写しの一つ『伏見宮記録文書 七十九』の同じく紙焼写真を参照したのみで、原本に就いての確認は果していない。

二　伏見宮本四記の内容と記録者

最初に、伏見宮本当該四記の内容と記録者について瞥見しておく。いずれも自筆原本ではないが、原本そのものに就いて書写された第一次写本とされている書巻である。

記者未詳記(一巻)は、紙高二八・二糎。全十八紙。三月五日の行幸・行啓の記の途中からの記と思われ、①「午一点頭亮参上」に始まり、第九紙途中「今夜無名謁、昼御膳今朝於富小路殿事了云々」でその日の記事が終り、②「春宮行啓兼日沙汰事」が、十五紙途中まで、続けて③六日の記が十八紙まで、最後に④「七日後宴依雨延引、八日後宴、九日行幸行啓還御」と三行に記す。①と②以下は別筆である。

資季記（一巻）は、紙高三〇・三糎。全六紙より成る。「正嘉三年三月五日、乙酉、大宮院於西園寺令供養一切経給」に始まり、すぐ六日の記に入り、七日以後の記をもたない。途中「資季等於傾城中纔見物」その他の筆致から、記者を資季と確定できる。

藤原（二条）資季は、道綱孫資家の息男で、この年中納言正二位、五十三歳。一箇月後の四月十七日に権大納言に昇任、この日も歌人として参加していた。他に「延応元年記」、「後嵯峨天皇御即位記」（仁治三年）、「東宮御元服次第」（正元元年）、「亀山天皇八幡行幸記」（弘長二年）、「続古今集竟宴記」（文永三年）、「後嵯峨院御落飾記」（文永五年）等多数の記録を残している。

公種記（一巻）は、紙高三〇・〇糎。全二十九紙より成る、三月五日から九日までの詳記。巻首余白下部に「侍従藤原公種」とある。

藤原（三条）公種は、公季孫従三位参議実蔭の息男で、正四位下右中将、母は少将時通女（尊卑分脈）。『為兼卿和歌抄』の成立年時限定の決め手とされる「実任侍従」の父である。他に文永八年「亀山院六条殿行幸記」自筆本一軸（宮内庁書陵部蔵伏見宮本）を残している。

憲説記上（一巻）は、紙高三〇・八糎。全三十三紙。①「廿五日、乙亥、天晴、今日於大宮院殿上被定一切経供養并行事雑事等」に始まる二月二十五日の記（一一紙分。第三紙途中から長承二年八月二十九日の「定金泥一切経供養雑事」の例文、続けて今度の定文を付載する）、②三月二日の中宮北山第行啓の記（四紙分）、③「五日、乙酉、天晴風静、今日於西園寺被供養一切経」に始まる五日の記（六紙分）、そして④「僧名威儀師済僧自堂注送之」と端作のある、左右僧衆の交名（四紙分。別筆）、⑤前日の堂荘厳以下の式（左大臣被作進之）、そして⑥菅原長成草、経朝清書の「御願文」と、同じく長成草の「諷誦文」（九紙分）を収める。最後の⑤と⑥は、①〜③とも、また④とも別筆である。

憲説記下（一巻）は、①六日の管絃和歌会の記（九紙分）、②いわゆる北山行幸和歌の序ならびに全歌（六紙分）、③

八日後宴事（一一紙分）、④九日上皇・大宮院・天皇還御の事、十二日中宮還御の事、その他、憲説が大内記公長に質問した詔に関する四月三日付の公長の返状と、今回「正嘉三年三月」の詔の全文（四紙分）より成る。「詔」の最後の年月記の下に、同筆の小字割書きで、「九日御昼、法会五日也、依可被載五日歟、而被載九日、不審云々」と、原本のありようを不審視する旨の注記があり、当記が原本でなく写しであることを示している。

三月二日の記事中に「出車事、権少進憲説可奉仕之由、兼亮与奪云々」、「憲説去年十二月申請夕郎除籍之後、未還昇」、また六日の記中に「憲説装束使非重代也、但六位拝趨十余年之間如此仰出毎度奉行之」などとある記述から、憲説の記とわかる。右記事によって、憲説は、十余年間六位にあり、前年正嘉二年十二月には申請して六位蔵人（夕郎）を除籍になったままで、この時の現官は「中宮権少進」であったことを知る。藤原憲説は、高藤流説孝の孫で、代々蔵人をつとめた家柄であったらしく、従四位上尾張権守木工権頭清説の息、「正五位下、豊前守、中宮権大進、信説子云々」（尊卑分脈）とある。清説の弟が信説であるから、伯父の猶子となったのであろう。当記のほかに「弘安九年記」自筆一軸（宮内庁書陵部蔵伏見宮本）を残している。

三　北山行幸和歌の諸本

『正嘉三年北山行幸和歌』は、続群書類従（十五輯上）に収められて流布しているが、現在までに披見または確認できた諸本を、本文の特徴を基準に類別して示すと、以下のとおりである。

第一類本

①憲説記正嘉三年三月六日条付載本

第二類本

②安藤タマ氏所蔵重要文化財「正嘉三年北山行幸御会歌」（金沢文庫本）一巻

②′東京大学史料編纂所蔵安藤翔一所蔵本レクチグラフ（一〇〇五・一七八）「北山行幸和歌」

②″〔長松庵金子家某家〕『所蔵品入札』（昭和十四年六月二十日、東美）目録所載「国宝　正嘉三年北山行幸御会歌巻一巻」（全巻写真付載）

③内閣文庫蔵「正嘉北山行幸倭歌」（二〇一・一二九）一冊

④島原市立図書館松平文庫蔵『歌書集　興』所収無外題本

⑤福井県立図書館松平文庫蔵「正嘉北山行幸倭歌」一冊

⑥続群書類従巻第四百一所収「北山行幸倭歌　正嘉三年」

右のほか、『国書総目録』によれば仙台伊達家に一本を蔵するが、未見。おそらくは第二類本の一本と思われる。第二類本のうち、③④⑤⑥の四本は、いずれも近世以降の写本で、書写過程での過誤とみられるもの以外はほとんど異同なく、一系である。

②本は、『国宝・重要文化財総合目録　美術工芸品編』（文化庁編、第一法規出版、昭和五十五年三月）に、

渋谷区神宮前五—二—二七　安藤タマ

神奈川県安藤翔一旧蔵　書（昭一三・七・四）紙本墨書正嘉三年北山行幸御会歌（金沢文庫本）一巻

とあるもので、当該巻に直接就いての調査は果していないが、『重要文化財18　書籍・典籍・古文書Ⅰ』（文化庁監修、毎日新聞社、昭和五十一年刊）に収められている巻首と巻尾の写真図版、ならびにそのレクチグラフである②′本によって大概を把握することができる。写真図版添書には、「二八・八×三七五・〇㎝、鎌倉時代」、料紙は「雲母摺文様紙」とある。

②′本は、巻子本一軸。紙高九寸五分五厘（添尺による。換算すると約二八・九糎となり、前記添書の記載と一致する）。料紙は八紙より成り、白黒が反転したレクチグラフなので色彩は不明だが、第一紙、第三紙、第八紙は唐草小紋、第

二紙と第五紙は青海波小紋、第四紙と第七紙は水辺芦手紋、第六紙は竹に梅鶯紋の、いずれも措によると見られる紋様をもつ。紙質も不明であるが、おそらく唐紙であろう。巻首と巻尾に双郭縦長の、「金澤文庫」の印記を押す。(注3)「を」の仮名字母として「乎」が使用されていたり、また書体などからも鎌倉期の書写本であることを肯んじさせる。レクチグラフの付記として「右、北山行幸和歌/安藤翔一氏所蔵/昭和十三年三月撮影」とある。この撮影の前後に申請、七月四日に重要文化財の指定を受けたものと思われる。(注4)

その本文は、③④⑤⑥の諸本とほとんど変るところなく、これまた同系であるが、現存本中では書写年時が古いだけに純良で、それら末流諸本の祖本に近い位置にある一本と認められる。②本そのものに就いて調査すれば、さらに多くの知見を得ることができるはずであるが、とりあえず本文については、②′本をもって③以下の諸本すべてを代表させてよい。

以上、二類本としてまとめた既知の五本は、②の重要文化財安藤タマ氏所蔵本を最古の一本として一系であり、以下「流布本」と呼称することとする。

一方、一類本とした憲説記付載の一本は、内容上いくつかの点で二類本とは大きな相違点をもつ。それらについては以下順次検討してゆくが、前後の記に照らして、憲説その人の手になる和歌会記録の写しであること、すなわち三月六日の和歌会の直後に、当日各歌人から提出され、披講の儀を経た懐紙類そのものに直接依って写し留められた原記録を書本として書写された、その意味で最もなまの和歌会記録に近い資料であるという特徴を有することを強調しておきたい。以下これを「憲説本」と呼称することにする。

四　憲説本の特徴（1）

流布本と対比して浮び上ってくる憲説本の特徴の第一は、書記形態の上で、すべての歌について、端作のありようの違い（「甎歌」の二字の有無）までをも、巨細に写し留めている点で、このことは当の懐紙そのものに就いて記されたことを、端的に物語っている。その点流布本は、臣下第一の実氏歌の端作に代表させて小異は問題にしないという方式をとるのであって、後日の編纂によって出来上ったテキストであることを示していよう。

道良序の端作は「春日侍　行幸北山第同詠甎花応　太上皇製和歌一首并序」、実氏歌の端作は「春日侍　行幸北山第同詠甎花応　太上皇製和歌」とある。「一首」の有無については「序加二一首字一、或不レ加、両説。作者ハ一首字不レ加。匡房記、序者則〔之外〕不加之」（『八雲御抄』巻二、以下同じ）とある故実にほぼ合致している。「同詠」については、「（序者端作は）皆有二同字一」「但、作者略二同字一。大略同レ之。又或同字書レ之」とあって確定しないが、序者も作者も皆書く方式によっている。

御製端作は「春日於北山第甎花和歌」とあり、歌の肩に「三行二字」と記される。「御製書様」は、「詠二其題一和歌（一首時ハ三行三字吉程也。及二五六首一ハ二行。三首已上ハ三行）春日秋夜ナド書事ハ詩ニハ有レ例。歌ニハ普通ニハ不二書給一。又被レ書モ非レ難。寛治月宴、白川院令レ書給。八月十五夜甎二池上月一和歌云々。於二其所一ト書モ両説也」とあるのに照らし、歌には例が少いという「春日」を書き、両説あった「於北山第」を入れ、かつ「甎花」題を加える定式に拠っていることを知る。

御製が「三行二字」であったとする注記の他に、道良の序歌には「二行七字」、実氏の歌には「三行三字」と注されており、当日の懐紙の書式が、定家の『和歌秘抄』などに伝えられる故実に照らして、ほぼ標準的な方式に従っていたことを窺うこともできる。のみならず、これらの注記は、まさしく当日の記録として書き残そうとした憲説の意識に添った特徴というべく、和歌そのものの集成整理を目指したと思われる流布本編者は、かくのごとき書式に関する注記の必要を認めず、そもそも関心も払わなかったのだと思われる。

五　憲説本の特徴（2）

流布本本文と比較して浮び上ってくる憲説記の特徴の第二は、御製の次に配される少将内侍と弁内侍の歌が逆になっていることである。すなわち、流布本では、

少将内侍
山ざくらいまの御ゆきを待とてやはなも千とせの色にさくらん

弁内侍
さくらばなあまた千年のかざしとやけふのみゆきの春に逢らむ

となっているのであるが、憲説本では、少将内侍と弁内侍の名の順序はそのままで、しかも歌が完全に入れかわって逆になっているのである。これはどうしたことか。またいずれが正しいのか。

『風雅和歌集』巻二十賀部に、「正嘉三年、西園寺に一切経供養せられけるつぎの日、翫花といふ事を講ぜられけるついでに」と詞書を付して、深心院関白左大臣（基平）の「けふよりは」の歌、山階入道前太政大臣（実雄）の「君がため」の歌とともに、「後深草院少将内侍」の歌として、

さくら花あまた千とせのかざしとやけふのみゆきの春に逢ふらむ（二一八〇）

が収められている。とすれば、『風雅和歌集』の撰集資料とされた「北山行幸和歌」は、憲説本に近いものであったはずであるが、その後十分な点検を経て正されたと見られる流布本の所伝を疑うことの方が難しいのではあるまいか。

公卿殿上人が下臈から順次文台の前に進み出て懐紙を置き、読師が重ね直して一枚ずつ文台上に広げ、講師が披講している間に、薄葉に書かれた二人の女房歌が簾中から扇にのせて差し出され、御製講師為氏が取って持参し、

大臣歌講了後に講誦した、と諸記は伝える。[注5]『八雲御抄』に、「次自二下臈一次第置レ之。自二簀子一進。（……寛治八暦宴、女歌三首自二簾中一出。書二薄葉三重一置二扇上一。（中略）又重経七夕会、女歌六首書二薄葉一置二扇上一。右中弁師頼取レ之置二文台一。有信講レ之。……）「次自二下臈一講レ之。（若有二女歌一、侍臣後可レ講。六位蔵人不レ謂二一臈二臈一依二官上下一。）等とあるような故実に従って事が運ばれた[注6]のであるが、その際憲説本は、懐紙を重ね誤ったままを記録したのではなかったか。『続古今和歌集竟宴和歌』[注7]によると、女房歌二首は「大宮院権中納言」「中納言」の女房名はあるものの、端作もなく散し書きされており、元来男性歌人の場合の端作と位置署に当るような署名を伴わなかったことに基因する過誤なのではあるまいか。なお後勘を期したい。

六　憲説本の特徴（3）

流布本と比べて浮上してくる憲説本第三の特徴は、歌序において二箇所に異同がみられることである。

その一つは、16の顕朝歌「ためしなき」と17の雅忠歌「いくはるも」が、位署も含めて流布本の順序とは逆になっていること。資季記、公種記、記者未詳記は、いずれも中宮権大夫（雅忠）、按察使（顕朝）の順に列記しているし、正嘉三年三月の位次からいっても、正二位中納言資季、正二位権中納言雅忠、そして散位正二位按察使顕朝の順序であるべく、流布本の順序を正しいとしなければならない。憲説本が錯誤した原因はよく分らないが、二年前の康元二年二月七日に雅忠が顕朝の位次を超えるまでは、ずっと顕朝の方が上席にあり、散位とはいえ前権中納言で、この日も講誦人の一人として勤めていたようなことが、憲説をして位次を誤らせたのであろうか。これまた後考を要する。

もう一箇所の歌序の異同は、29の資平歌「ときにあふ」と30の高定歌「さきつづく」が、やはり流布本の順序とは逆になっていることである。記者未詳記と公種記は、資平、具氏、高定、具房の順序に記し、「高定朝臣」は割注として「依為蔵人頭置之時者乱位次、重時任位次也」と注している。これは『八雲御抄』に「又蔵人頭ハ、置歌事ハ侍臣後、重ハ随レ位階一。六位ハ不レ守二一臈二臈一、依レ官。是先例也。又随レ臈先例多。両説也」とある故実に関することであるに違いない。すなわち、この日の歌人で蔵人頭として出席した為教と高定は、殿上人十二人の最後に和歌を置いたのであろう。

この前後「正四位下」に叙された年月日を『公卿補任』や『弁官補任』で調べると、以下のとおりである。

為教　不明
信家　建長六年正月五日
具氏　建長六年正月五日
忠継　建長六年正月七日
資平　建長六年正月十三日
高定　不明（建長六年正月十三日～七年正月五日の間）
具房　建長七年正月五日

為教は叙任年月日を知りえないけれども、おそらく一臈であって、名実ともに殿上人（正四位下）の最上席にあったから、資季も特に位次に関することを注記する必要がなかったのであろう。一方の高定も叙任年月日を確定しえないけれども、『弁官補任』によれば、建長六年正月十三日から七年正月五日の間であったと思しく、おそらく資平、高定の位次を正とすべきであろう。するとこの場合は、流布本の歌序に過誤があるということになる。高定は、この年四月十七日に正四位下のまま参議に任じ、閏十月十五日従三位に叙される。一方資平は、二年後の弘長元年三月二十七日にやはり正四位下のまま参議に任じ、九月二十八日に従三位に叙されている。つまり公卿に列して以後の位次は高定の方が上席であったわけで、流布本編者はおそらく『公卿補任』の類を基準に位次を正したところから、このような誤りをおかす結果になったものと推察される。流布本がある時間を経過したあとで編纂されたらしい証跡の一つを、ここに見ることができるであろう。

七　憲説本の特徴（4）

憲説本の特徴の第四は、流布本の末尾にある「講師　権右中弁雅言朝臣」以下の記をもたない点である。記中にそれら一切を記録する憲説記に付載される和歌のみの資料だから当然のことではあるが、逆にこれを有し「正嘉三年三月六日」の日付までをも持つことが、流布本の後日成立を裏づける更なる証跡とされてよいであろう。

諸記から抽出できる当日の和歌会の講師他の陣容は、以下のとおりであった。

講師　権右中弁雅言
読師　左大臣道良
御製講師　権中納言為氏
御製読師　前太政大臣実氏

その他「講誦人」として、前右大臣公相、右大臣実雄、権大納言（未詳）、按察使顕朝が当ったことがわかる。『八雲御抄』の伝える故実は、「中殿会講師　臣下（四位殿上人、多弁官）、御製（中納言参議）」、読師については、「当座第一座為御製読師。二座人可レ為ニ臣下読師一。無ニ御製一所ニテモ惣多ハ第二人之役ナリ。或ハ又第一人兼ニ御製臣下読師一」とあり、すべてこの故実本則にかなっている。

右の引例を含め、これまで引用してきた『八雲御抄』の記は、いずれも中殿会に関するものばかりであって、当和歌会はおおむねそれに合った方式によって、つまり中殿会に準じる方式をとって催されたのであった。

八　憲説本の特徴（5）

憲説本の特徴の第五は、本文細部の異同である。ここでは顕著なもの若干について注目しておきたい。

序の六行目「坲雪垪霞」は、流布本はすべて「坲雪掃霞」に作る。「掃」は、「ハキクヅ、ハラフ、シツム」（観智院本『類聚名義抄』）などの訓があるが、前田家本『色葉字類抄』に「坲（ホツ）ハラウ」と同訓の筆頭に「掃」が挙げられているとおり、この場合「ハラフ」の訓が妥当なところ。「垪」は、「スクフ、ヒロフ、トヾマル、トル」（観智院本『類聚名義抄』）「ノボル、スクフ」（慶長十五年版『倭玉篇』）「ぬく、すくふ、水中からひきあげる、とる」（『大漢和』）などの訓があり、この場合「スクフ」が妥当であろう。両者を比較して、漢文文章の技巧という観点からみれば、下の「洗錦洗繡」との対句関係にあるほか、同じく「ハラフ」と訓ずる字をわざとちがえて、「坲雪掃霞」とする流布本の方が、巧みであるといえるかもしれない。しかし、和訓した文章として味う場合の表現の美しさや含蓄は、「ハラフ」の訓が重なる「掃」よりも「垪」の方が深く、的確で、すぐれているとも見られよう。いずれにしても「垪」と「掃」は、単なる誤字や訛伝ではなく、推敲のあとを伝える異文であると思われる。

歌本文の大きな異同は三箇所に見られる。1番道良歌第三句「とりあはせて」に対し、流布本は「とりあつめて」とするのと、7番実雄歌の末句「はるもかきらし」に対し、流布本は「はるはかはらし」とすること、および16番顕朝歌第四句「はなもやちよの」に対し、流布本は「はなもちとせの」とする点である。道良歌は、「とりあつめて」にしても「かくばかりとりあつめたる身のうさに」（風雅集・一八八四、山田法師）しか用例を見出せず、歌語らしからぬ表現であるが、「とりあはせて」ではさらに俗語的で、歌における用例も見出せない。いずれかの時点で修訂したとみるべきであろうか。実雄歌は、憲説本の表現の方が生硬で不消化な感があるから、あるいはこれも修訂したのであるかもしれない。顕朝歌は、両表現の優劣をつけがたいけれども、これもあるいは修訂の結果であろうか。少い例からではあるが、何となく、憲説本本文の原初的性格がほの見えてくるように思われる。

九　憲説本の位署の異同

最後に、位署の異同に目をとどめておきたい。両者の相違点を一覧してみると、次のとおりである。

		憲説本			流布本
⑩	良教	大納言	○		権大納言
⑪	公親	大納言	○		権大納言
㉑	通世	正三位行兼		○	正三位行
㉔	公宗	左近衛中将		○	左近衛権中将
㉕	為教	伊与権介			信濃権介
㉙	資平	左兵衛督			左兵衛督兼備後権守
㉚	具房	相模権介	○		相模介
㊱	経任	春宮権大進		○	春宮権大進臣

⑩⑪の良教と公親については、『公卿補任』正嘉三年の条に、以下のように見える。

大納言正二位　四条　同隆親［五十八］［十一月廿五日還任。］

権大納言正二位　二条　同良教［三十六］［按公卿補任。明年年正元二（即文応元年）良教為大納言。今考要記

　　　　　　　　　　　　　　　　転正年月欠］

　　　　　　　　三条　同公親［三十八］［右大将。○按公卿補任。明年正元二年（即文応元年）公親為大納言。

　　　　　　　　　　　　　　　　今考要記転正年月欠］

この編者注記にいうように、二人は前年（正嘉二年）には「権大納言正二位」の筆頭にならんで位置し、良教は按察使、公親は右大将を兼ねていた（按察使は、二年七月九日に顕朝が任官しているから、その時点で良教の按察使は解けたはず）。そして正元二年、すなわち正嘉三年の翌年には、二人は「大納言正二位」の位置にある。正元二年の条に任大納言の月日を記さぬことから見て、正嘉三年中に任官したことは疑いない。『公卿補任』のこの年の条には、これと同じように叙任月日を記さず編者勘記が付されているケースが多く、二人の他にも雅家、実材、定実、家時、資能、隆兼、宗教の七名に同様の注記がある。すると、流布本の「権大納言」を正当と認める根拠は何もないわけで、逆に憲説本の伝える官位「正二位行大納言」であった蓋然性の方がはるかに大きいことになる。そしてさらに憲説本の官記を一つの根拠として、両者の任大納言が三月六日以前であったと考えるべき筋道をも示唆してくれる。この年正月六日の叙位か、同じく正月二十一日の除目の際にでも昇任した可能性が大きいと考える。ともあれ、憲説本の本文が優位にあり、流布本は、現在見るがごとき過誤を含んだ『公卿補任』の類を参看し整理したところから、権官で記すことになったものと思量されるのである。ここにも流布本本文の後来的性格が明瞭に読みとれる。

㉑は「兼」字、㊱は「臣」字の有無に関することで、書式の故実に照らせば、流布本の方が整っている。何れも憲説本の過誤と認定してよいであろう。

㉔の洞院公宗は、この年十九歳で、散位従三位。「左中将。東宮大夫。三月一日叙正三位」とあるが、左中将は、

前後を見ると必ずしも正官のみを厳密に指してはおらず、この日の位次からいっても、流布本の権官表記を正しいとしなければならない。

㉕は、いずれかに決するに足る材料をもたない。

㉙の資平は、『公卿補任』によると、建長八年正月二十二日に備後権守を兼任しており、文応元年三月二十九日に、正四位下右大弁藤原宗雅が替って同官に任じられるまで、ちょうど任期四年の一期分備後権守であったと見てよい。するとこれも流布本の形の方がより完全であるということになるのであるが、これを欠く憲説本の位置をすぐに誤りと一蹴し去ることはできないかもしれない。むしろ懐紙にも欠けていた位置を憲説本がそのまま承け、流布本が後に補正した可能性も十分にありうることを認めておくべきであろう。

㉛の具房は、この年正月二十一日に相模権介に任官しており(『公卿補任』文永五年の条)、これは憲説本の権官表記の方が正しいということになる。

右の考証の結果として、妥当な方を表中に○印を付して示した。憲説本が誤っている㉑の「兼」字脱、㉔の「権」字脱、㉙の「兼備後権守」脱、㊱の「臣」字脱については、憲説本の原本段階においてすでに存在していた過誤、または原本から書写された書陵部本の段階で生じた過誤のいずれかであろう、と一応は考えられる。が、㉙に関して前言したように、原本段階における脱であるなら、さらには懐紙そのものに基因するような脱、つまり歌人当人の書いた懐紙における誤謬の類を保存している可能性も皆無ではないと思われる。だとすると、⑩⑪の場合同様、このうちの若干(㉙など)についても、流布本が、編纂の時点で後来の資料をもとに訂補した部分があったかもしれないという予想を可能にする。その点は不確かで臆測の域を出るものではない。

十　おわりに

以上の比較検討の結果を通して、憲説本本文の、正誤を含めた原初的性格と、対して流布本本文の、これまた正誤とりまぜての後来的性格がいよいよ明瞭になってくるのである。

【注】

(1) 記者未詳記以外の三記（四巻）については、当記からの写しが『伏見宮記録文書第七十九』（二五六・四〇）中に収められている。なお、『国書総目録』によると、『西園寺一切経供養記　正嘉三年』が京都東山御文庫に所蔵され、東大史料編纂所にその写しがあるという。写しは『京都御所東山御文庫記録　甲百廿三』（二〇一・一・一一　五）一冊で、表紙右に「正嘉三年西園寺一切経供養記　三巻」とある。これによって確かめると、写し（従って東山御文庫本）は憲説記であることを知る。伏見宮本と比べると、一行の字詰まで一致するほか、伏見宮本の虫損による欠字箇所、紙継の上に書写した文字が脱葉によって左三分の一ほどを欠損し判読困難となった箇所等を、そのままに、またはそれと表示するあり方で表記していることなどから判断して、東山御文庫本は、伏見宮本の書本たる憲説記の原本ではなく、逆に伏見宮本からの写しであると思量される。伏見宮本が上下二巻に分巻されるのに対し、東山御文庫本（の写し）が三巻となっているのは錯簡の扱いによる。すなわち写しの最初の巻は二月二十五日の記から始まり、三月五日の記第一紙の末尾「出中門之外」の行までで終り、第二の巻は三月六日の記最初から始まり、第三紙末「自寝殿東面」の行の次に、三月五日の記第一紙のあと脱葉を介して連続するはずの「出納」以下願文・諷誦文に至るまでを続けて終り、第三の巻は六日第三紙の次に脱葉を介して連続する「三方御肴物」以下詔までを収めているのである。つまり、東山御文庫本は、伏見宮本が現巻のごとく上下二巻に整序される以前（『伏見宮記録文書』が録されたのが明治八年四月であるから、それ以前となる）、錯簡を有して三巻であった時代に書写されたものと判断される。

なお東山御文庫本そのものについて調査してみなければならないが、今は写しによる判断として右のごとく考える。

(2) 『国書総目録』によると、東大寺図書館に『西園寺一切経供養願文等』写本一冊が存するという。おそらく三月五日の条付載の願文と諷誦文を内容とする書巻であると推察されるが、未調査である。

(3) 関靖『金沢文庫の研究』(芸林舎、昭和二十六年四月初版、昭和五十一年十一月覆刻)によると、この文庫印は正しい印記で、本巻は『土御門内大臣通親日記』や宋刊『文選』二十一冊等とともに、永禄ころに文庫から流出したものという(三八七頁)。

(4) 本巻と極めて相近い資料に、近年発見報告された(湯之上隆「後嵯峨上皇幸西園寺詠翫花和歌(金沢文庫本)について」、『日本歴史』三九八号、昭和五十六年七月)、伝為氏筆金沢文庫本「後嵯峨上皇幸西園寺詠翫花和歌并序」(唐紙)一巻(昭和五十五年六月六日重要文化財指定)がある。正嘉三年をさかのぼること十二年前の宝治元年三月三日、後嵯峨院がはじめて北山西園寺第に行幸され、同じ「翫花」題の応製和歌を召された記録である。重要文化財指定の官報によると、料紙は「唐紙」とあり、また湯之上稿によると、本紙三枚は、縦二八・六糎、いずれも茶地雲母刷下絵唐紙で、下絵は第一紙に梅竹図、第二紙第三紙に唐草文があるという。この料紙は②のレクチグラフから窺える本巻使用の料紙と同一のものとみられる。しかし、筆跡は全く別筆である。図版によって比較する限り、「金沢文庫」印は同一のもののごとくであり、同じ西園寺第行幸の副産物としての歌会記録であるという共通性からみても、おそらく正嘉三年以後のある時点で両者が同時に作成され、同時に金沢文庫に入ったのではあるまいか。なお宝治元年の詠翫花和歌は、島原市立図書館松平文庫「歌書集　雅」中にも一本が収められており、末尾に「以為氏卿真跡之巻物不違一字令書写則校合畢」とある。本文は一字のみ書写の誤りがあるが、他は漢字仮名の別まで一致し、まさしくこの重要文化財伝為氏筆本からの書写本であることがわかる。

(5) 本稿末尾付載の資料翻刻参照。

(6) 『和歌文学研究』第二十六号(昭和四十五年七月)に紹介、『藤原為家研究』(笠間書院、平成二十年九月)に収載した『資平卿記』によれば、文永三年三月の「続古今和歌集竟宴和歌」においても、紅薄葉に書かれた大宮院権中納言の歌と、柳の薄葉に書記された院中納言の歌が扇に載せてさし出され、同じような手順で披講されたという。

（7）『群書類従』巻第百七十八（第十一輯）所収。

【附記】稿後、関靖「金沢文庫本『北山行幸倭歌』の発見に就いて」（『歴史地理』第六十四巻第三号、昭和九年九月。↓『金沢文庫本の研究』青裳堂書店、昭和五十六年十二月）の存することを知った。それによると、料紙は八紙、縦九寸五分、横一尺六寸三分、全長一丈三尺ばかり、とある。また書蹟は、箱書には後人の筆で為相筆とある由だが、「自分が判断した処では、恐らく之は金沢文庫第三代の主である金沢貞顕の筆ではあるまいかと考へる。仮名の書振り、漢字の筆法など、全く貞顕のものと同法同筆である」とし、『たまきはる』ほかの書写時期に鑑みて「その書写時代は、貞顕の六波羅南方時代即ち乾元から延慶元年までの間といふことになる」とされる。

資料翻刻

＊全体に句読点を付し、割注は［　］の中に開いて示した。紙継の箇所は』で示し、憲説記についてのみ、下の丸括弧内に紙数を表示した。

（一）憲説記　正嘉三年三月

六日、［庚戌］、天晴、一切経供養翌日也、未明奉仕御装束、［北山南第南面東廂、］其儀、寝殿南面廂東四箇間、同東面南第一、［撤妻戸扉、但内御簾也、］并母屋南面三箇間［除東第一間］、已上八箇間巻御簾、母屋四面懸壁代巻之［自御簾五寸許下巻之］、四方皆以面為外以裏為内皆内へ巻之、但西北東三面引出面之紐於裏方結之、南面紐為面於面、已上以南為晴、母屋西北東三方副立四尺山水屏風、東庇南卯酉妻障子撤之懸御簾［母屋之廻］、南庇西鳥居障子同撤之、其跡覆御簾、母屋南面三箇間、南庇四箇間、同簀子八箇間、［西第一妻戸前、依為無量光院弘庇不敷之、］東簀子二箇間、已上敷満長延、［京筵也、］母屋階西間副西屏風敷繧繝端畳二枚、［南北妻、］其上供龍鬢加唐錦茵、［東面、］為　上皇御座、同階間以東副東屏風舗繧繝二枚、［東西妻、］供龍鬢唐錦茵等、［南面、］為』（1）主上御座、南庇東一間副覆御簾敷繧繝畳一枚、［東西妻、］供東京茵、［南面、］為大宮院御座、自南面之翠簾被出二重織物几帳、［当日被出御堂之几帳也、］其西四箇間為　女院女房候所、自翠簾之妻出紅紫之色、

東第一［東、紅梅匂、同單、萌木表着、葡萄染唐衣、西、萌木匂、紅單、紅梅表着、唐衣同東］

第二［東、紅躑躅、青單、柳表着、唐衣同、西、紫匂（上濃、下薄）、紅單、柳表着、同］

第三［東、柳、花款冬表着、紅單、同西、藤欵（上三紫匂、下二青匂）、紅單、花款冬表着、同、］

第四［東、紅躑躅欵（但上三紅梅、下二青）、青單、柳表着、同、西、柳、花款冬表着、紅單、同、］

寝殿東面南第二間格子垂御簾副立几帳［不出之］、対代南面西第一間供　中宮御座［繧繝□］、被出二重織物几帳、［被用当日之几帳也、］其東三箇間為同女房候所、［但東第一間被出内女房衣、］

西第一［西、紅匂、萌木表着、葡萄染唐衣、東、二色［上二薄色、中二款冬、下二萌木］、紅梅上着、唐衣同、］

第二［西、藤［上二薄色、下二青］、款冬上着、紅單、同、東、桜萌木［面青］、紅單、紅梅表着、同、］

第三［西、紅躑躅、柳上着、青單、同、東、萌木匂、款冬上着、紅單、同、］』（2）

第三間妻戸也撤扉、但、猶内御簾也、［不覆之、］此第寝殿并対代以下皆外格子蔀也、仍大略内御簾也、

寝殿南簀子階東西相分敷円座、［西九枚、東十五枚、対代弘庇南簀子構仮板、敷於西簀子之巡欵、柳円座於件簀子敷之、］寝殿南庇長押之上毎柱下各置鎮子、［長押上在差筵之時、鎮子置柱寄之処欵、若又猶可置内欵、可尋知之、於今日者置柱寄之内、長筵廻南柱之内敷之、不至長押上、又長押上無差筵、］東子午廊、［常公卿座也、］内御方供諸司御装束欵、西面四箇間南面等垂御簾、北面御簾内置御遊具等、［女嬬等守護之、］所々反燈楼綱、念誦堂西北両面覆御簾、

上達部参集候東子午屋西廓、［常侍座也、］亭午、上皇　出御、［々直衣、薄色織物御奴袴、無御出衣、］自西庇鳥居

障子間、前太政大臣褰御簾、御随身等進前庭、［不発御前、］御座定之後退候西砌之辺、［北上東面、上﨟六人、布袴狩胡簶、下﨟六人布衣、］次　宸儀　出御　［御直衣、御指貫、］自東庇南面、前右相府（今出川）褰御簾、次随御旨　春宮［御直衣、無御総角、］出御自東子午廊北第一間西面、経対代弘庇入御自寝殿東面着御々座、［先西面、次南面、］傅右大臣候御裾、両大『　』（3）（欠紙アリ）

三方御肴物各二本、御盤一枚、［居御盃、銀盤蓋、］□□等可供之由兼日被定之、而　内御方之外不用意御盃銚子等之旨今朝進物所申之、奉行院司内々伺申入　上皇之処、御方々只可供肴物二本許、各可略御盃酌之由有　仰、是又有例歟、三方御肴物皆太相国調進之者、

次諸卿賜衝重、［殿上五位役之、大臣二前、納言一前、是略儀歟、東、光朝、経任、親業、兼頼、頼信、西、資嗣、範長、各反鼻役之、但、上首少々居之後被略之、各取寄砌下了、］勧盃被略之、此間前源宰相、［有］、四条二位、［房、各直衣、］着加東座、次進御遊具、先御比巴頭中将於東子午廊北簾中取之、［内蔵人須伝之、而堪其道之六位不候之、取伝之時自落柱者頗可為違乱直可取由兼被仰中将了、］持参置御座間南長押上、「以西為上」、退去、次今出川前右府取之置　主上御前、「於御前取直置之、」復座、次五位蔵人資宣、「兼坊大進」、持参笛筥、「拍子一具、笙、横笛、篳篥等入之、」置右大臣前、［兼傳、］相府取出他物等残置御笛許入自御座間持参、　儲君御前置之、［以頭為御左歟、］持空蓋帰本座、如本納他物等次第取下之、次光朝持比巴置今出川前右府前、次兼頼持参箏置権太夫前、次経任持参和琴置帥前、此間堪事之侍臣、右大弁『　』（4）宗雅朝臣、中将忠資朝臣等進候公卿座東辺、次糸竹和音、

比巴　　笛

前右大臣 比巴　　四条前大納言 笙

二条大納言 笛　　帥 和琴

四条二位 笙　　前源宰相 拍子

春宮権大夫 箏　　宗雅朝臣 付歌
忠資朝臣 篳篥
呂　安名尊　鳥破　席田　鳥急三反
律　青柳　万歳楽

主上御比巴、春宮御笛、神也亦神也、妙也亦妙也、両尊聖操一時計会、綷絶常篇規垂来葉歟、呂律両調子許四条大納言吹之、楽二位許吹之、歌之間　天子之御比巴、箏許也東宮之御横笛不被付、篳篥不付也、御笛調子并楽許令吹御也、両尊儀、御所作糸笛共以珍重殊勝之間、前右相府、二条亜相等共不取糸竹、只置器於座前許也、両尊御所作之間各以扇打拍子、両人為』（5）御師匠之故也、前右府双調々子許弾之、御遊訖撤其具、［役人如初］、次　春宮　入御、扈従人如先、諸卿蹲居、次有和歌御会、題云、翫花、序、［左大臣、］惣歌人三十余輩、各献祝言、御製玄妙、忝慣素箋云々、

先左相府被仰可進文台円座之由、蔵人大輔経業持参御硯筥蓋、経簀子入階間、［昇長押頗膝行、］置階間母屋柱中央、次経任持参円座敷文台之南、［入夜之時、先立燈台挙火之後可置文台円座等、而今日于時申刻也、］次置和歌、［自下﨟置之、自東進之人置和歌於御前右廻歟、自西進公卿於御前左廻歟、帯弓箭之人置弓於階間以東長押下歟、］先是不進和歌之公卿起座、［帥、前源宰相、］又、二条中納言、中宮権大夫等加着東座歟、左衛門督、権中納言、四条宰相中将、六条二位以下不及着座歟、前太相国踏勒入西一間置歌之後被候西簾前、［北面、］次召講師権弁雅言朝臣、［東帯、］参入自階間着円座、次依仰読師左相府令参上給、次今出川前右府、右相府同依召参上、候円座南辺、次権中納言［為東帯、把笏、］依召参上、［入自階間、］次権大納言、按察同依召参進、次披講、］』（6）御製講師権中納言、読師前相国、披講了之後、自寝殿東面北第一間簾中被出女房詠、権中納言取之、持参之、講誦之、
今日公卿侍臣大略直衣也、内大臣、四条宰相中将、土御門三位中将、三人出袿、二条中納言、権中納言、六条二位、

平宰相等束帯也、侍臣信家朝臣束帯壷胡簶、忠継朝臣不帯弓箭、公卿将権大夫（東宮）直衣帯壷胡簶、自余巻纓剣許也、
和歌披講了公卿復座、次賜禄、〔被用治安例歟、〕女院　中宮被出御衣分賜東西座公卿、西座分　女院御衣也、自
西第一打出間被出之、紫匂御衣云々、相国不被賜之、内府令早出給、春宮大夫分忠継朝臣取之、権大納言分資嗣取
之、按察分範長取之、〔納言各一領也、大臣被候者、可被加御細長云々、〕源宰相中将先是起座了、〔西座役人殿上
人等自御所北面廻之、儲小御堂南弘庇之辺、〕東座禄被出　中宮御衣、〔自対代南面東第一打出間被出也、〕左大臣、
〔蒲萄染御小袿、〕今出川前右大臣、〔同御小袿、〕右大臣、〔萌木御表着、〕四条前大納言、二条大納言、右大将、花
山院大納言、二条中納言、中宮権大夫、権中納言、已上各紅御』（7）衣一領、殿上人、信家、資平、基顕、雅言、
高経等朝臣、資宣、経業等役之、〔左府御分信家朝臣被加、弓持参之、而置弓可持参由被仰之、仍更帰置弓於寝殿
巽角之辺持参之、〕左大臣候東座給、先東座禄始之後、西座可持進之歟、而西座禄忩可賜由、太相国被命間、役人
等西座先進参了、奉行院司資平朝臣於東方行之、仍西座事一向可執行之由与奪蔵人憲説、々々召置庁官両三人、〔末
重、重直、基秀等也、〕於西小御堂執行之了、蔵人次官為口入之、雖廻此方頗不及執行也、即以退帰云々、
抑　女院并　中宮両御方打出刷之事、憲説依別　仰奉仕之、装束使前淡路守橘以信雖参候、為女房奉行被追却之
了、憲説装束使非重代也、但六位拝趨十余年之間、如此打出毎度奉行之、装束使故仲家朝臣奉仕之時故実等受之
了、又年来訪有職女房等了、今日憲説奉仕之珍重之由、女院女房宰相局、中宮女房按察局等被感之了者、
憲説今日装束、〔々帯、〕如昨日帯弓箭、〔執壺胡簶、紺□、〕』（8）丸鞆帯、〕
主上御比巴可被用玄上之由、兼日有其沙汰、然而不被渡之、被用日来内々弾御之御比巴、〔号荻花（ヲキクワ）、花林木甲撥面
書臥虎竹等、自中宮被進之歟、〕春宮御笛、〔号青竹、〕
今日　中宮御服事　〔密々尋申女房了、〕
ハタカ御衣十、〔柳桜、〕紅梅ノ撚合ノ御単、

生赤御袴、
出褂人々、内大臣、四条宰相中将、土御門三位中将等也、左右大将直衣巻纓帯剣把笏、
置和歌之人々、或於階間長押下、先蹲居、次昇長押、膝行或不蹲居、帯弓箭之輩置弓於階間長押下、或置階東間或
又置階間長押上、面々所存各以不同也、（数行余白）』（9）

春日侍　行幸北山第同詠翫花応

太上皇製　和歌一首　幷序

従一位行左大臣臣藤原朝臣道良上

春楽属 於誰人、上清洞之
賢主也、時興見 於何処、西園寺之勝形也、国母仙院就 此金刹如来之道場、
講以 素恒覧蔵之真門、我 上皇不 忘 聞法之昨美、令 侍臣 各献 應（闕字）製之露詞、
観夫花因 地勢添 粧、地蓄 花色、増 栄者歟、拂 雪圻 霞、群樹遠近之風落 衣、
況錦洗 繍、一地浅浮（ママ）之浪如 画、叡賞之趣、猗哉盛矣、況亦、
通三 儲弐之和 曲調 也、音協 治世之政、外祖前相之為 元老 也、面 遇今日之儀、
小臣貞観宰補（ママ）之後、雖 顧 余風十五代之蹤、宴筵歌仙之中、獨隔 出雲八重垣之什、
其辞曰、

（1）（二行七字）まれにきく代々のためしをとりあはせてきみそちとせのはなもみるへき

春日於北山第翫花和歌

(2)（三行二字）いろ〳〵に枝をつらねてさきにけりはなもわか□もいまさかりかも

少将内侍　』(10)

(3) さくらはなあまたちとせのかさしとやけふのみゆきのはるにあふらん

弁内侍

(4) 山さくらいまのみゆ□（ママ）をまつとてやはなもちとせの色にさくらん

春日侍　行幸北山第同詠翫花

応　太上皇製和歌

従一位臣藤原朝臣実氏上

(5)（三行三字）いろ〳〵にさかへてにほへさくらはな我きみ〳〵のちよのかさしに

従一位臣藤原朝臣公相上

(6) さくらはなけふのみゆきをまちえてやかねてちとせのはるをしるらん

春日侍　行幸……

太上皇……

右大臣正二位兼行皇太弟傅臣藤原朝臣実雄上

(7) 君かためうつしうゑけるはなゝれは千代のみゆきのはるもかきらし

春日侍　行幸……

翫花応　太上皇製……

内大臣正二位兼行左近衛大将臣藤原朝臣基平上

（8）けふよりはちらてしにほへさくらはな君かちとせのはるをちきりて

春日侍　行幸……

太上皇……

正二位臣藤原朝臣隆親上

（9）はなもけふ色にいつらし糸竹のこゑよろつ代にあふかたのしさ

端書同

正二位行大納言臣藤原朝臣良教上』（11）

（10）山さくら千代をかけてもみゆるかなひかりことなる春のみゆきに

同

正二位行大納言兼右近衛大将臣藤原朝臣公親上

（11）もろ人のてことにかさすさくらはなあまたちとせの春そしらるゝ

同

正二位行権大納言兼春宮大夫臣源朝臣通成上

（12）いくちよもかさねてにほへさくらはなひとかたならぬ春のみゆきに

春日侍　行幸……

太上皇……

正二位行権大納言臣藤原朝臣師継上

（13）あいにあひて花もけふとやにほふらんひとかたならぬ千世のみゆきに

同

(14) はるかせのゝとけかりける時をえて千世もへぬへきはなのかけかな

正二位行権大納言臣藤原朝臣通雅上

春日侍　行幸……

太上皇……

(15) のとかなる春のかさしのさくらはなけふをちとせのはしめとやせん

正二位行中納言臣藤原朝臣資季上

同

(16) ためしなきあまたみゆきのけふにあひてはなもやちよの色にいつらし

正二位行陸奥出羽按察使臣藤原朝臣顕朝上

同

(17) いくはるもかはらすにほへ山さくらひさしかるへき御代のかさしに』(12)

正二位行権中納言兼中宮権大夫臣源朝臣雅忠上

春日侍　行幸……

翫花應

太上皇製……

(18) さくらはなけふをちとせのはしめにておもへはみよのはるそひさしき

正二位行権中納言兼左衛門督臣源朝臣基其上

春日侍　行幸……

太上皇、……

(19)はなの色にはるの光をさしそへてかた〳〵千代のみゆきをそみる

同　従二位行権中納言臣藤原朝臣為氏上

(20)ゆくすゑもなかきはるひにさくはなをちよのはしめとけふみつるかな

同　従二位臣藤原朝臣顕氏上

(21)するとをくはなにそちきるよろつ代のはるのみゆきをけふはしめつゝ

同　参議正三位行兼左近衛権中将臣源朝臣通世上

(22)松よりもはなそひさしき君かよのいくその春のかさしとおもへは

同　参議従三位行左近衛権中将兼加賀権守臣藤原朝臣隆顕上

(23)あしひきの山のかひあるさくらはなけふこそ雲のうへとみえけれ

同　正三位行左近衛権中将臣源朝臣通頼上

(24)万代のためしをきみにはしめをきてさきそふ花のはるそひさしき』(13)

同　従三位行春宮権大夫兼左近衛中将臣藤原朝臣公宗□

蔵人頭正四位下行左近衛権中将兼伊与権介臣藤原朝臣為教上

(25)さくらはなとにもかくにもさきそへてきみかや千代のはるにあはなん

同　正四位下行左近衛権中将臣藤原朝臣忠継上

(26)またれつるけふのみゆきのはなさくらなをいく千代のはるをかさねん

同　正四位下行右近衛権中将兼肥前介臣藤原朝臣信家上

(27)君か世のかさしにゝほへ山さくらはなにちとせのはるをかさねて

春日侍　行幸……

甋花応

太上皇……

正四位下行右近衛権中将臣源朝臣具氏上

(28)さくらはなみゆきあまたのはるにあひてかす〳〵千代のかさしとそなる

春日侍　行幸……

太上皇……

正四位下行左兵衛督臣源朝臣資平上

(29)ときにあふためしは花もしりぬらん千代のみゆきにはるをかさねて

同　蔵人頭正四位下行春宮亮臣藤原朝臣高定上』(14)

(30)さきつゝくたかねのはなのをりにこそあまたちとせのはるはみえけれ

春日侍　行幸……
甋花應
太上皇……
正四位下行右近衛権中将兼相模権介臣源朝臣具□□

(31) 花の色もけふのみゆきをはしめにてちとせをちきるはるそひさしき
春日侍　行幸……
太上皇……
正四位下行中宮権亮兼左近衛権中将美濃権介臣藤原朝臣公雄□

(32) はるをへていつもさくらのはなゝれとけふをちとせのはしめとやしる
同
正四位下行左近衛権中将兼播磨守臣藤原朝臣基顕□

(33) 桜花きみかみゆきのはるにあひてあまたちとせのかさしにそさす
同
正四位下行権右中弁臣源朝臣雅言上

(34) さくらはなはるのみゆきにちきりてもけふこそ千代のためしなるらめ
同
蔵人宮内大輔正五位下兼行春宮大進臣藤原朝臣資宣上

(35) いくちよもかきらぬはるの山さくらさこそみゆきのけふにあふらめ
同

正五位下行勘解由次官兼春宮権大進藤原朝臣経任上

（36）さきまさる花もみゆきのときにあひてかねてちとせの春やしるらん』（15）

（二）記者未詳記　正嘉三年三月

六日、寝殿南面上母屋庇御簾敷満長筵、［京還鎮子如恒、］傍並戸懸壁代、其下立廻四尺屏風、西第一間敷繧繝一枚、其上敷唐錦茵為上皇御座、階以東間母屋敷同帖同茵等、為　主上御座、同以東南庇敷同帖一枚東京茵等、為　東宮御座、東対代西一間為　中宮御所、被出織物御几帳、其以東皆悉女房出袖、寝殿西為　女院御所、被出織物御几帳、其以西女房被出彩袖、午一点人々参集、　上皇出御、次　主上出御、』次　春宮渡御、前右府、［傅］、大夫等扈従、次以資平朝臣召諸卿、次第着座階間左右、兼儲円座、南階西座、前相国、内府、春宮大夫、権大納言、按察、源宰相中将、同東座、左大臣、前右大臣、右大臣、四条前大納言、二条大納言、右大将、花山院大納言、二条中納言、帥、権中納言、中宮権大夫、前左兵衛督、四条宰相中将、春宮権大夫、上御門三位中将等着座、次供御肴物、内御方自東供之、院御方自西供之、東宮御方自東供之、次五位侍臣居諸卿衝重、勧盃被略之、次置御遊具、先頭中将為教朝臣持参御琵琶於前右府前、前右府伝取置主上御前、次資宣持参笛筥蓋置右大臣前、右府取出他物等、戊置御笛持参　東宮御前進之、取空蓋帰本座如元返入之、次第取下之事如恒、次殿上五位置他楽器等於所作人前、宗雅、忠資等朝臣依召着座、』

琵琶　　主上、前右府

笛　　東宮、二条大納言

笙　　四条前大納言、前左兵衛督

箏　　春宮権大夫

拍子　前源宰相
付歌　右大弁宗雅朝臣
和琴　帥
篳篥　左中将忠資朝臣
事了、本役人等撤御遊具、次和歌御会、
公卿
前太政大臣　左大臣
前右大臣　右大臣
内大臣　四条前大納言
二条大納言　右大将
春宮大夫　権大納言
花山院大納言　二条中納言
中宮権大夫　按察
左衛門督　権中納言
六条二位　源宰相中将
四条宰相中将　土御門三位中将
春宮権大夫
殿上人
頭中将為教朝臣　左中将忠継朝臣

右中将信家朝臣　　左兵衛督資平朝臣
左中将具氏朝臣　　頭春宮亮高定朝臣
左中将具房朝臣　　中官権亮公雄朝臣
左中将基顕朝臣　　権右中弁雅言朝臣
蔵人春宮大進資宣　　春宮権大進経任

（三）　資季卿記　正嘉三年三月

正嘉三年三月五日、乙酉、大宮院於西園寺令供養一切経給、
六日、〔庚戌、〕天晴、午剋参北山殿、〔不聴禁裏直衣之間、着束帯蒔絵剣、〕今日可有御遊并和歌御会也、御装束以下儀見本所次第、〔今出川前右大臣候之、〕此寝殿庇張狭之間以母屋、為主上并上皇御座、件母屋懸壁代立五尺屏風也、南庇東一間逼北儲東宮御座、〔東西行、普通儀南北行儲之歟、〕東南簀子敷京筵其上敷円座為公卿座、二棟廊南面西第一間為中宮御所、其東三箇間有女房押出、〔色々加袴、〕寝殿西方為女院御所、同有押出、無量光院、〔此亭堂也、在寝殿西、〕下格子覆御簾不放額也、為見物衣被女房群集、聊無其隙之間委不見及、左府以下候殿上廊、〔中門廊東子午廊也、但、不渡殿上奥、〕上皇、主上、（西面御）〔今日着御々奴袴、保延依為御引直衣、上皇御簾』中、永祚円融寺行幸、主上召御奴袴之例、去月予勘申之間、今日被用御奴袴也、〕出御、春宮、（西面）〔御垂髪、已上皆御直衣、〕令昇御歟、左兵衛督資平朝臣、〔衣冠、今日奉行院司、〕来殿上召諸卿、左大臣、〔道、〕今出川前右大臣、〔相、〕右大臣、〔実、〕四条前大納言、〔隆親、着立文指貫、〕二条大納言、〔良教、〕帥、〔隆行、〕前源宰相、〔有資、〕前左兵衛督、〔房名、散三位、〕等着座、先是前相国候院司座、内府〔基、青織物出衣、帯劔笏、有揖、〕春宮大夫、〔通成、〕権大納言、〔師継、〕按察、〔顕朝、此卿無左右着直衣、保延三九法金剛院遊興依直衣催、宗輔卿白地着之、今度御

会不被定人々装束、着之条頗不審、然而此卿外猶不被聴直衣之人有之歟、委可尋記、〕平宰相、〔時継、束帯、〕源宰相中将、〔通世、〕等追々着加、資季等於頃城中纔見物、先供菓子干物等、〔紫檀地螺鈿御台二本、御盤一枚〔居御酒盞也、皆有伏輪、但春宮蒔絵御台等也、〕内御方陪膳前大納言、役送四条宰相中将、〔隆親、二倍織物、松重出衣、〕頭中将為教朝臣、院御方陪膳春宮大夫、益送平宰相、源宰相中将、春宮御方陪膳権大夫、〔公宗、撤弓箭剱等〕役送忠継朝臣、信家朝臣等也、各依無打敷陪膳之人空手参進也、主上春宮者御座之南面、上皇』者御座之東面供之、被略御酒盞、今日御前物皆本所用意云々、次諸卿賜肴物、五位役之、勧盃被略之、次頭中将取御比巴授前右府、々々取之自御座西進主上、〔不膝行、〕蔵人大進資宣取御笛箱置右府前、取出他物残御笛持参進春宮、持帰空箱返納他物、次置琵琶、〔前右府、〕和琴、〔帥、〕等、〔春宮権大夫、〕等、〔先是、春宮権大夫帯弓箭剱等加座也、〕次右大弁宗雅朝臣、〔付歌、〕左中将忠資朝臣、〔篳篥、〕依召参進、呂、安名尊、鳥破、席田、鳥急、律、青柳、万歳楽、抑今日主上御琵琶春宮御笛（勝光明院宝蔵、青竹云々）為後代美談、前右府、二条大納言等、為御師匠候座、時々雖和音専任御所作等、拍子前源宰相、笙四条大納言父子等也、御遊了、本役人賜御琵琶御笛等、令雲客等返置子午廊北第二間、今日不召地下召人也、春宮御退下、前右府并傅等扈従、入御同北第一間簾中、先是候東庇公卿帥以下退座、爰右大将、〔公親、巻纓、不懸緌、帯剱笏、有揖、〕花山院大納言、「通雅、」』資季、〔已上東簀子、〕中宮権大夫、「雅忠、〕左衛門督、「基具、藤丸浮文奴袴、〕権中納言、〔為氏、〕六条二位、〔顕氏、以上両人東帯、已上二棟前簀子、〕等加着東座、蔵人大輔経業持参御硯箱蓋、置南庇階間中央、〔置北、〕次春宮権大進経任持参講師円座、次自下﨟献和歌、殿上人十二人公卿廿一人也、「其人数注奥、〕衛府取副弓持参、多置弓於長押下置和歌、公卿以下直衣之人或蹲居如膝行参進置之、或不膝行置之、或如法膝行置之、〔二条宰相如此、〕抑東座人者主上御座南、西座人着上皇御座南、可跪簀子否雖評議緈依為新儀不一定、又献和歌之時足膝専可敬何御座〔東間者主上御座、西間者上皇御座、〕哉事同不一決、不事始已前於殿上可守資季所為之由、一上雖被示人々、多在其座之間不申所存、但資季於御座南簀子跪入中央間、

［先左足、］突右膝々行了、相国置和歌欲退帰之間、依仰祗候西方、依召講師権右中弁雅言朝臣、「持笏、」参進、左府参進候東方、依召、「相国召之、」両右府参進、左府召権中納言令立和歌次第、相国伺御』気色召云、顕朝、師継参レ、大納言、按察等参進、可講序之料歟、但不及詠吟、大納言一人只読上許也、都護都無音、公卿歌披講終預権中納言就寝殿東面簾下取女房和歌、［一紙、書薄様置扇指出、中納言召歌許也、］進読師退帰、講師読了退入、女房公卿以下和歌都不及講頌、「近代例也、」次撤懐紙、相国賜御製、［上皇御製許也、］権中納言依召着円座講之、人々数反詠吟之後、相国懐中御製、人々復座、賜別禄於諸卿、東座中宮御衣、西座、［相国不預之、］女院御衣、大臣者織物褂一領、［但内大臣和歌披講初頭早出、］納言以下綾衣各一領、資季禄紅梅衣也、懸左肩起座召使雖出望依為御衣人々不賜之、華亜相云召使不存故実者申斜退出衣冠、

今日衛府公卿者雖帯劔懸緌［右大将一人不懸、］不帯弓箭候御前座、但春宮権大夫一人帯之、殿上人者皆帯弓箭、但忠継朝臣一人如公卿、抑着御前座之時、雖公卿猶帯弓箭而警固中々』宴未有其例、仍且廻今案且任時儀不帯之歟、

今日歌人

院御製、少将掌侍、弁掌侍、［已上、入道信実朝臣娘、］前太相国、左大臣、［序者并題者、兼日出之、］今出川前右大臣、右大臣、内大臣、隆親卿、良教卿、公親卿、通成卿、師継卿、通雅卿、資季、雅忠卿、顕朝卿、基具卿、為氏卿、顕氏卿、通世卿、隆顕卿、通頼卿、三位中将［一倍織物桜萌木出衣、具布衣随身、］公宗卿、為教朝臣、忠継〻〻、信家〻〻、［束帯、］具氏〻〻、資平〻〻、［衣冠、］高定束帯〻〻、［依為蔵人頭置之時者、乱位次、重時者任位次也、］具房〻〻、「平絹直衣、」公雄〻〻、基顕〻〻、雅言〻〻、「束帯、」資宣、［同、］経任、［同、］已上卅六人也、』

（四）侍従藤原公種記　正嘉三年三月

六日、庚戌、晴、今日可有翌日之儀、早旦奉仕御装束、其儀寝殿南面母屋三箇間并南廂四箇間及東南簀子敷満弘筵、

母屋三箇間南廟四箇間東面妻戸御簾巻之、南廂西鳥居障子東廂北障子懸翠簾垂之、母屋四面懸壁代巻之、東西北三面立廻五尺屏風、東第一間敷繧繝端畳二枚、〔南北行、〕其上敷唐錦縁龍鬢二枚、其上敷同縁茵一枚、為　主上御座、同西第一間敷同畳龍鬢茵等為　上皇御座、南廂東第一間副北障子敷繧繝端畳一枚、〔東西行、〕其上加東京茵為　春宮御座、南階東西簀子敷菅円座為公卿座、〔東座頗廻北及廊簀子、〕南廂西第一間敷繧繝畳東京茵等為　女院御座、南面出織物几帳、〔白二重織物、〕以其西廊四箇間、〔加作合間、〕為同女房候所、毎間出几帳帷女房出彩袖、

東第一間、〔東、萌黄表着、紅匂、紅梅単、西、紅梅表着、萌黄匂、紅単、〕

第二間、〔東、柳表着、紅躑躅、青単、西、同表着、紫匂、紅単、〕

第三間、〔東、花款冬表着、柳、紅単、西、同表着、藤、紅単、〕

第四間、〔東、柳表着、紅躑躅、青単、西、花款冬表着、柳、紅単、〕

〔各葡萄染唐衣、海賦裳、紅打衣、張袴等、〕以東卯酉廊為中宮御所、敷繧繝畳東京茵出織物几帳、〔柳二重織物、〕以其東三箇間毎間出几帳帷女房出袖、

西第一間、〔西、萌黄表着、紅匂、紅梅単、東、紅梅表着、二色、紅単、〕

第二間、〔西、花款冬表着、藤、紅単、東、紅梅表着、桜萌黄、紅単、〕

第三間、〔西、柳表着、紅躑躅、青単、東、紅梅表着、桜萌黄、紅単、〕

〔各蒲陶染唐衣、海賦裳、紅打衣、張袴等、〕東子午廊北第二間置御遊具、其南第三間兼諸司御装束奉仕之、巳刻、公卿侍臣参集、〔直衣、為衛府人懸緌帯弓箭劔等、但束帯人少々相交、於公卿者多不帯弓箭、〕或着殿上廊或候便所、午刻、上皇出御、〔御直衣、〕自西鳥居障子出御、前太政大臣候御簾、〔即着円座、〕着御御座〔東面、〕御随身進前庭、御座定退候西砌下也、』次主上出御、〔御直衣、浮織物紫御指貫、白二御衣、白御単、紅打御衣不出御妻、紅御下袴、本所調儲之、〕自東廂北簾中出御、今日関白不被参之間、今出川前右大臣候御簾、着御々座、〔西

面〕次春宮渡御、今出川前右大臣、傅、大夫等扈従、白東子午廊北第一間西面出御、令経卯酉廊弘廟御入南廟東面妻戸御着座、次資平朝臣、〔衣冠、巻纓、緌、帯弓箭劔、〕奉仰召諸卿、左大臣、今出川前右大臣、右大臣、四条前大納言、二条大納言、帥、着東座、前太政大臣、内大臣、〔出浮織物萠黄衣、帯野劔笏、〕春宮大夫、権大納言、按察、源宰相中将、着西座、次供御肴物、紫檀地螺鈿御台二本、〔在伏輪、〕一御台菓子四坏、〔銀器、〕御箸一雙、〔木、在台、銀、〕二御台干物四坏、〔銀器、〕同御盤一枚、〔居御盃、有花盤、〕已上三所如此、但春宮御膳御台御盤蒔絵、〔有伏輪云々、〕内御方、〔相儲東中門外、〕陪膳四条前大納言、役送四条宰相中将、〔出一重織物松重衣、〕為教朝臣、院御方、〔相儲西方、〕陪膳春宮大夫、役送平宰相、〔束帯、〕源宰相中将、春宮御方、〔相儲東中門外、〕陪膳権大夫、役送忠継信家等朝臣、置弓於便宜所役之、各於御銚子者雖持参返給之、次賜公卿衝重、〔殿上五位、皆帯束帯、役之、〕即各自取衝重自高檻上投階下、次前源宰相、〔有資、〕前左兵衛督、〔房名、正二位、〕依召加着、次置御遊具、為教朝臣持参御琵琶、〔荻花、〕前右大臣取之置主上御前、次蔵人春宮大進資宣、〔束帯、〕持参御笛筥蓋置傅前、傅取出他物等残置御笛、〔青竹、〕持参東宮御前進之、取空蓋帰本所如前返入次第取下之、次又置琵琶、箏、和琴、〔殿上五位役之、〕次被召宗雅、〔束帯、右大弁、〕忠資等朝臣、〔右中将、〕』次糸竹和曲、〔呂、安名尊、鳥破、席田、鳥急、律、青柳、万歳楽、〕琵琶、〔主上、前右大臣、〕笛、〔春宮、二条大納言、〕笙、〔四条大納言、前左兵衛督、〕篳篥、〔忠資朝臣、〕箏、〔春宮権大夫、〕和琴、〔帥、〕拍子、〔前源宰相、〕付歌、〔宗雅朝臣、〕御遊了初役人参進撤管絃具、次帥、前源宰相、前左兵衛督等起座、次右大将、〔巻纓、帯野劔笏、〕花山院大納言、一条中納言、〔束帯、〕中宮権大夫、左衛門督、権中納言、〔束帯、〕加着御前座、次春宮入御、扈従人如先、諸卿座前蹲居、次前右大臣召五位蔵人経業、〔束帯、〕参進仰可進文台円座等之由、経業持参御硯筥蓋昇長押膝行置南廟階間母屋柱中央、次蔵人左衛門尉橘知嗣持参円座一枚敷文台南頭、次置和歌、前太政大臣、左大臣、今出川前右大臣、右大臣、内大臣、四条前大納言、二条大納言、右大将、春宮大夫、権大納言、花山院大納言、二条中納言、中宮権大夫、按察、左衛門督、権中納言、六条二位、源宰相中将、四条宰相中将、土御門三位中将、春宮権大夫、為教、忠継、信家、資平、具氏、高定、具房、公雄、基顕、雅言、〔束帯、〕等朝臣、資宣、経任、〔束帯、〕已上自下臈次第置之、前太政大臣置和歌即着御前、已下人文台当間、置和歌於文台上退帰着本座、帯弓箭之人置弓於長押下進昇置之、但公雄朝臣乍持弓参進置之、為教朝臣乍持弓上昇長押、〔一足、〕更帰置弓参進置之、次』依召講師雅言朝臣参上着座、次依仰読師左大臣参上居文台西、〔無座、〕先取硯蓋置之、次披序置文台上、此間権中納言参上令重人々和歌、此間可講誦人、前右大臣、右大臣参進、又依仰権大納言、按察参進之、講和歌之間自簾中被出女房歌、〔少将内侍、弁内侍、〕自東廂東面御簾南妻置扇令出之、権中納言進簾下跪取歌許取加笏参進重之、大臣歌講了後退着本座、講了講師退出、読師撤臣下和歌、次前太政大臣賜御製、〔自御簾中令出御給之、〕置文台、次依召権中納言着座講御製、人々数反講誦之、先是内大臣退出、講誦了大相国取御製懐中各復座、次賜禄於諸卿、〔先是、六条二位、源宰相中将退出、〕女院御方御小袿、〔二重織物、葡陶染、〕賜左大臣、中宮御方御小袿、〔二重織物、葡陶染、〕賜前右大臣、中宮御方御表着、〔二重織物、萌黄、〕賜右大臣、中宮御方御衣賜納言等、〔紅匂御衣各一領給之、以濃色賜上臈、〕着西座人賜女院御衣、〔紫匂各一領給之、以濃綾上臈同中宮御方、〕已上殿上四位五位取之、次諸卿起座、次主上入御、左大臣候御簾、次上皇入御、次撤御膳、〔殿上五位役之、〕

第十節　十六夜日記——訴訟のための東下り

一　孝にもとる嫡子

昔、壁の中より求め出でたりけむ書の名をば、今の世の人の子は、夢ばかりも身の上の事とは知らざりけりな。水茎の岡の葛原、かへすがへすも書きおく跡たしかなれども、かひなきものは親の諌めなりけり、又賢王の人を捨て給はぬ政にももれ、忠臣の世を思ふ情にも捨てらるるものは数ならぬ身一つなりけりと、思ひ知りなば又さてしもあらで、なほこの憂へこそやる方なく悲しけれ。

十六夜日記の書き起しである。亡夫為家の度重なる確かな譲状があるにも拘らず、その遺命を守らない為氏の孝道にもとる行為を批難し、朝廷（領家職）と六波羅探題（地頭職）双方における訴訟でも救われなかった遣る方ない恨みを、まず強く訴えるのである。そして、代々やまと歌の道に携わり、二度勅撰撰者の栄に浴した亡夫の名誉は類いなく偉大であることを述べ、

その跡にしもたづさはりて、三人の男子ども、百千の歌の古反古どもを、いかなる縁にかありけむ、あづかり持たる事あれど、「道を助けよ、子を育め、後の世をとへ」とて、深き契を結びおかれし細河の流れも、ゆゑなくせきとどめられしかば、跡とふ法の灯も、道を守り家をたすけむ親子の命も、もろともに消えをあらそふ

年月を経て、あやふく心細きながら、何としてつれなく、今日までながらふらむ。惜しからぬ身一つは、やすく思ひ捨つれども、子を思ふ心の闇は、なほしのびがたく、道をかへりみる恨はやらむ方なくて、「さてもなほ、東の亀の鏡にうつさば、曇らぬ影もやあらはるる」と、せめて思ひあまりて、万の憚りを忘れ、身を要なきものになしはてて、ゆくりもなく、いさよふ月に誘はれ出でなむとぞ思ひなりぬる。（本文は岩佐美代子校注新編日本古典文学全集『中世日記紀行集』「十六夜日記」による。）

と、具体的に、鎌倉幕府への提訴と、そのための下向を思いたった経緯が語られる。

従来、この冒頭部分の読解に当っては、冷泉族譜（正和二年鎌倉幕府裁許状）所引の為家譲状数通その他を前提にしての記述だとは推察されていたけれども、具体的にどんな内容の事実と関わっているかについては、十分に考える方途を持たなかった。しかして先年、冷泉家の秘庫から出現し、重要文化財に指定された藤原為家自筆譲状四通が、この日記執筆に当って阿仏が前提にした「かへすがへすも書きおく跡」そのものであったことが判明した。紙数の制約もあって十全ではないが、その新資料を用いて、阿仏の行文の背後にあった事実をいささか探ってみたい。

二　譲状第一状・第二状

さて、「かへすがへすも書きおく跡」とは、以下の四通の譲状である。

①　文永五年十二月十九日　阿仏御房宛
②　文永九年八月廿四日　侍従殿（為相）宛
③　文永十年七月廿四日　阿仏御房宛
④　文永十一年六月廿四日（阿仏御房宛）

このうち、②は相伝の和歌文書等皆悉を為相に譲与する旨の、重大ではあるが量的には簡単な文面の文書、また

③の末尾「まことまこと故中納言入道殿日記［自治承至仁治］、人はなにとも思候はねども、身の宝と思候也」以下十行は、明月記譲与に関する一段で、これらはともに従来から草稿か写しと思しい文書が知られていた（後に偽文書と判明した）が、その他ははじめてのものであった。

①は、重要文化財指定披露の展観には開巻されていなかったが、それ以前『冷泉家の歴史』（朝日新聞社、昭和五十六年六月）に小さいながらカラー図版が掲載されているので、それにより、その他は展観会場でガラス越しに見て書き留めた私のメモによることにする（が、その後に入手した写真によって校訂を加えることとし、引用本文には、私に漢字をあて、濁点・句読点を付した）。

①の前半は、家人孝弘母（為家乳母）に一期の間与えてある伊勢国小阿射賀御厨の預所職ならびに地頭代官職を、その没後は阿仏に一期の間与えることを約し、その後は子孫（特に為相）に譲るべきこと、この件は為氏にもよく言ってあるので、子孫のうち違乱をなす者が出来すれば、京・鎌倉へも訴えて（為氏に与えた）領家職をも没収してよろしいという内容。後半は、「又不断経の事はじめおき候ぬるは、一向に無上菩提のためと思て候。候はざらんのちの孝養、他の追善はいかでも候なん。この経の事退転（たいてん）なきやうに扶（たす）け沙汰（さた）せよと、大納言にも申おき候也」と、没後追善の最第一として不断経を続け、孝養に励むべきことを説いている。この件は③状に密接に関連する。

三　譲状第三状

③は、本文百九行に及ぶ長文で、論旨は必ずしも明快ではないが、最要の点のみを点綴すれば、以下のごとくである。

相伝の家領を、我が没後に嫡男為氏に譲るべく（死因譲与）譲状などを与えたのだが、最大の近江国吉富庄は、出仕その他の料とすべく、没後をまたず既に先年譲り渡した。細川庄についても、為氏の預所への干渉や我がもの顔の悪口など不本意なこともあったが、家を継ぎ名を伝えることが我が没後に約束通り履行されるか否かを見極めるため、やはり先年これも譲り渡した。するとますます父を父とも思わぬ振舞いが多くなり、居たたまれず「最後の逆修と思て、一期の所作をも申あげ、又身のありさまをも歎き申さんと思て」日吉に百日参籠したのだが、為氏の家人友弘は、最初少し世話したのみで放擲してしまい、見かねた禰宜成賢の好意でどうにか百日を過すことができた。友弘に帰りの迎えを催促しても拒否して悪態をつく始末。かかる友弘への見せしめと成賢の恩に報いるべく、吉富庄を取り返そうと下人を派遣したところ、為氏がさまざまに嘆くので、主旨を説明すると、ならば細川庄を返すということになった。そもそも為氏に所領を譲ったのは、没後の追善を我が望みどおりよも違えじと、深く頼みにしたからであって、それが生前すでに芳心のかけらも見えない状態では、没後の予測も十分についた。文永五年から始めた不断経の相節（僧達への給与）として、この細川庄から、先年の検注で年貢のほかに加増した三十六石を充てることにし、「融覚没後に構へて違へられ候な。やがてこの不断経をもて追善に用ゐて、他の孝養あるべからず。この事随分の大願也。申をくまゝに相違あるまじく候」と、様々為氏に申した（①の後半に相当する内容）けれども、遂に承引することなく、はては三宝にも憚らず、親の命にも背いた（③状中の「文永九年の冬ざまのふるまひ」④状中の一昨年の悪口ども」とはこのことであろう）ので、もはや頼みとしえずと判断し、「細川庄を取り返して、永くそれへ譲りまいらせ候ぬ。不断経の事をはじめとして、子どもの事をも、何事をも、この所をもていかにも沙汰候べし」と処置することになったのであった。つまり、吉富よりも細川を返却したいという為氏の打算もさることながら、為氏の不孝中の最たるものとして、不断経による追善を拒否した決定的事件があって、為氏にかえて阿仏・為相にその任を振り替え、附随する経済的保障として、細川庄が阿仏・為相に与えられたのである。日記本文の「後の世をとへとて、深く契りをむすびおかれし細川の流れ」とは、右のごとき背景を有する文章だったのである。

③状は続けて「承久三年九月廿八日院庁御下文、同年十月七日武家の地頭職（武蔵守泰時）の免状、已上二通正文

そのほかの具書等たしかに譲りまいらせ候」と、正文の授与を記し、なお地頭職については将軍家下文もあったが、それは小阿射賀とともに一通に認められていたので、為氏に与えてしまった。免状正文がある以上必要あるまいが、もし必要ならこの状をもって関東の安堵状を申請するがよいと指示する。そして最後に、本当は吉富庄を譲りたかったのだけれど、為氏が歎き、細川をゝ申し出たのだから、「そのうへは、この細川をかやうに没後の事などかたがた申をき候ぬるをば、よも恨みも残り候はじとおぼえ候。もし自ら、もとは我にこそ譲りたりしか。文書、ゝあり、かかりなど申て、叶はぬまでも煩ひを申いだす事候はんにをきては、一向に不孝の義にて候はんずれば、吉富庄冷泉高倉屋地なども取りて、為相が分になさるべく候。後判たしかに候へば、もし沙汰いできたり候はば、この状をもちて公家にも武家にも申ひらかるべく候。おほかた大納言に庄どもの文書譲り候し状にも、かく申たりとも心に違ふ事あらばその儀あるまじき由書き載せ候し時に、没後にて候とも、申をく命を違へ候はば取り返すべき道理を申をき候也」と、まるで没後の紛争を見越したかのような遺言をしている。この件りを読むと、本稿最初に引いた阿仏の東下り決意が、すべて為家譲状の指示に従った行為であったこと、すなわちこの譲状そのものを証拠書類として、幕府への提訴を決意したのだということを、了解することができるのである。

四　譲状第四状

④状は、大部分が③状までの再確認である。その中にあって、この譲状の唯一新たな点は、「嵯峨中院旧屋、思はぬほかに取り渡し候事も然るべき事に覚え候。これをば侍従為相に譲り候。大納言（為氏）・若（孫為世）嵯峨に在し屋なればなど、申煩す事もぞ候とて」とある部分である。これは正元元年（一二五九）十一月の岳父蓮生の死没を前にした譲状に「小阿射賀・嵯峨、上臈一期の後は、嫡子に返し付けらるべし」とあった「嵯峨」のことで、旧い家屋敷であったようだが、それを文応元年（一二六〇）に約束した嫡子為氏にではなく、為相に譲ることにす

るというのが、本状の主旨である。この変更によって当然に惹起されるであろう、為氏・為世父子の不満・不服を心配して、「申煩はすこともぞ候ふとて」と追記するのである。「もぞ」には、そうなると困るというニュアンスが込められている。為相誕生という事態の大きな変化が背後にあっての変更であった。

いま一つこの譲状で注目すべきは、最後の「子細は一条殿へ申置きて候へば、さてもと覚え候」とある部分である。これはすぐ前の「これを違へて、大納言も子孫も違乱なし候はん時は、吉富庄も訴へ申して取らせ給べく候。嵯峨住みの初め、大納言に譲り候文にも、裏に心に違はば取るべき由書きて候き」を承けている文言であるべく、阿仏・為相への遺産譲与に関し、為氏とその子孫が為家の遺志に反した行為をなした時には、宗との吉富の庄も訴えて取ってよいとある、そのことの判定と実行の後見役を一条実経に委託してあるとの謂いである。

以上、阿仏『十六夜日記』の行文の背後にあった、為家譲状の確かな跡を、いささか追跡してみた。

第十一節　飛鳥井雅有『無名の記』私注

一　はじめに

『無名の記』（「仏道の記」とも）は、巻首若干を欠いている（巻尾をも欠くと見るのが通説のようであるが、当らない）が、作品そのものはよくまとまり、まことに整然と構成されている。すなわち、全体は次の四部から成っている。

一、上洛の記（鎌倉→嵯峨→芦屋）……………起
二、八月十五夜明石海上観月の記（明石）…………承
三、仏道修行憧憬の記（芦屋）……………………転
四、上洛、奈良・伊勢行の記…………………………結

そして、これら各部は、起・承・転・結・または序・破・急の構成原理によって緊密に詰柄が配されていると思われる。

しかし、かかる全体把握をも含めて、この作品は、これまでのところ必ずしも正当に読まれていない憾みがある。必要に迫られて雅有の作品を一とおり読んでみて、とりわけこの『無名の記』が、雅有の人となりや文学を考える上で重要な位置にあることに思い至った。以下、本稿では、この作品を右の四部に分って私注を加え、そう感じた

所以を、主として作為または虚構の指摘をとおして、明らかにしたいと思う。

施注は、本文、語釈、考説の三部構成とするが、必ずしも全円的な注釈を企図しない。典拠その他の調査も十全ではなく、かなり恣意的な選択に基く語釈と考説となるはずである。私注と題した所以である。

本文校訂についての約束ごとは、以下のとおりである。
一、「飛鳥井雅有卿記事」（天理図書館蔵）の本文を底本とした。ただし、漢字をあてたり、あて漢字の類若干を仮名に開いたりした。その際底本本文はルビとして示した。
二、仮名遣いは歴史的仮名遣いに統一し、もとの形をルビとして示した。
三、おどり字の使用は現行通用の方法に統一し、もとの形をルビとして示した。
四、送りがなも現行の要領によることとし、底本本文に不足している場合には補った上、右傍に「・」を付して底本にないことを表示した。
五、明らかに誤りと思われる箇所は訂した本文を掲げた。その際底本本文をルビとして残し、【語釈】欄に＊を付し校訂理由を記した。
六、虫損部分には（虫損）と示し、推測した本文を右に「〇〇」カと示した。

二　上洛の記

【本文】

（前欠）念ぜらる。天の命とかいふ、かゝることにやあらん。

橋本にてぞ、夜になりて遊ぶ。例の君ども出で来て、月あかければ、入海に舟浮けて、夜もすがら遊ぶ。しばし松の木陰に休らひて、

潮風の涼しき磯の松陰に真砂かたしき月を見るかな

鳴海の浦にて、潟の潮干を待ちしほど、

鳴海潟潮干を待つと松陰に岩根かたしきこの日暮らしつ

萱津に着きたれば、例の遊女走り歩く。大雨降りて、墨俣河出でて、人も通はずといふ。さるは、いつかは人をといふものもあれば、一日留まりて遊ぶ。

逢坂の走井のもとにて、

相坂の杉の木陰に駒とめて涼しく掬ぶ走井の水

夜に入りてぞ、嵯峨におちつきぬる。此のたびは、月ころにて、道さへ急げば、例の病もおこりて、いとど心地もかき乱したれば、腰折れだにも思ひ続けられず。一日留まりて、かの病心地もおこたれば、やがて芦屋へ、一日に急ぎ下りぬ。

【語釈】

○**念ぜらる**—「念ず」は、①心中に祈る。祈誓する。②がまんする。ぐっとこらえる。前文を欠くが、後文とのつながり具合を勘案するとおそらく①か。「らる」は自発。○**天の命**—漢語「天命」の訓読。「海士の命」ではない。○**君**—遊君、遊女。○**「潮風の」の歌**—隣女集四二三。題「夏月」。異文なし。○**「鳴海潟」の歌**—隣女集八一七。詞書「しほのひるほとを待侍しとき」。二句「山かけに」、四句「をりしあひたる」。なお、隣女集この歌の直前には左の三首が収められている。

はま名のはしにやどとり侍しとき

まつかげにこま引とめて海ごしにむかひの里の宿をとふかな（八一四）

月あかく侍しかば、ふねにのり侍て、きみどもおほくあそび侍しに
あづまぢのおもひでなれやよもすがら月にさほさすいりうみのふね（八一五）

ふたむら山にて
しりしらずあふ人ごとになるみがたしほのみちひをとひとひぞ行（八一六）

八一四は、その歌の内容が、浜名の橋あたりの松陰に駒をひきとめて、向いの里（橋本であろう）を訪い宿をとろうとした旨の詠だと理解され、その詞書を承ける八一五は、その詞書が、本日記の記述「橋本にてぞ、夜になりて遊ぶ。例の君ども出で来て、月あかければ、入海に舟浮けて、よもすがら遊ぶ」と完全に符合している。また、八一六も本日記「鳴海潟」の歌（八一七）と相近く、配列からも同じ旅程中の歌と思われるから、これらはいずれも同じ上洛途次の詠とみてよい。○**いつかは人を**─引歌「あづまへまかりける人の宿りて侍りけるが、あかつきに立ちけるによめる／くゞつなびき／はかなくも今朝の別のをしきかないつかは人をながらへて見む」（詞花集一八六）。旅立ってゆく客に対する遊女の惜別の情を詠んだ歌。この歌を踏まえることによって、雅有を留めたのも遊女であったことを暗示する。○「**相坂の」の歌**─隣女集四三五。題「あふ坂にて」。異文なし。○**嵯峨におちつきぬる**─『嵯峨のかよひ』によれば、小倉山の麓に「母なる人の山里」があり、そこに落ちついたのである。○**此の度は、月ころにて**─今回の旅は月のころの旅で。目ざす仲秋の名月の夜を目前にしての旅だったので、の意か。○**一日留まりて**─隣女集七六〇に「京の旧宅に一日侍て、やがて津の国へまかり侍らんとて／よよをへてのこるみやこのふるさともひとよばかりのやどり成けり」と見えるのは、この時の詠であろう。○**例の病**─『嵯峨のかよひ』に「はやくよりやまひ身をさらぬものなれば」とあり、雅有には持病があった。○＊**病心地**─底本「御心ち」。自分の病気のことをいうのに「御」は不自然。直前に「例の病もおこりて」とあるので、「病」の誤写とみて訂した。○**芦屋**─隣女集八七九「述懐」歌中に「よをわびてすむ隠がの芦の屋も猶うきふしのやむときもなし」とあり、「世を

侘て住む隠家」と意識する、土地であり住居であった。

【考説】

鎌倉から上洛して嵯峨に到着、一日逗留して芦屋へ下るまでの旅の記であるが、ここは旅中の記そのものを目的としてはいない。一足とびにぱらぱらと配されている歌枕とそこでの所詠といい、何よりも簡略でテンポの早い記述は、この部分を承ける本日記の第一の中心、八月十五夜明石海上での観月を目指して、専らそのことのために道中を急いで上ってきたことを効果的に示している。そのことは、あわただしく目的の明石に近い芦屋の住いを指して下っていったという最末の一文で、その極に達している。ここまでは、本日記の起筆部、序にあたる部分だと認められる。

この部分の旅の記が甚だ疎であり、そして最初の地が橋本であるとすれば、巻頭の欠文はさして長いものであったはずはない。おそらく半丁か、あるいは一丁程度の長さではなかったかと推察される。そして、そこには今回の上洛の目的が、去年よりの本意、明石観月にあることなどが記されていたにちがいない。「念ぜらる。天の命とかいふ、かかることにやあらん」は、橋本に至るまでの何れかの地における記事の末尾とみるよりも、そうした旅の目的などを記した部分の終りであったかもしれない。雅有は文永三年四月八日に父教定を失っている。文永五年の記である本日記の冒頭には、おそらくその父の三回忌を終えたあとの上洛であるといったようなことも記されていたのではあるまいか。

三　八月十五夜明石海上観月の記

【本文】

八月十五日、去年の本意とげんと思へば、まだ暁、明石へと心ざして出づ。なにはのことのよしとはなけれど、形のやうに続くる、女二三人ばかり具して、男もその方ばかりなる十人ばかりして、駒並べて行く。生田の森は、君住まねば、言問ふ事もなく過ぎぬ。和田の笠松を見て、

　時雨せば陰にかくれん名にし負ふ和田の岬に立てる笠松

須磨の宿に、昼の乾飯まうけたれば、立ち入りてやがて過ぐ。一の谷のほとりにて雨降りぬ。須磨の関屋の跡に、松の三四本ある陰にうち寄りて、簑代衣など着る。

　朽ち果てし須磨の関屋の真木柱形見がほにも残る松かな

雨は少し隙あれど、空はなほ曇りて甲斐なければ。暮る程にぞ、明石へ行き着きぬる。

　芦の屋の浦より浦に伝ひきて明石も須磨も今日見つるかな

　待ちえたる今宵の月は曇れども明石の浦の名にぞなぐさむ

雨は降るとも、舟に乗りて漕ぎ出でんこそ、様変りたる思ひ出ならむとて、大きなる舟して汀遠く出でぬ。朧なる波の上に、釣する舟の篝火数しらず、星かと見えて、今宵さへなほ「あか」（虫損）しなり。少し更るほどに、雲なごりなく晴れて、今ぞ此の浦の名「こそか」（虫損）ひある。哥どもありしかど、覚えず。ある人。

　宵のまに曇らざりせば月影のかくばかりやはうれしからまし

　曇りなき明石の浦の月影に光添へたる海人の漁火

船の中にて、酒飲み、連哥して、四五反淡路島明石の間を漕ぎ廻るほど、笛を取り出でて、折に合ひたる調子吹きて、海青楽吹くに、思ほえず漕ぎ来る舟より笙・篳篥を吹き合はせたり。折からいひ知らずおもしろし。一二反して、東の船西の船声たつることなし。暁方になりぬれば、磯の松風吹きまさりて、浦伝ふ小夜千鳥の声も物さびし。

明石潟潮風寒く月さえて嶋がくれ鳴く小夜千鳥かな

やがて、須磨へ舟にてぞ漕ぎ渡る。

生ける身の思ひ出なれや明石より月に漕ぎゆく須磨の浦波

明け方にぞ、須磨に着きぬる。明けはてぬれば、駒を早めて帰る。

【語釈】

○**去年の本意**―昨年来の宿願。昨年、仲秋の月を明石で観ようとして果さず、今年は必ずと心に決めていたのである。○**なにはのことのよしとはなけれど**―「難波」と「よし」は縁語。そのことが良いというわけではないけれど。○**形のやうに続くる**―形どおりに続いて進む。「女二三人ばかり」（遊び好きの女二三人ほど）に連続する。あまり感心しないことではあるが、遊女たちを伴ったのであろう。○**その方ばかりなる十人ばかりして**―「その方」は、「その方面」「そのおもむき」で、つまり、男性たちも遊び好きの者ばかり十人ほどで、の意。○**君住まねば**―引歌「津の国にすみ侍りけるころ、大江為基が任はてゝのぼり侍りければいひつかはしける／僧都清胤／君すまばとはましものを津の国の生田の森の秋の初風」（詞花集八二）。親しい者も住んでいないので、の意。○「**朽ち果てし」の歌**―この前後の歌は、隣女集に次のとおり見える。歌頭の○印は本日記採録歌である。

あかしへまかり侍りし道にて

いそづたひ石ふむ道のとほければこゝ行きなづみ日も暮れぬべし（七八六）

すまの関やのあとの松を見侍りて

○これやこの須磨の関屋のまきばしらのこる松さへこけふりにけり（七八七）

あかしにて

○あしの屋のうらより浦につたひきてあかしもすまもけふみつるかな（七八八）

みぬ人にいかでかたらんことの葉はおもふばかりもいはれざりけり（七八九）

七八七歌は異同が甚しく、別の歌かと思われないではないが、次の七八八歌は確実にこの時の歌であるから、同一歌の初案と改案と見てよいであろう。おそらく家集の「これやこの」の形が初案であるが、例の蟬丸の「これやこの行くも帰るも別れてはしるもしらぬも逢坂の関」（後撰集一〇九〇）の初句をそのまま取り入れたため、逢坂の関のイメージが出すぎて、必ずしも須磨の関にふさわしくないし、何よりも上句と下句が分裂しすぎて拙劣の感を否めない。そこで日記に採録するに際し、初句を「朽ち果てし」に、下句も「形見がほにも残る松かな」と改めることによって、よくまとまった秀歌となった。すると直前の七八六歌も、おそらく同じ折の須磨から明石への旅中の詠作と判断される。この一連の歌の中で、七八八歌は、『源氏物語』（明石）、須磨から明石に移ってきた光源氏の歌「遙かにも思ひやるかな知らざりし浦よりをちに浦づたひして」によっている。雅有の『源氏物語』親炙は、後述「若木の桜」にも伺えるところで、二十九歳のこの時点で、すでに十分に読み込んでいたと思われる。○**雨は少し隙あれど、空はなほ曇りて甲斐なければ**―雨は少し小降りになったけれど、空はなお雲におおわれていて、観月を目指してきたのに甲斐がない。中止した表現。○「**みぬ人に**」**の歌**―前歌と同じ詞書を承けるこの歌も、同じ折りの明石初見時の詠作であろう。○「**待ちえたる**」**の歌以下の歌**―隣女集には左のとおり、このうちの四首を含む一連の歌を収載している。

同夜（八月十五夜）にあかしにまかりて侍しに、くもりて侍しかば

○まちえたるこよひの月はくもれどもあかしのうらの名にぞなぐさむ（四九三）

ふくるほどに、はれて侍しかば

○よひのまにくもらざりせば月影のかくばかりやはうれしからまし（四九四）

こゝろある人こそなけれあきのよの月も名高きうらのとまりに（四九五）

昔よりおもひしことはこれぞこのこよひの月をあかしにてみる（四九六）

　船にのりて読侍し

明石がたおきにこぎいでゝ月みるをつりするあまの名をやたつらん（四九七）

あかしがたきよき月よにこぎ行ばあけぼの島にちどりともよぶ（四九八）

　いさりびをみて

○くまもなき明石のおきの月かげにひかりそへたるあまのいさり火（四九九）

　暁がたに、すまへこぎかへり侍しに

○いける身のおもひいでなれやあかしより月にこぎ行すまのうら波（五〇〇）

　かへりてのち月をみ侍て

月みればまづぞこひしきよとゝもにながめあかしのなみのかよひぢ（五〇一）

この一連の歌が八月十五夜から翌朝にかけての詠作（五〇一のみは後日詠）であることは疑いない。日記の執筆に当っては、これら一連の詠作を取捨し構成したのである。○**釣する舟の篝火数しらず、星かと見えて**―伊勢物語八十七段「帰り来る道遠くて、うせにし宮内卿もちよしが家の前来るに、日暮れぬ。宿りの方を見やれば、海人の漁火多く見ゆるに、かのあるじの男、よむ、晴るる夜の星か河辺の螢かもわが住む方の海人のたく火か、とよみて、家に帰り来ぬ」の部分をふまえる。○**ある人**―次に続く二首が雅有自身の歌であるのに、それをおぼめかした表現。この場面を物語化しようとする執筆姿勢、作為を垣間見ることができる。○「**曇りなき**」**の歌**―隣女集四九九の「くまもなき明石のおきの」が、やはり初案本文であろう。船で漕ぎ出した海上での歌としては、「沖」の方が確かに臨場感においてまさる。しかし、歌語としての座りは「浦」に及ばない。「くまもなき」と「くもりなき」の違いはさして大きくないが、後者の方が一層強く、遮るもののない月光を印象づける。日記に採録するに際し、客観的な効果を計算して修訂したものであろう。○**東の船西の船声たつることなし**―白氏文集「琵琶行」の「東船西舫悄無声　唯見江心秋月白」による。演奏が終ると二つの船ともに人々が感動のあまり沈黙している。女の弾奏する琵琶の音に感動して、曲後しばらく寂として声なき状態をうたう白詩「琵琶行」の世界に、この場面を重ねあわせたもの。ここにも現実を物語化せんとする作為が認められる。○**「明石潟」の歌**―隣女集五八三。題「千鳥」。前記四九八の詠も同じ折の歌であったにちがいない。そしてむしろこの四九八の方が、その夜の光景をすなおに詠じたものであったと思われる。しかし、「きよき月よにこぎ行けば」といった説明にすぎる表現はいかにも拙劣で、しかも「千鳥」の本意はやはり冬の夜のものである故に、五八三歌を採用したのであろう。あるいはこの場合も、これら二首は初案と改案の関係にあるのかもしれない。○**駒を早めて帰る**―須磨に上陸してからは乗馬で、芦屋の住いを指して帰るのである。

【語釈】欄に引いた隣女集一連の歌中、日記に採られなかった四九六歌「昔よりおもひしことはこれぞこのこよひの月をあかしにてみる」は、永年の宿願がかなったことに対するすなおな喜びの表白と受けとれる。「去年の本意」を遂げようとする意志がいかに強かったか、またこの記の中心がこの観月の場面にあることを端的に示している。しかし、日記にはあまりにもすなおなこの歌ではなく、「せば……まし」構文によって反転してその喜びを強調した、技巧的にもすぐれた歌の方を採用したのである。

【考説】

同じ一連の歌群を番号の順序に読んでゆくと、日記に描かれたところとはかなり違った世界が展開する。それは、明石に着いた時は曇っていたのだが（四九三）、夜更けて晴れた（四九四、四九五、四九六）、しかる後、船に乗って海上に漕ぎ出して歓を尽し（四九七、四九八、四九九）、そして暁がたに須磨へ漕ぎ帰った（五〇〇）とたどり読める点である。本日記では、雨をついて「様変りたる思ひ出ならむ」と、大きな船に乗って汀遠くくり出したあと、海上で夜更けるほどに月光をみることができた、と描写されており、この方がたしかに劇的で、数奇のほどもまた感激の大きさも倍加する。家集の詞書や歌の配列が事実そのままであるという保証はどこにもないが、月もない降雨中の夜の海上へ船をくり出すことが現実的でないことを勘案するならば、事実は家集の自然さの方にあったと思いたくなる。伊勢物語の一場面をふまえた行文ともども家集との比較の上で臆断すれば、この部分で雅有は、事実を曲げることをいとわず、現実を再構成しなおして、より劇的で印象的な効果をねらったのだと考えざるをえない。

同じような虚構の方法は、すぐあとの場面、笛をとり出して海青楽を吹いていると、思いがけず近よって来た船から笙・篳篥を吹き合わせて、折から言いしらずおもしろかった、と描写される部分に見ることができる。この部分には歌はなく、家集にもこの場面に相当する歌はない。「心ある人こそなけれあきのよの月も名高きうらのとまりに」（四九五）と、名所であるにもかかわらず、月を賞でるような心ある人のいないことを慨嘆し、「明石がたおきにこぎいでて月みるをつりするあまの名をやたつらん」（四九七）と、我が一行の行為が常軌を逸していると周囲に受けとられるのがせいぜいであるような現実であったとすれば、雅有たち一行に勝るとも劣らぬ数奇人が他にもいて、船を漕ぎよせて、あまつさえ合奏しかけてきたというのは、果して事実であったか否かいぶかしく思われる。どう見てもこの場面はできすぎている。家集にこの場面に相当する歌が一首もないという事実とともども考えるならば、むしろここは「琵琶行」の詩句が先にあって、その詩句の世界に重ねあわせるように現実を改変して作品化した可能性の方が甚だ大きいと私は考える。

自分の歌を「ある人」の歌と朧化して表現していたり、日記に歌をとり入れるに際しては、当然のことながら、場面にあったより効率的な形に改めていたりする所にも、ある種の作為を看取しうること、既述のとおりだが、このクライマックスの場面における二つの事例は、それらよりもはるかに程度の甚しい「虚構」の手法であると見なければならない。

作者雅有は、物語の主人公光源氏流謫の地であること、また古来の文学伝統を背負った土地であることの故に、須磨・明石に特別のあこがれを抱いていたことは疑いない。光源氏が八月十五夜の月をながめたのは須磨においてであったが、雅有は古来の月の名所明石での観月を夢み、今年ようやくそれを現実のものとした。すなわち雅有は、自らの現実を物語や古歌などで培われた伝統世界に重ねようとしているのであって、そこには明確な境界は意識されていないかのごとくである。そのような姿勢や性情のもとに書かれた作品が本日記であるとすれば、この種の虚構はごく当然であったというべきかもしれない。

四　仏道修行憧憬の記

【本文】

十月ばかり、昔朝夕馴れたりし人、藤衣にやつれて、上なき道にのみ心を深くかけて、国々を歩きしに、唐土へ渡らむの心ざしにて、道なれば、この所に廻り来ぬ。様々にこしらへいひて、この外山の奥、太山の麓に、里より五十丁ばかり登りて、昔寺房などありけるが、今は跡と見ゆる礎だになし。かしこに庵を結びて、昔の跡を興し、絶えたるを継ぎて住むべき由をいひ、「か」カ(虫損)れも、さるべきにこそとて留まりぬ。

やがて、相具して行きて見れば、所からま「ことに」カ(虫損)よし、東に水流れて、坤に廻れり。南晴れて海見ゆ。西は爪木こる山人の行来の道、北は高き嶺なり。まことに四神相応の地なり。周囲に、樒やうの木多し。態としたらむやうなり。

日毎に登りて、みづから木きり払ひ、地曳き、様々にいとな「み」カ(虫損)侍れども、いづれか劣らんや。我も我もとしあひたり。民の力入れ・などせんこと、かへりて仏の御心にも背けば、わざと身を捨てて、心を砕きて、これをいとなむ。ほどなく二三間ばかりの庵出で来ぬ。かかるほどに、ある人の夢に、天王寺の金堂の火をこの山に移すと見る。これを聞くに、いとど心ざし深くなり・ぬ。世の末にも、絶えず法の灯火を彌継ぎて、暗き闇路の導べとならんかしなどいひて、おのおのいよいよいとなみ造る。この山をば、世の常の山寺などのやうに、坊ども造り付け、世にある様にはもてなさじ。（虫損）「ただ」カ 本堂一に、ここかしこの谷嶺に、わづかの草の庵（虫損）「ばかり」カ を結びて、上なき道を願はん人ばかりを置きて、学問させんばかりをせさせて、我々も終の仕みかとせんなどいふ。もとより円防なる所一をば、僧に向けたることなれば、その所をこれに付け置くべき由など、あらます。

止観に出づる五縁具足、ただこの地なりと聖もいふ。日暮るる折は、かりの庵の風だにたまらぬ所に、おのがじし薪こりつつ、火たきてまろび臥す。まことに寂寞として、人目なき所に、常に読誦のみあり。山の声、谷の響き、みなこれ如来説法にあらずといふ事なし。よもすがら煩悩の薪をたき、知恵の火を消たずして、長き眠りをさます。ひねもすにはるばると見ゆる真如の海に、苦を渡す船の跡なき世を悲しむ。耳に聞ゆる声、目に妨る色、みな観念をまし、発心を勧むる知識にあらずといふ事なし。

正念一に帰すれど、邪志なほ流れにまじはるや（虫損）家（虫損）「をはな」カ れぬのみぞ心きたなき。廿日ごろ、嵐いと激しき夕暮、心の澄むにまかせて行きぬれば、日は入りぬ・。やがて、止観の正修行の所読み、談義して、座禅時を移すに、芝垣の真白く見ゆるに、明けぬる心地して、松の戸を押し開けたるに、霜夜の月光ことに清く、心の闇も晴れぬらんかし。庭に立ち出でて見るに、三千世界は眼の前の氷のほか、鋪くものぞなき。木末を渡る嵐に類ふ峰の猿の声、軒端に畳む岩根を落つる瀧の響き、またなくあはれなるは、かかる所の住居にや。とばかりありて、漸々明け・行く・空に、横雲かき暗れて、降りはじめたる雪、ことに寂しさまさる心地して、眺めゐたるに、高き嶺、険しき巌（虫損）みあてたる雪の空より降り来る様、雲井に見ゆる瀧とおぼえたり。里にては、かかる雪は未だ見慣らはず。いかにも日ごろ色にし（虫損）心は移りはてて眺めゐたるを、かの心潔く憂き世を思ひ離れたる聖に諌められて、又立ち帰る空しき床の上、壁に向ひゐる。かくて三日ばかり籠りゐて、帰りざまに、深山のつとにて、みづから垣穂の真木の下枝こりつつ、炭焼き侍るとて。

　思ひきや真木立つ山に炭竈の煙をたつる身とならんとは

　今は我れむぐらの宿に門鎖してなしとこたへて住むべきものを

やがて住み果てぬ心弱さの、身づから悲しくて、

　朝夕は我とわが身をいさめても背かれぬ世の果てぞ悲しき

【語釈】

○**昔朝夕馴れたりし人**―鎌倉における知友であろう。○**藤衣にやつれて**―出家して墨染の僧衣をまとい、地味で目立たぬ様で。○**上なき道**―仏語「無上道」の和訳。この上なくすぐれたさとり。仏道。この僧の場合、狭くは天台宗を志していたことが、後文の『止観』の引用や「座禅」の語などからわかる。○**こしらへいひて**―宥め、とりなして。斎藤清衛氏は「蒙古襲来の気配あることを語」って翻意させたという（「飛鳥井雅有の文芸」『甲南国文』第十二号、昭和四十年二月）。そういう種類の説得であったかもしれない。○**五十丁**―一丁は六十間で約一〇九メートル。約五キロ半。○**寺房**―「房」はこの場合、家、建物。寺の建物。○**昔の跡を興し、絶えたるを継ぎて**―旧寺を復興し、寺房の荒廃とともに絶えはてた法灯を継いで。この点「絶えた禅寺の復興」と読む松原正子氏の解（「飛鳥井雅有について」『立教大学日本文学』第十四号、昭和四十年六月）は妥当でない。○**四神相応の地**―四神（東の青龍、西の白虎、南の朱雀、北の玄武）に相応した、最も貴い地相。東に流水、西に大道、南に汙地、北に丘陵のある地相をいう。○「**日毎に登りて**」**以下**「**住みかとせんなどいふ**」―この部分における行文の主語は、「いづれか劣らんや」「我も我もと

しあひたり」「おのおのいよいよ営み造る」「我々も終の住みかとせん」などから複数であることがわかる。塚本康彦氏は「みずからも連日登って木を伐り地を曳き」と、むしろ雅有一人にひきつけて読み（「飛鳥井雅有の日記再論」『中央大学文学部紀要（文学科）』第十七号、昭和四十年二月）、松原氏もまた「言い掛り上、共に汗水を流す。（中略）その持病ある身体で、身も心も砕いて、泥まみれとなって草庵造りの援助に尽すのであった」と、聖と雅有二人の共同作業であったと読んでいる（前引論考）。しかし、この部分の主語は、聖と、そして行を共にして追随している者たちの一団であると考えねばならない。雅有は心を寄せてはいても傍観者であり、周防の所領一箇所を寄進して経済的基盤を与えること以外の援助をしてはいない。汗にまみれ、病身にむちうって、労力奉仕をするなどということ自体、考えがたいことであるし、もしそんなことをすれば、それは聖たちにとって「仏の御心にも背」くことになってしまう。右に示した複数を示す証跡は、聖とその一団の者たちの行為として読むとき、最もすなおに了解できるからである。○**地曳き**―地ならしをする。○**営み侍れども**―「侍」は底本「待」。誤植と推定し、訂した。○**民の力入れなどせんこと**―民が労力奉仕したり助力したりなどすることは。○**庵**―底本「ほり」。「い」脱とみて校訂した。庵とはもとより卑称で、間口二三間の本堂一宇が完成したのである。○**ある人の夢に**―前段において「ある人」は雅有自身を朧化した表現であった。この場合も同様に、雅有自身が、天王寺金堂の火をこの山に移すという内容の夢を見たと考えて然るべきであろう。そのことを聖たちが雅有から聞いて、ますます志深くなった、と文章は続いてゆく。このことはまた、この前後の文章の主語が、聖とその追随者たちの一団であるとする私の読みを補強することにもなる。○**彌継ぎて**―「彌」は底本「や」。本来の漢字を仮名として誤読したものと推定し、かく校訂した。○**暗き闇路**―真理をさとらず煩悩に迷うことの譬喩。○**導べ**―道案内。○**坊**―僧の住む部屋。坊舎。僧房。○**周防なる所一をば僧に向けたることなれば**―周防にある所領の（所職の）一つを僧に寄進すべく予ねて心に決めていたので。○**これに付け置くべき由などあらましす**―この聖たちの一団に附属すべき由などを申し出て、かねての願いどおりにする。○**止観**―『摩訶止観』。隋の天台大師智顗の著。天台三大部の一。禅修行の実践的な指南書として広く読まれた。○**五縁具足**―『摩訶止観』の巻第四に、「止観のための前方便」として、「呵五欲」「棄五蓋」「調五事」「行五法」とともに、それらの最初に最も詳しく説かれる。五縁とは、持戒清浄、衣食具足、閑居静処、息諸縁務、得善知識の五つ。以下の文章で、「日暮るる折は……まろび臥す」の一文が持戒清浄と衣食具足を、「まことに寂寞として……いふ事なし」が閑居静処を、「よもすがら……世を悲しむ」が息諸縁務を、また「耳に聞ゆる声……知識にあらずといふ事なし」が得善知識の内容を、それぞれ具体に即して述べた説明となっている。なお、「寂寞(じゃくまく)として人目なき所に常(つね)に読誦(どくじゅ)のみあり」の部分には、『法華経』(法師品)の「若説法之人　独在空閑処　寂寞無人声　読誦此経典　我爾時為現　清浄光明身」の偈文も影を落としているであろう。○**風だにたまらぬ所**―風さえも留まらないで吹きぬけてゆくような粗末な部屋。○**おのがじし**―この一語によって、主語はやはり聖とその周囲の修行僧たちの一団であることを知る。○**煩悩の薪をたき、知恵の火を消たずして**―煩悩を薪にたとえ、事理を照見し正邪を分別する心の作用たる知恵を燃えさかる火にたとえたもの。○**長き眠り**―長夜の眠り。煩悩のため悟りを開くことができず、生死の苦海を脱することのできない状態にあること。○**はるばると見ゆる真如の海に**―眼下に広がる海を真如にたとえたもの。「真如」は、一切のもののありのままの姿。真実で変らない絶対世界。「に」は「に向かって」の意。○**苦を渡す船の跡なき世を悲しむ**―「苦」は貪欲や前世の悪業のために受ける苦痛。「船の跡なき」は、眼下の海に航跡のないことと現実世界の苦を取り除く救いのないことを重ねた表現。○**目に妨る色**―「さいぎる」は「さえぎる」の古形。「色」は、形相。形あるもの。感覚でとらえうる一切のもの。○**知識**―善知識。人を善道に導き入れる働きをする人。高徳の僧。○**「止観に出づる」以下「あらずといふ事なし」**―この段落も、前段同様、雅有自身は各文の主格として参入してはいない。当の寺域が、『摩訶止観』に説かれる五縁を具足した地そのものであると説明してくれる聖の教説に従って、そこでの彼等のあらまほしき日々の修行生活を、五縁と関連づけながら説述した、その意味で観念的で一般的な内容の一段である。○**正念一に帰すれど**—「正念」はよこしまな心を離れ、真理を求める心を常に持すること。心の乱れを去った安らかな心。この一文に至っては主語は雅有となる。前段に述べ来った五縁具足の環境の中で、自身もまた心の乱れを去り悟りの境地に達しようとするけれども、の意。○**流れ**—俗流の意か。○**家をはなれぬ**—出離しない、出家しない。○**心ぎたなき**—心に執着し、邪念を捨てきれない。この一文は、話題を自分のことに移し、まず結論を提示したのであって、「廿日ごろ」以下「朝夕は」の歌までの部分で、邪念を捨てきれなかった具体的な経緯が語られるという構成になっている。○**正修行の所**—「正修止観」の章。『摩訶止観』巻第五以下最末の巻第十まで、この書の半分以上を割いて説かれる最も要諦たる部分。○**談義**—講義。説法。○**三千世界は眼の前の氷のほか鋪くものぞなき**—和漢朗詠集・雑・五八三「三千世界眼前尽　十二因縁心裏空」（都良香、竹生島）および、秋・二四〇「秦甸之一千余里　凛々氷鋪　漢家之三十六宮　澄々粉餝」（公乗億、長安八月十五夜賦）の両句により合成した表現。眼下に展望する月下の海を氷を敷きつめたごとくみた。○**雲井に見ゆる瀧とおぼえたり**—金葉集五〇「山ざくらさゝにし日より久方の雲井にみゆるたきの白糸」（源俊頼）による。山桜を滝に見たてた俊頼歌をふまえて、ここでは空より降りくる雪を滝と見たてた。○**聖**—底本は「ひしり心」。「心」は「聖」の草体の下の部分をかく読んだ衍かと推定し、校訂した。○**空しき床**—漢語「空床」の和訳。ここは何もない座禅道場の板敷きの床のこと。○**壁に向ひゐる**—壁に向って座している。面壁し座禅する。○**「思ひきや」の歌**—隣女集八二九に「山ふかき庵にまかりて炭やくをみ侍て／おもひきやまきのと山の谷のとにけぶりをたてゝすみやかむとは」の形で収める。この詞書ならびに歌本文は、本日記の他の文ならびに歌本文と甚だしく異っているが、この相違は単なる偶然に起因するものではなく、作品の性格そのものを示唆していて甚だ重要である。この点については【考説】欄で詳述したい。○**「今は我れ」の歌**—隣女集八八〇。「述懐」題歌中にあり、末句「あるべきものを」。古今集八九五「老いらくの来むと知りせば門さして無しとこたへてあはざらましを」を本歌とする。おそらく初案は家集の形であり、山中に止住することの至難さを表明せんとする本日記に収めるに際して、「住むべきものを」と端的な表現に改めたのであろう。○**「朝夕は」の歌**―隣女集八八八。前歌と同じく一連の述懐題歌中の最末にあり、異文はない。

【考説】

「思ひきや」の歌は、【語釈】欄に引いた家集の詞書によれば、山深き聖の庵室に出向いて行った時、そこで彼らが炭を焼いているのを見て、こんな所で炭を焼いていたという、そのことへの単純な驚き、または感動を詠じたものであった。「まきのと山の谷の戸に」とその場所が示され、「けぶりをたててすみやかんとは」と、端的にそのことに対する驚きが歌われている。これこそが、雅有の経験した、その時の初発の感慨であったはずなのである。雅有は聖たちとともに長くいっしょに草庵生活を営んでいたわけではない。たまたま訪ねて、彼ら自身の手で炭を焼くような自給自足の生活をしていることを知って驚いたのであって、雅有の仏道修行に対する認識がいかに甘く浅かったかが端なくも見え見えするような内容の歌であるといえる。ともあれ雅有の感動はすべてを自給する驚くべき峻厳な仏道の修行そのものに触れたところに発したのであった。

ところが、本日記ではどうか。三日ほど聖の庵室にこもって修行のまねごとをし、その帰りぎわに、「深山のつと」として、自ら垣穂の真木の枝を切り炭を焼こうとして詠んだ、という状況での歌となっている。当然にその感動は、この深山の奥で、炭竈の煙をたてて炭を焼く修行者になろうとは思いもかけなかった、という一点に移ってくる。しかし、本当は炭焼きのまねごとすらしなかったかもしれない。家集に収める初発の歌を日記に採録するに当って、自らを炭やく立場に置くべく改変したのかもしれない、などと思われもするが、今はそこまでの詮索は無用である。ことは実際に炭焼きをしたか否かとは別次元のことがらに属する。つまり、このような状況は、「深山のつと」として、厳しい修行生活とは何の関わりもない、むしろそれとは対極的な風流生活の立場からの認識に発していることを確認すれば十分だからである。そのような認識から作り出された状況であるが故に、その歌は、炭焼きつつ修行する自分を夢想しただけの空疎なものとならざるをえなかったのである。「今は我れ」の歌も同じく、住み果てえない現実を前にしての、精神的な願望を夢裡に描いているといった趣きの歌だと読みとれる。

ともあれ、「思ひきや」の一首には、雅有の仏道修行に対する極めて甘美でかつ浅薄な認識と、それをおうばかりの気分的な「あこがれ」が濃厚に感じられる。同じような雅有の姿勢は、家集に散見する次のような述懐歌を見ても歴然である。

いかばかりあはれなるらん世中をいとひてみばや秋のよの月（八六六）

あとたゆるみ山の庵にひとりゐて秋の有明の月を見てしが（八六七）

雅有は決して本気で仏道に入ろうなどと考えてはいない。仏道修行も観月と同じ次元の風流韻事としか認識していないといってもよいだろう。雅有はただ、なまの事実や感動を矯めなおし、仏道への志深く、修行をしてみたけれども、結果、かくして住み果てぬ身を悲しみながら下山するという、一場の物語を構成し、自らをその主人公として描き出したのであった。

作品に描かれたところを額面どおりに受けとって、極めて真剣な心中の葛籐があったかのようにこの部分を読もうとする従前の理解は、従って、雅有その人の真実からは甚だ遠いといわねばならない。この日記は、決して事実をありのままに記したものではなく、事実を離れ、作為や虚構を多分に持ちこんで「創作」された作品である。そのことを十分認識してこの作品を読む必要があることを強調しておきたいのである。

五　上洛、奈良・伊勢行の記

【本文】

正月十日あまり、都へ上らんとて、植ゑ置きたる八重桜を見て、

植ゑ置きし若木の桜咲き初めば告げよ我が背子見に帰り来ん

水無瀬殿の懸りを見て、

朽ち残る桜を見ても忍ぶかな荒れにし宮の古への春

四月晦日ころに、奈良へまかるとて、木幡山にて、

木幡山峰たち越えて見渡せば伏見の小田に早苗とるなり

宇治にて、

数ならぬ身をうぢ橋の長きよに朽ちぬ名ばかりいかで流さん

春日の社にて、

捨てはつる心もしらず白木綿に恨みをかけて歎きつるかな

奈良にて、時鳥を聞きて、

古の声かあらぬか時鳥ふりにし里の人に問はばや

伊勢に領る所あれば、下る道、深山続きなり。

涙だにほしあへぬ袖を太山路の木の下露にぬれぬ日ぞなき

伊勢にて、越えし山を見やりて。

我が越えし山路を見れば白雲の晴るる時なき高根なりけり

五月雨繁きころ、大夫が詠めりし。
かりそめと思ひしものを五月雨の口数ふりぬる草枕かな

【語釈】

○「**植ゑ置きし**」**の歌**―隣女集三〇五。詞書「桜をうへをきてものへまかり侍とて」。異文なし。この歌は、『源氏物語』(須磨)の、「須磨には、年かへりて日ながくつれづれなるに、植ゑし若木の桜ほのかに咲きそめて、空のけしきうららかなるに、よろづのこと思しいでられて、うち泣き給ふ折り多かり」を面影として取り入れているであろう。先の明石における歌にも、『源氏物語』の影響は明らかであった。○**水無瀬殿**―後鳥羽院の水無瀬離宮趾。○**懸り**―鞠の懸り。蹴鞠の場。四隅に木を植える。雅有の『内外三時抄目録』には、諸家の説さまざまであるが、「当流には、艮桜、巽柳、坤蛙手、乾松なり」とある。水無瀬殿の鞠の懸りを見ての感慨は、後鳥羽院に仕えた祖父雅経の古えを想起してのものである。○「**木幡山**」**の歌**―隣女集七九五。詞書「ものへまかるとき、木幡山にて」。異文なし。○**領る所**―所領。領地。○「**涙だに**」**の歌**―隣女集七九九。詞書「山をこゆとて」。末句「ぬれぬ日はなし」。○「**我が越えし**」**の歌**―隣女集七九八。詞書「伊勢に侍てよみ侍し」。異文なし。○**大夫**―五位の通称としての呼称。『嵯峨のかよひ』(文永六年)十月二十五日の条に、為世が乳母のもとに泊っていると聞いて、雅有が早朝車に乗って迎えに行き「大夫をうちへやりて、おこしてのせて」帰ったとあり、また十一月二十六日の中院入道為家邸の鞠の会にも出席している。ここも同じ人物であるにちがいなく、おそらく雅有の嫡男で、弘安元年正五位下右近少将を以て早世した雅顕であろう。文永六年当時雅有は二十九歳、雅顕はせいぜい十三四歳であったと思われる。家集「右近少将雅顕集」に伊勢路での詠二首は見えるが、この下向時の歌ではないらしい。

【考説】

芦屋滞在は文永六年初頭にまで及び、正月十日過ぎ、いよいよ都へ上らんとして若木の桜に呼びかけ、途中、水無瀬殿で往時をしのびつつ、一旦上洛して嵯峨に落ちつく。「若木の桜」は、前引「植ゑし若木の桜ほのかに咲きそめて」（源氏物語・須磨）であるにちがいない。そして、四月末に奈良を指して出発、木幡、宇治で各一首、奈良での二首を録し、さらにそこから伊勢の領地へと深山路をこえて歩を進め、伊勢での滞在は意外に長びいた、ということが、ほとんど歌を連ねただけの短い記述によって語られ、この作品は終る。これまでの散文を主とする長い叙述から一転して簡潔でなだらかな終章となっている。

しかし、これらの旅もそれぞれに時間を要したはずだし、途次の詠作もこれには留まらなかったようである。家集によると、ほぼこの期間の詠とみてよい歌が、明石での歌群にひき続いて収載されている。

みやこへのぼり侍し時、なにはにてあはぢ島をかへりみて

みやこへとなにはのうみをこぎ行ば跡にかすめるあはぢ島やま（七九〇）

よどにとまりて千鳥をきゝて

ふねとむる淀の渡りのふかきよに枕にちかく千どり鳴なり（七九一）

あまのかはにて

ひさかたの七夕つめにあらぬみのあまの川瀬にふなでをぞする（七九二）

橋をみて

ききわたるあまの川せの橋なればもみぢも見えずかささぎもなし（七九三）

とばに思の外にとまりて

みやこ人しらず待らし契をく日数を過てとまるこよひを（七九四）

ものへまかるとて、木幡山にて

○こはた山みねたちこえてみわたせばふしみのをだにさなへ取也（七九五）

宇治にて

又もこむうぢのはし姫われをまて紅葉の比の月のよなよな（七九六）

同時、道にて

わけわぶる道の行衛を宮こぞとおもはばいかにいそがれなまし（七九七）

伊勢に侍てよみ侍し

○我がこえし山ぢをみればしら雲の晴るる時なきたかねなりけり（七九八）

山をこゆとて

○涙だにほしあへぬ袖をみ山ぢのこのした露にぬれぬ日はなし（七九九）

右のうち奈良・伊勢行の三首は本日記に採録されたが、上洛途次の歌は一切を省略し、かわりに水無瀬殿の旧跡に立って父祖の往時をしのんだ一首のみをとり入れたことがわかる。そしてそこに、まるで朽ち残る懸りの桜のように、鞠と歌をもって朝廷に仕える今の我が身を父祖の世と比較しての感慨を留めようとした、雅有の意図を読みとることは誤っていないであろう。伊勢の「領る所」への旅行も、同じくそれは父祖につながることがらであったにちがいない。本日記の終章は、かくて、父祖なきあとの飛鳥井家の当主としての自覚を秘やかににじませながら、表面は簡潔でなだらかに閉じられるのである。

六　おわりに

天理図書館蔵『飛鳥井雅有卿記事』の書写者飛鳥井雅威は、「右雅有卿御道の記也、奥端欠、且所々不足歟」と

巻末に記している。しかし、右のようにこの作品を読んでくるならば、巻首の若干の欠脱はともかくとして、巻末や巻の途中にも欠脱があると考える要はない。むしろこの形こそ、雅有が意図したところそのままだと考えねばならない。縷々指摘してきたように、本日記は、その中にかなりの虚構を含み、全体としても極めて構成的な作品なのである。

第十二節　飛鳥井雅有紀行文学の再評価

一　はじめに

飛鳥井雅有には五篇の仮名散文作品があり、最近本文の影印や翻刻また注釈的研究が相次ぐなど、漸くその研究が盛んになりつつある。しかし、五篇のうち純粋な紀行作品である『最上の河路』と『都の別れ』についてはほとんど研究らしいものはなく、『春のみやまぢ』の終末約三分の一を占める紀行部についても同断で、特に紀行文学としての特質や紀行文学史上の位置が問題とされたこともない。中世の紀行作品全般を見渡した上で、できるだけ多くの作品について「再評価」という観点から説述することが求められている課題であるとすれば、それは私の関心と能力を越えることなので、本稿では、少しく特殊にシフトさせて、今はほとんど無視されている雅有のおおむね小規模な紀行作品という、極めて小さな窓から、課題に通ずる方法の端緒をさぐってみたい。

二　紀行処女作『最上の河路』

雅有の紀行処女作『最上の河路』は、文永六年の記かと見られてきたが、作品中の歌が全て『隣女和歌集』巻三（文永七年八年詠）所収歌なので、七年又は八年東下の旅を題材とした作品である。日記第二作『嵯峨のかよひ』（文

永六年）の末尾近く十一月二十日の記に、「下り近き由」を野寄法眼に書き報せており、家集巻三に、

十二月つごもりころに京よりくだり侍りて、元日に

みやこをば霞へだててふる里にとしとともにもたちかへるらん（八九九）

とあるので、たしかに六年十二月中旬には離京して、大晦日鎌倉到着、七年の正月を迎えている。また右の歌の直前には、

将軍従三位左近中将になりたまひて、正月一日

みかさ山ふもとの松のわかみどり千代にさかえん春ぞきにける（八九七）

同日雪ふり侍りしに出仕し侍るとて

春のくる夜の白雪ふみ分けて道ある御代にいでつかへつゝ（八九八）

ともある。七歳の将軍惟康親王は、七年十二月二十日源姓を賜って従三位右近中将の官位を与えられた。雅有は文永八年の正月も鎌倉にあり、将軍に仕えていたのである。すると七年か八年の秋ころ一度上洛、短い滞在の後冬にはまた下向しなければならなかった、その時の紀行がこの作品で、作品冒頭に「例のうかれたる身は、しづのをだまきくりかへしつつ上れば下るに」と『古今和歌集』陸奥歌「最上川上れば下る稲舟のいなにはあらずこの月ばかり」（一〇九二）を踏まえつつ叙し、かつ題名として、あわただしい旅をさだめとする我が身と作品を象徴させたのである。

この作品は、十七首の歌を極く短い散文で綴りあわせただけの、家集の断片か旅中のメモそのものと誤られそうな片々たる作品ではあるが、雅有の方法をかえって荒削りのままに露呈させていて甚だ興味深い。

作品の全体は、以下のとおりである。浜口博章氏「校注『飛鳥井雅有日記』」（「甲南大学紀要」文学篇　第四十八集・一九八二）により、あて漢字のルビならびに補った送りがなは削除した。歌頭の数字は通し番号、歌脚の番号は

『隣女和歌集』の部立と歌番号、傍記（隣）は同集歌の異文である。

例の浮かれたる身は、倭文の苧環繰り返しつゝ、上れば下るに、逢坂にて、

① 逢坂の山の杉村過ぎがてに関のあなたぞやがて恋しき　（雑・一五七一）

赤坂といふ所に泊りたるに、雪深く降り積りたるに、今日は道遠しとて、暁深く急ぎ立つ。道も知らぬ雪の中を、駒にまかせて行くほどに、空はやうやう晴れて、雲の絶間に月出でたり。

② 逢ふ人も先立つ跡もなかりけり我が踏み初むる道の白雪　（冬・一三二五）

鳴海潟にて千鳥を見て、

③ 都のみ遠くなるみの浜千鳥日数に添へて音をのみぞ鳴く（ねぞなかれける（隣））　（雑・一五七二）

二村山にて、雪掻き垂れて降れば、

④ 古里にいかで知らせむ山高み雪踏み分けて恋ひ侘びぬとよ（こえわびぬとよ（隣））　（冬・一三二四）

雪探き、野なる柏を見て、

⑤ 降り積る（降うつむ（隣））雪の下なる本柏もと来し方を忘れやはする　（冬・一三二七）

尾崎が原といふ所を通るに、氷りたる雪に朝日の輝き合ひたる、いとおもしろし。

⑥ 雲晴れて朝日に磨く白玉の尾崎が原に氷る淡雪　（冬・一三二六）

京なる人を思ひ出でて、

⑦ 忘れずは思ひおこせん心こそ我が忍ぶよりなほ悲しけれ　（恋・一四二一・互思恋）

橋本にて、題を探りて、

⑧　波越ゆる下枝ばかりは顕はれて雪に隠るる浦の松原　（冬・一三二九）

⑨　冴え氷る袖の夕霜打ち払ひ今日いく里の旅寝しぬらん　（冬・一三〇一・霜）

⑩　降りそむる庭の初雪（しら（隣））いつのまに深くも恋の身に積るらん　（恋・一四五三・寄雪恋）

⑪　待ちわびぬ雲井のよその月をだに我が袖避きて夜離れやはする

⑫　ありし世の真野の継橋（まゝのつぎ橋（隣））中絶えて年のわたりに袖ぞ朽ちぬる　（恋・一四五五・寄橋恋）

⑬　笹枕主定まらぬ別れかな変る一夜の露の契りは　（恋・一四一一・傀儡恋）

遠近の山々に雪の降りたるを見れば、いとど嵯峨の恋しく覚えて、

⑭　道すがら忘れわびぬる小倉山見馴れし里の雪の面影　（冬・一三二八）

昼の乾飯のために、清見が関に立ち寄らんとするに、荒磯の岩間に、海布（め）刈る舟どもあり。見んとて、馬より下りて汀に至り、女方にも見せんとて、輿など止めて、海人ども下して潜きせさす。海布刈る舟に、侍従、若き侍ども、乗り移りて、手づから海布刈り遊ぶ。

⑮　清見潟波間を分けて潜けども偲ぶ都をみるめだになし　（雑・一五七三）

富士の山を見て、

⑯　何処より雪は降るらん天の原雲より上に見ゆる富士の嶺　（雑・一五七四）

酒匂に落ち着きたれば、越え来つる足柄山、雪白く見ゆ。

⑰　越え来つる跡の山の端雪白しこの里までの雲は時雨れて　（冬・一三三〇）

故郷に帰りて来て見れば、宿もありしながら、人も変らねど、ただ旅立ちたる心ばかりぞあらぬ心地して、夜もすがらまどろまれず、思ひ明かしつるなり。

三　主題意識と構成意識・作為・虚構の方法

仮に一行あけにして示したとおり、雅有はおそらく三部構成の意識をもって作品化しようとしている。家集によれば、「くだり侍りし時、あふ坂山をこえ侍るとて」として①の歌、そして「鳴海にて」として③の歌が、雑部に連続してある。一方冬部には、「京よりくだり侍りしに、ふたむら山にて」として④歌が、そして「ゆきはれて暁月によふかく立侍りしに」として②歌が連続する。元来②歌は、雪ふりしきる二村山を越えわびて宿った夜、ようやく雪が晴れた暁方、空に有明月をあおぎつつ、夜深く出立した時の詠として、詞と歌の内容は緊密に合致している。それが紀行では二日ほど行程をさかのぼった赤坂での出立時のこととして配される。逢坂から鳴海までの記事の空白を補う意味と、赤坂と雪の白との対比の面白さをねらった雅有の作為ある事実変改ではなかったか。早暁出発して雪明りだけの中を駒にまかせて進んでゆく、その途中で雲が晴れて月が顔を出したと記述しているのであるが、そこに加えた作為が「空はやうやう晴れて、雲の絶間に月出でたり」の文章と、すぐ続く歌―行き会う人は勿論先に行った人の足跡もない、私が今はじめて雪に足跡をつけながら進んでゆく―の内容との緊密さを破る結果をもたらしている。自撰家集『隣女和歌集』は、部類はしていても原資料をあるまとまりをもって保存していることが多く、ここも紀行から家集へという逆は考えがたい。

家集冬の部は、②歌に続いて「をさきか原といふ所にて」として、まず⑧歌、次に⑤歌、そして⑭歌を収める。つまり三首は同じ尾崎が原の雪中で詠まれた同時の連作であったことになる。ところが紀行執筆に際して雅有は、⑤を尾崎が原よりも前、二村山を越えたとある雪原での詠歌とし、雪に深く埋もれた本柏に触発されて詠んだこの歌を、二村山で雪ふみ分けて古里を「恋ひ侘びぬとよ」（「越えわびぬ」の初案からの改稿であるはず）と歌った思いを、「もと来し方を忘れやはする」と歌うこの⑤歌に連続させ、都恋しい心を重層し強調しようとしたのであろう。そのあとに⑥を配し、凍てついた雪原を朝日が磨くようにきらきらと照らしている明澄な美しさを漂わせ、しばしの安らぎを設けて、雪中の暗から明へと気分を転じてみせるのである。そして尾崎が原での三首目の歌は、何とそのあと題詠歌など七首もの多くを隔てて配される。そして橋本と清見潟の間のどこかわからぬ場所で詠まれたかのように結構されるのであるが、もとよりこれは、雪の山を見て見なれた小倉山を思い出すという歌の内容、場所の不特定性がそれを可能にしたのである。同じように⑥歌と橋本での歌の間にも、どこに配してもおかしくない望京の歌⑦を配したのだと考える。いずれも紀行全体のバランスとバラエティーを考慮し、そして何よりも旅の先々で都を思い涙するというモチーフを強調するための措置であったにちがいない。

紀行の中盤橋本での歌も、一首目の⑧歌は家集により明らかにここで詠まれた歌であるが、これは探題の歌とは考えがたい。それをも探題歌とし、以下に配するいずれも題詠の歌がこの宿場で詠まれたかのごとくに結構される。⑪の一首を除き、いずれも家集中冬と恋の部に分散して収録されるので、橋本での探題詠であることを否定しきることはできないが、⑨が「今日いく里の旅ねしぬらん」といく分旅中詠らしい内容をもつ外は、旅とか橋本という土地における臨場感を全く含まないことが不審をいだかせる。これらの歌は都か鎌倉の私邸や公の会で詠んだ純然たる題詠歌をよせ集め、あるいは執筆時に詠み加えるなどして旅中の風流を構築しようとしたものとみる方が事実に近いのではあるまいか。橋本での詠歌なら、雪にしろ橋にしろ傀儡にしろ、かくも一般的にではなくもっと特定の何かに寄せて詠むはずではないか。やはり作為と虚構の跡は著しいと見られよう。

⑮歌は、家集には「清見関にて人々ふねにのりてめなどかり侍りしに」として収められているので、潤色はあってもさらに詳しい内容が紀行の記述のごとくだったのかと納得される。めずらしい体験に躍動した心が、おのずから文章に生気を与えて読者に訴える力をもっているが、旅先での興趣に淫するその心の底に、「偲ぶ都はみるめだになし」とつぶやきたくなるような望郷の思いが横たわっていたことを、さりげなく表出しえてもいて、本紀行中

最も精彩に富み、作品の山場をなしている。

かくて、終盤は急転してなだらかに、ほぼ事実にそって書きおさめられていると見える。

以上のように見てくると、この短い紀行処女作において、雅有は実にさまざまの工夫をこらして一篇の作品を構成しようとした跡をたどることができる。清見潟での文章を例外として、おおむね家集の詞書にも等しい、短く稚拙な散文で、長く巧めば②のごとき破綻をきたすことになる程度の出来ばえで、結果として決して秀れた紀行になっているとは評価できない。しかしながらこの習作を通して、雅有がどのような創作過程を経て作品を形象化しようとしたのか、そうすることを通して雅有の目ざしたところが奈辺にあったのかを、具体的に把握できることは貴重である。要していえば、雅有は、旅の先々で、折々に住みなれた都を慕い、残してきた親しい人々を思い出しては涙するという、望郷の切々たる思い、それこそが旅の本意を主題として結構すべく目ざしているのである。

明確な主題意識と構成意識、そしてそれを支える作為や虚構の方法を、『無名の記』の場合同様に、この作品から抽出できることを強調しておきたい。(注2)

四　『都の別れ』――「旅」という主題の作品化

雅有の紀行第二作、建治元年の『都の別れ』は、量的にも約三倍の格段に整って完成度の高い紀行となっているが、本作の場合は前作のごとくあからさまに事実を変改して作品化されているという明白な証跡は見つけにくい。しかし、たとえば『隣女和歌集』巻四（文永九年〜建治三年詠）に、「しほひざかより船にのりて、浜名橋のやどにつき侍るとて」と詞書する歌（二四七六）が、この紀行では、

潮見坂下りて、あまり苦しければ、海人の釣舟に乗りて、人をば先だてて、管絃する者ばかり乗り具して、宿に入るほど、海青楽吹き合はせたり。

湊より入海遠くさす潮に棹を委せてのぼる海人舟

と形象化されている。歌そのものは家集の詞書にこそふさわしく、紀行の文章とはむしろ乖離することから、この条のごときは『無名の記』で明石海上観月の記を書きあげたの(注2)と同巧の、かなりの作為と虚構の跡を感じさせる。旅中の苦しさやせつなさをまぎらすために、自らをも十分に対象化し客体化して捉えなおし、風雅な遊びに観を尽さんとする作品世界を構築しようと意図していると解されるであろう。とすれば、旅行中の原資料を再構成して本紀行を草した際、これと同巧の方法は日々の記事のそこここに加えられ、潤色が施されて作品は成っていると考えてよいであろう。

本作には四十二首の歌が配されているが、うち家集巻四と一致する歌は十三首(注3)（他に別本との一致歌一首(注4)）にすぎない。そしてその大部分が雑部の二四七三から七九に至る一連の旅中詠の順序に飛び石のようにならび、その間に家集不見歌二十九首が介在して記事が構成されている。確証はないが、本作においても前作同様決して多くはなかった旅中詠をもとに、旅の後で紀行を執筆しようとした際、多くの歌を新たに詠み出し、旅程に従って記事とともに配していったのではなかったか。紀行の文章に旅の日々としての不自然さはなく、むしろ十分にリアリティーをもって読者に迫ってくるのは、そのような方法が十分成功している証しだといえよう。

さて、虚構の問題以上にこの作品から看取できるのは、極めて濃厚な主題意識、また主題を実現せんとする構成意識である。すなわち、何よりも「都の別れ」という題名に象徴されるところであるが、都との尽きぬ名残を惜しみ、東下の旅中もたえず都（古里）を恋い続けている旅人の心が、作品全体を通じ一貫して表現されている点である。作品はまず、

過ぎにし弥生のころより、雲の通ひ路朝夕踏みならし、藐姑射の山常磐の御蔭に馴れ仕へて、いとゞ都の名残昔にもまさりて立ち離れがたく覚ゆれど、心にまかせぬ身逃るる方なきことさへあれば、心ならず急ぎ出で立

つ。ころは七月廿日あまりのことなれば、秋のあはれにうち添へて、都の名残を歎く。

いかにまた忘れ形見に思ひ出でん都別るるころの有明

と書き起し、以前にもまして募る都への名残おしさを歎くことから始まる。そしていよいよ八月一日の出発の口には、留まる人々が車二輛に乗りこみ粟田口に立てならべた「轅の前を過ぐるほど、いひしらず悲しく」、後髪ひかれながら離京する。逢坂の手前松坂では、鞠の弟子重清が追い来って、互いに駒を控えて別れの涙を拭い、名残をおしみつつ別れ、逢坂では、別れを止めぬ関守をかこちながら関を越える。

神奈備の森からは待ちうけていた仲頼が現われ、同行して名残を惜しみ、瀬田では都で旧知の白拍子も加って酒宴と管弦に悲しみをまぎらすが、「名残の句など数ふるに皆涙落とす。いとど来し方恋しくて進まれず」、しかし気をとりなおして出発しても「道のほど、この名残、また酔ひ取り重ねて、溺れて何の事も覚えず」鏡の宿に着く。仲頼はなお一緒に旅を続け、摺針山を越えて「限なく都恋しく」、異郷の秋の夕べの寂寥に身をひたしながら、番場では一所に寝て名残を惜しみ、「ただ止むときなく京のみぞ恋し」く、「古里を恋ふる涙も草枕一つに結ぶ袖の白露」の歌を据える。仲頼はさらに別れかねて垂井まで慕ってついてくる。去年泊った宿で主と女二人を交えて酒宴、管弦に興じたあとついに仲頼は帰ってゆく。ここに至るまで、名残惜しさ、都を離れがたい旅人の心を執拗に書き重ねて表現しており、仲頼はさながら、その名残惜しさの象徴であるかのごとくに形象されている。ここまでがいわば序章。

墨俣以下十二日の酒匂までは旅心定ったごとく、途中萱津や浜名では遊女たちがおしかけて興ある遊びに一日を費し夕方になって出発したりするが、二村山の薄と女郎花を「げに二村の錦」とみて都の妻を偲び、矢作に泊って「思ひ寝の都の夢路見もはてで覚むれば帰る草枕かな」と詠嘆したり、比岐では、「日数の重なるにつけても思ひおく人々の事のみぞ心苦し」く、「あはれ今日都に帰る人もがな覚つかなさの言伝てもせん」と都の人々に思いを馳せたりする。その後、天中川・小夜の中山・菊川・宇都の山・清見関・蒲原・富士・三島・酒匂と軽快なテンポで進むが、もとよりその間にも、蒲原では終夜月を見て「ただ来し方のみぞ思ひ出でらるる」とか、三島明神には「ただ急ぎ帰らんとのみぞ祈らるるや」と綴り、酒匂で旅の最後の夜を迎える。ここまでが中段。

終章は、十三日鎌倉到着以後で、やはり「雲井に馴れし夜半の月影」を思い、十五日放生会に出仕するにつけても「まづ京の事のみ恋しけ（ればカ）何のあやめも見分かず、詠めのみして舞端々も見ねば」人々に不審がられるていたらしくであったと、自らを客体化し、旅人の思いを強調する。十六日のあとは「折々詠み侍りし歌」十一首、いずれも望郷の歌を連ね、最後は「京なる人のもとへ遣はし侍りし」として、

恋しさのあまりになれば水茎の書き流すべき言の葉もなし

と、都恋しさが限度を越え表現すべき言葉を失ったと歎息する歌をもって、作品は閉じられる。ここまでが終章。

かく辿ってくると、この作品もまた三部構成を意図し、全篇都への尽きぬ名残、折々の望郷の思いをたたみ重ねて、いわば「旅」という主題を作品化しようとした跡を認めることができる。前述のとおり、その中には必ずしも旅中の事実ではないことがらや歌が交り潤色があるにちがいないけれども、かくして旅の真実は表現しえているといってよい。

五　おわりに

『古今和歌集』以来の歌における「旅」の本意は、少し後のものではあるが『和歌題林抄』に明快に説かれるとおりである。

おほかたは、いづれも旅には都をおもふ。故郷をこひ、たびの日かずのつもるままに、遠ざかるよしをいひ、みやこ鳥に、おもふ人の行末をとはまほしく、うつの山ごえにことづてをおもひいでて、雲ゐにもなき宮この

空をながめ、夢の中にのみふるさとをみ、松ふく風にゆめをさまし、暁のさるのこゑに袖をぬらす心などをよむべし。すべて旅の心、はるかに日かずへだつる心をよむべし。

雅有の『都の別れ』は、十全にこの言説に合致している。ただ一首の和歌によってではなく、複数の和歌と散文から成る「旅」の文学、すなわち紀行作品として、旅の本意は表現されているのである。もはや詳しく点検してゆく紙数を失ったが、後続の『春のみやまぢ』の紀行部も、自らを客体化する（作者と作中人物との離れの）度合において、また文章表現の豊かさと自在さにおいて、さらに秀れた紀行として完成しつつ、春宮祗候日記としての作品全体の中に融合していて、一段と発展したあり方が認められる。

和歌伝統に根ざす旅の本意が、虚構や潤色を交えて構想され、達成されているという一点において、雅有の紀行は、『海道記』や『東関紀行』や『信生法師日記』のような先行作品がもたない、異質の顕著な性格をもった作品として評価され、位置づけられねばならない。思えば、中世紀行のほとんどが都からの下向記で上洛の記が少いのは、旅の文学としての紀行の本質に根ざす顕われであるにちがいない。

従来、雅有以前の中世紀行の場合、作品の思想性や、文体、文章の整正・豊穣といった評価基準によって裁断され評価されることが多かった。それは決して誤っていないが、そのままを踏襲したのでは、再評価も新評価も難しい。新たな基準として、たとえば本稿でいささか追究してきたような観点や方法をもちこんでみたら、作者論にも作品論にも新たな光明は見えてこないものか。雅有の作品には有効でないので触れられなかったけれど、『海道記』や『東関紀行』などの場合、とりわけ漢籍や古典その他からの「引用」の実態究明が、新たな成果をもたらす有効な方法としてありうるのではないか。単純な典拠論ではなく、それぞれの典拠をいかに作品形成に活用し、作品個有の主題形成に参画せしめているかというレベルの、文学の質により深く関わる観点をもつことの有効性の予測をもつのである。

【注】

（1）沓名和子「『飛鳥井雅有日記』成立論」（『愛知大学国文学』第十八・十九合併号、昭和五十四年三月）は、七年かとし、その蓋然性は大きいが、家集中に確証は得がたい。

（2）佐藤恒雄「飛鳥井雅有『無名の記』私注―作為または虚構について―」（『中世文学研究』第七号、昭五十六年八月）。→本章第十一節。

（3）『隣女和歌集』の部立と歌番号を示す。秋―二〇五九。二〇八五。二〇九七。恋―二三九〇。二三九二。雑―二四二三。二四七三〜二四七九。

（4）『別本隣女和歌集』三七三。清見潟での本記中の下句を修訂して百首歌の一首とする。

第十三節　飛鳥井雅有『春のみやまぢ』注解稿

〔そのⅠ〕御鞠の負けわざ

一　はじめに

飛鳥井雅有（一二四一―一三〇一）は、鎌倉時代、新古今集撰者の一人で飛鳥井流蹴鞠の祖雅経の孫として生まれ、蹴鞠と和歌をもって朝廷と鎌倉幕府に仕えた、関東伺候の廷臣であったが、その雅有は紀行を含む仮名の日記作品五篇を残している。作品はほとんど中編か小品で、華やかさには乏しいながら、雅有の浪漫的でユーモアと機知に富む心性がそこここに溢れ、読者を惹きつける不思議な魅力を湛えている。最近研究が進み、注釈も繁簡何種類か公にされている[注1]が、読みに関してはなお納得しがたい点が多々ある。本稿では弘安三年（一二八〇）の日記『春のみやまぢ』を取り上げて、その一斑を示したい。

この年雅有は、非参議従三位侍従、四十歳。最も親近した東宮煕仁（ひろひと）親王（後の伏見天皇。十六歳）と御父君後深草院（本院。三十八歳）は、二条大路北の冷泉富小路殿の同じ邸内にお住まいで、亀山院（新院。三十二歳）の御子後宇多天皇（十四歳）はその西北隣の大炊御門万里小路殿を里内裏としておられる。雅有の飛鳥井邸は二条大路を隔てた二条万里小路にあり、亀山院の御所は、京極大路を隔ててやや東北に位置する実氏の常磐井殿にあった。

二　三月八日夜の御わきまへ

二月二十九日、内裏の勝負鞠が行われた。左方は、内御方（天皇）・宰相中将公貫卿・頭督為世朝臣・季顕朝臣・能顕・実敦・為方・範冬の八人。右方は、天皇の相手とされた侍従雅有卿・修理太夫隆康卿・俊輔朝臣・隆氏朝臣・俊光・俊言・業顕・蔵人清顕の八人という面々。数鞠で三回勝負の合計の数が競われ、右方が完勝した。

三月八日夜その「御わきまへ」（敗け方から勝ち方に趣向を凝らした品物を贈り、罰として芸能や所作事を演じて勝ち方を饗応する会合）が催された。平野神社蔵本の本文（注1の①による）を基に、漢字をあてて読み、元の本文をルビとして示すこととする。

【本文】

八日。暮るるほどに、「一日の鞠の御わきまへ今夜あるべし、まづ人々参りたれば妬みあるべし」とて、様々に駆らる。範冬を出されて、この翁が腰に取り付きて、蹴させず。かやうに責められ参らせぬれば、如何に思へど叶はずして、右負けになりぬ。夜に入りて角の少御所をしつらはる。「勝は廂に候らふべし」とて皆祇候したる。勝の迎へとて三条宰相中将・頭督以下みな紙燭さして前行す。二間の横敷に御座を設く。勝は奥の坐に畳敷かれて候す。負け方には畳なし。洞院中納言ばかりぞ円座に祇候したる。御所の御分に鞠一つ白、松の枝に付けて立てらる。頭督為世朝臣、桜の枝に鞠、小弓、箭立て付けて、修理大夫の宰相の前に置く。御分、松の枝に白き鞠・襪 二足［一は総燻革、一は紫 白地］、季顕朝臣持ちて前に置く。畏まりて賜りぬ。宰相中将公貫、鞠・襪 枝に付けて隆氏が前に置く。俊定前に、為方柳の枝に手鞠・素瓶子・瑠璃の御器付けて置く。末々みな鞠一つなり。帰りさまには皆舞て入る。その後千秋万歳の真似、答返猿楽一つなり。洞院中納言、次第とりてこれを囃す、いと興あり。

【現代語訳】

八日。日が暮れる頃に（内裏へ参上してみると）、「先日の鞠の会で敗れた天皇方の御わきまへ（勝方への饗応の会）が、今夜行われることになっている。そこで人々が皆集まってきたら先ず先日の雪辱戦を挑むことにしよう」と言って、様々に駆り立てられる。（まだ明るいうちに）代表として範冬を出されて、（右方のリーダーである）私雅有めの腰に取り付いて鞠を蹴させない。かくして責められましたので、どう足掻いても叶わず、結局右方の負けとなってしまった。（御わきまへの方は）、夜に入って角の小御所を会場に設営される。「勝ち方は廂の間に控えて待つように」と言われたので、畏まって待っていると、勝ち方のお迎えですと言って、三条宰相中将公貫卿・蔵人頭兵衛督為世朝臣以下（左方）の面々が、皆紙燭を灯して（足下を照らしながら会場へと）先導してくれる。第二の間の横敷きに（奥の方横一列に敷いた勝方の畳の座から、直角に手前負方の座に向けて畳を敷き）天皇の御座所が設けられている。勝ち方は奥の方横一列に畳が敷かれその上に候している。手前端の方負け方の座には畳はない。（先日の勝負に参加しなかった）洞院中納言公守卿だけは、（勝ち方負け方二列の間で玉座向かいの）円座に候している。天皇が用意された饗応の品は、白い鞠一つを、松の枝に付けて、（玉座の前に）立てられている。頭督為世朝臣は、桜の枝に鞠一つと遊技用の小弓に矢を添えたものを、修理大夫宰相隆康卿の前まで持参して、置いて帰ってゆく。天皇の御分の品は、松の枝に白い鞠（一つ）と、襪二足（一足は総熏革、一足は紫白地）を、季顕朝臣が持って、私雅有の前まで持参し、置いて帰ってゆく。畏こまりながら恭しく頂戴した。宰相中将公貫卿は、鞠と襪を（楓の）枝に付けて、隆氏の前に置いて、帰ってゆく。俊定の前には、為方が、柳の枝に手鞠と素焼きの瓶子と瑠璃の御器を付けたものを持ってきて、置いて帰ってゆく。それ以下の末輩たちが用意した品は、皆ひとしく鞠一個であった。帰ってゆく時には、皆拝舞をして引き下がっていった。その後は（余興に移り）、千秋万歳の真似事と、答返猿楽の滑稽な仕草のやりとりが演じられた。洞院中納言公守卿が、笏で拍子をとりながら囃したてたので、大変面白かった。

【考説】

「御わきまへ」は夜になって「角の小御所」を会場として行われた。庇の間の、奥の方横一列に畳を敷いて勝ち方の座とし、端一列の畳なしの板敷きが負け方の座とされ、柱と柱の間第二の間の位置を上座として設けられた横敷き（奥の座と端の座の間に渡すように直角に敷いた上畳の上）に、玉座が設けられている。先日の勝負に参加しなかった洞院中納言公守卿だけは、（二列の間で玉座向いの末座に敷いた）円座に候して、会が始まる。

頭督為世朝臣が用意した品は、「桜の枝に鞠、小弓・矢立て付けて、修理大夫の宰相の前に置く」と記されている。この「矢立」は、諸注は携帯用筆記具の「矢立」と解しているが、「小弓」だから、その縁のものとしては胡簶の類の「矢立」、「矢を立てつける道具」でなければ意味をなさない。「矢立」に普通そのような意味はないとすれば、遊技用の小弓に「ミニチュアの矢を立て付けて（添えて）」とも解せようか。

また、諸注どれにも指摘はないが、松・桜・楓・柳は鞠庭四隅に植える懸りの木で、鞠を付けた四本の枝の趣向は明らかである。公貫分の記述には「枝」とのみあって木の種類は明記されないが、前後から類推して「楓」とみてよい。

実は鞠を木の枝に付けるには故実と作法があった。雅有の父飛鳥井教定の弟子是空（心）によって編まれたと推定されている『革匊要略集』[注2]に「一、付鞠於枝事」の条があり、「示シテ云フ、当道随分ノ秘曲ナリ。已ニ之ヲ授ケ申ス、能々習学有ルベキ事ナリ」として、次に「枝ノ事」が説かれる。

示シテ云フ、時節ニ髄ヒテ之ヲ用ユナリ。年始ニハ松、花ノ時ハ桜、花ノ前後ハ柳、四月ノ比は若鶏冠木ナリ。但シ五月末ナドヨリハカヘデ珍シカラザルモノカ。凡ソ五六月ナドニ鞠ヲ付クルノ例希ナル事ナリ。紅葉ノ時ハモミヂニ付クベキナリ。凡ソ松ヲ長時ノ物トシテ、境ヲ得ル物無キ時之ヲ用ユナリ。此等ハ大旨ナリ、時ニ随ヒテ宜シク相計ラフベキナリ。サレバ四月ノ比花無キ桜ニ之ヲ付ケ、秋マダ紅葉セザルカヘデニ之ヲ付クル例之有リ。但シ紅葉ノ時、モミチセザルカヘデニ付クル事無念ノ由、故宰相、先達ノ口伝ナリト、申シ示サルト云々。（さらに、梅・竹・造花等に付けることにつき、正月梅、三月桜、夏柳、秋紅葉、花・紅葉無きときは造花、造花は桜を用いる、といった先例が説示されている）。

開かれる鞠の会の時節に相応しい一本の木を用いるのが基本であったのを、三月上旬のこの「負けわざ」の場合、取り集めて懸の木と同じ四種類の木を選んで付けた趣向であることは疑いない。松は「長時之物トシテ」天皇御分用とされたにちがいなく、公貫分の楓も季節の若葉の鶏冠木だったであろう。

三　十八日の御鞠の負けわざ

右のような経過をたどって、雪辱戦の「負けわざ」は行われる。

【本文】

十八日。今日は寿福金剛院の八講なり。嵯峨へまかりて執り沙汰すべきに、御鞠の負けわざなれば、代官を遣りて行はす。夜に入りて、人々参り集まる。先の様に角殿を室礼ふ。准后、もとより候はせ給ふ。負、手毎に紙燭さして、行幸なる。勝、坐に着き終はりて、負、船を造りて御引出物以下を積む。思ひの津を囃して参る「船に禄、櫓をして押し出づ」。先づ、御襪の箱を持ちて参りて、御前に置く。蔵人右衛門佐俊定、御鞠の櫃、蔵人の次官雅藤、御沓の箱を持つ。みな蒔絵なり。修理大夫分、鞠・襪・沓なり。隆氏分、硯・火取なり。そのはか皆鞠なり。経雄、船を造りて、やがて相手の前に置く。猿楽五番して、皆逃げ入りぬ。「なほ・よ」と仰せあるほど、尉舞う出できてうち覚ましぬ。負どもよろこびあひぬ。

【現代語訳】

状況説明その他十分に言葉を補って、現代語訳してみる。

十八日。今日は寿福金剛院の法華八講の日である。嵯峨にある寺院に私が赴いて、役目として八講を執りしきらなければならないのだけれど、先日の鞠の負けわざが予定されている日なので、代わりの者を派遣して執り行なわせた。夜に入って内裏に人々が参集し、八日夜と同じく角殿が会場として準備される。常磐井准后は最初から御簾の内で見物していらっしゃる。負け方（右）の面々が手毎に紙燭を灯しご先導申し上げて、主上のお出ましがある。主上と勝ち方（左）が全部着座し終わってから、負け方が、造った船に主上への引出物以下を積んで、「思いの津」を囃しながら会場に入ってくる（船に禄の品を積み、櫓でもって押し出してくる）。先ず主上に差し上げる襪の箱を、私雅有が持参して御前に置く。続いて蔵人右衛門佐俊定が御鞠の櫃を持ち、蔵人の次官雅藤が御沓の箱を持って、主上の御前に献上して置く。箱と櫃にはみな蒔絵が施されている。修理大夫隆康分は鞠と襪と沓で、（隆康はそれを先日の答礼として頭督為世朝臣の前に置く）。隆氏の分は硯と火取りの香炉で、（隆氏はそれを同じく答礼として宰相中将公貫卿の前に置く）。その他の面々の分は皆鞠一個である。刑部権大輔経雄が造り禄の品々を積んで押し出してきた船に残った鞠は、そのまま船に乗せてそれぞれの相手の前に置いてゆく。その後負け方は余興の猿楽を五番演じて、そそくさと逃げ入るように退場する。主上から「もっと続けよ」と仰せがあり、それに応じて老翁（である私め）が舞い出てき（て演じ）たものだから、すっかり興を覚ましてしまったが、負け方の面々は大喜びだった。

【考説】

准后は、常磐井准后藤原貞子。北山准后とも。西園寺実氏室。後深草・亀山両院の生母大宮院の母君、後宇多天皇の曾祖母君に当たる。この年八十五歳。「候はせ」は主上に対する敬意表現である。「思いの津」は、五節の郢曲の一つ。「思ひの津に船のよれかし、星のまぎれに押して参らう、やれことうとう」（『続小路俊量卿記』）の歌詞の、「船」「押して」を、作り物の船を櫓で押し出してくるこの場面に転用し、洒落た趣向としたのである。

雅有がまず最初に恭しく襪（下靴）の櫃を持って主上の前に進み献上したことの意味について、諸注は何の注意も払わないけれども、雅有のこの日の趣向の中心は、まさしくこの点にこそあったにちがいない。八日の負けわざで主上から襪二足が贈られたことへの答礼ではあったけれども、父教定以来の宿願だった鞠の道最高の栄誉「無紋の燻革の襪」着用の勅許が、つい先ごろ三月一日に下りたことに対する感謝の心の表明に他ならなかった。一日の記事には、

左大弁宰相がもとより御教書あり。無文の燻革の襪履くべきよしなり。殊に喜び申しぬ。日来の所望立ちどころに叶ふ。言の葉もなし。故武衛つゐにその下知なくて叶はざりしに、その本意遂げぬれば、この道にをきては残ることなし。車ならねど、この襪も懸けて、末の世の諌めにもしつべくぞ。

（左大弁宰相吉田経長の許より御教書を下賜された。無紋の燻革の襪を履いてもよいという内容の勅許である。特に丁重に御礼を申し上げる。かねてからの所望が瞬時にして叶い、その喜びは筆舌に尽くしがたい。亡き父兵衛督教定も遂に勅許の下知がなくて叶わなかった、その父の本意までも遂げることができたのだから、今は鞠の道において何の思い残すこともない。懸車の故事の車ではないけれど、無紋の燻革の襪を門に懸けて、子孫たちへの諌めにもしたいほどだ。）

とある。鞠の道は、襪の品等によってその人の序列が定められ、上位から、①無紋紫革、②無紋燻革、③有紋紫革、④錦革・紫白地、⑤有紋燻革、⑥藍革・藍白地の六つの階級があった。①の無紋紫革は皇族専用の召し料であり、

臣下の宗匠の最高が無紋の燻革であった。(注4)この勅許は、熱望しながら果たしえなかった父教定の本意でもあった。(注5)雅有が、漢の薛広徳が御史大夫の官を辞した時、老人などのために安座して乗れるようにした車「安車」を賜ったことを光栄とし、これを門に懸け吊し、宝物として子孫に伝えたという「懸車の故事」(『漢書』列伝四十一)まで持ち出して、感激しているのも故なしとしない。その感激と感謝の念を、この日の負けわざにおいて、雅有は後宇多天皇への第一の贈り物として主上用の御鞠・御韈・御沓の三種を用意し、しかも御鞠の櫃でもなく、御沓の櫃でもない、御韈の櫃を自ら御前に持参進上する、という行為によって具現して見せたのであった(韈は、至尊用の「無紋の紫革」だったのではあるまいか)。

御沓の箱を持って雅有・俊定に続いた蔵人の次官雅藤は、最初の鞠の会には参加していない。この日の会には、おそらく蔵人清顕の代わりに参加していたものと思われる。なおまた、船を造ったという刑部権大輔経雄も、最初の勝負鞠の会には参加していない。誰か(俊光か業顕か)の代わりかと見られるが、船の趣向と用意を思えば急の代役ではあるまい。八日の雪辱戦以降の参加であろうか。「経雄船を造りて、やがて相手の前に置く」の部分について、外村注(注1の⑤)が、

「その他みな鞠なり」までで負けわざのことが終了とみれば、船に引出物をのせた全体のパロデイで、後に続く猿楽のさきがけともとれる。

というのは否で、ここまでが負けわざの場面である。

修理大夫隆康と隆氏朝臣の二人が、自分の用意した品を贈った相手は明記されていない。しかし、八日の記事に照らして、その日の答礼であったはずだから、隆康は頭督為世に、隆氏は宰相中将公貫に、それぞれ贈ったと見なければならない。ただし、位階を無視してなぜこのような組み合わせとなったのかは、よく分からない。

「せうまういてきて」の部分について、水川注（注1の②）・浜口注（注1の④）・外村注（注1の⑤）・渡辺注（注1の⑥）は、「焼亡出で来て」（火災が発生して）と解し、渡辺注（注1の①）のみは、「尉が舞い出て来て」とする。「焼亡」は、『色葉字類抄』に「セウマウ」と清音、『日葡辞書』ほか室町期キリシタン資料には「ジョウマウ」と濁音で示されている（『日本国語大辞典』第二版）から、仮名遣いの点で妥当であるかに見える。しかし、「尉」は国字音で「じょう」。「ゼウ」は「じょう」だから、「尉」を宛てて解しても十分妥当する。加えて雅有は、「この旅人なむ空蝉の伊予の守よりもこよなう太りたるに」とか「この上傾さの太り翁」（十一月十五日）などと、自分を対象化し戯画化して表現するセンスも持ち合わせている。「老翁（である私め）が厚かましくも舞い出してきて」すっかり興ざましなことをしてしまった、と解してこそ、この一文の機微は汲み取れる。もちろん韜晦であり、右方のリーダーである雅有が、自ら買って出て主上の所望される寸劇を演じ、大いに喝采を博したのである。火災の騒動で会が流れたから右方が喜びあった、というのでは話にもならない。

【注】

（1）①渡辺静子『春のみやまぢ』（影印校注古典叢書31、新典社、昭和五十九年四月）。②小川喜夫『飛鳥井雅有日記全釈』（風間書房、昭和六十年六月）。③浜口博章『飛鳥井雅有日記注釈』（桜楓社、平成二年十月）。④浜口博章『飛鳥井雅有「春のみやまぢ」注釈』（桜楓社、平成五年三月）。⑤外村南都子「春の深山路」（新編日本古典文学全集『中世日記紀行集』、小学館、一九九四年七月）。⑥渡辺静子他『中世日記紀行文学全評釈集成』第三巻（勉誠出版、平成十六年十二月）。

（2）渡辺融・桑山浩然『蹴鞠の研究』（東京大学出版会、一九九四年六月）。

（3）「すふくこんかう院」は未詳。注（1）の①は、「『史料綜覧』に「寿福金剛院」とあるが不明」とし、②は、上皇御所嵯峨殿内の御堂「浄金剛院」（百錬抄・増鏡他）にあわせて「浄金剛院」と改訂する。⑤もそれに倣う。④は、本文を「ずふくこんがう院」とし、「寿福金剛院」を念頭に置いているかにみえるが、不明とする。「浄金剛院」は確かに当時の嵯峨殿内の一院であったから都合はいいが、「すふく」→「しやう」の誤写は考えがたい。『嵯峨のかよひ』九月二十七日の記に「ずみやうむりやう院」（紅葉の名所）が出てくるが、これは「寿命無量院」であろうから「ジュ」を「ズ」と表記したとすれば、「寿福金剛院」か。または「崇福金剛院」かであろう（『別本隣女集』に「九月十三夜、崇福報恩院に侍りて」云々とある）。

（4）注(2)著書に同じ。

（5）『隣女和歌集』巻四（文永九年から建治三年に至る間の詠を収める）に、

同時（先人日記を見侍りて）に、亡父無文燻革襪ゆりずして

身まかりし事を思ひ侍りて

あやめなきけぶりの色を身にそへてたえにし跡のおもひはるけん（二五八四）

とある。

〔そのII〕千本釈迦堂の花見

一　はじめに

今回は、千本釈迦堂の花見を中心に、三月四日から十三日までの記事を取り上げる。平野神社蔵本の本文を基に、漢字をあて、原本文をルビとして残しながら、分割して記事をたどると、以下のとおりである。

二　毘沙門堂の花見

【本文】

四日。過ぎにしころ、目勝りの負けわざの花、あまりに責められまいらせて、八重桜一枝、紅梅一枝、柳の枝に梅・桜の花を取り合はせて付けて、白き薄様を切りて「咲かせつるかな」と書きて付けて、内裏へ持ちて参りぬ。やがて御所へ召し入れらる。人々は思ひ思ひに、花の枝に詩一つ、あるひは歌一つを付く、いと興あり。今日は、内裏・東宮に御鞠あり。身を分けたくは思へども、叶はねば、甲斐なし、御師匠なれば、東宮へ参りぬ。御鞠より先に、内裏より、頭督と同車して、毘沙門堂の花見に渡る。皆までは咲き揃はねども、梢ども遅れ先だつ色見えて、いと面白し。

五日。東宮の朝餉の御壺にて、二人づつの花づくの勝負の御鞠あり。右勝ちまいらせて、やがて八重桜の枝に梅の数珠を懸けられて、下し給はりぬ。引き込めがたくて、内裏へ持ちて進らせたれば、ことさら色も匂ひも添ひたる御心地すとて、御手づから取らせ給ひて、入らせおはしましぬ。

六日。内の御鞠あり。人数なくてあひなし。夜べに成りて、「月おぼろにて、ことに艶ある夜なり」とて、女房たち一輛、おとこ一輛［予・俊定・業顕］、毘沙門堂・持明院殿まで、駆けありく。女房・男、連歌も侍りしやらむ、忘れ侍りて書かず、口惜し。花の枝手ごとにまでこそなけれど、折りて帰りまゐる。

【現代語訳】

四日。先日の花づくの目勝りの勝負で右方が負けてしまった、その負け業の「花」を、左方の内裏様からあまりに責められましたので、八重桜一枝と紅梅一枝を用意して、柳の枝にその梅と桜の花をうまく取り合わせ付けて、白い薄様を細く切って短冊とし、「咲かせつるかな」（昔からみんなが望んできたとおり、みごとに咲かせましたよ）と書き付けて、内裏へ持参した。すぐに御所へ召し入れられて、献上する。他の右方のメンバーもそれぞれ思い思いに、花の枝に詩一編を、あるいは歌一首を書き付けた趣向の品を差し上げて、たいそう興趣深かった。今日は、内裏と東宮御所の両方で鞠の会があった。身を二分して両方に参加したいと思ったけれども、それは不可能なのでどうしようもない、師匠だから東宮の鞠の会に参加した。

その鞠の会よりも前に、内裏から（甥の）頭兵衛督為世と同車して、毘沙門堂の花見に行った。全部までは咲き揃っていなかったけれど、木々の梢は早く咲いたり咲き遅れたりと様々で、たいそう趣き深く見る甲斐があった。

五日。東宮御所の朝餉の間に面した練習用の鞠庭で、二人一組の花づくの勝負の御鞠があった。今回は右方が勝ち申し上げて、左の東宮方から負け業として、すぐ八重桜の枝に梅の花の数珠を懸けられた趣向の品を下賜された。そのまま私のものとして引き込めてしまうのも惜しくて、内裏へ持参して献上したところ、「これは特別に色つやもいいし匂いさえ付いてる気がするね」とおっしゃって、御手づから受け取られ、奥にお入りになった。

六日。後宇多天皇内裏の鞠庭で、御鞠の会があった。参加した鞠足の人数が少なすぎて、興が乗らず面白くなかった。夜になって、「月がおぼろにかすんで、格別に優艶な夜だ（桜が綺麗だろうなあ）」というので（皆の意見が一致して）、女房たちが一輛の車に、男たちも三人（私雅有と蔵人藤原俊定と少将源業顕）が一輛の車に乗り込んで、毘沙門堂から持明院殿まで、（桜の花をたずね）車を駆って逍遙した。女房と男たちは、一緒に連歌もしたでしょうか、あいにくと忘れて書き留めなかったのは、残念だった。花の枝を手ごとにというほどではなかったが、（土産として）折り取って帰ってきた。

【考説】

四日の日の、「負け業の花」は、「花づく」の「目勝りの勝負」の結果に伴うものであった。「花づく」は、花の限りを尽くす、花次第、花の結果などを意味することばで、「づく」は、賭けをすること、また賭ける物を意味する語。ここは「花」を賭け物とすること。同種のことばに、「銭づく」（「いかさま銭づくは、連歌には口惜しきこと也」、了俊『落書露顕』）と「絵づく」（「天福のころ、院・藻璧門院、方を分かちて、絵づくの貝おほひあり」、『古今著聞集』巻十一・四〇三話）がある。「目勝り」は、賽子を振って数の多い方を勝ちとする遊びで、賭物が付随する。個々の勝敗をトータルしたその日の結果は、左方が勝ち右方が負けてしまった、その勝ち方に購う品物も「花」が趣向の中心となる遊びだったはずである。

この日雅有たち右方が用意した負けわざの品に添えた短冊「咲かせつるかな」の後ろには、諸注一致して指摘するとおり、

（題不知）　　　　　　　　中原致時朝臣

梅が香を桜の花ににほはせて柳が枝に咲かせてしがな（後拾遺集・春上・八二）

の歌がある。新大系『後拾遺和歌集』は、「春の植物である「梅」「桜」「柳」の特性を、それぞれ「香り」「花」「枝」と捉えて、それらが一体となれば、さぞすばらしいであろうとの夢想」と的確に施注している。この三つの取り合わせが趣向の眼目で、周知の古歌をふまえ、その一部を開示するという二重の趣向によったのであったが、この日の趣向はすぐその場で、後宇多天皇と左方の面々の反応を確かめることはできなかった。左方のメンバーは、そもそも集ってはいなかったはずである。その不充足感が、五日の記事に反映していると思われる。

さて、五日の日の「梅の数珠」について、諸注は以下のとおりである。①施注なし（注1の①）。②「梅の数珠（梅の種子を磨いて珠とした数珠。当時としても高級なものではない。高級品には水晶の数珠などがあった）」（注1の②）。③「五十年以上を経た梅の古木から小さな玉の数珠を作る」（注1の④）。④、①と②をあげて「どちらか不明」とする（注1

の⑤)。⑤「梅の木を削り小さな珠にして作った数珠。『菩提子桑槐黒柿紫檀梅木等皆性不脆者為佳』(『和漢三才図会』十九・神祭仏具)」(注1の⑥)。以上、いずれもすべて、梅の木を細工して作った本物の数珠と解する点で一致している。

しかし、果たしてそうであろうか。ここは「花づく」の勝負の負け業として敗者(左方の東宮ご自身)から雅有に贈られた品物なのだから、「花」そのものの趣向でなければ意味がない。梅の古木から作った数珠を、八重桜の枝につけて何の趣向になるというのか。仏教関係の趣向なら何らかその説明があってしかるべきなのに、それはない。この場合、八重桜は遅く咲く種類の花だから、現に咲いている枝そのものであろう。当季の花がある時に造花を用いることはない。一方の梅は、いち早く咲いてすでに花の季節は終わっていたにちがいなく、ならば、これは造花であったと見なければなるまい。小さな梅の花冠に糸を通して連ね、数珠状にした品物を「梅の数珠」といい、それを満開の八重桜の枝に取り合わせて付けたところが、趣向の眼目であったと思われる。引き込めがたくて、内裏へ持参し献上したところ、「ことさらに色も匂ひも添ひたる御心地す」と、お褒めのことばを賜って面目を施したというのも、梅と桜の花を一枝に取り合わせた趣向だったからである。雅有が後宇多天皇内裏へ東宮制作の品を持参して献上したのは、東宮のセンスのよさを天皇にもお見せして共感をえたいという素朴な気持ちによるであろう。

六日の記事に出てくる「毘沙門堂」の桜は、二日前の四日、蔵人頭兵衛督為世(為氏と雅有姉との間の嫡男)といっしょに見物に出かけ、偵察ずみであった。咲いている枝、まだ咲いてない枝とまちまちで、それはそれで風情ある咲き具合だったが、二日後の六日には、そろそろ満開かと、鞠の会もそこそこに、女房たちと男たちが車二輌に分乗し、毘沙門堂からさらに持明院殿まで、桜を求めて逍遙したのである。

「花の枝手ごとにまでこそなけれど」は、「見てのみや人に語らむ桜花手ごとに折りて家づとにせむ」(古今集・春上・五五・素性)を引歌とする。また、「遅れ先だつ色見えて」には、「末の露本の雫や世の中の遅れ先だつためしなるらん」（新古今集・哀傷・七五七・僧正遍昭）が、本来の無常観を薄め、遅速だけを取り出して引歌としている。西行も同じ歌を本歌として「散ると見ればまた咲く花の匂ひにも後れ先だつためしありけり」（山家集・雑・七七二）と詠んでいた。

三　千本釈迦堂の花見

【本文】

七日。花山院の右府入道の粟田口の山荘へ、新院御幸なるとて、「御鞠あるべし、まゐるべし」とて、入道のもとよりも、又奉行重清がもとよりも、使あり。足を損じて参らず。

「今日はことに風あらし、明日ともたのまれぬ風の前の花なり、夜べのなごりもたえがたし、限りの木ずゑゆかし」など、女房の中より申しいださるれば、夜べなかりし殿上人ども、「今日みざらんには、この春はさてこそは」とて、この翁一人をなにのゆへとなくせめゐたり。「今日は御人ずくななり、な罷かりそ」とて、「御連句の坐に、能発の尉を召しおけ」とて、捕へられて伺候したり。残りのものども、季顕朝臣・業顕等、「いかゞして」と、やうやうに申す。雅藤、職事なれど、数寄心ことにあるものにて、御連句にさぶらふも心そらなり。俊光も執筆するそらもなし。やうやうにして逃げいでて、女房にこの翁の車をまゐらす。隆氏朝臣の車に混みのりて、千本へゆく。

暮るるほどの花の色、いとおもしろし。さるほどに、雨おびたゞしく降る。いづくよりかたづね出でたりけん、傘を一つもとめ出でたり。「ぬるとも花の陰にこそ」とて、なほ去らず。しばしこそあれ、あまりなれば、「ぬれじと傘の下にかくれん」といひて、走り入りぬ。其の後、人々みな屈まり立てり。雨やみげもなく降れば、長廊のもとへ、女房車をやりいれて降ろしつ。晴れ間ゝつほど、「いざ、念仏申させて聴かん」とて、僧どもそゝのかして、釈迦念仏一時礼賛、一時申さす。其のほどにぞ、晴れぬる。「この雨は花のためは憂けれど、菩提のたねとはなるらむ」など、女房も興に入りて申さる。思ひいでなるべし。
帰りさまに尾張の守仲綱入道、もとより隠りゐて侍りしが許へ、かけて逃げ侍りし。

暮れぬとて今日こざりせば山ざくら雨よりさきの色を見ましや

皆々人々は、道より別れぬ。今、ただ雅藤・業顕ばかりにて帰り参りぬ。なほ雨ふる。さらばとて、此の人々を引き連れて帰りて、夜もすがら物語してぞ遊びぬる。

【現代語訳】

七日。花山院の右府入道藤原定雅公の粟田口の山荘へ、新院である亀山院の御幸がおありだとかで、「御鞠の会が予定されている。参加するように」とのこと。入道からも、また当日の鞠の奉行である藤原重清の許からも、招集の使があった。しかし私は足を傷めていて参加できない（旨の返事をした）。

（一方内裏では）「今日はひどく風が強いわねえ」。「こんな風に吹かれたら明日までも持ちこたえられそうもない風前の花といったところよねえ」。「昨夜の感激の名残も忘れられず、我慢できないわ」。「今年最後の木末の花が見たいわ」などと、女房の中から言い出されたので、昨夜の花見に参加しなかった殿上人たちも、「今日見なかったら、この春の桜を見ないまま終わってしまう（何としても見に行きたい）」と言って、この年寄り一人を何の故ともなくむやみに責め立てている。「今日は御前に祗候の人が少ない。帰ってはならぬ」、「（天皇も参加される）御連句の席に、連句に巧みな老練の翁を、召し置いて帰すな」ということで、捕まえられてやむなく伺候していた。私以外の者たち、季顕朝臣や業顕らも、「何としてでも（この座を逃れて、花見に行きたい）」と、様々に言って（私に訴える）。雅藤は蔵人で（連句を主催する立場に）あるのに、格別に数寄心の強い男なので、御連句の座に控えていても、心は上の空である。書記役の俊光も、筆を執って満足に記録することすらできないような体たらくである。やっとのことで

（連句が終わり）、逃げるようにしてその座を離れ、女房たちに私の車はお貸しする。私は隆氏朝臣の車に混み乗って、千本釈迦堂へと目指して行く。

日が暮れかかる時刻の桜の様子は、まことに趣き深い。（皆で境内の桜を堪能していると）そのうちに、いつのまにか雨がひどく降りはじめた。どこから探し出してきたのか、（誰かが）傘を一本求めて持ってきた。（しかし風流がる男たちは）「濡れたってかまわぬ。（花見にきたのだから）花の陰に雨宿りといこうよ」と言って、なおも桜の花陰を立ち去らない。しかし、しばらくならまだしも、あまりに長くなると（我慢できなくなり）、「濡れじと傘の下に隠れん」（濡れまいと傘の下に隠れよう）と言って、みな傘の下に走り入ってきた。その後、男たちはみな傘一本の下に屈まり立っていた。しかし、雨はいっこうに止みそうな気配もなく降り続くので、長廊（中門のある長い建物の廊）のもとへ、女房たちの乗った車を引き入れて、女たちを降ろした。そこで晴れ間を待っている間に、「さあ、念仏を唱えさせて聴聞しようではないか」ということで、僧侶たちを語らい勧めて、「釈迦念仏の一時礼賛」を、一時の間唱えさせた。そうしている間に、雨は晴れたのだった。「この雨は花のためにはつれない雨だったけれど、（後世を願う）私たちの菩提の種とはなるでしょうよ」などと、女房たちも面白がって言っていた。きっと素晴らしい思い出になるにちがいない。

報恩寺からの帰りに、前尾張守藤原仲綱入道が、出家して以来隠居している家を目がけ、逃げるように駆け込んだ。

暮れぬとて今日こざりせば山ざくら雨よりさきの色を見ましや（日が暮れてしまったからとあきらめて今日やってこなかったら、雨にあう前の山桜の美しい姿を見ることができたでしょうか。よくも今日きたものでした。）

この花見に参加した人たちはみな、途中から別れ別れになり、今は、蔵人雅藤と左少将源業顕だけが残って、私と一緒に帰ってきた。なおも雨は降り続いている。それならばと、この二人を引き連れて我が家に帰り、一晩中寝ずに世間話をして遊んだ。

【考説】

七日の記事中の「濡るとも花の陰にこそ」の部分にも引歌がある。「桜狩り雨は降りきぬ同じくは濡るとも花のかげに隠れむ」（拾遺集・春・五〇・読み人しらず）がそれで、「どうせ濡れるのだったら、花の陰に隠れて風流を演じきろう」と洒落たのである。

七日の記事中の、「御連句の坐に、能発の尉を召しおけ」の「能発の尉」について、意味するところは、「（連句の）才気煥発の老人」（注1の②）、「発句に巧みな翁」（注1の①）「発句に長けた老人」（注1の⑥）であるにちがいなく、それらをまとめた注1の⑤外村『全集』注の、「「能発」という例はあまり見えないが、ほめ言葉であろう。「能」はよくできること、「発」は起すことか。『嵯峨の通ひ路』に「方々能ありて」とあり、郢曲・琵琶・競馬・和歌・鞠にたけた人物についていう。「才気煥発の老人」（注1の②）、「発句に巧みな翁」（注1の①）、「尉」は老人の意」の傍線部以外は正しい。「連句や発句に巧みな老翁」の意である。ただし訓みについては、①注1の①・注1の⑥は「よきほつの尉」とし、その他の注1の②と⑤は「のうほつの尉」とする。③注1の④浜口氏『注釈』は、「能発」は熟語ではなく、省略形であろう。「発」は平野神社本・書陵部本が右傍に「ほつ」とするように、訓は「ほつ」で発句の省略、渡辺氏の注の意であろう。「能」と「おきな」と「ぜう」は縁語と考えたい。ただし訓は決め難いが、一応「ほつ」との関連で「のう」と音読しておく」とする。縁語はともかく、訓読については、「能書」（書をよくする・書に秀でる）「能画」（画を上手にえがく）の語があるので、その類推で、「ノウホツの尉」と確定してよいと考える。

さて、「雨やみげもなく降れば、長らうのもとへ、女房車を遣りいれて降ろしつ」の、「長らう」とある部分についての解釈は、二つに分かれる。

一つは「長老」の字をあて「チヨウロウ」と読んで解するもので、これまでの大多数の注釈書はこの解をとる。すなわち、①渡辺静子氏、「澄空上人（如輪上人）。生没年未詳。大報恩寺の長老。」（注1の①）、③浜口博章氏、「大報恩寺の長老如輪上人」（注1の④）、「長老の住居に、女房の車を差し向けて降ろした」（注1の④）、②水川喜夫氏、「とりあえず、（千本閻魔堂の）長老の住む建物へと逃れ入る」（氏は千本釈迦堂の花見ではなく、近くの千本閻魔堂の花見とみて、詳しく考証しているが、否）（注1の②）、④外村南都子氏、「大報恩寺の長老。澄空（如輪上人）か」（注1の⑤）の四注釈である。一方、「長廊」の文字をあてるのは、⑤渡辺静子氏（注1の⑥若干解釈を変更されたと思しい）のみで、脚注に「大報恩寺の長廊。一説に大報恩寺の長老如輪上人（澄空）とも」としている。数の上でも「長老」と解するものが圧倒的に多い。

『徒然草』（二二八段）に、「千本の釈迦念仏は、文永の比、如輪上人、これを始められけり」とあり、岩波文庫の注（安良岡康作氏）には、「澄空。摂政、藤原師家の子。大報恩寺第二代。生没年未詳」とある。前記諸注はすべてこれをふまえて解されていて、水川注を除き、いずれも如輪上人を比定する。渡辺氏の改訂説も、なお如輪上人説も並記して、自信のなさのほどが知られる。

雨宿りをするために「遣り入る」のだから、それは屋根のある建物の下でなければおかしい。「廊」も「老」も仮名遣いは「らう」で同じ。「長老」で「如輪上人」だと人物を出しながら、そのあと一切その人が出てこないのもおかしなことである。「長老の許へ」と言ったのなら、その長老が出てきて応対するとか、ことばを交わすしかの場面が続かなければ、不審である。「チョウロウ」という言い方も不審で、普通に考えれば「千本の聖」（とはずがたり）であり「上人」であるはずであろう。ここは、中門が設けられているような、長い廊が続いている建物の、屋根の下へ女房の車を遣り入れたと見なければ、不自然である。

ただ古語辞典にも、「長廊下」（ナガラウカ。ナガロウカ。長く続いている廊下）の語はあるけれども、「長廊」「ナガラウ」「チヤウラウ」という言葉は登録されてはいない。けれども「長い廊」であるはずだとすれば、ここは「ナガロウ」と読み「長廊」の文字をあてて考えるべきであろう（日本語として「チヨウロウ」の語は考えがたいから除外してよいと思う）。

ところで、「釈迦念仏一時礼讃、一時申さす」（注1の②・④）か、「釈迦念仏一時、礼讃一時、申さす」（注1の⑤、注1の①⑥）なのか、区切り方が次なる問題となる。前記『徒然草』（二二八段）の記事により、「釈迦念仏」が一つの用語としてあったことは確かである。二月九日から十五日（釈迦入滅の日）まで、涅槃仏の像をかけ、遺教経を読誦し、終わりに釈迦牟尼仏の名号を唱える法会であるという。同じ『徒然草』の前の段（二二七段）に、

六時礼讃は、法然上人の弟子、安楽といひける僧、経文を集めて作りて、勤めにしけり。その後、太秦善観房といふ僧、節博士を定めて、声明になせり。一念の念仏の最初なり。後嵯峨院の御代より始まれり。法事讃も、同じく、善観房始めたるなり。

とある。「六時礼讃」は、一日を六時（晨朝・日中・日没・初夜・中夜・後夜）に分け、その度に、浄土往生の讃文を唱える方式。普通は、唐の善導の作った『往生礼賛偈』が用いられるという（岩波文庫本注）。とすると、「釈迦念仏」の「一時礼讃文」（日中分か）を、一時（二時間ほど）の間唱えさせたということになろうか。「礼讃一時」では、何の礼讃なのか不分明である。

終わりに近い部分の、「帰りさまに、尾張の守仲綱入道もとより隠りゐて侍りしがもとへ、かけて逃げ侍りし」とある「尾張の守仲綱入道」は、『とはずがたり』の後深草院二条の乳人であった人。二条の父久我雅忠が亡くなった時（文永九年八月三日）、殉じて出家し、「出家の後は、千本の聖の許にのみ住まひたれば」（とはずがたり・巻一）とあった、それから足かけ九年後の弘安三年、その隠居している場所を目指して逃げるように駆けていったという

のである。「千本の聖」が誰であったかは不明（福田秀一注）とされているが、これは如輪上人（澄空）だったとしてよいであろう。千本釈迦堂（大報恩寺）からの帰り途で、いくらか洛中よりの場所にその住まいはあったと見られる。雅有はその仲綱入道との交友もあったと知れるのであるが、どのような関係だったかはなおよくわからない。

なお、六日と七日の二夜、花見に伴って行った女房の一人は、後宇多天皇内裏の中納言典侍であった。三月の最後の記事、二十七日の条の末尾に、「過ぎにし二夜の月と花とに伴ひし内裏の中納言典侍の許へ、散り残りたる桜につけて、申し送り侍りし」とあって、雅有から二首の歌が贈られ、また二首の歌が返されている。この女性は、後に後宇多天皇妃となり後醍醐天皇の母となった、藤原忠継女、藤原忠子、後の談天門院であった。

四　季御読経後の酒宴

【本文】

八日。〔そのⅠ〕に取りあげたので、省略する。

九日。内裏より、殿上人三四人、六位一人、一つ車にて、東山の花見る。

十三日。季の御読経始めらる。「今日は、賀茂の一切経会なり」とて、隆氏朝臣・経雄・業顕、一つ車にて、内裏より物見に参る。斎果つる程に、御所の屋の広廂にて、酒のみて帰るに、なほ飽かず。「いさや、いづくへまれ、行きて遊ばん」とて、四条の少将知れる傾城の許へ行くに、差し合ふことありとて空しく帰るに、「さらば」とて人々押し入れば、力なくて、又酔ひ勧む。経雄あひ知れる女房二人、いづくよりか尋ね出しけん、率てきたり。明くるまで遊び、物の音鳴らし、人々朗詠し、言ひ知らず面白し。この傾城も、道とはなくて、一世などいふ。興ありしことなり。

【現代語訳】

九日。内裏から、殿上人三四人と、六位一人が、一つ車に乗り込み、東山の花見に行って楽しんだ。

十三日。今日から内裏で、季の御読経を始められた。「今日は、賀茂神社の一切経会がある」というので、隆氏朝臣・経雄・業顕と私の四人が、同じ車に乗り込んで、内裏から見物に出かけた。(季の御読経の)ご斎会が終わるころに(内裏に帰参し)、御所の殿舎の広廂で、酒を飲んで帰ったのだけれど、なお飽きたらなくて、「さあ、どこでもいいから、出かけていって遊ぼうではないか」と誘いあって、四条の少将隆氏が旧知の傾城の許へ行ったのであるが、差し支えがあって相手ができないとのことで、空しく帰ってくる。「そうとなれば、致し方ない」といって、人々が我が家へ押しかけてきたので、どうしようもなく、またみんなに酒を勧めて飲ませた。その席へ、経雄がよく知っている女性二人を、いったい何処から探し出してきたのか、引き連れて現れた。彼女たちを加えて夜が明けるまで歓を尽くして遊び、楽器を演奏し、人々は思い思いに朗詠をして、言いようもなく面白かった。経雄がつれてきた傾城二人も、代々その道に携わってきた専門の白拍子ではなく、彼女たちの代からこの道に入った一世の傾城だとのこと。興味深い話である。

【考説】

九日の日の花見は、四日が毘沙門堂、六日は毘沙門堂から持明院、七日は千本釈迦堂の花見で、いづれも京市中北郊の紅葉を見て逍遙したのに引き替え、この日は目先を変えて東山の花を尋ねたのである。

十三日の、「斎果つる程」の「斎」は「斎会」のこと。僧に斎食を供えて行う法会で、宮中の季の御読経のことであろう。季の御読経は、春秋の二季に衆僧を召し大般若経を転読せしめた公事で、四日間行われた。その最初の日の法会が終わるころ、一切経会見物にいった連中が宮中に帰参し、御所の一室で酒宴を開いたのであろう。「御所の屋」を、「賀茂社の建物か」（注1の④）としたり「斎会」を「一切経会のこと」と解したりするのは、否であろう。賀茂社に「御所の屋」と呼べる建物はないはずで、一見物人が神社の建物に上がり込んで酒宴をしたりすることもありえないのではあるまいか。

終わりに近い「道とはなくて、一せいなどいふ」の部分の、諸注の解は、以下のとおりである。

①施注なし（注1の①）。②「一声」の字をあて、歌謡・能楽用語と解して、「この遊女も、本芸ということはなくて、一声などを謡う」（注1の②）。③「一声」の字をあて、「朗詠・今様の詠誦法か」として、「この美人も、専門にするわけではないが、一声などをうたう」（注1の④）。④「一声」の字をあて、「白拍子の歌謡にも「一声」という部分があった。ここはそれをさすか」として、「この美人も、専門ではないが、一声などを歌う」（注1の⑤）。⑤「一声」の字をあて、「朗詠今様の節の類か」とする（注1の⑥）。

いずれも「一声」の字をあてて解するのであるが、「一せいなどいふ」とある語法を無視している。ここは「一世」のそれであるべく、代々世襲してきた家の職業としての傾城ではなく、彼女たちの代になってからこの道に携わり始めた「一世」の意であるにちがいない。そう解してこそ、「などいふ」が生きてくるというものである。

【注】

（1）①渡辺静子『春のみやまぢ』（影印校注古典叢書31、新典社、昭和五十九年四月）。②水川喜夫『飛鳥井雅有日記全釈』（風間書房、昭和六十年六月）。③浜口博章『飛鳥井雅有日記注釈』（桜楓社、平成二年十月）。④浜口博章『飛鳥井雅有「春のみやまぢ」注釈』（桜楓社、平成五年三月）。⑤外村南都子「春の深山路」（新編日本古典文学全集『中世日記紀行集』、小学館、一九九四年七月）。⑥渡辺静子他『中世日記紀行文学全評釈集成』第三巻（勉誠出版、平成十六年十二月）。

〔そのⅢ〕栗・柑子様の箱、玻璃小盃

院御所別れの賜宴

八月中には決まっていた鎌倉下向を前にしての九月十九日、後深草院御所の常の御所（母屋）と雅有がいつも伺候する庇の間との「中の間」に初めて召し入れられ、日ごろ忠勤の褒美として塗籠を開いて取り出された念願の仮名日記を下賜された上、忝くも名残の盃を頂戴する場面が、以下のとおり叙されている。

【本文】

十九日。夜に入りて、上臥の心づかひして参りたれば、をかしき方ざまに、さる故ありて賞を申し戯るること侍りしを思しめし出だされて、「今宵行はるべし、候へ」と仰せあれば、もとより思ふことなれば、何とてかは出でんや。このほどは、院は西の御所にて、院の朝夕わたらせおはします常の御所にほど近くとて、東宮おはします。院わたらせ給ひて、この御沙汰なめりかし。いと笑はせおはしまして、御塗籠開かれて、昔よりの仮名の日記ども取う出させ給ひて、「日ごろゆかしがるなれば、見るべき」よし仰せ下さる。廂に候ひしを召しありて、常の御所と廂との中の間へまいる。目も眩れ心も惑ひながら、忝なきを光にて見奉れば、院・東宮をはじめ奉りて、女房あまた候ひ給ふ。御草子は御手箱の蓋に入れられて押し出されたるを、賜はりて罷でなんとするを、しばし東の名残惜まんとて、女房盃さし出されたり。御扇にくりかんしやうのはこはりこさかつきさしそへられたり。いと畏きには言の方葉もおぼほえず。ただうち畏まりて候ふに、この御銚子みな尽すべきよしたびたび下れば、七度もちて飲みて、かわらけ懐に入れて罷り出でぬ。かかる例、貴き人はありもやし侍らむ、遠山がつの都なれぬ心地には、賞づらしく有りがたきことにのみ思ひかしこまる。事は言葉を尽しがたう、言葉は心を尽しがたければ、思ふほど

はいかでか記し侍るべき。後に見ん人、わきまへ侍れかし。

【現代語訳】

十九日。夜になって、東宮のお側の宿直を心づもりして参上したところ、望ましい方面のことで、然るべき理由があって戯れに賞を申し出たことがあったのをお思い出しになられて、「今夜その賞を行うことにしよう。控えていよ」と仰せがあったので、もとより願っていたことではあり、どうして退出などしようか。このところ、後深草院は西の御所にお住まいで、院が朝夕お住まいの常の御所に近いということで、東宮もそちらに移動していらっしゃる。院がやってこられて、いよいよ褒賞のことが行われるらしい。たいそうお笑いになられ、塗籠の戸を開かれて、昔からの仮名日記の数々をお取り出しになり、「日ごろから欲しがっていたものだから、見るがよい」と仰せ下された。廂の間に祗候している私をお召しになり、常の御所と廂の間との中間にある奥深い一部屋に参上する。目も眩れ心も惑ひながら、忝なさを光として（目をこらして）見申し上げると、院・東宮をはじめとして、女房たちも大勢祗候していらっしゃる。取り出された仮名日記の草子類は御手箱の蓋に入れられ、御簾の下から押し出されているのを、ありがたく拝領して退出しようとすると、しばらくは関東へ旅立つ私との名残を惜しもうとして、女房から盃がさし出された。御扇の上に、栗や柑子のような秋の果物を入れた箱を載せ、美しい玻璃の小さな盃がさし添えられている。たいそう恐れ多くてお礼の言葉一つも思い浮かばないで、ただ恐縮して控えていると、この御銚子の酒は全部飲み干すようにと度々盃が下るので、七度まで盃を頂戴して飲み、土器は懐に入れて退出した。このような例は、身分の高い人にはあるかもしれないが、遠山がつの都なれぬ私の心地には、珍しくありがたいことだとばかり思って恐縮している。ことは言葉を尽しがたく、言葉は心を尽しがたいので、思ふほどにはどうして十分に記すことなどできようか。後にこの日記を見る人は、どうか弁えて読んでいただきたいものだ。

【考説】

「言の片葉」は、言葉の一枚の葉（一片の言葉）の意。「おぼほゆ」は「おもほゆ」「おぼゆ」に同じ。さて、右の傍点部分について、①『飛鳥井雅有日記全釈』（水川喜夫）は「烏皮・笙の筥・反故・盃」と校訂し、「礼装着用の時に用いる」「皮で作った黒塗りの鼻高沓」以下の説明と考証を加えている。②影印校注古典叢書『春のみやまぢ』（渡辺静子）は「涅環状の箱、玻璃小杯のことか」と注し、③『飛鳥井雅有『春のみやまぢ』注釈』（浜口博章）は、「ぐりかんじやうのはこ・はりこ・さかづき」とし、「屈輪環状の箱か。堆朱や堆黒の連続渦巻文様の箱」「張子。原型に漆や糊で紙を張り重ね、型を抜き取った後に漆を塗った一閑張のようなものか」と注する。④中世日記紀行集の『春の深山路』（外村南都子）は「ぐりかん状の箱・玻璃子盃」とし、「ぐり」は「ぐりぐり」「ぐりん」ともいい、「屈輪」と書き、漆塗りの堆朱や堆黒で用いられる蕨形の連続した文様。禅宗建築や工芸品にみられる。ここは「屈輪環状の箱」か。『注釈』の「堆朱や堆黒の連続渦巻文様の箱」に賛成したいが、「状の箱」の部分は、状箱（手紙を入れる箱）ではなかろうか」と苦しい解釈をしている。以上従前の説は、何れも別れの賜酒の場面、扇の上に載せ、またさし添えて出された物という条件が考慮されていない。

端的に結論をいえば、ここは、「御扇に、栗・柑子様の箱、玻璃小盃さし添へられたり」（御扇に、栗や柑子のような秋の果物を入れた箱を載せ、美しい玻璃の小さな盃がさし添えられていた）と解すべきである。

「柑子」の和名は、『和名類聚抄』に「加無之」（那波道圓本）「加无之」（箋注本）、『色葉字類抄』は「カンシ」（黒川本）「カムシ」（前田本）、『類聚名義抄』（観智院本）は「カムジ」で、「カンジ」として問題はない。『源氏物語』にも「かりの子のいと多かるを御覧じて、かんしたち花などやうにまぎらはしてわざとならず奉れ給ふ」（真木柱）とあり、また「かうじ」の形も多く、「次々の殿上人は、簀子に円座召して、わざとなく、椿餅・梨・かうじやうのものども、さまざまに箱の蓋どもにとりまぜつつあるを、若き人々そぼれ取りくふ」（若菜上）とある。「かうじやうの（ものども）」は、本記本文に一致する。酒のさかなに果物を供することがあったことは、ほかならぬ雅有の『嵯峨のかよひ』（文永六年）十一月四日の条に、「取り敢へぬほどなれば、庭なる柚を採りて折敷に置きて、酒もらて出であひたり」とある。時あたかも季秋、木の実の季節である。栗と柑子が賜酒とともに扇に載せられて御簾の下から押し出されたのは、極めて自然であった。

第三章　南北朝室町時代和歌と聯句

第一節　増鏡の和歌

一　はじめに——執筆の材源は何か

『増鏡』はどのような資料を用いて執筆されているか。石田吉貞氏は、弁内侍日記・中務典侍日記・とはずがたり・葉黄記・岡屋関白記・深心院関白記・実躬卿記・伏見院御記・花園天皇宸記等の日記、宇治御幸記・文永五年舞御覧記・舞御覧記・北山准后九十賀記・叡岳要記等の記録、五代帝王物語・帝王編年記・保暦間記等の歴史、拾遺愚草・土御門院御百首・遠島御歌合・続古今集等の歌集歌書、公卿補任以下の補任類等をあげて、これらから明らかに材料がとられているとされた。(注1) その石田氏説を引き、さらに松村博司氏のいう書目をもあげたあと、木藤才蔵氏は、「どれだけの作品が増鏡の編集資料として用いられたかは、簡単には決められない問題であると思う。十七巻本増鏡に限っていえば、中務典侍日記に関しては、資料とされた形跡は、ほとんど見出だしがたく、弁内侍日記にしても、類似の記事を有することは事実であるが、資料とされたのは、現存の形態のものではないように考えられる。さらに、伏見院御記・花園天皇宸記等の漢文の記録類や、帝王編年記・保暦間記等の歴史書類が、編集資料として、実際に利用されているかどうかについての確証は、ほとんど見出だしがたいように思う。しかし、五代帝王物語・とはずがたり・舞御覧記・大鏡・今鏡・平家物語・土御門院御百首・遠島御歌合・続古今集などのほか、古来風体抄などが資料とされていることは、ほぼ疑いのないところであろうと思う」[注2]と極めて慎重に確実なところを押さえておられる。

本稿は、そのような編集資料をめぐる問題について、所与の論題にからめ、和歌関係の、しかもごく一部の勅撰集資料に限って、具体的に材源を特定し、どのようにそれらの資料を使って作品が制作されているかを、やや微細に検討することを課題としたい。

二　新古今集からの採歌か

『増鏡』は、天皇の世が代わり、新しい天皇になると、まず譲位と践祚のこと、続いて即位の儀式のこと、その次に大嘗会の記事、という順序で代がわりが物語られる。最初の後鳥羽天皇の場合、第一「おどろのした」の冒頭は、次のように語りはじめられていて、最初に引用される和歌は大嘗会歌なのである。[注3]

御門始まり給ひてより八十二代にあたりて、後鳥羽院と申すおはしましき。御いみなは尊成、これは高倉院第四の御子、御母七条院と申しき。修理大夫信隆のぬしのむすめなり。高倉院位の御時、后の宮の御方に、兵衛督の君とて仕うまつられしほどに、忍びて御覧じ放たずやありけん、治承四年七月十五日に生れさせ給ふ。

その年の春のころ、建礼門院、后の宮と聞えし御腹の第一の御子、三つになり給ふに位を譲りて、御門はおり給ひにしかば、平家の一族のみいよいよ時の花をかざしそへて、花やかなりし世なれば、掲焉にももてなされ給はず。またの年養和元年正月十四日、院さへ隠れさせ給ひしかば、いよいよ位などの御望みあるべくもおはしまさざりしを、かの新帝、平家の人々にひかされて、遥かなる西の海にさすらへ給ひにし後、後白河法皇、御孫の宮たち渡し聞えて見奉り給ふ時、三の宮を次第のままにと思されけるに、法皇をいといたう嫌ひ奉りて泣き給ひければ、「あな、むつかし」とて、率て放ち給ひて、「四の宮ここにいませ」とのたまふに、やがて御膝の上に抱かれ奉りて、いとむつまじげなる御気色なれば、「これこそまことの孫におはしけれ、故院の児生ひにも、まみなど覚え給へり。いとらうたし」とて、寿永二年八月二十日、御年四つにて位につかせ給ひけり。内侍所・神璽・宝剣は、譲位の時、必ず渡る事なれど、先帝、筑紫に率ておはしにければ、こたみはじめて三つの神器なくて、珍しきためしに成りぬべし。後にぞ内侍所・しるしの御箱ばかり帰りのぼりにければど、宝剣はつひに先帝の海に入り給ふ時、御身にそへて沈みにけるこそ、いと口惜しけれ。

かくてこの御門、元暦元年七月二十八日御即位、そのほどの事、常のままなるべし。平家の人々、いまだ筑紫にただよひて、先帝と聞ゆるも御兄なれば、かしこに伝へ聞く人々の心地、上下さこそはありけめと思ひやられて、いとかたじけなし。同じ年十月二十五日御禊、十一月十八日に大嘗会なり。主基方の御屛風の歌、兼光の中納言といふ人、丹波国長田村とかやを、

神代よりけふのためとや八束穂に長田の稲のしなひそめけん

最初の部分が『帝王編年記』ほかの資料によって綴られていることは勿論として、ここに引かれている大嘗会歌は、『大嘗会悠紀主基和歌』（『新編国歌大観』第十巻所収。宮内庁書陵部蔵）によると、寿永元年十一月十二日（大嘗会は十一月二十四日であったから、これは詠進の日であろう）の安徳天皇の時のもので、主基方（丹波）「風俗和歌十首　従四位上行左中弁兼近江権介藤原朝臣兼光」の第一首目に、

稲春歌　　長田村

賀美与与理計布乃多女登也也津可保尓那可多能伊祢乃志那比曽女介牟（八三二）

とある作品である。

『増鏡』は、この『大嘗会悠紀主基和歌』（あるいは現存のものでなくても、これに類する大嘗会和歌の原資料）によりつつ、寿永元年十一月二十四日の安徳天皇の時の作品を、後鳥羽天皇の大嘗会和歌と誤認し、さらに風俗和歌を屛風

歌と取り違えるという、二重の誤りを犯してしまったのであろうか。しかし、そのような誤認が生ずる必然性は見出だしがたいし、作者の官記を大嘗会和歌とは異なる「兼光の中納言といふ人」としていることが、大きな不審を抱かせる。当然「左中弁兼光」とあって然るべきだからである。

一方この歌は、『新古今集』巻七賀歌の末尾の部分に、次のとおり収められている。

寿永元年、大嘗会主基方稲春歌、丹波国長田村をよめる　　権中納言兼光

神世よりけふのためとややつかほにながたのいねのしなひそめけむ（七五四）

建久九年、大嘗会悠紀歌、青羽山　　式部大輔光範

たちよればすずしかりけり水鳥の青羽の山の松の夕かぜ（七五五）

おなじ大嘗会主基屏風に、六月松井　　権中納言資実

ときはなる松井の水をむすぶ手のしづくごとにぞ千代は見えける（七五六）

『増鏡』の作者が、この『新古今和歌集』に拠ったとすれば、作者「権中納言兼光」を「兼光の中納言といふ人」と表記していることは、極めて素直に了解できる。

ただ、これによっても、なお寿永元年の作品であることを指示している（当然十一月度の安徳天皇大嘗会の作品であることを含意している）点において、大嘗会和歌の原資料に拠ったと考える場合と、一見そのちがいはないかに見える。しかし、『増鏡』の作者が『新古今和歌集』所収歌を一見して、これを後鳥羽天皇の大嘗会和歌と誤認する必然性は十分にあったと思われる。大嘗会は元暦元年十一月十八日であったけれども、引用した文章の少し前の部分に「寿永二年八月二十日、御年四つにて位につかせ給ひけり」とあって、即位は「寿永二年」であったからである。その「寿永」に引かれて、「寿永元年大嘗会」を、後鳥羽天皇の大嘗会と誤認してしまったということは、十分に

ありえよう。「主基方稲春歌」とあるから、「主基方の御屏風の歌」は、当然「主基方の風俗歌、稲春歌」とするのが正しいけれども、この程度の誤認は増鏡作者のおおらかさの現れと見のがしても差支えないと思う。

『新古今和歌集』『増鏡』は従来、利用されたことが確実な資料としては数えられることはなかったが、以上のように検討してくると、『増鏡』の作者は、第一「おどろのした」を執筆するにあたり、『新古今和歌集』の本文を編集資料の一つとしていたと断定してよいと考える。

そうすると、それに続いて作品中に現れる、

おく山のおどろの下を踏みわけて道ある世ぞと人にしらせん（一六三五）　御門（後鳥羽院）

見渡せば山もとかすむ水無瀬川夕べは秋となに思ひけん（三六）　御門（後鳥羽院）

薄く濃き野辺のみどりの若草に跡までみゆる雪の村消え（七六）　宮内卿の君

の三首についても、それぞれの原資料ではなく、『新古今和歌集』から採歌された可能性が極めて大きいと考えてよいであろう。

三　続古今集も取材源の一つ

同じ「おどろのした」の、新古今集竟宴から建保三年内裏名所百首にいたる部分は、以下のとおりで、散りばめられる和歌は、いずれも『続古今和歌集』中に見出だせる。

かくて、この度撰ばれたるをば新古今といふなり。元久二年三月二十六日、竟宴といふ事を、春日殿にて行

はせ給ふ。いみじき世のひびきなり。かの延喜の昔思しよそへられて、院御製、

いそのかみ古きを今にならべこし昔の跡をまたたづねつつ

摂政殿（良経大臣）、

敷島や大和こと葉の海にして拾ひし玉はみがかれにけり

つぎつぎ順流るめりしかど、さのみはうるさくてなん。

なにとなく明け暮れて、承元二年にもなりぬ。十二月二十五日、二の宮御冠し給ふ。修明門院の御腹なり。この御子を院かぎりなく愛しきものに思ひ聞えさせ給へれば、二なくきよらを尽し、いつくしうもてかしづき奉り給ふことなのめならず。つひに同じ四年十一月に御位につけ奉り給ふ。もとの御門、ことしこそ十六にならせ給へば、いまだ遥かなるべき御さかりに、かかるを、いとあかずあはれに思されたり。永治の昔、鳥羽法皇、崇徳院の御心もゆかぬにおろし聞えて、近衛するゑ奉り給ひし時は、御門いみじうしぶらせ給ひつつ、その夜になるまで、勅使をたびたび奉らせ給ひつつ、内侍所・剣璽などをも渡しかねさせ給へりしぞかし。さて、その御憤りの末にてこそ、保元の乱れもひき出で給へりしを、この御門は、いとあてにおほどかなる御本性にて、世にもいとあへなき事に思ひ申しけり。承明門院などは、まいて胸痛く思されけり。その年の十二月に太上天皇の尊号あり。新院と聞ゆれば、父の御門をば本院と申す。なほ御政事は変らず。

いまの御門は十四になり給ふ。御いみな守成と聞えしにや。建暦二年十一月十三日大嘗会なり。新院の御時も仕うまつられたりし資実の中納言に、この度も悠紀方の御屛風の歌召さる。長楽山、

菅の根のながらの山の峰の松吹きくる風も万代の声

かやうの事は皆人のしろしめしたらん、こと新しく聞えなすこそ、老いのひがごとならめ。

この御代には、いと掲焉なること多く、所々の行幸しげく、好ましきさまなり。建保二年、春日社に行幸ありしこそ、ありがたきほどいどみつくし、おもしろうも侍りけれ。さてその又の年、御百首歌よませ給ひけるに、去年の事、思し出でて、内の御製、

春日山こぞのやよひの花の香にそめし心は神ぞ知るらん

最初の「新古今集竟宴和歌」の部分は、『続古今和歌集』に、

元久二年三月二十六日、新古今集竟宴おこなはれけるに、よませ給ひける

後鳥羽院御製

いそのかみふるきをいまにならべこしむかしのあとをまたたづねつつ（一八九六）

後京極摂政前太政大臣

しきしまややまとことばのうみにしてひろひしたまはみがかれにけり（一八九七）

とあるのに拠っている。そして、「つぎつぎ順流るめりしかど、さのみはうるさくてなん」は、わずか二首しか引用しないことに対する、言い訳の草子地になっていて、作者の巧みな方法の一端を垣間見ることができる。

続いての、土御門天皇から順徳天皇への譲位と即位、ならびに大嘗会についての記述は、この場合もまた『続古今和歌集』に、

建暦二年大嘗会、悠紀方屛風歌、長等山

前中納言資実

すがのねのながらの山のみねのまつふきくるかぜもよろづよのこゑ（一九一二）

とあり、直接にはこれに拠っているにちがいない。

『大嘗会悠紀主基和歌』には、建暦二年十一月一日の日付（大嘗会は十一月十三日であったから、これも実際に詠進した日であろう）で、「御屛風六帖和歌十八首　正二位行大宰権帥藤原朝臣資実」の「丁帖七八月」の二首目に、

長等山松常緑

数賀能祢乃那賀良乃也万能美祢乃満津布岐久留可勢毛与呂津与乃古恵（九九二）

とある。先の場合と同じく、この位官記署名と「資実の中納言」との間には大きな距離があって、「大宰権帥」から「中納言」を導くには然るべき考証を必要とする。

『続古今和歌集』には、建暦二年度の大嘗会歌は、この一首のみが採られている。作者はそこからの取材であることを覆い隠すように、「かやうの事は皆人のしろしめしたらん、こと新しく聞えなすこそ、老いのひがごとならめ」と、語り手の草子地を加えて、文なしたにちがいない。なおまた「新院の御時も仕うまつられたりし資実の中納言」としているのは、先に引用した『新古今和歌集』の末尾の歌（七五六）が、建久九年度土御門天皇の大嘗会において「権中納言資実」が詠歌していたことと関わり、そのことをさり気なく文章にこめたものにほかならない。このような事実もまた、先に検証した『新古今和歌集』からの取材があった事実を、補強することになるはずである。

最後の部分、建保三年内裏名所百首の歌も、『続古今和歌集』には、

建保三年百首御歌の中に、こぞの行幸のことをおぼしめしいでてよませ給ひける

順徳院御歌

かすがやまこぞのやよひのはなのかにそめしこころは神ぞしるらん（七二一）

とあり、「建保三年」と「こぞの行幸」ならびに歌の初句から、建保二年春日社行幸は自ずと導き出せる。「建保三年百首」をそのままにして、内裏名所百首であったことにまで及ばないのも、『続古今和歌集』に拠っていることの確実な証跡となる。

以上、いずれも『続古今和歌集』の詞書と歌に拠りつつ、『増鏡』の作者は、限りある資料を最大限に活用して、

物語創作の才を発揮しているのである。『続古今和歌集』は、これまでも確実に利用されたと考えられてきた資料ではあったが、右に述べたような具体的ありようにおいて、確かに取材源となっていた。

四　続古今集に拠る叙述

『続古今和歌集』の利用は、第六「おりゐる雲」の巻、第七「北野の雪」の巻においても顕著である。『続古今和歌集』の次の歌々の連続の中から取材されているのである。

弘長三年二月亀山仙洞に行幸ありて、花契遐年といふことを講ぜられし時

今上御歌

たづねきてあかぬこころにまかせなばちとせやはなのかげにすぐさん（一八六一）

中納言

はなみてものどけかりけりいく千代とかぎりもしらぬはるのこころは（一八六二）

御かへりの日の御おくりものに、御本を鶯の居たる梅枝に付けてたてまつりしにかきつけ侍りし

太上天皇

むめがえによよのむかしのはるかけてかはらずきゐるうぐひすの声（一八六三）

正元元年三月大宮院西園寺にて一切経供養せられしひ行幸侍りしに、

東宮おなじく行啓ありて、次のひ人々翫花歌よみ侍りし

いろいろに枝をつらねてさきにけりはなもわがよもいまさかりかも（一八六四）

入道前太政大臣

いろいろにさかえてにほへさくらばなわがきみぎみの千よのかざしに（一八六五）

もろ人のてごとにかざすさくらばなあまたちとせのはるぞしらるる　前内大臣公（于時右近大将）（一八六六）

御かへりの後のあした、花を見てよみ侍りける　入道前太政大臣

このはるぞこころのいろはひらけぬるむそぢあまりのはなはみしかど（一八六七）

（前代歌五首中略）

左右大将をあひぐして、最勝講にまゐり侍りける時、いひつかはしける　後鳥羽院下野

ふぢなみのかげさしならぶみかさやま人にこえたる木ずゑをぞ見る（一八六八）

返し　入道前太政大臣

おもひやれみかさの山のふぢのはなさきならべつつみつるこころは（一八六九）

一八六八・一八六九の二首に拠って、「おりゐる雲」の、実氏の栄華を叙すくだり、

かくて今年は暮れぬ。正月いつしか后に立ち給ふ。ただ人の御むすめの、かく后・国母にてたち続きさぶらひ給へる、ためしまれにやあらん。大臣の御栄えなめり。御子ふたり大臣にておはす、公相・公基とて大将にも左右に並びておはせしぞかし。これもためしいとあまたは聞えぬ事なるべし。

我が御身、太政大臣にて二人の大将引き具して、最勝講なりしかとよ、参り給へりし勢ひのめでたさは、めづらかなるほどにぞ侍りし。后・国母の御親、御門の御祖父にて、まことにその器物に足りぬと見え給へり。昔、後鳥羽院にさぶらひし下野の君は、さる世の古き人にて、大臣に聞えける。

藤波のかげさしならぶ三笠山人にこえたる木ずゑとぞ見る

返し、大臣、

思ひやれ三笠の山の藤の花咲きならべつつ見つる心は

かかる御家の栄えを、みづからも、やんごとなしと思し続けて詠み給ひける、

春雨は四方の草木をわかねどもしげき恵みは我が身なりけり

の部分は構成される。なお、「春雨は」の歌は、『続千載和歌集』の、

建保四年百首歌たてまつりける時　　西園寺入道前太政大臣

春雨は四方の草木をわかねどもしげきめぐみは我が身なりけり（一六六一）

に拠り、別時の歌をあたかもこのころの感懐であったかのように、物語化している。

また、大宮院一切経供養の第二日目の、御遊と和歌御会の場面、

女院の御心の中、ましておき所なく思さるらんかし。前の世もいかばかり功徳の御身にて、かく思すさまにめでたき御栄えを見給ふらん、思ひやり聞ゆるも、ゆゆしきまでぞ侍りし。御あそび果ててのち文台召さる。院の御製、

色々に枝をつらねて咲きにけり花もわが世も今さかりかも

あたりを払ひて、際なくめでたく聞えけるに、あるじの大臣の歌さへぞ、かけあひてはべりしや。

色々に栄えてにほへ桜花わが君々の千世のかざしに

末まで多かりしかど、例のさのみにてはとどめつ。いかめしう響きて帰らせ給ひぬるまたの朝、無量光院の花のもとにて、大臣、昨日の名残思し出づるもいみじうて、

この春ぞ心の色はひらけぬる六十あまりの花は見しかど

は、一八六四・一八六五・一八六七の三首によって構成されている。ここにも「末まで多かりしかど、例のさのみにてはとどめつ」と、省筆の草子地が用いられる。

また、「北野の雪」の、亀山殿行幸の場面、

御前のみぎはに船ども浮かめて、をかしきさまなる童、四位の若きなど乗せて、花の木かげより漕ぎ出でたるほど、二なくおもしろし。舞楽さまざま曲など、手をつくされけり。御遊ののち人々歌奉る。「花契遐年」といふ題なりしにや。内の上の御製、

たづね来てあかぬ心にまかせなば千とせや花の影にすごさん

かやうのかたまでもいとめでたくおはしますとぞ、古き人々申すめり。かへらせ給ふ日、御贈り物ども、いとさまざまなる中に、延喜の御手本を、鶯のゐたる梅の造り枝につけて奉らせ給ふとて、院の上、

梅が枝に代々の昔の春かけてかはらず来ゐる鶯の声

御返しを忘れたるこそ、老いのつもりもうたて口惜しけれ。

も、一八六一・一八六三の二首の歌に拠って叙されている。ここもまた、「御返しを忘れたるこそ、老いのつもりもうたて口惜しけれ」という草子地でもって、『続古今和歌集』に一首しか取られていない材源からの取材であることを、巧みに隠してしまう工夫がこらされているのである。

五　続後撰集賀歌に拠る

四条天皇の崩御の後、鎌倉幕府北条泰時の推挙によって、仁治三年正月十九日に東使が上洛して後嵯峨院の即位が決まり、急ぎ元服して践祚、即位、大嘗会へと連続する間のことは、第四「三神山」に、次のように物語られている。

又の日やがて御元服せさせ給ふ。ひきいれに左大臣（良実）参り給ふ。理髪、頭弁定嗣つかうまつりけり。御諱、邦仁。御年二十三。その夜やがて冷泉万里小路殿へうつらせ給ひて、閑院殿より剣璽など渡さる。践祚

の儀式いとめでたし。（中略）

さて、仁治三年三月十八日御即位、よろづあるべきかぎりめでたくて過ぎもてゆく。嘉禎三年よりは岡屋の大臣（兼経）摂政にていませしかば、そのままに今の御代の初めも関白と聞えつれど、三月二十五日左の大臣（良実）にわたりぬ。この殿も光明峰寺殿の御二郎君なり。神無月になりぬれば、御禊とて世の中ひしめきたつも、思ひよりし事かはとめでたし。大嘗会の悠紀方の御屏風、三神山、菅宰相為長つかうまつられける。

いにしへに名をのみ聞きてもとめけん三神の山はこれぞこの山

主基方、風俗歌、経光の中納言に召されたり。

末遠き千世の影こそ久しけれまだ二葉なるいはさきの松

最初の部分は帝王関係の部類記などに拠っているであろうが、この大嘗会和歌については、先にみた二つの事例に準じて考察しなければならない。原資料を伝える『大嘗会悠紀主基和歌』には、仁治三年度は主基方の作品しか残っていない。従って、為長の歌も、主基方丹波国の、「風俗和歌十首」と「四尺御屏風六帖和歌十八首」が残るのみで、悠紀方の歌については確かめられない。経光の歌は、仁治三年十月二十七日付で（大嘗会は十一月十三日であったから、これも詠進の日）、主基方備中国の「風俗和歌十首　参議従三位行左大弁兼勘解由長官阿波権守藤原朝臣経光」の中に、

巳日参入音声　巌崎

須恵止乎岐千与乃賀介古曽比佐之介礼万多布多波奈留伊波佐岐乃万津（一一四六）

とみえる。

一方、この二首は、『続後撰和歌集』巻二十賀歌の中に見出だすことができる。

仁治三年悠紀風俗歌、三神山　　前参議為長

いにしへに名をのみききてもとめけむみ神の山はこれぞその山

おなじき主基の風俗の歌、石崎　　前中納言経光

するとほき千世のかげこそ久しけれまだ二葉なるいはさきの松

『大嘗会悠紀主基和歌』の原資料に拠ったとすれば、「参議従三位行左大弁兼勘解由長官阿波権守藤原朝臣経光」の位官記署名から、「経光の中納言」はすぐには出てこない。『続後撰和歌集』に収載されている二首をそっくり取り入れて、この部分の文章は構成されているとみて誤ることはない。

六　続後撰集は「内野の雪」構想の重要な材源

『続後撰和歌集』は従来、確実に資料とされたとは認められてこなかった。『新古今和歌集』から『続後拾遺和歌集』までの九勅撰集の中で、唯一この集のみ撰集の記事がないのは事実であるが、そのことと撰集の歌が利用されているか否かということは、別問題である。撰集記事もないのだから利用されたはずはない、と短絡的に考えられてきたのであろうが、それは早計である。『続後撰和歌集』の本文は、確実に資料の一つとされているのである。第五「内野の雪」の場合を見てみよう。『続後撰和歌集』巻十九羇旅歌の巻末歌から巻二十賀歌の巻頭部分は以下のとおりである。

さきのおほいおほきまうちぎみのすい田の家に御幸ありし時、

人々に十首歌めされしついでに、旅　　太上天皇

河舟のさしていづくかわがならぬたびとはいはじやどとさだめむ（一三二九）

巻二十賀歌

宝治二年、さきのおほいおほいまうちぎみの西園寺のいへに御幸ありて、かへらせ給ふ御おくり物に、代々のみかどの御本たてまつるとて、
つつみがみにかきつけ侍りける
前太政大臣
つたへきくひじりの代々のあとを見てふるきをうつすみちならはなん（一三三〇）
御返し
太上天皇
しらざりしむかしにいまやかへりなんかしこき代々のあとならひなば（一三三一）
今上はじめて鳥羽殿に朝覲行幸の時、さらにいでつかへて、両院御拝の儀
まのあたり見たてまつりて思ひつづけ侍りける
前太政大臣
ためしなきわが身よいかに年たけてかかるみゆきにいでつかへつる（一三三二）
鳥羽殿にはじめてわたらせ給うて、池辺松といふことを講ぜられしとき、序たてまつりて
太上天皇
いはひおくはじめとけふを松がえのちとせのかげにすめる池水（一三三三）
大納言典侍
かげうつすまつにも千世の色見えてけふすみそむるやどの池みづ（一三三四）
前太政大臣
いろかへぬときはの松のかげそへて千世に八千世にすめるいけみづ（一三三五）
百首歌たてまつりし時、嶺松
太上天皇
きみがよは千々にえださせみねたかきはこやの山のまつのゆくすゑ（一三三六）
（延喜御製一首略）
子日の心を

いざけふは小松が原にねのびして千世のためしにわがよひかれん（一三三八）

すい田にて十首歌めされしついでに、祝

きて見れば千世もへぬべしたかはまのまつにむれゐるつるのけ衣（一三三九）

建永元年八月十五夜、鳥羽殿に御幸ありて、御船にて御あそびなどありける月の夜、和歌所のをのこどもまゐれりけるよしきこしめして、いださせ給ふける

後鳥羽院御製

いにしへも心のままに見し月のあとをたづぬる秋のいけ水（一三四〇）

今上くらゐにつかせ給うて、太政大臣のよろこびそうし侍りける日、牛車ゆりて、そのころ西園寺のはなを見て

前太政大臣

くちはてぬ老木にさける花ざくら身によそへてもけふはかざさん（一三四一）

『増鏡』「内野の雪」の次の部分は、このうちの四首を利用して書かれている。

鳥羽殿も近頃はいたう荒れて、池も水草がちに埋もれたりつるを、いみじう修理し磨かせ給ひて、はじめて御幸なりし時、「池の辺の松」といふことを講ぜられしに、大きおとど序かき給へりき。

祝ひ置くはじめと今日をまつが枝の千年のかげにすめる池水

院の御製、

影映す松にも千世の色みえて今日すみそむる宿の池水

大納言の典侍と聞えしは、為家の民部卿のむすめなりしにや、

色かへぬ常盤の松のかげそへて千代に八千代にすめる池水

ずん流るめりしかど、例のうるさければなん。御前の御遊び始まる程、そり橋のもとに龍頭鷁首よせて、いと

おもしろく吹きあはせたり。かやうの事、常の御遊び、いとしげかりき。
又、大きおとどの津の国吹田の山荘にもいとしばしばおはしまさせて、さまざまの御遊び数を尽し、いかにせんともてはやし申さる。河にのぞめる家なれば、秋ふかき月のさかりなどは、ことに艶ありて、門田の稲の風になびく気色、つまどふ鹿の声、衣うつ砧の音、峰の松風、野辺の松虫、とり集めたるあはれそひたる所のさまに、鵜飼などおろさせて、かがり火どもともしたる川のおもて、いとめづらしう、をかしと御覧ず。日頃おはしまして、人々に十首の歌めされしついでに、院の御製、

　川船のさしていづくか我がならぬ旅とはいはじ宿と定めん

と講じあげたる程、あるじの大臣いみじう興じ給ふ。「この家の面目、今日に侍る」とぞのたまはする。げにさることと聞く人みなほこらしくなん思ひ給へる。

『続後撰和歌集』一三二三～三二五の三首をそっくり取り入れて、三首しか例示できなかったことの言い訳の草子地「ずん流るめりしかど、例のうるさければなん」を配して、いかにも巧みでかつ自然である。『続後撰和歌集』の本文にないところは確かにあり、「鳥羽殿も近頃はいたう荒れて、池も水草がちに埋もれたりつるを、いみじう修理し磨かせ給ひて」の部分、また、「御前の御遊び始まる程、そり橋のもとに龍頭鷁首よせて、いとおもしろく吹きあはせたり。かやうの事、常の御遊び、いとしげかりき」の部分は、『続後撰和歌集』の本文には直接には見えない。しかし、前者は諸注が指摘する『百錬抄』宝治二年八月二十九日の条「上皇大宮院御幸鳥羽殿、修造之後始也」とあるような記事があれば十分であるし、後者も、初度御幸に管弦の御遊が附随しているのが常識であれば、何もなくとも創作は可能であろう。少なくとも、鳥羽殿初度御会の原資料に拠って書かれているのではない。

　吹田御幸十首についても、相前後する『続後撰和歌集』の一三二九の詞書と歌に拠り、それに想像を加えふくらませれば、このような文章を書き上げることはできるであろう。何年のいつと明確に記されていないことも、『続

後撰和歌集』に拠っていることの証拠としてよい。『続後撰和歌集』は、「内野の雪」構想の重要な材源となっているのである。(注4)

七　続後撰集賀歌の利用（増補本系）

『続後撰和歌集』賀歌の利用は、増補本系の本文では、なお一層に顕著である。後深草天皇践祚の記事の終り、「今の摂政をば後には円明寺殿と聞ゆめりし。一条殿の御家のはじめなり」とある文のあとの増補。

　摂政にて二年ばかりおはしき。女院の御父も太政大臣になりて牛車ゆり給ふ。さるべき事といひながら、いとめでたし。その頃、北山の花の盛りに院に奏し給ふ。その花につけて、

　　朽ちはつる老木にさける花桜身によそへても今日はかざさん

御返し忘れたるこそ口惜しけれ。

この部分は、一三四一の詞書と歌に拠っている。「御返し忘れたるこそ口惜しけれ」は、例のこれに拠ったことを隠し文なす草子地である。

また、「上はいつしか所々に御幸しげう、御遊などめでたく、今めかしきさまに好ませ給ふ」と、後嵯峨院の御幸が頻繁に行われたことを叙しはじめる文章の最初に、

　西園寺にはじめて御幸なりしさまこそ、いとめづらかなる見物にて侍りしか。太政大臣御あるじ申されしさまいかめしかりき。いはずとも思ひやるべし。御贈り物に、代々の御手本奉らるとて、大臣、

　　伝へ聞くひじりの代々の跡を見て古きをうつす道ならはなん

御返し、御製、

　　知らざりし昔に今やかへりなんかしこき御代の跡ならひなば

とあるのは、もとより巻二十賀歌巻頭の贈答（一三三〇、一三三一）に拠っている。

かくの如く、増補本系の本文は、古本系本文が拠り所にした『続後撰和歌集』賀歌の冒頭部分を、前提とし、古本系本文が利用し残した歌を核に、増補が行われているのである。(注5) なお、「内野の雪」の巻ではもう一首、『続後撰和歌集』賀歌第三首目、一三三二歌を利用して後深草天皇朝覲行幸の記事が書かれている。

院の上、鳥羽殿におはします頃、神無月の十日頃、朝覲の行幸し給ふ。世にあるかぎりの上達部、殿上人つかうまつる。色々の菊、紅葉をこきまぜて、いみじうおもしろし。女院もおはしませば、拝し奉り給ふを、大き大臣、見奉り給ふに、悦びの涙ぞ人わろき程なる。

ためしなき我身よいかに年たけてかかるみゆきにけふつかへつる

げにおほかたの世につけてだに、めでたくあらまほしき事どもを、わが御末と見給ふ大臣の心地、いかばかりなりけん。こし方もためしなきまで、高麗・唐土の錦綾をたちかさねたり。大き大臣ばかりぞねび給へれば、うらおもて白き綾の下襲を着給へりしも、いとめでたくなまめかし。池にはうるはしく唐のよそひしたる御舟二さう漕ぎ寄せて、御遊びさまざまの事ども、めでたくののしりてかへらせ給ふ響きのゆゆしきを、女院も御心行きて聞こしめす。

「ためしなき」の歌からあとの部分については、何か他に拠った資料があったかもしれないと思われもするが、『続後撰和歌集』賀歌の一首を核とした創作であったことは、疑いないと思う。

「内野の雪」の巻は、以上の『続後撰和歌集』の歌のほか、『続古今和歌集』の歌三首（後嵯峨院「石清水」七〇二、実氏「今日やまた」七三三、後嵯峨院「熊野川」七三五）、ならびに『弁内侍日記』の歌五首（実氏「九重の」、少将内侍「九重の」、弁内侍「津の国の」、弁内侍「あやめ草」、公親「あやめ草」）、その他弁内侍関係歌二首（中納言典侍「津の国の」、弁内侍「折りかざす」）が、取り入れられて構成されている。また、冒頭の西園寺家の祖公経による北山殿西園寺造営の記事

の終り近く、

北の寝殿にぞ大臣は住み給ふ。めぐれる山のときは木ども、いと旧りたるに、なつかしきほどの若木の桜なんど植へわたすとて、

やまざくら峰にも尾にも植へおかんみぬ世の春を人や忍ぶと

とある部分は、直接には『新勅撰和歌集』一〇四〇の歌（詞書「西園寺にて三十首歌よみ侍りける春歌」）に拠って、造営記事の中にそれらしく取り込んでいると見られる。

以上の如くして、ほとんどすべて勅撰集の所収歌（続後撰和歌集・続古今和歌集・新勅撰和歌集と弁内侍日記など）を材源とし、他の資料によって得られた物語細部を複合的に組み合わせ記述して、全体として西園寺家の栄華と後嵯峨院の治世讃頌を主題とする物語が構成されていると理解される。そのような主題が設定されたのは（あるいはそのような主題となったのは）、同じ主題を体現している『続後撰和歌集』巻二十「賀歌」の歌を大量に採用したからであったと思われる。(注6)

八　おわりに――何らか編集された勅撰集歌に拠るか

以上、『新古今和歌集』『新勅撰和歌集』『続後撰和歌集』『続古今和歌集』と連続する勅撰集歌が、第七「北野の雪」までの巻々の物語を叙述してゆく際の、重要な材源資料とされている事実を指摘してきた。第八「あすか川」には、『続拾遺和歌集』歌一首（一一一九）『新後撰和歌集』歌二首（一三一三・一三二二）の採取が確かめられるので、後続の勅撰集にあっても同様であると思われる。(注7)

勅撰和歌集の歌は、その時代最高の歌人撰者によって選ばれた歌であり、評価の確定した秀歌であったから、歴史物語を創作しようとする作者は、第一級の編集資料と意識していたであろう。限られた歌ではあっても、それぞ

れの時代の人口に膾炙していた、歴史的秀歌を散りばめることによって得られる効果は、十分に考量されていたと考える。勅撰集歌は、まことに得がたい材源資料だったのである。

さて、それらの勅撰和歌集歌は、どのようにして利用されたのであろうか。複数の勅撰集のあちこちを机上や机辺に抜き並べて、取捨しつつ執筆が行われたのであろうか。いや、勅撰集以外の資料も多く使われているのだから、それでは混乱して収拾がつかなくなってしまったであろう。ではどうだったのか。『増鏡』が歴代帝王の皇統を縦の柱にしていることに鑑みて、私は、執筆に先立って、後鳥羽院以下歴代の帝王とその最も関係深かった人物たちの歌を集成する作業、物語を構想しその中で使えそうな歌を、予め勅撰集ならびに関係資料の中から拾い出してゆくような作業の工程があったはずだと考える。ある人物関連の歌を諸資料の中から拾い出し、一つにまとめて簡便な虎の巻を作るような作業である。複数の集のあちらこちらにある歌を即座に取り出して、一つの物語として構想叙述してゆくことを可能ならしめるのは、そのような何らか編集された歌集あるいはメモのようなものの存在にである。『新古今和歌集』所収大嘗会歌と『続古今和歌集』所収大嘗会歌を、同じ視野の中で簡単に並べ見ることができるような、そんな資料の存在を想定せざるをえないのである。木藤氏が、「弁内侍日記にしても、類似の記事を有することは事実であるが、資料とされたのは、現存の形態のものではないように考えられる」と、疑問を提示されたのも、それは別本弁内侍日記に拠ったということではなく、この種作者による抜書きの類いであったと見なしてよいであろう。『増鏡』と編集資料との関係は、固定的に現存資料とのみ比較するという前提を捨ててかからねばならない。

【注】

（1）石田吉貞「増鏡作者論」（『国語と国文学』昭和二十八年九月）。→『新古今世界と中世文学（上）』（北沢図書出版、昭和四十七年六月）。

（2）木藤才蔵「増鏡解説」（日本古典文学大系『神皇正統記・増鏡』、岩波書店、昭和四十年二月）。

（3）以下『増鏡』本文の引用は、井上宗雄全訳注『増鏡』上中下（講談社学術文庫、昭和五十四年十一月〜五十八年十月）による。

（4）佐藤俊彦「『増鏡』「内野の雪」の編集資料」（『商学集誌』人文科学編二十巻三号、一九八九年三月）には、『続後撰和歌集』は編集資料の中に入れられていない。

なお『続後撰和歌集』の歌は、もう一首、

藻璧門院御事ののち、かしらおろし侍りけるを、人のとぶらひて侍りける返事に

後堀河院民部卿典侍

かなしさはうき世のとがとそむけどもただ恋しさのなぐさめぞなき（一二六三）

が、第三「藤衣」の巻の、『明月記』などのような記録類に拠っているとみられる藻璧門院崩御の記事の末尾に、

院に侍ふ民部卿典侍と聞ゆるは定家の中納言の女なり。この宮の御方にもけ近う仕うまつる人なりけり。限りなく思ひ沈みて頭おろしぬ。いみじうあはれなることどもなり。人の問へる返事に、

悲しさはうき世のとがと背けどもただ恋しさの慰めぞなき

当代の御母后にておはしつれば、天の下みな一つ墨染にやつれぬ。

とある部分に、取り用いられている。

（5）原態・増補の問題については、深く立ち入る用意を持ち合わせないので、通説によって考えた。

（6）佐藤恒雄「『続後撰集』の当代的性格」（『国語国文』昭和四十三年三月）。→『藤原為家研究』（笠間書院、二〇〇八年九月）第三章第三節。

（7）『続拾遺和歌集』以下『続後拾遺和歌集』までの勅撰集についても同じことを立言できるかと思うが、調査が及んでいないので、いま言及することはさし控えたい。

第二節　正徹筆藤原家隆「詠百首和歌」

一　はじめに

香川大学附属図書館所蔵神原文庫の追加寄贈図書（『神原文庫図書目録（追加）』）中の一資料「詠百首和歌」（一冊）を紹介し、その意義に言及するのが、本稿の目的である。

二　書誌と筆跡

該本は、たて二四・二糎、よこ一九・三糎。黒地に銀糸で沙綾形繋ぎに飛鳥文を織り出した緞子表紙。表紙左上に題簽剝離跡らしい色の濃淡がかすかに認められる。見返しは楮紙に金銀切箔散し。本文料紙は楮紙、袋綴、墨付二十丁、遊紙なし。一面十行ないし十一行。題二字下がり、和歌は上下句二行分かち書きとする。最末の署名「正廣」の「廣」の下部が切れていることに鑑み、本冊は一度天地を裁断して改装されており、表紙を含む現在の装幀はその時のものであろう。

一丁表に「詠百首和歌　建久八年七月廿九日　同家」と端作（内題）があって、十四丁裏に至るまで、堀河院題の百首（実際は「田家」題を欠く九十九題、うち歌を欠くもの十五で、総計八十四首）を収め、すぐ続けて、同じく十四丁裏

の最末行から「三体和歌」を書記して、十九丁裏中ほどに及ぶ。そしてすぐ続けて書写奥書、

寛正三年壬午六月二日写之（署花押）

の年記と署名がある。このうち十九丁裏の第一行「さひしさは猶のこりけり跡たゆる本」までは基本的に一筆（ただ、途中「梅」題「春かけて」、「昌蒲」題「ときにあふ」、「蛍」題「いせのうみの」の三首の歌のみは、明らかに別筆）で、極めも何も残されてはいないが、「春日詠三首和歌」（「水辺蛍」以下）「詠三首和歌（「雲間郭公」以下）「詠三首和歌」（「春風」以下）（以上、小松茂美『日本書流全史　下』所掲、前三者は同『日本書跡大鑑』にも）、「春日御社法楽詠百首中五首」（「立春風」以下）（永島福太郎『百人の書蹟』所掲）「（住吉法楽）詠百首和歌短冊帖（昭和十六年三月「静林茅舎所蔵品入札」目録他）短冊（「寄橋恋」）短冊（「寄雲恋」）短冊（「暮春」）短冊（「郭公稀」）（以上『日本書流全史』下、『日本書跡大鑑』第七巻）など数多く伝存するその真跡に照らして、ここまでは基本的に正徹の筆跡と断定して誤りない（注2）であろう。しかし、不思議なことに二行目同じ歌の下句からあとの五行と奥書は、墨色も字の特徴もはっきり異っていて、明らかに別筆である。署名と花押が誰のものであるかは今のところ特定できないが、正徹周辺の誰かだとは推察される。しかし、やや幅広の書冊の様態や紙質、また筆跡や花押の力強さなどからみて、寛正当時の写本たることは疑いなく、おそらく、正徹が大部分を書記したあとを、没後三年目に当る寛正三年（一四六二）に某が書き継ぎ、またその生前であったか没後であったかは不明であるが、第三の筆者（これも正徹周辺の誰かではあろう）が、題のみ正徹が記していた三首を補欠して成った書冊であるとみられる。

某の書写奥書のあと一行を置いて、さらに前三者とはまた異る筆で、

七十や七の秋の今年まで逢もまれなる星を見る哉　家隆卿

朝ねがみおき別行こゝちして露けき宿の玉柳かな　家隆卿

の二首を二十丁表一行目までに書し、同じく二十丁裏の末尾（見返しの直前）に、

別夏恋

吹風にしほれなはてそをけば散る露も尋ずあさがほの花　正廣

とある（前の二首はいずれも『壬二集』歌で、前者は「七夕の歌よみてたてまつりし時」七首中の一九七七歌、天福元年秋に詠んで隠岐の院に奉ったものかと考えられている歌[注3]、後者は最も早い時期の「百首和歌　初心」中の八番歌。また「吹風に」の一首は正広の家集中にはみえない新出歌）。奥書後のこの三首の筆跡は一筆で、最終歌の署名ならびに筆跡にてらして、また師正徹との関わりからみても正広が書きつけたものとみてよいであろう。正広の確実な真跡は稀少であるようで、そうした中にあって、下部若干を欠くとはいえ、この署名ならびにその筆跡は、貴重であるといわねばならない。

かくて、本冊は、正徹筆を基本として、寛正三年に某が数行と奥書を、また途中三首の歌のみは別人が、補欠追記した書冊に、さらに正広が家隆の歌二首と自詠一首を書き加え、おそらくは所持していた手沢本であったことを確認できる。まずもってその書跡の優品としての美術的価値が甚だ大きいことを特筆しなければならない。

三　詠二百首和歌

さて、本冊の内容に立ち入ってみると、主要部を占める最初の「詠百首和歌」は、家隆の「詠二百首和歌」と密接な関連がある。「詠二百首和歌」は『藤原家隆集とその研究』、『私家集大成』（第三巻）解題、『新編国歌大観』（第三巻）に収められているが、端作下に「書本雖二百別題同故私集之、次歌建久八年七月廿九日歌也、建久歌初歌同歌多故略之畢、合点入集歌云々」の注記がある（『私家集大成』解題による）。そしてこの「詠二百首和歌」については、久保田淳氏の次のような解説[注3]が唯一の研究文献である。少し長いが引用する。

家隆家集は四種の堀河院題百首を収めてゐる。即ち、「百首和歌　初心」（一～一〇〇）「百首和歌　後度」（一〇一～二〇〇）「詠二百首和歌」（三〇五八～三一九八）がこれである。この中「詠二百首和歌」は諸本によつてやや出入があるが、実際は百三十九首から百四十一首を数へるにすぎない。写本に註記する所によれば、「書本」ではこの二百首は各々別な百首であつたのだが、同題であるために、編纂者の私意によつて纏められたのである。その場合同題の下に排列される二首の中、始めのものを「初歌」、次のものを「次歌」と呼ぶ。次歌は建久八年七月二十九日の歌である。「次歌百首」は「初歌百首」と一致する作を多く含んでゐた。それ故、編者は一致した作の一方を棄てたのである。「詠二百首和歌」が実際は百四十首ほどしかない理由は以上の如くである。ところで、更に後の転写者は、この中に依然として家隆家集の他の部分と重複する歌のあることに気づいた。それは二十五首の多きに上り、「初心百首」「後度百首」「千五百番歌合百首」「守覚法親王家五十首」四季夏部等の各部との間に見出される重複現象である。それ故に写本の或るものは当該歌の右肩に註することによつてこれを指摘し、板本を含む或る系統の本は合点を加へて、先に大要を述べた註記の末に更に「合点入集歌云々」と断ることによつてこれを示してゐる。「初歌」「次歌」に共通する五十数首を略した後になほ且つかくも多くの重複歌を含む「詠二百首和歌」の正体は何であらうか。思ふに、二百首を構成する両度百首共に種の撰歌百首乃至は擬作百首なのではあるまいか。そして「次歌建久八年七月廿九日歌也」という註記中の口時記載も、それを詠み出した年月といふよりはむしろ、百首として撰定された、乃至は纏められた時日を示すものではなからうか。建久八年以降披講せられた『守覚法親王家五十首』や『千五百番歌合』での作品が存する事実も、家隆が意識的乃至無意識的に、過去の私的な作品（いはゆる擬作）を後になつてそれらの公的な定数歌に混入したのであると説明できようか。が「初心百首」「後度百首」等の作の当二百首への混入は、その初心の文字及びそれを受けての後度の文字に注目するならば、同様に説明することが躊躇されるであらう。この場合には寧ろこの両百首が本二百首に先行すると考へたい。（中略）両百首は、そして又これらを含む「詠二百首和歌」は、文治四年頃から、建久八年までの詠といふ、極めて漠たることとしか言ひ得ない。

「詠二百首和歌」が撰歌（擬作）百首であり、初心百首と後度百首がそれに先行し、建久八年以降の公的作品に二百首中の作若干を混入したとみる久保田氏の見解は「初心百首」と一致する歌十五首、「後度百首」と一致する歌七首に対し、「千五百番歌合百首」「守覚法親王家五十首」等と一致する歌は各一首で、しかも後者の場合、第四句「折てをゆかん」が建久九年の『五十首』では、「おらでは過ぎじ」と変改されていることからいっても、十分に首肯されることである。

四　次歌百首の捏造

そのような「詠二百首和歌」と対比してみる時、本百首は、端作下の年記から、「次歌百首」に相当する作品だと見当がつけられる。事実、二百首中に二首並記される歌の場合は、すべて後の方の歌と一致しているのである。しかしながら、仔細にみるとどうしたことか、「初歌」「次歌」共通である故に一首のみが記された題歌のうち、五首に関し、一首がまるまる異って別の歌が記されているという大きな異同が認められる。すなわち、「梅」題で二百首に、

うづもるゝ軒端の梅やさきぬらん匂ひにさゆる雪の下風（二一〇）

とある歌のかわりに、

春かけてわがしめゆひしむめが枝にゆるしがほなるうぐひすのこゑ

があり、また「春雨」題歌は、

ふるとなき浅茅が庭の春雨にたのめし人のみえぬころかな（二一六）

ではなく、

草も木もみどりに染る春雨もおもへばあきのしぐれなりけり

が記されているし、「帰雁」題の、

ながめ佗ぬひとりはなれて行雁の霞にまがふ明ぼのゝ空（二一八）

のかわりには、

関路こえ春の浦なみ行雁のこゑふきかへせすまの夕かぜ

とある。さらに「菖蒲」題歌、

軒ちかき若葉の梢かげそへてふけるあやめの色ぞ涼しき（二三六）

のかわりに、

ときにあふみよのひかりのさつきとてけふぞ玉江にあやめひきける

があり、「螢」題歌では、

こすの戸にまがふともし火ほのかにて蛍分いる夜の蓬生（二四三）

がなくて、かわりに、

いせのうみの入江のくさのしほひがたあまもほたるの玉はひろはじ

が配されているのである。この事実はいったいどう解すればよいのか。別本の「次歌百首」があったということなのであろうか。否、そうは考えられない。

右五首のうち「春かけて」歌は、「五十首和歌　内々日吉奉納歌」とある中の一首（一四五二）で、安貞元年（一二二七）の詠作と推定されているものであり、また「ときにあふ」の歌は、「寛喜元年（一二二九）女御入内屏風和歌」の中の一首（一五八八）である。さらに「いせのうみの」歌は、「五十首和歌　仁和寺道助法親王会」の中の「江螢」題の歌（一四一八）で、これは承久二年（一二二〇）の詠作と推定されているものである。しかも、これら三首は、前記した別筆による補欠三首と完全に一致する。仔細にみると、「梅」歌にしても「昌蒲」歌にしても、題と題との間の狭いスペースにいかにも窮屈そうに書き込まれているあり様を看取することができる。とすると、これら三首は、はじめ正徹が題のみを書いて歌を欠いていた余白に、別の某が、家隆後年の詠作中から、同題または類似題の歌を選んで書き加えたものであることを明白に物語っていることになる。二百首ではいずれも「建久八年歌与之同故略之」「建久之歌同故略之」「建久歌同之略之」との注記をもつことから推しても、これら三首を含む、建久八年七月廿九日付の別本百首があったとは考えがたい。出所を見出せぬ残り二首「草も木も」「関路こえ」歌は、題も歌も正徹の筆であるが、右三首のありようから類推して、やはり正徹が、歌は後補すべく最初題のみを書き、あとで家隆の別伝資料中から同題の歌を捜し出し補入したものであるにちがいない。これら二首は現存集中に家隆作としては見出せぬ歌であるから、若干疑いは残るが、一応家隆の新出歌として遇してよいであろう。

加えてまた、「詠二百首和歌」では、同じ題で歌が共通する場合は一首を記している（必ず一首は記される）にもかかわらず、本百首の場合、題のみあって歌が欠けているものが十五首にものぼる。「詠二百首和歌」が資料とした「次歌百百」を書写したとすれば、一首のみの歌は若干の語句の異同はあってもその歌が書記されるはずであるのに、そうなっていないのである。そして、十五首の内訳は、春〇、夏二、秋四、冬四、恋〇、雑五であり、これに右の補記分を加えると、春三、夏四、秋四、冬四、恋〇、雑五、計二十首となり、当初はほぼ全体にわたりバランスよく歌を欠いていたことが窺える。歌の補欠が春と夏の前の方に片寄っているのは、以下の欠歌も同様にして家隆作品中から索し出して埋めてゆくべく目論まれていたことを証している。

端作と年記下の「同家」も、凝作百首であることからいって意味をなさない。権門の誰かが主催した百首であるかのごとく偽装した書きつけであること明白であろう。「次歌百首」を捏造せんとして、その前に「初歌百首」があって、そこには確たる主催者名が記されていたのを承けたかのごとくに装ったと思量されるのである。

右のごとくに検し来ると、本百首は、正徹が「次歌百首」まがいの百首を捏造せんとした企てに発するもので、

「詠二百首和歌」を基礎資料として、当初は全部で二十題について、故意に歌を書かずに空白を残して書記し、その後正徹自身が二首を補い、周辺の誰かが三首を捕ったまま途切れてしまった、未完の作品だということになる。あるいは「未完」もまた目論まれ予定されたことであったのかもしれないと思われたりもする。ともあれ、本作はいわば正徹一家によって捏造された家隆作品の偽書であると断定して誤らない。

なお、「詠二百首和歌」の「山家」題と「田家」題の歌は、

たれかすむ虫の音ながら秋の野をかこひ分たる深山べのさと（山家　三三二）

かりのこす門田のいなばうちなびき一むらそよぐ秋風のこゑ（田家　三三四）

であるが、本百首においては「山家」の上の句と「田家」の下の句とで一首が合成されている。これは正徹が書記していった当初の段階における錯誤であったにちがいない。

また附載される「三体和歌」は、テキスト自体として特に見るべきものはないが、『正徹物語』中に慈鎮の表現がとりあげられ「玄妙なるもの」と激賞されており、『三体和歌』への注目という点で、若干関係があるかもしれない。なおまた稲田利徳氏『正徹の研究』（一五四頁）によれば、正広が正徹家集中から「三体歌」にかなう歌を選んだ「三体歌　清岩」なる写本が国立国会図書館に所蔵されるという。もって、正徹・正広の『三体和歌』への関心の一端を窺い見ることができる。

五　おわりに

以上のごとく、本資料は、家隆歌に関する資料としてはほとんど意味をもたず、専ら正徹の関与した偽書であるが故に価値と意義をもつと思量される。それにしても何ゆえにかかる手のこんだ、それでいてちょっと調べればすぐに馬脚をあらわしてしまうような捏造をあえてしたのか。正確にその意図を捕捉することは難しいが、しかし現実

の問題としてこの時代に、正徹その人によって、かかる偽書の作成が行われたということを確認できることは甚だ貴重であろう。正徹という歌人のこれまで見えなかった精神構造を垣間見させてくれる点において、また、おびただしい偽書や贋物が作成され享受された時代の精神を考える材料として、得がたい一冊であると確信する。新出の珍しい歌書を珍重する風潮が基底にあり、奥書の捏造なども盛んに行われる、そのような時代の文化遺産の一つとして本冊を紹介し、参考に供する所以である。

【注】

(1)「梅」題歌末句「うぐひすのこゑ」を三首前の「鶯」歌の末句と比較すれば明らかであるが、流暢で速さを感じさせる前後の筆致に比し、停滞しがちで勢いに乏しい点に特徴がある。

(2) 稲田利徳氏の示教によれば、特に「月」「き」字に特徴が顕著だという。その他「山」「雲」「の（能）」「野へ」など、いたるところに正徹らしさを認めることができる。

(3) 久保田淳『藤原家隆集とその研究』（三弥井書店、昭和四十三年七月）付載「藤原家隆詠歌年次考」。

(4)『私家集大成』解説中の歌番号で列記する。二〇二、二〇八、二二四、二二八、二三二、二三四、二四一、二四五、二五〇、二五五、二五八、二六八、二七六、二八一、三二四。

(5) 同右。二〇五、二一六、二一八、二三〇、二八八、三〇九、三四〇。

(6) 同右。二〇三。

(7) 同右。二五四。

【附記】正徹・正広の筆跡その他について、稲田利徳氏より種々有益な教示と示唆をえた。記して謝意を表する。

第三節　正徹詠草（永享六年）について

一　はじめに

日次系草根集の巻三は、他の日次形式の巻々がたいてい一年分、多くて二三年分の詠草を収めるのに比べ、永享五年・六年・八年・十一年・十二年・嘉吉二年・文安四年と、七年分もの詠草を一つの巻に収め、それでいて総歌数は七百二十三首だから格別多いわけでもなく、草根集中特異な巻の一つである。こうなった原因を稲田利徳氏は、「恐らく編者が『草根集』の編纂を開始したとき、手元に各年次の詠草がそろっていなかったことに起因するのだろう」といい、「編者が詠草拾集や編纂に最も苦労した巻」[注1]だといわれる。

その巻三の中にあって比較的歌数の多いのは、永享五年・六年・文安四年の三箇年分であるが、しかしそれらの年次にしたところで、二百三十六首・百六十三首・二百八首であるから、ほかの一巻一年の日次形式の巻々が、年間五百首から七百数十首もの詠草を収録しているのに比べれば、ほとんど比較にならぬ数ではある。このように収録歌数が著しく少いのは、これらの年次に限って詠歌の絶対数が少なかったからであるはずはなく、当該年次分の詠草収集を困難ならしめる何らかの事情が存したためと考えねばならない。「永享五年詠草」や「永享九年詠草」のような正徹自撰と目される詠草[注2]で、『草根集』不載の歌を多く収録する、ある年次分の詠草（またはその一部）が現存することからも、『草根集』に編纂収録されることのなかった詠草や、その編者が依拠したのとは異る別の詠草など、いずれにしても正広によって編纂された『草根集』よりも正徹詠歌の原態により近い、自撰詠草の類がかつてはもっと存在したであろうと考えられるからである。

ここに紹介する『正徹詠草』（永享六年）もまさしくそうした種類の一本であるが、従来広く知られるところでなかったのみならず、「永享五年詠草」（二〇六首）や「永享九年詠草」（一一六首）に比べてはるかに大部の家集で、収録歌数も新出歌も格段に多い、まことに瞠目すべき新資料である。

二　書誌

『正徹詠草』（永享六年）（以下『詠草』と略称する）の書誌の概要は、以下のとおりである。たて二二・六糎、よこ一六・七糎。袋綴二冊。鳥の子紙無地表紙、中央に題簽（鳥の子、雲霞水辺金描）があり、「正徹詠草　乾（坤）」と記す（本文とは別筆）。表紙右上に所蔵者名と思しく「攸盈」とある。本文料紙は丁子引きの楮紙であるが、全体に薄葉をもって裏うち修補が施されており、右の表紙・装訂ともに修補後のものと認められる。表見返し（薄葉）に「永享六年より迄寛政元　三百五十六年　後花園院ノ御宇歟」と記す貼紙があり、改装された装訂にてらしても、修補はここにいう寛政元年（一七八九）に施されたと考えてよい。修補以前の本文料紙は、平均たて二〇・三糎、よこ一五・四糎、丁数は、乾冊が墨付四十一丁、遊紙巻首に一丁（本文料紙と同じ楮紙）、巻尾に二丁（裏うち紙と同じ薄葉）、坤冊は墨付三十九丁、遊紙は首尾ともにない。一面十二行、和歌一行書、詞書は一字下り。内題なく、蔵書印記や書入れの類もない。

所収歌総数は七百八十一首（ほかに詞書中に二首）。乾冊の巻頭三首を示すと次のとおりである（歌頭の数字は『詠草』の通し番号。以下本文中の算用数字は『詠草』の番号を、漢数字は『草根集』『月草』などの『私家集大成　中世Ⅲ』における番号を示す)。

永享六年正月朔日、試筆とて祝のこゝろをよめる

1 春日影世にこそいづれをしなべて心のどけき年にあふらし（二一〇一）

同日、正安侍者かく申されし、たちかへる春のしるしもかひありて

君もむかしに又やあはまし、かへりごとに

2 たちかへりかひある春のしるしをも此ことの葉にまかせてぞ見む

おなじ人、扇に歌かきてと申されし、かきつけし歌、川に椿あり、

野に春草の花さきたるかたかきたり

3 氷とく野川の浪の玉つばき下草かけて花ぞうつれる

また坤冊の巻末部は次のとおり。

（十二月）つごもりつかた、あなたこなたありきて、見ればげにけふにとぢむる

としのきはまるもしるく、人のいそがはしげなるにおどろかれ侍りて

779 我いほをたち出ゝこそ行としのいそがはしかるくれもしらるれ（二二六三）

その日、しら川よりふみに

780 雲のうへに君が言葉の玉まつも春にあふべき年やくるらん

返し

781 我にもし言葉の玉のみがゝれば春の光を四方にてらさむ

永遷　桜井が法師名也　俗名モトスケ

大虚（ソラ）　半天（ソラ）

その間ほとんど混乱なく日次を送って配列された、(注3)ちょうど一年分の詠草である。

なお、「(六月)廿四日、ある人の賀茂社にたてまつるべきとて、三十首題をさぐりてよみし中に」の題下にある、乾冊巻尾の四首(385〜388)が、四十一丁最末行で終り、第一丁一行目からいきなりはじまる坤冊の巻頭歌(389)が、前記四首と同時一連の歌であること(『草根集』巻三の詞書は、「六月廿四日、人〳〵ともなひて加茂の上の社へまいり、みそぎなどして、秀久といふ祢宜の家にて法楽のうたよみし中に」とあり、かなり異なっているが、二一七二から二一七六の五首は一致する)から、元来一冊であった詠草を、修補の際、おそらく裏うちによって厚さが増したために、分冊したものであろう。

三　正徹その人による自撰家集

『詠草』が自撰であるか他撰であるかは難しい問題であるが、ところどころに施される左注や注記が、そのことを考える手がかりを与えてくれる。たとえば、

(1)「内裏和歌所にて撰歌あることなり」(63神祇「ことの葉の玉をみがきて大内の神のかゞみもてらしそふらん」の左注。草根集は「撰歌ある比にてかくよめる也」)

(2)「此歌、さそふ水ありてさやうのかたくいなむとおもふことありときゝてよめる」(156、暮春「さそふらむ浪はゆくとも春ばかりいなみの海にかへらずも哉」の左注)

(3)「此松園坊の庭に住吉の松とて大なる木有なり」(松園僧都亭三首中、257独述懐「しのぶべき友こそなけれ住吉の松は松をや思いづらん」の左注。草根集には左注なし)

(4)「此歌、親当七歳子俄にうせにしをとぶらひにまかりたりし次に、親世の本にてよみしなり」(「宮道親世本に

て題をさぐりて、十五首歌よみし中に」と題する三首520〜522の左注。『草根集』はこの由を詞書とする。）

いずれも自歌自注である。これらが正徹自身の手で、おそらく歌稿の時点で加えられた注記であろうことは、たとえば、（1）のごとく、一般化され客観的記述に改められていて確かにある時間を隔てて記されたにちがいない『草根集』の記載と比較することによって、明らかである。また、

（5）「今夜大雨也」（578「月前雨」の題下に）

（6）「大神宮祓稲神事今日也」（606「神祇」の題下に。『草根集』は左注「大神宮祓稲神事今日也。さてよめる」）

（7）「造作などしかへられ、庭に松などうへられしときなり」（677阿波守家一首「寒松年久」の題下に）

（8）「此日、将軍家若君はじめていできさせ給しなり」（99左注）

これらは前掲左注に準じる注記で、後に不審や誤解を生じやすいことがらや備忘のために注したものと考えられる。（5）などは詠歌当日の注記たること明白だが、（7）はこの日に記したものではなく、『詠草』を編んだ時点での注記だと思われる。さらにまた、

（9）「この事ひと月ありてとゞまりし也」（157〜159、就京月次三首の左注）

（10）「此風情もとよみし也。可略之」（170、春鳥「桜ちるかたのゝみのゝ夕ひばりおつる羽かぜも花の香ぞする」の左注）

（11）「いづれも返しなどたづねてかきつけをける事、無益と覚ゆ」（代作歌446の左注）

（12）「返しいかゞありけん、しらず」（代作歌447〜449の左注）

（13）「短冊などつれぐ〵なるままによみしかども、しるさずなりぬ」（故僧正の旧院を訪ねての歌451の左注）

（14）「とひきゝてかきつけをくなり」（代作歌に対する585「返し」の下に）

（15）「返し、とひきかず」（代作歌607〜609の左注）

内容はさまざまであるが、これらはみな詠歌当日施された注記ではなく、若干の日をおいて、多くは家集編纂の

時点で加えられた注記であるとみてよい（(11)などかなりはっきりしている）。つまり注記は、歌稿の段階で比較的早く施されたもの、編纂時点で加えられたもの（またその中間もありえよう）などが混在しているにちがいないのであるが、それはそれとして、すべてに共通していえることは、これらの場合も注記の記載主体はやはり正徹自身にほかならないということである。『草根集』は、左注や注記が少く、詞書も整備されわかりやすくなっていて、いかにも編集された跡が歴然としているが、それに比べて『詠草』には、代作歌の「返し」までも求めて編纂しようとする正徹のこの家集に対す真摯な姿勢や態度のようなものまでも、如実に窺い知ることができるのである。だとすれば、『詠草』は、正徹その人による自撰家集以外の何ものでもないということにならざるをえない。

しかし、現存する『詠草』が正徹自筆の家集だというのでは勿論ない。次のような反証があるからである。

(1) 206、題詞「夏草深」の下に「恋歌落歟」とある注記は、後人の疑問に発したものにちがいないが、本文と同筆であること。

(2) 273、題詞下に「四月分無読歌」と注するが、実は271〜273の三首が四月分の詠だと認むべきであるのに、六首一連を三月分の歌と誤認したのであって、これも後人の所為にちがいなく、しかも同筆であること。

(3) 311、題詞「雪朝眺望」下に「雪不審」と注する。これは「いく里もおなじ詠のうちま山朝風さむしするゐの川なみ」の歌中に、題の「雪」が詠みこまれていないのを不審とした注記で、明らかに後人の所為であるが、これも同筆であること（草根集四二八七の同一歌は末句「雪の川なみ」で疑いは晴れる）。

従って『詠草』は、正徹自身ではない後人の誰かによる転写本だと考えねばならない。中務大輔山名凞貴の「凞」の草体を「悲」と誤ったり（38・52）、「続歌」を「読歌」と誤ったり（15以下多数）するような単純な誤写が目につくところからすれば、必ずしも正徹自筆原本から直接の転写ではないかもしれないが、書写は室町期を下ることなく、正徹をあまり隔らぬ時代の写本ではある。

四　正徹の新出歌四百余首

『詠草』所収の歌の中には、『草根集』巻二・巻三・巻四・巻五・巻六、ならびに『月草』所収歌と重なる歌が多数ある。(注4)それらの家集(巻)中に『詠草』の歌が何首含まれているかを表示したのが次表である。

家集(巻)	歌数
草根集　巻二	二首
草根集　巻三	一六一首
草根集　巻四	六七首
草根集　巻五	三六首
草根集　巻六	七五首
月草	一四首
合計	三五五首

右の三百五十五首の中には重出するものが十九首あるから、従って『詠草』所収歌七百八十一首のうち、ほかの家集(巻)の中に見える既知の歌は三百三十六首であり、残る四百四十五首が新たに追加される歌だということになる。しかし、この中には他人の歌が二十一首含まれているから、(注5)正徹の新出歌は四百二十四首という計算になる。もっともこの調査は、『私家集大成　中世Ⅲ』に収められる四種の家集についてのみ行ったものだから、おそらく遺漏があるにちがいなく、数字は若干訂正され、新出歌の数は減少するかもしれない。しかし、それにしても七百八十一首という総歌数は、『草根集』の日次系の巻々の中で一年次分としては最も多数の歌を収める巻七の宝徳元年分七百六十

首よりもさらに多く、またこれだけ大量の新出歌を含む点において、いささかもその価値を減ずることにはならない。

本『詠草』の意義の第一は、かく正徹の詠歌資料が飛躍的に増加するということはもとより、さらに、永享六年における正徹の動静や詠歌の様態、交遊関係など、正徹の伝記資料として、また歌壇史の資料として、未知のものを多々加えることができる点に求められるであろう。新出歌の詞書によって、たとえば三月十四日からはじまる紅梅（はじめ紅梅の枝を賜ったことにちなんで、かく物語めいたよび名で記す人物）との交遊(注6)のような未知の事実を数多く知ることができるし、『草根集』と重なる歌の詞書にしても、正月五日「草庵に人〳〵来てすゝめしに、題をさぐりて」（草根集）としかわからなかったものが、「親長・親当・親世・宗砌など来て、題をさぐりて歌よみし中に」（詠草）とあることから、「人々」がどんなメンバーであったかがわかったり、「二月上旬」内裏の涼闇のさまを拝したというのは「二月六日」のことであったとわかったり、この種の例はほとんど枚挙にいとまがない。詳細を極める稲田氏の「新編正徹年譜(注7)」も、この年の項は大幅に追加訂正されることになるであろう。

五　『月草』『草根集』巻々との関係

意義の第二は、既知の歌についても『月草』や『草根集』の巻々との比較考究が可能となり、これまで気づかなかったことがわかってきたり、『詠草』と他の家集（巻）との関係とか、また『詠草』はもとより他の家集の組成や成立などをも明らかにする手がかりとなる点に求められる。

まず『月草』との関係についてみると、両者に重なる歌十四首のうち十一首〔三一五(58)・三一八(84)・三一九(129)・三二〇(159)・三二一(232)・三二二(217)・三二三(313)・三二四(319)・三二五(340)・三二六(350)・三二七(438)（漢数字は『月草』の私家集大成番号、括弧内は『詠草』の通し番号）〕までが、『月草』の巻末部に集中し、しかも同じ順序で配列されていることがわかる。従ってこの十一首は確実に永享六年の詠歌であると考えてよく、さらにまた三一二までの永正三年分の歌（三一二の左注に「已上、永正三寅卯又二本書也」の年記がある）に続く、三一三、三一四ならびに三一六、三一七の四首も、同じく、永享六年の歌である可能性が大きい。

また、十四首のうち残り三首は、一二二（444）、一二二（683）、一二六（656）で、一見とび離れたところに位置しているようであるが、ここはちょうど袋綴七丁目の小口の切れた裏面半葉分に書記された部分であり、（注8）巻末の三一七が十七丁裏いっぱいで終っていること、『詠草』によれば一二一の歌は三一七と同じ日に詠まれた歌であることなどに鑑み、この裏面半葉に記される五首は、巻末に連続する部分であるにちがいない。とすれば、中にはさまれた一二四・一二五の二首もまた、確証はないが一応永享六年の歌とみなしてよいであろう。

右二つの場合、ことは単にそれら個々の歌の詠歌年次が判明するというにとどまらない。六首（三一三・三一四・三一六・三一七・一二四・一二五）が『詠草』に含まれぬ歌であることが、『月草』と『詠草』との間に直接の依拠関係がなかったことの証左となるはずで、『月草』は少くとも本『詠草』にもとづいて編纂された歌集ではない。前記六首を含む別の詠草（それが断片的なものであったかまとまりをなしたものであったかは分らないが）で、しかし同じ歌序で配列されていることから、やはり日次系の詠草に依拠したであろうと考えられる。また一二三と一二六の二首は、詠歌日次が大きく隔っているにもかかわらず、位置が逆転しているのは、神祇と釈教を一年分の終りにこの順序でまとめようとした、一つの編纂基準があったことを示している、といった具合に、たとえ部分的であるにもせよ、『月草』という家集の成立や編纂事情の一端を窺わせる資料ともなるのである。

六　所伝の種々相

次に『詠草』と『草根集』とに重なる歌に注目してみると、同じ歌なのに詞書の所伝に相違があって、詠歌日次の異る場合が甚だ多く、ひどいのは年次が異っているものさえある。『草根集』巻二は、永享元年・二年・四年次分の詠草が日次形式でまとめられた巻であるが、その中に『詠草』の歌二首(127(一三二三)・627(一六八六))を見出すことができるのである。127は、『詠草』によれば、二月二十六日、阿波守家月次三首会の折の当座詠(五首)中の一首であるが、『草根集』には永享元年九月二十二日阿波守家月次(三首)会の折の当座詠(三首)の一首として収載される。また627は、『詠草』によると、十月一日正徹の草庵における二十首歌のあと「人のしら川へかへるとて卒爾に十首の歌有しに」と題する四首中の一首であるが、『草根集』には、永享四年正月二十六日海印寺広経僧正の庵室における月次三首(初度)あとの当座詠(三首)中の一首だとされる。127の場合は両者とも阿波守家での詠とする点では同じだから、何れかが年月日を誤認した可能性もなくはないが、しかしこのように大きな相違が出来する必然性はほとんど考えがたいことだし、627の場合はその上に詠歌の場まで異にしているのだから、何れかが誤りで正しいのは一方でしかないという前提そのものを疑ってかかる必要がありはしまいか。すなわち、これらの事例は、一度詠んだ当座詠を、後日別の会に再出詠したことから生じた異同である可能性が大きいと考えるべきなのではあるまいか。なおこの問題についてはあとで再び言及することにして、両家集の関係について一言すれば、これだけ大きな異同があるのだから、少くとも『草根集』巻二の編纂に際して使用された資料は、『詠草』とは別種のものであったはずで、両者の間に直接の依拠関係がなかったことだけは確実である。

『草根集』巻三所収歌と重なる歌の中にも、詠歌年次の相違するものがある。巻三の最初の部分にまとめて収録される永享五年分の中に、やはり『詠草』所載歌と重なる歌が四首見出せるのである。

(1) 290(二〇〇八)。『詠草』は「同(五月)九日、宮道親当所にて、題をさぐりて歌よみし中に」(三首)中。『草根集』は「(永享五年)八月十二日、草庵の月次に」後の「当座」(三首)の中。

(2) 476(二九九八)。『詠草』は「(八月)八日、宮道親世月次三首に」(三首)中。『草根集』は「(永享五年七月)廿日、東入道素明家にて一座ありしに」(三首)の一。

（3）754（二九九九）。755（二〇〇〇）。『詠草』はこの二首を「（十二月）八日、左金吾家にて」（三首）とする。『草根集』は右（2）と一連の歌。

このようなことがなぜ起ったのか。軽々な判断はさしひかえねばならないが、年次や月日の数字が異る程度の機械的な異同なら、歌稿から歌集を編纂する際に十分に起りうることで、特に不審とするにはあたらない。けれども、詠歌の場が全く別のものになってしまうこのような異同は一体いかにして生起したのか、ほとんど考えがたいことといわねばならない。もちろんこの場合、歌稿の不備とか単純な編集ミスであった可能性が皆無ではないが、しかし同時にまた、正徹の詠歌姿勢ないし歌会に対する姿勢のよって然らしむるところだとも考える余地がありはしまいか。前述した巻二の例とともに考えるならば一度自邸や素明家で詠んだ歌を、後日別の会に再出詠した場合も十分にありえたであろう、と考えてみるのである。

『詠草』も『草根集』もともに永享六年の作だとする歌の中にも、詠歌日次や場の相違するケースがたいへん多く、およそ三十例ほどを数えることができる。このような相違の出来した原因はさまざまであろうし、また何れが正しいと決定しがたいものも多いのであるが、総じて『草根集』の杜撰さが目立つのも事実で、誤りは多く『草根集』の側にあるらしく思える。

たとえば、『詠草』610・611・612の三首は、「（九月）廿六日、阿波守家三首に」として掲出されるが、『草根集』（二二一〇、二二一一、二二一二）は、「廿九日」の会であったとする。しかし、阿波守畠山義忠家の月次会は、本『詠草』によると、二月二十六日、四月二十六日（三月分と四月分を同時に）、六月二十七日（五月分と六月分を同時に）、八月二十六日、十月二十六日に催されているから、九月の会もおそらく二十六日が定例日であったにちがいなく、『草根集』の「二十九日」は何らかの原因に基く誤りだと考えてよいであろう。また、『詠草』619・620・621の三首は、

「(九月)廿八日、招月にて三首番歌に」となっているが、同じ招月庵月次三首歌合を、『草根集』は「二十六日」の会だったとしている。この月次三首歌合は、『詠草』によっても『草根集』によっても、十月二十八日、十一月二十八日に催されたことが確かめられるから、この場合もやはり『詠草』の「二十八日」を正しいと判断すべきであろう。このほか説明は省くが、中務大輔熙貴家月次三首会は、一月二十七日(52)、二月二十七日(131)、三月二十四日(160)、四日二十四日(260)に催されたとする『詠草』の記載を信ずべく、一月二十二日(二一二二)、三月十四日(二一四一)とする『草根集』の記載は誤りだと思われる。この種誤記や誤認に起因すると思われる誤謬が、『草根集』の中には随分含まれているように思われるのである。

また、次のような場合も明らかに『草根集』の誤りであり、杜撰である。『詠草』314から323までと『草根集』との関係は次のとおりである。

(五月)十八日、弾正小弼持豊月次三首に、

314(草根集二一六六) 315(草根集二一六七) 316(草根集二一六八)

同時、読歌廿(ママ)首中に

317 318(草根集二一七〇) 319

同廿日、草庵にて紅梅すゝめられし十首歌中に、

320 321 322 323(草根集二一七一)

『草根集』では、二一七〇も二一七一もみな「十八日、山名弾正小弼持豊家にて、月次三首に」の題下に包摂されているのであって、これらが本来もつべき題詞が脱落して、すべてが一連のもののごとく並んでしまったのである(月次三首が六首もあるはずはない)。

さらにこの事例は、『草根集』(またはそれが依拠した中間資料)が、『詠草』のような日次順に配列された資料に依

拠して編集されたらしいことを窺わせるが、しかしまた本『詠草』を直接資料としたのでもないことが、317「あづさ弓」（雲外郭公）の歌の位置に、『草根集』では二一六九の歌として、「五月雨は」（河五月雨）の一首が収録され、これが『詠草』中にない歌であることによってわかる。同じくまた、

五月三日、治部少輔義有の家にて、題をさぐりて歌よみし中に、

278　279（草根集二一六〇）　280（草根集二一六一）

六日、源範長本にて、題をさぐりて歌よみし中に

281　282　283　284　285（草根集二一六二）

『草根集』（二一六〇～二一六二）の三首は、「畠山治部少輔義有家にて、続歌に」として一括されており、この場合も「六日」云々の題詞が脱落して、三日のものと一連の作と誤認された結果であろう。また、

（五月）十二日、妙行寺にて、阿波守、大膳大夫入道など十五首の歌よまれしに、まかりあひて短冊をたびたりしに、かきつけし、

297（草根集二一六三）　298（草根集二一六四）　299　300

十六日、宮道親世所三首に

301　302　303

同時、読（ママ）歌廿首中に

304　305　306（草根集二一六五）

『草根集』は、「十二日、妙行寺日宝上人の坊にて、阿波守、赤松大膳大夫入道性具など参上して、続歌ありしに」の題下に三首を連ねており、ここも途中の題詞を脱落したにちがいない（301～304の四首は、巻四・巻六に分散所収される）。

このような杜撰の原因は『草根集』編纂時の誤認に基くのか、なまの詠草ではない中間資料があったとしてその誤謬を受けついだ結果なのか、また『草根集』伝写途上における混乱の結果なのか、それぞれ蓋然性のあることで、簡単に断定することはできないが、いずれにしても現存の『草根集』がかなり大量の誤謬を内包していることだけは確かである。

以上の諸例は、実は、『詠草』と『草根集』との間に詠歌日次や場の相違が生じた理由をほぼ明らかにすることができる、むしろ稀な場合であったが、『草根集』の所伝が誤りであるらしく見えながら、そうなった理由や原因をはっきり見定めがたい相違も多い。たとえば、次のように複雑に入りくんでいるものがある。

（正徹詠草）

廿九日、招月にて題をさぐりて、五十首の歌
人々よみし中に
687 柳似煙　朝かすみ
688 橘薫風　匂へとも
689 古砌薄　宿はあれぬ
（三首略）
同晦日、藤原敏信本にて、十首の題さぐりて
卒爾によみしに
（二首略）

（草根集）

十一月三日、藤原敏信家にて一座すゝめし
に
2226 柳似煙　朝かすみ
27 橘薫風　にほへども
28 古砌薄　宿はあれぬ

十一月三日夜、左金吾家にて、二十首題をさぐりて哥よみし中に

695 古屋霞　みだれつる
696 逢増恋　さ夜衣
697 古寺雲　しもとゆふ

（一首略）

四日、宮道親世もとの三首に

（三首略）

同時読歌卅首中に

（三首略）

人の本へ小袖をつかはすとて読せ侍しに、人にかはりて

（二首略）

十二日、松月三首月次に

706 山家初雪　ふりそむる
707 旅泊千鳥　浜千鳥
708 懐旧夕涙　あかさりし

同時読歌三十首中に

709 閑中雪　柴の戸に

---

29 閑中雪　柴の戸に
30 逢増恋　さ夜衣
31 古寺雲　しもとゆふ

十二日、草庵の月次三首に

32 山家初雪　ふりそむる
33 旅泊千鳥　浜千鳥
34 懐旧夕涙　あかざりし
35 古屋霞当座　みたれつる
36 寄露恋　まてしばし
37 羇旅　おりのぼる

710 寄露恋　　　　まてしばし
711 羇旅　　　　　おりのぼる

この場合も、確証はないがおそらく『草根集』の杜撰であると思われるが、それがいかなる原因から生じた異同なのかは、やはり不明であるというほかない。ただこの場合にも確かなことは、両者の間に直接の依拠関係はなかったということであって、両家集は没交渉であったといってよい。

原因や理由が見定めがたいのみならず、いずれかが誤りで一方が正しいと決めかねる事例もまた多い。たとえば、

（1）『詠草』119は「(二月)廿日、左衛門佐之家にまかりて、題をさぐりて廿首読歌(ママ)よみし中に」と題する中の一首であるが、『草根集』(二二一九)は「(二月十二日、草庵の月次三首に)当座」歌中の一首とする。

（2）『詠草』263〜265は「(四月廿四日、中務大輔月次三首に)同時読歌(ママ)中に」五首中の三首であるが、『草根集』は各々別の折の歌とする。すなわち、263(草根集二二一七)は「十月五日夜、山門の神輿をおのゝあたりにふりすてたるよしきくに、見たてまつらむとていでたるに、宮道親当家に引とゞめられて、一続すゝめしに」四首中の一首、264(二二四六)は「(三月十四日、中務大輔家の月次に)当座」三首中の一首、265(二一八二)は「(七月十二日、草庵の月次に)当座」三首中の一首として収められている。

（3）『詠草』282は「(五月)六日、源範長本にて題をさぐりて歌よみし中に」五首中の一首であるが、『草根集』(二二九六)は、「八月十六日、宗砌、利永、親当など草庵に来て、よべの月わすれがたしとて又すゝめしに、題をさぐりて」四首中の一首とする。なお『詠草』八月十六日の条は「親当本にて月のあかきをみて三十首歌よみしに」として513(二二九四)、514(二二九五)、518(二二九七)の三首が『草根集』と一致し、二二九六のかわりに、515・516・517の三首を収める。

煩瑣になるのですべてをとりあげて考察することはさしひかえるが、(注9)これらの例によっても『詠草』と『草根集』との間に直接の依拠関係がなかったことは明白であり、さらに二一九六とは別の三首を『詠草』が収録していることから、両者は互いに没交渉裡に素源の詠草を撰抄している、または撰抄した資料を受けついでいることがわかる。しかしまた、264の一首を除き（同じ熙貴家の会だからどちらかの誤りである可能性が大きいから）、このように大きな異同が生じた原因は詳らかにできないし、またどちらか一方が誤っていると断定しうるだけの根拠もない。常識的には起りうべくもない異同であること、ならびに前述同種の事例にてらして、これらの場合にもまた再出詠のケースを想定してよいのではあるまいか。そうすれば実にすっきりと相違の事実が解釈できるからである。

『草根集』巻四・巻五・巻六の類題系の巻々と重なる歌については、いうまでもなく、そこに収められる百七十余首の詠歌年次を確定できることが、まず最大の意義である。『詠草』とこれらの巻々との関係がいかなるものであるかは、歌題と歌本文だけの比較に限定されるから、長い題詞を伴い、日次順に配列される巻二や巻三の場合ほど容易に明らかにしがたく、詳細に本文の異同（『草根集』諸本の異同も含めて）を検討した上でなければ、もちろん決定的なことはいえない。ただし、歌題の異同を一瞥しただけでも、204「夢談故人」（五一〇二「古人夢談」）、478「秋田」（三六七七「秋村雨」）、490「寄月契恋」（四六二八「寄月恋」）、769「朝雪」（四〇八二「冬天象」、重出歌二二六〇「朝雪」）などの異同があり、本文の異同もかなりあるらしいことだけ言い添えておきたい。歌題の異同は、『草根集』編者による改変の可能性もあって、一概に云々できる性質のものではないが、右の事例に徴すれば、巻四・巻五・巻六の巻々についても、『詠草』との間に直接の依拠関係はまずありえない。

以上、『詠草』と『草根集』とに重なる歌を比較考究した結果、次の諸点が明らかとなり、または問題点として抽出される。

第一に、『詠草』と『草根集』のどの巻との間にも、直接的な依拠の関係はなかったこと。このことについてはしばしば注意してきたとおりであるが、さらに歌数と歌の出入りについてみても、そのことは明白である。つまり『草根集』当該年次分の歌数の方がはるかに少いから、『詠草』が『草根集』に拠っているということはありえないし、『草根集』にあって『詠草』に収められない歌が五首（二一一七・二一二六・二一六九・三一八一・二一四五）あることによって、『草根集』もまた『詠草』に依拠していないことは確かだからである。「永享九年詠草」の場合にも依拠の関係はないといわれるが、(注10)それと同じことが本『詠草』の場合にもいえるのである。

第二に、『詠草』と『草根集』は互いに没交渉裡に、同じ素源の詠草から撰抄し、またはかくして撰抄された中間資料を受けついでいると思われること。そのことはさらに次のような例によって確認される。

（1）『詠草』15〜17の三首は、「（正月）六日、阿波守義ゝ家にまかりたる次に、廿首読（ママ）歌よまれし中に」と題する一連の詠であるが、このうち15が『草根集』二一〇七、17が二一〇九と一致するものの、16の待恋「いるを又おしむとも見る出るまを（以下欠）」は『草根集』になく、代りに二一〇八として、寄鳥恋「跡つけよ袖の涙の下くゞるならひもしらぬにほの通ぢ」が収められている。

（2）『詠草』31〜36は「（十月十二日）同時（草庵月次三首）読（ママ）歌五十首の中に」として収められる一連の歌であるが、31が『草根集』二一一六、33が二一一八、36が二一二〇で、三首は重なるけれども、32深山泉「おく山の岩かき清水あかずともむすびや捨む秋風ぞ吹」の代りに、『草根集』（二一一七）では、蚊遣火「たきたつる煙のうへにくもる蚊は空に暗行夕暮のやど」があり、また、34嶺樹新雪「雪おもる嶺の梢の下おれに侍いづる月のいさよひもなし」、35秋恋「大かたの秋のおもひの身にけふもなるればたえぬつらき面かげ」の二首の代りに、『草根集』（二一一九）では、寄煙恋「わたらじよたれか契のあさ川に水のおもひの煙たつらん」

がおかれている。

右二つの事例は阿波守家二十首、草庵続歌五十首、もしくはそれらをある程度編集した資料があって、それから両者が別々に選抄したことを、端的に物語っている。しかし、『草根集』巻三の、永享六年分の歌数が著しく少く、詞書その他が『詠草』のそれと大きく異なっている上に、誤謬や杜撰も多いという事実は、両者の編纂時点におけ る姿勢のちがいなどという問題とは関わりないはずで、両者が依拠した資料に、既に大きな相違が生じていたことを思わせる。すなわち『詠草』が原詠草（歌稿）に拠ったのに対し、『草根集』はおそらく原詠草ではない中間資料を介在させ、その資料が既に著しく不完全なものであったことを意味しているにちがいない（部分的に原詠草に拠ったところもあることを否定するものではない）。

第三に、正徹は同じ歌を再度別の会に出詠した場合があったらしいこと。前述のとおりその可能性の大いにあり得べきことをしばしば指摘してきたのであるが、このことについては、国枝利久氏が既に「永享五年詠草」との関連において何首かを指摘しているし、(注11)稲田氏の示教によれば、『草根集』日次系巻々の間で重出する歌の中にやはりそれと思しき例がかなりあるという。そのようなことをあわせ考えるなら、たしかに引用した諸例の場合いずれも再出詠と考えるほか合理的に解釈する方法はないように思われる。しかし、注9に示したような詠歌日次や場の異なる事例のすべてが再出詠したものだと単純に決めつけてしまうわけにもゆかない。なぜなら、先に検討したとおり『詠草』は正徹自撰の家集だから、その所伝の信憑度は最も高いはずで、それとの関連において、『草根集』の記載をまず疑ってかかる必要があると思われるし、また『草根集』の特に巻三が依拠した資料はひどく混乱していて不完全なものだったらしいこと、さらにこの巻の内容に甚しく杜撰が多いことも既述のとおりで、動かせぬ事実だからである。従って、問題の諸例についてもたしかに再出詠の疑いが大きく、そうした場合があったにちがいないと思われるけれども、しかしまた、それらの中には当然、錯誤や編集ミス（主として『草根集』の）によって生じた異同も必ず含まれているにちがいないと考えねばならない。ともかく、この問題はかなり慎重に考えてみても確実にそうだと断定することの難しい厄介な問題だから、一々についてさらに詳しく、かつ広い視野に立った後考を俟ちたいと思う。

以上、『詠草』と『草根集』の比較を通して考察を加えてきたが、なお本文の異同（『草根集』諸本のも含めて）にまで立ち入った詳密な検討が是非必要である。そうすることによって、両家集の性格や成立の問題がより明確になるはずだからであるが、それらについてはすべて稲田利徳氏ほか正徹の家集に明るい研究者の手に委ねたいと思う。

七　おわりに

『正徹詠草』（永享六年）は、現在、香川県三豊郡仁尾町、大安山常徳寺（臨済宗妙心寺派）に所蔵される。本寺は、古く妙宝寺と称していたが、明徳二年（一三九一）、仏日常光国師を開山第一世に迎えて常徳寺と改称、以来、応永年間までは法灯相続して盛んであったが、応永以後、寛永十年ころまでの歴史は不明、法系も詳かにしがたい。妙心寺派の法系を明らかにしたのは、万治元年（一六五八）のことで、以後現在に至っているという。[注12]江戸初期に至るまでの法系が不明であるとはいえ、応永八年（一四〇一）建立の禅宗様式の仏殿「円通殿」（重要文化財）が現存していることから、正徹の時代以前から、臨済宗の古刹であったことはほとんど疑いない。従って、たとえ本『詠草』の伝来に関する明証がなくとも、正徹ゆかりの臨済宗東福寺との間に、かなり近しい関係があったことは十分に考えられるのであって、両寺を結ぶ正徹周辺の僧の誰かが、当寺にもたらしたものではないかと思われる。蔵書印記や書き入れなどのないことは、この『詠草』が、当初から本寺に襲蔵されて外部に出なかったことの証左であると思われる。

本稿は右のとおり『正徹詠草』（永享六年）の概要と意義の一斑をかいなでただけの不完全な紹介である。この新資料が今後十分に活用され、正徹ならびに中世和歌研究が、さらに前進することを願ってやまない。なお貴重な蔵書の閲覧をご快諾下さった常徳寺平尾蒼洲師、訪書の手びきをして下さった松原秀明氏、種々ご教示いただいた稲田利徳氏に対し、あつくお礼申し上げる。

【注】

（1）稲田利徳「日次系草根集伝本考」（中）（『岡山大学教育学部研究集録』第三十八号、一九七四年二月）。

（2）①谷山茂・国枝利久「正徹詠草―付・正徹百首―」（『文学・語学』第二十八号、昭和三十八年六月）。②稲田利徳「永享九年正徹詠草―解題と翻刻―」（『国文学攷』第五十八号、昭和四十七年二月）。③『私家集大成　中世III』解題（明治書院、昭和四十九年十二月）。

（3）三月廿八日、正徹草庵での五十首歌五首（187～191）と三月尽の日の詠歌（一九六）との間に位置する「十九日、草庵に右馬頭之来臨して、読歌（ママ）よまれしに」四首が、唯一の混乱らしきものであるが、これはおそらく「廿九日」の誤りだと思われる。

（4）これまでに確認しえた他家集との重なりの状況を示しておきたい。漢数字は本『詠草』の通し番号（詞書中の歌は数えない）、括弧の中の算用数字2・4・5・6は『草根集』の巻数（巻二は多いので省略して無記とする）を、月は『月草』に見える歌であることを示し、漢数字はいずれの場合も『私家集大成　中世III』における番号である。
一（二一〇二）、九（二一〇二）、一一（二一〇三）、一二（二一〇四）、一三（二一〇五）、一四（二一〇六）、一五（二一〇七）、一七（二一〇九）、一八（二一一〇）、二〇（二一一一）、二一（二一一二）、二六（5・三七七二）、二八（二一一三）、二九（二一一四）、三〇（二一一五）、三一（二一一六）、三三（二一一八）、三六（二一二〇）、四〇（4・二六五三）、四三（4・二七一九）、四六（6・五三〇七）、四七（4・二八二四）、五〇（6・四六〇九）、五二

（二一二一）、五三（二一二二）、五四（二一二三）、五五（二一二四）、五八（月・三一五）、五九（二一二七）、六一（二一二八）、六三（二一二九）、六六（6・五二六九）、六八（4・二七七二）、七〇（6・五二三六）、七一（4・二九四七）、七五（6・四三四七）、七九（6・四七八六）、八二（4・三〇五五）、八四（6・五三〇三、月・三一八）、八五（二一三〇）、八六（二一三一）、八七（二一三二）、八九（二一三三）、九〇（二一三四）、九一（二一三五）、九七（6・五三〇四）、一〇〇（4・三〇五六）、一〇一（4・三〇五七）、一〇三（4・三〇一八）、一〇四（6・四四六四）、一〇五（6・四九二七）、一一二（二一三六）、一一四（二一三七）、一一五（二一三八）、一一九（二一一九）、一二〇（4・三〇〇二）、一二一（6・四七九八）、一二二（二一三九）、一二三（4・三〇五八）、一二四（4・三〇五九）、一二六（4・三〇六〇）、一二七（2・一三二三）、一二九（月・三一九）、一三〇（6・五一九一）、一三一（二一五〇）、一三三（6・四三一九）、一三四（4・二九六四）、一三六（5・四二八六）、一三八（4、三〇六一）、一三九（4・三〇〇三）、一四一（二一四〇）、一四二（6・五三一八）、一四三（6・五三一九）、一四四（6・五三二〇）、一四五（6・五三二一）、一四六（6・五三二二）、一四七（6・五三二三）、一四八（6・五三二四）、一四九（6・五三二五）、一五〇（6・五三二六）、一五一（6・五三二七）、一五二（6・五三二八）、一五七（4・三〇〇四）、一五九（月・三二〇）、一六〇（二一四一、4・三〇〇五）、一六一（二一四二）、一六二（二一四三）、一六七（二一五二）、一七二（4・二八二一）、一七三（6・五一三三）、一七七（二一四四）、一七八（4・二六八四）、一八〇（4・二六一三）、一八二（5・三五〇五）、一八三（二一四五）、一八四（4・三〇六二）、一八五（4・三〇六三）、一八八（4・三〇〇六）、一九一（6・四六〇二）、一九三（二一〇八）、一九五（6・五二一六）、一九七（4・三一二七）、一九九（4・三四三五）、二〇二（4・三〇三一）、二〇四（6・五二〇二）、二〇五（4・三一二〇、4・三三七〇）、二一〇（二一六二）、二一一（4・三一二一、4・三三七一）、二一八（4・三一九八）、二一九（6・四六〇〇）、二二二（4・三三四二）、二二三（5・三五三五）、二二八（6・五三〇八）、二三〇（6・四五〇四）、二三二（月・三二一）、二三三（4・三一五八）、二三六（4・三二九七）、二三八（6・四五一一）、二三九（6・五一五一）、二四〇（二一五四）、二四一（二一五五）、二四二（二一四七）、二四三（二一四八）、二四四（二一四九）、二四五（4・二六〇〇）、二四六（二一五一）、二四七（二一五三、月・三二二）、二五四

（二一五六）、二五五（二一五七）、二五六（二一五八）、二五七（二一五九）、二五九（4・三四五六）、二六〇（二一二五）、二六二（4・三一一三、4・三三六三）、二六三（二二一七）、二六四（二一四六）、二六五（二二八二）、二六八（4・三〇六四）、二六九（4・三〇六五）、二七四（4・三〇六六）、二七六（6・四六八七）二七九（二一六〇）、二八〇（二一六一）、二八一（4・三一一三、4・三三七二）、二八二（二一九六）、二八五（二一六二）、二八九（4・三二一四）、二九〇（二〇〇八）、二九一（6・四九四四）、二九七（二一六三）、二九八（二一六四）二〇一（4・三二七五）、三〇二（4・三一二三、4・三三七三）、三〇三（6・四五四八）、三〇四（4・三二四八）、三〇六（二一六五）、三一一（5・四一八七）、三一三（月・三二三）、三一四（二一六六）、三一五（二一六七）、三一六（二一六八）、三一八（二一七〇）、三一九（月・三二四）、三二三（二一七一）、三二八（6・五一六四）、三二〇（6・四五七二）、三三五（6・五二一三）、三三九（4・三一四三）、三四〇（6・五二二七、月・三二五）、三四一（4・三二一一）、三四二（4・三二二四）、三五〇（月・三二六）、三六一（6・四八四〇）、三六二（4・三一九四）、三六三（5・三八九一）、三六五（6・五二九一）、三六九（4・三三九五）、三七一（6・四五〇七）、三七二（4・三三九六）、三八五（二一七二）、三八六（二一七三）、三八七（二一七四）、三八八（二一七五）、三八九（二一七六）、三九一（4・三一一四、4・三三六四）、三九二（4・三一一五、4・三三六五）、四〇二（5・三五六四）、四〇三（5・三五一七）、四〇六（6・四七一〇）、四〇七（6・五一五四）、四〇九（5・三八七七）、四一〇（6・四三二一）、四二二（6・四五七二）、四二四（5・三八五三）、四二六（5・三五五九）、四二八（6・四三二九）、四二九（6・五三〇五）、四三六（二一七七）、四三七（二一七八）、四三八（二一七九、月・三二七）、四四〇（二一八〇）、四四四（月・一二二）、四五五（6・四四八〇）、四五六（6・四五四一）、四五九（5・三八九二）、四七六（一九九八）、四七八（5・三六七七）、四七九（6・四三九一）、四八〇（一一八四）、四八一（二一八五）、四八二（6・四九五八）、四八三（二一八三）、四八八（5・三七六四）、四九〇（6・四六二八）、四九四（6・五一七三）、五〇〇（6・五一六二）、五〇一（二一八六）、五〇二（二一八七）、五〇四（二一八八、5・三七〇二）、五〇六（二一八九）、五〇七（二一九〇）、五〇八（二一九一）、五〇九（二一九二）、五一一（二一九三）、五一三（二一九四）、五一四（二一九五）、五一五（6・四六〇一）、五一七（6・五一八一）、五一八（二一九七）、五二〇（5・

三四八七)、五二一(6・四九七五)、五二四(二一九八)、五二五(二一九九)、五二七(二二〇〇)、五二八(二二〇一)、五三〇(5・三八九三)、五三一(6・四四五二)、五三三(5・三八九四)、五三八(4・二八四四)、五四〇(4・三一一六、4・三三六六)、五四四(5・三八五四)、五四八(6・四五一八)、五五一(5・三七二〇)、五五四(5・三四九六)、五五五(6・四六二七)、五五六(6・四七三四)、五六九(5・三八五五)、五七二(4・三三〇六)、五七八(5・三八九五)、五八七(4・三〇二九)、五八八(4・二七二〇)、五八九(4・三〇三〇)、五九二(5・三八七六)、六〇二(二二〇二)、六〇三(二二〇三)、六〇四(二二〇四)、六〇五(二二〇五)、六〇六(二二〇六)、六一〇(二二一〇)、六一一(二二一一)、六一二(二二一二)、六一六(二二一三)、六一八(二二一四)、六一九(二二〇七)、六二〇(二二〇八)、六二一(二二〇九)、六二四(6・四八五二)、六二七(2・一六八六)、六二九(二二一五、5・四〇〇七)、六三〇(二二一六、5・四〇六一)、六三二(二二一八)、六三七(二二一九)、六三八(二二二〇)、六三九(二二二一)、六四〇(二二二二)、六五〇(6・五二二六)、六五三(二二五九)、六五五(6・五三六五)、六五六(6・五三六六、月・一二六)、六五七(6・五三六七)、六五八(6・五三六八)、六六五(5・四一五七)、六六六(5・四〇一七)、六六七(二二五四)、六六八(5・四〇一四)、六六九(5・四〇四三)、六八〇(5・三七八八)、六八二(6・四四七〇)、六八三(6・五一一二、月・一二三)、六八四(二二二三)、六八五(二二二四)、六八六(二二二五)、六八七(二二二六)、六八八(二二二七)、六八九(二二二八)、六九五(二二三五)、六九六(二二三〇)、六九七(二二三一)、六九九(5・四〇七〇)、七〇一(6・四五七三)、七〇六(二二三三)、七〇七(二二三二)、七〇八(二二三四)、七〇九(二二二九)、七一〇(二二三六)、七一一(二二三七)、七一二(二二三八)、七一三(二二三九)、七一四(二二四〇)、七一五(二二四一)、七一六(二二四二)七一七(二二四三)七一八(二二四四)、七一九(4・二七九七)、七二四(6・五〇二四)、七三一(二二四六)、七三二(二二四七)、七三三(二二四八)、七四四(5・三八九八)、七四五(5・四一四一)、七四六(5・四〇三七)、七四七(二二五七)、七五一(6・五〇〇四)、七五四(一九九九)、七五五(二〇〇〇)、七五六(二二四九)、七五七(二二五〇)、七五八(二二五一)、七五九(二二五二)、七六〇(二二五三)、七六四(二二五五)、七六五(二二五六)、七六七(二二五八)、七六九(二二六〇、5・四〇八二)、七七七(二二六一)、七七九

（二二六三）。

（5）他人の歌は次のとおり。五、三七、一〇六、一一〇、二五〇、二六七、三三六、三五三、三六七、四三四、四四六、五二六、五二七、五二八、五八二、五八五、五八六、六七三、六七四、六七六、七三四、七六二、七六四、七八〇。なお傍線の三首は既知の詠。ほかに二、三七六の詞書中にある歌は、いずれも他人の歌である。

（6）紅梅関係の歌は次の日次の条に見える。三月十四日、二十四日、三月尽〜四月一日、四月三日〜四日、九日、十三日、五月六日、九日、二十日、六月七日〜八日、八月十二日、九月二十六日、十一月二十九日。

（7）『岡山大学教育学部研究集録』第三十四号（一九七二年八月）、第三十五号（一九七三年二月）。

（8）『私家集大成　中世III』解題。

（9）その他詠歌日次や場の異る歌を一括列記しておく。括弧の中が『草根集』の番号。
五二〜五五（二二二一〜二四）、一三二（二二五〇）、一六〇〜六二（二二四一〜四三）、一六七（二二五二）、一七七（二二四四）、一八三（二二四五）、一九三（二二〇八）、二一〇（二二六二）、二四〇・四一（二一五四・五五）、二六〇（二二二五）、四八〇・八一（二二八四・八五）、四八三（二二八三）、六三七〜四〇（二二一九〜二二）、六六七（二二五四）、七四七（二二五七）、七七七（二二六一）。

（10）注（2）②所引、稲田利徳氏解題。

（11）注（2）①所引、谷山茂・国枝利久氏論文。

（12）『仁尾町誌』（香川県三豊郡仁尾町刊、昭和三十年六月）。

第四節　心敬和歌自注断章

一　藤川百首題の徒然百首

応仁元年（一四六七）、六十二歳、四月末に都を出発、伊勢をへて品川に至った心敬は、八月末旅中の徒然に百首和歌を詠作した。定家に始まる藤川百首題の難題に挑んだもので、奥に次のとおり記しつけてある。

此百首之趣以外之難儀歟、凡此上之難題ありがたく侍る歟、雖迷惑、旅宿、題林など依無所持、白地羇中慰計詠之、則可破捨也、依聊宿願之志侍、自廿五日始之、種々隙時分吟之、今日晦詠満訖、頓作左道々々

応仁元年八月三十日　　　法印心敬

「聊宿願之志」がどのような内容のものであったかはわからない。「白地羇中慰計詠之」とはいいながら、このような難題に挑んで、題に応じた自在な詠作を完成することが、あるいは宿願であったのかもしれない。

それはともあれ、ここで心敬が「旋宿、題林など依無所持」と述べていることは甚だ注目される。旅中ゆえ所持していなかったという「題林」とは何か。藤川百首題のごとき難題が相当に含まれていて、かくのごとき詠作の簡便な手引きとなしうる、という条件を具備していた書冊を探し求めるなら、それは『和歌題林抄』ではなく、『題林愚抄』であったにちがいない。

『題林愚抄』の成立は、収載歌の集付の下限である文安四年（一四四七）八月十一日以降、『光俊集』奥書の文明二年（一四七〇）四月上旬以前とされているのであるが、(注1)心敬百首の奥書は、その下限を若干引き上げることになり、その点で注目されなければならない。

のみならず、それ以上に注目されるのは、心敬が、難題の作歌手引きとして、成立間もないころ、すでにその『題林愚抄』を愛用していたという事実の方である。多くの歌人や連歌師たちと同じように、心敬もこのような簡便な抄物を利用して稽古し、歌道の才智と工夫を会得しようとしていたのであった。

この百首に関しては、その『題林愚抄』を直接には参看していないにも関わらず、というよりそのような安直な方法を離れての詠作であったからというべきか、題意が過不足なくやすらかに詠じられており、古典世界を本歌や本説として、摂取詠作した歌も数多い。

二　百首と『岩橋下』との関係

この百首は、しかし、後に改作された可能性があるように見える。本百首からは、僅かに「霜夜鐘」と「等思両人恋」の二首が、途中に入っているのみで、ほぼ順序に従って、十八首の題と歌が『岩橋下』に取り入れられているのであるが、『岩橋下』の本文と比較してみると、以下のような異同があるからである。（『岩橋下』の歌の本文を主に、百首のそれを校異の形で示す。(注2) 注文は省略に従う。）

行路夕立

37ぬれにけりむかへにきつる蓑かさもとりあへぬまの夕だちの雨（日道の夕立）

潤月七夕

38うらみをも今年ぞのべん秋の星あふ夜かさぬる雲（空）を待えて

初尋縁恋

45をろかなるしるべばかりの逢瀬哉夜ぶかくたどる中川の水（なみ）

聞声忍恋

46音をたえて忍ぶるもずの草ぐきを山郭公なにたづぬ（もとむ）らん

従門帰恋

48さしかへるを舟のさほのみじかくもあけしぞおしき雪の夜の月
（たゝくまに君がとぢめぬ天の戸は明るぞむなしかへるさの空）

忘住所恋

50よもぎふや涙露けきあまやどりとはずはふかき陰ぞ忘れん
（涙のみ先だちぬれど方がたに末ふみ迷ふ道の芝草）

依恋祈身

51はかなしなあまのさかてをうつたへに思ふこなたのとがも忘れて（しらずて）

百首と『岩橋下』との間には、失われた『芝草』が介在しているから、小異はその間における誤写などに起因するものであったかもしれないが、48と50はそうは考えがたい。実はこの両首の間に「等思両人恋」があるので、あるいは別時の詠作であった可能性も皆無とはいえないが、藤川百首題の順序のままであるし、この種の難題をそうしばしば詠んだとも思えない。二首はやはりどこかの段階における、まるまるの差し替えとみてよいのではあるまいか。

48は、初案では、男が女の許を訪れたのに、女が拒否して閉ざした門を叩きわびて、夜明けとともに空しく帰って行くという、例えば道綱母の「嘆きつつ」の歌にまつわる一場面のような、いかにも物語的な情景を歌っていたのであったが、子猷尋戴の故事を本説とする歌に改稿したのであろう。自注に「戴安道が子猷をたづね、はるかに舟にさほさし侍るに、雪の夜の月すでに山のはにかくれ侍れば、子猷にあはで、門よりむなしくかへりしことの、えんふかきをよせ侍り。著到門使相者了、千年風致一時休　坡句」とある。

50も、初案は女の許を訪れようとして、住所を忘れ道に踏み迷っているという、一般的な恋の一場面を詠んだものであったが、『源氏物語』を本説とする歌に改稿したものであろう。自注に「光源氏すまより帰り給てのことなり。雨にしばしの笠やどりし給へる、ふりたる門を、たがやどなるらんとたづね給へるに、これなんむかしの木つむの御所にて侍れ、と申すによりて、惟光に馬のむちにて、よもぎが露などはらはせ侍し由かけなり」とある。いずれの場合にも、故事や物語を踏まえた、より複雑で心深い作品化を志向していた、心敬の意中を読み取ることができる。

その他の歌も、源氏物語（三）、伊勢物語（六）、狭衣物語（一）、大和物語（一）、漢詩句（一）、古歌（二）、その他（一）といった具合で、本歌・本説による歌ばかりが『岩橋下』にはとりあげられているのである。

三　「寛正百首」と『岩橋下』との関係

この百首以前、寛正四年（一四六三）三月下旬、故郷田井庄宮に参籠中、法楽のために詠作した、いわゆる「寛正百首」と『岩橋下』との関係も、同じような状況にあり、これにはさらに自首の自注がおそらく先行してあった。両者の自注を集計すれば、この百首のうち三十七首が、本歌・本説の歌である。さらにそのうちの二十首と特にそうした典拠をもたぬ歌二首、合わせて二十二首が『岩橋下』の冒頭部（二首目から二十三首目まで）にほぼまとまって取られている。典拠をもたぬ歌二首も、

○此歌は、いさゝか心ふかく仕侍るやうに拙者思ひ侍る。さては心をとゞめて見候はゞ、ありがたく思ひ侍べし。

ぬし心をとゞめぬるかな（閑中雪。百首）。

○さしも山居にはとふ人のおもひをたえ侍るに、ふりくるゝ雪のゆふべは、鳥だにも一こゑせねば、さびしさにたへかね、とはぬ人のいまさらにまたれ侍る。たゞ雪の底の夕にたへかねたる感情をいへり（同。岩橋下）。

○漏水・漏刻などゝて、時ももりうせ侍て、命の水もおぼえずながれのつき侍る事のかなしきを詠也（山家水。百首）。

○漏刻とて水のもるゝに、光陰のうつるをたとへ侍り。聞て命水をなげき侍る心なり（同。岩橋下）

にみるごとく、心敬が表現しようとした「心深さ」や「たへかねたる感情（感動）」「かなしき」や「深き嘆き」（それらは全て「心の艶」に集約される）が十全に詠じられた自信作であったと見られる。

本百首から『岩橋下』に取られた典拠歌二十首の内訳は、源氏物語（三）、伊勢物語（二）、狭衣物語（一）、漢詩句（一）、漢故事（六）、古歌（七）である。

さらに『岩橋下』全体について見ると、総歌数百七十九首中、百四十七首が本歌・本説歌、その他が三十二首という比率である。そして、前者のおおよその内訳は、源氏物語（四五）、伊勢物語（二七）、狭衣物語など（三）、古歌（二〇）、漢詩句（一一）、漢故事（二七）、仏教故事（二〇）、和故事（一四）などであり、典拠の内容と傾向は明らかである。

四　古典世界の情趣の相対化

心敬の、『源氏物語』『伊勢物語』などに対する学識は十分に深く、それらを自家薬籠中のものとして詠作していると見える。

17かひぞなきむかし形見のなく音のみ夜はもすそのつまにぬれども（寄獣恋）

六条院の鞠の庭にて、このねこゆへに御ゆくゑを見たてまつりしかなしさに、其後、かのねこを申いだし、せめてのこととやまうのなぐさみになど、なで持てなげきし事ども也。なく音とは、ねこのことなり。なれよなにとなく音なるらんなどの歌のこゝろ也。

21おもひいづる今夜ぞなきにからどまり遠き扇の風も身にしむ（海路）

今夜とは、此浦にとまり侍る夜、さ衣の女房のむかしこゝにて身をなげし事どもおもひあはせ、しらぬ世のあふぎの風も、いまさら身にとをる心ちして侍ると也。

29はるゝ夜の星とは見えず梅の花にほふあし屋のさとの春風（暗夜梅）

伊勢物語に、わがすむかたのあし屋のさとをながめやりて、はるゝ夜の星か川辺のなどの歌の心を引かへて、梅はにほひしるく侍れば、ほしにはまぎれずとなり。

35うき影にむかしや人のさだめましかすむあま夜の品川の月（河上春月）

むかし品川に旅居の比なれば、此河を詠じ侍り。光源氏のあま夜のつれづれのすさみに、女房たちのしなを上中下にさだめ、ふるまゐどもをかたりいで侍る。しなにさだめ侍らば、此河にかすめる影をばうたてき方にやさだめ侍らんとなり。

119春に猶ふりにし宮のいかならん窓打つ雨にうぐひすの声（窓鶯）

上陽人の、六十まで古宮にうぐひすとゝもになきくらし侍るを、又窓うつ雨の音をも、なげき給ひしことの侍しかば也。

当時の歌人・連歌師などに共通する教養としてこれらの古典があったことを思えば、異とするに足りないが、それらの古典を本説として詠作された歌の視点が、ほとんど心敬その人の目とかさなっていることには、十分に注目する必要がある。21や35に殊に明白であるように、自身唐泊にとまった夜、狭衣の女君がかつてここで身を投げ、形見の扇に「はやき瀬の底の藻屑となりにきと扇の風よ吹きもつたへよ」と書き付けた、遠き昔の物語の情景を思い起こし、吹く風も身に通る心地がして、かく詠んだのであり、35も同様に、品川の旅宿において、地名の「品」から『源氏物語』雨夜の品定めを連想し、もしあの場で今空にある月を品定めしたならば、下の品に定めたであろうと歌うのである。

明示されてはいないが、17も柏木の物語を心敬の立場から眺めているのだし、29は業平の歌に心敬が異をとなえ、119も上陽人の「ふりにし宮」を心敬の立場から思いやっているのである。

古典によって仮構の別世界を創造するという定家的新古今的なあり方ではなく、作者心敬の目と心をあくまで中心として、古典世界の情趣が相対化されつつ、一首の世界は構築されているといってよい。このことは、心敬のいう「胸の内」も「艶」も、作者の側の「心の感じ方、心の艶」を究極の問題としていること(注3)と即応しているに相違ない。

それら物語など和文の古典に比して、漢詩句を典拠とした歌は、数においてもさして多くはなく、また誤りなども少なからずあり、和文の才に比して心敬の漢才はやや劣っていたように見える。

五　『岩橋』の成立と序跋

『岩橋』は、文明二年(一四七〇)七月、奥州会津において、興俊大徳(兼載か)の「頻競望」に依って白地に注したものだと奥書に記されているが、序の文言もそのことと矛盾しない。すなわち、序はまず「芝草の道のくち葉どもひろひ給ひて、色なきことのおぼつかなさどもたづねたまひ候」と書き出されている。興俊が心敬の連歌作品中の難解な句をあげて、不審を質してきたというのである。引き続いて序は、「ひとへにその席のとどこほりぬるを、おぎぬひ侍るばかりなれば、さらに落つき侍らぬ事のみなるべく哉」と述べていることに鑑みるならば、それは、ある特定の連歌の会席にあって不審を質し、答えたものであったと思われる。すると、島津忠夫氏が宗砌の自注に

認められたのと同様の、連歌の場に関わる性格の自注が発端としてあったということになる。(注4)

そして、序はさらに「又は此句どもにかぎらず、愚作のみだりがはしさのふしむは悉侍るべきを、いまめかしく、ことにふしくれだち、かまびすしき物ども、しるしいだし給へる、かつはうたてしく、かつは心あさく哉」と続く。「しるしいだし給へる」とあるところから、この場合の主語も興俊であることになる。興俊は先の質問とは別に、心敬作品中の不審ある句（いまめかしく、ことにふしくれだち、かまびすしき物ども）を抽出して、心敬に質したのであった。心敬は、たび重ねて断ったけれども、遂に受諾して自注を記すことになったという。序は「此暮をだにたのまぬばかりの世の中に、あとなしごとの筆のすさみ落ち侍らば、道に執心あるに見え侍らんもほいなくて、さまざまいなみ侍ども、しゐてのあやにく度々なるを、むなしくかへし侍るも、かへりてつみふかく、又はひとへにたはごとのみにしづみ侍らんも心ぐるしきまゝ、をろかなる心の一すじをしるし侍る計也」と続く。

跋文の最初にも、「いなみがたさのまゝ、心ことばのつたなさのあらはれ付らんをもかへりみず、一節のすさみをそへはべるばかりなり」と同じことをくりかえして述べ、最後を「此二冊、かしこき人の前には、はぢがはしくかたはらいたきことのみ也。又あさきともがらのみゝには、入るべきにあらず。然ば、中書にも及ばず、此草案一見の則頓に、破すて給べきもの也」と締め括っている。

以上、序跋の文言から推察しうる『岩橋』の成立は、興俊抽出の心敬難句歌への施注を興俊から強く要請されたのを受けて、その行間などに自注を書き付けた草稿本がその発端であったかに思われる。しかし、『岩橋下』の冒頭の内題に「芝草内愚詠下　前後不同」とあることからみて、この序にはいくらかの文飾などもあるに相違なく、最初はおそらく興俊の質疑に端を発していたにしても、心敬が興俊に書き送り、現在まで残っている本は、心敬自らが、自らの家の集『芝草』中から、施注するに値する作品を多数選び加えて、自注を施して成った作品であると考えざるをえない。前項までに見てきた選歌傾向も、そのことを肯んじさせるものであった。

心敬の自注は、「関東下向後の、所詮そのままでは、心敬の作意を理解してくれさうもない鑑賞者に対しての解明であった」(注5)とされており、そのような特殊な状況の中での営為であったことは確かであろう。しかし心敬は、そのような地方に住む蒙昧の好士に対し、自作に用いた本歌や本説・故事などを開示して、いわば彼らに「才智」や「ことわり」を説示しただけではなかったであろう。いま少し心敬内奥の思想や信念と即応しているにちがいないと思われる。

心敬は序の後半で次のようにいう。「此道は、ひたすら冷煖自知、無師自悟のうへに侍れば、いかばかり秀逸名句も、ことはりをとき、こと葉にあらはせば、裳に落侍るなど丶、先人も申侍り。いはんや、つたなくあさはかの塵ども、ことはり侍らんは、かたはらいたきこと也。露ばかりもあたるべきにあらず。ただ余人所不見、言亡慮絶のさかゐなることを、をのれとさとりしり給はずは、ちからなきことのみなるべし。まことに、斉桓公の文道をまなびしを、車作おきなとやらんが難じ侍るも、ことはりならず哉」と。

「ただ余人所不見、言亡慮絶のさかゐなることを、をのれとさとりしり給はずは、ちからなきことのみなるべし」と強調し、言葉は故人の糟粕であって、十分に心を表現しえないことをいう斉桓公と車作の翁の説話(注6)をもって序を閉じているところに、心敬の思いが集約されているであろう。心敬の自注は、本歌や本説や作意を開示しつつ、それらを面影とし、うらやみつつ詠作した、心の規制、心の艶のあり処を興俊に悟らせることの方を、より大きく意図していたにちがいないのである。跋文のことばを点綴していえば、「胸のうち」の「格外ならん趣向」、「不可説のさかゐ」、「まことのことはりをはなれ、くらゐたかく、ひえやせたる、色どらざる格外のさかゐ」を知らしめんとしているがごとくである。

心敬はまた、「此道は、幽玄とくらゐとに心をかけ侍るより外の秘事あるべからず。才智は、大かたかなはぬ好士のうらやむこと歟、さかゐに入て、たけ口だに上手になり侍れば、眼前の万境のうへ、をのづから自己の才智なり」という。しかして、「才智と工夫とは、歌道の心身なるべし。心身の二のうちかけては、人あるべからず」ともいう。才智と工夫のための具体例を示し、自悟を求めた著述が『岩橋』であったといえよう。

心敬はさらに、「又此世の無常遷変のことはり身にとをり、なにの上にも忘ざらん人の作ならでは、まことの感情あるべからず」と説いている。仏道修行を通して、無常のことわりを常に持している心のありようの中から詠じられた歌でなければ、「まことの感情（感動）」は籠りえないというのであり、ここに、歌道と仏道が一如であることを説いた心敬の、思考の核心があり、自注の意図するところも、もちろんそこに繋がっている。

【注】

（1）三村晃功『中世私撰集の研究』（和泉書院、昭和六十年五月）。
（2）本文は『心敬集　論集』（吉昌社、昭和二十一年十月）により、濁点のみを付加した。
（3）尼ケ崎彬「花鳥の使―歌の道の詩学―」（勁草書房、一九八三年十一月）。
（4）島津忠夫『連歌の研究』（角川書店、昭和四十八年）。→『島津忠夫著作集』（第二巻連歌）（和泉書院、二〇〇二年七月）。
（5）注（4）所引論考。
（6）昔斉の桓公が文をよむをきゝて、車つくりが問ていはく、「是は何事にか侍らむ」。桓公が曰く、「是はふみとて、古の人のつくりおきたるものなり」。車作がいはく、「さては詮なきものにこそ侍なれ。其詞はありといふとも、更にその人の心あらはれがたし。唯古人の糟粕なり。我車を作るに、種々の故実おほし。その様心にはみなうかべたれども、人に教ふる詞なし。われ七十になるといへども、いまだ子に是を伝へず。文もその定にこそ侍らめ」と云へり。（八雲御抄・巻六・用意部）

第五節　文明期聯句和漢聯句懐紙

一　はじめに

多和文庫に『叙位除目清書抄』一冊（四〇・二）が蔵されており、その紙背に、文明期の聯句四巻、和漢聯句三巻他が隠れて存在していることを知った。甚だ貴重な資料と判断されるので、その書誌の概要を記していささかの考究を加え、大方の利用に供するものである。初出稿には翻刻と影印を添えたが、本書においては割愛した。

二　書誌と奥書

『叙位除目清書抄』は、たて三一・〇糎、よこ二二・九糎。表紙は本文共紙の厚手楮紙、右上に「叙位除目清書抄」と打ちつけ書きの外題（本文同筆）があり、右下に源通世の花押（後述）。料紙の厚手楮紙は新古二種類あり（後述）、墨付四十三丁、袋にして大和綴風に二箇所を紙縒で綴じ合わせただけの、仮綴の大ぶりの冊子である。第一丁表に「多和文庫」（方形）「集古清玩」（方形）「香木舎文庫」（縦長）、表紙外題右上部に「このふみたわのふくらにをさむ」（極細長）の印記があり、いずれも多和文庫松岡調の蔵書印である。

本文料紙は二種類あり、連歌懐紙を開いて紙背の白紙を用いたものと、やや薄手の後世の新しい紙の二種類で、筆跡も両者は截然と異なっている。奥書その他から、前者は延徳三年（一四九一）源通世の筆跡、後者は寛永五年（一六二八）源通村が補写したものとわかる。

四十一丁表から四十三丁裏に及ぶ奥書は、以下のとおりである。

（1）（本）（本云）此秘抄　（本）（後山本左大臣殿歟）都護亜相之自抄也　予参議拝任
之後　万事蒙彼厳訓　仍借請自手所
書写也可秘々々
参議兼刑部卿藤原朝臣（実任卿也）　判　」41オ

（2）（本）（本云）永享十一年八月廿七日　黄昏間蕭颯之窓染
髣髴之筆　此抄當家之著作歟　然而當
時於身強雖不中用之事　為後昆為傍
倫豈獲己乎　云給云恰不可不利　最可
秘者也
（東山左府）権大納言藤原朝臣（甲乙）（廿一）判　」41ウ

（3）延徳三年残臘比　卒
逐書写了

八羽（花押）」42オ

（4）本文明第十二歴仲呂沽洗中旬之候 借」42ウ

請綾小路中納言入道本 於燈下

早速終書写之功畢

右近衛権中将藤原朝臣 判」43オ

（5）本同四月廿一日令校合畢

正四位下行右近衛権中将兼尾張介藤原朝臣季凞

本追可令清書 努々不可外

見者也

（6）已上右奥書 小倉中納言季種元季凞卿自筆也 反古双紙也

此清書抄 元来自得院中納言殿御筆也 先考之御時在子細少々脱落了

今度被行除書之次申出 官筆本 書続之 雖不少其恐 為令全備傳孫葉也

于時寛永第五仲春 初二 於燈下書之 追而可書改而已 中宮権大夫源通村」43ウ

（1）（2）（4）（5）（6）は、中院通村の筆跡で、補写部分のうち。（3）は、本来巻尾の裏表紙であったものが、損傷磨耗が甚しいところから、おそらく故意に、通村によって一丁前に綴じ直された表に書記される。「八羽」とは「八座羽林」の意、すなわち参議で近衛次将を兼ねるもの。延徳三年に、参議従三位右近中将であった源通世の筆跡と花押である。裏の聯句懐紙に書かれる筆跡は、この通世奥書の筆跡と同筆と認められ、かつ奥書下の花押は、表紙右下に記される所蔵者を示す花押と同一であるところから、この冊子の元来は、通世が自書して使用していた手沢本であったとわかる。通村の奥書（6）に「此清書抄元来自得院中納言殿御筆也」とあるのは、四代前の祖に当たる通世の筆になるものであることをいう。通世が「自得院」と称された証跡は確かめ得ていないが、これによって一証を加えうる。

（1）（2）（4）（5）の奥書は、元来の通世書写の冊子の失われた部分にあったものと、多分同じであると思われるが、直接には、これらは通村が申し出て借覧し補写したという「官庫本」にあった奥書であった。（1）（2）（4）（5）に見える「本」のみは、通村が加えて、以下が「官庫本」に存した奥書であることを明示した符号であり、（1）（2）にみえる「本云」は、「官庫本」にすでにそうあったことを意味している。そしてその「官庫本」の書写者は、（5）の奥書の筆者小倉季種（改名前の名は季煕）であったことも「（已上）右奥書小倉中納言季種（元季煕）卿自筆也」から判明する。

（1）の奥書は、三条実任筆を書写したもの。実任は、嘉元三年三月八日任参議（正四位下）、徳治元年二月五日兼刑部卿、同年十二月三十日に刑部卿を辞しているので、徳治元年の二月から十二月末までの間に「都護亜相」（按察使大納言）編の原本（自抄）から書写したものであったことを知る。抄の編者は、徳治元年中の「都護亜相」、権大納言正二位按察使洞院実泰（三十八歳）であったという。

（2）の奥書は、永享十一年八月二十七日、権大納言従二位内教坊別当であった洞院実煕が、この日書写して記したもの。「此抄当家之著作歟」と、五代前の著作であることをやや不確実さを残しながら指摘している。
（4）の奥書は、文明十二年仲呂（四月）又は沽洗（三月）中旬に、（2）までの奥書をもつ本を、正四位下右近衛権中将であった小倉季凞が書写して記したもの。『公卿補任』翌十三年参議の項を見ると六月三十日に任じられ、「父故権中納言実右卿（実、故入道一品持季卿次男）」とある。洞院実凞筆の冊子の所持者であったという綾小路中納言入道は、応仁二年五十歳の八月二十七日に出家した綾小路有俊（法名有播）で、文明十二年は六十二歳であった。
（5）の奥書は、同じ季凞が四月二十一日に校合した時に追記した奥書で、更に清書が意図されていたという。かくて、通村が借り出した「官庫本」は、前言したとおり、その小倉季凞、改名して季種の自筆であったことが、（6）の奥書の最初の一文で知れる。
（6）の奥書で、通村は、通世筆の元来の冊子は、「反故双紙也」であったという。それが、先孝すなわち父通勝の代に、子細あって少々脱落してしまったので、今般、除目の故実を知る必要上官庫の本を申し出て借覧し、恐れ多いことだが、完備した書物として子孫に伝えるために、欠脱部を補写したのであった。その言のとおり、通村補写の部分は料紙も筆跡も異なり、奥書も含めて全部で二十丁にも及ぶ。通村は寛永五年のこの年四十一歳であった。
父通勝の代に子細あって脱落したという「子細」の内容は確かではないが、これだけの分量が一括して、しかも懐紙に過不足が生じないようにとりまとめて、飛び飛びに欠けているのだから、偶然的なものというより意図的な切除であったと考えざるをえない。紙背の聯句懐紙の価値が見直されて、切出された可能性が大きいであろう。そのうちの一巻が禁裏において書写され、東山御文庫蔵の宸翰汁物として伝存することになったのである。

後述するとおり、現存するのは七巻と和歌懐紙一枚であるが、欠逸した二十丁分は、和漢百韻は四折、聯句百韻は三折、六十韻の聯句は二折であることからみて、おそらくは五巻ないし六巻程度の、聯句ならびに和漢聯句が記されていたと推察される。

以上奥書に登場する小倉、洞院、中院家の略系図は以下の通りである。＝は猶子の関係にあることを示す。

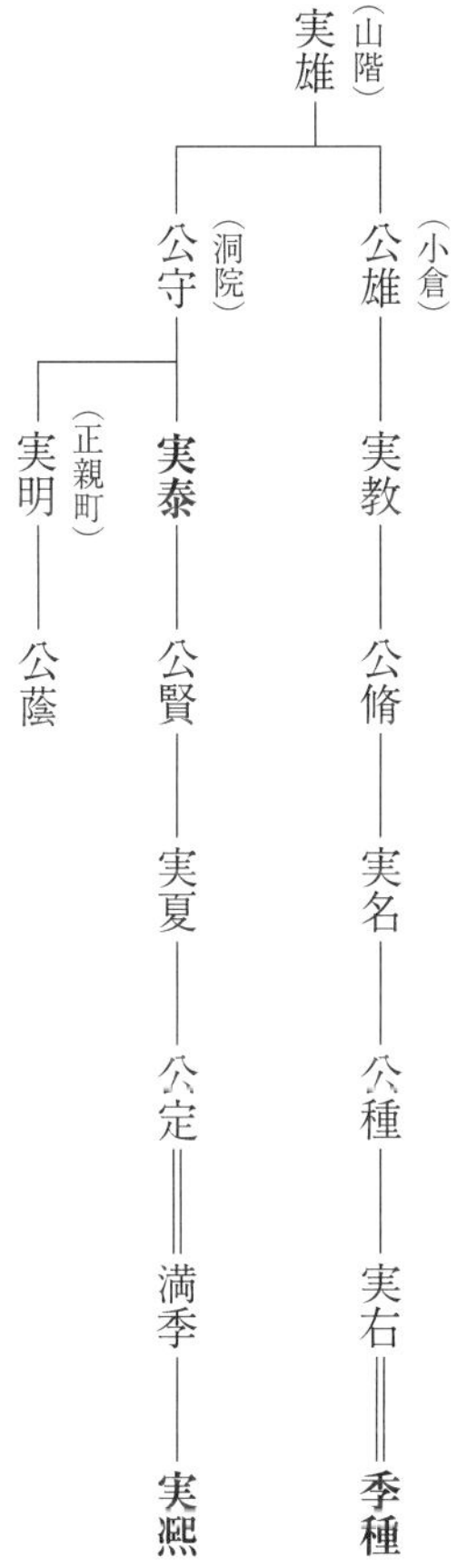

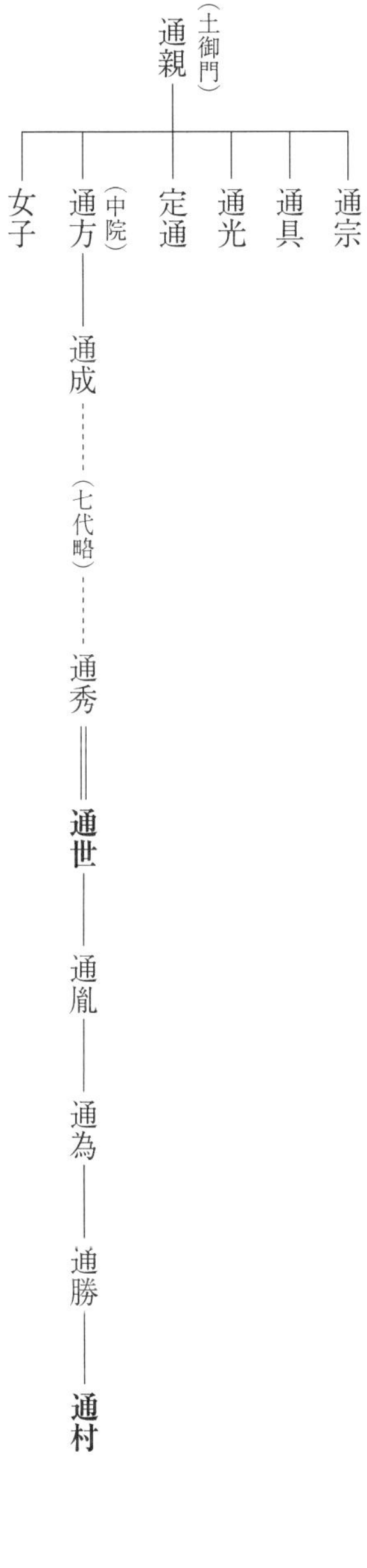

三　紙背聯句和漢聯句懐紙

現存する紙背懐紙を整理して一覧すると、以下のとおりである。

①文明甲辰（十六年）十二月十日　聯句（百韻）
②文明十七年十月二十日　和漢聯句（百韻）
③文明十七年十一月二十日　聯句（百韻）
③′文明十七年十二月十日　和漢聯句（百韻）＊参考付加
④文明十八年二月二十七日　和漢聯句（百韻）
⑤文明十八年三月二十四日　聯句（百韻）
⑥文明十九年四月六日　聯句（六十韻）
⑦延徳二年六月八日　和漢聯句（百韻）
⑧詠三首和歌　参議右中将通世（三首懐紙）

③′は、紙背懐紙中にはないが、東京大学史料編纂所蔵『京都御所東山御文庫記録　乙七十五』（二〇〇一・一・二七一）巻末貼込の影写、「引継宸翰掛第十三番第五号二ノ十六（一巻）」「文明十七年十二月十日／和漢聯句」（紙高一八・一糎、横三〇糎の薄葉を半折した料紙十枚より成る。東山御文庫蔵の原本宸翰がすでに懐紙からの写しであったところから、かかる体裁となっているのであろう）が、張行年月も、連衆も、明らかに本紙背懐紙と一連のものであるので、参考として含めて考究することとする。

⑧の三首懐紙は、通世が「参議右中将」であった期間は、延徳元年五月十日から明応二年正月十三日の間であったから、『叙位除目清書抄』の書写を終えた延徳三年十二月以前、元年五月以降の間の懐紙ということになる。この⑧の自筆筆跡や『叙位除目清書抄』奥書（3）の筆跡にてらし、（1）の一、二、三折、（3）の二折十五句目以下を除き、その他は通世の筆になる懐紙であると思われる。懐紙の途中で筆跡が変り（前記）、何箇所か本文修訂のあとを留めていることなどに鑑みて、これらの大部分は、当座の懐紙そのものであったと見られる。

懐紙の法量は、たて三一・〇糎、よこ四五・七糎平均で、裏を使って冊子とした時、四周を裁断して大きさを調えた跡がみえる。そのために欠逸して判読不可となった箇所が若干生じている。

これら紙背の聯句懐紙類と、『叙位除目清書抄』の相関関係は、次表のとおりである。

『叙位除目清書抄』表裏相関表

表（叙位除目清書抄）	裏（聯句懐紙）	
表紙	①	（6）聯句（六〇）
一丁	②	
二	④	（7）和漢聯句（一〇〇）
三	②	
四	③	
五	①	
六	①	（5）聯句（一〇〇）→三七・三八
七	④	
八	③	

九		②	（4）和漢聯句（一〇〇）
一〇		①	
一一	補写		
一二	補写		
一三	補写		
一四	補写		
一五	補写		
一六	補写		
一七	補写		
一八	補写		
一九	補写		
二〇		③	（1）聯句（一〇〇）
二一		②	
二二		①	
二三	補写		
二四	補写		
二五	補写		
二六		③	（3）聯句（一〇〇）
二七		②	
二八		①	
二九		②	（2）和漢聯句（一〇〇）
三〇		③	
三一		④	
三二	補写		
三三		①	

三四	補写	
三五	補写	
三六	補写	
三七		②③ （5）聯句（一〇〇）↓六
三八		
三九	補写	
四〇	補写	
四一	補写奥書（1）（2）	
四二（原裏表紙）	原書写奥書（3）	詠三首和歌懐紙（通世）
四三	補写奥書（4）（5）（6）	
裏表紙		

四　中院第文化圏の人々

各聯句の連衆を一覧し、句数を表示すると次表のとおりである。（◎は発句作者、△は脇句作者であることを示し、○は当該聯句に参加の連衆であることを表わす。）

	（1）	（2）	（3）	（3）	（4）	（5）	（6）	（7）
三友	◎（20）	◎（30）	○（25）	△（16）	△（15）	◎（13）	◎（13）	
瞻之	△（30）		△（15）	○（19）	○（11）	△（18）	○（6）	△（9）
夢庵	○（18）		○（2）	○（12）	○（10）			

公夏	○(4)							
依綠	○(4)	○(11)	◎(12)	○(8)		○(12)	○(6)	○(10)
御妻	○(1)							
常福	○(3)							
天津	○(5)	○(25)	○(11)	◎(18)	◎(11)	○(7)	△(9)	
通世	○(15)				○(7)			
大闔		△(20)	○(25)	○(15)	○(11)	○(16)		
菅章長		○(9)	○(10)	○(12)		○(12)	○(8)	○(5)
才阿		○(5)			○(1)			
樗才					○(8)		○(18)	
秀才					○(10)			
慶仲					○(8)	○(11)		
慶乗					○(8)			○(6)
東方						○(11)		
女市								◎(15)
済川								○(14)
光室								○(9)
天祐								○(20)
慶琳								○(12)

夢庵は、牡丹花肖柏。綿抜豊昭「牡丹花肖柏年譜稿」(『連歌俳諧研究』第六十六号、昭和五十九年一月)によれば、文明十六年は四十二歳、内裏や勝仁親王方の連歌会に連なり、中院通秀邸にもしばしば出入している。

公夏は、橋本公夏。文明十六年は、参議従三位左中将で、三十一歳。

御妻は、勧修寺経茂。文明十六年は、十二月二十一日に権中納言を辞し、大蔵卿の官を帯びていたが、年齢は未詳。

常福は、『十輪院内府記』（通秀）に「常福寺」として何度か登場、招いて仕生講式を修したり（文明十五年四月七日）、寺に出向いて仏名を聴聞したり（同十六年十二月三日）、懺法講を結縁したり（同十六年十二月四日）しているので、菩提寺の住持であったと見られる。

通世は、本懐紙の当事者であること前言のとおりであるが、中院通秀男、実は太政大臣通博の末子で中院家の猶子となった。文明十六年は二十歳で、六月十三日右中将に任じられている。

菅章長は、高辻章長。文明元年生まれで、十七年は十七歳。後文章博士から式部大輔に至り、越前朝倉氏に仕え、大永五年一乗谷に薨じた儒官であった（米原正義『戦国武士と文芸の研究』桜楓社、昭和五十一年十月）。

秀才は、東坊城和長。これも儒系で、文明十七年は二十六歳であった。

済川は、中院通秀の号。文明十七年内大臣従一位に至ったが、長享二年六十一歳で出家、法名を妙益と号し、済川を名乗った。延徳二年は、六十三歳であった。

以上の人物はもとより、瞻之、依緑、天津、大闡なども『十輪院内府記』にしばしば登場する、いわば中院第文化圏に属する人々であったと見られる。

同記から中院第聯句関係の記事を抄記すると、以下のとおりである。

①人々入来、朝飯、中御（中御門宣胤）、御妻（勧修寺経茂）、西川（房任）、平松（資冬）、橋本（公夏）、等也、和漢五十句、（文明十二年三月十九日）

②招西（海）住山亜相（高清）、西川前相公（房任）、二条前相公（平松資冬）、新宰相中将（橋本公夏）等、朝飯、有和漢一折、歓喜院（洞院公数）入来、弾箏、（文明十五年三月十六日）

③雨、招海住、御妻、中御、平松等、差朝飯、有聯句(和漢)興、(文明十六年三月十九日)

④連句卅句、可成百韻也、春風烈々、飛雪紛々、飛鳥禅入来、被謝先日罷向之礼也、(文明十七年正月十四日)

⑤詩会也、連句卅句、(文明十七年閏三月二十日)。旬如恒、天津、峯秋(豊原)等来、吹双調々子、(同年閏三月二十一日)

⑥橋本同道菅章長(高辻)来、連句五十韻遺興了、秀才章長執筆、奇特也、十七才云々、(文明十七年五月二十日)

⑦海住来、朝飯、姉宰相(姉小路基綱)来会、橋相公、秀才等参会、百句了、(文明十七年五月二十九日)

⑧詩月次也、又和漢百韻人数不多、一折未沙汰尽了、陵蔵主、橋本、通世朝臣、菅章長、予計也、今日宮御方御会、肖柏参入、(文明十七年六月二十日)

⑨旬如恒、入夜連句十六句遺興、父子(通秀・通世)、肖柏、陵蔵主、(文明十七年八月二十一日)

⑩詩会、僧衆依指合、取集詩計也、(文明十七年九月二十日)

⑪月次連句也、以外無人、及半夜了、橋、大閫、菅章長、予両人許也、当月為和漢、(文明十七年十月二十日)

⑫海住山入来、歓喜院、常福寺同招請、有地蔵講事、又有連歌興、二十句(文明十七年十一月十六日)

⑬月次連句也、天津、菅章長、大閫、瞻之等会合、佐竹暇事、自万松(宗山等貴)有御状、(文明十七年十一月二十日)

⑭月次也、和漢、発句橋本相公、入韻愚老、寒字、菅章長、大閫、瞻之、夢庵、通世朝臣許也、入夜事終、又十六句沙汰之、(文明十七年十二月十日)

⑮旬如恒、夜前連句三十句読之、(同年十二月十一日)

⑯陵、吉、紘等蔵主入来、不得黙止、一折十六句興行、為梅天孕暖　余　因草臘思春　陵、即終興了、引上慶岳百箇日也、(文明十七年十二月十七日)

⑰月次也、橋本宰相中将、菅秀才(東坊城和長)、詩僧両人(大閫・瞻之ナラン)、余両人許也、及晩事終、(文明十八年正月二十日)

⑱今日細雨中、有和漢之興、月次廿日延引今日也、海住山入来、夜中多不受、(文明十八年二月二十七日)

⑲聯句興行、侵韻百句、無人也、瞻〔僧〕之計、俗海住、橋本、秀才、予、通世許也、（文明十九年四月六日）

瞻之は、⑲に「僧」と注記があり、⑰の「詩僧両人」も前後から大闡、瞻之の両人を指していると見られるので、彼らは五山僧だったであろう。天津は、⑤の記事から、楽人もしくは楽に通じた人物であったと知れる。

中院第文化圏とはいいながら、しかし、通秀は出家以前には一切参加していないし、（2）（3）（3′）（4）（6）は通秀の中院第聯句会と同じ日（⑪⑬⑭⑱⑲）に催されているのに、その連衆とは若干の重なりはあっても一致せず、明らかに別の作品であることが注意される。右に見た人物が、いずれも若年で通世に近い世代であること、ほとんどが通世の筆跡であることを考えあわせると、通世自身の参加の少ないのがやや難点ではあるが、中院家の次代を担う若き通世を中心とする連衆による聯句であったと見てよいのではあるまいか。その他の人物についての究明はなお不十分で、今後の調査に俟たねばならないが、おそらくは、同じく通世の交友圏内にある人物たちであったと思われる。

なお、この前後、中院第の月次連句会は、二十日を式日としていたことがわかるが、⑪に「当月為和漢」とあることから、和漢聯句と聯句を隔月に張行していく方式がとられていたことを知る。通世を中心とする本紙背聯句の場合も、その方式が準用されていたこと、前記張行年月一覧に徴して明らかである。

五　おわりに

奥田勲「連歌作品年表稿」『東京大学教養部人文科学科紀要』（第三十二輯、国文学・漢文学X）（昭和三十九年四月）、奥田勲「連歌作品年表稿補遺その一」（『同紀要』第三十九輯）（昭和四十一年二月）や赤瀬信吾「曼殊院蔵連歌作品目録並年表、付発句挙句索引」（『国語国文』第四十七巻第一号、昭和五十三年一月）などによって検すると、文明期の連歌や和漢聯句などの作品残存は、断片も含めると決して少なくはない。しかし聯句作品の残存は稀少である。聯句と和漢聯句と連歌の関わりについては、早く能勢朝次『聯句と連歌』（要書房、昭和二十五年二月、『能勢朝次著作集』第七巻所収、思文閣出版、一九八二年七月）に、基本的なことがらは尽くされているが、深沢真二「聯句と和漢聯句」（『国語国文』第五十七巻第九号、昭和六十三年九月）によると、文明期になると堂上で月次聯句会もしばしば行われ、その聯句は連歌的であったと説かれる。が「こうした堂上風聯句と、禅林の聯句との関わり合いについては、ともに資料に乏しくまた未整備な状態で、実態を詳しく知ることは困難である」という。連歌文芸史におけるそうした課題解明に資するにちがいない資料として、素姓の知れたこれだけの堂上聯句和漢聯句作品を保存する本紙背文書の意義は、極めて貴重であると確信する。

【附記】初出稿後、①京都大学国文学研究室中国文学研究室編『亨禄以前　和漢・漢和聯句集』（京都大学大学院文学研究科、二〇〇七年三月）、②京都大学国文学研究室中国文学研究室編『［室町／前期］和漢聯句作品集成』（臨川書店、二〇〇八年三月）、③京都大学国文学研究室中国文学研究室編『［室町／後期］和漢聯句作品集成』（臨川書店、二〇一〇年三月）、の三著が刊行され、①②著に本稿で扱った和漢聯句の四作品（②③④⑦）の翻刻が収録された。

第四章　和歌集連歌巻連句帖等解題稿

第一節　現存和歌六帖解題（改稿）

「現存和歌六帖」には、二種類の伝本がある。一つは、「古今和歌六帖」題の題下に集成された「現存和歌六帖」の伝本（現在第六帖分と第二帖分のみの完存が知られる）であり、二つは、完備した「現存和歌六帖」（第一帖〜第六帖）の全体から、抜粋抄出した伝本とである。

Ⅰ　現存和歌六帖

第一の「現存和歌六帖」の伝本は、以下のとおり三類、十三本が知られている。

第一類本（無作者名本）

①弘文荘待賈古書目第廿五号所掲無作者名本残巻　（一〇首）

第二類本（作者名顕示本）（第六帖のみ）

第一種　②天理図書館蔵呉文炳氏旧蔵「現存和謌」　（八七五首）

③斯道文庫蔵群書類従本狩谷棭斎校合書入「現存和謌」

第二種　④彰考館文庫蔵「現存和謌」　（八五二首）

第三種　⑤ノートルダム清心女子大学附属図書館蔵「現存和歌」　（八四七首）

⑥国立公文書館内閣文庫蔵「現存和謌」
⑦ノートルダム清心女子大学附属図書館蔵「現存和歌」
⑧京都大学文学部資料室蔵「現存和謌」
⑨宮内庁書陵部蔵「現存和謌」
⑩群書類従巻第百五十所収「現存和謌六帖」
⑪宮城県立図書館蔵伊達文庫「現存和謌六帖」
⑫大阪市立大学図書館蔵森文庫「現存和歌六帖」
第三類本（作者名顕示本）（第二帖のみ）
⑬冷泉家時雨亭文庫蔵「現存和謌六帖第二」（五五四首）
第一類本は、作者名を顕示しない、歌のみを列記する系統の本で、図版十首分（所収歌は七十首あったという）のみの残巻である。①本所掲の「弘文荘待賈古書目　二十五号」（昭和三十年十一月）（浅田徹氏の教示による）は、「無名歌集　残巻　伝後京極良経筆／鎌倉初期古写本　一巻」と仮題を付し、解説は以下のとおり。

紙高二三・八糎、楮紙六枚つぎ、和歌一首二行書き。首尾欠。「いつもみるおなじたかまのやまのはに」の歌に始まり、以下花の歌四十首あり。次に「秋のはな」と題して八首、「もみぢ」十五首、「こけ」六首、「いちし」一首までで切れて居る。書名不詳、仮に右の如く題す。古い塗箱の上には「後京極良経公　芳毫　一軸」と題書してある。古金襴表紙、雅装。

書名詠者ともに不明の平安朝時代の歌集の残巻である。古筆の極札に「後京極良経公　いつもみる　十八枚継一巻」としてあるが、現在は六枚のみであるから、十二枚は切りとられて手鑑に貼られたものであろう。書は後京極流のなだらかな仮名で、ほぼ鎌倉初期のものと認められる。所収の歌七十首は、いづれも正続の国歌大観に見えぬ歌ばかりである。

十首分の筆跡が図版資料として掲示されていて、その筆跡を比較してみると、②本の筆跡と瓜二つで、同一筆者のものと認定される。しかして、②本にはある「作者名」がこれにはなく、後記④本⑤本の奥書に照らせば、建長二年九月六日作者名顕示を命じられる前の段階の写本、すなわち第一次奏上本（建長元年十二月二十七日進入仙洞）であることは疑いない。ただし、所収歌七十首という当該資料には、錯簡があるようで、『現存和歌』（第六帖）の歌数は、「いつもみる」以下「はな」の歌四十四首、「秋のはな」四首、「もみち」三十三首で、「こけ」六首、「いちし」一首（二首のうち）は、十六ほども前に位置する題である。どのような規制でこのような組み合わせになったのか、よくは判らないながら、筆跡と基本的な書写様式（一丁の行数・一首二行書きなど）は、まがいもなく同一である。その後本資料の行方は判らず、現在その所在を確認することはできないが、幸いにこの写真（十首のみ）と解説が残されている故に、貴重な研究資料となる。

第二類本は、第六帖のみの完本であるが、先行して第一帖から第五帖までの各巻も揃って、この第六帖と併せ、全六帖が完備した典籍として、禁裏に蔵されていたと見られる。

さて、第二類本第一種第二種第三種本の歌数の出入りと総歌数は、次表のとおりである。

	異同箇所	一種	二種	三種
1	二六作者から三四歌末までの有無	○	×	×
2	一四七作者から一五四作者までの有無	○	×	×
3	八七一作者から八七五歌末までの有無	○	×	×

4	三〇四歌の有無	○	×	×
5	三三一作者・歌の有無	○	×	×
6	三三四作者・歌の有無	○	○	×
7	五〇六作者・歌の有無	○	×	×
8	五三九作者・歌の有無	○	○	×
9	五四〇作者・歌の有無	○	×	×
10	六四八歌、六四九作者・歌の有無	○	○	×
11	二六歌上句と三四歌下句による合成歌の有無	×	○	×
12	六四八歌上句と六四九歌下句による合成歌の有無	×	×	○

総歌数〈一種〉八七五首　〈二種〉八五二首　〈三種〉八四七首

これら歌の出入りや合成歌のありようから、すべてに先行して第一種本が存在し、第二種本、第三種本へと、不用意に歌を脱落させていった跡をたどることができる。三箇所に及ぶ多量の歌の有無（1・2・3）は、1と2が②本の見開き分に相当すること、1の前後で生じた合成歌（11）の存在から、第二種本は第一種本の一本をもとに、三箇所にわたって二枚めくり書写をした上、4・5・7・9の四首をも欠いて成立、第三種本は合成歌（11）を削除するとともに、さらに目移り等による不注意から、6・8・10の三首を脱落し、新たな合成歌（12）を生んだと認められる。因みに、③本の末尾には、「以二条為氏卿真跡本比校了、為氏卿本歌数八百七十五首、与跋文所謂数不合、然決非後来続補、俟後考／文政元年八月四日狩谷望之」と、棭斎による校合識語があるが、すでに棭斎も、第一種本のみに存する歌を決して後来の続補ではないと判断していたことを知る。かくて、最も粗悪な第三種本が、群書類従に収められて流布してきたのであるが、本巻の底本としては、最も完全でしかも成立年時に近い鎌倉期の書写になる②本を用いた。

底本の書誌は以下のとおり。鎌倉期古写本、一帖。黒漆塗箱入り。箱の表中央に金文字で「現存和歌集　為氏卿筆　一冊」とある。縦二一・三糎、横一四・五糎、白緑地に紺で七宝編目細文織出の古代裂表紙。見返は、厚手鳥子紙に銀小切箔散し。綴葉装。本文料紙は、斐楮混漉。総丁数、一二二丁、うち遊紙は、巻頭一丁、巻尾三丁。墨付一一八丁。一面八行、和歌上下句二行分ち書き、下部行間に作者名を小書。外題なく、内題「現存和謌」。全六折。第一折七枚十三丁（最初の一丁は表紙裏に）、第二折十四枚二十七丁（十四丁目に当る一番外側の最初の一丁に対応する最末の一丁は欠逸）、第三折十三枚二十六丁、第四折十二枚二十四丁、第五折十枚二十丁、第六折六枚十二丁。

なお、底本第十一丁と十二丁が錯簡となっているが、③以下の諸本により整序して歌番号を付した。また二七〇の作者名と歌は除棄符合により削除されているが、③以下の諸本すべてに存するので、歌番号を与えて生かした。

さて、第二種④本には、以下の奥書がある。

建長元年十二月十二日類聚畢
同廿七日依召進入　仙洞了
作者百九十七人也
僻案寺住侶釈
同二年九月上旬可注付作者之由
被仰下　仍更清書　同廿四日進入了
已上本記

また、第三種の諸本は、以下の奥書を持つ（⑤本による）。

建長元年十二月十二日類聚畢
同廿七日入　仙洞　依召也　同二年九月
六日可注附作者之由被　仰下　仍
令書顕也　名之事続六帖現存此
二様令申　可為現存倭歌之旨也
部類未微少　重而選加而可為六帖
之趣　仰也　倭謌之数八百五十首
作者百九十七人也

「僻案寺住侶」は真観の卑称である。元来各別に記されて別の本に伝えられた奥書かと思われ、何れも基本的に撰者自身による識語と認められる。そして、これら奥書から「現存和歌六帖」の成立過程は、以下のように推察される。

①建長元年（一二四九）十二月十二日、第一次類聚完了、同二十七日後嵯峨院の召により仙洞に進入。第一次奏上本の成立である。この時の本は、作者無注記であったが、書名のとおり現存歌人ばかりの撰集で、六帖分併せた作者の総数は百九十七人であった。①本がこの段階の遺品である。

②建長二年（一二五〇）九月六日、作者を注附すべき旨の仰せを受け、顕示し清書して九月二十四日に仙洞に進入した。第二次奏上本の完成であり、『現存和歌六帖』の最終成立である。

③第一次奏上本に先立ち、第六帖分がある程度形を成した段階で、「続六帖（題和歌）」「現存和歌」の二案をもって仙洞の意向を質したところ、「現存和歌」たるべしとの仰せを受け、撰集方針を確定、併せて「部類未だ微少、重ねて撰び加えて六帖とすべし」との命を受ける段階があった。

第二類本の②以下の諸本には、すべて歌の作者名が顕示されていて、「詠者不詳」とする歌は見えない。②本は、建長二年九月六日に作者注付を命じられ、それに応じて九月二十四日に清書進入した、最も完成した段階の本文形態を示していて、これが禁裏本となったと見られる。この系統の本を基にしたのが、公条抄出『現存和歌六帖』抜粋本であり、また『明題部類抄』の資料ともされた。

対して第三類本は、一本のみしか知られていない伝本で、これには「名欠」(真観)歌六首と、「作者不詳」歌十首を含み持つ、完成直前のまだ未精選部分を若干残す、最終段階の本文を伝えている。総歌数、五五四首。この系統の本を基に撰歌したのが『夫木和歌抄』で、「作者未詳」(読人不知)歌若干が含まれている。

本書の撰者は、『代集』『前長門守時朝入京田舎打聞歌』等に、藤原光俊(真観)と伝え、ほぼ同じころに成立した『秋風集』『秋風抄』などとの内容的連関からも、真観撰と断定してよい。

II　現存和歌六帖抜粋本

第二の現存和歌六帖抜粋本は、現在七本の存在が確認されている。

第一類本　①永青文庫蔵公条抄出「六帖抜粋」本

第二類本　②神宮文庫蔵本

③彰考館文庫蔵本

④ノートルダム清心女子大学附属図書館蔵本

⑤歴史民俗博物館蔵高松宮本

⑥久曽神昇氏蔵「続現存六帖」付載本

⑦島原市図書館蔵松平文庫本

第一類本は、総歌数三八九首（第一帖、六三首。第二帖、七七首。第三帖、四〇首。第四帖、四四首。第五帖、四一首。第六帖、一二四首）の完本。

第二類本は、第一類本と同系でありながら、巻頭部五十四首、第二帖途中の十一首、第六帖途中の十二首、合計七十七首を欠き、第一類本にない歌が三首もしくは四首ある。なお、②本と③本には、巻頭に他本にない歌一首（前大納言為家「さがのやま」歌）があるが、大量の欠脱を生じて後に付加された歌と認められる。

本巻の底本としては、最も完備した①本を用いた。書誌は、以下のとおり。縦、二五・七糎、横二〇・一糎、縹色無地鳥の子紙表紙。左上に題簽「六帖抜粋［現存／新撰］」見返しは本文共紙。料紙は斐楮交漉。墨付は、全冊で六十一丁、本書分三十五丁、遊紙は、首尾と中間に各一丁。一面十二行、和歌一行書き。

底本には（⑦本以外の諸本にもすべてに）、次の奥書がある。

右申出　禁裏御本欲書写之処　歌／数多不遑于書之　仍加一覧難題之哥／或有一興之哥駈其楚而已　于時大永丁亥／臘天十五兵乱豺狼当路閉門抄之　待泰平時節可清書者也／　園（ママ）外都督郎　判［称名院右府也］

「大永丁亥」は、七年である。また、該本に続く「新撰六帖題和歌」よりの抜粋本の奥、すなわち全冊の末尾に、次の奥書がある。

大永第七臘廿六命羽林［三光院殿也］書之　禁裏／御本申出之　夜於灯下抜粋者也　歌数／毎題五首也／右同前称名院右府御奥書也／（一行空白）／以右之本書写校合訖　可為證本耳／幽斎叟玄旨　花押／

両奥書とも幽斎筆と見られるが、本文は別筆である。

なお、第二類本の諸本には、以下四首の独自歌がある。

あゐ

①はりまなるしかまにつくるあゐばたけいつあながちのこそめをかみん　信実朝臣
（二八九衣笠内大臣歌の前か後）
山たちばな
②あとたゆる山たち花のいはがくれ身のなるさまをしる人もなし　衣笠前内大臣
（二九〇信実朝臣歌の前か後）
（ささ）
③山がつのしづがかきねの篠くろめにぎはふまでのすみかとはみし　信実朝臣
（前記真観歌の次、⑤⑥⑦本のみ）
いちし
④かくれぬにおふるみくりのくりかへししたにや物を思ひみだれん　衣笠前内大臣
（二九四為家歌の次）

何れも新撰六帖題和歌の歌で、公条による抄出段階の事情が関わっているであろう。

失われた『現存和歌六帖』の散佚歌を、歌書類と古筆切から拾遺しておく。

【前長門守時朝入京田舎打聞歌】
現存六帖に入歌［七首／右大弁光俊朝臣撰］
たび
①あづまぢのあしがらこえてむさしの山もへだてぬ月をみるかな（第四帖）
なみ

②みしまえやさをさす舟のあとみればあしのおち葉をよする白浪（第三帖）
いはでおもふ
③いかにして心のうちをはるけましわれとはいはずとふ人はなし（第五帖）
なきな
④なき名のみたつのいち人いかにして身をかへつべきこひとしらせん（第五帖）
しぎ
⑤しられじなしぎのはねがきかくばかり思ふ心のひまもなきとは（第六帖　八五〇）
ざうのかぜ
⑥たのめおくとこの山かぜふくなへにころもでさむみあけぬこのよは（第一帖）
ゆみ
⑦あづさゆみいつまでとのみおもふ身の心つよくもよをすぐすかな（第五帖）

【高良玉垂宮神秘書紙背歌書】

衣笠前内大臣
⑧カキホナルヲギノハズリノカゼノオトモアキノナラヒトエヤハナグサム（第六帖）
前大納言為家卿
⑨イカニセムイマハカスミノステゴロモキテモトマラヌハルノワカレヲ（第一帖）
入道前摂政
⑩ナガメヤルソラノタダヂモカヨフヤトイコマノヤマニクモナヘダテソ（第二帖）
従三位行能

⑪ヌナハダノツユノカザシノタマカヅラハツアキカケテナホゾミダルル（第五帖）

⑧は『現存和歌』に見えず、落丁か二枚めくり書写による欠脱部分にあった歌と見られている。

【夫木和歌抄】

「現存六」帖の集付をもつ『夫木和歌抄』所収歌のうち、「現存和歌六帖」ならびに「現存和歌六帖抜粋本」（第二帖・第六帖）と重ならない歌を列記すると、以下のとおりである。これらは、第一帖・第二帖・第四帖・第五帖のいずれかに収載されていたはずで、『新編国歌大観』第二巻所収『夫木和歌抄』の歌番号と、括弧の中に作者名を実名の略称で入れて列記する。ただし集付が明らかに誤りであるもの、一五〇一（雅有）と一五九〇六（小野小町）については、取りあげない。

二九一（為家）、四七〇（祝部成茂）、一一五四（基家）、一七一三（頼平法師）・一一六三二（権律師頼尋）、一九三七（良教）、二〇七二（知家）、二四七六（道家）、二八一一（基良）、二九四六（為氏）、三一七〇（行家）、三一七五（良実）、四四〇九（家良）、五一六八（家良）、五三七八（有長）、五八五一・九二二六（源季茂）、六一二〇（知家）、六二一八（読人不知）、六三六〇（法印実伊）、六六〇六（信実）、六七〇一（家良）、六九八一（経朝）、六九九六（藤原季宗）、七〇八〇（光俊）、八三四二（知家）、八三四三（家良）、八五三一（家良）、八五四三（信実）、八八六一（鷹司院按察）、九一四四（為家）、九一五四（鷹司院按察）、九三四二（藤原孝氏）、九三四三（鷹司胤帥）、九四〇四（基政）、九四三〇（隆祐）、九六二六（教実→正しくは実経）、九七〇五（法眼長教）、九九四二（読人不知）・一四二〇八（道家）、九九九〇（知家）、一〇二四四（道家）、一〇三〇五（道家）、一〇三一四（知家）、一〇三八八（信実）、一〇四一〇（家良）、一〇四四九（家良）、一〇四七〇（為家）、一〇四七三（行家）、一〇六一九（基家）、一〇七一三（為家）、一〇七二六（為家）、一〇八六一（土御門院小宰相）、一〇九六四（中原師光）、一一〇七五（家良）、一一〇八一（家良）、一一三三六

（家良）、一一三三八（行家）、一一五四八（知家）、一一五七三（孝継）、一一六四五（家良）、一一六五三（読人不知）、一一七四六（基家）、一一八〇一（覚延法師）、一一八一九（鷹司院帥）、一一八二一（為家）、一一八二四（公経→正しくは実氏カ）、一一八三一（為家）、一一八八五（知家）、一一九〇五（基家）、一一九七七・一二三〇一（知家）、一二二四四（藤原孝氏）、一二四二五（知家）、一三三五四（行家）、一四七六〇（基家）、一五六三二（読人不知）、一六〇九二（家良）、一六三四八（円空上人）、一六六六八（行能）。

【古筆切[注1]】

徳川黎明会手鑑『集古帖』

⑫みなとがはゆくせのみづのくだりやな　はるのひかりもはやさしてけり　前大納言為家

⑬みくづせでやなせのさなみこほりゐて　たましまがはに冬はきにけり　権の僧都実伊

（以上、第三帖「やな」題）

田中登蔵

⑭人めこそかれなばかれめやまざとに　かけひのみづのをとをだにせよ　安嘉門院高倉

⑮さびしさはかけひのおとにかよひきて　いはねをつたふ山のした水　少将内侍

（以上、第三帖「みづ」題）

田中登蔵

⑯さとゝをみしほやくうらはみえわかで　けぶりにかくるおきつしらなみ　信実朝臣

みをつくし

⑰おもひわび身をつくしてやおなじえに　またたちかへりこひわたるらん

⑱なにはへにまたたてもなき身をつくし　などかさのみはくちはてにけん　信実朝臣

かた

⑲あふみがたみおのみさきのうら風に　くもらぬせきの月をみるかな　衣笠前内大臣

（以上、第三帖「なみ」題以下）

【注】

（1）田中登「現存六帖・松花・松吟の断簡」（『関西大学文学論集』第五十九巻第一号、平成二十一年七月）。

【附記】成立過程に関する論旨を抜本的に改め、新資料を加えて、改稿として提示した。将来において『新編国歌大観』の改訂がもし行われたら、本稿をもってその解題に差し替えていただければ幸甚である。

第二節　続拾遺和歌集解題

一　諸本

これまでに調査することができた二十数本についてみると、諸本は以下のとおり、三類に分かたれる。

一類本（初撰本）

①　宮内庁書陵部蔵（五一〇・一三）卜部兼右筆本

②　京都府立総合資料館蔵（特八三一・一一）本

③　今治市河野美術館蔵（一〇一・六八二）本

④　国立公文書館内閣文庫蔵（二〇〇・一二三）本

⑤　京都大学文学部蔵（国文・Eb二）本

⑥　大東急記念文庫蔵（四一・一〇・二四・三〇一二）本

⑦　東大寺図書館蔵（四二・一三）本

二類本

⑧　宮内庁書陵部蔵（五〇八・二〇八）飛鳥井雅章筆本

⑨　宮内庁書陵部蔵（四〇三・一二）本
⑩　宮内庁書陵部蔵（C一・九七）本
⑪　日本女子大学蔵（九一一・一三五・NIJ1・一三）本
⑫　京都府立総合資料館蔵（特八三一・二三）本
⑬　東京国立博物館蔵（〇二九・と九六一五）本
⑭　名古屋市蓬左文庫蔵（一六四・二）本
⑮　正保四年板二十一代集所収本
⑯　宮内庁書陵部蔵（四〇〇・一〇）本
⑰　岡山大学附属図書館蔵池田文庫（貴六）本
⑱　東京大学国文研究室蔵伝万里小路惟房筆本
⑲　龍谷大学附属図書館蔵（〇二一・五六八・二）本

三類本（精撰本）

⑳　尊経閣文庫蔵伝飛鳥井雅康筆本
㉑　今治市河野美術館蔵（一二〇・七七六）本
㉒　宮内庁書陵部蔵（四〇〇・七）本
㉓　陽明文庫蔵（近五三・四）本
㉔　東洋文庫蔵（三・Faへ・九一）本
㉕　多和文庫蔵（一〇・五）本

二　分類の基準

これら諸本間に出入りのある歌のうち主要なものは、『新編国歌大観』（第一巻勅撰集編）「続拾遺和歌集」巻末に異本歌として掲げた一四六〇〜一四六四の五首、および三五二、四八三、一四一七、一四二五の四首、計九首で、以下の歌々である。

（1）　家に五十首歌よませ侍りける時　　入道二品親王性助

一四六〇　たがうゑし形見とだにも白露の一村薄何なびくらむ（宮内庁書陵部蔵五一〇・一三兼右筆本、巻四、二四四の次）

（2）　紅葉浮水といへる心をよみ侍りける　　後三条内大臣

一四六一　水よりやくれゆく秋は帰るらん紅葉ながれぬ山川ぞなき（旧大観三七二）（同巻五、三七一の次）

（3）　（題しらず）　　法眼長尊

一四六二　なれし世に風はかはらぬ古郷のまがきに残る秋の夕ぐれ（同巻八、五七五の次）

（4）　（述懐歌中に）　　常磐井入道前太政大臣

一四六三　しりながらいとはぬ世こそかなしけれわがためつらき身を思ふとて（旧大観一二二八）（同巻十七、一二二六の次）

（5）　普門品　　前大納言公任

一四六四　世をすくふうちにはたれかいらざらんあまねき世とはひとしさきねば
（同巻十九、一三五九の次）

（6）（建長六年亀山殿にてはじめて五首歌講ぜられけるに、初紅葉といふことを）
前中納言資平

三三二　あらし山けふのためとや紅葉ばの時雨もまたで色に出づらむ

（7）康元元年きさらぎのころわづらふ事ありて、つかさたてまつりてかしらおろし侍りける時よみ侍りける
前大納言為家

四八三　かぞふればのこるやよひもあるものを我が身の春にけふわかれぬる

（8）（題しらず）
正二位知家

一四一七　そのかみやふりまさるらんをとこ山よよのみゆきの跡をかさねて

（9）題しらず
後京極摂政前太政大臣

一四三五　ちはやぶるわけいかづちの神しあればをさまりにけるあめの下かな

このうち四八三歌は、同じ巻七の五三二歌の次にも「康元元年春のくれ、わづらふ事ありてかしらおろし侍りける時よみ侍りける」と、若干異なる詞書を付して重出する本があり、またいずれか一方にのみ収められているという異同である。これら九首を基準歌として、右の諸本における有無の状況を表示すると（表1）のとおりである。

（表1）

諸伝本＼基準歌	（1）一四六〇	（2）一四六一	（3）一四六二	（4）一四六三	（5）一四六四	（6）三五二	（7）四八三	（7′）五三三次	（8）一四一七	（9）一四三五
①	○	○	○	○	○	○	○	○	×	×
②	×	○	×	○	○	×	○	○	○	○
③	×	○	×	○	○	×	○	○	○	○
④	×	○	×	○	○	×	×	○	○	○
⑤	×	○	×	△	○	×	×	○	○	○
⑥	×	○	×	○	○	△	○	×	○	○
⑦	×	○	×	○	○	△	○	×	○	○
⑧	×	○	×	○	×	○	○	×	○	○
⑨	×	○	×	○	×	○	○	×	○	○
⑩	×	○	×	○	×	○	○	×	○	○
⑪	×	○	×	○	×	○	○	×	○	○
⑫	×	○	×	○	×	○	○	×	○	○
⑬	×	○	×	○	×	○	○	×	○	○
⑭	×	○	×	○	×	○	○	×	○	○
⑮	×	○	×	○	×	○	○	×	○	○
⑯	×	○	×	×	○	○	○	×	○	○
⑰	×	○	×	×	×	○	○	×	○	○
⑱	×	×	×	○	○	○	○	×	○	○
⑲	×	×	×	×	○	○	○	×	○	○
⑳	×	×	×	×	×	○	○	×	○	○
㉑	×	×	×	×	×	○	○	×	○	○
㉒	×	×	×	×	×	○	○	×	○	○
㉓	×	×	×	×	×	○	○	×	○	○
㉔	×	×	×	×	×	○	○	×	○	○
㉕	×	×	×	×	×	○	○	×	○	○

○―有　×―無　△―細字補入

三　初撰本から定稿本へ

一類本の①本には、「天文十九年閏五月七日以竹内門跡之御本書写了　卜部兼右／件御本以外狼籍也、追而以正本可令校合而已」との書写奥書があるが、この本は、基準歌（1）（2）（3）（4）（5）の五首を含み、逆に（8）（9）の二首を欠くほか、歌序においても四八〇・四八二・四八三・四八一の順に配されているなど、他本とはかなり異なっている（ほかに書写過程における誤脱として一〇〇八の歌本文と次歌の詞書・作者名を欠く）。（2）（4）（5）

の三首が先行勅撰集に既出の歌（(2)―千載集三七九。(4)―続古今集一八三七。(5)―後拾遺集一一九八）であり、また(7)と(7′)が同一歌の集内重出であることから、(1)～(5)の五首ならびに(7′)は後に除棄された歌であるにちがいなく、逆にこの本のみが欠く(8)(9)の二首は追加された歌である可能性が大きい。詞書や作者表示などの形式的な面においても不備が目立つことなども考えあわせて、初撰本とみなす所以である。

二類本は、一類本から三類本に精撰されてゆく途中の過渡期の本文を伝える伝本である。様態はさまざまであるが、まず(1)(3)の二首を除棄するとともに(8)(9)の二首を加え、その後先行勅撰集に既出する(2)(4)(5)の三首が漸次除かれ、かつ集内重出歌(7)も除棄されていった（④と⑤の二本は誤って(7)の方を切り出したものであろう）形跡がうかがえる。②～⑦の諸本のみは(6)歌を欠くが、これは同系の逸失した本をも含めていずれか一本に端を発する誤脱であろう。

なお、⑧本には「官本云此集依　勅定以御本／書写之数反令校合訖／文明十年六月廿日／法印公助」とある本奥書と、「右所写者　官本也、件本者／定法寺僧正公助依　勅命／励書写之功云々／亜槐藤（花押）」との飛鳥井雅章の書写奥書があるが、同じ本奥書をもつ㉕本と比較勘案すると、公助筆の官本（禁裏御本）を忠実に伝えるものではなく、雅章による校訂本文であると見てよい。公助による文明十年の官本は三類本の一本であったにちがいない。

三類本は、さらに精撰の度を加え、(1)～(5)の五首すべてが除棄されて到達した、おそらく本集の最終的な姿を示す、定稿本と認められる。現在までのところ六本を確認できたが、伝二光院実枝筆の㉑本は、一一二および七五〇の歌本文と次歌の詞書・作者名を欠脱し、㉒本は、五一七・一四一四の二首がなく、㉓本も七一四の一首を欠くほか、上巻巻首部および下巻末尾の虫損が甚だしい。㉔本は、三三・四九九・七〇九の三首を欠くほか、六二二の歌本文のみ、七四七の歌本文と次歌の詞書・作者名を欠失している。また㉕本は、⑧本と同じく文明十年公助筆禁裏御本にあったという本奥書を有するが、この本も七〇九・七四七の二首と一四〇五の歌本文を欠く、といった具合で、それぞれに欠脱を有し、また本文細部の不備もある。それらの中にあってただ一本、⑳の前田育徳会尊経閣文庫蔵本のみは、その種の誤脱がまったくなく、かつ本文も極めて純良であると認められるので、この本をもって『新編国歌大観』所収本文の底本とした。

四　尊経閣文庫蔵本と成立

尊経閣文庫蔵本は、縦二六・一糎、横一六・九糎。料紙は鳥の子楮紙、列帖装の二冊本。金泥黒紅緞子の表紙、左上に、「続拾遺上（下）」とうちつけ書きの外題がある。見返しは金銀砂子切箔散し。上冊は六括、墨付百八丁、遊紙端一丁奥九丁。下冊は五括、墨付九十八丁、遊紙端一丁奥二丁。一面十行、和歌一行書き、詞書二字下り。全冊飛鳥井雅康（二楽軒宋世、一四三六～一五〇九）筆である旨の極札が附随しており、現存する雅康の真跡数種に照らして、疑いなく雅康の筆跡と認められる。とすれば、伝実枝筆㉑本、伝惟房筆⑱本、天文十九年（一五五〇）に書写された①本、また室町末期の写しと思われる⑯⑰⑲㉒㉓本などよりも、さらに若干さかのぼる時代の写本であることになる。

続拾遺和歌集は、尊卑分脈などによれば、建治二年（一二七六）七月二十二日（『歴代和歌勅撰考所引勅撰次第』などは七月二十六日とし、『拾芥抄』は「文永十一年月日」とする）、亀山上皇の院宣を受けて、藤原為氏が撰集にあたり、弘安元年（一二七八）十二月二十七日（二年とする拾芥抄は誤り）に奏覧された。和歌所寄人は、慶融、定為、兼氏等（勅撰歌集一覧）で、開闔は、はじめ源兼氏であったが、奏覧以前に卒去したため慶融が跡をついだという（歴代和歌勅撰考所引勅撰次第異本）。篝を詠んだ歌が多数入集しているところから、鵜舟集の異名があったという（井蛙抄）。

なお、神宮文庫蔵『勅撰歌集一覧』の「続拾遺和歌集」の項下には、次の記事が見出される。

撰近古以来歌為此集、被召百首歌、奏覧之後撰者参詣住吉玉津島、於玉津島者被新造社、四十首許為勅定被出

歌云々、此内如円観意等類、経年申立所存被還入云々、

奏覧後、勅定によって四十首ほどの歌が切り出され、如円、観意らの歌は「申立」により後にまた還入されたというのである。事実とすれば、現存伝本はどの時点の本文を伝えるものなのか、あらためて究明しなければならなくなる。

第三節　宋雅千首（飛鳥井雅縁）解題

一　飛鳥井雅縁（宋雅）伝

室町期の千首和歌。詠者は飛鳥井雅縁（宋雅）。『言継卿記』享禄二年（一五二九）二月七日の条に「今日も正親町へ罷候て草紙を書候。去年九月より立筆、今日八時分に終功候了。耕雲之千首、宋雅千首、両度以上三千首也。時々暇隙に罷候て書写候者也」とあるとおり、宋雅千首は「初度」と「後度」と前後二度の千首がある。すなわち「初度千首」は、将軍足利義持の不例平癒を祈って応永二十七年（一四二〇）十月一日から十日にかけて詠作し、北野社に奉納した、一〇〇〇題構成による千首。「後度千首」（別本宋雅千首）は、その意趣成就により、起請の旨に任せて翌年十月十五日再び詠作して奉納した、一五六題構成による千首である。

作者飛鳥井雅縁は、延文三年（一三五八）生まれ。雅家の息、雅世の父、雅親（栄雅）の祖父にあたる。はじめ雅氏・雅幸と称した。同じ年齢であった将軍義満の寵遇をえ、応永五年（一三九八）三月二十四日、権中納言に任じ従二位に叙されたが、義満を慕って直ちに出家、法名を宋雅といった。正長元年（一四二八）十一月薨、七十一歳。応永期を中心に活動した歌人で、『新後拾遺和歌集』に一首、『新続古今和歌集』に二十九首入集している。作品には前記『宋雅千首』（初度・後度）のほか、『宋雅百首』（五十八首のみ）、『宋雅集』（雅世・祐雅らの歌を含む）、『詠十五首和歌』（為尹・耕雲と共詠）等の和歌、『道すがらの記』『鹿苑院殿をいためる辞』（群書類従巻第五百十九）、その他歌学書『諸雑記』などがある。

二―0　初度千首（はじめに）

初度千首の内容は、春二百首、夏百首、秋二百首、冬百首、恋二百首、雑二百首より成る、一〇〇〇題千首。この歌題は、本千首独自のものではなく、天授三年（一三七七）成立のいわゆる天授千首、すなわち完存する宗良親王千首（信太杜千首とも）、耕雲千首と同じであり、また応永二十二年（一四一五）成立の為尹千首の歌題とも一致するので、それらを承けていることは明らかであり、大永七年（一五二二）以前成立の肖柏千首の題に受け継がれてゆく。さらに天授以前に遡れば、『明題部類抄』所引「前大納言為家卿中院亭会」（年次不明であるが文応元年〈一二六〇〉為家の嵯峨移住以後であろう）の千首題（「立春朝」以下『寄亀祝』）に行き着く。為家による設題は同じ千首題の淵源となっていたのである。

初度千首の書名は、諸本みな内題に「詠千首和歌」とあり、これが本来のものであるが、作者の名を冠して「宋雅千首」「宋雅千首和歌」と外題し、かく称される場合が多い。

二―1　初度千首の諸本

これまでに調査しえた初度千首の諸本は、以下のとおりで、四類に分かたれる。（注1）

第一類（初稿本）

①　龍谷大学附属図書館蔵（〇二一・五七七・一）「宋雅千首」

②　学習院大学蔵三条西文庫（九一一・二五四・五〇一九）「宋雅千首」

③東北大学附属図書館蔵狩野文庫「宋雅千首」
④岡山大学附属図書館蔵池田文庫「宋雅千首」
⑤島根県某家蔵「詠千首和歌」
⑥篠山市蔵青山会文庫（五一）「雅縁卿千首和歌」
⑦国立歴史民族博物館蔵高松宮本「栄雅和歌集」
⑧宮内庁書陵部蔵有栖川宮本「栄雅和歌集」
⑨桑名市文化美術館蔵本「栄雅和歌集」
⑩静嘉堂文庫蔵（一五三三六・八二・四五）「千題和歌集」
⑪国文学研究資料館蔵（タ二・二二一）（元禄五年刊）「千題和歌集」
⑫宮内庁書陵部蔵鷹司本（鷹・四八八）（元禄十年刊）「栄雅和歌集」
⑬ノートルダム清心女子大学蔵本他（元禄十七年刊）「栄雅和歌集」
⑭宮内庁書陵部（四五三・二）続群書類従巻第三百七十九「栄雅千首」
⑮千首部類（安永四年刊）所収「宋雅千首」

第二類（一次改稿本）

⑯祐徳稲荷神社蔵中川文庫（六・二二・九一四）「詠千首和歌」

第三類（二次改稿本）

⑰国立公文書館内閣文庫蔵（二〇一・四八四）「詠千首和歌上　宋雅牡丹花」
⑱宮内庁書陵部蔵（五〇一・八五六）「塔弐百首」（詠千首和歌下　宋雅牡丹花）
⑲龍谷大学附属図書館蔵（九一一・二五・四四）「宋雅肖柏二千首」

⑳　三手文庫蔵（歌・以）「詠千首和歌上　宋雅／牡丹花」
㉑　島原市図書館蔵松平文庫（一四〇・一六）「宋雅牡丹花千首」
㉒　佐賀県立図書館蔵鍋島文庫（九九一・二・二一九）「宋雅牡丹花詠千首和歌」
㉓　高岡市中央図書館蔵（九一一・一・一八）「千首　宋雅／牡丹花」（前半欠）

第四類（定稿本）

㉔　宮内庁書陵部蔵（五〇一・七六九）御所本「宋雅千首」
㉕　続群書類従（第三十七輯拾遺部）巻第三百七十六「雅縁卿千首」

二―2　初度千首（第一類〜第四類）

第一類本は、巻頭歌、

立春朝　けさみれば霞をわけていづる日もおなじ道にや春のきぬらんから、巻尾歌、

寄亀祝　万代をたもつくすりも亀のうへの山よりいまぞ君につたへんまで、一〇〇〇題による千首。主要な伝本には次の奥書がある（①本による）。

奥書云
右聖廟法楽千首者、愚老一身瓦礫也、／於意趣者、室町殿御不例之間、依奉祈彼／御平癒、去朔日始之、同十日終功畢、頓作之／卑什雖難備宝前、懇志之願望豈不預納／受乎、就中此願於令成就者、重可令法楽／千首和歌之旨、奉誓約者也／
応永廿七年庚子十月十日　宋雅

千首　於中院大納言為家卿家詠之、出題会主云々

春二百首　夏百首　穐二百首　冬百首／恋二百首　雑二百首

春百首　十月一日戌剋始之　寅剋詠畢／　同百首　同二日夜詠畢

夏百首　同三日夜詠畢　／　穐百首　同四日午下剋始之　酉剋詠畢

同百首　同夜亥剋始之　／　冬百首　同六日寅剋始之

恋百首　同夜子剋始之　／　同百首　同七日巳剋始之

雑百首　同九日午剋始之　戌剋詠畢　／　同百首　同夜戌剋始之　寅剋詠畢

第九箇日雖終功事、更為満十箇日、三十首／相残之、十日未明令周備者也、

②本には、右の後に、本文同筆で「本云、私云、御方御所様以御本令書写之畢」とあり、③本には、本文同筆で「天文三年三月廿二日写書畢」とある。

この第一類本と全く同じ本文が、「栄雅千首」として若干伝存し、続群書類従にも収められている。奥書（⑪本によ る）には、

這千題千首和歌者飛鳥井亜相詠藻也、／凡一帙六帖、幽齋印本無一字差謬令／繕写畢、可為証本乎／

元和五年乙未孟春　藤惺窩　在判

元禄十丁丑年仲春日　錦小路町西入町／永田調兵衛板行

とあり、幽斎印本をそのままに翻刻したという。元禄十年のほか、同じく五年と十七年にも板行されている。こうした流布に支えられてか、千首部類が『宋雅千首』として収め、また『群書一覧』にも「宋雅千首」の誤りだし指摘されながら、無視され、刊本「千題和歌集」に長禄四年（一四六〇）十一月十日祖父宋雅三十三回忌の詠だと記されているから「宋雅千首とは別種とみなくてはならない」とされてきた。（注2）しかしその判断は誤りである。後掲するとおり、一類本・二類本とは同じであるが、改作した三類本・四類本の巻頭部分とは全く異るところから、見別本の如く認定されやすいけれども、宋雅自身による前記奥書の存在、ならびに千首の内容からも「宋雅千首」の一本と認めねばならない。宋雅三十三回忌嵯峨墓所における栄雅の詠は『亜槐集』に二首収められているが、千首のことは見えない。もしその時千首を詠んだとしても、それはこれ以外のものであったと見るはかない。

第二類（一次改稿）本は、巻頭歌と巻尾歌は、一類本と同じであるが、一類本の雑歌二十首（澗槙・籬草・名所橋・名所泊・名所里・冬夜夢・懐旧涙・独懐旧・懐旧非一・寄風述懐・寄煙述懐・寄雨述懐・寄霜述懐・寄雪述懐・寄沼述懐・寄海述懐・寄天祝・寄日祝・寄月祝・寄苔祝の二十題）を改作して差し替え、若干の歌序の移動と小さな修訂を加えた内容の本である。

第三類（二次改稿）本は、巻頭歌を改詠して、

立春朝　あまの戸の明行程のやすらひに日影を待て春やきぬらん

とし、巻尾歌（一・二類本に同じ）、

寄亀祝　万代をたもつ薬も亀のうへのやまより今ぞ君につたへむ

に至るまで（本文は⑮本による）。二類本の改稿に加え、さらに春夏秋冬の四季歌と恋歌あわせて七十首（立春朝・立春天・立春日・立春風・立春霞・立春雲・立春水・立春都・草残雪・岸柳・門柳・朝春雨・夕春雨・野春雨・岡雉・帰雁知春・暁帰雁・

岸帰雁・遠帰雁・春野・遊糸・栽花・尋花・交花・山花・野花・関花・瀧花・花雲・花枝・花色・夕蛙・沢杜若・浦藤・春欲暮・暮春鐘・惜三月尽・三月尽夜・閏三月尽・首夏・野時鳥・関時鳥・独聞時鳥・急早苗・夜五月雨・瀧五月雨・浦五月雨・雲間夏月・樹陰納涼・草露・庭荻・野女郎花・原薄・野草欲枯・栽菊・山菊・初冬時雨・田水・冬寒月・池水鳥・竹霰・浦雪・年欲暮・寄崎恋・寄隣恋・寄浅茅恋・寄蓬恋・寄桐恋・寄松虫恋・寄紐恋）を改作して差し替え、若干の歌序の移動と小さな修訂を加えた系統の本である。三類本のいま一つの特徴は、牡丹花肖柏の同題千首と二人類聚（同題下に宋雅と肖柏の詠を並記する）形態をとって多く伝存することである。そして、奥に、

和歌のうらに玉もまじらぬもしほ草いにしへいまの数をとめぬる　為尹

本云
此千首可進詠由、去八月廿四日自室町殿蒙仰、同十月八日持参之、

応永廿二年十月　日

向寄窓屢招早涼、為尹卿以自筆本書写之／件雖三帖、今一帖用之、

文明元年初秋漢　羽林郎将藤原為広

此奥書ノ有ハ為尹ノナリ、木阿本写之

大永七年丁亥十一月十四日

九州肥後住人水俣瑞光書之

文禄五年閏七月十八日　書写之

との奥書がある（⑮本による）。この奥書は「為尹千首」のもので、何らかの誤認によって本書に添えられたものであろう。この系統の本は、明らかに肖柏千首成立以後、後人の手によって編集されたものであるにちがいない。

第四類（定稿）本は、巻頭歌と巻尾歌は三類本と同じであるが、三類本への改作に加え、さらに二十六首（立春天・路若草・関早蕨・樵路早蕨・春暁月・春駒・春河・野花・故郷花・里花・花根・朝郭公・蛍似露・蛍似玉・簷荻・夜虫・杜月・井月・遠村紅葉・庭紅葉・閨時雨・年内早梅・寄日恋・寄笛恋・寄楫恋・寄霜述懐）を改作して差し替え、若干の歌序の移動と小さな修訂を加えた系統の本で、初度「宋雅千首」の定稿本と見なしてよい本である。

二―3　三段階にわたる改稿の跡

三段階にわたる改稿のあとは、一々具さに例示すべきであるが、合計百十八首にも及ぶその数は厖大で、煩瑣でもあるので、巻頭部と雑部の初め若干の異同を例示するに止める。

立春朝

今朝みれば霞を分て出る日も同じ道にや春のきぬらん　（一・二類）

あまの戸のあけゆくほどのやすらひに日影をまちて春やきぬらん　（三・四類）

立春天

春のたつ雲の通路あらはれて緑の空もかすみそめつる（ゝ）　（一・二類）

いつのまにみどりの空の霞らむ春立きぬる雲のかよひぢ　（三類）

いつしかとかすめるそらもみどりにて春たちきぬるくものかよひぢ　（四類）

立春日

嶺たかく出る朝日もあら玉の春の光とけさやみゆらん　（一・二類）

今朝みればかすみをわけていづる日のひかりや春をさそひきぬらん　（三・四類）

立春風

音たてぬ霞斗を吹分てけふ（さ）よりかよふ春の初かせ　（一・二類）
あまつ空かすみばかりを吹わけてをとせぬ風に春はきにけり　（三・四類）

立春霞

あけわたる空をゝそしと立春に待れてかすむ四方の山端　（一・二類）
さほひめの袖はかすみのはつしほにそめてもうすき春やたつらん　（三・四顆）

立春水

春たちてけふ中空にかすむ日のかげさへみゆる山の井の水　（一・二類）
山の井のこほりもけさはとけながらまだ春あさき影やみゆらん　（三・四類）

立春都

雲の上かすみの下ものどかにて花の都に春はきにけり　（一・二類）
きえのこる雪をも花のみやこぞとこずゑにみせて春はきにけり　（三・四類）

澗槙

嶺たかき山ぢをゆけば谷かげの槙の梢もふもとにぞみる　（一類）
谷ふかみまれにもりくる日影にや槙の下葉も色に出らん　（二・三・四類）

籬草

淺みどりかきね斗にみし色の花のちぐさとなりにけるかな　（一類）
色々の千種をみずは春秋の色をもわかじ庭のあしがき　（二・三・四類）

名所橋

波の上をわたるは同じ名にたてど棹こそさゝねさのゝ舟はし　（一類）

棹さして行とはみえぬ旅人も浪にぞわたるさのゝふなはし（二類）
棹さして行とはみえぬ旅人も波にうきたるさのゝ舟はし（三・四類）

二―4　若干の本文の混乱

なお、続群書類従（第三十七輯拾遺部）巻第三百七十七「雅縁卿千首」翻刻の底本とした㉒本には、若干の混乱がある。一つは春二百首中「花袂」「花衣」「花鏡」の部分であり、各本の本文はそれぞれ次のようになっている。

花袂
春の色に染もなされぬ苔衣にほふを花の袂にやせん（一・二・三類）
ナシ（題ノミ補入）（四類）

花衣
さくら色にそむる袂をそのまゝにかさねてぬるも花のしたぶし（一・二・三・四類）

花鏡
さても猶くもらじ物を池水に散さへきよき花の鏡は（一・二・三類）
さのみともふかくなそめそ花衣又たちかへばおしくやはあらぬ（四類）

内容からみて三類本の「花衣」「花鏡」の二首は（一・二・三類本の「花衣」も同じだが）、それぞれ「花袂」「花衣」の歌として詠まれたはずのものであろう。二つは秋二百首中「夕虫」「夜虫」の部分で、各本の本文は次のとおりである。

夕虫
我心つくすかぎりはきりぎりす鳴夕かげの秋のあはれは（一・二・三類）
（か（二類））

ナシ（題ノミ補入）（四類）

夜虫

草にだにたれを松虫いたづらにぬるよもなしとねのみなくらん（一・二・三類）
夢（二類）

わがこころつくすかぎりかきりぎりすなく夕かげの秋のあはれは（四類）

三類本「夜虫」の一首は明らかに「夕虫」の歌であるにちがいない。しかし、このような混乱は、おそらく本来的なものではなく、修訂の際の過誤、たとえば行間に書きこんで一首ずらして見せ消ちにしたとか、あるいはまた書写の過程で生じた錯誤とみてよいのではあるまいか（㉒本は一行書の歌の上部に歌題を示す型態をとっているが、こうした形をとる限り、それを助長する可能性は十分すぎるほどにある）。

二―5　初度千首（おわりに）

初度千首の成立事情については、前記一類本奥書によって具さに知ることができる。すなわち、それは応永二十七年（一四二〇。時に宋雅六十三歳）、将軍足利義持の不例平癒を北野社に祈った聖廟法楽千首であり、十月一日から十日未明にかけて詠まれた作品であった。九日間で終功できたけれども、十日に満たすべく、三十首を残して十日未明に完詠周備した、といった事情も判明する。三類本・四類本の改稿がいつの時点でなされたかは不明とするほかないが、長期間にわたってなされたとは考えにくい。完詠直後手控えに記したと思しい奥書をもつ一類本はおそらく奉納本ではあるまい。奥書をもたぬこと、世に流布しなかったことなどから考えて、四類本こそ奉納された本文を伝える本だと思われる。だとすれば、三度にわたる改稿は、十日以後奉納までのおそらくごく短い期間に行われたと見てよいことになる。

三―0　後度千首（別本宋雅千首）

後度千首（別本宋雅千首）は、巻頭が、

詠千首和歌　　宋雅

春二百首

立春

神垣の松にもけふや春たつといふことの葉の初なる覧

に始まり、巻尾は、

（祝）

かはらじな都の山をはじめにていづくもよばふ万代の声

に終わる、全部で一五六題による千首である。（注3）

三―1　後度千首の諸本

後度千首（別本宋雅千首）として伝存する諸本は、以下のとおりである。（注4）

①日本大学総合学術情報センター蔵「飛鳥千首」（「詠千首和歌」）

②東京大学国文研究室蔵本居文庫（二八八・一〇一五）「宋雅千首　別本」（「詠千首和歌」）

③神宮文庫蔵（三門・五一九五）「宋雅千首」（「詠千首和歌」）（信田杜千首と合綴）

④ノートルダム清心女子大学蔵（C八一・一・一）（剝離題簽）「為相集」（「詠千首和歌」）

⑤宮城県立図書館蔵伊達文庫（伊九一一・二六四・五二）「為相集」（「詠千首和歌」）

⑥浜口博章氏蔵「宋雅千首　別本」（「詠千首和歌」）

⑦宮内庁書陵部（四五三・二）続群書類従巻第三百六十七「為相卿千首」

①本には、以下の奥書がある。

右千首和歌者、去年十月上旬奉祈念／霊廟之意趣忽依令成就、任誓約之旨重／
一身馳筆奉法楽者也、正月廿五日始之、今／月十五日、以上廿箇日之間終功畢／
応永廿八年辛丑十月十五日　宋雅

千首　正応四年二月廿六日於大僧正源恵　号大御□□　坊詠之
元亨三年八月廿六日於藤大納言為世卿家又詠之

春二百首　夏百首　秋二百首　冬百首
恋二百首　雑二百首

今度詠之日々事

春百首　正月廿五日卯刻始之、子刻詠了
同百首　同廿六日子刻始之、廿七日亥刻詠了
夏百首　同廿七日亥刻始之、廿九日辰刻詠了
秋百首　同廿九日辰刻始之、二月四日巳刻詠了
同百首　二月四日巳ノ刻始之、六日寅刻詠了
冬百首　八月廿二日始之、三箇日之間五十余首詠之、其後依有／障閣之、

又九月十六七両日百首周備、都合五箇日詠了

恋百首　同十七日巳刻始之、十八日申刻詠了

同百首　十月五日子刻始之、五首詠之、六日自午刻至子刻／七十二首詠之、

七日巳刻以前百首周備

雑百首　同七日午刻始之、八日卯刻詠之

同百首　同八日巳刻始之、十日五首詠之、十五日巳刻又始之、酉刻／詠了／

都合廿箇日、千首周備

この奥書は、前記した初度千首の奥書と密接に関連している。すなわち、将軍足利義持の不例平癒を祈念して昨年十月十日聖廟北野社に奉納した初度千首の意趣が成就したので、一年後に再度千首を詠作して奉納するとの誓約(就中此願於令成就者、重可令法楽千首和歌之旨、奉誓約者也)を履行して、製作し奉納した後度千首が本作だと明言しているのである。後度千首の製作はすでに応永二十八年の正月下旬から始まり、途中支障の期間をはさんで、十月十五日に完成に至った、その間実質的に詠作に要した日数が二十日間であったことを、克明に記し留めているのである。

なお、その前の「千首」割注に記されるところは、同じ千首でも今回のは一五六題による千首の二つの先例(正応四年(一二九一)天台座主「大僧正源恵坊千首」と元享三年(一三二三)「藤大納言為世卿家千首」)を連記したものであろう。初度千首の方に注されている「中院大納言為家卿家千首」は、『明題部類抄』によれば、「宋雅千首」の題と同じ一〇〇〇題による千首であった(前記)。

①本は、右の奥書を伝えている唯一の伝本であり、そのことの意義と価値は絶大であるが、本文もまた極めて純

良で、細部にわたるまでほとんど完璧といっても過言ではない。ただ一首だけ歌が欠佚していることが惜しまれる。それは、夏百首のうち、最後から二番目の題「納涼」（三首）の歌が、実際には二首しか見えず、総歌数は九九九首となる。ただ幸いなことに、②本以下の諸本はすべて三首完備しているので、②本によって補うと、

呉竹の夜のまはいまだながゝらで秋ある風の音ぞ涼しき

となり、合わせて一〇〇〇首となる。以上一点だけを補塡すれば、最良の本文が得られることは疑いなく、日大本は、翻刻などを志す際には、後度千首（別本宋雅千首）の拠るべき唯一の伝本と認められるのである。

②③本以下に、右の克明な日数計算の奥書はないけれども、②③本には巻頭内題「詠千首和歌」の下に「宋雅」の署名があり、また次の奥書識語がある（③本による）。

宋雅千首
右一冊、北畠羽林可令一覧旨示給畢、／此千首無所持間、暫時可借給歟之由／申処、明朝可返旨也、則午刻筆を始、／夜半以前終功、則令独校畢、珍重無極／者也／
元和第六暦仲春下三日　左近中将雅胤
同廿六日於御番所再校畢
正保二年閏五月廿三日　加一校了

三―2　後度千首の内容上の特徴

歌の内容にたち入って見てゆくと、この千首はまがいもなく後度宋雅千首であることが明白となる。第一の証拠

は、「神紙」題の、

千々のかずはや二度の手向草一よの松もかけざらめやは

の一首である。この歌は再度の神への『手向草』、すなわち奉納千首であったことを明示するもので、日大本「飛鳥千首」奥書にいうところと完全に符合する。第二の証拠は、「夢」題の、

六十あまり過こし方を夢とみついつ驚かん我身をばしる

である。この千首を詠んだ時作者は六十余歳であったことを示しているのであるが、雅縁は延文三年（一三五八）の出生だから、応永二十八年（一四二一）は六十四歳、まさしく「六十あまり」であった。第三に、内容上特徴的なことがらとして、一連の述懐詠がある。

君を祈る心ばかりは人よりもわきてと思ふ身こそふりぬれ

身はかくてふりはてぬとも君が世に行末憑道したえずは

君のため命をだにもすつべきにつかふる道に身をば惜まじ

君にのみなれゆく道の恵あらば惜からぬ身も惜まれぬべし

君ならで哀をかけん人もあらじ波にただよふわかの浦舟

などなど、君に仕える身の思いを表出したかなり特異な述懐歌がならんでいるし、君という語は全篇に数多く见られる。この「君」は、不例平癒を祈った将軍義持その人を念頭においての表現であるにちがいなく、前年法楽の意趣成就により、起請の旨に任せて再度の法楽作品を詠作したとすれば、容易に理解できる内容である。

かくて、この作品は「宋雅千首」の別本であり、内容と日大本奥書に照らして、一年後の後度千首であることもまた疑いない。

三―3　為相千首と誤伝する伝本

しかるに「為相卿千首」として伝存する④⑤の諸本は、巻頭の署名と右奥書中冒頭の「宋雅千首」の注記を欠き、さらに次の奥書が加わる（④⑤二本共通）。

這本雅胤卿自筆之本、亜槐雅章卿／所持之家本申請、命小童遂書写、／
一覧之後加奥書者也
寛文五暦初秋五日　　　　源永言　判

この奥書は、「雅胤卿自筆之本」といい、「飛鳥井雅章卿所持之家本」といい、②③本の奥書に直接する「宋雅千首」の奥書であるにちがいなく、そのことを証するかのように⑥⑦の二本には、②③本の前記奥書と、④⑤本奥書の両者ともに揃って収められているのである。それがなぜ「為相千首」と誤認されたのか、理由はわからない。けれども、寛文五年（一六六五）以後、続群書類従が編纂されるまでの間に誤認は起こり、為相の千首として伝承されてきたのであった。

為相千首については、早くに、これを疑う説を谷亮平氏が提起されているけれども（注5）、『群書解題』には「確実な根拠からではない」（注6）として、無視されており、『私家集伝本書目』も、本居文庫本宋雅千首に「実は為相千首」と注している。しかし、右のように見てくると、「為相卿千首」とは、実は「宋雅千首」の別本であったことがいよいよ確実になってくるのである。

かくて、「宋雅千首」には別本があり、初度の「聖廟法楽千首」を詠んでからちょうど一年後の、応永二十八年十月に完詠した作品で、前年起請の旨に任せて、再度法楽のために詠んだ作品であった。しかし、続群書類従に収められる時ないしはそれ以前のいつの時点でか、為相の千首と誤伝され、その誤りが今に至るまで広く信じられてきたのであった。

『続群書類従』（第十四輯上）には「為相卿千首」（巻第三百七十六）、「雅縁卿千首」（巻第三百七十七）（欠）、「耕雲千首」（巻第三百七十八）、「栄雅千首」（巻第三百七十九）と、千首五編の名が見え四編の本文が収められている（因みに第十四輯下の巻頭巻第三百八十は「正徹千首」である）。上来考証してきたように、一五六題による千首である「為相卿千首」を「宋雅千首」（後度）と改め、一〇〇〇題千首である「栄雅千首」を「宋雅千首」（初度）と改めれば、諸本や奥書などの問題を度外視し本文翻刻だけに限って言えば、「雅縁卿千首」の欠巻補充（拾遺）は、必ずしもしなくてよかったのかもしれない。

【注】

（1）その他、古書目録類で寓目したものに、『弘文荘待賈古書目』第二十号（昭和二十六年六月）所掲「雅縁卿千首」（一類本か）、『琳瑯閣古書目録』（昭和四十五年十一月）所掲「宋雅牡丹花詠千首和歌」（三類本か）、『思文閣古書目録』第六十八号所掲「和歌書関係一括」中の「宋雅千首」（一類本か）などがある。

（2）谷鼎「栄雅千首」（『群書解題』第十巻、続群書類従完成会、昭和三十五年七月初版）。

（3）最も完成度の高い、日本大学学術情報センター蔵本（後掲①本）の、歌題と歌数を一覧して表示する。

春二百首（32題）

立春（10）早春（5）子日（3）霞（15）鶯（10）若菜（5）残雪（3）余寒（3）梅（15）柳（5）若草（2）早蕨（2）春月（5）春雨（5）春駒（1）帰雁（10）遊糸（1）花（50）桃花（1）梨花（1）雉（1）雲雀（2）野辺（1）苗代（3）蛙（2）菫（3）躑躅（2）杜若（2）款冬（10）藤（10）暮春（7）三月尽（5）　二〇〇首

夏百首（28題）

首夏（1）更衣（2）余花（1）新樹（1）卯花（5）葵（1）郭公（25）早苗（3）菖蒲（3）蘆橘（5）樗（1）五月雨（10）水鶏（1）夏夜（1）夏月（5）瞿麦（2）夏草（5）照射（1）鵜川（1）蛍（10）蚊遣火（1）夕顔（1）蓮（1）氷室（1）夕立（5）蟬（3）納涼（※3）六月祓（1）　※一首補塡して　一〇〇首

秋二百首（30題）

立秋（5）初秋（5）棚機（7）露（15）秋夕（2）荻（5）萩（5）女郎花（3）薄（3）苅萱（3）蘭（2）槿（1）虫（10）初雁（10）鹿（10）鶉（3）鴫（3）秋田（2）霧（5）駒迎（1）月（50）擣衣（10）秋夜（1）秋雨（2）野分（1）葛（3）菊（5）紅葉（20）暮秋（5）九月尽（3）　二〇〇首

冬百首（17題）

初冬（5）時雨（10）落葉（10）霜（5）寒草（5）寒蘆（3）氷（5）冬月（5）千鳥（5）水鳥（2）網代（2）霰（5）雪（25）神楽（1）仏名（1）早梅（1）歳暮（10）　一〇〇首

恋二百首（31題）

初恋（10）忍恋（15）不逢恋（15）見恋（5）聞恋（5）祈恋（5）契恋（10）待恋（10）遇恋（5）別恋（10）顕恋（5）暁恋（5）朝恋（5）夕恋（5）夜恋（5）遠恋（2）近恋（2）尋恋（3）旅恋（5）偽恋（5）誓恋（2）厭恋（3）増恋（3）変恋（3）隠恋（2）稀恋（5）遇不会恋（10）久恋（5）忘恋（5）恨恋（15）絶恋（15）　二〇〇首

雑二百首（18題）

天象（10）地儀（10）名所（20）山家（20）田家（10）草（10）木（10）鳥（10）獣（5）雑物（10）旅（20）述懐（10）懐旧（10）夢（7）眺望（3）神祇（15）釈教（5）祝（15）　二〇〇首

以上合計一五六題、一〇〇〇首。

因みに②本は九九六首で四首（夏二、秋二）欠佚、⑦本は九九四首で六首欠佚している。

（4）『弘文荘待賈古書目』第二十号（昭和二十六年六月）に、「飛鳥井千首」一冊があり、「飛鳥井雅縁の詠で、大永頃写、三条西家旧蔵本」であるという。解説には、「美濃判のやゝ幅広き形、十八行、歌一行書。前掲宋雅千首奉納祈願の意趣成就せるにより、起誓の旨に任せ翌年十月十日に重ねて千首を詠じて北野へ献納せるもの。此の千首の事諸書未載、従来知られざる稀書。紙数三十三丁、原装本」とある。さらに昭和三十八年度文車会の目録にも「飛鳥千首」一冊があり、「飛鳥井雅縁詠、永正頃古写本、三条西家旧蔵」とする本が見え、おそらくは同じもので、現在日本大学総合学術情報センターに所蔵されている「飛鳥千首」がそれであろう。

（5）谷亮平「為相集為相千首考証」（『歴史と国文学』第十六巻第四号、昭和十二年四月）。

（6）谷鼎「為相卿千首」（『群書解題』第十巻、続群書類従完成会、昭和三十五年七月初版）。

【附記】本稿は、続群書類従（第三十七輯拾遺部）（続群書類従完成会、昭和四十七年十一月）巻第二百七十七「雅縁卿千首」の解題に述べたところを大幅に改め、『和歌大辞典』（明治書院、昭和六十一年三月）「宋雅千首」解説に修訂記述したところを基本とし、さらに補訂を加え改稿したものである。日大本「飛鳥千首」の調査に当っては、日本大学総合学術情報センター学術情報課岡田宗介氏のご高配をえた。記して謝意を表する。

第四節　崇徳院法楽和歌連歌巻解題

(1)　頓証寺法楽一日千首短冊

『松山千首短冊帖』は、金刀比羅宮寶書八四号。桐箱入。縦三八・〇糎、横二〇・二糎の折帖。金地唐草浮紋緞子表紙。見返しは銀泥。外題・題簽なし。短冊は一面三枚、十九面に五十七枚を押してある。うち五十二枚は、縦三四・九糎、横五・〇糎の鳥の子紙無地の短冊、恋歌の最初、忍恋(円作)・初遇恋(寿印)・後朝恋(重阿)・不逢恋(全純)・会不逢恋(永順)の五枚は、縦三四・〇糎、横五・四糎の打曇り短冊で、別種と認められる。巻末の貞直の序は、縦三二・四糎、横一五・八糎の無地の絹布に書かれたものを貼付する。

箱蓋表中央に「松山千首短藉帖」と墨書し、蓋裏に高松藩執政覚政典による以下の識語がある。

松山短籍、旧号千首、星霜漸移、残缺幾盡、今其存者、蓋僅五十有七紙、雖片玉半圭亦宜以珍襲焉、予恐其久而至無孑遺、命工作帖、輯而貼之、令莫復分散、是愚悃焉耳、

天保五年甲午春二月　覚政典謹識

一方、寛永八年(一六三一)卯月七日の『白峯寺相伝真宝之目録』には、本短冊に関し次のように記されている。

一　短冊四拾三枚

作者所記如左

四枚　益之　　四枚　正徹　　三枚　侚阿　　三枚　梵燈　　二枚　道観
三枚　阿春　　二枚　重阿　　三枚　宝城　　二枚　宝密　　二枚　聖信
六枚　常永　　二枚　伊那　　二枚　信承　　一枚　元俊　　一枚　元呂
一枚　元継　　一枚　堯孝　　一枚　之重　　一枚　雅清

合計四十四枚となるが、宝城二枚を三枚と誤記したことによるもので、四十三枚が正しい。

右の寛政典の箱裏識語、ならびに本帖巻末の富小路貞直の序、それに『真宝之目録』をあわせ勘案することによって、本短冊帖の由来はほぼ判明する。すなわち、元来千枚千首あったはずの短冊は時代とともに散佚してしまい、寛永八年の時点ですでに四十三枚になっていた。享保（一七一六〜三六）の頃に「古を好る人」が「かなた此方より需出して」十四枚を加え、五十七枚となった。天保五年（一八三四）二月、これ以上の散佚を恐れた寛政典が現存の折帖に仕立て、白峯寺の伝奏富小路貞直に依頼して序を書かしめ、巻末に貼付したのである。

なお、松平公益会蔵『白峯寺縁記并歌』によれば、これより前天保四年（一八三三）九月十五日、源春野（高松藩儒中村衛助、同六年考信閣総裁となる）が、現存折帖に押される以前に五十七枚の短冊を書写している。本帖の四季・恋・雑の歌題順配列とは異なり作者別にまとめられているが、その四十三首目までは寛永の『真宝之目録』の作者ならびにその歌数と一致する。四十四首目以下の十四首は、既出の作者が再度出てきたり、別種と認められる打曇り短冊の歌もその中に含まれていることから、末尾の十四首が享保のころに蒐集追加されたものと見られる。なおまた、本短冊は、『今古讃岐名勝図会』にも、貞直の序とともに五十七首全部が翻刻されている。その本文も作者別に配列されていて、『白峯寺縁記并歌』所収の写と同趣であるが、末尾の十四首の順序に若干の相違がみられる。梶原景紹もまた天保五年折帖に貼られる以前に本短冊を披見したものであろう。現存短冊を子細にみると上部中央同じ位置に小さな穴があいていることとも勘案して、折帖に押される以前の短冊五十七枚は、作品別に整理され、新収のものは終りにまとめ、そして、上部を紐で綴じた状態で保存されていたものと思われる。

本短冊のもとになった千首の成立は、応永二十一年であった。現存短冊中の正徹の歌四首が、すべて正徹の家集『草根集』巻一の「頓証寺法楽詠六十首和歌」と題する六十首の中に見出され、その末尾の正徹自身による注記、

> 応永廿一年卯月十七日於細川右京大夫入道道歓家／讃岐国頓証寺法楽一日千首之内詠之

によって、元来、本短冊は、応永二十一年（一四一四）四月十七日、細川満元入道道歓邸において催された「頓証寺法楽一日千首」の作品であったことが判明するからである。正徹は千首のうちの六十首を詠んだのであった。この年の前年が崇徳院二百五十年遠忌に当っていたので、それを期しての法楽の催しだったはずである。

加えてまた白峯寺文書中の（応永二十一年）極月十三日付、院主御坊あて宝密書状に、勅額のこと、御製のことなどを認めたあと最後に、

> （前略）此かくに付候て、家々御方さま其外人々申て百首法楽申候、当座卅首共に一巻にあすかゐ殿遊させ候て進上申候、又屋形法楽之一日千首も此筑後殿に進之候、いつれも箱に入て候、此まゝ御奉納あるへく候、（後略）

とあることから、同年十二月八日に催され、宋雅が一巻に清書した、崇徳院法楽のための続百首並びに当座続三十首と、それより早く四月十七日に細川満元道歓邸において催された「頓証寺法楽一日千首」の各作者自筆の短冊千枚も、何冊かに分冊して上部を紐で綴じただけの簡略な状態で一緒に取り揃え、十二月十三日付けで、頓証寺に奉納され崇徳院の法楽に供されたのであった。

本短冊はまた、『大日本史料』第七編之二十、応永二十一年四月十七日の条にも翻刻が収められている。現存五十七枚の短冊の作者は合計二十七名、各々の作者については四九一頁に参考文献としてあげた論考に詳しいので、参照されたい。

【附記】本解題の初出稿を執筆刊行した昭和五十六年（一九八一）三月以降、二十数年を経て、別府節子「『頓証寺法楽一日千首短冊』について―既存資料、新出資料による考察と集成」（『出光美術館紀要』第十二号、二〇〇七年一月）が公刊された。図版を多用した説得的な論考である。「松山千首短冊帖」の特徴として、①雁皮系でやや厚めの紙質の白短冊であること、②法量は、三四・七糎～三四・九糎×五・〇糎～五・一糎の範囲内にあること、③題の字を避けずに必ず題の一字目に綴穴跡があること、という既存の知見の他に、④歌題の出典が「顕朝卿家千首」にあること、⑤その歌題も宋雅の筆跡であること、の二項を加えて点検しなおし、『松山千首短冊帖』中の「頓証寺千首短冊」は、四十八葉と存疑一葉、作者は十九人と確定した上で、多数の新出資料を俎上に載せて点検し、新たに四十九葉（と正徹の既知の一葉）を追加して、総計九十八葉と存疑一葉、作者は新たに八名を加えて二十七名になったと結論している。大要は首肯できるので、これによって本短冊の研究は、量的にも質的にも飛躍的に前進した。

（II）続百首和歌頓証寺法楽・続三十首和歌同当座

黒漆塗箱入。巻子本。箱表に金文字で「松山百首和歌」とある。紙高三二・五糎、緑地菊唐草金紋緞子表紙。一七・三糎。見返しは金泥に銀切箔散し。料紙は、平均五一・七糎の鳥の子紙―九紙を継ぎ、全長九六三糎。全巻裏うちを施し、金切箔を散らす。「続百首和歌　頓証寺法楽」の本文ならびに「応永廿一年十二月八日」の奥書は第十三紙で終り、第十四紙以下に「続三十首和歌　同當座」を書し、両者をあわせて一巻とする。両内題の「続」は、定数歌を複数の歌人で完成する詠歌方法「続歌（つぎうた）」の意である。

本巻は飛鳥井宋雅筆と伝え来っており、そのことは白峯寺文書中の勅額添翰のうち十二月十一日付宋雅書状はか宋雅の真蹟に照らしても、また宝密の書状にも「百首法楽申候、当座卅首共に一巻にあすかゐ殿遊させ候て進上申候」とあることからも、疑いの余地はなく、法楽のために奉納進上された原本そのものであると認められる。

『続百首和歌』の成立は、奥書から応永二十一年(一四一四)十二月八日であったと知れるが、『続三十首和歌』も同じ日当座に詠まれたと見てよい。後者に「同当座」と注記するのは、それが当座詠であったことを意味すると同時に、『続百首和歌』の方が兼題による歌会であったことを意味している。『続三十首和歌』の作者十八人のうち、善節一人を除く十七人までが『続百首和歌』の作者四十六人の中に入っているので、おそらくは、『続百首和歌』の披講を終えたあと、その日の出席者のみによって、当座続三十首の会がもたれたのであろう。そして、この日詠作された両作品は、この催し全体の指導者で、自身も詠者の一人となっている飛鳥井雅縁入道宋雅によって清書された。前記十二月十一日付白峯寺の伝奏富小路殿貞直あて宋雅書状に、「将亦法楽百首、同当座卅首清書事承候之間、馳筆進入之候、御製并此一巻御奉納之儀、尤以可然候」とあることから、宋雅はこの清書を十一日にはすでに終わっている。この時に完成した巻子本一巻が、そのまま伝えられて現存しているのである。

『続百首和歌』の巻頭は、

立春　　宋雅

けふよりの春をば空に吹たてゝ浪ぞおさまる松のうらかぜ

山霞　　道歓

さほ姫の袖のかざしの山かづらかすみをかけて雲ぞあけゆく

に始まり、巻末は、

瑞垣　　為尹

玉床のへだてもちかきみづがきにこえてやかよふみねの松かぜ

祝言　　道歓

君もげに神となりてぞかくばかりするゐの代かけて猶まもるらむ

に終わる。続いて『続三十首和歌』の巻頭は、

霞知春色　　道歓

時も代ものどけき色は久かたの空にもみちてたつ霞かな

野外若菜　　宋雅

しるべせよ春の野守のかひあらば老の身までもわかなつむやと

に始まり、巻尾は、

眺望日暮　　道歓

かつらぎのよそめはくれてをはつせやおのへにのこるいりあひのこゑ

寄道祝言　　宋雅

あふぎみる人のこゝろのまことをも道につけてや神はうくらむ

に終わっている。主催者道歓や冷泉家の為尹の扱いなど、当初からのきめ細かい宋雅の配慮と指導のありようの一端を窺い知ることができよう。

なお、十二月十一日付宋雅書状ならびに極月十三日付宝密書状によって判明する本作品前後一連の法楽事業の関係は、以下のようなものであった。崇徳院の二百五十年遠忌にあたる応永二十一年に入ると、その法楽のため、幕府の管領で讃岐守護でもあった道歓細川満元は、まず四月十七日、自邸に「頓証寺法楽一日千首和歌会」を催し、結果として各詠者自筆の千枚の短冊が完成した。その後、その被官安富周防入道宝密は、崇徳院御影堂に掲げる額の字の揮毫を、主道歓を介して将軍義持に願い出た。将軍は神慮をおもんばかって仙洞の後小松院に執奏し、「頓證寺」の勅額を賜った。七月、道歓はまた飛鳥井宋雅を通じて後小松院宸筆の法楽御製を賜った。宸筆そのものの御製は伝わらないが、国立国会図書館蔵伝安富宝密筆『長秋詠藻』の奥書により、それが七月のことであり、御製は、

千世かけてうけなばとまれ筆の跡のたちどもしらぬ松のうら浪

であったことが判明する。その御製下賜を機に、一連の事業の締め括りとするかのように、公武諸家の人々及び被官や歌人たちを糾合して、おそらくはこれも道歓邸において、法楽続百首ならびに当座続三十首の会が催され、それを宋雅が一巻に清書して箱に納め、勅額、御製、一日千首短冊千枚を併せて、白峯寺の院主のもとに進上、額は十二月二十五日に掲額するようにとの宝密袖書の指示に鑑み、同じ日総てが奉納されたのであった。なお、本法楽事業への宋雅のかくのごとき大々的な関与は、前項に見た初度後度「宋雅千首」の詠作より六年前のことであった。『続百首和歌』の方は、『続群書類従』巻第三百八十四に「応永廿一年頓証寺法楽百首」の題で収められており、周知の資料であったが、原本である本巻の百首本文によって、作者名の欠脱などを補うことができる。『続三十首和歌』が一具となっている本巻と同種の伝本としては、祐徳稲荷神社中川文庫蔵本中に一本があり、それには「這一帖和歌所堯孝以真跡令書写即時校合畢」との奥書がある。宋雅自筆本とは別に、やはり両作品の作者の一人であった堯孝筆本からの転写本で、内容に大異はない。また天保四年九月に源春野が本巻を転写した写しが、松平公益会蔵『白峯寺縁記并歌』の中にある。焼失した旧彰考館文庫の蔵書中に「応永二十一年頓証寺法楽百首」なる一本を認めうるが、書名から判断してこれはおそらく類従本と同じ『続百首和歌』のみの一本であった可能性が大きいであろう。

(III) 詠法華経品々和歌

黒漆塗箱入。巻子本。箱表に「詠法華経品々和謌 五十六首作者廿八人」、蓋裏に「寛文五乙巳年暮秋日 折下氏重継」とある。表紙は欝金地牡丹丸紋緞子、二九・三糎。見返しは金泥に金銀切箔砂子散し。題簽(剝離)は、縦一一・〇糎、横二・三糎の金紙に、「詠法華経品々和歌」と記す。紙高二八・〇糎。料紙は楮紙であるが、妙法蓮華経の古活字摺本の当該品冒頭の一紙裏を用い、上下に界を引いて歌を書してある。二十八人が一品ずつを分担して、各自の位署、各品の詠歌と懐旧歌、二首宛を自記した、いわゆる一品経和歌懐紙を継いで一巻としたものである。ただし、第十法師品を欠き、全部で二十七紙。一紙の長さは四一糎から五一糎程度で、全長一二六〇糎。全体に楮紙で裏うちが施されている。

寛永八年（一六三一）四月の『白峯寺相伝真宝之目録』には、「一法華経　一部」の下の割注として「廿八品を為廿八軸、毎一品に倭歌二首宛あり。但、第四ノ三法師品の和歌失却す。」「二十七軸之倭歌之作者所記如左」として作者名を列挙しているから、この時点では、各品ごとに軸装して二十七軸であったこと、また既にこの時法師品一品を欠失していたことがわかる。寛文五年（一六六五）暮秋日の箱裏書があるから、おそらく寛文五年かその少し前あたりに改装して現存本となったものであろうか。「折下重継」については未勘。寛文二年が崇徳院の五百年遠忌にあたっていたことといささかの関わりがあるのかもしれない。いずれにせよ、改装の時天地を裁断して揃えたため、本文の一部を欠損したところも生じた。

欠失した法師品懐紙の一人を除く作者二十七人と詠作した法華経の品々とは、以下のとおりである。宋雅（序品）・権中納言有光（方便品）・道歓（譬喩品）・前大僧正守融（信解品）・正三位公種（授記品）・常永（薬草喩品）・正三位基親（化城喩品）・正三位長遠（五百弟子品）・左中将尹賢（人記品）・法印覚杲（宝塔品）・大僧都仲助（提婆品）・権律師尭孝（勧持品）・正徹（安楽行品）・善節（湧出品）・梵燈（寿量品）・元昌（分別功徳品）・素杲（随喜功徳品）・前参河守藤原直親（法師功徳品）・下野守益之（不軽品）・沙弥宝城（嘱累品）・左衛門尉祐氏（神力品）・右京亮藤原元久（薬王品）・沙弥常松（妙音品）・出雲守橘之重（普門品）・沙弥伊那（陀羅尼品）・沙弥宝密（厳王品）・重阿（勧発品）。

本作品の成立は、応永二十二年（一四一五）九月であった。すなわち作者の一人で「詠授記品和歌」を詠んだ「正三位公種」は、『公卿補任』によれば、応永二十二年のはじめには「従三位前参議」であるが、翌二十三年正月六日には「従二位」となっている。また、作品を検すると、端作りに「秋日詠」と明示するもの、「秋のころ」など詠みこむものがあるところから季節は秋とわかるし、さらに宋雅、宝密の二人は「長月」を詠みこんでいるところから、二十二年九月と限定できるからである。従って、『松山千首短冊帖』や『続百首和歌頓証寺法楽』『続三十首和歌同當座』などが製作された翌年の作品ということになり、作者層も多くが重なっている。

そこで本作品をもそれらと関連づけて、やはり崇徳院の法楽に資したものとする見方もあるが、直接の目的はそこにはない。本作品成立の目的は、宝密・宝城兄弟による亡父の追善にあったと考えられる。そう考える根拠は次のとおりである。

① 一品経和歌は、通例、誰かの追善を目的として、縁故の者（多くは子か孫）がゆかりの人々に勧進して詠まれるものである。

② その際「厳王品」は勧進者が詠むならわしであるが、本作では宝密が詠んでいる。

③ 宝密はその「厳王品」詠として、

たらちねをみちびく法の道ならばこれもかはらじ大和ことの葉

と詠んでいる。この歌は、息子たちが父親を法門に導くことを話の筋とする厳王品の内容を詠じたもの（厳王品を普通、勧進者たる子か孫が詠むのは、この品がそのような内容のものだからである）で、上句でそのことを詠み、下句で自らの和歌による追善の営みも、まさしくその故事に等しいことを詠んでいると理解される。また弟の宝城も、述懐歌で、

いにしへもおなじうきよをしのぶかなおやのいさめをおもひでにして

と、やはり父親のことを詠んでいる。

④ たらちをのいさめしことの数々をわすれぬ跡とさぞしのぶらむ（公種）

おくれぬるむかしの秋をうらみても跡したふ袖やいまも露けき（覚杲）

和歌のうらにこゝろをとめしともづるのなきあとしのぶねをやなくらむ（之重）
たらちをはかへらで何ととしなみの月日ばかりはめぐりあふらむ（伊那）

などの諸人の述懐歌には、勧進者である宝密・宝城兄弟を、和歌の浦（和歌の道）に心を留める友鶴にたとえるなどして、その心根をやさしく慰めるような心情が流露しており、彼らの亡父追善の催しであったことを積極的に証している。覚杲の「後れぬる昔の秋」や伊那の「たらちをは帰らで何と年波の月日ばかりは巡りあふらむ」の歌に鑑みて、それは前記した作者の官位記の指示する応永二十二年九月一周忌における追善の催しであったと思われる。

しかしまた、そのような営みの結果である本作品が、いつの時点でか頓証寺にもたらされたということのうちには、崇徳院法楽の意図がなかったはずはない。寛永八年以前と限定はできるが、いつ頓証寺に奉納されたかを証する資料はない。いまもし、その奉納が勧進者である二人の兄弟によって、詠作完成後すぐになされたとすれば、それはやはり崇徳院の遠忌と何がしかの関わりがあったと考えねばならない。彼らが亡父追善を目的として各詠者に勧めて成った本作品を、さらに頓証寺に奉納するという行為を通して、二次的にではあるが、崇徳院法楽に資したという、二重構造において理解しうるからである。法華経各品の要文を詠み白筆でそれを書記するという行為は、そのまま崇徳院法楽に繋がるものであった。またもし、その子孫をも含めた後人の誰かが、頓証寺に奉納したとすれば、それはやはりその時点において、頓証寺・崇徳院への法楽の意図をもってなされたことになるが、この前後一連の宝密・宝城兄弟の二百五十年遠忌関係諸行事への関与の濃密さに鑑みて、前者の可能性の方がはるかに大であると思量する。

宝密・宝城兄弟は安富氏、細川家の被官。安富周防入道、安富安芸入道と称し、細川家の文芸を高揚せしめた人物たちであった。彼らをも含め、本作品の勧進に応じた人物たちの考証は四九一頁に参考文献として掲げた諸論考に詳しい。この解題もまた多くをそれらの研究に負っている。

（Ⅳ）頓証寺崇徳院法楽連歌巻

白峯寺所蔵の崇徳院法楽連歌は、十三巻として伝えられているが、そのうちの二巻は明らかに本来の一巻が分離したものであり、従って正しくは十二巻と数えなければならない。それぞれの巻末には、次の奥書がある。

綾松山頓證寺崇徳院法楽
連歌四百韻
于時元文二丁巳九月白峯寺
法印離言手自装潢修補以
類聚之備宝器

これと全く同じ奥書をもつ巻が九巻、「四百韻」の部分が「五百韻」となっているもの二巻、「三百韻」とあるものが一巻ある（後述「原状」の項参照）。すなわち、元文二年（一七三七）九月に、白峯寺の住侶法印離言が、それまで懐紙のままで伝襲してきた法楽連歌の散佚をおそれ、平均四百韻を一巻とする巻子本に改装したのであった。

懐紙の大きさや紙質などに若干の相違はあるが、紙高は約一五・五糎、懐紙一紙分の長さは三九糎から四五糎程度である。料紙はほとんどが楮紙であるが、〔60〕と〔61〕の二巻のみは打曇りである。裏打して修補してある部分もあるが、多くは懐紙を裁断してつなぎあわせ、巻軸に一紙と軸を添え、巻首に表紙を付しただけの簡略な装丁である。ために繋ぎ目の剝離してしまった所が多々ある。各巻とも表紙は約三〇糎の紺地に白と金紋の緞子を用い、見返しは鳥の子紙に金切箔を散らす。

ちなみに、離言は、これらを改修した同じ時に、三宅浄閑寄進の伝北条一睡筆「十花千句」の「第十」何田百韻の写し一巻をも同じ装丁で改装している。奥書は次のとおり。

奉寄進北条一睡殿執筆連歌一軸
綾松山崇徳院尊前
旹元文二丁巳年九月吉日
　讃州高松三宅浄閑謹上
同二年九月穀旦現住白峯寺
法印離言手自装潢修補以
為宝器

この百韻は肖柏・宗長・実隆など中央の連歌師や貴顕による作品で、崇徳院法楽のために巻かれた作品ではなく、全く異質なので、本篇にはとりあげなかった。

なお、白峯寺では、これをも含めて十四軸を一箱に収め伝えている。箱表には「頓證寺崇徳院法楽　連歌十四軸　讃州　白峯寺」、箱裏には、

目　録

永正年中	四百韻	元和年中	三百韻
天文年中	千八百韻	寛永年中	二百韻
弘治年中	三百韻	万治年中	一百韻
永禄年中	二百韻	貞享年中	一百韻
元亀年中	五百韻	元禄年中	一百韻
天正年中	六百韻	年号欠落	六百韻
文禄年中	一百韻	北条一睡執筆	一軸

朝倉茂人極札添

とある。二つに分離した一巻を二巻と数えているし、箱そのものも新しいので、おそらくは明治期以降の所為かと思われる。

離言の手になる巻子本への改装は、比較的年代の近い作品を一軸にまとめようとしたらしく思えるが、厳密には年代順になっているわけではないし、またその途中には夥しい錯簡が認められる。すでに元文二年の時点で、懐紙がばらばらになったり破損の著しかったことを窺わせる。従って、今、離言による巻子本の順序そのままに翻刻したとしても、資料としての価値は甚しく低いものとならざるをえない。完全を期すことは難しいが、可能な限り錯簡を正し、また合成するなどして、年代順に通しの作品番号〔 〕を付して配することとした。その結果、かなりの残欠が生じ、かつ年代不明のものも多くなったが、それらについては年代の明らかな巻における作者との比較によって、ほぼ該当すると推定した時期に配した。

〔原状〕 十二巻の原状を、本篇所収の通し番号その他をもって示すと、次のとおりである。なお（奥書）は「四百韻」と記すもの、（×奥書）は「五百韻」と記すもの、（○奥書）は「三百韻」と記すものである。

①〔1〕・〔2〕・〔3〕・〔4〕（奥書）

②〔5〕〔10〕〔11〕・〔6〕・〔7〕・〔8〕初オ～二ウ〔31〕名オウ・（奥書）

③〔9〕・〔12〕初オウ三オウ二オウ〔15〕・〔13〕・〔14〕・（奥書）

④〔16〕・〔17〕・〔18〕〔8〕三オ～名ウ・〔19〕・（奥書）

⑤〔20〕・〔22〕初オ〔38〕・〔21〕初オウ〔39〕〔26〕二オウ〔21〕名オウ・〔23〕・〔24〕・（奥書）

⑥〔25〕・〔26〕三オウ〔21〕中オウ〔26〕名オウ・〔28〕・〔29〕〔32〕・（奥書）

⑦〔初オ欠〕〔22〕初ウ～名オ〔41〕〔42〕・〔30〕・〔31〕初オ～三ウ〔27〕・(×奥書)
⑧〔33〕・〔35〕〔40〕・〔34〕・〔37〕・〔36〕・(奥書)
⑨〔43〕・〔44〕〔45〕・〔46〕〔22〕名ウ・〔47〕・〔50〕・(奥書)
⑩〔51〕・〔56〕・〔58〕(○奥書)
⑪〔52〕・〔54〕・〔53〕・〔55〕・(奥書・軸ともになし)
⑪′(表紙なし)〔48〕〔49〕・(×奥書)
⑫〔57〕・〔59〕・〔60〕・〔61〕・(奥書)

〔分割〕 右の原状の順序を正すべく分割した箇所、ならびにその理由を記す。

①〔5〕〔10〕〔11〕の部分（三折分）。
句挙と本文作者不一致。中間一折の筆跡・懐紙の様態が前後と異なる。よって三部に分割した。

②〔8〕初オ～二ウ〔31〕名オウの部分（三折分）。
句挙と本文作者不一致。筆跡・懐紙の様態から、前半二折と名残折に二分割した。

③〔12〕〔15〕の部分（六折分）。
句挙と本文作者不一致。筆跡・懐紙の様態から、前半三折分と後半三折分に二分割した。なお、原状では前半三折分のうち、初オ初ウの次に「二」と記す三オ二ウが連接し、次に二オ二ウの順序になっているが、整序した。

④〔18〕〔8〕三オ～名ウの部分（五折分）。
句挙と本文作者不一致。筆跡ならびに懐紙の様態から、前半三折分と後半二折分に二分割した。

⑤〔22〕初オ〔38〕の部分（四折分）。
句挙と冒頭作者不一致。筆跡・懐紙の様態から、初オと初ウ以下に二分割した。
⑥〔21〕初オウ〔39〕〔26〕二オウ〔21〕名オウ（四折分）。
句挙と初折の作者は合致し、かつ同筆であるが、中間二折分は筆跡・懐紙の様態を異にし、句挙にない作者がみえる。さらに二折と三折も各別筆。よって三分割した。
⑦〔26〕三オウ〔21〕中オウ〔26〕名オウの部分（三折分）。
筆跡ならびに懐紙の様態から、中間一折のみ別、前後の折は一連。よって二分割した。句挙げならびに句の連続から勘案して、前後の二折は直接する三折と名残折と認定した。
⑧〔29〕〔32〕の部分（四折分）。
句挙と本文作者不一致。筆跡・懐紙の様態から、三折までと名残折に二分割した。
⑨〔22〕初ウ〜名オ〔41〕〔42〕の部分（五折分）。
巻首なく、句挙もないが、筆跡ならびに懐紙の様態から、前半三折分と第四折分、第五折分の三部に分割した。
⑩〔31〕初オ〜三ウ〔27〕の部分（五折分）。
句挙と本文作者不一致。筆跡ならびに懐紙の様態から、前半三折分と後半二折分に二分割した。
⑪〔35〕〔40〕の部分（四折分）。
句挙そのものに重複などがあり不審であるが、初折とは不一致。筆跡（「月」字など）から、二オまでと二ウ以下に二分割した。
⑫〔44〕〔45〕の部分（三折分）。
句挙と本文作者不一致（冒頭は一致するが細部において不一致）。筆跡や懐紙の様態から、二ウまでと名残折に二分

割した。
⑬〔46〕〔22〕名ウの部分（三折半分）。
句挙と本文作者不一致。筆跡ならびに懐紙の様態から、前半三折分と名残裏に二分割した。
⑭〔48〕〔49〕の部分（四折分）。
句挙と初折の作者不一致。筆跡・懐紙の様態から、初折と二折以下に二分割した。

〔**合成**〕次に合成した巻々とその理由を記す。
①〔8〕の巻。
分割②の前半二折と、分割④の後半二折を合成した。筆跡ならびに懐紙の様態が一致し、句挙と本文作者ならびに句数も合致する。
②〔21〕の巻。
分割⑥の初折と名残折の中間に、分割⑦の中間一折を挿入して合成した。筆跡ならびに懐紙の様態が一致し、作者はすべて句挙に包摂される。
③〔22〕の巻。
分割⑤の初表と、分割⑨の前半三折分、さらに分割⑬の名残裏の三部を合成した。筆跡ならびに懐紙の様態が一致し、句挙と本文作者・句数が一致する。
④〔26〕の巻。
分割⑥の第三折と、分割⑦の前半二折分を合成した。筆跡ならびに懐紙の様態が一致する。句挙と本文作者順序を勘案して、前者を二折、後者を三折、名残折と認定した。

⑤〔31〕の巻。
分割⑩の前半三折と、分割②の名残折とを合成した。筆跡・懐紙の様態が一致し、句挙と本文作者ならびに句数も合致する。
残欠の中には、さらに合成しうるものもあるに違いないが、根拠のない合成はさしひかえ、右にとどめた。

これらの連歌は、その時期や作者層から、大きくは三期にわけて見ることができる。

第一期は永正年間の作品で、〔1〕から〔4〕までがそれにあたる。すなわち永正九年（一五一二）三月十四日の同じ日付をもつ千句の残巻三巻と、十五年（一五一八）三月十六日のものとであるが、〔1〕〔2〕〔3〕の作者と〔4〕の作者層は重ならない。前者には聟とか母女などが加わるなど一家をあげての私的性格の強い連歌であったかに思われる。しかし〔4〕の作者層はかなり拡散しており、〔5〕以下の次期の作者層と同じ性格の者で、ただ時代を異にしたために重なるところがないのだと思われる。

第二期は、それから約三十年後、天文十七年（一五四八）から天正四年（一五七六）に至る約三十年間の作品で、〔5〕から〔50〕までがそれにあたる。集中の度合からいっても、量の多さからいっても、この期の連歌こそ本法楽連歌の中心に位置するものだといえる。〔13〕のみは、千句の残巻で、作者層が全く異なっているが、それ以外のすべての巻の巻頭に「崇徳院　法楽」と標示する点でも共通している。あたかも四百年忌を中心にしてその前後の時期にあたるが、周忌そのものへの関心は希薄で、崇徳院法楽を目的とする文芸活動が継続して行われた跡をたどることができる。

しばしば登場する作者としては、良宥、宥興、宗盛、宗意、宗繁、増盛、宗傅、宗源、惣代、増鍵、勢均ら、あるいは永禄ころ以降に登場する者には怡白、宗任、増厳、宗快、増徳、・増政、宋有らがいる。すなわち「宥」

「宗」「増」などの字が多く、確証をえていないが、これらは多分白峯寺かもしくは近隣の僧侶や神官たちであったのではないか。これらの作者を中心に在地の好士などが加わってこの期の連歌はものされたと見ておきたい。中でも良宥は〔5〕から〔46〕に至るまで、ほとんどの作品に名を連ねており、この期連歌の中心において指導的立場にあった人物と目される。

第三期は、〔51〕の文禄二年（一五九三）十一月七日の一巻を過渡期の作品として、〔52〕の元和六年（一六二〇）九月以降の作品である。これらの作者層は第二期のそれとは全く異質で、著しく個別に限定されている。すなわち、〔52〕〔53〕〔54〕〔55〕の四巻は、一家の者による法楽千句の残巻だと思われるし、〔56〕の三吟、〔57〕〔58〕〔59〕の独吟、〔60〕の両吟、〔61〕の四吟など、どれをとっても少数の好士による催しであったと目されるからである。

各作者の考証など残された課題は多々あるが、崇徳院法楽連歌十二巻の内容を右のごとく概括しておきたい。

【参考文献】○和田茂樹「白峯連歌について」（『愛媛国文研究』第五号、昭和三十一年三月）。○稲田利徳「正徹・尭孝の和歌を含む『頓証寺法楽和歌』の二つの新資料について」（『国文学』昭和四十三年二月）。○稲田利徳「正徹・尭考の和歌を含む『法華経和歌』の新資料について」（『国文学』昭和四十四年五月）。○臼井信義「崇徳天皇七百五十年遠忌—頓証寺法楽和歌史料」（岩崎小弥太博士頌寿記念会編『日本史籍論集下巻』昭和四十四年十月、吉川弘文館）。○『正徹の研究　中世歌人研究』（昭和五十三年三月、笠間書院）。○『大日本史料』第七編之二十、応永二十一年十二月八日条。

【附記】本解題は、『新編香川叢書　文芸篇』に翻刻した本文を前提としている。本書に収載することは断念したが、とりわけ〔現状〕〔分割〕〔合成〕などの項目については、就いて参照いただければ幸いである。

第五節　亜槐集・続亜槐集（飛鳥井雅親）解題

一　はじめに

『亜槐集』は飛鳥井雅親の家集であるが、最初に百首二編、五十首一編を配し、以下、春・夏・秋・冬・恋・雑・別・旅・物名・哀傷・釈教・神祇・祝の各部に分かって、歌が部類配列される。所収歌のうち詠作年次の判る歌は、文安五年（一四四八）三十三歳から延徳二年（一四九〇）七十五歳薨去の年に至るまでの長期間に及び、生涯にわたる雅親の秀歌を集成して編纂した他撰家集である。

二　亜槐集の諸本

『亜槐集』の諸本は、歌の出入り、歌序の異同を主たる基準に、独自欠脱歌等の類は捨象して分類すると、以下の四類に分かたれる。

第一類本

①濱口博章氏蔵「亜槐集」（飛鳥井雅章筆）

②宮内庁書陵部蔵（五〇三・二四九）「亜槐集」

③島原図書館蔵松平文庫（一三七・八）「飛鳥井雅親集」
④柏崎市立図書館蔵（三〇〇・六八）「亜槐集」
⑤日本大学総合学術情報センター蔵（九一一・一四九・A九三a）「亜槐集」

第二類本

⑥彰考館文庫蔵（己五・〇六九二七）「亜槐集」
⑦神宮文庫蔵（三・一〇六三）「亜槐集」
⑧国立公文書館内閣文庫蔵（二〇一・四七八）「亜槐集」
⑨樋口芳麻呂氏蔵「亜槐集」
⑩寛文十一年刊「亜槐集」
⑪貞享五年刊「亜槐集」

第三類本

⑫宮内庁書陵部蔵（五一一・二九）「亜槐集」
⑬京都大学附属図書館蔵（四・二三・ア・一）「亜槐集」
⑭国立歴史民族博物館蔵高松宮本「亜槐集」
⑮天理図書館蔵（吉八一・一二〇）「亜槐集」
⑯陽明文庫蔵「亜槐集」（甲本）
⑰陽明文庫蔵「亜槐集」（乙本）
⑱宮内庁書陵部蔵（鷹・九九）「亜槐和歌集」
⑲日本大学総合学術情報センター蔵（九一一・一四九・A九三）「亜槐和歌集」

第四類本

⑳国立公文書館内閣文庫蔵（二〇一・五五五）「亜槐集」

㉑宮内庁書陵部蔵（五〇一・六八九）「亜槐集」

㉒天理図書館蔵（九一一・二五・イ3）「亜槐集」

㉓群書類従巻第二百四十「亜槐集」（二類本に近い一本〈1・7歌を欠く他小異も〉を基に欠脱歌一〇首を補った混態本）

三　亜槐集の各類本

第一類本は、最も歌数の少ない系統の本で、以下の九首を欠き、基準総歌数一二二八首の本である。

（月の歌の中に）

1　をとこやまみねにくまなし里人やよどの沢辺に月をみるらん　（六三五）

忍恋

2　まよふともさのみなげかじ色にみせことに出づべきこひぢなりせば　（八一五）

おなじ心をよめる

3　うけひかで神もいさむる中ならばかけしみしめやくやしからまし　（八六六）

契久恋

4　このくれといふだにまつは久かたの月日いつまでつもり行くらむ　（八七四）

庭鶴

5　わがみちも庭の松かげまな鶴に千代をまなばんゆくすゑのため　（一〇二四）

（おなじこころを）

6　世中はさのみこそあれおろかにてうからぬうさを歎きつるかな　（一〇八二）

寄金述懐

7　おろかにて月と花とをいかがみんちぢのこがねもよしや春の夜　（一〇九六）

夢

8　なほたのめ神のこころをことのはにまさしくみつる夢もはづかし　（一一〇九）

海路

9　松風に出づるいそべのとまりぶねいかなるゆめにこぎわかるらん　（一二三七）

第二類本は、板本として流布した系統の本で、基準総歌数一二三七首。一類本が欠く九首はあるが、三類本に見える以下の十二首（後掲1～12）をもたない。

第三類本は、二類本にない十二首（本文は⑫本による）を有し、八一五の一首を欠く、基準総歌数一二四八首の系統の本である。

立春

1　春のくる空は神代もかぐ山やみどりにかすむ嶺の真榊　（二五一の前）

（住吉社法楽三十首の中に、初春）

2　一花の匂はぬさきも年こえて春にのどけき天の下かな　（二五六の次）

人丸の影供養とて人の申せしに、初春

3　くり返し春はきにけりあら玉のはじめをはりもなき年のをに　（二五八の次）

初春霞

4　一花もまださきやらぬ天下の春をかすみの色にみせけり　（二五九の次）

（子日）

5 もろ人の千世をてごとの家づとやけふの子日のかざしなるらむ　（二六一の次）

霞

6 長閑なるしがの浦風打ちかすみさざ波よする音もきこえず　（二六二の前）

行路梅

7 道のべやおくりむかふる梅がかの袖にもこころとどめてぞ行く　（二八九の次）

愚亭の庭の花を人人み侍りし時、朝見花

8 朝戸あけて我もみるかひあるものを花こそ人を待ちえたれども　（三四八の次）

暮山花

9 誰がかへる家づとならむ暮行けば山路の花の雪をれの声　（三六二の次）

花下忘帰

10 暮れなばといひし山べの花の陰さても幾夜ぞ家ぢ忘れて　（三六八の次）

（巌躑躅）

11 くれなゐにあらぬつつじも種しあれば巌も雪の色にさくなり　（三八八の次）

暮春

12 梅（ママ）を折り藤をかざしてしたふかなうつればかはる春の日数に　（三九八の前）

⑱の混態本を除き、この系統の本のみ、以下九箇所の歌序が異なっている。括弧内が三類本の歌序である。

（1）一二六・一二七（一二七・一二六）

（2）一四四・一四五（一四五・一四四）

（3）一九九・二〇〇（二〇〇・一九九）
（4）二九四・二九五・二九六（二九五・二九六・二九四）
（5）四二一・四二二・四二三（四二二・四二三・四二一）
（6）七二七・七二八（七二八・七二七）
（7）七七四・七七五（七七五・七七四）
（8）九八四・九八五（九八五・九八四）
（9）一〇二七（一〇三六の次）

なおまた、独自書入れ歌として、⑮本には朱で、

海辺霞

13　ほのかなるそのおもかげやこやの松かすむ難波の浦のをちかた　（三の前）

を補い、⑱本には墨で、

（夕立早過）

14　道のべや夕立すごしもりのかげを出づるあとにぞつゆは落ちける（五一四の次）

海辺納涼

15　浦風の穂にこそ秋とふかねども木葉涼しきいせの浜荻　（五一三の次）

（従門帰恋）

16　とぢはててわかれもしらぬ槙の戸にかへるばかりの有明の空　（九五四の次）

が補入されている。

第四類本は、以上のすべての歌を含む系統の本で、基準総歌数一二四九首である。

四　亜槐集の奥書

第一類①本には、左記の奥書がある。

本云
此一冊先考詠草、存日未及編集之儀、／夢後部類、名亜槐集、吾家之一集也／子葉孫枝、殊可尊重而已／

明応壬子黄鐘中旬／　羽林中郎将藤雅俊

②本にも同じ奥書と、続けて土屋越州の所望によって写し献じた旨の「明応九季暮春日　参議藤（雅俊）」の識語がある。これによって、明応元年（一四九二）十一月中旬、雅親の嫡男雅俊が、前々年末に薨去した父の、生前には未編のままだった詠草を部類し、亜槐集と名づけたことを知る。また④本には、大内氏の臣で歌鞠の両道を飛井雅俊に受けた門弟陶中務少輔多々良興房が、懇望して雅俊手沢亜槐集の一見を許された時、その書写を左大臣九条政忠の末子たる大僧都忠堯に命じ、忠堯は否みがたくて書写した旨の長文の識語と、

永正六年八月十四日筆功訖、／陶化林末葉大僧都忠堯、／翌年以写本令校合了

との年記、署名、校合奥書があり、続いて、

亡父卿詠歌多以紛失之後、纔抄一冊／者也、爰陶尾張守多多良興房令書写之／彼旨趣見右、寔此道執心異于他者歟、／仍聊記此旨而已／

永正八年十二月日　権中納言藤　在判

と、雅俊による加証奥書がある。これによって、没後すでに多くを紛失していた雅親の詠草を収集部類して編したのが第一類本であったことを知る。他類本などとの対比から、これが初稿本であったことは疑いない。

二類本の諸本には、成立の経緯を示す奥書はないが、初稿本たる一類本になかった、秋部以下集後半の九首（六

三五・八一五・八六六・八七四・一〇二四・一〇八二・一〇九六・一一〇九・一二三七）を追補した段階の、過渡的な本であるとみられる。

三類本も過渡的な本であるが、二類本を経て、夏部以前の集前半の歌十一首（二五二前・二五六次・二五八次・二五九次・二六一次・二六二前・二八九次・三四八次・三六二次・三六八次・三八八次・三九八前）を追補し、八一五歌一首をなぜか欠いて成ったか、あるいは二類本とは別に一類本の上に二十首を追加して成ったのか、俄かには判らないが、八一五歌を欠くことと、歌序の異同が歌を追補していった際の補入記号のあいまいさに起因しているらしく見えることなどから、後者の可能性が大であろうか。⑲本には、次の識語がある。

斯巻者、雅親卿家集而細川尹経之／筆跡也、尹経者事源義尹公、有忠有孝／能武能文、可謂古人深道守倹者也、曽使／家巻蔵于攝陽補陀落総持寺住持法／印隆慶、依病倍診之日、賜予者也、於是乎／記／

寛文辛丑八月日　福住道祐

第四類本は、一類の初稿本に対し定稿本とも称すべき諸本である。右にみた諸本の内容や奥書のあり方から見て、少なくとも永正六年（一五〇九）忠堯が書写して八年末に雅俊が加証した時までは、一二二八首の初稿本のままであったはずで、その後何次かにわたって歌が追補され、最終的に二十一首増加することになったものと思われる。おそらく、雅俊が大永三年（一五二三）六十二歳で没するまでの晩年十余年の間に、自らの手で遺漏を補っていったのであろう。書入れ歌四首（前掲一三〜一六）も、雅俊と断定できるか否かは不明ながら、同じ延長上にある追補の歌と見てよいと思われる。

本巻（『新編国歌大観』第八巻私家集編Ⅳ）の底本には、流布本である二類本中の⑩本を用いたが、該本には左の識語と刊記がある。

右亜槐集十帖者飛鳥井権大／納言雅親卿之家集也、雖有世／本不無魯魚之誤、幸今得正本／故鋟梓以伝世者也／

寛文十一辛亥歳仲冬望日

江府新両替四町目 渡辺善右衛門刊行

なお、以上四類の他に略抄本として、東京大学附属図書館蔵南葵文庫「亜槐集略」（E三一・八二六本。巻頭文正元年百首の全部と以下から五十首を抄出）と、龍門文庫蔵（一五〇）「飛鳥井栄雅詠草」（四季部から三三八首を抄出）が伝存する。

五　続亜槐集

『続亜槐集』は、書陵部蔵（五〇〇・一七二）本のみしか伝存しない孤本で、所収歌総数は六二九首。亜槐集と重なる歌は一首のみ（三三八）。巻末に左の奥書がある。

亜槐集囊祖入道大納言雅親［法名栄雅］／之家集也、歌有千二百余首、曾想、／入道宏詞逸才、而吾家之巨擘也、／一代之所詠豈止於是乎、只恐／詠草失没存十一於千百、故往々／博索深捜得此集、所漏洩之歌／及六百余首、乃編次名続亜槐集、／以伝子孫向来、猶有所得須増益／之而已／

延宝第五暦仲夏中旬／　正二位雅章

この奥書を含め全巻飛鳥井雅章（慶長十六年〜延宝七年）（一六一一〜一六七九）筆と認められるが、さらに、奥書の内容に鑑み、本集を編んで「続亜槐集」と名づけたのも雅章その人であったと思われる。

本集の構成は、『亜槐集』を襲い、巻頭に定数歌二篇を置き、以下、春・夏・秋・冬・恋・雑・旅・哀傷・釈教・神祇・祝の各部に部類配列し、最後に「文明十四年七月八日将軍家の歌合」における判詞歌を一括収録する。所収歌の範囲は、永享二年（一四三〇）から長享二年（一四八八）の最晩年に至るまで長期にわたるが、年次によるばらつきが甚しく、享徳二年（一四五三）、永享八年（一四三六）、同十一年（一四三九）、長禄二年（一四五八）、文明二十二年（一四八一）などの詠作が多い。もって末代の編纂になる集であることを肯じさせる。なお、巻頭の「春日榎本明神法楽」二十首末尾にみえる「明応元年十一月五日」云々の詠作年記は、雅親没後十年目に当たり、不審。雅俊詠の混入か、年記の誤記であろう。

六　おわりに

飛鳥井雅親（応永二十三年～延徳二年）（一四一六～一四九〇）は、雅世（祐雅）の男。寛正七年（一四六六）正二位権大納言に至り、文明五年（一四七三）出家、法名栄雅。『新続古今和歌集』に五首入集、寛正六年には勅撰集撰進の院宣を受けたが、兵火のため沙汰やみとなった。『亜槐集』『続亜槐集』以外の家集として、『雅親詠草』（文安五年詠草残欠、無窮会神習文庫蔵本、七二首）、『飛鳥井雅親集』（享徳二年詠草残欠、彰考館文庫蔵本他、一一五首）、『雅親詠歌』（神宮徴古館蔵、一九五首）が残り、定数歌の単独で残るものも多い。注釈に『古今栄雅抄』、歌学書に『筆のまよひ』がある。

第六節　古今集序抄（北村季吟）解題

一　書　誌

『序抄』は、水戸光圀の兄頼重に始まる高松藩主松平家ならびに藩の史局考信閣旧蔵書などを襲蔵する松平公益会（高松市玉藻町）の所蔵にかかる（初出稿以後に移管されて香川県立ミュージアム所蔵典籍となっている）。

本書は桐箱に入り、箱の貼紙に、

古今集序抄　北村季吟先生自筆

木石居収蔵

とある。法量は、縦二三・二糎、横一六・〇糎の小型本で、紺無地紙表紙（原装）を付す。表紙左上に本文と同筆で「序抄」の題簽があり、題簽右下に「刀水珍蔵　第七十五号」、表紙右方に「北邨季吟翁手書本　[友安氏／旧蔵]」と記す紙片を貼付する。見返しは、本文料紙共紙。料紙は薄葉で、袋綴。墨付一〇一丁。端と奥に各一丁の遊紙があり、全体に楮紙で裏うち修補されている。一面平均十行書き。

扉に「刀水文庫」「川口氏蔵」「川口卍印」「関東友安」の蔵書印、裏見返しに「四五百竿竹弐三子蔵書」と、いま一つ友安氏のものかと思われる印記がある。川口刀水については『讃岐人名辞書』に詳細な閲歴の記載がある。（注1）

講となり、文久二年没。七十五歳）の蔵書印と思われ、その旧蔵書が川口氏の有に帰したのであろう。

「友安氏」は友安三冬（讃岐国香川郡由佐の人。菊池高州に漢学を、藤井高尚に国学を学び、高松藩九代藩主松平頼恕に召されて侍講となり、文久二年没。七十五歳）の蔵書印と思われ、その旧蔵書が川口氏の有に帰したのであろう。

本文ならびに上部余白や行間にかなり加えられている墨と朱による書入れや補正は、すべて一筆で、季吟の自筆である。奥にある、

貞享三年丙寅二月五日染毫於新玉津嶋宝前　季吟　印

も、やはり自筆の書記奥書と署名ならびに印判であると確認できる。季吟が五条新玉津島社に移住したのは天和三年（一六八三）のことであったから、同社宝前で貞享三年（一六八六）に執筆したことに疑問の余地はない。時に季吟六十三歳であった。

なお、本書四十八丁表七行目から八行目にかけて「両儀ともに故あれば故人も此注をけづらず」とある部分の、「故人も」以下末尾までの一冊本が、初雁文庫本の中に見出されるが、それは本書からの転写本で、何らかの事情で前半分を佚したものと思われる。

二　注解の典拠

本書は、仮名序のみの注解で、真名序注は含まれないが、成立の経緯は冒頭の一文に明らかである。季吟は注解に入る前に、次のように記している（私に句読点と濁点を付した）。

古今和歌集は、相伝の議も祇注の外はなければ、ことさらに抄出するに及ずといへど、猶初学のしきしまの道に入門をひらかんため、一華堂切臨などもことに注解を書あらはしをかれぬ。されば古今伝授といはんに此外に何をかうたがはん。更にくはふる事もなく、さらにうたがはん所もあるべからず。然ども、愚老若かりしより八代集の抄に心ざし有て、先年春の桜木にちりばめて、秋の紅葉と世にちらし侍しにも、古今集にをゐては、

態相伝の抄物をのこして、他家の一説をかり用ひて、八色抄の数を調侍りつる。猶、私の家伝の奥儀とて児孫に伝えんために、かく此たび先序抄を筆にそめはじめたり。是は彼祇注・一華の両抄を収用るうへに、又見やすく心得やすからんために、彼両抄を略し、先師の口実を書添つゝ、古今序抄と名づく。猶又いとまあらん折々千うたはた巻をもと、心ざしはたえずなんあれば、其功を終るまでの齢もがなとおもふばかりにこそ。

『八代集抄』の古今集注が執筆されたのは、天和元年二月下旬から数箇月の間であったと考えられているが、この一文によると、季吟はそれを執筆するのに、「相伝の抄物をのこして、他家の一説をかり用ひて」注したという。相伝の注釈書類をわざわざ秘匿して、他家の説(『古今栄雅抄』を主として用いる)を借用したのは、野村貴次氏が『八代集抄』のうち古今集が最後に註解された理由をそこに求められたとおり、季吟が古今伝授を受けていたことから、その秘事にふれることを恐れ憚ったからであるに相違ない。(注2)かくて、『八代集抄』で十分に相伝の資料を活用できぬ憾みを残した季吟は、それら自家の説を児孫に伝えようとして、この『序抄』に筆を染めたのである。そして、宗祇の注(十口抄)と切臨の注(一華堂抄)の二つを主として、先師貞徳の口伝を書き添えたと自らいうとおり、主としてそれらの注に拠りながら、詳細な注解が施されている。

実際についてみると、中でも特に『十口抄』が最も大きな比重で活用され、いわば本書の骨格を形成しているといえる。切臨の『一華堂抄』や貞徳の『師説』は、それに比べるとはるかに僅少で、ほとんど比較にならない。その他引用される書目を列挙すると、『十吟抄』(静嘉堂文庫蔵同名書の内容と一致する)、『飛鳥井抄』『永正』『宗長抄(宗長聞書)』『二条禅閤抄』『古注』『或説』『高秀抄』『東家の聞書』『堯恵法印藤の坊の聞書』『故鳥井小路経堯法印聞書』などがある。そして、季吟の注釈書のほとんどがそうであるように、季吟自身の意見は量的に極めて少なく、また独創も乏しいが、「愚案」としてその説を開陳しているところが若干目につく。

三　二種類の教端抄

『教端抄』は、日本大学附属図書館蔵のものと、初雁文庫蔵本（現在国文学研究資料館蔵、昭和五十四年、新典社覆刻）の二本が知られている。前者については未見で、先覚の研究業績によってわずかに一斑をうかがい知るのみであるが、両者は成立の年時も異なっているし、内容にもかなりの相違があるらしい。

すなわち、初雁文庫蔵九冊本の第九冊（仮名序ならびに真名序の注を収める）には、

元禄十二年十二月十二日書于向南亭雪窓下　法眼季吟　七十六歳

同年同月廿一日一校合畢　十八日加階　再昌院法印季吟（印似書）

と奥書があり、巻一の注解をいつから始めたかを知ることはできないが、元禄十二年末に神田小川町の自邸で書きあげた本の転写本であることがわかる。「十八日加階」とは、七十六歳のこの年十二月十八日に法印に叙せられ、再昌院の号を贈られたことで、年譜の記事に符合する。一方、日本大学附属図書館蔵八冊本の第八冊には、

古今教端抄者、雖家伝之奥秘而子孫之外堅固不免他見、今也川越少将殿此道之数寄深功以懇望不浅、不堪具厚志之感而、終応其需者也、仍加奥書畢

元禄十五年十一月十八日　再昌院法印　印

の奥書がある。そしてこれは、柳沢吉保が元禄十三年秋に一度古今伝授を受け、『教端抄』も兜写されていたのであるが、十五年四月に邸宅とともに焼失したため、七月十二日に再度古今伝授を受け、改めて季吟が書写して与えたものだという。三年間の時を隔てて成立したこの両本の内容については、直接詳しく比較していないので軽々に発言できないが、両者の巻末に附載される季吟自身による引用書目の解説が、初雁文庫本にあっては十二の諸抄をあげるのに対し、日大本は十一種類の古抄を解説しており、同一書目の解説にも著しい違いがあるし、本文内容も、

後に成立した日大本の方が、さらに手を加えて増補され、かつ精選されているようである。

四　本『序抄』と『教端抄』の関係

『教端抄』の方にそのような異同はあるにしても、また『序抄』の書かれた貞享三年から初雁文庫本『教端抄』の成立した元禄十二年までの間に、十四年という長い時間の空隙があるにもかかわらず、本『序抄』と『教端抄』とは、きわめて密接な関連性をもつ一連の注釈であると考える。それは次のような理由によってである。

第一に、『序抄』が「私の家伝の奥儀とて児孫に伝えんために」執筆されたのと同じく、『教端抄』も、前記日大本奥書に明らかなとおり、元来「家伝の奥儀」を「子孫」に伝えんがために執筆されたもので、著作意図を同じくしていること。

第二に、『序抄』冒頭の一文中に、将来「いとまあらん折々千うたはた巻」の注解をも成し遂げたいとの素志をもっている旨明記しているが、製作の年次からいって、『教端抄』がその実践に相当する位置にあること。

第三に、『序抄』も『教端抄』も、ともに引用書目がほぼ一致しているほか、特に『十口抄』を根幹資料として活用している点においても同じであること。

第四に、その『十口抄』の認識について、『序抄』・初雁文庫本『教端抄』・日大本『教端抄』の三者間に、明らかに変化成長の跡を看取できること。すなわち、まず初雁文庫本『教端抄』の引用書目解説には、

一、十口抄　宗祇法師東野州常縁に古今伝受之聞書に、野州所々に筆を添、牡丹花老人肖柏令加筆、而有其奥書也。此抄祇註十口等書之者宗祇説也。十口小書祇注小書等者肖柏説也。十口抄六冊あり。定家僻案抄を御抄と書、顕註密勘を御註とかけり。十吟抄の説を其まゝ記する所々多シ。小田流相伝之抄是也。

とあるが、日大本はそれとは大いに異なり、

十口抄、六冊。宗祇法師東野州に聞書也。肖柏黄点宗碩朱点小書を加フ。此抄に祇註と云是也。顕註密勘、僻案抄、十吟抄等を彼聞書に加フ。

と解説されている。前者には宗碩の名は現われず、黄点・朱点のことも見えないのであって、そのことは、元禄十二年の段階で季吟はまだ、十口抄小書をすべて肖柏の説と認識していたということに他ならない。ちなみに、たとえば書陵部蔵『古今連著抄』九冊（三二〇・七五五）には、細字書入れに朱と黄の合点があるから、元禄十五年の段階で季吟の見たのは、そのような系統の一本だったのであろう。

ところが、さらに早く成立した本『序抄』にあっては、『十口抄』の説は、「十口（抄）云」、「十口（宗祇）抄云」、「十口抄野州（小書）添書云」、「野州（十口小書）添書に云」などとして引用されている。つまり、小書に関しては、最初執筆の段階では、等しくみな常緑の添書だと季吟は認識していたに相違ないのである。それはおそらく『両度聞書』の文明四年五月三日常緑識語「伝受之後、宗祇庵主書此・帖、以披見常緑所存少々加筆加詞者也」によって、そう判断したものであろうが、その後自筆の墨による補訂の時までに、それが正確でないことに気づき、「十口小書」と訂正傍書したのだと思われる。初雁文庫本『教端抄』になると、小書は肖柏説であると考えなおし、さらに日大本になると、肖柏ならびに宗碩の二人が加えたものであると説き、今日の認識と同じところまで深まっていった跡をたどることができる。

第五に、内容を比較してみても、『序抄』を下敷きにして『教端抄』が成立していると思われること。たとえば、「世のなかにある人ことわざしげきものなれば、心におもふことを見るものきくものにつけていひ出せるなり」の注の部分をみると、『序抄』にあっては宗祇注は本文中にはなく、上部の余白に「宗祇云、ことわざしげき物なればとは真名序―さればみる物きく物につけていひ出せるなりといふ也」と、朱でごく簡略に心覚えのように書き入れられているが、これが初雁文庫本『教端抄』になると、「師説」の引用のあとの本文中に、省略することなく取り入れられ、その上「牡丹花小書云」として小書部分まですべてが引用されている。また「ちからをもいれずしてあめつちをうごかし」云々の部分の注解の場合には、逆に『教端抄』の記述の方が、無駄が省かれ整理されていたりもする。従って、両者はいわば初稿本と再稿本の関係にあると考えてよいであろう。そして初雁文庫本にも、なお多量の書き入れや補正があり、かつ日大本がそのまた増補改訂本らしく推考されることからすれば、日大本『教端抄』はそれらに対し三稿本（ないしは定稿本）の位置にあると思われる。

さらに、『教端抄』の序の注解が二十巻の歌の注解をすべて終えたあとの最末尾に置かれていることを考えあわせると、本『序抄』は、元来『教端抄』の「仮名序抄」としての位置にあり、これを前提にして季吟は『教端抄』巻一の著述を始めたものと思われる。ところが、二十巻の注釈を終えて真名序に注を加えるに際し、十数年前の仮名序注もそのままでは満足できなくなり、大幅な改訂（増補や整理）を施して成ったのが、初雁文庫本『教端抄』の仮名序抄の部分だったのだと思量する。

【注】

（1）『讃岐人名辞書』（梶原竹軒監修、高松製版印刷所刊、昭和三年八月）所載の「川口刀水」の項解説は、以下のとおりである。

通称萬之助、字は子壽、刀水、又木石居、敬義齋は皆その号なり。下野国足利町の人、池守平七第二子なり。元治元年七月十七日生る。出でて川口氏を継ぐ。性至孝、父亦庭訓に厳にして仮す所なし。幼にして学を好み、叔父大竹覚兵衛之を嘉し提撕有益誘掖大いに尽くす所あり。年稍々長じて法学を修めんと欲し、東京に上りて弁護士畔柳氏に就く。事務鞅掌の間、共慣義塾に入りて英学を学び、又広瀬青邨に従ひて漢学を修む。居ること数年、業大いに進む。明治十八年弁護士試験に及第す。時に年二十二、人皆其の夙成を称す。同廿一年香川県に来り高松市に弁護士事務所を開く。年少気鋭にして至誠熱烈なるを以て大いに衆心を得、門前市を為せり。嚮きに東京に在るや、曾て護国寺々側に遊ぶ。儒者棄場ありて柴野栗山、尾藤二州諸博士の墓此処に在り、冷烟荒草殆ど視るに堪へず。栗山は老中松平定信を佐けて学制を定め、皇居を営み最も尊皇の大義を重んじたる人。而して刀水当国に来るに及び、栗山顕彰の議を首唱し、教育会に健策し、斡旋大いに努めたる結果、遂に栗山堂の建設、その遺稿の出版等を実現するに至る。又方今女学の軽佻に傾くを憂ひ、井上通女史の徳を彰はして鑑戒を垂れたり。其の他常に讃岐先哲の顕彰に留意し、其の材料は山を成せりとぞ。歳時崇徳、土御門二上皇の陵を拝して敬虔の誠を捧げ、没するに先だつこと数日、重仁親王の事蹟を調査して世に公にせり。明治三十二年高松市会議員に、翌年香川県会議員に選ばれ、公共事業に尽瘁する所枚挙に遑あらず。業暇詩作し、又書を能くす。大正四年三月四日高松市内町の邸に於て病没す、年五十二。著書には柴野栗山之書簡、巌谷一六と讃岐国等あり。○宿栗山堂、四隣人已寐。夜静道心生。山上一痕月。照吾肝胆明。

（2）　野村貴次「『新勅撰和歌集口実』と季吟」（『国語と国文学』昭和五十一年九月）。↓『北村季吟の人と仕事』（新典社、昭和五十二年十一月）。

【附記】この解説は、佐藤恒雄「季吟自筆の古今集序抄」（『和歌史研究会会報』第六十一号、昭和五十一年十一月）を骨子とし、その後に刊行された片桐洋一氏による初雁文庫本『教端抄』の解説（片桐洋一編集解説『［初雁文庫本／古今和歌集］教端抄』新典社、昭和五十四年七月～十一月）に教えられて、若干補訂したものである。二本の『教端抄』の関係、引用書目の解説などについては、片桐氏解説に詳しいので、あわせ参照されたい。また、大阪美術倶楽部における「高田早苗氏所蔵品入札」（昭和二年十月）目録の中に、「八八　北村季吟古今集序」として、まがいもなく季吟自筆の古今集序抄の図版一葉（扉裏白紙と巻頭半丁分）が掲載されている。片桐氏の教示によって、日大本『教端抄』の序抄とほとんど同じ内容である（目録掲載の『序抄』における傍書一箇所が日大本では本文中に組み込まれている点のみ異なる）ことを突き止めえた。巻頭半丁分のみの比較であるから断定はできないが、おそらく日大本が書写された際に書本とされた自筆本ではあるまいか。

第七節　小林一茶連句帖解題

一茶連句帖　五色墨抜章解題

『一茶連句帖』（仮題。外題、内題ともになし）は、楮紙仮綴冊子一冊。縦一七・〇糎、横二四・〇糎大の折紙を、さらに縦に二つ折りにしてノドの部分を紙縒で綴じてある。各面に九句ずつを記して、一紙二丁四面に歌仙一巻が収められる。添削修訂のあとを多く留めているので、変則的な懐紙そのものを綴じあわせたものと見られる。右の大きさの十二丁、いずれも一茶参加の六歌仙分を綴じたあとに、縦二〇・〇糎、横一三・〇糎とやや大版で、一茶の加わらない未了連句草稿の折紙三枚六丁（うち墨付三丁）があり、最末に、最初の大きさの折紙で一茶の加わった歌仙一巻分が、一紙を広げたかたちで綴じ加えられている（綴じ穴の状態から、本来ノドの部分を綴じてあったとわかる）。

最初の二歌仙は、一茶自筆。以下は別筆であるが、この一帖と一緒に残る書状の筆跡と比較して久躬の筆と認められる。久躬は当時の大庄屋笠井三郎左衛門の俳号。雛雄はその妻室である。

これらの連句は、すべて新資料であって、最新刊の一茶全集にも入っていない。成立は、最初の六歌仙が寛政九年秋、最末の一歌仙は翌十年以降の夏と推定される。

『寛政七年紀行』の余白書込中に、「八月九日讃州高松に善光寺開帳あり。人々にさそはれて」以下の記載があるが、その中に「御旅宿の秋の夕を忘れたり」「京に住〈めば〉京恋しき」など、本帖第一連句中の句と重なるものが見える。高松弘憲寺における善光寺の出開帳は、寛永元年九月、明和七年秋に次いで、寛政九年八月四日から始まり、十二日に船で徳島方面に向かっているので（『高松松平氏歴世年譜』巻九）、八月九日と合致する。八年七月から翌九年春にかけて伊予松山の樗堂と数多くの両吟歌仙を巻き、その草稿句と思われるものが『寛政七年紀行』の余白書込み中に認められること、本連句六歌仙の季語がいずれも秋季（秋の夕、野分、きりぎりす、朝寒、霧の籬、棗）であることなどによって、そう確定できる。ただし、二月二十五日の日付をもつ一茶不参加未了連句（発句季語「長閑」春）をはさんで、最末の一歌仙は、発句（羅）から夏季の作品であるに相違なく、翌十年以降の夏のものと認められる。九年秋から翌年夏まで滞在したものか、再度小豆島を訪れての作品であるかは、これだけでは不明とするほかない。

『五色墨抜章』は、縦一六・一糎、横一三・一糎大の楮紙、袋仮綴の冊子一冊。六丁。一面に二句ずつを書し、橘甫（楠松居）らの句十九句、中に一茶の句二句を含む。季語がいずれも冬季歳末のものであるので季はわかるが、何時のものであるかは不明。前者と関連づければ九年冬ということになるが、その確証は得られない。

寛政九年春伊予松山を辞して、夏から秋にかけて備後福山に滞在したところまでは年譜に明らかだが、それ以降翌年秋に至る年譜の不分明な部分のうち、重要な事蹟として、実は高松から小豆島に渡り、土地の俳人たちとの交遊に費やされた時期があったという、伝記上の事実が判明するとともに、これだけの量の学界未知の新資料を追加しうる点で、極めて貴重な資料である。

さらになお、一茶の小豆島訪問に関して考えあわすべきは、『寛政七年紀行』余白書込の別の部分に、「十一日、小豆島舟を出して」以下の記述があり、秋舟で小豆島を離れようとしたところ、風が悪くて立花（橘）に寄港、旧知の「片時亭」（員笛、橘中）を訪ねたいと思ったものの、船頭の拒否によって果たさず、そのまま舟出して「可図灘」にかかったとあることである。また『急進記』によれば、十年四月八日久躬発信の手紙を受けとっていることなどをも勘案すれば、この前後の一茶の行跡を明らかにできると思われるのであるが、いまは不確かな臆説は差し控えておくこととする。

寛政九年『一茶連句帖』解題訂補

一 はじめに

先に刊行された『香川県史』（第十五巻、芸文）（香川県、昭和六十年三月）中に、近石泰秋先生との共同作業により、小豆郡土庄町笠井亨氏所蔵の新資料『一茶連句帖』（仮題）の全容を翻印し、解題を付して紹介した。しかし、限られたスペースの解題はきわめて圧縮した内容とせざるをえなかったし、その上に若干誤りを冒した部分もあることに気づいたりしたので、県史には責任分担を明確にしていないけれども、直接担当し執筆に当たった当事者の責任において、少しく補訂を加えておきたいと思う。

二 弘憲寺の善光寺如来出開帳

まず、本連句帖の成立が「最初の六歌仙が寛政九年秋、最末の一歌仙は翌十年以降の夏」であるとしたことに関し、訂補しなければならない。

右のごとく判断した根拠の第一は、『寛政七年紀行』の余白書込みの中に見える以下の記事にある。引用は信濃毎日新聞社刊『一茶全集』（第五巻）（昭和五十三年十一月）による。原本に当たることを得なかったので、どんな部分に、どんな形で書き込まれているのか不明であるし、また判読の上でも若干の不審がないわけではない。

八月九日讃州高松に善光寺開帳あり。人々にさそはれて、
　五刃山眺望　外山　哉（也）
子守唄のかた言、海士の囀りか、
いづれか俳諧ならざるや。
久かたの雲井　天下る不骨なり。天地の有としあれる姿情　不
朽にして、一句の魂とも言がたし。（中略）
　御旅宿の秋の夕を忘れたり
此（こ）たび吾友万阿子のつたへもて海わたらひせんと、先西に東に押ふて（ながら）、
風之大人に　浄の敬ましの日なれば、さちにしてまみゆる事（を）得たり。実道
の神の恵みならずや。
　　久躬
さゝやきもるゝ部屋のとしひさしきに
うかれ盛□をほめる鳴止まざる
　京に住［めば］都恋しき
　　（以下十二句略）

善光寺如来の開帳があった弘憲寺（後述）から五剣山は（手前にある屋島に遮られて）見えないし、「海渡らひ」して

小豆島の久躬との間に句交があったことと関連づければ、「五刃山眺望」は、海上からの眺望と見られよう。山容の不骨なる姿が、一茶の目にやきついたのであろう。「万阿」は、一茶の友人もしくは門人で、久躬とも交渉のあった人物だと思われ、その「つたへ」（伝言、紹介）を携えて海を渡り、幸いに小豆島の久躬と会うことができたというのである。一茶と橘の広瀬利則（員笛）共通の友人であった大和の八日房（坊）万和が、寛政十二年二月に小豆島を訪れ、広瀬邸に滞在したという（『内海町史』（昭和四十九年三月）第三章（川野正雄氏執筆））。万阿と万和は同一人物と見てよいであろう。

そして右の余白書込み記事中の、「御旅宿の」の句は、初五「御旅宿に」の句形で、本帖第一歌仙の発句とされ、また「都に住」の句は「都に住て」の句形で、同じ一茶久躬両吟歌仙の十句目の句と重なっているのである。一茶の小豆島行は確実である。

では、それは何時のことか。八月九日高松で善光寺の出開帳があった、という記事が大きな手がかりとなる。『続々讃岐国大日記』（天保八年。中山城山編著）によると、善光寺の出開帳は、宝（解題に「寛」となっているのは誤植）永元年（一七〇四）九月、明和七年（一七七〇）秋、寛政九年（一七九七）冬の順に、いずれも弘憲寺において行われている。前の二回は、一茶の年齢からみて、その行状と関連づけることはできず、本帖と関連するのは寛政九年度のみということになる。ただ『続々讃岐国大日記』が「寛政九年冬」としている点は不審で、これは以下の二資料によって、秋八月四日から十二日の間と特定できる。一つは高松藩代々の記録を集成した編年史『高松松平氏歴世年誌』巻九であり、それには「八月四日、信州善光寺の如来弘憲寺に開帳す。十二日、乗船阿州に移る」とある。もう一つは当の善光寺側の資料『寛政九年日本巡国雑記』であって、これによると、八月三日下津に宿泊した如来一行は、「四日。八ノ時、讃州高松御城下東馬場町に御着岸。七ッ時、御宿寺真言宗弘憲寺に御着輿。御副宿真言宗蓮花寺。」「十二日。暁八ツ時、御発輿。道案内町年寄両人。十丁計行西馬場町より御乗船。船場より警固足軽壱人御附添云々」とあって、次の開帳地阿波方面へと移動している。従って余白書込中の「八月九日」は、まさしくこの寛政九年次開帳中の日付であるに相違なく、一茶の小豆島行も、その日か、もしくは一両日後程度に近接した日であったものと推察されるのである。

三　八歌仙発句の季語

前記解題のごとく判断した根拠の第二は、七歌仙の発句の季語にあった。すなわち解題の別の部分で、「本迹句六歌仙の季語がいずれも秋季（秋の夕、野分、きりぎりす、朝寒、霧の籬、棗）であること」「ただし、二月二十五日の日付をもつ一茶不参加の未了連句（発句季語「長閑」春）をはさんで、最末の一歌仙は、発句（羅）から夏季の作品であるに相違なく、翌十年以降の夏のものと認められる。九年秋から翌年夏まで滞在したものか、再度小豆島を訪れての作品であるかは、これだけでは不明とするほかない」と記したのであったが、最末の一歌仙の発句の季語を誤認していた。加えて、その中間にある未了連句が二月二十五日の日付をもち、発句の季語も春季であることから、全八巻を時間軸にそって配すれば、最末の一歌仙は十年夏以降になるという推論の過程が存したのであった。しかし、それもまた根拠のない誤りであり、一茶の関係した七歌仙はいずれも寛政九年秋の成立、一茶と無関係の未了連句はずっと後年文化五年（一八〇八）のものと認定されねばならない。

そのことを明らかにするために、またこの連句帖の全容を簡単に概観できるように、収められる八連句の連衆と発句を記すと、以下のとおりである。

（1）歌仙（一茶、久躬）　　一茶筆

御旅宿に秋の夕を忘れたり　　一茶

（2）歌仙（一茶、歌仙、久躬、丹山）　　一茶筆

黒雲や野分横切るむら燕メ　一茶

（3）歌仙（一茶、丹山、久躬）　一茶筆

きり〳〵す翌ハふさかん戸穴哉　一サ

（4）歌仙（久躬、一茶、丹山、歌仙）　久躬筆

朝寒は女山雄山の梢より　久躬

（5）歌仙（丹山、久躬、一茶）　久躬筆

山彦のへたてぬ霧の籬哉　丹山

（6）歌仙（久躬、一茶、丹山、聖人）　久躬筆

煮木綿の筆にこほるゝ棗哉　久窮

（7）二月廿五日未了連句（十五句）（柳雫、豆州、梅夫、浜藻、雛雄）別　筆

長閑さに鴉も水を浴にけり　柳雫

（8）歌仙（丹山、一茶、久躬）　久躬筆

稲妻や羅の風の裾さわり　丹山

これらの発句の季語は傍点を施した語であり、（7）の春季を除き、一茶関連七歌仙の発句季語は、いずれも秋季である。しかるに、解題では（8）の季語を「羅」で夏季として推論するという誤りを犯してしまった。たしかに「羅」は夏の季語であるが、初五の切字「や」を伴って据えられる「稲妻」は秋であり、「羅の風」という比喩的な用法に鑑みても（「風の」の部分は判読に自信がもてず、別のよみが可能かもしれない。またそのよみで正しいとすれば、「羅の裾に風が触れる」という意味構成かと思われる）、句は秋季と見る方がふさわしい。料紙の大きさ、紙質、筆跡の一致する点から考えても、未了連句のそれとは明らかに別で、最初の（4）歌仙以下の三歌仙と同じ時のものと認められ

るのであって、かくして最末の一歌仙も寛政九年秋の作と認定されねばならない。この点、最も大きな錯誤であったので、訂正しておきたいと思う。

末了連句の成立年時については、「二月廿五日」の日付で、一座した連衆が、柳雫、豆州、梅夫、浜藻、雛丗の五人であったことが手がかりを与えてくれる。福家惣衛・松尾明徳『香川県俳諧史』（昭和二十五年十一月）ならびに前記『内海町史』によれは、梅夫は、江戸の俳人五十嵐文六で、浜藻はその妻室の女流俳人、ともに一茶と交渉があり、夫婦相携えて全国各地を俳諧行脚して、文化四年（一八〇七）末から五年六月にかけて、讃岐津田、白鳥、小豆島に足跡を残しているという。その記事を摘記すると、

文化四年十一月五日	讃岐津田	（奇峰亭）
同二十四日	白鳥松	（灌圃亭）
文化五年正月十九日	小豆島土庄	（笠廾亭）
二月　八日	同　土庄	（梅使亭）
二月　十日	同	（笠井亭）
二月十二日	同	（玉壺亭）
二月十四日	同	（貞固亭）
五月十六日	同　伊喜末岡氏	
五月十七日	同　土庄西向精舎	（梅宇）
六月　三日	同　橘広瀬氏	（橘中亭）

梅夫の撰著には『草神楽』『いがらし句会』、浜藻には『八重山吹』があり、右の記事は主として『里神楽』によっているという。いまその何れをも直接確かめていないけれども、文化五年前半（間で島を離れることはあったかもし

れないが、少なくとも一月二月と、五月六月のころ）に、小豆島の俳人たちを歴訪したことは疑いない。笠井家には「やよひ廿九日」付の梅夫から「豆州君・雛雄君」あての書状（「八浜」の地名ほかが見えるので、この時備前国児島にいたものか）も残っている。梅夫夫妻の小豆島行が、この時以外になかったとは断言できないにしても、以上のような情況証拠を勘考すると、「二月廿五日」の未了連句は、その文化五年梅夫浜藻夫妻来島時の交友の結果であった可能性が極めて大きいといわねばならない。連衆の中に久躬の名が見えないのは、既に没後であったからではあるまいか。

四『寛政七年紀行』余白書込み

次に、解題で、一茶の小豆島訪問に関して考えあわすべきこととして、『寛政七年紀行』余白書込みの別の部分に以下のとおりある点を指摘した。

十一日、小豆島舟を出して、サカテのクンノコアリ。
十二［日］、風あしく、立花に吹もどる。
十三日、可図灘につく。十四日、風荒るゝ。
　マヤの雲捐（すて）や（う）ふやふ野分哉
　言伝（ツテ）も哉（がな）夜寒のいまだありと
十二日、あらしに吹もどされて立花に入。
あがしれる片時亭、十丁ばかりあなた［に］見（みゆ）れば、尋（たづね）んとおもへども、
不愛なる舟長ゆるさゞりけれ「ば」、
うかれ舟や山には鹿の妻をよぶ
　エノコジマ　島屋善五郎

底本そのものを見ていないので、断定的なことは言えないが、「クンノコ」そして「エノコシマ」（『一茶叢書』の翻刻は「ヱノコ(チ)シマ屋」とする）は、おそらく坂手港を出て大角鼻を曲った位置にある小島「風ノ子島」のことであろう（「風」の草体を片仮名の「クン」「エ」「ヱ」などと誤読したものと思われる）。また「可図灘」は「阿国灘」（『一茶叢書』の翻刻は「阿国灘(原不明)」）が正しいと思われる。現在「阿国灘」という名称は残っていないけれども、阿波国が見はるかせる灘は確かに存在する。徳島県北部小豆島を望む海岸に「北灘」の地名があり、小豆島からいえばそれは阿国灘となるはずなのである。

さて、右の書込記事は、発句の季語『野分」「夜寒」「鹿」から、八月ないし九月の、十一日から十四日の記事であるにちがいない。「夜寒」から七月である可能性は少ないであろう。そして、これをもし寛政九年八月九日以降の久躬亭訪問と関係づけて考えれば、九月のこととなろうか。つまり、八月九日に高松を発って小豆島に渡ったとすれば、七歌仙をわずかに十日の一日間で巻いたことになり、無理の感を否めない。約一箇月間滞在して、九月十一日に乗船離島して、風の子島のあたりまで行ったところで風に吹き戻されて、立花（橘）の港に避難、十三日阿国灘にかかり、十四日の風荒るる中を播磨から大坂方面へ向かった、ということなのではあるまいか。寛政九年冬には、大坂にいた事跡が確認されている（年譜等）から、辻褄は合う。

右の書込中に「あがしれる(我)(知)片時亭」とあり、一茶はこれ以前にも片時亭員笛（清葉舎とも。橘の広瀬利則）を訪れていたことがわかるし、その時か否かはわからないが、『香川県史』（第十五巻、芸文）に同時に翻刻した『五色墨抜章』の句（歳末から正月のもの）がものされた時の広瀬員笛訪問もあった。その上一茶の讃岐来訪はしばしばに及んでいるから、従って右は一つの臆測に過ぎないけれど、同じ『寛政七年紀行』の余白書込み中の記事ではあり、かなり蓋然性に富む行程として提示しておきたいと思う。

五　おわりに

最後に、解題で「これらの連句は、すべて新資料であって、最新刊の一茶全集にも入っていない」と書いたこと、つまり学界未知の資料であることを強調した点について、補足しておきたい。学界に知られていなかったことは、まぎれもない事実なのであるが、埋もれた先覚の業績があることを一言しておかねばならない。それは、『小豆島新聞』（昭和四十一年六月二十日）の簡単な発見報告記事と、森井杜易氏「小豆島における一茶―新資料発見をもとにして―」（『砂丘』第十九巻一九一号。一九六六年九月）である。森井氏稿は、前記『香川県俳諧史』に、一茶の寛政六年の事跡として、「其他高松に善光寺の出開扉があるので人に誘われて参拝したり、又小豆島へ行脚して居る。かくて寛政六年は殆ど讃岐に滞在して居る」と記述しているのを承けたため、一茶の小豆島行ならびに連句作品を、寛政六年秋のことと誤認してはいるけれども、橘の広瀬威吉氏蔵『五色墨抜章』所収句とともに六頁にわたって、かなり詳しく紹介されている。しかしながら、『砂丘』誌が、大阪市北区曽根崎上四丁目四の住所で発刊されている、赤松柳史指導の俳句俳画誌で、一門流の人々以外の目に触れるところとはならなかったらしく、結果、学界未知のまま今日に至ったのであった。

【附記】文中に引用した『寛政九年日本巡国雑記』は、善光寺大勧進の丸山保彦氏ならびに信州大学教育学部瀧澤貞夫教授のご厚意により、複写物によって閲読することができた。記して謝意を表する。

初出一覧

本書の各章節と既発表論文との関係は、以下のとおりである。

第一章　讃岐の国と文学

第一節　冠纓神社蔵天治本萬葉集（Ⅰ）
原題「冠纓神社蔵天治本萬葉集巻十五断簡について」（『香川の歴史』第三号、一九八三〈昭和五十八〉年三月）。

第二節　冠纓神社蔵天治本萬葉集（Ⅱ）
原題「冠纓神社蔵『天治本萬葉集』解題」（勉誠社、一九八三〈昭和五十八〉年十二月）。複製本附録。伊藤博と共著。伊藤博執筆分「四　天治本の位置」「五　新資料の価値」を除く佐藤恒雄執筆分を補正して収録した。

第三節　菅原道真「松山館」とその周辺
原題「菅原道真「松山館」とその周辺」（『菅原道真論集』勉誠出版、二〇〇三〈平成十五〉年二月）。

第四節　南海の崇徳院　　新稿。平成十七年度全国大学国語国文学会〈五十周年記念大会二〇〇五冬〉（平成十七年十二月三日、於広島女学院大学）における講演の一部を基に成稿した。

第五節　西行の四国への旅
原題「西行の四国への旅再考」（『古筆と和歌』笠間書院、二〇〇八〈平成二十〉年一月）。

第六節　香川県下の三十六歌仙扁額
原題「三十六歌仙扁額管見―香川県下の遺品八点を中心に―」（『香川大学教育学部研究報告』第Ⅰ部第三十六号、一九七四〈昭和四十九〉年二月）。

第二章　鎌倉時代和歌と日記文学
第一節　本文・本歌（取）・本説—用語の履歴
原題「本文・本歌（取）・本説—用語の履歴」（『国文学解釈と教材の研究』第四十九巻第十二号、二〇〇四年十一月）。
第二節　結題「披書知昔」をめぐって
原題「結題「披書知昔」をめぐって」（『香川大学国文研究』第一号、一九七六〈昭和五十一〉年九月）。
第三節　「番にを（お）りて」考
原題「「番にを（お）りて」考」（『解釈』第二十五巻第九号、一九七九〈昭和五十四〉年九月）。
第四節　鴨長明『無名抄』の形成
原題「鴨長明『無名抄』の形成」（『説話論集』第三集、清文堂、一九九三〈平成五〉年五月）。
第五節　後鳥羽院—文学・政治・出家
原題「後鳥羽院—文学・政治・出家—」（『国文学解釈と鑑賞』第六十四巻第五号、一九九九年五月）。
第六節　伝定家筆俊忠集切一葉
原題「伝定家筆俊忠集切一葉〈口絵解説〉」（『香川大学国文研究』第十六号、一九九一〈平成三〉年九月）。
第七節　藤原為家の乳幼児期
原題「藤原為家の幼年時代」（『広島女学院大学国語国文学誌』第四十一号、二〇一一年三月）。
第八節　藤原定家の最晩年
原題「最晩年の定家」（和歌文学大系第六巻『新勅撰和歌集』月報第二十七号、明治書院、二〇〇五〈平成十七〉年七月）。
第九節　正嘉三年北山行幸和歌の新資料
原題「正嘉三年北山行幸和歌の新資料—憲説記付載本ならびに関連諸記の紹介—」（『香川大学教育学部研究報告』第Ⅰ部第七十号）、一九八七〈昭和六十二〉年三月）。

第十節　十六夜日記―訴訟のための東下り
原題『『十六夜日記』―訴訟のための東下り―』（『国文学解釈と鑑賞』第五十巻第八号、一九八五年七月）。
第十一節　飛鳥井雅有『無名の記』私注
原題「飛鳥井雅有『無名の記』私注―作為または虚構について―」（『中世文学研究』第七号、一九八一〈昭和五十六〉年八月）。
第十二節　飛鳥井雅有紀行文学の再評価
原題「中世紀行文学の再評価―飛鳥井雅有の作品から―」（『国文学解釈と鑑賞』第五十四巻第十二号、一九八九年十二月）。
第十三節　飛鳥井雅有『春のみやまぢ』注解稿
（Ⅰ）原題「御鞠の負けわざ―『春のみやまぢ』注解稿―」（『広島女学院大学国語国文学誌』第三十五号、二〇〇五〈平成十七〉年十二月）。（Ⅱ）原題「十本釈迦堂の花見―『春のみやまぢ』注解稿（三）―（『広島女学院大学日本文学』第十八号、二〇〇八〈平成二十〉年七月）。（Ⅲ）原題「栗・柑子様の箱・玻璃小盃―飛鳥井雅有日記を読む―」（『出版ダイジェスト』第一八九四号、二〇〇二年十一月二十日）。

第三章　南北朝室町時代和歌と聯句
第一節　増鏡の和歌
原題「増鏡の和歌」（歴史物語講座第六巻『増鏡』風間書房、一九九七〈平成九〉年十一月）。
第二節　正徹筆藤原家隆「詠百首和歌」
原題「正徹筆家隆「詠百首和歌」について」（『香川大学国文研究』第十四号、一九八九〈平成元〉年九月）。
第三節　正徹詠草（永享六年）について
原題「『正徹詠草』（永享六年）について」（『国語国文』第四十五巻第四号、一九七六〈昭和五十一〉年四月）。
第四節　心敬和歌自注断章

原題「心敬―和歌自注断章―」(『国文学解釈と鑑賞』第五十七巻第三号、一九九二年三月)。

第五節　文明期聯句和漢聯句懐紙

原題「多和文庫蔵『叙位除目清書抄』紙背文明期聯句懐紙―解題と翻刻―」(『香川大学教育学部研究報告』第Ⅰ部第八十三号、一九九一〈平成三〉年九月)。原題「多和文庫蔵『叙位除目清書抄』紙背文明期聯句懐紙―影印―(『香川大学国文研究』第十六号、一九九一〈平成三〉年九月)。

第四章　和歌集連歌巻連句帖等解題稿

第一節　現存和歌六帖解題(改稿)

原題「現存和歌六帖解題/現存和歌六帖抜粋本解題」(『新編国歌大観』第六巻私撰集編Ⅱ、角川書店、一九八八〈昭和六十三〉年四月)。成立過程に関する論旨を抜本的に改め、新資料を加えて改稿した。

第二節　続拾遺和歌集解題

原題「続拾遺和歌集解題」(『新編国歌大観』第一巻勅撰集編、角川書店、一九八三〈昭和五十八〉年二月)。

第三節　宋雅千首(飛鳥井雅縁)解題

原題「雅縁卿千首〔補欠〕」(続群書類従第三十七輯拾遺部、続群書類従完成会、一九七二〈昭和四十七〉年十一月)。

原題「宋雅千首」(『和歌大辞典』明治書院、一九八六〈昭和六十一〉年三月)。

第四節　崇徳院法楽和歌連歌巻解題

(Ⅰ)頓証寺法楽一日千首短冊

(Ⅱ)続百首和歌頓証寺法楽・続三十首和歌同当座

(Ⅲ)詠法華経品々和歌

(Ⅳ)頓証寺崇徳院法楽連歌巻

原題「「松山法樂一日千首短册帖」「頓證寺法樂續百首和歌・頓證寺法樂當座續三十首和歌」「詠法華經品々和歌」「崇徳院法樂連歌」解題」(『新編　香川叢書　文芸篇』香川県教育委員会編、一九八一〈昭和五十六〉年三月)。」

第五節　亜槐集・続亜槐集（飛鳥井雅親）解題
原題「亜槐集・続亜槐集（雅親）解題」（『新編国歌大観』第八巻私家集編、角川書店、一九九〇〈平成二〉年四月）。
第六節　古今集序抄（北村季吟）解題
原題「松平公益会蔵『古今集序抄』解説」（『北村季吟古註釈集成』別2『古今集序抄　北村季吟』、新典社、一九八〇〈昭和五十五〉年十一月）。」
第七節　小林一茶連句帖解題
原題「解題／一茶連句帖　五色墨抜章」（『香川県史』第十五巻　芸文、一九八五〈昭和六十〉年三月）。
原題「寛政九年『一茶連句帖』解題訂補」（『香川大学国文研究』第十号、一九八五〈昭和六十〉年九月）。

後記

第一章は、「讃岐の国と文学」に関する六編の論考をもって構成した。第一節「冠纓神社蔵天治本萬葉集（I）」と第二節「冠纓神社蔵天治本萬葉集（II）」は、冠纓神社の天治本萬葉集紹介に関わる論考で、毎日新聞のスクープで、発見報道の際は大きな騒動になったことが回想される。第三節「菅原道真『松山館』とその周辺」は、讃岐国の迎賓施設「松山館」がどこにあったかを追究した論であったが、「松山館」にばかり注意が向き過ぎて、今にして思えば、すぐ側にあった「松山の津」の立地条件への配慮が十分でなかったことが反省される。第四節「南海の崇徳院」は、西行と崇徳院兵衛佐との間に交わされた崇徳院生前の贈答を主としながら、一心同体となって背後にいる崇徳院その人にも光をあてた、角田文衛氏論文の顕彰を目的としている。第五節「西行の四国への旅」は、紆余曲折の末にようやくその全体像を把握できたことを歓びとしたい。第六節「香川県下の三十六歌仙扁額」は、最近になって知りえた白峰寺頓証寺殿に掲額されている一点を加え、ようやく香川県下扁額の全容が解明できたことの報告である。

第二章は、「鎌倉時代和歌と日記文学」関係の十三編の論考をもって構成した。第一節「本文・本歌（取）・本説—用語の履歴」は、三つの用語の語義の消長を追究したのであるが、枚数制限に忠実に従うべく文章を削りすぎ、かえって難解となってしまった。一旦削りすぎると元には戻せず、そのままの形で採録せざるをえなかった。第二節「結題「披書知昔」をめぐって」は、この題使用の消長をたどったもの、また第三節「番にを（お）りて」考は、用例を網羅してこの言葉の語義を追究したのであるが、言葉の奥は深いとつくづく思う。第四節「鴨長明『無名抄』の形成」は、創作の機微を作品の全体を点検する中で立論しようと意図したものである。第五節「後鳥羽院―文学・政治・出家」は、従来の通説を根拠に、後鳥羽院の政治と文学を論じた内容の論、第六節「伝定家筆俊忠集切一葉」は、金刀比羅宮蔵手鑑所収一葉の紹介である。第七節「藤原為家の乳幼児期」は、為家の幼名は、三名「みみやう」、面ぎらいする幼児として可愛がられていて、乳母と定家邸内の女房・尼衆たちとの間の、養育をめぐる小さな諍いに着目して立論した。第八節「藤原定家の最晩年」は、日記『明月記』は定家が亡くなる仁治二年八月二十日の直前まで書き継がれていたと思しく、臨終の床において自ら筆を執って「弥陀如来決定往生」と書し、書くことへの強いこだわりを示していたことを取り上げた。第九節「正嘉三年北山行幸和歌の新資料」は、周知流布の「北山行幸和歌」とは別伝の、当日の懐紙類そのものから記録された原本の姿を伝える資料「憲説記」の紹介を主としている。第十節「十六夜日記―訴訟のための東下り」は、この日記執筆にあたって阿仏が前提とした「かへすがへす書きおく跡」とは、亡夫藤原為家自筆譲状四通の確かな筆跡であったことを解明した。第十一節「飛鳥井雅有『無名の記』私注」は、当該作品に私注を加えつつ、作為または虚構の指摘をとおして、雅有文学の特質を浮き彫りにしようとした。第十二節「飛鳥井雅有紀行文学の再評価」は、『最上の河路』『都の別れ』という小さな紀行文学の作品をとおして、再評価の可能性をさぐった。第十三節「飛鳥井雅有『春のみやまぢ』注解稿」は、まだ十全ではないが、肝要の部分についての注解である。

第三章は、「南北朝室町時代和歌と聯句」関係の五編の論考をもって構成した。第一節「増鏡の和歌」は、増鏡の作者はどのような材源資料によって執筆していったのか、という疑問に対する私の解答である。執筆に先立って、後鳥羽院以下歴代の帝王とその最も関係深かった人物たちの歌を集成する作業、物語を構想しその中で使えそうな歌を、予め勅撰集ならびに関係資料の中から拾い出し、一つにまとめて簡便な虎の巻を作るような作業の工程があったはずで、複数の集のあちこちにある歌を即座に取りだして、一つの物語として構想叙述してゆくことを可能ならしめるのは、そのような何らか編集された歌集、あるいはメモのようなものの存在である、『新古今集』所収大嘗会歌と『続古今集』所収大嘗会歌を、同じ視野の中で簡単に並べ見ることができるような、そんな資料の存在を想定せざるをえないと主張した論考である。第二節「正徹筆藤原家隆「詠百首和歌」は、正徹一家による家隆家集捏造の実体を解明した内容の論。第三節「正徹詠草（永享六年）について」は、三十八年前の新資料の紹介であるが、まだ賞味期限を過ぎてはいないと考えて収載した。第四節「心敬和歌白注断章」は、難題の「堀河百首」題の詠作と、『岩橋下』に取り入れられた十八首を比較して、本歌や本説を駆使した心敬の和歌詠作の方法を解明しようとした。第五節「文明期聯句和漢聯句懐紙」は、『叙位除目清書抄』の紙背に隠れていた七編の聯句和漢聯句懐紙を紹介し、中院第文化圏の人々とその活動を究明した論考である。

第四章は、解題稿七編をもって構成した。第一節「現存和歌六帖解題（改稿）」は、『新編国歌大観』の解題を全面的に見直し、新知見を加えて改稿した。第二節「続拾遺和歌集解題」は、『新編国歌大観』解題の再録。第三節「宋雅千首（飛鳥井雅親）解題」は、通常の千題構成の「宋雅千首」（初度）と一年後の別本「宋雅千首」（後度）について、錯綜している伝本を整理して解説を加えたものである。もともと高松に着任した当初の頃に頂戴した『続群書類従』の「拾遺部」刊行の一環として与えられた課題に対する、四十年後の最終解答としての解題である。当時の解題で一応の責めは塞いだのであるが、後度千首の奥書部分の信頼できる写本が見つからず、不十分であることを自覚していたので、今回、日大本「飛鳥千首」の調査を終えて、漸く満足のゆく解題を書くことができた。第四節「崇徳院法楽和歌連歌巻解題」は、『新編香川叢書』の白峯寺頓証寺崇徳院法楽関係の主要な解題を集成したものので、この節はとりわけ讃岐の国との関わりにおいて密である。第五節「亜槐集・続亜槐集（飛鳥井雅親）解題」は、『新編国歌大観』解題の再録。第六節「古今集序抄」（北村季吟）解題も、『北村季吟古註釈集成』別2『古今集序抄北村季吟』解題の再録である。第七節「小林一茶連句帖解題」は、小豆島関係の近世期誹諧資料の考証であるが、これは思いのほか詳細にわたり、収穫も大きかった。この節も讃岐の国との関わりは十分に濃密である。

以上、香川大学に着任して以来、最も早い論考が昭和四十七年（一九七二）十一月、最近の新稿が平成二十四年（二〇一二）三月であるから、香川大学在任中ならびに広島女学院大学在職中の、約四十年間の論考を、四章三十一節に分かって構成配置したことになる。長い年月のこととて、その間実に多くの方々の恩恵を忝なくしてきた。今回もまた一々にご芳名をあげることは控えさせていただくが、研究者としての私を育んでくださったすべての方々に対し、心からなる感謝の意を表し、御礼申し上げたいと思う。

最後に、本書の刊行を快諾された笠間書院の池田つや子社長、刊行を慫慂してくださった橋本孝編集長、編集の実務を担当して適切に刊行に導いていただいた大久保康雄氏に、あつく御礼申しあげる。

平成二十四年（二〇一二）十二月

佐藤恒雄

索引

【凡例】

- 索引は、人名研究者名索引、書名索引、和歌初二句索引の三部に分けた。
- 人名研究者名索引のうち「人名」は、本書において扱った近世期以前の人名を、原則として名により立項、括弧内に姓氏または家名などを注記し、男子は音読により、皇族と女子は通行の読みによって、五十音順に配列した。「研究者名」は姓と名を、通行の読みによって、五十音順に配列、人名と混合して所在の頁を示した。
- 書名索引は、本書において扱った書名・資料名を、通行の読みによって、五十音順に配列し、所在の頁を示した。
- 和歌初二句索引は、本書において引用した和歌作品について、表記をすべて歴史的仮名遣いに統一して、五十音順に配列し、所在の頁を示した。
- 三索引とも、数字が三頁以上にわたる場合は、初めと終わりの数字を - で結んで示した。

人名研究者名索引

【あ行】

【か行】

【さ行】

【た行】

【な行・は行】

【ま行・や行】

【ら行・わ行】

書名索引

【あ行】

【か行】

【さ行】

【た行】

【や行～わ行】

和歌初二句索引

【あ行】

【か行】

【さ行】

【た行】

【な行】

【は行】

【ま行】

【や行】

【わ行】

●著者紹介

佐藤恒雄（さとう・つねお）

1941年　愛媛県生まれ
1971年　東京教育大学大学院文学研究科博士課程単位修得退学
　　　　香川大学助手教育学部　講師　助教授　教授を経て
2004年　香川大学定年退職　香川大学名誉教授　博士（文学）
2005年　広島女学院大学文学部教授（現在に至る）

［主要著書］
『新古今和歌集入門』（共）（有斐閣　1978年）
『新古今和歌集』（日本の文学・古典編25）（ほるぷ出版　1986年）
『中世和歌集　鎌倉編』（新日本古典文学大系46）（共）（岩波書店　1991年）
『藤原定家研究』（風間書房　2001年）［第24回角川源義賞］
『藤原為家全歌集』（風間書房　2002年）
『藤原為家研究』（笠間書院　2008年）［第101回日本学士院賞］

古代中世詩歌論考（こだいちゅうせいしいかろんこう）

平成25(2013)年3月23日　初版第1刷発行©

著　者　佐藤恒雄

発行者　池田つや子

発行所　有限会社　笠間書院
〒101-0064　東京都千代田区猿楽町2-2-3
☎03-3295-1331㈹　FAX03-3294-0996
NDC分類：911.104　振替00110-1-56002

ISBN978-4-305-70668-3　シナノ印刷
落丁・乱丁本はお取り替えいたします。
出版目録は上記住所までご請求下さい。
http://www.kasamashoin.in.co.jp